POLICE DEPARTMENT PHILA

PHILADELPHIA MANU TU

BASTEI
LÜBBE

Von W. E. B. Griffin sind bei
BASTEI-LÜBBE erschienen:

PHILADELPHIA-COPS

13 625	Band 1 – Männer in Blau
13 657	Band 2 – Sonderkommando
13 677	Band 3 – Das Opfer

In Vorbereitung:

Band 4 – Der Augenzeuge (Dezember 1995)
Band 5 – Der Bombenleger (März 1996)

SOLDATEN-SAGA

13 173	Band 1 – Lieutenants
13 181	Band 2 – Captains
13 196	Band 3 – Majors
13 203	Band 4 – Colonels
13 209	Band 5 – Green Berets
13 217	Band 6 – Generals
13 289	Band 7 – Die neue Generation
13 325	Band 8 – Die Flieger

DAS MARINE-CORPS

13 335	Band 1 – Shanghai
13 355	Band 2 – Wake Island
13 369	Band 3 – Von Pearl Harbor nach Guadalcanal
13 389	Band 4 – Inferno im Pazifik
13 424	Band 5 – Die Beobachter von Buka Island
13 478	Band 6 – Hölle auf den Salomonen
13 612	Band 7 – Geheimauftrag Buenos Aires

W. E. B. GRIFFIN
Das Opfer

Ins Deutsche übertragen
von Joachim Honnef

PHILADELPHIA
COPS

BASTEI
LÜBBE

BASTEI-LÜBBE-TASCHENBUCH
Band 13 677

Erste Auflage:
September 1995

Deutsche Lizenzausgabe 1995
Bastei-Verlag Gustav H. Lübbe
GmbH & Co., Bergisch Gladbach
Originaltitel: The Victim
Lektorat: Rainer Delfs
Titelbild: Capdevila/
Norma Agency, Barcelona
Umschlaggestaltung:
Quadro Grafik, Bensberg
Satz: KCS GmbH,
Buchholz/Hamburg
Druck und Verarbeitung:
Brodard & Taupin, La Flèche,
Frankreich
Printed in France

ISBN 3-404-13677-2

Der Preis dieses Bandes
versteht sich einschließlich der
gesetzlichen Mehrwertsteuer.

1

Im Zug von New York nach Philadelphia las Charles die *Time* und Victor die *Post*. Charles war dreiunddreißig, doch man hätte ihn für fünfundzwanzig halten können. Victor war fünfunddreißig, wirkte mit seinem fast kahlen Kopf aber älter. Beide waren elegant gekleidet mit Anzug, weißem Hemd und Seidenkrawatte. Beide trugen Aktenkoffer. Als der Steward zum erstenmal in ihr Abteil kam – der Zug verließ gerade den Tunnel und fuhr in die Ebene New Jerseys hinaus –, bestellte Charles ein Seven-Up, aber der Steward erklärte, daß es nur Sprite gab. Charles lächelte und gab sich mit Sprite zufrieden. Victor bestellte Kaffee, schwarz, und als der Steward Sprite und Kaffee brachte, gab er ihm einen Fünf-Dollar-Schein und ließ ihm das Wechselgeld. Kurz hinter Trenton ließen sie sich wiederum Sprite und Kaffee bringen, und abermals bezahlte Charles mit einem Fünf-Dollar-Schein und verzichtete auf das Wechselgeld.

Charles und Victor hatten ein wenig Mitleid mit jemand, der mit dem geringen Lohn eines Zugkellners sein Leben fristen und vielleicht sogar noch eine Familie ernähren mußte.

Als der Schaffner als nächste Station Nord-Philadelphia ankündigte, öffnete Charles seinen Aktenkoffer, legte die *Time* hinein und erhob sich. Er nahm seinen Trenchcoat und zog ihn an. Dann half er Victor in dessen Mantel. Danach nahm er ihr Gepäck, identische Reisetaschen, aus dem Gepäcknetz und legte sie auf den gegenüberliegenden Sitz, der nicht besetzt war.

Sie setzten sich wieder, als der Zug durch Nordost-Philadelphia fuhr und langsamer wurde, während er sich dem Bahnhof Nord-Philadelphia näherte.

Victor schaute auf seine Armbanduhr, eine goldene Rolex mit Armband aus Eidechsenleder.

»15 Uhr 05«, sagte er. »Pünktlich.«

Als der Zug hielt, gingen Charles und Victor zum Ende des Waggons, lächelten dem Steward zu und stiegen aus. Sie gingen über eine schmutzige Treppe zur unteren Ebene des Bahnhofs und durch einen noch dreckigeren Tunnel zu einem Parkplatz an der North Broad Street.

»Da ist er«, sagte Victor und nickte zu einem 1972er Pontiac. Als er aus New York City angerufen hatte, war ihm angekündigt worden, welcher Wagen auf sie warten würde, wo er parkte und wo sie die Schlüssel finden würden: auf dem linken Hinterreifen.

Während Victor und Charles zu dem Pontiac gingen, zogen sie Schweinslederhandschuhe an. Niemand hielt sich auf dem Parkplatz auf, und das war gut. Victor ging in die Hocke und nahm die Schlüssel vom linken Hinterreifen. Dann schloß er die Tür an der Fahrerseite auf. Er öffnete die Fondtür, legte seine Reisetasche und den Aktenkoffer auf den Rücksitz und schloß die Tür. Dann setzte er sich hinters Steuer, schloß die Tür und neigte sich über den Beifahrersitz, um die Tür für Charles zu öffnen.

Charles reichte Victor seine Reisetasche, der sie auf seinen Schoß stellte, und schloß die Wagentür. Charles und Victor schauten sich auf dem Parkplatz um. Niemand war zu sehen.

Charles tastete unter den Sitz und stieß einen Grunzlaut aus. Vorsichtig, damit niemand es sehen konnte, zog er ein Schrotgewehr unter dem Sitz hervor und legte es auf seine Reisetasche, die er inzwischen von Victor übernommen hatte.

Er sah, daß es eine Remington Modell 1100 Halbautomatik war, Kaliber 12 und mit Belüftungsschlitz. Die Waffe sah nagelneu aus.

Charles überprüfte sorgfältig, daß sie ungeladen war. Dann tastete er wieder unter dem Sitz herum, und diesmal zog er einen kleinen Plastikbeutel hervor. Er enthielt fünf Winchester-Upland-Schrotpatronen.

»Nur siebeneinhalb«, sagte er ärgerlich und verächtlich.

»Vielleicht konnte er keine anderen auftreiben«, meinte Victor. »Oder er denkt, Schrotpatrone ist Schrotpatrone.«

»Wahrscheinlicher ist, er will sichergehen, daß ich nahe genug herangehe«, erwiderte Charles. »Er will, daß nichts schiefläuft. Ich erhielt einen Anruf, bevor ich zum Flughafen aufbrach.«

»Was hat er gesagt?«

»Nur, daß nichts schiefgehen darf. Deshalb rief er höchstpersönlich an.«

»Weshalb steht dieser Typ denn auf seiner Liste?«

»Du hat dasselbe wie ich gehört. Er stieg auf eigene Faust ins Geschäft ein«, sagte Charles. »Brachte Stoff von Florida und verkaufte ihn an die Nigger.«

»Das glaubst du doch nicht ernsthaft, oder?«

»Ich glaube, daß er sich vermutlich mit den Niggern einließ, aber ich bezweifle, daß das der Grund für unseren Job ist.«

»Was könnte der wahre Grund sein?«

»Ich will es nicht wissen.«

»Und was meinst du?«

»Wenn Savarese jünger wäre, würde ich sagen, er erwischte

diesen Typ, als der seine Salami an der falschen Stelle versteckte. Irgendwas Persönliches in dieser Art jedenfalls. Wenn er ihn nur bei geschäftlichen Dingen erwischt hätte, dann hätte er sich vermutlich selbst um ihn gekümmert.«

»Vielleicht ist dieser Typ mit ihm verwandt oder so was, und er will ihn deshalb nicht selbst umlegen.«

»Ich will es nicht wissen. Er deutete an, die Sache mit den Niggern erledigt er selbst, das glaube ich jedenfalls. Ich wollte bei Savarese nicht den Eindruck erwecken, daß ich ihm nicht glaube. Deshalb hielt ich die Klappe und stellte keine Fragen.«

Charles lud das Schrotgewehr. Als er drei Patronen ins Magazin geschoben hatte, nahm es keine mehr auf.

»Verdammt!« Er holte die drei Patronen wieder heraus, schraubte den Magazindeckel auf und zog das vordere Ende hervor. Er nahm einen Quarter und drückte vorsichtig auf den Stift, der die Feder des Magazins hielt. Dann hob er das Schrotgewehr an und schüttelte es, bis ein Plastikstift herausrutschte. Dieser Plastikstift war gesetzlich für Schrotgewehre vorgeschrieben, die für die Vogeljagd benutzt wurden; er beschränkte das Fassungsvermögen auf drei Patronen.

Charles setzte das Magazin zusammen und lud es. Diesmal nahm es alle fünf Patronen auf, vier im Magazin und eine in der Kammer. Er vergewisserte sich, daß die Waffe gesichert war, öffnete den Reißverschluß seiner Reisetasche, legte das Schrotgewehr hinein, zog den Reißverschluß zu und stellte die Reisetasche auf den Rücksitz zu Victors Gepäck.

»Okay?« fragte Victor.

»Such ein McDonald's«, sagte Charles. »Die haben draußen im allgemeinen Münzfernsprecher.«

»Willst du auch einen Hamburger oder sonstwas?«

»Wenn du einen willst, nehme ich auch einen«, sagte Charles ohne große Begeisterung.

Victor fuhr vom Parkplatz, bezahlte an der Ausfahrt am Kassenhäuschen, lenkte den Pontiac auf die North Broad Street und bog nach rechts ab.

»Du weißt, wohin wir müssen?« fragte Charles.

»Ich war schon mal dort«, sagte Victor.

Acht Blocks straßenaufwärts fand Victor ein McDonald's. Er schloß den Wagen sorgfältig ab – das Viertel wirkte ziemlich mies –, und sie betraten das Lokal. Charles warf den Plastikbeutel, in dem sich die Schrotpatronen befunden hatten, und den Plastikstift in den Abfallbehälter bei der Tür.

»Seit du vom Essen gesprochen hast, verspüre ich Hunger«, sagte Charles und zog seine Schweinslederhandschuhe aus. »Bestell mir einen Big Mac und eine kleine Portion Pommes und ein Seven-Up. Wenn sie kein Seven-Up haben, nimm Sprite oder irgendeine Limo. Ich werde den Anruf erledigen.«

Charles telefonierte nicht lange. Er kehrte zu Victor zurück, stellte sich neben ihm an und wartete. Als sie das Bestellte erhielten, brachte er es zu einem Tisch, während Victor bezahlte.

»Delaware Avenue zwei-eins-acht-vier«, sagte Charles, als Victor zum Tisch kam. »Er ist jetzt dort. Er wird vermutlich bis 17 Uhr 30 dort sein. Weißt du, wo das ist?«

»Unten am Fluß. Erledigen wir es dort?«

»Wo wir wollen, nur nicht dort«, sagte Charles. »Der Typ am Telefon sagte: ›Nicht hier oder in der Nähe.‹«

»Wer war der Typ am Telefon?«

»Jemand, der sich unter der Nummer meldete, die Savarese mir bei seinem Anruf nannte. Er sagte ›Hallo‹, und ich sagte ›Ich möchte mit Mr. Smith sprechen‹, und er antwortete, ›Mr. Smith ist in der Delaware Avenue zwei-eins-acht-vier und wird vermutlich bis 17 Uhr 30 dort sein.‹ Ich fragte ihn, ob ich den Job seiner Ansicht nach dort ausführen sollte, und er erwiderte: ›Nicht hier und nicht in der Nähe!‹ Ich bedankte mich und hängte ein.«

»Wenn es nicht Savarese war, dann weiß noch jemand davon.«

»Das ist nicht so überraschend, wenn du mal darüber nachdenkst. Er sagte auch: ›Lassen Sie die Schrotflinte zurück‹.«

»Was dachte sich der Typ denn? Daß wir sie mitnehmen?«

»Ich nehme an, er hat etwas damit vor«, sagte Charles.

»Zum Beispiel?«

»Keine Ahnung.« Charles grinste. »Vielleicht will er damit Kaninchen schießen?«

»Quatsch!«

»Wie lange dauert es bis zur Delaware Avenue?«

»Wir brauchen vielleicht zehn Minuten, höchstens fünfzehn«, sagte Victor.

»Dann gibt es keinen Grund zur Eile.« Charles blickte auf sein Tablett. »Ich habe vergessen, Servietten zu nehmen.«

»Hol ein paar«, sagte Victor, als Charles aufstand. »Diese Big Macs sind fettig.«

Officer Joe Magnella, vierundzwanzig, einsachtzig groß und schwarzhaarig, öffnete die Badezimmertür, vergewisserte sich, daß weder seine Mutter noch seine Schwester zu sehen war, und lief nackt über den Flur zum hinteren Schlafzimmer, das er mit seinem Bruder Anthony teilte, der einundzwanzig war.

Joe hatte soeben geduscht und sich rasiert, und vor einer Stunde war er duftend nach Eau de Cologne und mit frischem Haarschnitt von ›Vinnys Barbershop‹ gekommen, aus dem Friseurgeschäft zwei Blocks entfernt an der Ecke Bancroft und Warden Street in Süd-Philadelphia.

Das Zimmer, das er sein ganzes Leben lang mit Anthony geteilt hatte, war klein und dunkel und überfüllt. Als sie kleine Jungen gewesen waren, hatte ihr Vater ihnen Etagenbetten gekauft, und als Joe dreizehn wurde, bestand er darauf, daß die Betten getrennt wurden und beide auf dem Boden standen, denn Etagenbetten waren etwas für kleine Jungs. Die Betten waren so stehengeblieben, bis Joe von der Army heimgekehrt war und sie wieder zu einem Etagenbett aufeinander gestellt hatte. Es war einfach nicht genug Platz im Zimmer, um die Betten nebeneinander zu stellen und zusätzlich einen Schreibtisch unterzubringen.

Der Schreibtisch war wichtig für Joe. Er hatte ihn vor zehn Monaten gekauft, als er noch die Polizeiakademie besucht hatte. Es war ein richtiger Schreibtisch, nicht neu, aber ein Büroschreibtisch, den er bei einem Gebrauchtmöbelhändler in der Market Street entdeckt hatte.

Seine Mutter sagte ihm, daß er dumm war und jetzt keinen Schreibtisch brauchte. Das konnte warten, bis er und Anne-Marie verheiratet waren und einen Haushalt gründeten, und selbst dann würde er keinen so großen – und was das anbetraf – so häßlichen Schreibtisch brauchen.

»Ich habe ihn bereits gekauft und bezahlt, Mama, und man nimmt ihn nicht zurück.«

Es hatte keinen Sinn, mit ihr zu streiten. Ebensowenig war es nutzlos, ihr zu erklären, warum er einen Schreibtisch brauchte, und zwar genau so einen, einen richtigen Büroschreibtisch mit großen, abschließbaren Schubladen.

Er brauchte einen Platz zum Lernen, und er wollte nicht, daß es so blieb wie während der High-School, als er nach dem Abendessen am Küchentisch mit Anthony zusammen gelernt hatte.

Die Polizeiakademie war keine Schule wie die High-School in Süd-Philadelphia, wo es wirklich keine Rolle spielte, wie gut man war. Das Schlimmste, was einem passieren konnte, war ein Durchrasseln und, wenn es ein erforderlicher Kurs war, eine Wiederholung.

Bei der Polizeiakademie war das anders. Wenn man es nicht schaffte, war man raus. Er bezweifelte, daß er durchrasselte, aber er war darauf aus, gute Noten zu bekommen, vielleicht sogar Jahrgangsbester zu werden. Das würde in seiner Personalakte stehen und vielleicht ausschlaggebend sein, wenn eine Beförderung anstand.

Joe war nicht Jahrgangsbester geworden. Ein grobschlächtiger Polacke, dem man nicht genug Verstand zutraute, um sich das Haar zu kämmen, hatte die Abschiedsrede halten dürfen. Aber Joe war Viertbester (von vierundachtzig) gewesen, und er war überzeugt, daß es in seiner Personalakte vermerkt worden war.

Und er war überzeugt, daß er so gut gewesen war, weil er an einem richtigen Schreibtisch in seinem Zimmer gelernt hatte. Wenn er versucht hätte, am Küchentisch zu lernen, hätte es nicht geklappt. Er hätte ihn nicht nur mit Anthony teilen müssen, sondern Catherine und seine Eltern hätten im Wohnzimmer nebenan den Fernseher laut gestellt, und seine Konzentration wäre zum Teufel gewesen.

Und wenn die Jungs nach dem Abendessen vorbeischauten, seine alte Clique, und ihn zum Biertrinken oder einer Spritztour mitnehmen wollten, wäre es ihm schwergefallen, nein zu sagen. Aber wenn er an dem Schreibtisch oben in seinem und Anthonys Zimmer lernte, sagte seine Mutter den Jungs: ›Tut mir leid, Joseph lernt oben, und er sagte mir, er will von niemandem gestört werden.‹

Die Zeit bei der Army hatte Joe Magnella für vieles die Augen geöffnet, nachdem er den Schock überwunden hatte, sich in Fort Polk, Louisiana, wiederzufinden. Und Vietnam hatte ihm die Augen noch mehr geöffnet.

Es wurde ihm klar, daß es zwei Sorten von Soldaten gab. Da war der Typ, der immer herumgammelte und einen Befehl gerade so ausführte, daß die Corporals und Sergeants nicht sauer wurden. Sie waren nur daran interessiert, den Tag über die Runden zu bringen, damit sie soviel Bier in sich hineinschütten konnten wie möglich. Oder irgendeine vietnamesische Hure vögeln konnten. Oder sich einen Joint reinziehen konnten. Oder Schlimmeres.

Die andere Sorte war das, was Joe Magnella geworden war. Vieles von seinem guten Verhalten war auf Anne-Marie zurückzuführen. Sie waren entschlossen zu heiraten, wenn er von der Army heimkehrte. Sie arbeitete bei Wanamakers in der Kreditabteilung und legte jede Woche Geld beiseite, damit sie schöne Möbel kaufen konnten. Er hielt es für unfair, in Fort Polk Geld in Kneipen und Kaschemmen auszugeben, während Anne-Marie ihr Geld sparte.

Er wurde kein Abstinenzler, aber er trank nicht viel Alkoholisches. In Fort Polk gab es keine Versuchung durch Frauen, weil einfach keine da waren. Und als er in Vietnam war und man ihm die Filme von Geschlechtskrankheiten zeigte, die man sich dort holen konnte, glaubte er den Mahnungen und hielt sein gutes Stück die ganze verdammte Zeit unter eiserner Kontrolle.

Wie konnte er heimkehren und Anne-Marie heiraten, die

ein anständiges Mädchen war und sich für die Ehe aufsparte, wenn er sich irgendeine, womöglich auch noch unheilbare, Geschlechtskrankheit von einer vietnamesischen Hure einfing?

Er wurde Corporal, dann Sergeant, und viele der Jungs, die high von Gras oder Koks oder sonstwas in den Dschungel gingen, kehrten in Leichensäcken in die Heimat zurück.

Joe hatte die Army gemocht, zumindest nach seiner Beförderung zum Sergeant, und er hatte mit dem Gedanken gespielt, in der Army zu bleiben. Aber Anne-Marie machte ihm klar, daß sie ihr Eheleben nicht mit Umzügen von einer Garnison zur anderen verbringen wollte, und so verzichtete er darauf, obwohl ihm die Army eine Beförderung und eine garantierte dreißigmonatige Dienstzeit als Ausbilder in der Infanterieschule in Fort Benning angeboten hatte.

Eine Woche nach seiner Heimkehr ging er zum Gebäude der Stadtverwaltung gegenüber der City Hall und bewarb sich bei der Polizei. Er wurde sofort genommen. Er und Anne-Marie sagten sich, daß es besser war, auf die Heirat zu warten, bis er die Polizeiakademie absolviert hatte, und dann entschieden sie sich abzuwarten, ob er wirklich gern Polizist war und weil Anne-Maries Mutter meinte, sie würde sich besser fühlen, wenn ihre Tochter wartete, bis sie mit einundzwanzig volljährig sein würde.

Joe war gern Polizist, und Anne-Marie wurde in zwei Monaten einundzwanzig, und der Hochzeitstermin war festgelegt. Es gab bereits Eheberatung von Pfarrer Pattermo, und in zwei Monaten und zwei Wochen konnte Joe ausziehen, seinen Schreibtisch mitnehmen und das Zimmer Anthony allein überlassen.

Joe hatte seine Unterwäsche und die Uniform auf das untere Bett gelegt – auf Anthonys Bett –, bevor er geduscht und sich rasiert hatte. Er zog eine Unterwäschegarnitur an, heftete sein Abzeichen auf ein kurzärmliges Uniformhemd und zog Hemd, Uniformhose und schwarze Wollsocken an. Er nahm eines der drei Paar Schuhe unter dem Bett hervor und stieg hinein. Er hatte bei der Army über Füße und Schuhe gelernt, daß es besser war, stets Wollsocken zu tragen – sie saugten im Gegensatz zu Nylonsocken den Schweiß auf – und nie länger als einen Tag dasselbe Paar Schuhe zu tragen, damit sie austrocknen konnten.

Einige der Polizisten trugen jetzt Schuhe aus Kunststoff, ein neues Wunder, das immer wie auf Hochglanz poliert aussah, aber Joe hatte sich dagegen entschieden. Sie waren aus Plastik, und die Füße schwitzten darin, ob man Wollsocken trug oder nicht. Und es kostete gar nicht soviel Mühe, seine normalen Schuhe auf Hochglanz zu wienern. Wenn man neue Schuhe gleich gut polierte und richtig einlief, war es nicht schwierig, sie lange in gutem Zustand und gepflegt zu halten.

Er schnallte den Ledergurt um, an dem die Handschellen, zwei Patronentaschen, jede mit sechs Zusatzpatronen für seinen Revolver, die Halterung für den Schlagstock und sein Holster befestigt waren. Der Schlagstock lag auf dem Schreibtisch, und er nahm den Stock und schob ihn in die Halterung. Dann schloß er die rechte obere Schublade des Schreibtischs auf und nahm den Revolver heraus.

Joe klappte die Trommel aus und lud sie sorgfältig mit 168 Gran .38 Special Patronen, kappte die Trommel in den Rahmen und schob den Revolver ins Holster.

Er hielt nicht viel von seinem Revolver. Es war ein Modell Smith & Wesson Military and Police mit starrer Visiereinrichtung und Vier-Zoll-Lauf, die Standardwaffe, die an jeden uniformierten Beamten der Polizei von Philadelphia ausgegeben wurde.

Es gab viel bessere Waffen, Revolver mit einstellbarer Visiereinrichtung und stärkeren Patronen wie zum Beispiel die .357 Magnum. Wenn Joe die Wahl gehabt hätte, dann würde er eine Colt .45er Automatik tragen wie bei der Army in Vietnam, nachdem er Sergeant geworden war. Wenn man jemand mit einer .45er niederschoß, dann blieb er liegen, und nach dem, was er über den .38er Special gehört hatte, war das nicht der Fall.

Er hatte gehört, daß Leute weiterhin Cops angegriffen hatten, nachdem sie zwei- oder sogar dreimal von einem .38er Special getroffen worden waren. Aber die Vorschriften besagten, daß uniformierte Polizisten der Polizei von Philadelphia nur die Waffe tragen durften, die an sie ausgegeben wurde, und das war der Smith & Wesson Military und Police .38 Special, basta. Keine Ausnahmen, und man konnte gefeuert werden, wenn man mit etwas anderem erwischt wurde.

Es spielte vermutlich auch keine Rolle. Bei der Schießausbildung auf der Polizeiakademie hatte der Ausbilder gesagt, daß neunzig Prozent oder mehr aller Polizisten in ihrer gesamten Laufbahn kein einziges Mal ihre Waffen ziehen und auf jemand schießen mußten.

Schließlich setzte Joe Magnella seine Uniformmütze auf und betrachtete sich im Spiegel, der innen an der Schranktür hing. Zufrieden mit dem, was er sah, schloß er die Schranktür, verließ das Schlafzimmer und ging die Treppe hinunter.

»Bist du sicher, daß du nichts essen willst, bevor du zur Arbeit gehst?« fragte seine Mutter, die aus der Küche kam.

»Ich habe keinen Hunger, Mama, danke«, sagte Joe. »Und warte nicht auf mich. Es wird spät werden.«

»Du solltest Anne-Marie wirklich nicht so spät ausführen. Sie muß früh zur Arbeit. Und es sieht auch nicht gut aus vor den Leuten.«

»Mama, ich habe dir doch schon gesagt, daß sie sich noch etwas hinlegt, wenn sie Feierabend hat. Bevor ich dorthin fahre. Und wen juckt es, wie es aussieht? Wir tun nichts Falsches. Menschenskind, wir sind *verlobt.*«

»Es schickt sich nicht für ein junges Mädchen, so spät auszugehen, besonders nicht während der Woche.«

»Bis dann, Mama«, sagte Joe und ging.

Sein Wagen parkte am Bordstein gleich vor dem Haus. Er hatte Glück gehabt, als er am vergangenen Abend heimgekommen war. Manchmal war im ganzen Block kein Parkplatz zu finden.

Joe fuhr einen 1973er Ford Mustang. Der Wagen war dunkelgrün, hatte nur sechs Zylinder, aber Klimaanlage und Automatikgetriebe. Joe schuldete der Bank noch zweiunddreißig Raten (von sechsunddreißig) zu einhundertachtundzwanzig Dollar und fünfundachtzig Cent.

Der Mustang war eines der wenigen Dinge im Leben, die er wirklich haben wollte, und Anne-Marie hatte das verstanden, als sie ihn in der Ausstellungshalle besichtigt hatten. Sie hatte gesagt, okay, mach die Anzahlung, es wird schön sein, mit diesem Wagen in die Flitterwochen zu fahren, und wenn du einen Neuwagen kaufst und ihn gut pflegst, ist das auf lange Sicht gesehen besser, als einen Gebrauchtwagen zu kaufen und dauernd Reparaturen zu bezahlen.

Auf der Haube auf der Beifahrerseite und auf dem Kofferraum entdeckte Joe Vogelkot, und er zog sein Taschentuch hervor, spuckte darauf und wischte ihn fort. Jemand hatte ihm gesagt, daß in Vogelscheiße Säure war, die den Lack angriff, wenn man sie nicht sofort entfernte.

Joe öffnete die Motorhaube und überprüfte Ölstand und Wasser, dann schloß er die Haube, stieg in den Wagen, startete und fuhr an, vorsichtig, um nicht die Stoßstange des Mustangs an dem des Chevy zu verkratzten, der vor ihm parkte.

Bei der South Broad Street bog er nach links zur Innenstadt ab. Er gelangte zur City Hall, die am Schnittpunkt der Broad und Market Street stand, fuhr um sie herum und setzte den Weg über die North Broad Street fort. Es gab keine bessere Route von seinem Elternhaus zum Revier des 22. Distrikts, das an der 17th und Montgomery Street lag.

Joe fand einen Parkplatz, stieg aus und schloß den Mustang sorgfältig ab. Er mußte anderthalb Blocks bis zum Revier zu Fuß gehen. Dennoch traf er zu früh ein, und das mit Absicht. Es war besser, zu früh zu sein und auf den Anwesenheitsappell zu warten, als ein Zuspätkommen zu riskieren. Er wollte sich den Ruf erwerben, zuverlässig zu sein.

Um fünf Minuten vor vier ging er in den Appellraum und wartete darauf, daß der Sergeant die achtzehn Cops zum Anwesenheitsappell antreten ließ. Dabei ereignete sich nichts Besonderes. Der Sergeant fand nichts an Joes Äußerem auszusetzen, weder an seiner Uniform und Waffe noch an der Länge seines Haars. Joe dachte insgeheim, daß einige der Kollegen der Uniform Schande brachten. Einige waren fett, und ihre Uniformen waren alles andere als tadellos. Einige der Kollegen waren schon so lange bei der Polizei, daß sie nur noch an ihre Pension dachten.

Joe wollte etwas mehr als ein einfacher Polizeibeamter sein. Er wußte nicht, wie weit er es bringen konnte, aber er hatte wenig Zweifel daran, daß er zumindest Sergeant oder vielleicht sogar Lieutenant oder Captain werden konnte. Er war bereit, dafür zu arbeiten.

Es war nichts Besonderes bei den Bekanntmachungen und Anweisungen, die der Sergeant verlas. Zwei Cops, beide im Ruhestand, waren gestorben, und der Sergeant teilte mit, wo sie beerdigt werden würden und wann. Es waren Fälle von Vandalismus auf dem Campus der Temple University und des Girard College gemeldet worden, beide im 22. Distrikt. Auf der Ostseite der North Broad Street waren Autos aufgebrochen worden.

Die Special Operations Division nahm noch Bewerbungen von qualifizierten Beamten an, die sich dorthin versetzen lassen wollten. Joe hätte sich gern bei dieser neuen Abteilung beworben, aber er war noch kein Jahr im Dienst, wie es erforderlich war. Er war sich noch nicht sicher, was er tun würde, wenn er ein Jahr Dienst hinter sich hatte und die Special Operations Division immer noch Freiwillige suchte.

Einerseits war die Special Operations Division, die erst vor einem Monat gebildet worden war, eine Eliteeinheit (nicht so elitär wie die Highway Patrol, *die* Eliteeinheit der Polizei von Philadelphia, aber eine *Sonder*einheit, und man konnte sich für die Highway Patrol erst bewerben, wenn man drei Jahre im Job war), und der Dienst in einer Eliteeinheit war für Joe der richtige Weg, um befördert zu werden. Andererseits war die Special Operations Division nach allem, was er gehört hatte, verdammt wählerisch. Er wußte von drei Kollegen, zwei davon aus seinem Revier, die sich beworben hatten und abgelehnt worden waren.

Wenn die Special Operations Division so wählerisch war, konnte man daraus folgern, daß sie mit überdurchschnittlich guten Cops besetzt war. Er würde sich mit ihnen messen müssen, statt mit den Jungs vom 22. Distrikt, von denen mindestens die Hälfte keinen Ehrgeiz hatte und anscheinend bereit war, den Rest der Dienstzeit in einem RPC (Radio Patrol Car) herumzufahren.

Als der Anwesenheitsappell vorüber war, ging Joe zum Parkplatz und stieg in sein RPC. Der Streifenwagen war ein verschrammter, zwei Jahre alter Ford. Aber daß er ein RPC fuhr, brachte ihn wieder auf den Gedanken, daß es vielleicht klug war, noch eine Weile im 22. Distrikt zu bleiben, anstatt sich bei der Special Operations Division zu melden, wenn er ein Jahr Dienst hinter sich hatte.

Er war jetzt seit einem halben Jahr im Dienst. Ein Anfänger. Und die Neulinge arbeiten traditionell mindestens ein Jahr, manchmal auch zwei Jahre, mit einem EPW (Emergency Patrol Wagon).

EPWs, die mit zwei Polizeibeamten besetzt sind, dienen als Kombination von Ambulanz und Gefangenentransporter. Die Polizei von Philadelphia reagiert auf jede Bitte um Hilfe. In anderen Großstädten gibt die Polizei Bitten um Hilfe für Verletzte an irgendeine ärztliche Hilfsorganisation weiter, entweder an den Ambulanzdienst eines Krankenhauses oder den Hilfsdienst der Feuerwehr oder eine andere städtische Organisation. In Philadelphia rufen Leute, die Probleme haben, die Cops, und wenn jemand in der Funkzentrale hört, daß sich ein Kind ein Bein gebrochen hat oder Oma die Treppe hinuntergefallen ist – also nichts in Zusammenhang mit einer Straftat –, schickt er einen Emergency Patrol Wagon, kurz EPW.

Zusätzlich zu dem Dienst, den EPWs für die Gemeinschaft leisten – und es ist ein Dienst, den kein Politiker jemals abschaffen würde; das würde keiner wagen –, hat der Dienst mit den EPWs den Zweck, neue Beamte auf die Realitäten des Polizeiberufs vorzubereiten. Wenn ein Cop jemand festnimmt, fordert er meistens einen Wagen an, um den Täter zum Revier bringen zu lassen. Das erlaubt dem Cop, seine Fahrt mit dem Streifenwagen fortzusetzen, und es gibt den Neulingen in den EPWs die Möglichkeit, zu sehen, wer festgenommen wurde, warum und wie.

Joe Magnella hatte nur drei Monate Dienst mit dem EPW

absolviert. Dann gab ihm der Sergeant einen eigenen Streifenwagen. Das war eine Art Sonderbehandlung, und Joe war sich ziemlich sicher, was dazu geführt hatte: Er war aus Vietnam als Sergeant und mit dem Infanteriekampfabzeichen heimgekehrt.

Captain Steve Haggerman, der Leiter des 22. Distrikts, war bei der 45. Infanteriedivision Zugführer in Korea gewesen. Lieutenant Haskins, der dienstälteste der drei Lieutenants vom 22. Distrikt, hatte in Vietnam als Fallschirmjäger und Lieutenant gedient. Zwei der Sergeants des 22. Distrikts hatten gedient, einer in Nam, einer in Korea. Ein Infanterie-Sergeant mit Infanteriekampfabzeichen gilt bei Vorgesetzten, die selbst im Kampf gewesen waren, nicht als normaler Anfänger.

Es war nichts Offizielles. Aber so lief es eben. Dienst bei der Army, besonders bei der Infanterie, war so etwas wie praktische Ausbildung für die Cops. Als einer der Jungs vom Distrikt nach zwanzig Jahren Dienst seinen Abschied genommen hatte und jemand für sein RPC gebraucht wurde, hatten sich die Vorgesetzten beraten und entschieden, daß der beste Mann für den Job Joe Magnella war. Er war zwar erst drei Monate bei der Polizei, aber er war Infanterie-Sergeant in Vietnam gewesen.

In gewissem Sinne bin ich bereits befördert worden, sagte sich Officer Joe Magnella, als er den Streifenwagen startete und vom Parkplatz fuhr. Er war erst ein halbes Jahr im Dienst, und man hatte ihn bereits in ein Radio Patrol Car gesetzt, anstatt ihn ein Jahr und achtzehn Monate oder sogar zwei Jahre Dienst mit einem EPW machen zu lassen.

Er bog nach rechts auf die Montgomery Avenue ab, wartete, bis die Ampel an der North Broad Street auf Grün umsprang, überquerte die Kreuzung und fuhr ostwärts zu 10th Street, wo seine Streife begann.

2

Als Anthony J. DeZego, ein bemerkenswert gut aussehender, großer, stattlicher und elegant gekleideter Mann, kurz nach 17 Uhr 30 das Gebäude Delaware Avenue 2184 verließ, warteten Victor und Charles auf ihn. Sie parkten ein Stück straßenabwärts.

DeZego, ohne Jackett und Krawatte, öffnete die Fondtür eines hellbraunen 1973er Cadillac, nahm von einem Kleiderbügel ein Sportsakko und zog es an. Als er dann hinter dem Steuer saß, nahm er eine Krawatte, die er auf den Schalthebel gehängt hatte. Er rutschte auf den Beifahrersitz, klappte die Sonnenblende mit dem Spiegel herunter und band die Krawatte. Dann rutschte er wieder hinters Lenkrad, ließ den Motor an und fuhr los.

Victor folgte ihm mit dem Pontiac. »Genau wie du sagtest«, meinte Victor. »Ich glaube, du hattest recht.«

»Was sagte ich?«

»Daß er vermutlich eine gevögelt hat, die er nicht vögeln sollte«, erklärte Victor. »Diese gutaussehenden Playboytypen geraten dadurch immer in Schwierigkeiten.«

»Nicht alle von uns«, sagte Charles.

Victor lachte.

Zwei Minuten später sagte er: »Oh, Scheiße, er fährt in die Innenstadt.«

»Ist das ein Problem?«

»Der Verkehr ist verdammt dicht«, sagte Victor.

»Verlier ihn nicht aus den Augen.«

»Und wenn doch, was dann? Wissen wir, wo er wohnt?«

»Das wissen wir. Aber ich will es nicht dort erledigen, es sei denn, es muß sein.«

Victor verlor Anthony J. DeZego nicht aus den Augen. Er war ein guter Fahrer. Charles kannte keinen besseren, und das war einer der Gründe, weshalb er Victor bei diesem Auftrag beteiligte. Sie hatten schon zusammengearbeitet, und Charles wußte aus Erfahrung, daß Victor auch in Streßsituationen die Ruhe behielt und Nervenkraft bewies.

Eine halbe Stunde später stoppte DeZego den Cadillac vor dem Warwick Hotel an der South 16th Street in der Innenstadt. Er stieg aus, gab dem Portier eine Banknote und ging dann in eine Cocktailbar am Nordende des Hotels.

»Ein wirklich großes Tier«, sagte Victor. »Zu groß, um seinen Wagen selbst zu parken.«

»Ich möchte wissen, wo er geparkt wird«, sagte Charles. »Das könnte nützlich sein.«

»Ich werde das feststellen«, sagte Victor.

»Du fährst einmal um den Block, ja?«

»Okay.«

Charles stieg aus dem Pontiac und ging am Eingang des Hotels vorbei zur Cocktailbar. Er sah, daß DeZego an einem Tisch nahe beim Eingang Platz nahm und drei Männer, die bereits dasaßen, mit Handschlag begrüßte. Dann küßte er scherzhaft die Hand einer langhaarigen Blondine, die keinen BH unter der Bluse trug.

Ich hoffe, sie war es wert, Junge, dachte Charles.

Der Cadillac de Ville stand noch vor dem Eingang des Hotels, als Charles dort eintraf. Der Motor lief. Aber nachdem er unauffällig über die Schulter zurückgeblickt hatte und wieder zum Cadillac schaute, fuhr der Wagen an und bog in die erste Straße links ein. Ein Mann mit Hamsterbacken und der Uniform eines Hotelpagen saß am Steuer.

Charles überquerte die Straße. Er ging jetzt schnell, um zu sehen, wohin der Cadillac gefahren wurde – vielleicht konnte er ihn sogar einholen.

Starker Verkehr auf engen Straßen half ihm. Er gelangte sogar vor den Wagen, blieb an einer Ecke stehen und schaute auf seine Armbanduhr, bis der Cadillac ihn wieder überholte. Zwei Blocks weiter bog der Wagen in ein Parkhaus ab.

Charles wartete in der Nähe, bis der Hotelpage mit den Hamsterbacken ein paar Minuten später aus dem Parkhaus kam und zum Hotel zurückwatschelte. Charles folgte ihm auf der anderen Straßenseite, und als der Hotelpage sich dem Hotel näherte, überquerte Charles die Straße und wählte sein Tempo so, daß er draußen vor der Cocktailbar stand, als der Hotelpage sie betrat. Charles sah, daß der Page DeZego die Wagenschlüssel überreichte, der sie in die Sakkotasche steckte.

Charles ging zurück zum Parkhaus und blieb an der Ecke stehen. Er musterte das Gebäude sorgfältig. Überrascht stellte er fest, daß der Fußgängereingang zu dem Parkhaus durch ein Schleusentor führte, wie die in New Yorker U-Bahn-Stationen, wo sich die bis zur Decke reichenden Türen ebenfalls nur nach einer Seite öffnen ließen und Leute herein, aber nicht hinaus ließen.

Er dachte darüber nach und überlegte, wie das System funktionierte, wie ein Fußgänger – oder jemand, der soeben seinen Wagen geparkt hatte – das Parkhaus verlassen konnte. Dann erkannte er es. Es gab einen Fußgängerausgang neben dem Kassenhäuschen. Man mußte an dem Kassierer vorbei, um das Parkhaus zu verlassen. Das System diente offenbar dazu, Diebstähle zu reduzieren, jedenfalls Diebstähle von Leuten, die wie Diebe aussahen.

Er ging zum Parkhaus und durch das Tor, das sich nur nach innen öffnen ließ. Er blickte auf eine Tür, schob sie auf und sah zwei weitere Türen. Auf einer stand EINS und auf der anderen TREPPE. Er ging durch die Tür mit der großen Aufschrift EINS und gelangte ins Erdgeschoß des Parkhauses. Die Tür schloß sich automatisch hinter ihm, und es gab keine Möglichkeit, sie zu öffnen.

DeZegos Cadillac de Ville stand nicht im Erdgeschoß. Charles ging die Fahrrampe zur nächsten Parkebene hoch. Dort stand DeZegos Caddy ebenfalls nicht, aber er sah, daß man dieses Parkdeck durch die Tür vom Treppenhaus aus betreten konnte. Er ging die Treppe hinauf zur dritten Parkebene. Das gleiche. Kein hellbrauner Cadillac. Erst auf dem nächsten Parkdeck entdeckte er ihn. Dann ging er wieder zur Treppe und stieg eine Etage höher. Es war die letzte. Das oberste Parkdeck war offen, das Dach.

Charles ging zum Rand und schaute hinab. Dann kehrte er zur Treppe zurück und stieg sie hinab bis ins Erdgeschoß. Der Kassierer blickte auf, wirkte jedoch nicht sonderlich interessiert an ihm.

Ich sehe auch nicht aus, als hätte ich gerade eine Stereoanlage aus einem der Wagen geklaut, dachte Charles.

Er ging zurück zur South 16th Street und wartete auf Victor, der jeden Augenblick wieder um den Block biegen mußte.

Dann sah er die Polizisten. Zwei Cops in einem neutralen Wagen, der gegenüber vom Hotel auf der anderen Straßenseite parkte. Die beiden Cops beobachteten die Tür zur Cocktailbar.

Beobachteten sie DeZego? Oder jemand, der bei ihm war? Oder jemand anderen?

Victor tauchte auf, und als Charles die Hand hob und lächelte, stoppte Victor lange genug, um ihn einsteigen zu lassen.

»Der Caddy steht in einem Parkhaus«, sagte Charles.

»Penn Services – ich hab' es gesehen«, erwiderte Victor.

»Da ist es«, sagte Charles.

»Ich sah auch zwei Bullen«, berichtete Victor. »In Zivil. Kripo. Oder was auch immer.«

»Wenn sie in Zivil waren, woher willst du denn wissen, daß es Bullen waren?«

Victor lachte. »Ich habe es förmlich gerochen.«

»Ich habe sie gesehen«, sagte Charles.

»Und?«

»Nichts und. Soviel ich weiß, sind die vom Rauschgiftdezernat, oder sie suchen Taschendiebe. Fahr fünf Minuten lang und setz mich dann am Parkhaus ab. Dann fährst du wieder um den Block herum, ein paarmal, bis du einen Parkplatz auf der Straße außerhalb des Parkhauses findest. Du kannst mich auflesen, wenn ich fertig bin.«

»Wie lange wird es dauern?«

»Je nachdem, wie lange es dauert, bis Mr. Casanova die Bar verläßt«, sagte Charles. »Wie komme ich vom Parkhaus zum Flughafen?«

»Ich fahre dich«, sagte Victor.

»Ich spiele mit dem Gedanken, selbst mit Casanovas Caddy zu fahren«, sagte Charles. »Es würde beim Kassierer weniger Aufmerksamkeit erregen, wenn ich rausfahre, statt das Parkhaus mit der Reisetasche zu Fuß zu verlassen.«

»Dann laß die Tasche zurück«, schlug Victor vor.

»Ich bin schon einmal dort rausgegangen«, wandte Charles ein. »Der Kassierer könnte sich an mich erinnern, besonders daran, daß ich beim zweitenmal eine Reisetasche trug. Ich weiß noch nicht, was ich tun werde. Was immer ich für das beste halte.«

»Und wenn du selbst fährst, was soll ich dann tun?«

»Als erstes beschreibst du mir den Weg zum Flughafen«, sagte Charles.

»Links, dann an der nächsten Kreuzung wieder links, dann rechts. Dann bis du auf der South Broad Street. Du bleibst einfach darauf. Die Strecke ist ausgeschildert.«

»Wenn du mich aus dem Parkhaus fahren siehst, folgst du mir. Sobald es ohne Aufsehen möglich ist, setzt du dich vor mich, und ich folge dir.«

»Okay«, sagte Victor.

Er fuhr langsam durch den dichten Verkehr zurück bis in die Nähe des Parkhauses. Dann hielt er am Bordstein an und ließ Charles aussteigen. Charles öffnete die Fondtür und nahm seine Reisetasche heraus. Dann überquerte er die Straße und betrat das Parkhaus durch den Fußgängereingang.

In meiner brillanten Planung ist vielleicht ein grundsätzlicher Fehler, dachte er, als er die Treppe zum obersten Parkdeck hinaufstieg. *Casanova könnte seinen Caddy von dem Hotelpagen holen lassen.*

Auf dem obersten Parkdeck stellte er fest, daß er auf die Straße hinabblicken und sehen konnte, wer kam, um den Cadillac zu holen.

Charles nahm sein Taschentuch und wischte das Geländer des Parkdecks an seinem Standort sauber, damit er seinen Trenchcoat nicht beschmutzte.

Dann begann das Warten.

Vier junge Männer, einer viel jünger als die anderen drei, jeder mit einem Revolver unter dem schicken Anzug, standen bei einem Aktenschrank im Vorzimmer des Polizeichefs von Philadelphia und tranken Kaffee aus Plastikbechern.

Zwei der jungen Männer waren Sergeants, einer war ein Detective und einer – der ganz junge – war Officer, der niedrigste Rang in der Hierarchie der Polizei.

Beide Sergeants und der Detective waren trotz ihrer relativen Jugend erfahrene Polizeibeamte. Einer der Sergeants hatte die Prüfung zur Beförderung zum Lieutenant bestanden; der Detective hatte die Prüfung zum Sergeant hinter sich und bestanden, und beide warteten darauf, daß ihre Beförderung in Kraft trat. Der andere Sergeant war vor zwei Monaten befördert worden. Der jüngste war nicht lange genug im Dienst, um zur Prüfung für die Beförderung zum Corporal oder Detective – vergleichbare Dienstränge und der erste Schritt von unten hinauf – zugelassen zu werden.

Sie hatten jedoch alle vergleichbare Aufgaben. Sie alle arbeiteten als eine Art polizeiliches Gegenstück zu einem militärischen Adjutanten für sehr ranghohe leitende Polizeibeamte. Ihre Chefs waren alle zu einem Treffen mit dem Commissioner und dem Deputy Commissioner of Operations bestellt worden und hatten in der vergangenen Stunde um den langen Tisch im Konferenzraum des Polizeichefs gesessen.

Tom Lenihan, der Sergeant, der darauf wartete, daß seine Beförderung zum Lieutenant in Kraft trat, wurde in den Büchern als ›Fahrer‹ von Chief Inspector Dennis V. Coughlin geführt, der allgemein als der einflußreichste der elf Chief Inspectors der Polizei von Philadelphia galt und nahe daran war, Deputy Commissioner zu werden, wie man munkelte.

Sergeant Stanley M. Lipshultz hatte die Abendschule der Temple University besucht und vor einer Woche das Jura-Examen bestanden, vor seiner Beförderung zum Sergeant. Er war ›Fahrer‹ von Chief Inspector Robert Fisher, der die Special Investigations Division, die Abteilung für besondere Ermittlungen der Polizei von Philadelphia, leitete.

Detective Harry McElroy, der bald Sergeant sein würde, war der ›Fahrer‹ von Chief Inspector Matt Lowenstein, dem Chef aller Kriminalbeamter der Polizei von Philadelphia.

Officer Matthew W. Payne, ein großer, muskulöser junger Mann, der aussah, gekleidet war und sprach wie ein Student der University of Pennsylvania, der er vor einem halben Jahr noch gewesen war, wurde in der Personalkartei als besonderer Assistent von Staff Inspector Peter Wohl geführt, dem Chef der neu gebildeten Special Operations Division.

Es war höchst ungewöhnlich für einen Neuling, irgendwo anders als in einem der Distrikte verwendet zu werden, wo er meistens einer der beiden Officers war, die Streife fuhren, anstatt in Zivilkleidung und direkt für einen Vorgesetzten zu arbeiten. Es gab verschiedene Gründe für Officer Matt Paynes ungewöhnliche Verwendung als besonderer Assistent von Staff Inspector Wohl, aber hauptsächlich zählte dazu, daß Bürgermeister Jerry Carlucci so seine Rolle bei der Special Operations Division in der Presse bezeichnet hatte.

Was Bürgermeister Jerry Carlucci über die Vorgänge bei der Polizei sagte, galt fast als Bibel.

Der Bürgermeister war die meiste Zeit seines Lebens Polizist gewesen, vom Officer bis zum Commissioner, bevor er Bürgermeister geworden war. Er war nicht zu Unrecht der Ansicht, daß er besser wußte als jeder andere, was gut oder schlecht für die Polizei war, und er war als Bürgermeister verantwortlich für die Effektivität aller Amtsbereiche der Stadt. Es war nicht so, daß er ›ein verdammter Politiker war, der sich in etwas einmischte, von dem er keine Ahnung hatte‹, wie er immer wieder bei den leitenden Polizeibeamten betonte.

Officer Payne war von der Polizeiakademie zur Special Operations Division gekommen, bevor sein Status als besonderer Assistent durch Bürgermeister Carlucci offiziell gemacht worden war, und man konnte annehmen, daß es sich bei dieser Verwendung um offenkundige Vetternwirtschaft handelte.

Die Verwendung war von Chief Inspector Coughlin arrangiert worden, und es hatte viel Gerede darüber bei den höheren Rängen der Polizei von Philadelphia gegeben. Officer Payne hatte Chief Inspector Coughlin von klein auf ›Onkel Denny‹ genannt, obwohl sie weder blutsverwandt noch verschwägert waren.

Chief Inspector Coughlin hatte die Polizeiakademie zusammen mit einem jungen ehemaligen Teilnehmer am Koreakrieg besucht, mit John Xavier Moffitt. Sie waren Freunde geworden. Als junger Sergeant war John X. Moffitt im Dienst erschossen worden, als er bei einer Tankstelle in West-Philadelphia einen Einbrecher hatte stellen wollen.

Zwei Monate später hatte seine Witwe einen Sohn geboren. Ein Jahr nach ihrer Wiederheirat adoptierte ihr Mann Sergeant Moffitts Sohn. Denny Coughlin, der nie geheiratet hatte, war im Laufe der Jahre mit der Witwe seines besten Freundes und deren Sohn in Kontakt geblieben und hatte als eine Art Brücke zwischen dem Jungen und der Familie seines leiblichen Vaters fungiert.

Die Brücke hatte einen stürmischen Abgrund überspannt. Johnny Moffitts Mutter, Gertrude Moffitt, deren verstorbener Ehemann ein Polizei-Captain im Ruhestand gewesen war, hieß allgemein ›Mutter Moffitt‹. Sie war eine überzeugte irische

Katholikin und hatte Patricia Sullivan Moffitt, Johnnys Witwe, niemals verziehen, was sie als einen sündigen Verrat ihres Erbes bezeichnete. Patricia hatte nicht nur außerhalb der Kirche geheiratet, ein Mitglied der Episkopalkirche und einen reichen, prominenten Anwalt, sondern sie hatte auch selbst die katholische Kirche verlassen und ihren Sohn als Protestanten aufgezogen und ihn sogar die Episkopalschule besuchen lassen.

Als Mutter Moffitt ihren zweiten Sohn verlor, Captain Richard C. ›Dutch‹ Moffitt, den Chef der Highway Patrol – er war vor einem halben Jahr erschossen worden, als er bei einem Überfall eingegriffen hatte –, hatte sie Patricia Sullivan Moffitt Paynes Namen von der Einladungsliste für den Trauergottesdienst und Dutch Moffitts Beisetzung gestrichen. Am Tag nach Captain Dutch Moffitts Beerdigung ging Matthew W. Payne zur Stadtverwaltung und bewarb sich bei der Polizei.

Chief Inspector Dennis V. Coughlin war fast so unglücklich darüber wie Brewster Cortland Payne II., Matts Adoptivvater. Es war für beide klar, warum sich Matt entschieden hatte, Polizist zu werden. Teils wegen des Todes seines Onkels Dutch, und teils weil er zum Marine-Corps hatte gehen wollen und man bei der ärztlichen Untersuchung einen – minimalen – Sehfehler festgestellt hatte.

Mit anderen Worten, das Marine-Corps wollte ihn nicht. Es hielt ihn nicht für einen ganzen Mann. Er konnte sich und der Welt beweisen, daß er doch ein richtiger Mann war, indem er Polizist wurde und in die Fußstapfen seines Vaters und Onkels trat.

Das war für Denny Coughlin kein sehr guter Grund, Polizist zu werden. Aber er und Brewster Payne waren bei einem langen Mittagessen im Union League Club zu der Erkenntnis gelangt, daß sie nichts dagegen tun konnten und das vielleicht auch gar nicht sollten. Matt war ein gescheiter Junge, der bald vernünftig werden und erkennen würde (vielleicht sogar schon auf der Polizeiakademie), daß er nicht für eine Laufbahn als Polizist bestimmt war. Mit seinem Verstand und seiner Bildung sollte er Brewster C. Paynes Beispiel folgen und Anwalt werden.

Aber Matt Payne flog nicht von der Polizeiakademie – er

machte seine Sache sogar sehr gut –, und als der Abschluß nahte, überlegte Dennis V. Coughlin lange und angestrengt, was er unternehmen sollte. Er hatte nie den Abend vergessen, an dem er Patricia Sullivan Moffitt Payne hatte sagen müssen, daß ihr Mann erschossen worden war. Und jetzt wollte er ihr nicht sagen müssen, daß ihrem Sohn etwas Schreckliches im Dienst widerfahren war.

Matt war noch auf der Polizeiakademie – kurz vor dem Abschluß –, als auf den ›Vorschlag‹ des Bürgermeisters hin (der Vorschlag war natürlich so etwas wie ein päpstlicher Erlaß) eine neue Polizeieinheit gebildet wurde, die Special Operations Division. Sie sollte mit neuen Konzepten zur Verbrechensbekämpfung experimentieren, besonders in den Gebieten mit hoher Kriminalität, mit gutausgebildeten Polizisten, der modernsten Ausrüstung und Technologie und in besonderer Zusammenarbeit mit der Staatsanwaltschaft, damit die festgenommenen Kriminellen schneller durch die Justiz zur Rechenschaft gezogen werden konnten.

Bürgermeister Carlucci, eine politische Macht weit über die Stadtgrenzen hinaus, hatte es geschafft, großzügige Gelder der Regierung für dieses Projekt zu erhalten.

Der Bürgermeister hatte ebenfalls ›vorgeschlagen‹, Staff Inspector Peter Wohl zum Chef der Special Operations Division zu ernennen. Peter Wohl war der jüngste der Staff Inspectors bei der Polizei von Philadelphia. Staff Inspectors, ein Rang über Captain und unter Voll-Inspector wurden allgemein als Super-Kriminalbeamte betrachtet. Sie führten die schwierigeren Ermittlungen durch, besonders bei politischer Korruption, aber sie wurden selten, wenn überhaupt, Chefs einer Abteilung.

Man munkelte auch bei Peter Wohls Ernennung über eine Extrawurst und Vetternwirtschaft. Eine Abteilung von der Größe der neuen Special Operations Division, der auch noch die Highway Patrol unterstellt wurde, sollte mindestens einen Inspector und vielleicht sogar einen Chief Inspector als Leiter haben. Wohl galt zwar allgemein als guter und ungewöhnlich intelligenter Polizist, aber er war erst gerade über dreißig und nur Staff Inspector. Und die Leute erinnerten sich: Als der jetzige Bürgermeister sich bei der Polizei hocharbeitete, war sein Mentor August Wohl, Peter Wohls Vater, jetzt Chief Inspector im Ruhestand.

Es hieß auch, daß Peter Wohls Ernennung zum Chef der Special Operations Division mehr mit seiner Beziehung zu Arthur J. Nelson zu tun hatte als mit sonst etwas. Nelson, der Besitzer der Zeitung *Ledger* und des Fernsehsenders WGHA-TV, hatte während des Wahlkampfs um das Bürgermeisteramt all die Macht seiner Medien gegen Jerry Carlucci eingesetzt. Und es war bekannt, daß Arthur Nelson Staff Inspector Wohl haßte und ihm die Schuld daran gab, daß die Öffentlichkeit von der Homosexualität seines Sohns erfahren hatte, der vor seiner Ermordung mit einem schwarzen Geliebten das Luxusapartment geteilt hatte. Gleich nachdem das publik geworden war, hatte Nelson seine Frau in eine psychiatrische Klinik in Connecticut bringen müssen, und Peter Wohl hatte sich einen Feind fürs Leben gemacht.

Wer Jerry Carlucci kannte, der wußte von seiner Einstellung: ›Die Feinde meiner Feinde sind meine Freunde.‹

Denny Coughlin war einer von Peter Wohls Bewunderern. Er glaubte, daß Wohl Chef der Special Operations Division geworden war, weil Jerry Carlucci ihn für den besten Mann für diese Aufgabe hielt, basta. Wohl war sorgfältig und umsichtig, ohne zaghaft zu sein. Er war für Neuerungen offen, ohne Bewährtes aufzugeben. Und er war wie Coughlin gerade und ehrlich.

Und Denny Coughlin sagte sich, daß er den jungen Matt Payne am sichersten unter Peter Wohls Fittichen verstecken konnte – bis Payne erkannte, daß er kein Cop sein sollte. Wohl war ebenfalls der Ansicht, daß Payne nicht zum Polizisten geeignet war. Matt arbeitete für Wohl als eine Art Laufbursche. Denny Coughlin war überzeugt, daß es nur eine Frage der Zeit war, bis Matt Payne zur Vernunft kam und aus dem Polizeidienst ausschied.

Und dann brachte Payne die Sexbestie von Nordwest-Philadelphia zur Strecke. Während er in der Nacht bei Peter Wohls

Apartment in Chestnut Hill einen Bericht abliefern wollte, entdeckte er durch Zufall den Van des Sexualverbrechers und Mörders, den alle suchten. Der Verbrecher versuchte, ihn über den Haufen zu fahren. Payne zog seinen Revolver und feuerte. Er traf den Verbrecher tödlich. Im Van lag eine gefesselte nackte Frau, die nahe daran gewesen war, das nächste verstümmelte Opfer der Sexbestie zu werden.

Der erste Wagen (von zwanzig), der auf den Funkruf hin zum Tatort fuhr, war M-Mary 1, die Limousine des Bürgermeisters, ein schwarzer Cadillac. Jerry Carlucci war von einem Abendessen mit den ›Söhnen Italiens‹ in Süd-Philadelphia auf dem Heimweg gewesen, als er den Funkruf gehört hatte.

Als der erste Reporter – Michael J. ›Mickey‹ O'Hara von der Zeitung *Bulletin*, allgemein als Freund der Polizei betrachtet – am Tatort eintraf, war Bürgermeister Carlucci auf ihn vorbereitet. In der nächsten Ausgabe des *Bulletin* erschien ein großes Foto, das ihn mit dem Arm um Officer Matt Payne zeigte. Carluccis Jackett stand weit offen, und die Wähler sahen, daß ihr Ex-Polizeichef und jetziger Bürgermeister immer noch mit einem stupsnasigen Revolver am Gürtel zum Tatort eines Verbrechens fuhr.

In dem Artikel zu dem Foto wurde Officer Payne vom Bürgermeister als der besondere Assistent des Chefs der Special Operations Division beschrieben und als ›der typische gebildete, tapfere und hochmotivierte junge Polizeibeamte, mit dem Polizeichef Czernick die Special Operations Division personell besetzen wird‹.

Matt Payne, dem völlig klar war, daß seine Rolle bei der Schießerei weit weniger heldenhaft gewesen war, als sie in den Zeitungen dargestellt wurde, war darauf vorbereitet, von seinen Kollegen, den ›Fahrern‹, mit Spott und vielleicht sogar Verachtung behandelt zu werden. Schon bevor er zur Polizei gegangen war, hatte er gewußt, daß die ›Fahrer‹, Leute wie Sergeant Tom Lenihan, für diesen Dienst ausgewählt worden waren, weil sie für ungewöhnlich begabte junge Polizeibeamte gehalten wurden, die ihre Fähigkeit auf den Straßen bewiesen hatten und für hohe Dienstränge bestimmt waren.

Bei der Arbeit für ranghohe Vorgesetzte sahen die Fahrer die Verantwortung und die Aufgaben, die sie später in ihrer Laufbahn selbst übernehmen würden. Sie hatten sich nach Matt Paynes Ansicht ihre Jobs *verdient*, während man ihm seinen *geschenkt* hatte, und er konnte ihnen nicht verdenken, wenn sie sich über ihn ärgerten.

Zu seiner Überraschung war das jedoch nicht der Fall. Er wurde von ihnen akzeptiert. Er sah die logischste Erklärung darin, daß Tom Lenihan ein gutes Wort für ihn eingelegt haben mußte. Tom war offenbar der Ansicht, daß sein Boß Denny Coughlin über Wasser wandeln konnte, wenn er das wollte, und nichts falsch machen konnte, selbst wenn das eine Extrawurst für den Sohn seines alten Freundes bedeutete.

Aber diese Erklärung, die Matt Payne sich zurechtlegte, stimmte in Wirklichkeit nicht. Es war schwierig, Matt Payne nicht zu mögen. Er war ein netter junger Mann, dessen Respekt vor den anderen deutlich war, ohne daß er sich kriecherisch verhielt. Das war ein Teil der Erklärung. Aber der Hauptgrund, an den Matt Payne nie gedacht hätte, war die Tatsache, daß sie einen gewaltigen Respekt vor ihm hatten. Er hatte sich in einer lebensgefährlichen Situation befunden – die Sexbestie von Nordwest-Philadelphia war entschlossen gewesen, ihn über den Haufen zu fahren – und hatte sie perfekt gemeistert, indem er dem Verbrecher das Gehirn aus dem Schädel geblasen hatte.

Nur Sergeant Lenihan und Detective McElroy hatten jemals ihre Dienstrevolver gegen einen Kriminellen gezogen, und sie waren von anderen Cops umgeben gewesen.

Der Junge hatte sich Mann gegen Mann einem mörderischen Bastard gestellt und ihn erledigt. Er hatte Mumm bewiesen und Erfolg gehabt wie die beiden Jungs vom Rauschgiftdezernat, die jetzt ebenfalls für die Special Operations Division arbeiteten: Charley McFadden und Jesus Martinez. Die beiden hatten auf eigene Faust den Komplizen der Täterin gesucht, die Captain Dutch Moffitt erschossen hatte. Sie hatten ihn gefunden, und McFadden hatte ihn durch die U-Bahn-Station verfolgt, bis der Verbrecher auf die Stromschiene gestürzt und von einer U-Bahn überrollt worden war.

Ganz gleich, wie neu sie in dem Job waren, es war nicht fair, solche Jungs als Anfänger zu betrachten. Mit ihren Leistungen verdienten sie es, als ›Cops‹ bezeichnet und behandelt zu werden.

Die Tür des Konferenzraums wurde geöffnet, und Chief Inspector Matt Lowenstein kam heraus, ein kleiner, kahlköpfiger Mann mit gewölbter Brust, der gerade eine lange, schwarze Zigarre anrauchte. Lowenstein wirkte wütend und unzufrieden mit der Welt. Er entdeckte Detective McElroy bei der Gruppe der Fahrer, winkte ihn ungeduldig zu sich und marschierte ohne ein Wort aus dem Vorzimmer.

»Wieso denke ich, daß Chief Lowenstein da drinnen eine Schlappe erlitten hat?« sagte Sergeant Tom Lenihan im Flüsterton.

Sergeant Lipshultz lachte leise, und Officer Payne lächelte, als die Chief Inspectors Dennis V. Coughlin und Robert Fisher und Staff Inspector Peter Wohl als nächste den Konferenzraum verließen.

Coughlin war groß und wie immer tadellos gekleidet. Er legte Wert auf modische Kleidung. Heute trug er einen perfekt sitzenden Glencheck-Anzug. Fisher, drahtig und mit weißer Haarfülle, trug einen seiner blauen Anzüge. Er hatte drei oder vier identische Anzüge in diesen beiden Farben. Keiner konnte sich erinnern, ihn jemals mit einem Sakko oder in kariertem oder gestreiftem Anzug gesehen zu haben. Er trug stets unifarbene Anzüge, blau und braun.

Matt hatte von Coughlin und Wohl gehört, daß Chief Fisher der Ansicht war, viel zu viele Polizeibeamte trugen Zivil, wenn sie im Interesse der Öffentlichkeit in Uniform auftreten sollten.

Coughlin ging zu den Fahrern und reichte Sergeant Lipshultz die Hand.

»Wie geht's, Stanley?« fragte er. »Wissen Sie, wo ich einen guten, billigen Anwalt finden kann?«

»Zu Ihren Diensten, Chief«, erwiderte Lipshultz lächelnd.

»Matthew«, sagte Coughlin und nickte Matt Payne zu.

»Chief«, erwiderte Matt.

»Gehen wir, Tom«, sagte Coughlin zu Sergeant Lenihan.

»Chief Lowenstein hat mich mit seinem Zigarrengestank eingeräuchert. Ich brauche frische Luft.«

»Wir konnten es bis hierhin riechen, Chief«, sagte Lenihan und ging aus dem Vorzimmer auf den Gang hinaus.

Chief Inspector Fisher nickte Matt Payne zu, schüttelte Coughlin und Wohl die Hand und verließ das Vorzimmer. Sergeant Lipshultz eilte hinter ihm her.

»Sagen Sie den netten Leuten auf Wiedersehen, Matthew«, bemerkte Staff Inspector Wohl trocken. »Und fahren Sie mich von hier fort. Es war ein *langer* Nachmittag.«

»Auf Wiedersehen, nette Leute«, sagte Matt gehorsam zu den anderen, zur Sekretärin des Polizeichefs, zu seinem Fahrer und dem anderen Verwaltungspersonal.

Einige lachten. Der Fahrer des Polizeichefs sagte: »Nun übertreib mal nicht, Junge.«

Die Sekretärin des Commissioners, eine attraktive, vollbusige Vierzigerin, sagte: »Schauen Sie mal wieder vorbei, Matthew. Sie sind eine Verbesserung im Vergleich zu den meisten Leuten, die herkommen.«

Officer Matt Payne folgte Staff Inspector Wohl hinaus auf den Flur und zu den Aufzügen.

Niemand sonst befand sich in der Aufzugkabine. Wohl lehnte sich gegen die Wand und atmete tief durch.

»Das war rauh da drinnen«, murmelte er.

»Was war denn los?«

»Nicht hier«, sagte Wohl.

Er richtete sich auf, als der Lift hielt und die Tür aufglitt, durchquerte die Halle und verließ das Polizeipräsidium durch den Hinterausgang. Draußen blieb er stehen, wandte sich um und fragte: »Wo steht unser Wagen?«

Payne wies hin. Vier neue Ford-Limousinen, eine davon in zwei Blautönen, parkten am Ende des Parkplatzes. Als sie beim Präsidium eingetroffen waren, hatte Payne Wohl an der Tür abgesetzt und dann einen Parkplatz gesucht.

Es gab beim Präsidium fünf Parkplätze, die für Abteilungsleiter und Chief Inspectors reserviert waren, und einige davon waren leer, aber Matt hatte gelernt, daß das Schild nicht das bedeutete, was darauf stand. In *Wirklichkeit* waren die Plätze reserviert für Chief Inspectors, die zugleich Abteilungsleiter waren, und andere Chief Inspectors konnten sie benutzen, wenn sie zufällig einen freien fanden. Es hieß nicht, daß Staff Inspector Wohl ein Recht hatte, dort zu parken – obwohl er Abteilungsleiter war.

Davon war natürlich nichts verbrieft. Aber jeder verstand die Spielregeln, und Matt hatte gelernt, daß die ranghohen Beamten bei der Polizei auf die Privilegien ihres Dienstranges pochten. Er hatte den neutralen Ford weiter hinten auf dem Parkplatz geparkt, neben den neutralen Wagen von anderen leitenden Beamten, die jedoch wie Wohl nicht ranghoch genug waren, um einen der Parkplätze näher beim Präsidium benutzen zu dürfen.

Neutrale neue Wagen waren ebenfalls ein Privileg des Dienstranges. Matt hatte gelernt, daß ranghohe Polizeibeamte – Chief Inspectors, Inspectors und einige Staff Inspectors – nagelneue Dienstwagen fuhren, sie dann an Captains übergaben (›Wenn die Aschenbecher voll sind‹, hatte Wohl gesagt), die sie nur wenig benutzt an Lieutenants weitergaben, die sie dann Detectives überließen.

Als die Special Operations Division gebildet worden war und viele Wagen aus der Polizeigarage gebraucht hatte, war das System gestört worden. Einige Inspectors und Captains hatten keine neuen Wagen erhalten, auf die sie ihrer Ansicht nach ein Anrecht hatten, und sie hatten ihrer Empörung Luft gemacht.

Als sie bei dem Ford anlangten und Matt sich hinter das Steuer setzte, sagte Wohl: »Ich denke, ich fahre heim. Wo ist Ihr Wagen?«

»Bustleton und Bowler«, sagte Matt. »Ich kann mich von jemand dorthin mitnehmen lassen.«

Die Special Operations Division hatte ihr Hauptquartier im Gebäude der Highway Patrol an der Bustleton und Bowler Street in Nordost-Philadelphia.

»Nein, ich muß ohnehin noch ins Büro. Ich wußte nur nicht, ob Sie auch dorthin müssen oder nicht.« Wohl nahm auf dem Beifahrersitz Platz.

Matt fuhr zur North Broad Street und nordwärts. Sie waren ein paar Blocks weit stumm gefahren, als Wohl das Schweigen brach. »Es gibt unbewiesene Behauptungen, daß – ich nehme an, Sie können den Mund halten, oder?«

»Jawohl, Sir.«

»Es gibt Behauptungen, daß gewisse Beamte des Rauschgiftdezernats in zu große Versuchung geführt wurden und dem organisierten Verbrechen Informationen geben.«

»O Gott!«

»Einige Festnahmen, die glatt über die Bühne hätten gehen sollen, kamen nicht zustande«, fuhr Wohl fort. »Und Razzien waren erfolglos. Chief Lowenstein sagte Commissioner Czernick, was seiner Meinung nach passierte. Vielleicht ein bißchen voreilig, weil er verhindern wollte, daß Czernick es von anderen erfährt. Czernick nahm Chief Lowenstein die Ermittlungen fort, entweder aus eigenem Entschluß oder weil er es vielleicht dem Bürgermeister erzählte und Carlucci die Entscheidung traf.«

»Wem gab er die Ermittlungen?«

»Sie dürfen dreimal raten«, sagte Wohl trocken.

»War Chief Lowenstein deshalb so sauer?«

»Klar. Ich an seiner Stelle wäre ebenfalls sauer. Das ist ungefähr so, als hätte man ihm gesagt, daß man ihm nicht vertrauen kann.«

»Aber warum überträgt man uns die Ermittlungen? Warum nicht der Abteilung Interne Angelegenheiten?«

»Und warum nicht der Abteilung Organisiertes Verbrechen? Warum nicht ein paar Staff Inspectors? Ich nehme an, weil der Bürgermeister wieder Detektiv spielt. Es klingt nach ihm: ›Ich kann zu uns jeden versetzen lassen, den ich von der Abteilung Interne Angelegenheiten, vom Rauschgift- und Sittendezernat oder der Abteilung Organisiertes Verbrechen haben will‹ – das sind theoretisch Routineversetzungen. Aber es geht natürlich darum, die schmutzigen Cops zu erwischen, vorausgesetzt, es gibt tatsächlich welche – und zwar im Rauschgiftdezernat.«

Wohl schwieg nach diesen Worten, offenbar in Gedanken vertieft. Matt kannte seinen Chef gut genug, um sich zu hüten, ihn zu stören. Wenn Wohl ihm etwas mitteilen wollte, dann würde er es sagen.

Ein paar Minuten später sagte Wohl: »Da ist noch etwas.«

Matt blickte kurz zu ihm und wartete darauf, daß er weitersprach.

»Am Montag morgen fängt bei uns ein weiterer gescheiter, junger, gebildeter Anfänger namens Foster H. Lewis junior an. Kennen Sie ihn?«

Matt überlegte und schüttelte dann den Kopf. »Nein, den kenne ich nicht.«

»Er wurde zu uns versetzt im Zuge der Politik des Commissioners – die natürlich die begeisterte Unterstützung des Bürgermeisters hat –, Special Operations mit gescheiten, jungen gebildeten Polizisten wie Sie zu besetzen, Officer Payne. Officer Lewis hat das Bakkalaureat der Naturwissenschaften von der Temple University. Bis vor kurzem hatte er sich auf der Temple Medical School einschreiben lassen.«

»Er wollte Medizin studieren?« fragte Matt überrascht.

»Es war der Traum seines Vaters, daß der junge Foster ein Heiler von Menschen wird«, fuhr Wohl fort. »Leider entschied sich der junge Foster nach der Eignungsprüfung, daß er statt Menschen zu heilen lieber die Gesellschaft vor Übeltätern schützen und sozusagen in die Fußstapfen seines Vaters treten möchte. Sein Vater wurde soeben zum Lieutenant befördert. Lieutenant Foster H. Lewis senior. Schon gehört?«

»Nein.«

»Guter Cop«, sagte Wohl. »Keine herzliche, einnehmende Persönlichkeit, aber ein guter Cop. Er ist so wenig entzückt, daß sein Sohn Polizist geworden ist, wie es Ihr Vater ist.«

Matt lachte. »Und warum kommt er zu uns?«

»Weil Commissioner Czernick das sagte. Das habe ich Ihnen doch vorhin erklärt. Wenn ich ein mißtrauischer Mann wäre, was natürlich für jemand mit einer herzlichen, einnehmenden und nicht zu vergessen vertrauensvollen Persönlichkeit wie meiner undenkbar ist, könnte ich vielleicht annehmen, daß der Bürgermeister seine Hand im Spiel hat.«

»Hat er das nicht bei allem?« Matt lachte wieder.

»In diesem Fall könnte ein mißtrauischer Mensch einen Zusammenhang mit der Tatsache sehen, daß Officer Lewis' Verwendung bei Special Operations vom Bürgermeister bei einer Rede angekündigt wurde, die er gestern abend in der Second Abyssinian Baptist Church hielt.«

»Ist das ein farbiger Junge?«

»Das vorzuziehende Wort, Officer Payne, ist *Afro-Amerikaner.*«

»Verzeihung«, sagte Matt. »Wo werden Sie ihn einsetzen?«

»Ich weiß es nicht. Ich dachte mir soeben, daß es in jeder schwarzen Wolke einen Silberstreifen gibt. Ich werde mir sagen: ›Im Zweifel für den Angeklagten.‹ Das sollte kein Wortspiel sein, und keiner sollte mir eine rassistische Anspielung unterstellen. Dieser junge Lewis kennt sich wenigstens im Gegensatz zu dem letzten gescheiten, gebildeten Neuling, mit dem ich gesegnet wurde, bei der Polizei aus. Er hat neben dem Studium in der Funkzentrale gearbeitet. Mike Sabara sprach davon, daß die Highway Patrol und die Special Operations Division mit einem besonderen Funknetz ausgestattet werden sollen. Vielleicht hat es damit etwas zu tun.«

Als sie am Hauptquartier an der Bustleton und Bowler Street auf den Parkplatz fuhren, sah Matt Captain Mike Sabaras Wagen auf dem dafür reservierten Platz stehen. Wohl entdeckte ihn im selben Augenblick. Sabara war Wohls Stellvertreter.

»Captain Sabara ist noch hier. Gut. Ich muß mit ihm reden. Sie können Feierabend machen, Matt. Bis morgen dann.«

»Jawohl, Sir«, sagte Matt.

Er bot nicht an, sich noch eine Weile zur Verfügung zu halten. Wenn Wohl ihn gebraucht hätte, dann hätte er ihn zum Warten aufgefordert. Und wenn Wohl ihm eine halbe Stunde früher freigab, dann wollte er ihn nicht hierhaben. Wohl hatte sich entschieden, daß es Officer Payne nichts anging, was er mit Captain Sabara zu besprechen hatte.

3

Matt Payne ging anderthalb Blocks zu der Sunoco-Tankstelle, bei der er für eine Gebühr seinen Wagen parkte. Wohl hatte ihn ermahnt, den Wagen nicht auf der Straße zu lassen, wenn er keinen freien Platz auf dem Parkplatz der Polizei fand. Jugendliche liebten es, Kotflügel und Türen von Wagen mit Schlüsseln oder anderen scharfen Dingen zu zerkratzen, und sie gaben sich besondere Mühe bei schönen Wagen, deren Besitzer Polizisten waren.

»Den schönen Wagen eines Cops zu erwischen ist zwei Goldsterne wert, die sie heim zu Mami bringen können«, hatte Wohl ihm erklärt.

Matt stieg in seinen Wagen, schaute auf die Tankanzeige, ob

er genügend Sprit hatte, und lenkte den Wagen Richtung Heimat, was bedeutete, daß er zurück in die Innenstadt fuhr.

Er fuhr einen silbernen Porsche 911 Carrera, der noch keine fünftausend Meilen auf dem Tacho hatte. Es war so etwas wie ein Geschenk zu seiner Graduierung. Er hatte *cum laude* graduiert und gehofft, einen Wagen als Ersatz für den alten VW-Käfer zu bekommen, den er gefahren hatte, seit er mit sechzehn Jahren den Führerschein erhalten hatte. Aber er hatte keinen Porsche erwartet.

»Dies ist deine Belohnung«, hatte sein Vater, der Anwalt, gesagt, »weil du es bis zum Wahlalter und durch die Uni geschafft hast, ohne meine beruflichen Dienste in Anspruch nehmen zu müssen, damit ich dich aus dem Knast herauspauke. Und eine Belohnung, weil du mich nicht vorzeitig zum Großvater gemacht hast.

Der Porsche, den er jetzt fuhr, war nicht derjenige, den er als Geschenk erhalten hatte, doch er war im wesentlichen identisch damit.

Der erste Porsche hatte eine Kollision erlitten. Die rechte hintere Seite war von einem Ford Van gerammt worden. Der Fahrer hatte das absichtlich getan, in der Hoffnung, Matthew Payne zwischen den beiden Fahrzeugen zu zermalmen und damit die Möglichkeit zu haben, seine Absichten weiterhin in die Tat umzusetzen: Er wollte Mrs. Naomi Schneider, die zu dieser Zeit nackt und gefesselt im Van unter einer Plane lag, zu einem Ferienhäuschen in der Bucks County bringen, um sie zu vergewaltigen und zu verstümmeln, wie er das schon mit einem anderen Opfer getan hatte.

Es gelang ihm nicht, Officer Payne zu zermalmen. Payne rettete sich mit einem Sprung zur Seite und erschoß den Verbrecher kurz darauf mit seinem Revolver.

Der Verstorbene, so erfuhr Matt, nachdem der Porschehändler eine erste grobe, aber erschreckende Schätzung der Reparaturkosten genannt hatte, war nicht versichert gewesen, wie eine sorgfältige Suche bei der Kraftfahrzeug-Zulassungsstelle in Harrisburg ergab.

Als nächstes teilte ihm ein Anwalt der Polizei von Philadelphia mit, da Officer Payne zum Zeitpunkt des Anschlags auf seinen Wagen nicht im Dienst gewesen sei, hafte die Polizei von Philadelphia nicht für irgendwelche Beschädigungen seines privaten PKW.

Dann erreichte ihn ein Brief von der First Continental Assurance Company aus Hartford, Connecticut. Darin wurde der Versicherte über folgende Punkte informiert: (1) da er im Versicherungsantrag weder angegeben hatte, daß er Polizeibeamter war, noch daß er beabsichtige, seinen Wagen in der Ausübung seines Polizeidienstes zu benutzen; (2) da es ihr zu Kenntnis gelangt sei, daß er tatsächlich in Philadelphia, Pennsylvania, wohne und nicht wie in dem Antrag vermerkt in Wallingford, Pennsylvania; und (3) da man eine Versicherung abgelehnt hätte, wenn einer der zuvor erwähnten Fakten angegeben worden wäre, habe die Versicherung in dem vorliegenden Fall eindeutig keine Zahlungspflicht.

Darüber hinaus diente der Brief als Mitteilung einer sofortigen Kündigung, da der Versicherungsschutz unter der falschen Angabe von Fakten erteilt worden war. Eine Rückerstattung der bereits im voraus bezahlten Prämie werde zur gegebenen Zeit erfolgen.

Matt versuchte, mit dem Problem allein fertig zu werden. Er war schließlich kein kleiner Junge mehr, der bei jeder geringen Schwierigkeit zu Papa laufen mußte, sondern ein erwachsener Mann mit abgeschlossenem Studium und ein Polizeibeamter.

Als nächstes machte er die Erfahrung, was Versicherungsgesellschaften davon hielten, unverheiratete männliche Personen unter fünfundzwanzig Jahren zu versichern, die teure, schnelle Wagen fuhren, die bei Autodieben besonders begehrt waren und deren vorherige Versicherung gekündigt worden war. Fünf Versicherungsagenten lachten ihn aus, und der sechste erklärte sich gönnerhaft bereit, Matt zu versichern, jedoch zu einer so hohen Prämie, daß ihm nicht ganz hundert Dollar von seinem Gehalt für Essen, Trinken und Vergnügen geblieben wären. Da ging Matt zu Daddy.

Am nächsten Morgen ging ein Schreiben der Anwaltskanzlei Mawson, Payne, Stockton, McAdoo & Lester an die Versicherung ab. Es war unterzeichnet von J. Dunlop Mawson, Seniorpartner der Kanzlei, und begann mit ›Mein lieber Charley‹, was als ein ziemlich ungewöhnlicher Mangel an Förmlichkeit bei Geschäftskorrespondenz betrachtet werden konnte.

Aber Colonel Mawson kam schnell zur Sache. Mawson, Payne, Stockton, McAdoo & Lester vertraten Matthew W. Payne, erklärte er, und es sei ihre Absicht, die First Continental Assurance Company wegen Vertragsbruch auf Schadensersatz von 9 505,07 Dollar und auf zwei Millionen Dollar zusätzliche Buße zu verklagen.

Sechs Tage später erhielt Matt einen Scheck über 9 505,07 Dollar und ein Schreiben, in dem die Versicherungsgesellschaft zutiefst das Mißverständnis bedauerte und die Hoffnung äußerte, ihn noch viele Jahre zu ihren Versicherten zählen zu dürfen. Jemand bei der Versicherung hatte sich daran erinnert, daß sie nach einer gerichtlichen Entscheidung dreieinhalb Millionen Dollar für die Aufzugfirma Kiley Elevator hatte zahlen müssen, nachdem ein Hotelgast acht Stunden lang in einem defekten Aufzug steckengeblieben war und dadurch großen seelischen Schaden erlitten hatte. Die klagende Partei war von Colonel J. Dunlop Mawson von der Kanzlei Mawson, Payne, Stockton, McAdoo & Lester vertreten worden.

Eine Woche später sagte ihm der Mechaniker von Porsche, daß nach einer solchen Kollision ein Wagen nie wieder ganz richtig laufen würde, und so nahm Matt einen neuen, und der alte wurde zum Ausschlachten der Teile verkauft.

Matts Kollegen nahmen allgemein an, daß man als Besitzer eines solchen Wagens jede Menge Frauen haben konnte.

Aber das war nicht der Fall. Wenn er darüber nachdachte, und er grübelte des öfteren darüber nach, dann wurde ihm klar, daß er Mädchen viel öfter den Hengst gemacht hatte, als er noch auf der Uni gewesen war. In letzter Zeit war da nicht viel gelaufen.

Er sagte sich, wenn man seine sexuellen Aktivitäten graphisch darstellte, dann würde die Kurve eine allmähliche Steigerung während seiner Jahre als Student im ersten Semester bis zum zweiten Jahr zeigen, praktisch von Null bis zu einer befriedigenden Ebene während des zweiten Jahrs. Dann würde die Kurve im vorletzten Jahr vor seiner Graduierung stagnieren und im letzten Studienjahr allmählich hinuntergehen. Seit seiner Graduierung und dem Beginn des Jobs würde die Kurve einen steilen Rückgang zeigen, tief hinab bis in die Nähe von Null – bis auf eine kleine Abweichung.

Er hatte eine Lady in der Bar des Polizeiclubs kennengelernt, eine fünfunddreißigjährige Geschiedene, die von jungen Polizisten fasziniert war. Es gefiel ihm jedoch nicht, auf der Abweichung der abstürzenden Kurve zu verweilen.

Es gab Gründe für den Niedergang, den man als eine Art Börsensturz in punkto Sex betrachten konnte. In der Schul- und Studienzeit fanden sich anscheinend Pärchen, und viele hatten sich später verlobt und sogar geheiratet. Er hatte nie eine kennengelernt, mit der er sich hatte verloben wollen. Aber es war ein allmählicher Rückgang in der Auswahl der Verfügbaren zu verzeichnen gewesen.

Und nach der Graduierung und dem Beginn seines Jobs hatte er den Kontakt zu den Mädchen verloren, die er auf der Uni und zu Hause gekannt hatte.

Er hoffte, daß sich heute die Lage vielleicht änderte. Er hatte eine neue Bekanntschaft gemacht. Beinahe hätte er die Sache vermasselt, aber es war gutgegangen. Er hatte gehört, daß Gott schützend die Hand über Narren und Betrunkene hält, und er sagte sich, daß auf ihn beides zutraf.

Ihr Name war Amanda Chase Spencer. Sie hatte in diesem Jahr graduiert. Ihre Familie wohnte in Scarsdale, und sie besaß ein Ferienhaus in Palm Beach. Bis jetzt mochte er Amanda sehr, was ziemlich ungewöhnlich war, denn die Erfahrung hatte ihn gelehrt – dreimal, wie er sich auf Anhieb erinnerte –, daß einem schöne junge Blondinen aus wohlhabender Familie und von gesellschaftlich hohem Stand und ganz besonders welche, die auf einer Uni wie Bennington studiert hatten, für gewöhnlich gewaltig auf die Nerven gehen konnten.

Matt hatte Amanda erst vor vier Tagen kennengelernt, zu Beginn der ›Hochzeitswoche‹, wie sie es jetzt nannten. Zuerst war er von dem Gedanken daran alles andere als begeistert gewesen. Als er von dem Bräutigam in spe informiert worden war, daß er während dieser Woche als Begleiter von Miss Spencer festgelegt worden war, hatte er sofort und unmißverständlich erklärt: »Leck mich am Arsch, Chad, kommt nicht in Frage!«

Chad war Chadwick T. Nesbitt IV. (University of Pennsylvania '73) von Bala-Cynwyd und Camp Lejeune, North Carolina, wo er als Second Lieutenant der Reserve des U.S. Marine-Corps gedient hatte. Matt Payne und Chad Nesbitt waren Freunde, seit sie sich als Elfjährige auf der Episkopalschule kennengelernt hatten. Keiner war überrascht, als Chad ankündigte, Matt werde als sein Freund bei der Ausrichtung der Hochzeit eine wichtige Rolle spielen, wenn er Miss Daphne Elizabeth Browne (Bennington '73) aus Merion und Palm Beach heiraten würde.

»Ich habe es dir gesagt«, erklärte Matt Payne entschieden Lieutenant Nesbitt. »Ich stehe am Polterabend und bei der Trauung zur Verfügung, und damit hat sich's.«

»Sie ist Daffys erste Brautjungfer«, wandte Chad ein.

»Es juckt mich nicht, und wenn sie die Königin der Nymphomaninnen wäre. Nein, verdammt noch mal, nein!«

»Du stehst nicht mehr auf Mädchen?«

»Nicht, wenn sich mehr als zwei oder drei für so etwas versammeln. Und ich habe einen Job, wie du weißt.«

»Erzähl mir über den Job, Kojak«, sagte Chad Nesbitt.

»Chad, ich hab' wirklich keine Zeit«, erwiderte Matt Payne. »Selbst wenn ich wollte, ginge es nicht.«

»Allmählich denke ich, daß es dir ernst ist, mein Junge.«

»Da hast du verdammt recht.«

»Okay, okay. Weißt du was? Komm zur Probe, und ich lasse mir etwas einfallen.«

»Ich brauche nur nüchtern im Smoking aufzutauchen und dir den Ring zu überreichen. Das muß ich nicht proben.«

»Es ist ein Frack, du Arsch, kapierst du das? Kein Smoking.«

»Ich werde alle mit meiner Eleganz entzücken«, sagte Matt.

»Wenn du nicht zur Probe erscheinst, wird Daffys Mutter einen hysterischen Anfall kriegen.«

Das war weniger bildlich gesprochen, mehr die Feststellung einer Tatsache. Mrs. Soames T. Browne neigte zu heftigen Gefühlsausbrüchen. Matt hatte noch deutlich in Erinnerung, daß sie ihn mit schriller Stimme ›Du schmutziger, kleiner Junge‹ angekeift hatte, als sie ihn als Fünfjährigen beim Doktorspiel mit Daphne erwischt hatte. Und er wußte, daß seither nichts geschehen war, was ihre Meinung über seinen Charakter geändert hatte. Er wußte auch, daß sie versucht hatte, Chad zu überreden, einen anderen als Matt Payne für die Trauung auszuwählen.

»Okay«, gab Matt nach. »Probe, Polterabend und Trauung. Aber das ist alles. Abgemacht?«

»Abgemacht.« Lieutenant Nesbitt schüttelte ihm lächelnd die Hand und fügte hinzu: »Du verdammter Hurensohn.«

Matt Payne wartete in der Vorhalle der St.-Mark's-Episkopalkirche an der Locust Street, zwischen Rittenhouse Square und South Broad Street in der Innenstadt, als Teilnehmer an der Probe in einem Konvoi von Mercury-Kombis und einem Buick eintrafen.

Mrs. Soames T. Browne, mit breitkrempigem Hut und hellblauem Seidenkleid, reichte Matt kurz eine Hand mit Handschuh, der bis zum Ellenbogen reichte.

»Hallo, Matthew. Wie nett, Sie zu sehen. Grüßen Sie Ihre Eltern.«

»Das werde ich tun, Mrs. Browne«, sagte Matt. »Danke.«

Sie stellte ihn nicht der Blonden in Daphnes Gesellschaft vor.

»Kommt, Mädchen«, sagte Mrs. Browne und stolzierte schnell durch die Vorhalle in die Kirche.

»Ich bin Matt Payne«, sagte Matt zu der Blonden. »Daffy hat anscheinend nicht vor, uns miteinander bekannt zu machen.«

»Entschuldige«, sagte Daphne. »Matt, Amanda. Sei nicht zu nett zu ihm, Amanda. Er ist ein heißer Finger.«

»Wer ist Daffy Browne, und warum sagt sie so schreckliche Dinge über mich?« fragte Matt.

»Du weißt verdammt genau, warum«, fuhr Daffy ihn an.

»Ich habe nicht die geringste Ahnung.«

»Nun, damit dir eines klar ist, Matt, Amanda braucht keinen Begleiter für die Cocktailparty nach der Probe.«

»Ich dachte, ich werde ihr Begleiter.«

»Chad sagte, du hast dich strikt geweigert«, sagte Daffy.

»Da muß er dich mal wieder auf den Arm genommen haben«, behauptete Matt. »Er hat einen merkwürdigen Sinn für Humor.«

»Das stimmt nicht«, sagte Daffy loyal.

»Er durfte ein Jahr lang nicht an den Swimmingpool im Rose Tree Club, weil er Schokoladenkringel hineinwarf«, sagte Matt. »Ist das nicht merkwürdig?«

Amanda brauchte einen Moment, bis sie vor ihrem geistigen Auge sah, wie die Schokoladenkringel im Wasser geschwommen hatten, und dann biß sie sich auf die Unterlippe, um nicht zu lachen.

»Stimmt das?« fragte Amanda.

»Verdammt, Matt!« sagte Daffy, und dadurch wurde klar, daß es stimmte.

»Die Mutter der Braut machte einen ihrer berühmten Hechtsprünge und tauchte in den Swimmingpool«, fuhr Matt fort. »Beim Auftauchen, irgendwo unterhalb der Wasseroberfläche, öffnete sie die Augen und sah einen der Schokoladenkringel. Sie hielt ihn für etwas anderes und schoß aus dem Pool wie eine Rakete.«

Amanda lachte, ein herzhaftes, melodisches Lachen, das Matt gefiel.

»Mein Vater wollte ihr einen Pokal verleihen«, sagte Matt, »mit der Inschrift ›Für das erste Mitglied des Rose Tree Club, das tatsächlich auf dem Wasser wandelte‹, aber meine Mutter war dagegen.«

»Ich weigere mich, das zu glauben«, sagte Daffy Browne. »Matt, du bist ein Scheusal!«

Mrs. Soames T. Browne kam zurück.

»Liebling, der Pfarrer möchte mit dir sprechen«, sagte sie und führte Daphne in die Kirche.

Amanda lächelte Matt Payne an.

»Gehen Sie zu der Cocktailparty?« fragte sie.

Er nickte. »Und zum Abendessen. Wohin Sie gehen, Amanda, dorthin wird auch Matt gehen. Das ist von Salomon, falls Sie eine Heidin sind und die Bibel nicht kennen.«

Sie lachte und legte ihm kurz die Hand auf den Arm. »Es freut mich, daß Sie zur Cocktailparty kommen.«

»Passen Sie in der Kirche genau auf«, sagte Matt. »Sie und ich wir werden dieses barbarische Ritual in naher Zukunft auch über uns ergehen lassen müssen.«

Sie blickte ihm kurz und abschätzend in die Augen.

»Chad sagte mir, Sie haben einen Job bei der Stadt angenommen«, wechselte sie das Thema.

»Das hat er gesagt?« fragte Matt trocken.

»Hat er mich auch auf den Arm genommen?«

»Nein.«

»Was machen Sie denn bei der Stadt?«

»Ich säubere Straßen.«

»Tatsächlich?«

»Im Augenblick bin ich noch in der Ausbildung«, sagte Matt. »Studiere die Theorie und Geschichte, wissen Sie. Aber ich hoffe, daß ich bald meinen eigenen Besen und eine Mülltonne auf Rädern habe.«

»Mit anderen Worten, Sie sind bei der Stadtreinigung. Können Sie denn niemals ernsthaft sein?«

»Ich war ernsthaft, als ich vorhin sagte, Sie sollten sich das barbarische Ritual genau anschauen.«

Das einzige, was nicht himmlisch in der Zeit gewesen war, seit er Amanda in der Vorhalle der Kirche kennengelernt hatte, war die Tatsache, daß er nicht mehr allein mit ihr gewesen war. Es waren immer andere Leute dabeigewesen, und es war unmöglich gewesen, sich von der Gruppe abzusondern.

Dennoch hatte er es geschafft, sie zu küssen. Zweimal. Vorgestern abend hatte er versucht, sie im Merion Cricket Club zu küssen, bevor Mrs. Browne sie in den Kombi gezogen hatte. Amanda hatte ihr Gesicht abgewandt, und in letzter Sekunde hatte er noch ihre Wange erwischt. Eine sehr schöne Wange, wirklich, aber eben nur eine Wange. Am gestrigen Abend hatte sie nicht das Gesicht abgewandt, als sie sich angeschickt hatte, in das ›Boot der Jungfrauen‹ zu steigen, wie Matt den Wagen bezeichnete, und vom Rose Tree Hunt Club zum Haus der Brownes in Merion zu fahren.

Es war kein Kuß, der in die Geschichtsbücher eingehen oder einen Stellenwert haben würde wie der Kuß, den Delila Samson gab, bevor sie ihm den Haarschnitt verpaßte, aber es war einer auf den Mund, auf wirklich süße Lippen, und sein Herz hatte wie verrückt geklopft.

Heute abend würden sie allein sein. Die Brownes gaben – besonders für die auswärtigen Gäste – ein Abendessen im Union League Club in der Innenstadt. Es war ein Beisammensein von überwiegend alten Leuten, und die jungen Leute konnten nach dem Essen gehen. Amanda liebte Jazz, wieder etwas, das er reizvoll an ihr fand. So würden sie sich Jazz anhören. Mit etwas Glück würde die Beleuchtung in dem Lokal schummrig sein. Vielleicht ließ Amanda zu, daß er ihre Hand hielt, und vielleicht erlaubte sie sogar andere Beweise der Zuneigung.

Wenn die Götter es gut mit ihm meinten, dann würde Amanda nach dem Besuch des Jazzlokals eine Einladung zur Besichtigung seines Apartments annehmen. Was er dort tun würde, wußte er noch nicht. Einerseits würde er freudig eine Nuß und beide Ohren opfern, um in Amandas Höschen zu gelangen, andererseits war sie eindeutig kein Mädchen, von dem man eine schnelle Nummer erwarten konnte. Amanda Spencer war ein Mädchen, mit dem man vorher vor den Altar schritt und dem man ewige Treue schwor.

Matt Payne war sich völlig im klaren, daß er die ganze Beziehung durch einen plumpen Annäherungsversuch vermasseln konnte. Und das wollte er nicht.

Wer weiß, was die verdammte Daffy ihr über mich erzählt hat, dachte er. *Vielleicht hat sie ausgeplaudert, daß ich ihr ans Höschen ging, als ich fünf war.*

•

Der Wohnsitz von Mr. und Mrs. Soames T. Browne in Merion, erbaut um 1890, war die Nachbildung eines englischen Herrenhauses aus dem Jahre 1600. Der wesentliche Unterschied zu früher bestand darin, daß die Innenräume größer waren und es sanitäre Einrichtungen gab. Aber sonst war alles fast wie damals: ein Wald von Kaminen, ein Hof mit Kopfsteinpflaster, gewaltige steinerne Gebäude mit Türmchen, Fenster mit Bleiverglasung, alte Eichen, architektonischer Garten und ein Eingangsportal, das Matt an einen Film mit Errol Flynn in der Rolle des Robin Hood gesehen hatte. Im Film schwang die schwere Eichentür langsam auf, und Errol Flynn durchbohrte den Mann, der die Tür öffnete, mit einem Degen.

Die schwere Eichentür schwang auf, und Matt sah einen älteren Schwarzen mit grauem Jackett.

»Es freut mich sehr, Sie zu sehen, Matt«, sagte der Butler der Brownes.

»Warum sagen Sie das, Mr. Ward?« fragte Matt. Er kannte den Butler und dessen Frau sein Leben lang.

»Weil die übereinstimmende Meinung herrschte, daß Sie sich nicht blicken lassen und ich Daffys Freundin in die Stadt fahren muß«, sagte Ward. »Sie sind alle fort.«

»Daffys Freundin ist etwas Besonderes«, bekannte Matt.

»Die junge Lady und ich waren gegen alle anderen«, sagte Ward. »Sie bestand darauf, auf Sie zu warten.«

»Tatsächlich?« Matt war erfreut.

»Ich werde ihr sagen, daß Sie hier sind«, sagte Ward. »In der Küche steht frischer Kaffee, wenn Sie Interesse daran haben.«

»Nein, danke. Ich werde einfach warten.«

Matt schaute dem älteren Mann nach, der langsam die Treppe hinaufstieg. Er hatte erst vier oder fünf Stufen zurückgelegt, als Amanda auf dem oberen Treppenabsatz auftauchte und herabkam.

»Wir hatten also recht«, sagte sie zu dem Butler. Dann schaute sie Matt an. »Ich sah Sie auf dem Zufahrtsweg. Der Wagen gefällt mir, aber Sie sehen gar nicht wie ein Porschefahrer aus.«

»Ich kann mir eine Goldkette umhängen und das Hemd bis zum Bauchnabel aufknöpfen«, schlug Matt vor.

Inzwischen war sie bei ihm angelangt.

»Nein, danke.« Sie lachte, und dann überraschte sie ihn mit einem Kuß auf den Mund.

»He, da wird mir ganz heiß!« sagte er.

»Ziehen Sie keine falschen Schlüsse«, erwiderte Amanda. »Ich bin einfach von Natur aus eine freundliche Person.«

Als er sich hinters Steuer setzte und zu Amanda schaute, die neben ihm einstieg, fiel ihm zu spät ein, daß er ihr die Tür hätte öffnen sollen.

»Verzeihung, ich hätte Ihnen die Tür öffnen sollen«, sagte er. »Meine Mutter sagt zu Recht, daß ich die Manieren eines Kosaken habe.«

Amanda lachte wieder, und plötzlich wurde ihm klar, daß ihre Gesichter nicht weit voneinander entfernt waren, und er sagte sich: Wer nicht wagt, der nicht gewinnt.

»Gott, war das schön«, sagte er einen Augenblick später.

»Fahren Sie«, sagte sie. »Hat diese Kiste einen Kosmetikspiegel?«

»Einen was?«

Sie klappte die Sonnenblende herunter und fand, was sie suchte.

»Das ist ein Kosmetikspiegel«, sagte sie und schminkte sich die Lippen. »Sie haben vermutlich etwas Lippenstift auf dem Mund.«

»Ich werde ihn nie wieder waschen.«

Sie gab ihm ein Papiertaschentuch.

»Wischen Sie das ab«, sagte sie im Befehlston, und er gehorchte.

»Ein wirklich schöner Wagen«, sagte Amanda nach einer Weile. »Aber ich wette, das sagen Ihnen alle Mädchen.«

»Ein Geschenk nach dem Abschluß des Studiums«, sagte Matt.

»Sie haben es bereits beschädigt«, sagte Amanda.

»Sie meinen das rechte Blinkerglas?« Es überraschte ihn, daß sie das bemerkt hatte. »Das ist nichts. Da hätten Sie mal meinen *ersten* Porsche sehen sollen. Das war ein Totalschaden.«

»Ziehen Sie mich auf?«

»Überhaupt nicht. Ein Kerl mit einem Van rammte ihn und drückte ihn ziemlich zusammen.«

»Ich glaube, ich hätte ihn umgebracht.«

»Das habe ich«, sagte Matt. »Ich nahm meinen treuen Fünfschüsser und blies ihm das Gehirn aus dem Schädel.«

Er hörte, wie sie nach Luft schnappte. Nach einer Weile sagte sie: »Sie meinen *Sechsschüsser.*« Und sie fügte hinzu: »Das war nicht lustig. Manchmal, Matt, wissen Sie nicht, wo Sie die Grenze ziehen müssen.«

»Verzeihung.«

»Ein Esel schalt den anderen Langohr«, sagte sie. »Es tut mir leid, ich hätte das nicht sagen sollen.«

»Sie haben eine Blankovollmacht, mir alles zu sagen, was Sie wollen.«

Er gab der Versuchung nach und ergriff ihre Hand. Als sie die Hand nicht zurückzog, küßte er sie. Dann entzog sie ihm die Hand.

»Werde ich heute abend Probleme mit Ihnen haben?«

»Nein«, sagte er. »Wir tun, was Sie möchten, nichts sonst.«

»Sonderbar, ich dachte schon, Sie hätten vor, mir Ihre Briefmarkensammlung zu zeigen.«

»Ich habe keine Briefmarkensammlung«, sagte er.

»Aber Sie haben ein Apartment, richtig?«

»Sie sollten warten, bis ich frage, bevor Sie mir empört mitteilen, daß Sie kein solches Mädchen sind«, sagte Matt.

Sie lachte das ungekünstelte heitere Lachen, das Matt so mochte.

»Touché«, sagte sie.

»Wenn wir uns von diesem Abendessen wegschleichen können, möchten Sie dann mein Apartment sehen?«

»Ich bin kein solches Mädchen.«

»Das hatte ich befürchtet«, sagte Matt. »Nein, das stimmt nicht. Ich wußte das. Sie haben die ganze Sache zur Sprache gebracht. Und ich muß es ausbaden.«

»Daffy hat mich vor Ihnen gewarnt«, sagte Amanda. »Die beste Verteidigung ist ein guter Angriff. Haben Sie das noch nicht gehört?«

»Wie paßte der Kuß in diese Strategie?«

»Wie weit fahren wir noch?« wechselte sie geschickt das Thema.

»Nicht weit genug. Schon in zwanzig Minuten werden wir dort sein.«

Ein Mercedes-Benz 380 SL Kabrio mit geschlossenem Verdeck fuhr auf die vierte Parkebene des Penn-Services-Parkhauses. Die junge Frau, die hinter dem Steuer saß, hielt Ausschau nach einem Parkplatz.

Sie blickte nicht zu Charles, der hinter einer Betonsäule am Nordende des Parkhauses stand, von der aus er auf die Straße hinabschauen konnte, wo Anthony J. DeZego vermutlich auftauchen würde – es sei denn, er ließ den Cadillac von dem Hotelangestellten holen – und die ihn gegen jemand abschirmte, der aus dem Treppenhaus kam, um seinen Wagen zu holen.

Und die junge Frau würde keinen freien Parkplatz finden, wie Charles wußte. Die vierte Parkebene war besetzt.

Die Mercedesfahrerin suchte weiter und fuhr dann die schräge Auffahrt zum Dach hinauf.

Charles schaute wieder durch das Fenster der vierten Parkebene auf die Straße hinab. Er sah Anthony J. DeZego mit schnellen Schritten über die Straße auf das Parkhaus zusteuern. DeZego war allein. Es hätte ein Problem gegeben, wenn er die Blondine ohne BH bei sich gehabt hätte.

Charles blickte hinab auf die Straße und sah Victor, jedenfalls Victors Schulter. Victor wartete im Pontiac. Charles hätte Victor gern ein Zeichen gegeben und ihm signalisiert, daß DeZego im Anmarsch war. Aber wo Victor parkte, konnte der Kassierer ihn sehen und sich vielleicht daran erinnern, daß er einen Mann in einem Pontiac bemerkt hatte, der von der gegenüberliegenden Straßenseite zum Parkhaus hinauf geschaut hatte.

Victor beobachtet die Ausfahrt, dachte Charles. *Nur das zählt.*

Charles zog seine Schweinslederhandschuhe an. Dann nahm er die Reisetasche und ging zum Treppenhaus. Wenn ein anderer Wagen auftauchte oder jemand im Treppenhaus ihn sah, würde Charles nur ein weiterer Kunde sein, der das Parkhaus verließ.

Es waren keine Schritte zu hören.

Das Treppenhaus war ein Betonschacht an der Südseite des

Gebäudes. Als Charles sich sagte, daß die Lady inzwischen Zeit genug gehabt hatte, den Mercedes zu parken und die Treppe hinunterzugehen, öffnete er die Tür und schob den Keil darunter, der bereitlag, damit man die Tür offenhalten konnte, wenn es nötig war.

Er hatte mit dem Gedanken gespielt, den Job im Treppenhaus selbst auszuführen, aber dann war ihm klargeworden, daß der Schuß im Betonschacht wahrscheinlich bis hinab zum Kassierer zu hören war und dessen Neugierde wecken könnte. Wenn er Schritte von unten nahen hörte, würde er den Keil unter der Tür wegtreten und den automatischen Türschließer arbeiten lassen.

Wenn DeZego auf der vierten Parkebene anlangte und Charles sicher war, den richtigen Mann vor der Mündung zu haben, würde er den Job erledigen. Bei der geschlossenen Tür würde der Knall unten nicht gehört werden.

Er trat in den Schatten der Treppenhauswand, zog den Reißverschluß der Reisetasche auf, nahm das Remington-Schrotgewehr heraus und entsicherte es. Dann schob er das Schrotgewehr unter seinen Trenchcoat. Die Tasche hatte einen Schlitz, so daß er die Hand unter den Mantel schieben konnte. Er hielt das Schrotgewehr am Griff und gerade an seinem Bein.

Dann hörte er Schritte auf der Treppe.

Er schob den Keil mit der Fußspitze unter der Tür fort, und die Tür begann sich zu schließen.

Charles neigte das Ohr an den Beton. Er erwartete nicht, etwas zu hören, aber er wurde überrascht. Die Treppenstufen waren aus Metall, und die Schritte klangen wie leise Glockenschläge. Er hörte, daß DeZego immer näher kam, und wartete darauf, daß die Tür geöffnet wurde.

Das geschah nicht.

Einen Augenblick lang herrschte Stille. Charles sagte sich, daß DeZego den Treppenabsatz erreicht hatte. Er würde jeden Augenblick die Tür öffnen.

Aber dann hörte Charles wieder das unverkennbare Geräusch von Schritten auf den Metallstufen.

Was sollte das?

Casanova geht aufs Dach. Entweder träumt er mit offenen Augen, oder er ist blöde. Sein Caddy steht auf dieser Parkebene, nicht auf der obersten! Er wird gleich wieder runterkommen!

Aber das tat er nicht.

Charles wog die Lage sehr schnell ab.

Kein Problem. Dort oder hier. Es ist niemand auf dem Dach, und wenn DeZego mich sieht, kennt er mich nicht.

Er zog die Tür auf und schlich so leise er konnte die Treppe zum Dach hinauf. Er öffnete die Treppenhaustür.

Dort war Casanova. Er stand auf der obersten Parkebene, lehnte an der Wand des Treppenschachts und wartete anscheinend auf jemand.

»Langer Weg hier rauf«, sagte Charles und lächelte ihn an.

»Kann man wohl sagen«, erwiderte Anthony J. DeZego.

Charles ging ein paar Schritte an DeZego vorbei, drehte sich plötzlich um, hob das Schrotgewehr an die Schulter und erschoß Anthony J. DeZego.

DeZego sank gegen den Treppenschacht und rutschte zu Boden.

Charles hörte ein Wimmern wie von einem Hund, der überfahren worden war.

Sein Blick irrte über die Parkebene. Mitten auf der Auffahrt stand eine junge Frau. Sie hatte die Augen weit aufgerissen, preßte beide Hände auf den Mund und stieß die wimmernden Laute aus.

Charles hob das Schrotgewehr an und feuerte. Die junge Frau brach zusammen.

Das verdammte Weib mit dem Mercedes! Sie war nicht die Treppe hinuntergegangen. Sie trödelte hier herum und schminkte oder kämmte sich oder so was!

Charles ging zu Anthony J. DeZegos Leiche und nahm die Schlüssel des Cadillacs und den Parkschein aus seiner Tasche.

Ich schieße besser noch mal auf sie, um sicherzugehen, daß sie tot ist.

Reifen quietschten. Ein anderer Wagen fuhr die Rampe herauf.

Und da kein freier Platz auf der vierten Parkebene ist, wird er gleich hier sein! Verdammt!

Charles ging ins Treppenhaus und die Treppe hinunter zur vierten Parkebene. Er öffnete die Tür einen Spalt und spähte hinaus. Als er nichts sah, schob er die Tür weiter auf und schlüpfte hindurch.

Er ging zu DeZegos Cadillac, schloß die Tür auf, legte das Schrotgewehr auf den Wagenboden und setzte sich hinters Steuer. Er ließ den Motor an und fuhr los. Unten am Schlagbaum stoppte er, ließ die Fensterscheibe hinunter und gab dem Kassierer eine Fünf-Dollar-Note und den Parkschein. Er nahm das Wechselgeld entgegen. Dann drückte der Kassierer auf einen Knopf, und der Schlagbaum hob sich.

Charles fuhr auf die Straße hinaus und bog nach links ab. Er schaute in den Rückspiegel und sah, daß der Pontiac anfuhr und ihm folgte.

»Verdammt, da sind wir schon«, sagte Matt Payne, als er den Porsche in das Parkhaus hinter dem Bellevue-Stratford-Hotel lenkte.

»Wie die Zeit vergeht«, sagte Amanda mit leichtem Spott.

Matt stoppte, um den Parkschein aus dem Automaten zu entnehmen, und fuhr ins Parkhaus. Matt fuhr langsam. Er hoffte, einen freien Platz auf der unteren Parkebene zu fingen. Er fand keinen. Auch nicht auf der zweiten, dritten und vierten. Auf der vierten Parkebene glaubte er, einen freien Platz zu entdecken, aber da war er bereits auf der Auffahrt zum Dach.

Plötzlich trat Matt hart auf die Bremse. Der Porsche stoppte schlingernd, und Amanda prallte gegen das Armaturenbrett.

»Mein Gott!« stieß sie hervor.

»Bleiben Sie hier!« sagte Matt Payne.

»Was ist los?« fragte Amanda.

Matt gab keine Antwort. Er stieg aus und rannte über das Parkdeck. Amanda sah, daß er sich auf ein Knie niederließ, und erst jetzt fiel ihr Blick auf eine Frau, die mit dem Gesicht nach unten auf dem Betonboden zwischen den Reihen geparkter Wagen lag.

Sie stieß die Tür auf, stieg aus und lief zu Matt.

»Was ist passiert?« fragte sie.

»Ich sagte, Sie sollen im Wagen bleiben, verdammt noch mal!« fuhr Matt sie an.

Sie starrte ihn an, schockiert über seinen Tonfall, und dann blickte sie zu der Frau und sah, daß sie in einer Blutlache lag.

»Was ist passiert?« fragte sie mit schwacher Stimme.

»Steigen Sie endlich in den Wagen!«

»O Gott!« stieß Amanda hervor. »Das ist *Penny!!*«

»Sie kennen sie?«

»Penny Detweiler«, sagte Amanda. »Sie müssen sie auch kennen. Sie ist eine der Brautjungfern.«

Matt blickte auf die junge Frau hinab. Es war tatsächlich Penelope Detweiler. ›Schätzchen Penny‹ für Matt, zu ihrem großen Ärger, weil ihr Vater sie einmal so in Matts Hörweite genannt und Matt sie seither damit aufgezogen hatte.

Warum habe ich sie nicht gleich erkannt? Ich kenne sie von klein auf!

»Nicht zu glauben«, murmelte er.

»Matt, was ist mit ihr passiert?«

»Sie wurde niedergeschossen«, sagte Matt Payne und schaute Amanda an.

Man rechnet nicht damit, Bekannte, besonders jemand wie Schätzchen Penny, in einem Parkhaus in einer Blutlache zu finden. Solche Dinge passieren einfach nicht Leuten wie Schätzchen Penny.

Er fand die Sprache wieder. »*Verdammt noch mal, steigen Sie in den Wagen!*« fuhr er sie wütend an.

Amanda schaute ihn verwirrt und wegen seiner Schroffheit gekränkt an.

»Das ist gerade erst passiert«, erklärte er freundlicher. »Wer immer es getan hat, er könnte noch hier oben sein.«

»Matt, suchen wir einen Cop.«

»Ich bin ein Cop, Amanda«, sagte Matt Payne. »Und jetzt

zum letzten Mal: Steigen Sie in den Wagen! Bleiben Sie darin bis ich wieder bei Ihnen bin. Verriegeln Sie die Türen.«

Er bückte sich, beugte ein Knie, und als er sich wieder aufrichtete, lag ein stupsnasiger Revolver in seiner Hand. Amanda lief zum silbernen Porsche, stieg ein und verriegelte die Türen. Als sie nach Matt Ausschau hielt, konnte sie ihn zunächst nicht sehen. Dann entdeckte sie ihn. Er hielt seine Waffe schußbereit und bahnte sich langsam und vorsichtig einen Weg zwischen den parkenden Wagen.

Ich kann nicht glauben, daß dies passiert ist. Ich glaube nicht, daß Penny Detweiler dort in ihrem Blut liegt, und ich glaube nicht, daß Matt mit einer Waffe in der Hand dort auf dem Parkdeck ist, ein Cop auf der Suche nach dem Täter oder den Tätern.

O mein Gott! Wenn Matt auch erschossen wird!

4

Mit Mühe, denn in einem Porsche 911 Carrera ist nicht viel Platz, schob sich Amanda Spencer vom Beifahrersitz auf den Fahrersitz und drehte den Schlüssel im Zündschloß.

Das Getriebe schrie förmlich auf, denn der Motor lief noch. Sie legte den Rückwärtsgang ein, wendete auf dem Parkdeck, schlug das Lenkrad ein und fuhr die Ausfahrt hinab, so schnell sie es wagte.

Unten bremste sie hart, sprang aus dem Wagen und rannte zum Kassenhäuschen.

»Rufen Sie die Polizei!« sagte sie. »Rufen Sie die Polizei und eine Ambulanz!«

»He, Lady, was ist los?«

»Rufen Sie die Polizei und einen Krankenwagen!« sagte Amanda im Befehlston. »Sagen Sie, daß es eine Schießerei gegeben hat.«

Ein rotes Lämpchen leuchtete auf einem der Kontrollpulte in der Funkzentrale des Polizeipräsidiums auf.

Foster H. Lewis junior, der mit Kopfhörern vor dem Pult saß, betätigte einen Hebel und sprach ins Mikrofon. »Polizeinotruf.«

Foster H. Lewis junior war dreiundzwanzig, wog über hundertzehn Kilo und war fast zwei Meter groß, weshalb er allgemein als ›der Kleine‹ bekannt war. Vor seinem Besuch der Polizeiakademie hatte er über fünf Jahre lang als Teilzeitkraft in der Funkzentrale gearbeitet: Fünf Jahre in Nächten, an Wochenenden und während des Sommers hatte er Anrufe von aufgeregten Bürgern entgegengenommen, die Hilfe brauchten. Das hatte ihn zu einem erfahrenen Telefonisten gemacht.

Seit er auf der Polizeiakademie war, arbeitete er nicht mehr in der Funkzentrale, aber heute tat er Lieutenant Jack Fitch einen Gefallen und half aus. Der Lieutenant hatte ihn angerufen und beklagt, daß fünf seiner Leute an einem Virus erkrankt waren. Da war ›der Kleine‹ eingesprungen.

»Ist da die Polizei?« fragte der Anrufer.

»Hier ist der Notruf der Polizei«, sagte Lewis. »Wie kann ich Ihnen helfen, Sir?«

»Ich bin Kassierer im Penn-Services-Parkhaus an der Fifteenth hinter dem Bellevue-Stratford-Hotel.«

»Wie kann ich Ihnen helfen, Sir?«

»Hier ist eine Lady, die sagt, es hat eine Schießerei auf dem Dach gegeben und jemand wurde erschossen ... äh ... niedergeschossen, und sie sagt, ich soll eine Ambulanz rufen.«

»Können Sie die Lady bitte ans Telefon rufen?«

»Ich bin in meiner Kabine, wissen Sie, ich kann sie nicht hier reinholen.«

»Bitte bleiben Sie dran, Sir«, sagte Lewis.

Es gibt zweiundzwanzig Polizeidistrikte in Philadelphia.

Ohne eine Karte zu Rate ziehen zu müssen, wußte Lewis, daß das Parkhaus hinter dem Bellevue-Stratford-Hotel im 9. Distrikt lag, dessen Hauptquartier sich an der 22nd Street und der Pennsylvania Avenue befand.

Lewis der Kleine betätigte einen kleinen schwarzen Kippschalter auf der Konsole und hielt ihn zwei Sekunden lang hinuntergedrückt. Ein langer Piepton ertönte auf der Frequenz der Central Division und bereitete alle Besatzungen von Polizeiwagen in der Central Division, die den 9. Distrikt einschließt, darauf vor, daß eine wichtige Meldung folgen würde.

»Fifteenth und Walnut, Penn-Services-Parkhaus, Meldung einer Schießerei mit Verletzten«, sagte Lewis ins Mikrofon und fügte hinzu: »Neun-eins-vier, neun-null-sechs, neun A.«

Es gab sofort eine Antwort. »Neun-eins-vier okay.«

Das sagte Officer Archie Hellerman, der gerade von Westen auf den Rittenhouse Square gefahren war. Officer Hellerman hakte das Mikrofon ein, schaltete Sirene und Rotlicht ein und fuhr so schnell es möglich war durch den dichten Abendverkehr zum Penn-Services-Parkhaus.

Lewis schrieb die Information auf eine Karteikarte. In diesem Stadium war der Vorfall offiziell eine ›Ermittlung, Schießerei, Verletzte‹.

Als er die Karte zwischen elektronische Kontakte auf einem Aufsatz über dem Kontrollpult schob, wodurch das Blinken des Lämpchens hinter 914 auf dem Display erlosch, gingen drei andere Funkrufe ein.

»Zentrale, EPW neun-null-sechs okay.«

»Neun A okay.«

»Highway vier B beteiligt sich.«

EPW 906 war ein *E*mergency *P*atrol *W*agon, in diesem Fall ein verschrammter 1970er Ford, einer der mit zwei Mann besetzten Kastenwagen des 9. Distrikts zum Transport von Verletzten, Gefangenen und zu anderen unterstützenden Aufgaben. Wenn dies kein falscher Alarm war, würde EPW 906 den oder die Verletzten in ein Krankenhaus bringen.

Der District Sergeant, 9A, war der östlichen Hälfte des 9. Distrikts zugeteilt.

Highway 4B war ein Streifenwagen der Highway Patrol, eine Eliteeinheit der Polizei von Philadelphia, von der Zeitung *Ledger* vor kurzem als ›Carlucci's Commandos‹ bezeichnet.

Als der Ehrenwerte Jerome H. ›Jerry‹ Carlucci, jetzt Bürgermeister von Philadelphia, Captain der Polizei und Chef der Highway Patrol gewesen war, hatte die Einheit dem Namen entsprechend als besondere Organisation begonnen, die auf den Highways patrouillierte. Schon vor Captain Carluccis Amtszeit als Chef hatte sich die Highway Patrol zu etwas mehr entwickelt als zu Motorradpolizisten, die auf dem Roosevelt Boulevard und dem Schuylkill Expressway auf und ab fuhren und Strafzettel für Temposünder ausschrieben. Unter Carlucci hatte jedoch die völlige Umwandlung von einer Abteilung Verkehrspolizei zu einer Eliteeinheit aus Freiwilligen stattgefunden. Die Highway Patrol hatte die meisten ihrer Motorräder durch Streifenwagen mit zwei Mann Besatzung ersetzt und stadtweite Zuständigkeit erhalten. Bei der übrigen Polizei von Philadelphia fuhr nur ein Polizist in dem Radio Patrol Car und nur in bestimmten Gebieten und Distrikten Streife.

Die Highway Patrol hatte die besondere Motorradfahrer-Uniform beibehalten (Mütze mit eingedrückter Krone, Lederjacke, lederne Hose, Stiefel und Sam-Browne-Koppel) und war stolz darauf, dort zu sein, wo die Action war; mit anderen Worten in Gebieten mit hoher Kriminalität.

Die Highway Patrol war entweder ›eine hervorragend ausgebildete, hochmobile Spezialeinheit, die ihre Wirksamkeit bewiesen hat‹ (Bürgermeister Jerry Carlucci in einer Rede vor den ›Söhnen Italiens‹) oder ›eine gestiefelte Gestapo‹ (ein Leitartikel in der Zeitung *Ledger*).

Lewis der Kleine hatte prompte Antworten auf seinen Funkruf erwartet. EPWs wurden im allgemeinen bei jedem Anruf losgeschickt, bei dem eine Verletzung gemeldet wurde, ein Streifenwagen des Distrikts wurde bei allen wichtigen Notrufen eingesetzt, und bei ›Schießerei und Verletzte‹ fuhr stets jemand von der Highway Patrol (manchmal vier oder fünf Wagen) zum Tatort.

Der Türsummer der Funkzentrale ertönte. Einer der uniformierten Beamten, die Dienst hatten, ging zur Tür, öffnete sie, lächelte und ließ einen großen Lieutenant in tadelloser Uniform herein.

Der Lieutenant war fast so groß wie Lewis der Kleine, aber viel schlanker. Er hatte tiefschwarze Haut und scharfe semitische Gesichtszüge. Er ging zu Lewis und sagte ein wenig drohend: »Ich hatte nicht erwartet, dich hier zu finden. Ich fuhr zu deinem Apartment, und man sagte mir, wo du bist.«

»Zu meinem Apartment? Nicht zu meiner ›abscheulichen Bude‹?«

»Wir müssen miteinander reden«, sagte Lieutenant Lewis.

»Nicht jetzt, Pa«, sagte Lewis der Kleine. »Ich arbeite an einer Schießerei mit Verletzten.« Und er fügte hinzu: »Übrigens in deinem Distrikt. Auf dem Dach des Parkhauses hinter dem Bellevue-Stratford. Ich bezweifle, daß es falscher Alarm ist.«

»Können wir zusammen Kaffee trinken, wenn du Zeit hast?« fragte Lieutenant Lewis. »Ich erfuhr soeben, daß du zur Special Operations Division beordert wurdest.«

»Komisch, ich dachte, *du* hättest das arrangiert«, sagte Lewis der Kleine.

»Ich sagte dir, daß ich soeben davon erfahren habe.«

»Okay, Pa«, sagte Lewis der Kleine. »Ich treffe mich dann mit dir unten.«

Lieutenant Lewis nickte und verließ mit schnellen Schritten die Funkzentrale.

Officer Archie Hellerman, der den Streifenwagen 914 fuhr, konnte sich nicht erinnern, wie oft er schon zum Penn-Services-Parkhaus gerufen worden war, seit es vor sieben Jahren erbaut worden war. Der jeweilige Kassierer dort war mindestens einmal pro Monat überfallen worden. Ein Kassierer, der mehr Mut als Verstand gehabt hatte, war sogar erschossen worden, als er sich geweigert hatte, das Geld auszuhändigen.

Wie die meisten Polizisten, die seit Jahren den gleichen Dienst verrichteten, hatte Archie Hellerman ein umfassendes Wissen über die Gebäude in dem Gebiet, in dem er Streife fuhr.

Er kannte das System des Penn-Services-Parkhauses. Eintreffende Fahrer bogen von der South 15th Street in die Einfahrt. Gleich hinter der Einfahrt war ein Schlagbaum. Man nahm einen Parkschein aus dem Automaten, der daraufhin einen Mechanismus aktivierte, der den Schlagbaum hob.

Wenn man das Parkhaus verließ, fuhr man aus dem anderen Ende, wo ein Kassierer in einer kleinen, angeblich gegen Überfälle sicheren Kabine den Parkschein entgegennahm, die Summe berechnete, kassierte und dann per Knopfdruck den Schlagbaum anhob, damit der Kunde Zugang zur Straße hatte.

Archie Hellerman traf mit Streifenwagen 914 als erster am Tatort ein. Als er sich dem Parkhaus näherte, schaltete er die Sirene aus, ließ das Rotlicht jedoch an. Er lenkte den blauweißen Ford auf die Ausfahrtrampe, die von einem silbernen Porsche 911 Carrera blockiert war, stoppte und sprang aus dem Streifenwagen.

Da stand eine gutaussehende junge blonde Frau mit schickem Kostüm zwischen Porsche und dem Kassenhäuschen. Das war offenbar die Person, welche die Schießerei gemeldet hatte.

Der Anblick und die Aufregung der Blondine überzeugten Archie Hellerman, daß der Anruf kein übler Scherz war. Etwas Ernstes war passiert.

»Was ist los, Miss?« fragte Archie Hellerman.

»Ein Mädchen ist auf dem Dach niedergeschossen worden. Wir brauchen einen Krankenwagen.«

Das ersterbende Heulen einer Sirene weckte Archies Aufmerksamkeit. Er ging zurück auf den Bürgersteig und sah einen Streifenwagen, dessen Rotlicht noch rotierte, heranfahren. Eine andere Sirene heulte, aber der Wagen, höchstwahrscheinlich einer der Highway Patrol, dessen Fahrer sich über Funk gemeldet hatte, war noch nicht in Sicht.

Archie signalisierte dem Fahrer des Streifenwagens, daß er die Einfahrt blockieren sollte, und wandte sich dann wieder der gutaussehenden Blondine zu.

»Sagen Sie mir bitte, was passiert ist?«

»Wir – wir fuhren auf das Dach, und mein Freund sah sie dort liegen . . .«

»Ihr Freund? Wo ist er?«

Ich sagte ›mein Freund‹. Warum habe ich das gesagt?

»Er ist oben«, antwortete Amanda Spencer. »Er ist Polizist.«

»Ihr Freund ist ein Cop?«

Amanda Spencer nickte.

Matt Payne ist ein Cop. Er ist wirklich Polizist, so unglaublich es auch klingt. Er hatte eine Waffe, und er sprach zu mir wie ein Cop.

Der Fahrer von EPW 906, Officer Howard C. Sawyer, ein hünenhafter Sechsundzwanzigjähriger, der seit sechzehn Monaten Polizist war, stoppte den Ford-Kastenwagen auf der Einfahrt und wollte aussteigen.

Er hörte eine Sirene hinter sich und blickte über die Schulter.

»Weg da!« rief der Fahrer von Highway 4B aus dem geöffneten Fenster des Wagens, der mit Funkantennen bestückt, sonst jedoch ein neutrales Fahrzeug war.

Officer Sawyer setzte den Transporter weit genug zurück, daß der Wagen der Highway Patrol ihn passieren konnte. Die Reifen quietschten, als der Wagen in das Parkhaus und zu den oberen Parkebenen fuhr. Sawyer hatte gesehen, daß der Fahrer ein Sergeant war, und es hatte ihn überrascht, daß der andere Cop im Wagen eine normale Uniformmütze trug, nicht die mit der eingedrückten Krone der Highway Patrol.

In genau diesem Moment hatte der Fahrer von Highway 4B, Sergeant Nick DeBenedito, der seit zehn Jahren Polizist und seit zwei Jahren Sergeant bei der Highway Patrol war, einen professionellen, aber etwas unfreundlichen Gedanken: *Scheiße, ich fahre mit einem Anfänger! Und ich habe das üble Gefühl, daß dieser Job ernst ist.*

Als er zu Officer Jesus Martinez hinüberblickte, schwächte der diesen Gedanken jedoch sofort ab. Martinez, ein schlanker, scharfgesichtiger Puertoricaner von vierundzwanzig Jahren, war nach normalen Kriterien gewiß ein Anfänger. Er war noch keine zwei Jahre im Polizeidienst. Aber er war gleich von der Polizeiakademie zum Rauschgiftdezernat gegangen und hatte dort in Zivil gearbeitet.

Er hatte seine Sache sehr gut gemacht und in dem Jahr beim

Rauschgiftdezernat mehr über die Schattenseiten Philadelphias gelernt als viele Polizisten in ihrem ganzen Leben. Und dann hatte er das gekrönt, indem er geholfen hatte, den Komplizen des weiblichen Junkies zu stellen, der Captain Richard F. ›Dutch‹ Moffitt während eines gescheiterten Überfalls auf ein Restaurant am Roosevelt Boulevard erschossen hatte.

Jeder Polizist in Philadelphia, alle achttausend, hatten Gerald Vincent Gallagher gesucht, besonders jeder Cop der Highway Patrol. Captain ›Dutch‹ Moffitt war ihr Chef gewesen. Aber Martinez und sein Partner McFadden hatten Gallagher aufgespürt. Sie hatten eine Menge Mumm und Geistesgegenwart unter Streß gezeigt, indem sie den Verbrecher zuerst durch eine U-Bahn-Station voller Leute und dann über einen Arbeitssteg oberhalb der U-Bahn-Gleise gejagt hatten. Sie hätten Gallagher erschießen können, doch sie hatten auf Schußwaffengebrauch verzichtet, um keine Unbeteiligten zu gefährden.

McFadden hatte den Verbrecher soeben gestellt, als er ausrutschte, auf das Gleis hinabstürzte, auf der Stromschiene gegrillt und dann von der U-Bahn überrollt wurde, aber das schmälerte kein bißchen Martinez' und McFaddens Anspruch auf Dank und Anerkennung.

An der Bar der FOP (Fraternal Order of Police – ein Club der Polizei) war man der Meinung, man hätte ihnen zwei Orden verleihen sollen, einen für das Aufspüren von Gallagher und einen dafür, daß sie der Stadt die Kosten des Prozesses und der Haft des Hurensohns erspart hatten.

Natürlich war ihr Foto in den Zeitungen erschienen, und das hatte ihren Job als verdeckte Ermittler des Rauschgiftdezernats zunichte gemacht. In den meisten anderen Großstädten wären sie für ihre Leistung bei der Polizei zum Detective befördert worden. Aber in Philadelphia wurden Polizisten nur befördert, wenn sie eine Prüfung bestanden. Jesus Martinez hatte sie noch nicht geschafft, und Charley McFadden war nicht lange genug Polizist, um daran teilzunehmen.

Das hieß nicht, daß die hohen Tiere bei der Polizei keine Dankbarkeit zeigten. Sie wußten, daß die meisten jungen Polizisten, die in Zivil gearbeitet hatten, es als eine Art Degradierung betrachteten, wenn sie wieder Dienst in Uniform machen mußten, und das wollten sie Martinez und McFadden nicht antun. ›Sie‹ schloß auch Chief Inspector Dennis V. Coughlin ein, unbestritten der einflußreichste aller Chief Inspectors in Philadelphia.

Und ungefähr zu diesem Zeitpunkt legte der Bürgermeister einen seiner ›Vorschläge‹ zur Verbesserung der Polizei vor, der zur Bildung einer neuen Abteilung namens Special Operations führte. Ihr Chef wurde ein junger Staff Inspector namens Peter Wohl, über den wenig bekannt war, außer daß sein Vater der Mentor des jetzigen Bürgermeisters gewesen war, als Carlucci noch Polizist gewesen war.

Der Bürgermeister machte noch andere ›Vorschläge‹ und verärgerte damit fast jeden bei der Highway Patrol. Er ›schlug vor‹, einen gerade erst beförderten Captain namens David Pekach vom Rauschgiftdezernat zum neuen Chef der Highway Patrol zu ernennen, als Nachfolger von Dutch Moffitt. Jeder bei der Highway Patrol hatte gedacht, daß Dutch Moffitts Stellvertreter, Mike Sabara, der auf derselben Beförderungsliste zum Captain gestanden hatte wie Pekach, das Amt erhalten würde. Nicht nur das, David Pekach war bei der Highway Patrol als Kerl bekannt, der den einzigen Cop mit Rauschgift geschnappt hatte, der jemals in Reihen der Highway Patrol Dienst getan hatte.

Bürgermeister Carlucci schlug auch vor, daß Captain Sabara der stellvertretende Leiter der neuen Special Operations Division wurde. Und schließlich machte er die Highway Patrol wirklich wütend, indem er ›vorschlug‹, sie der neuen Special Operations Division zu unterstellen. Die Highway Patrol war von Beginn an immer eine eigenständige Spezialeinheit gewesen. Jetzt unterstand sie einem jungen Clown, der nur das Plus hatte, über gute Beziehungen zu verfügen.

Es sprach sich schnell bei der Highway Patrol herum, daß Staff Inspector Peter Wohl, der neue Boß, nicht nur feucht hinter den Ohren aussah, sondern es auch war. Er war der jüngste der Staff Inspectors der Polizei von Philadelphia. Er hatte nicht nur wenig Dienst auf den Straßen als ›richtiger Cop‹ hinter sich, sondern die meiste Zeit seiner Laufbahn als Ermittler verbracht, in jüngster Zeit mit Ermittlungen gegen korrupte Politiker, von denen es in Philadelphia mehr als genug gab, wie es hieß. Er hatte nie eine Uniform als Lieutenant oder Captain getragen und hatte null Erfahrung mit der Leitung eines Distrikts oder einer Spezialabteilung wie Mordkommission, Nachrichtendienst oder K-9-Corps.

Vor fünf Tagen hatte sich Sergeant DeBenedito beim Chef der Special Operations Division in deren vorübergehendem Hauptquartier an der Bustleton und Bowler Street in Nordost-Philadelphia melden müssen.

Die Captains Sabara und Pekach waren in Staff Inspector Peter Wohls Büro, als DeBenedito eintrat. Mike Sabara trug die Uniform, die für Captains vorgeschrieben war, die nicht zur Highway Patrol gehörten. Sie bestand aus weißem Hemd mit den Balken des Captains auf dem Kragen und blauer Hose. Er trug einen stupsnasigen Smith & Wesson .38 Special Revolver in einem Holster an seinem Gürtel. DeBenedito hatte gehört, daß Wohl Captain Sabara gesagt hatte, um ihm klarzumachen, daß er nicht mehr bei der Highway Patrol war, er habe die Wahl zwischen Zivilkleidung oder Uniform ohne Motorradfahrerstiefel und Sam-Browne-Koppel mit den glänzenden Patronen in den Schlaufen.

Captain Pekach trug die Uniform der Highway Patrol. Der Kontrast zwischen den beiden war vielsagend.

DeBenedito dachte etwas unfreundlich, daß Staff Inspector Peter Wohl nicht mal wie ein Cop aussah. Er war ein großer, schlanker junger Mann mit hellbraunem Haar. Er trug einen blauen Blazer, eine graue Flanellhose, ein weißes Hemd mit Button-down-Kragen und eine rotweißgestreifte Krawatte. DeBenedito fand, daß Peter Wohl wie ein Anwalt oder Börsenmakler aussah.

Er saß auf einer Couch und hatte die Füße mit glänzenden Slippern auf einen Couchtisch gelegt. Als sein Büro noch Dutch Moffitts Büro gewesen war, hatte es darin weder eine Couch noch einen Couchtisch gegeben.

»Das ging aber schnell«, sagte Wohl. »Ich habe Sie eben erst bestellt.«

»Ich traf gerade ein, Sir«, sagte DeBenedito und schüttelte erst Mike Sabara und dann Pekach die Hand. Wohl begrüßte er nicht.

»Nehmen Sie sich Kaffee«, sagte Wohl und wies auf eine Thermoskanne.

»Nein, danke, Sir.«

»Okay. Kommen wir gleich zur Sache«, sagte Wohl. »Kennen Sie die Officers Jesus Martinez und Charles McFadden?«

»Ich habe sie schon gesehen, Sir.«

»Wissen Sie über die beiden Bescheid?«

»Jawohl, Sir.«

»Ich werde sie auf Probe zu Highway-Patrolmen ernennen«, eröffnete Wohl.

»Ich weiß nicht, wie Sie das meinen, Sir«, sagte DeBenedito.

»Das liegt vielleicht daran, weil ich es soeben erst ausgeheckt habe«, bekannte Wohl heiter und lachte. Zu DeBeneditos Überraschung lachte Captain Sabara ebenfalls.

»Ein Highway-Patrolman auf Probe«, fuhr Wohl fort, »ist ein junger Polizeibeamter, der im Laufe seines normalen Dienstes etwas Herausragendes geleistet hat. Auf die Empfehlung seines Captains und wenn er sich freiwillig meldet, wird er vorübergehend bei der Highway Patrol verwendet. Drei Monate lang wird er zusammen mit einer Aufsicht zusammenarbeiten – mit einem Sergeant wie Sie, DeBenedito...«

DeBenedito erkannte, daß Wohl auf eine Antwort wartete. »Jawohl, Sir«, sagte er.

»Während dieser drei Monate wird der Probekandidat entweder mit seinem Sergeant oder mit einem *guten* Cop der Highway Patrol fahren. Und ich meine damit, er wird den zweiten Cop im Wagen ersetzen, nicht nur Ballast auf dem Rücksitz sein.«

»Jawohl, Sir«, sagte DeBenedito.

»Und am Ende der drei Monate wird die Aufsicht schriftlich empfehlen, ob der Probekandidat in die Highway Patrol aufgenommen werden soll oder nicht; mit anderen Worten, ob er die

Fahrschule und die andere Ausbildung absolvieren soll oder nicht. Mit Begründung.«

Sergeant DeBenedito gefiel nicht, was er gehört hatte. Als ihm klar wurde, daß Wohl wieder auf eine Antwort wartete, platzte der Sergeant heraus: »Können Sie das tun, Sir?«

»Sie meinen, ob ich die Befugnis dazu habe?«

»Jawohl, Sir. Ich meine, die Voraussetzungen, wie man Highway-Patrolman wird, sind ziemlich genau festgelegt. Wir nehmen keine Leute, die weniger als vier, fünf Jahre Dienst . . .«

»Nahmen«, unterbrach Wohl. »V. W.«

»›V. W.‹, Sir?«

»Vor Wohl«, erklärte Wohl. »Und ob ich die Befugnis habe? Ich weiß es nicht. Aber bis mir jemand schriftlich das Gegenteil mitteilt, setze ich voraus, daß ich sie habe.«

»Jawohl, Sir«, sagte DeBenedito.

»Ich bezweifle, daß die Länge des Dienstes ein wichtiges Kriterium ist, um in die Highway Patrol aufgenommen zu werden«, sagte Wohl. »Ich finde, hervorragender Dienst sollte mehr Gewicht haben.«

»Sir«, sagte DeBenedito, »mit Verlaub, die Highway Patrol ist anders.«

Er sah an Captain Sabaras Miene, daß er das nicht hätte sagen sollen.

»Machen wir es kurz«, sagte Wohl mit einer Spur von Unmut in der Stimme, »aufgrund von Captain Sabaras Empfehlung sind Sie, Sergeant, hiermit zur Aufsicht und zum Beurteiler von Officer Jesus Martinez und Officer Charles McFadden ernannt, deren Probezeit heute beginnt. Wenn Sie irgendwelche Probleme haben, wenden Sie sich an Captain Pekach. Das ist alles. Danke.«

Captain Pekach folgte DeBenedito aus Wohls Büro.

»Ich möchte Ihnen Martinez und McFadden vorstellen«, sagte Pekach. »Ich habe sie angewiesen, im Appellraum zu warten.«

»Ich nehme an, ich habe im Büro das Falsche gesagt, wie?« DeBenedito blickte Captain Pekach fragend an.

»Sie müssen lernen, erst den Mund aufzumachen, wenn Sie wissen, worüber Sie reden«, erwiderte Pekach. »Sie hätten

Inspector Wohl sicherlich nicht gesagt, daß die Highway Patrol anders ist, wenn Sie gewußt hätten, daß er der jüngste Sergeant in der Highway Patrol war, den sie jemals hatte.«

DeBenedito starrte ihn entgeistert an. »War er das?«

»Ja, das war er. Er war auch der jüngste Captain, den die Polizei von Philadelphia jemals hatte, und er *ist* der jüngste Staff Inspector, und wenn er sich mit Special Operations nicht ins Knie schießt, hat er eine verdammt gute Chance, der jüngste Voll-Inspector zu werden.«

»Sollte ich zurückgehen und mich entschuldigen?«

»Nein, lassen Sie das. Peter Wohl ist nicht nachtragend. Aber wenn Sie einen Rat haben wollen, dann fangen Sie diesen Beurteilungs-Job mit Martinez und FcFadden nicht mit dem Gedanken an, daß er eine blöde Idee ist und Sie das Pech haben, ihn am Hals zu haben. Tun Sie Ihr Bestes.«

»Jawohl, Sir«, sagte DeBenedito. »Die beiden arbeiteten für das Rauschgiftdezernat, nicht wahr, Captain?«

»Ja. Und sie leisteten gute Arbeit für mich. Aber wenn Sie mich fragen, ob dies meine Sache war, die Antwort ist *nein.* Und wenn Sie mich fragen, ob ich denke, daß einer von ihnen es schaffen kann, lautet die Antwort: Ich weiß es nicht.«

Sergeant Nick DeBenedito fuhr mit großem Geschick die Auffahrt hinauf bis zur vierten Parkebene. Dann stoppte er beim Treppenhaus.

»Martinez«, befahl er ruhig. »Sie gehen die Treppe rauf. Ich bezweifle, daß Sie dort oben noch jemand finden werden, aber man kann nie wissen. Wenn Sie jemand die Treppe heruntergehen hören, rufen Sie es runter zu dem Kollegen vom Distrikt.« Er wies zur Seite des Parkhauses, wo eine Reihe Fenster offenstanden.

»Verstanden«, sagte Martinez. Er stieg aus und ging zum Treppenschacht. DeBenedito sah, daß Martinez den Revolver aus dem Wadenholster nahm, vorsichtig die Tür zum Treppenhaus aufzog und hineinging. Dann gab DeBenedito Gas und fuhr über die Auffahrt zum Dach. Während der Fahrt zog er seinen Revolver.

Jesus Martinez lauschte im Treppenhaus angestrengt und hörte keinerlei Geräusche. Er ging die Treppe hinauf, immer zwei Stufen auf einmal, bis er zur Tür gelangte, die aufs Dach hinausführte.

Er lauschte einen Moment, hörte nichts und schob die Tür auf. Er blickte sich schnell um. Sergeant DeBenedito war aus seinem Wagen ausgestiegen. Er hielt seinen Revolver mit beiden Händen und zielte auf jemand, den Martinez nicht sehen konnte.

Donnerwetter! dachte Jesus Martinez bewundernd. *Er hat den Bastard bereits gestellt!*

Er ging zwischen den parkenden Wagen hindurch, hielt sich aus der möglichen Schußlinie, bis er sehen konnte, auf wen DeBenedito zielte.

Da lag ein Mädchen in einem schicken Kostüm in einer Blutlache, und ein Mann in einem Smoking lag mit dem Gesicht nach unten neben ihr. DeBenedito zielte auf diesen Mann.

»Legen Sie ihm Handschellen an, Martinez«, befahl DeBenedito.

Der Mann, der am Boden lag, drehte den Kopf zu Jesus Martinez.

»Che-sus, sag ihm, daß ich ein Cop bin«, sagte Matt Payne.

»Sergeant«, sagte Martinez, »er ist ein Cop.«

DeBenedito schaute ihn an, mehr um eine absolute Bestätigung zu erhalten als vor Überraschung. Er schob seinen Revolver ins Holster.

»Tut mir leid«, sagte er.

Matt Payne rappelte sich auf.

»Ist ein EPW unterwegs?«

»Martinez, brüllen Sie runter, daß der EPW raufkommen soll«, befahl DeBenedito. Jesus lief zum Rand des Daches und tat, was ihm gesagt worden war.

»Da ist eine Leiche, weiß, männlich, der halbe Kopf weggeschossen, drüben beim Treppenschacht«, sagte Payne und wies hin. »Ich nehme an, der oder die Täter war oder waren lange fort, als ich hier rauffuhr.«

»Ihr Gesicht kommt mir bekannt vor«, sagte DeBenedito. »Kenne ich Sie?«

»Mein Name ist Payne«, sagte Matt. »Ich arbeite für Staff Inspector Wohl.«

Oh, Scheiße! dachte DeBenedito. Und dann wußte er, wer der junge Mann mit dem Smoking war. Es war der Neuling, der die Sexbestie von Nordwest-Philly erschossen hatte.

5

»Was, zum Teufel, ist hier passiert?« fragte Sergeant DeBenedito Matt Payne, als er in die Hocke ging, um die Frau zu untersuchen, die auf dem Boden lag.

Sie war bewußtlos, aber nicht tot. Als er am Hals nach dem Puls tastete, stöhnte sie. DeBenedito blickte über die Schulter und hielt ungeduldig Ausschau nach dem Wagen.

Wenn wir sie nicht schnell in ein Krankenhaus bringen, wird sie sterben.

»Sie lag auf dem Boden, als ich hier rauffuhr«, sagte Matt Payne. »Als ich sah, daß sie niedergeschossen worden war, schickte ich meine Bekannte runter, um es zu melden. Dann fand ich den toten Mann.«

»Irgendeine Ahnung, wer die Opfer sind?«

»Sie heißt Detweiler«, sagte Matt. »Penny-Penelope-Detweiler. Ich nehme an, sie war hier oben mit ihrem Wagen ...«

»Brillant«, warf DeBenedito sarkastisch ein.

»Sie war auf demselben Weg wie wir«, sagte Matt. »Sie ist Brautjungfer ...«

»Was?«

»Brautjungfer. Es findet ein Abendessen im Union League Club statt.«

»Wer ist sie?«

»Das habe ich Ihnen gesagt. Ihr Name ist Detweiler.« Dann erst verstand Matt die Frage. »Sie wohnt in Chestnut Hill. Ihr Vater ist der Aufsichtsratsvorsitzende von Nesfoods.«

»Aber das andere Opfer kennen Sie nicht?«

»Nein. Ich bezweifle, daß der Mann mit ihr zusammen war. Er trägt keinen Smoking.«

»Na und?«

»Für das Abendessen, zu dem Penny Detweiler unterwegs war, ist für die Männer Smoking vorgeschrieben.«

Emergency Patrol Wagon 906 fuhr auf das Dach.

Officer Howard C. Sawyer sah DeBenedito und das Opfer und wendete den Transporter schnell und gekonnt und fuhr mit dem Heck bis zu ihnen. Officer Thomas Collins, Beifahrer in 906, war aus dem Wagen, bevor er stoppte. Er hatte zuerst Sawyer signalisiert, daß er halten sollte, und dann schnell die Hecktür geöffnet.

»Sie lebt noch«, sagte DeBenedito. »Da ist ein Toter ...« Er verstummte und dachte: *Ich weiß gar nicht, ob der Mann tot ist oder nicht. Ich hörte nur die Meinung dieses Anfängers, daß er tot ist.*

»Der Mann ist tatsächlich tot?« fragte er Matt Payne herausfordernd.

»Die Hälfte seines Kopfs fehlt«, erwiderte Matt.

DeBenedito ließ seinen Blick über die Officers Sawyer, Collins, Payne und Martinez schweifen.

Hier habe ich es mit vier verdammten Anfängern zu tun!

Das weibliche Opfer stöhnte, als Sawyer und Collins es so behutsam wie möglich anhoben und auf eine Trage legten.

Der zweite Beamte, der als Beifahrer in einem EPW mitfuhr, wurde offiziell als ›Protokollführer‹ bezeichnet. Er war verantwortlich für die Erledigung des Papierkrams. Der Protokollführer eines EPW fuhr hinten im Wagen beim Opfer mit zum Krankenhaus, um es zu befragen, wenn möglich, und vielleicht eine ›Erklärung vor dem Sterben‹ zu erhalten, was vor Gericht als die letzten Worte des Opfers gewertet wurde. Die letzten Worte hatten viel Gewicht bei Geschworenen.

Sergeant DeBenedito bezweifelte, daß Officer Collins gescheit genug war, um einen Wäschezettel zu schreiben.

Er traf seine Entscheidung.

»Bringt sie zum Hahneman, das ist am nächsten«, befahl er und meinte damit das Hahneman Hospital gleich hinter der City Hall an der North Broad Street. »Martinez, Sie steigen hinten in den EPW und versuchen, etwas von dem Mädchen zu erfahren. Sie wissen, was ›Aussagen von Sterbenden‹ sind?«

»Ja«, sagte Martinez.

»Und Sie, Payne, gehen die Treppe runter nach unten und versiegeln das Gebäude. Keiner kommt rein oder raus. Kapiert?«

»Kapiert«, sagte Matt Payne und machte sich auf den Weg.

DeBenedito wollte zu seinem Wagen gehen, doch dann besann er sich anders. Er wußte immer noch nicht mit Sicherheit, ob das zweite Opfer tatsächlich tot war.

Ein Blick auf das Opfer bestätigte ihm, was Payne gesagt hatte.

Ein Teil des Kopfes war weggeschossen. Die weit aufgerissenen gebrochenen Augen spiegelten Überraschung wider.

Bei näherer Betrachtung kam ihm das Opfer irgendwie bekannt vor. Nach einer Weile war Sergeant DeBenedito fast überzeugt, daß das zweite Opfer Anthony J. DeZego war, ein junger, nicht sehr heller Mafioso, bekannt als ›Tony das Z‹.

Nun ging er schnell zum Streifenwagen der Highway Patrol und nahm das Mikrofon.

»Highway zwei-eins.«

»Highway zwei-eins«, antwortete die Funkzentrale.

»Ich habe einen fünf-zwei, neun-zwei auf dem Dach des Penn-Services-Parkhaus«, meldete DeBenedito. »Informieren Sie die Mordkommission. Der EPW des neunten Distrikts transportiert ein zweites Opfer, weibliche Person, zum Hahneman.«

DeBenedito blickte sich auf dem Parkdeck um und sah ein Schild, das auf einen Münzfernsprecher hinwies.

»Okay, Highway zwei-eins«, erwiderte der Mann aus der Funkzentrale.

DeBenedito warf das Mikrofon auf den Sitz, ging zum Münzfernsprecher und kramte in den Taschen nach Münzen.

Dann wählte er eine Nummer, die er auswendig kannte.

»Mordkommission.«

»Hier spricht Sergeant DeBenedito, Highway Patrol. Ich habe einen fünf-zwei, neun-zwei auf dem Dach des Penn-Services-Parkhaus hinter dem Bellevue-Stratford. Ein Teil des Kopfes ist weggeschossen. Ich glaube, bei dem Opfer handelt es sich um einen Typ vom Mob, der Tony das Z genannt wird.«

»Anthony J. DeZego«, sagte der Kriminalbeamte der Mordkommission. »Interessant.«

»Da ist ein zweites Opfer. Weiblich. Mehrere Wunden, vermutlich von einer Schrotladung. Opfer identifiziert als Penelope Detweiler. Ihr Vater ist Aufsichtsratsvorsitzender von Nesfoods.«

»Das ist ein Ding!«

»Sie wird zum Hahneman transportiert.«

»Hier ist Lieutenant Natali, Sergeant. Wir haben den fünf-zwei, neun-zwei über Funk erfahren. Ein paar Detectives sind unterwegs. Wenn sie dort eintreffen, sagen Sie Bescheid, daß ich auch dorthin komme. Sind Sie sicher, daß es sich um Tony das Z handelt?«

»Fast sicher. Und die Identifizierung des Mädchens ist positiv.«

»Ich mache mich auf den Weg«, sagte Lieutenant Natali. Dann klickte es, und die Leitung war tot.

DeBenedito wählte eine andere Nummer.

»Highway, Corporal Ashe.«

»Sergeant DeBenedito. Sagen Sie dem Lieutenant, daß ich zu dem Fall Schußwaffengebrauch im Parkhaus hinter dem Bellevue-Stratford fuhr. Der Tote war einer vom Mob. Tony das Z DeZego. Eine Schrotladung riß ihm den oberen Teil des Kopfes weg. Es gibt ein zweites Opfer, weiblich, weiß, transportiert ins Hahneman. Name ist Detweiler. Ihr Vater ist Aufsichtsratsvorsitzender von Nesfoods.«

»Ich werde es gleich an Lieutenant Lucci weitergeben, Sergeant«, sagte Corporal Ashe.

Sergeant DeBenedito hängte ohne ein weiteres Wort den Hörer ein und ging aufs Dach zurück, um sich noch einmal Tony das Z anzusehen.

Wer hat diesen Itaker-Gangster weggeblasen? dachte Sergeant Vincenzo Nicholas DeBenedito flüchtig. Im vergangenen Sommer war er mit seinen Eltern nach Italien geflogen und hatte dort die meisten, aber nicht alle seiner neapolitanischen Verwandten getroffen.

Dann dachte er: *Verdammte Schande, daß das Mädchen in diese Sache hineingeriet, mit schickem Kostüm auf dem Weg zu einer Party im Union League Club.*

Und schließlich hatte er noch einen Gedanken: *War das hübsche reiche Mädchen aus Chestnut Hill nur eine unschuldige, unbeteiligte Zuschauerin? Oder hatte sie was mit Tony DeZego?*

Matt Payne öffnete die Tür zum Treppenhaus und nahm immer zwei Stufen auf dem Weg hinab.

Er wollte sehen, was mit Amanda Spencer geschehen war, und er mußte dringend seine Blase erleichtern. Er war erschreckt gewesen, als er das Quietschen der Reifen des Porsche gehört hatte, als Amanda gewendet hatte und über die Ausfahrt fortgefahren war. Verschiedene Gedanken waren ihm durch den Kopf gegangen: Amanda hatte natürlich Angst, und es war nur logisch, daß sie so schnell wie möglich vom Tatort fort wollte. Dann überraschte ihn, daß sie den Porsche fahren konnte, *so gut* fahren konnte, daß sie wenden und schnell die Ausfahrt hinab verschwinden konnte.

Zwischen der dritten und zweiten Parkebene erschreckte er einen sehr großen Cop mit der weißen Mütze der Verkehrspolizei, der an der Wand lehnte. Der Verkehrspolizist stieß sich von der Wand ab, blockierte Matt den Weg, und es sah aus, als wollte er seine Dienstwaffe ziehen.

»Ich bin ein Cop«, rief Matt. »Payne, Special Operations.«

Er zog seine Dienstmarke aus der Tasche und zeigte sie dem Verkehrspolizisten.

»Was, zum Teufel, ist da oben los?« fragte der Verkehrspolizist.

»Schießerei. Mit einer Schrotflinte. Ein Toter, und eine schwerverletzte Frau, die ins Krankenhaus gebracht wird.«

Der Verkehrspolizist trat zur Seite, und Matt lief die Treppe hinunter bis zum Erdgeschoß. Er schob die Tür auf und trat auf die 15th Street hinaus. Nicht weit entfernt sah er die Schnauze des Porsche aus dem Parkhaus auf den Bürgersteig ragen. Ein halbes Dutzend Polizeiwagen standen vor der Einfahrt und Ausfahrt und ragten halb auf den Bürgersteig. Ein Sergeant der Verkehrspolizei regelte den Verkehr der engen Straße.

Als Matt die Ausfahrt erreichte, sprach Amanda mit einem Mann, dessen Abzeichen des Detectives aus der Brusttasche eines bemerkenswert häßlichen Sakkos hing. Amanda sah Matt und ging zu ihm.

»Wie geht es Penny?«

»Sie lebt«, sagte Matt. »Sie wird ins Krankenhaus gebracht. Wir müssen den Porsche dort wegfahren.«

Wie auf ein Stichwort hin tauchte der EPW hinter dem Porsche auf, und Officer Howard C. Sawyer hupte ungeduldig. Matt stieg schnell in den Porsche und fuhr ihn aus dem Weg auf den Bürgersteig.

Der Emergency Patrol Wagon fuhr aus der Ausfahrt, der Fahrer schaltete Sirene und rotierendes Rotlicht ein, und als der Sergeant der Verkehrspolizei heftig in seine Trillerpfeife blies und den Verkehr stoppte, fuhr er auf die 15th Street und bog nach links ab.

Als Matt aus dem Porsche stieg, wurde er von dem Detective erwartet.

»Sie sind der Freund?« fragte er, und ohne auf eine Antwort zu warten, fuhr er fort: »Sie fanden das Opfer? Sie sind ein Cop. Das ist Ihr Wagen?«

Matt schaute Amanda an, als der Detective *Freund* sagte. Sie hob die Schultern und wirkte unangenehm berührt.

»Mein Name ist Payne«, sagte Matt. »Special Operations. Das ist mein Wagen. Wir sahen eines der Opfer auf dem Boden liegen, als wir auf das Dach fuhren.«

»Sie sind Payne? Der Mann, der die Sexbestie erschoß?«

Matt nickte. »Oben ist ein Sergeant der Highway Patrol«, sagte er. »Er beauftragte mich, daß Gebäude zu versiegeln.«

»Es ist versiegelt«, sagte der Detective und wies die Straße auf und ab. »Ich bin Joe D'Amata, Mordkommission. Wissen Sie, was los war?«

»Zwei Opfer«, sagte Matt. »Ich fand einen weißen Mann, dessen halber Kopf fehlte. Die Tatwaffe war vermutlich eine Schrotflinte.« Er schaute Amanda an. »Hat Ihnen Miss Spencer erzählt, wer das weibliche Opfer ist?

»Ich wollte sie gerade fragen«, sagte D'Amata.

»Sie ist Penny Detweiler«, sagte Amanda.

»Sie kennen sie? Sie waren mit ihr zusammen?«

»Wir kennen sie. Wir waren nicht mit ihr zusammen. Oder nicht richtig.«

»Was heißt das?«

»Es gibt eine Dinnerparty. Eine Hochzeit. Sie sollte daran teilnehmen.«

»Eine Dinnerparty oder eine Hochzeit?« fragte D'Amata ungeduldig. »Was denn nun?«

»Eine Hochzeits-Dinnerparty«, sagte Matt. Er kam sich albern vor und erwartete D'Amatas nächste Frage. »Im Union League.«

D'Amata betrachtete Payne. Normale Cops gingen normalerweise nicht zu einem Essen im Union League Club. Er erinnerte sich, was er über diesen jungen Mann gehört hatte. Es hatte viel Gerede über ihn gegeben. Reicher Junge. Studiert. Aus Wallingford. Aber es hieß auch, daß sein Vater, ein Sergeant, im Dienst getötet worden war. Und er hatte zweifelsfrei den Sexualverbrecher und Mörder erschossen. Es war ein Foto von ihm in allen Zeitungen gewesen, auf dem Bürgermeister Carlucci den Arm um ihn legte. Der Verbrecher, die Sexbestie, wie sie in den Medien zu Recht bezeichnet worden war, hatte versucht, Payne mit einem Van über den Haufen zu fahren, und dann hatte Payne dem Bastard das Gehirn aus dem Schädel geblasen. Der Kerl hatte eine nackte und gefesselte Frau im Van gehabt, als es geschehen war. Wenn Payne ihn nicht erwischt hätte, wäre die Frau ein weiteres Opfer des Serientäters geworden. Der Kerl hatte sein vorheriges Opfer grausam verstümmelt, bevor er die Frau getötet hatte. Ein wirklich Wahnsinniger.

»Union League«, sagte Detective D'Amata, während er das in sein Notizbuch schrieb.

»Ihre Eltern sind vermutlich jetzt dort«, sagte Matt Payne. »Jemand muß ihnen sagen, was passiert ist.«

»Sie meinen, Sie wollen das?«

»Ich weiß nicht, wie man das macht«, bekannte Matt.

Detective D'Amata schaute sich um, fand, was er suchte, und hob die Stimme. »Lieutenant Lewis?«

Lieutenant Foster H. Lewis senior vom 9. Distrikt, der erst vor zwei Minuten am Tatort eingetroffen war, hielt Ausschau nach dem Mann, der ihn gerufen hatte, und fand D'Amata.

»Haben Sie einen Moment Zeit, Lieutenant?« rief D'Amata.

Lieutenant Lewis ging zu ihm.

»Lieutenant, dies ist Officer Payne von Special Operations. Er und diese junge Lady fanden die Opfer.«

Lieutenant Lewis betrachtete Officer Matthew Payne, der einen Smoking trug, der mit Sicherheit ihm gehörte und nicht geliehen war. Lewis wußte vieles über Officer Matthew Payne.

Es gab eine freie Stelle für einen Lieutenant in der neu gebildeten Special Operations Division. Lewis hatte gedacht – bevor er erfahren hatte, daß sein Sohn, Foster junior, dort angenommen wurde –, daß es vielleicht eine gute Stelle für ihn sein würde, um seine Erfahrung zu erweitern und seiner Laufbahn zu nutzen. Bis jetzt hatte er seine Erfahrung nur in dem einen oder anderen Distrikt gesammelt.

Ein alter Freund von ihm, ein Detective der Mordkommission namens Jason Washington, war gegen seine Einwände zur Special Operations Division versetzt worden, und er hatte ein langes Gespräch mit Washington über Special Operations und ihren jungen Chef, Staff Inspector Peter Wohl, geführt.

Im Laufe dieses Gesprächs waren die in den Medien ausgeschlachteten Heldentaten von Wohls besonderem Assistenten Matt Payne zur Sprache gekommen. Zu Lewis' Überraschung hatte Jason Washington gut über beide Männer gesprochen: »Peter Wohl ist ein intelligenter, fähiger Mann, offen und ehrlich. Ein bißchen unbarmherzig und skrupellos, wenn ein Job erledigt werden muß, aber nicht, um sich selbst zu schützen und um Karriere zu machen, sondern um der Sache willen. Und der Junge ist auch in Ordnung. Denny Coughlin hat ihn praktisch auf Wohls Schoß gesetzt. Payne hatte nicht um den Job gebeten. Ich denke, Wohl macht einen guten Cop aus ihm; es ist nicht verboten, reich zu sein oder gute Beziehungen zu haben.«

»Es überrascht mich, Officer Payne«, sagte Lieutenant Lewis, »daß Ihnen Inspector Wohl nicht beigebracht hat, daß ein Polizeibeamter in Zivil bei einem Tatort seine Dienstmarke gut sichtbar anzuheften hat.«

Matt schaute ihn einen Moment an und sagte dann: »Verzeihung, Sir.«

Er nahm das Etui, das seine Dienstmarke und den Ausweis mit Foto enthielt, aus der Tasche und versuchte es in die Brusttasche des Smokingjacketts zu schieben. Es paßte nicht hinein. Er nahm die Dienstmarke aus dem Lederetui.

Ich frage mich, dachte Lieutenant Lewis, *was der Vater dieses jungen Mannes davon hält, daß er Polizist geworden ist. Er ist vermutlich sowenig begeistert darüber, wie ich es bei meinem dickköpfigen, übergroßen Sohn bin.*

Es ist eine Frage des sozialen Auf- und Abstiegs. Mein Sohn hat eine ausgezeichnete Chance zum sozialen Aufstieg weggeworfen und ist nicht Arzt geworden. Er hätte in ein paar Jah-

ren als Arzt mehr Geld verdienen können als ich in meinem ganzen Leben. Dieser junge Mann hier hat wer weiß was aufgegeben. Mit Sicherheit eine Partnerschaft bei der Anwaltskanzlei Mawson, Payne, Stockton, McAdoo & Lester. Möglicherweise eine Chance, eine Menge Geld zu verdienen.

Ich stehe bei diesem jungen Mann hier vor einem Rätsel wie bei meinem Sohn.

»Lieutenant«, sagte Detective D'Amata, »Payne kennt eines der Opfer. Die Frau.« Er zog sein Notizbuch zu Rate. »Sie heißt Penelope Detweiler. Er sagte, ihre Eltern sind vermutlich im Union League . . .«

»Chestnut Hill?« unterbrach Lieutenant Lewis. »*Diese* Detweilers, Payne?«

»Jawohl, Sir.«

Lieutenant Lewis wußte auch vieles über die Detweilers von Chestnut Hill. Vor vier Generationen war George Detweiler eine Partnerschaft mit Chadwick Thomas Nesbitt eingegangen, um eine Firma zu gründen, die damals ›Nesbitt Potted Meats and Preserves Vegetables Company‹ genannt wurde. Es war jetzt Nesfoods International, ungefähr in der Mitte auf der Liste der fünfhundert größten Firmen. C. T. Nesbitt II. war Vorsitzender des Exekutivausschusses, und H. Richard Detweiler war Aufsichtsratsvorsitzender.

C. T. Nesbitt IV. wurde übermorgen vom Bischof der Episkopalkirche in der St. Mark's Church getraut. Der Bürgermeister und dessen Gattin waren eingeladen, und jemand vom Büro des Bürgermeisters hatte beim Leiter des 9. Distrikts angerufen und gesagt, der Bürgermeister wünsche, daß es keine Probleme mit dem Verkehr oder sonst etwas geben würde.

Beamte vom 9. Distrikt waren der Verkehrspolizei zur Unterstützung zugeteilt worden. Das Verkehrsproblem würde dem einer sehr großen Beerdigung ähneln. Eine große Anzahl von Leuten würde mehr oder weniger einzeln bei der Kirche eintreffen. Der Verkehr würde behindert werden, wenn jede Limousine vorfuhr, die Passagiere ausstiegen und der Fahrer dann weiterfuhr und einen Parkplatz suchte. Nach der Trauung würde das Problem noch schlimmer sein, wenn vierhundert

Gäste alle auf einmal ihre Wagen suchten, um zum Empfang im Haus der Eltern der Braut zu fahren. Nur das Problem, einen Konvoi von Wagen zu bilden, wie es bei einer Beerdigung der Fall war, würde nicht eintreten.

Zusätzlich würde sich eine Reihe von Beamten der Kripo in Zivil unter den Gästen bei der Kirche und bei der Cocktailparty aufhalten, die für auswärtige Gäste vor der Trauung im Bellevue-Stratford-Hotel gegeben wurde.

Captain J. J. Maloney, der Leiter des 9. Distrikts, hatte Lieutenant Foster H. Lewis senior angewiesen, sich darum zu kümmern.

»Ist die Familie des Opfers benachrichtigt worden?« fragte Lieutenant Lewis.

»Nein, Sir«, sagte D'Amata.

»Sir, ich dachte, ich könnte das tun«, sagte Payne.

Lieutenant Lewis dachte gründlich darüber nach. Die Angehörigen mußten informiert werden. Normalerweise war der 9. Distrikt dafür verantwortlich. Aber wenn Payne das erledigte, würde es wahrscheinlich taktvoller sein, als wenn man einen Streifenwagen hinschickte. Er spielte kurz mit dem Gedanken, es selbst zu erledigen oder mit Payne zu fahren, doch er entschied sich dagegen. Er würde auch nicht den Bürgermeister informieren, obwohl er überzeugt war, daß Jerry Carlucci davon erfahren wollte. Sollte Captain Maloney oder einer der hohen Tiere es dem Bürgermeister sagen. Er würde Maloney anrufen.

»Sehr gut«, sagte Lieutenant Lewis. »Tun Sie das. Ich brauche Ihnen wohl nicht zu sagen, daß Sie das Bedauern der Polizei über dieses schlimme Ereignis ausdrücken, oder?«

»Nein, Sir.«

»Wie ich die Lage sehe, wissen wir nicht, was hier passierte, oder wissen wir etwas?

»Nein, Sir.«

»Sie werden sicherlich Ihre Meinung für sich behalten, Payne?«

»Jawohl, Sir.«

Lieutenant Lewis wandte sich an Amanda Spencer.

»Ich weiß nicht Ihren Namen, Miss.«

»Amanda Spencer.«

»Sind Sie aus Philadelphia, Miss Spencer?«

»Scarsdale«, sagte Amanda und fügte hinzu: »New York.«

»Sie sind wegen der Hochzeit hier?«

»So ist es.«

»Wo wohnen Sie hier?«

»Bei den Brownes, der Familie der Braut«, antwortete Amanda. »In Merion.«

Lieutenant Lewis hatte ein ungewöhnlich gutes Erinnerungsvermögen, und er wußte, daß es sich bei den Brownes um Soames T. Browne handeln mußte. Soames T. Browne hatte keine Berufsbezeichnung. Wenn zum Beispiel irgendwo auf einer Liste von Wirtschaftsgrößen sein Foto erschien, stand darunter nur: ›Soames T. Browne, Investments‹. Die Brownes hatten erfolgreich in Philadelphia investiert, seit Ben Franklin hier Publizist gewesen war.

Es muß eine Menge Streß mit seinen Geschäften verbunden sein, dachte Lewis. Und viel Publicity. Leute wie die Nesbitts und die Brownes und die Detweilers nahmen den Begriff *öffentlicher Dienst* wortgetreu, mit Betonung von *Dienst*. Sie erwarteten, daß Angestellte des öffentlichen Dienstes wie die der Polizei und Gerichte taten, wofür sie bezahlt wurden, und sie waren schnell mit Kritik zur Hand, wenn jemand im öffentlichen Dienst seine Pflicht nicht erfüllte. Wenn ein Detweiler beim Bürgermeister anrief, wurde er nicht abgewimmelt, sondern der Bürgermeister war sofort zu sprechen.

Lieutenant Lewis dachte wieder daran, daß Jerry Carlucci zu der Hochzeit und dem Empfang eingeladen war und vielleicht sogar im Union League Club sein würde, wenn der junge Payne hereinspazierte und berichtete, daß Penelope Detweiler niedergeschossen worden war.

»Normalerweise, Miss Spencer, würden wir Sie bitten, uns zum Rundhaus zu begleiten . . .«

»Zum was?« fragte Amanda.

»Zum Polizeipräsidium . . .«

»Das Gebäude ist rund, Amanda«, erklärte Matt.

». . . zu einer Befragung durch einen Beamten der Mordkommission«, fuhr Lieutenant Lewis fort, sichtlich ungehalten über Matts Unterbrechung. »Aber da Officer Payne bei Ihnen war, ist Detective D'Amata vielleicht bereit, Sie ein wenig später dorthin zu bitten.«

»Kein Problem, Sir«, sagte D'Amata.

Und dann, wie zur Bestätigung seiner Annahme, daß die Schießerei großes Interesse der Presse zur Folge haben würde, tauchte ein mit Funkantennen bestückter Buick Special auf, stoppte auf der Ausfahrt, und Mr. Michael J. O'Hara stieg aus.

Mickey O'Hara war Kriminalreporter des *Bulletin*. Er war sehr gut in seinem Job und wurde von den meisten Polizisten, einschließlich Lieutenant Foster H. Lewis, fast als Mitglied der Polizei betrachtet. Wenn man Mickey O'Hara etwas inoffiziell sagte, dann blieb es auch inoffiziell und wurde nicht verdreht.

»He, Foster«, sagte Mickey O'Hara, »das weiße Hemd steht Ihnen gut.«

Das bezog sich auf Fosters brandneuen Status als Lieutenant. Leitende Polizeibeamte, Lieutenants und darüber, trugen weiße Hemden zur Uniform, Sergeants und darunter blaue.

»Danke, Mickey«, sagte Lewis und schüttelte O'Haras Hand. »Wie geht es Ihnen?«

»Ich kann nicht klagen, Lieutenant.«

O'Hara wandte sich Matt Payne zu. »Und was machen Sie, Matt? Arbeiten Sie nebenbei als Kellner?« Er gab Officer Payne die Hand.

»Hallo, Mickey«, sagte Payne.

»Was ist hier los?«

»Warten Sie einen Moment, Mickey«, sagte Lewis. »Miss Spencer, Sie werden eine Aussage machen müssen. Payne wird Ihnen Näheres darüber sagen. Und Sie, Payne, kommen hierher zurück, sobald Sie die Sache erledigt haben.«

»Jawohl, Sir. Bis dann, Mickey.«

O'Hara wartete, bis Matt Payne Amanda Spencer höflich in den Porsche geholfen hatte und davonfuhr. Dann sagte er: »Netter Junge, dieser Matt Payne.«

»Das hörte ich«, erwiderte Lieutenant Lewis.

»Was muß er erledigen, bevor er zurückkommt?«

»Er muß H. Richard Detweiler sagen, daß seine Tochter in einer Blutlache auf dem Dach des Parkhauses gefunden wurde. Jemand schoß sie mit einer Schrotflinte nieder.«

»Tatsächlich? Detweilers Tochter? Ist sie tot?«

»Nein. Jedenfalls noch nicht. Sie wurde soeben ins Hahneman gebracht. Dort oben ist noch ein Opfer. Männlich, weiß. Der halbe Kopf fehlt.«

»Überfall?« fragte Mickey O'Hara. »Mit einer Schrotflinte? Wer ist der Mann?«

»Das wissen wir nicht.«

»Kann ich dort rauf?« fragte Mickey.

»Ich begleite Sie«, sagte Lewis und wies zum Treppenhaus.

Zwischen der dritten und vierten Parkebene begegneten sie Detective Lawrence Godofski von der Mordkommission, der die Treppe herunterkam.

Godofski hatte einen Plastikbeutel in der Hand. Er hielt ihn Lieutenant Lewis hin.

»Tag, Larry«, sagte Mickey O'Hara zu Godofski.

»Hallo, Mickey. Wie geht's?«

Der Plastikbeutel enthielt eine lederne Brieftasche und eine Reihe von Karten, Führerschein, Kreditkarten, die offenbar aus der Brieftasche genommen worden waren.

Lieutenant Lewis betrachtete den Führerschein durch den durchsichtigen Plastikbeutel und gab den Beutel Mickey O'Hara. Der Führerschein war ausgestellt auf Anthony J. DeZego, Bouvier Street, Philadelphia, ein Viertel, das als Little Italy bekannt war.

»Das ist ein Hammer«, sagte Mickey O'Hara. »Tony das Z. Er ist die Leiche?«

Detective Godofski nickte.

»Da hat Tony das Z aber Karriere gemacht, wenn er so abgeschossen wird«, sagte O'Hara. »Als letztes hörte ich, daß er einen Kühltruck mit Shrimps und Austern von der Golfküste herauffuhr.«

»Godofski«, sagte Lieutenant Lewis, »Haben Sie daran gedacht, die Abteilung Organisiertes Verbrechen einzuschalten?«

»Jawohl, Sir. Ich war im Begriff, das zu tun.«

»Haben Sie dort oben sonst noch etwas Interessantes gefunden?«

Godofski zeigte einen anderen Plastikbeutel, der zwei Hülsen von Schrotpatronen enthielt.

»Siebeneinhalb«, sagte er. »Patronen für die Kaninchenjagd.«

»Keine Waffe?«

»Kein Schrotgewehr. Tony das Z hatte einen .38er Smith & Wesson Undercover in einem Wadenholster. Ich ließ die Waffe dort für die Jungs vom Labor. DeZego hatte keine Chance, sie zu benutzen.«

»Was, zum Teufel, hatte H. Richard Detweilers Tochter mit einem zweitklassigen italienischen Gangster wie Tony das Z zu tun?« fragte Mickey O'Hara rhetorisch.

Lieutenant Lewis zuckte mit den Schultern und ging weiter die Treppe hinauf.

Der Union League Club von Philadelphia ist ein Steingebäude in viktorianischem Stil – ein bemerkenswert häßlicher, finden einige – an der Westseite der South Broad Street, buchstäblich im Schatten von Billy Penn auf der City Hall, die am Schnittpunkt der Broad und Market Street steht.

Auf der South Broad Street vor dem Union League Club war absolutes Halteverbot, auf das mehrere große Schilder hinwiesen.

Verkehrspolizist P. J. Ward, der den Verkehr mitten auf der South Broad Street regelte, war folglich überrascht und ärgerlich, als er sah, daß ein silberner Porsche 911 vor dem Union League Club vorfuhr und stoppte und der Fahrer die Scheinwerfer ausschaltete. Dann stieg ein junger Mann mit Smoking aus und eilte um den Porsche herum, um die Tür auf der Beifahrerseite für seine Freundin zu öffnen.

Ward ging schnell hinüber.

»He, Sie da? Was machen Sie da?«

Der junge Typ mit dem Smoking wandte sich ihm zu.

»Es wird nicht lange dauern«, sagte er. »Ich bin im Dienst.«

An seinem Smokingjackett haftete ein silbernes Abzeichen, doch Officer Ward war entschlossen, es zu ignorieren. Es war durchaus möglich, daß er bei genauerem Hinsehen feststellte, daß es das Abzeichen eines Privatdetektivs oder irgendein Klubabzeichen war und daß der junge Porschefahrer ein reicher Klugscheißer war, der meinte, er könnte mit allem ungestraft davonkommen.

»Moment mal«, sagte Ward und schlenderte auf den Bürgersteig zu dem jungen Mann mit dem Smoking.

Das Abzeichen war echt. Eine Dienstmarke. Die nächste Frage war, was machte dieser reiche Schickimicki, der einen Porsche 911 fuhr, mit einer Dienstmarke der Polizei?

»Ich bin Payne, Special Operations«, sagte der junge Playboytyp und hielt ihm einen Ausweis mit Foto hin. Ward sah mit einem Blick, daß der Ausweis echt war.

»Was ist los?«

»Ich muß kurz in den Klub«, sagte Matt. »Es wird nicht lange dauern.«

»Hoffentlich«, murmelte Officer Ward.

Matt reichte Amanda den Arm, und sie gingen die Treppe hinauf zum Eingang. Als sie die Drehtür zum Foyer erreichten, wurde sie von jemand für sie in Bewegung gesetzt. Matt sah drinnen einen großen Mann, der wie ein Polizist im Ruhestand wirkte und mehr als vornehmer Rausschmeißer fungierte, weniger als Portier.

Er hatte die beiden jungen Leute in Abendgarderobe gesehen und sich gesagt, daß sie berechtigt waren, den Klub zu betreten.

»Guten Abend«, sagte er, als er die Dienstmarke des jungen Mannes sah, und seine Miene spiegelte Überraschung wider.

»Das Browne-Dinner?« frage Matt.

»Die Treppe hinauf, Sir, und dann rechts«, sagte der Mann an der Tür und wies hin.

Matt und Amanda gingen die Treppe hinauf. Matt entfernte die Dienstmarke von seinem Smoking und steckte sie in die Hosentasche. Er würde die Marke wieder brauchen, wenn er zum Parkhaus zurückkehrte, aber er wollte sie hier nicht zur Schau stellen. Dann fiel ihm etwas anderes ein.

»Hier«, sagte er und überreichte Amanda die Schlüssel des Porsche.

»Was soll ich damit?« fragte sie.

»Nun, ich hoffte, Sie parken den Wagen für mich, bis ich Sie abhole«, sagte Matt. »Ich kann ihn wirklich nicht vor der Tür stehenlassen.«

»Wann werden Sie mich ›abholen‹?«

»Sobald ich kann. Irgendwann am Abend müssen Sie Ihre Aussage bei der Mordkommission machen.«

»Ich habe diesem Detective bereits alles gesagt, was ich weiß.«

»*Sie* wissen das«, erwiderte Matt. »Er nicht.«

Sie nahm die Autoschlüssel.

»Ich meine, Sie lassen mich dort nicht einfach so zurück, oder? Aber das müssen Sie natürlich, Sie sind *wirklich* Polizist.«

»Es tut mir leid«, sagte Matt.

»Seien Sie nicht albern«, sagte Amanda. »Warum sollte Ihnen das leid tun? Es ist nur – Sie sehen nicht wie ein Cop aus, nehme ich an.«

»Und wie sieht ein Cop aus?«

»Ich meinte es nicht so, wie es klang«, sagte sie.

Sie hängte sich bei ihm ein, und sie gingen weiter die Treppe hinauf.

»Warten Sie bitte hier«, sagte Matt, als sie an die doppelflügelige Tür gelangten, die zum Speiseraum führte. Er trat ein.

»Darf ich Ihre Einladung sehen, Sir?«

»Ich bleibe nur kurz«, sagte Matt, als er Mr. und Mrs. Detweiler entdeckte. Er ging zu ihnen.

»He...«, sagte der Mann, der nach der Einladungskarte gefragt hatte, in scharfem Tonfall und eilte hinter ihm her.

Mr. H. Richard Detweiler, der offensichtlich Alkoholisches genossen hatte, war in eine angeregte Unterhaltung mit einer jugendlich wirkenden, attraktiven Frau mit sommersprossigem Gesicht vertieft, die rechts von ihm saß. Sie war beträchtlich älter, als sie aussah. Matt wußte das, denn sie war die Gattin von Brewster Cortland Payne II. und seine Mutter.

Sie lächelte ihn an, als sie ihn an den Tisch treten sah, und widmete ihre Aufmerksamkeit wieder Mr. Detweiler.

»Mr. Detweiler?« sagte Matt.

»Matt, du störst«, sagte Patricia Payne.

Der Mann, der Matt gefolgt war, hatte ihn eingeholt. »Verzeihen Sie, Sir, ich muß Ihre Einladungskarte sehen.«

H. Richard Detweiler heftete den Blick auf Matt und dann auf den Mann, der die Einladungskarte sehen wollte.

»Das ist in Ordnung«, sagte er. »Er ist eingeladen. Die Karte hat er bestimmt vergessen. Er würde seinen Kopf vergessen, wenn der nicht auf ihm festsäße.«

»Mr. Detweiler, darf ich Sie bitte einen Augenblick sprechen, Sir?«

»Matt, um Himmels willen, sehen Sie nicht, daß ich mit Ihrer Mutter spreche?«

»Sir, dies ist wichtig. Ich bedaure, Sie stören zu müssen.«

»Also gut, worum geht es?«

»Darf ich Sie bitte unter vier Augen sprechen?«

»Verdammt, Matt!«

»Matt, was ist los?« fragte Patricia Payne.

»Mutter, bitte!«

H. Richard Detweiler erhob sich. Dabei stieß er sein Whiskyglas um, fluchte und blickte Matt finster an, bevor er ihm hinausfolgte.

»Was, zum Teufel, ist los? Matt?« fragte Detweiler vor der Tür ungeduldig, und dann sah er Amanda. »Guten Abend, Amanda.«

»Mr. Detweiler«, sagte Matt, »es hat einen Zwischenfall gegeben ...«

»Zwischenfall? Was für einen *Zwischenfall*?«

Brewster C. Payne II. kam aus dem Speiseraum.

»Penny ist verletzt, Mr. Detweiler«, sagte Matt. »Sie wurde ins Hahneman-Hospital gebracht.«

Diese Mitteilung ernüchterte H. Richard Detweiler schlagartig.

»Was genau ist passiert, Matt?« fragte er eisig.

»Ich finde, es wäre gut, wenn Sie zum Hospital fahren, Mr. Detweiler«, sagte Matt.

Detweiler packte ihn an den Schultern.
»Ich habe Ihnen eine Frage gestellt. Antworten Sie, verdammt!«
»Penny wurde anscheinend niedergeschossen, Mr. Detweiler.«
Detweiler starrte ihn ungläubig an. »*Niedergeschossen*?«
»Jawohl, Sir. Mit einer Schrotflinte.«
»Das glaube ich nicht«, sagte Detweiler. »Ist sie ernsthaft verletzt?«
»Ja, Sir, ich glaube, das ist sie.«
»Wie ist es passiert? Wo?«
»Auf dem Dach des Parkhauses hinter dem Bellevue-Stratford«, sagte Matt. »Das ist ungefähr alles, was wir wissen.«
»›Alles, was wir wissen?‹ Was ist mit der Polizei?«
»Ich bin Polizist, Mr. Detweiler«, sagte Matt. »Wir wissen noch nicht, was geschah.«
»Stimmt, Ihr Vater erzählte mir, daß Sie Polizist sind«, sagte Detweiler benommen. »Und da waren all die Artikel über Sie in den Zeitungen. Mein Gott, Matt, was ist passiert?«
»Ich weiß es nicht, Sir.«
»Dick, Sie sollten zum Krankenhaus fahren«, sagte Brewster C. Payne. »Ich hole Grace ab und bringe sie dorthin.«
»Mein Gott, das ist unglaublich!« sagte Detweiler.
»Es ginge vielleicht schneller, wenn Sie draußen ein Taxi nehmen«, sagte Matt.
H. Richard Detweiler starrte Matt einen Augenblick lang an, und dann eilte er die Treppe hinunter.
»Was hast du mit der Sache zu tun, Matt?« fragte Brewster C. Payne II.
»Amanda und ich fanden sie – Verzeihung, Dad, dies ist Amanda Spencer. Amanda, das ist mein Vater.«
»Guten Abend«, sagte Amanda.
»Wir fuhren auf das Dach des Parkhauses und fanden sie«, sagte Matt. »Amanda meldete es bei der Polizei. Man brachte Penny zum Hahneman-Hospital.«
»Wie schlimm ist sie verletzt?«
»Es war eine Schrotflinte«, sagte Matt.

»Mein Gott! Ein Überfall?«

»Wir wissen es noch nicht. Ich muß dorthin zurück.« Matt blickte Amanda an. »Ich sehe Sie dann – später.«

»Okay«, sagte Amanda.

Matt lief die Treppe hinunter, nahm die Dienstmarke aus seiner Hosentasche und heftete sie wieder ans Revers. Vermutlich wartete der Verkehrspolizist auf ihn. An der Drehtür machte er kehrt und ging zur Herrentoilette. Dort war er so sehr darauf konzentriert, seine Blase zu erleichtern, daß er den jungen Gentleman am Urinbecken neben sich erst wahrnahm, als er ihn ansprach.

»Was hast du denn da am Revers, Matt?«

Matt wandte den Kopf und sah Kellogg Shaw, der einen Jahrgang vor ihm auf der Episkopalschule gewesen war und dann nach Princeton gegangen war.

»Was hast du da für einen Pickel auf dem Pimmel, Kellogg?« entgegnete Matt. Dann lief er aus der Toilette und zog dabei den Reißverschluß der Hose zu. Er blickte über die Schulter und sah, daß Kellogg Shaw kritisch seinen Penis betrachtete.

6

Victor vergewisserte sich mit einem Blick in den Rückspiegel, daß Charles noch hinter ihm war. Er betätigte den rechten Blinker und bog auf den Parkplatz für Kurzparker auf dem Philadelphia International Airport.

Er nahm einen Parkschein aus dem Automaten und fuhr über den Platz, bis er zwei freie Parkflächen fand. Nur Sekunden nachdem er stoppte, hielt Charles den Cadillac neben ihm an.

Charles stieg aus dem Cadillac, ließ seinen Blick über den Parkplatz schweifen, stellte fest, daß niemand Interesse an ihnen zeigte, und öffnete die Tür des Pontiac. Er nahm das Remington Schrotgewehr vom Boden des Cadillac und legte es in den Pontiac. Victor half ihm, es auf dem Wagenboden unter den Sitz und außer Sicht zu schieben.

Charles nahm seine Reisetasche und den Handkoffer aus dem Cadillac und ging zum Abfertigungsgebäude. Victor wartete, bis Charles fast außer Sicht war. Dann stieg er aus dem Pontiac. Er nahm Reisetasche und Handkoffer vom Rücksitz, knallte die Tür zu und schloß ab, legte die Autoschlüssel auf den linken hinteren Reifen und ging dann ebenfalls zum Abfertigungsgebäude.

Victor checkte sich bei TWA ein und ging dann in die Cocktail Lounge. Charles war an der Bar. Victor tippte ihm auf die Schulter, und Charles wandte sich ihm zu.

»Sieh mal, wer da ist«, sagte Charles.

»Schön, dich wiederzusehen. Alles gut gelaufen?«

»Überhaupt keine Probleme.«

»Kann ich dir einen ausgeben?«

»Einen auf die schnelle. Ich muß in einer Viertelstunde an Bord gehen.«

»Glück für dich. Ich muß noch anderthalb Stunden hier herumgammeln.«

Fünfzehn Minuten später ging Charles an Bord von United Airlines Flug 404 nach Chicago. Eine Stunde und fünfzehn Minuten später ging Victor an Bord von TWA Flug 332 nach Los Angeles, mit Zwischenstop in St. Louis.

Am Eingang vom Penn-Services-Parkhaus hatte sich eine Menge Leute angesammelt. Fast alle waren gut gekleidet und empört und sogar wütend.

Uniformierte Polizisten und Detectives hatten ihnen gesagt, daß das gesamte Parkhaus als Tatort eines Verbrechens galt und sie ihre Wagen nicht abholen konnten, ja nicht einmal zu ihnen gehen durften, bis die Tatortermittlungen und Spurensicherung beendet waren. Und man hatte ihnen wahrheitsgemäß erklärt, daß niemand auch nur schätzen konnte, wie lange die Ermittlungen am Tatort dauern würden.

Matt empfand Mitleid mit den Cops, die alle Mühe hatten, die aufgebrachten Leute zurückzuhalten. Daß es nötig war, das Parkhaus sorgfältig zu durchkämmen und zu untersuchen, verstand jeder, der jemals einen Krimi mit Polizeiarbeit im Fernsehen gesehen hatte. Aber das war etwas anderes.

»Ich bin ein gesetzestreuer Bürger und kein Gangster oder Mörder oder wer auch immer diese Scheiße angerichtet hat. Ich habe nichts getan und will nur meinen Wagen holen und heimfahren. Es ist eine verdammte Schande, gesetzestreue Bürger so zu behandeln! Wie soll ich jetzt nach Hause kommen?«

Matt sah, daß die Einfahrt voller Polizeifahrzeuge stand. Sie waren von der Straße weggefahren, damit der Verkehr wieder fließen konnte. Matt sagte sich, daß das mobile Labor der Kripo und die anderen Fahrzeuge der Technik aufs Dach gefahren waren.

»Wo finde ich Detective D'Amata?« fragte Matt den Cop, der vor der Tür zum Treppenhaus stand.

»Auf dem Dach.«

Matt nahm immer zwei Treppenstufen auf einmal und war etwas außer Atem, als er schließlich auf dem obersten Parkdeck war. Gleich bei der Tür des Treppenschachtes stand ein Polizist vom Distrikt. Er musterte Matt und seine Dienstmarke sorgfältig, sagte jedoch nichts zum ihm.

Das mobile Labor der Kripo und drei andere Spezialfahrzeuge standen dort mit offenen Türen. Die Hälfte des Daches war mit Trassierband mit der Aufschrift TATORT – BETRETEN VERBOTEN abgesperrt. Ein Fotograf mit einer Fünfunddreißig-Millimeter-Kamera schoß Fotos von der Blutlache, die zurückgeblieben war, als Penelope Detweiler zum Hahneman Hospital abtransportiert worden war.

Matt hielt Ausschau nach Detective D'Amata. Bevor er ihn fand, tauchte Lieutenant Foster H. Lewis unbemerkt hinter Matt auf und tippte ihm auf den Arm.

»Man will Sie in der Mordkommission sehen, Payne«, sagte er. »Sofort.«

»Jawohl, Sir.«

»Sie wissen, wo die ist?«

Nur zu gut, dachte Matt. *Als ich die Sexbestie erschossen hatte, wurde ich von den Beamten der Mordkommission befragt, und nach drei Stunden und einem siebenundzwanzig-*

seitigen Protokoll sagte mir schließlich jemand, daß es ein ›guter‹ Schußwaffengebrauch von mir war.

»Jawohl, Sir.«

Matt machte sich auf den Weg zum Treppenhaus. Die Leiche des entsetzlich zugerichteten Mannes lag immer noch dort, wo Matt sie zum ersten Mal gesehen hatte, zusammengesunken an der Außenwand des Treppenhauses.

Es war ein schrecklicher Anblick, und in Matt stieg Übelkeit auf. Er öffnete die Tür zum Treppenhaus und ging die Treppe hinunter. Der Brechreiz ließ nach.

Ich bin nicht ohnmächtig geworden, dachte Matt zufrieden. *Als ich die verstümmelte Leiche von Miss Elizabeth Woodham sah, klappte ich zusammen und wirkte vor Detective Washington wie ein Waschlappen.*

Detective Washington, der als der beste Beamte der Mordkommission galt, war gegen seine bitteren Einwände zur neugebildeten Special Operations Division versetzt worden. Als die Staatspolizei die Leiche im Bucks County gefunden hatte, die auf die Beschreibung der entführten Elizabeth Woodham paßte, war Washington zum Fundort gefahren und hatte Matt mitgenommen. Nicht als Kollegen, der bei den Ermittlungen helfen sollte, sondern als Botenjungen, als Laufburschen. Und Matt hatte nicht einmal diese Aufgabe richtig erfüllen können. Beim Anblick der Leiche war er ohnmächtig geworden.

Washington, ein Gentleman (er war genauso, wie Matts Vater einen Gentleman definierte: Er wurde nie unrasiert oder in Unterhemd oder mit abgelaufenen Absätzen in der Öffentlichkeit gesehen; und er sagte nie unabsichtlich etwas Unfeines oder Unfreundliches), hatte keinem von Matts Ohnmacht erzählt, sondern versucht, Matt seelisch aufzurichten.

Aber die Demütigung brannte immer noch in ihm.

Als Matt auf der Straße war, sah er, daß auf der Einfahrt ein Mann mit aufgeregter, gehetzter Miene aus einem Taxi stieg. Matt lief zu dem Taxi und stieg ein. Er sagte sich, wenn der Mann, der ausgestiegen war, seinen Wagen im Parkhaus geparkt hatte, würde er bei seiner Heimkehr etwas zu erzählen haben.

»Du wirst es nicht glauben, Myrtle, aber als ich meinen Wagen aus dem Parkhaus holen wollte, ließen die gottverdammten Cops das nicht zu. Da war irgendein Verbrechen passiert, und sie benahmen sich, als hätte ich etwas damit zu tun. Kannst du dir das vorstellen? Ich mußte mit einem Taxi heimfahren, und ich habe keine Ahnung, wann ich den Wagen abholen kann.

»Zum Polizeipräsidium«, sagte Matt zum Taxifahrer.

»Sie sind ein Bu ... äh ... Cop?« fragte der Taxifahrer zweifelnd.

»Ja.

»Ich sah die Marke«, sagte der Fahrer. »Was ist da los?«

»Nicht viel«, erwiderte Matt.

»Ich fuhr hier vor zwanzig Minuten durch, und es wimmelte von Polizeiwagen.«

»Es ist jetzt vorüber«, sagte Matt.

Er ließ sich hinter dem Präsidium absetzen. Es gibt einen Vordereingang mit Blick auf das Metropolitan Hospital, aber der ist normalerweise abgeschlossen.

Hinten im Gebäude führt eine Tür in eine kleine Halle. Wer sie betritt, sieht sich einem uniformierten Polizeibeamten gegenüber, der hinter einem kugelsicheren Fenster sitzt.

Zur Rechten ist der Trakt mit den Arrestzellen, in die Gefangene von den verschiedenen Distrikten gebracht werden, die dann dem Polizeirichter vorgeführt werden, der entscheidet, ob sie gegen Kaution freigelassen werden oder nicht. Die Gefangenen, denen eine Freilassung auf Kaution verweigert wird oder die keine Kaution aufbringen können, werden zu Strafanstalten gebracht.

Der Raum des Polizeirichters ist klein und eng, abgetrennt vom Gang, der zur Galerie führt, von der aus die Öffentlichkeit das Verfahren verfolgen kann. Der Gang, der an einer Wand endet, ist von großen Flächen Plexiglas begrenzt, das im Laufe der Jahre von Angehörigen, Freunden und Geliebten zerkratzt worden war, die sich dagegenpreßten, um näher bei den Beschuldigten zu sein, die zur Anklage vernommen werden.

Die Vernehmung zur Anklage findet in einem Raum statt, in

dem man von der Galerie aus links die Richterbank sieht, davor Tische, an denen ein stellvertretender Staatsanwalt und ein Pflichtverteidiger sitzen; und gegenüber von ihnen sitzen zwei Polizeibeamte, die mit der Fülle von Papierkram beschäftigt sind, die zu jeder Festnahme dazugehört. Die Gefangenen werden über eine Treppe, die sich um einen Aufzugschacht windet, aus der Arrestzelle hinaufgebracht. Alle Türen, die in den Raum für die Vernehmung zur Anklage führen, sind abgeschlossen, um eine Flucht zu verhindern.

Die Tür zur Linken führt zur Haupthalle des Präsidiums. Sie ist mit einer Lichtschranke geschützt und wird von dem Polizeibeamten hinter dem kugelsicheren Fenster geöffnet oder geschlossen.

Matt ging zu der Tür und drehte sich so, daß der Polizist vom Dienst seine Dienstmarke sehen konnte. Ein Summen ertönte, und Matt schob die Tür auf.

Er trat ein und ging zu den Aufzügen. An einer Wand hingen gerahmte Fotos und Dienstmarken von Polizisten, die in Erfüllung ihrer Pflicht ihr Leben verloren hatten. Eines der Fotos zeigte John Xavier Moffitt, der in West-Philadelphia erschossen worden war, als er bei einer Tankstelle einen Einbrecher hatte stellen wollen. Er hatte eine Frau hinterlassen, die im sechsten Monat mit ihrem ersten Kind schwanger gewesen war.

Dreizehn Monate nach Sergeant Moffitts Tod hatte seine Witwe, Patricia, die eine Stelle als Sekretärin bei einer Anwaltskanzlei gefunden hatte, den Sohn des Seniorpartners auf einem Spaziergang mit seinen kleinen Kindern kennengelernt.

Er erzählte ihr, daß seine Frau vor acht Monaten bei einem Verkehrsunfall ums Leben gekommen war, als sie von ihrem Ferienhaus in den Pocono Mountains zurückgekehrt war. Mrs. Patricia Moffitt wurde zwei Monate nach der ersten Begegnung mit Mr. Payne und dessen Kindern Mrs. Brewster Cortland Payne II. Kurz danach adoptierte Mr. Payne Matthew Mark Moffitt und ließ von Patricia seine Kinder aus erster Ehe adoptieren.

»Kann ich Ihnen helfen?« rief der Cop vom Dienst, als Matt zu den Aufzügen ging. Es kam nicht jeden Tag vor, daß ein

Polizeibeamter, der seine Dienstmarke an das Seidenrevers eines Smokings geheftet hatte, durch die Halle ging.

»Ich muß zur Mordkommission«, rief Matt zurück.

»Zweiter Stock«, erwiderte der Polizist.

Matt nickte und stieg in den Aufzug.

Die Mordkommission der Polizei von Philadelphia hat ihre Büros im hinteren Teil des zweiten Stocks.

Matt öffnete die Tür und trat ein. Ein halbes Dutzend Kriminalbeamte saßen an ziemlich betagten Schreibtischen. Keiner von ihnen war Matt bekannt. Da war ein Büro mit Milchglastür mit einem Schild darüber, auf dem CAPTAIN HENRY C. QUAIRE stand. Matt hatte Captain Quaire kennengelernt, aber das Büro war verwaist.

Er ging zum fernen Ende des Raums, wo zwei Männer neben einem einzelnen Schreibtisch standen, der mit dem Blick zu den anderen Schreibtischen aufgestellt war. Hinter dem Schreibtisch saß ein Mann mit eleganter Zivilkleidung.

Als Matt den Raum durchquerte, sah er, daß eines der beiden Vernehmungszimmer auf der Seite des Flurs besetzt war. Ein großer blonder Mann mit T-Shirt saß auf einem Metallstuhl, und sein linkes Handgelenk war von einer Handschelle umschlossen. Die andere Handschelle war durch ein Loch in der Sitzfläche hindurch am Stuhl befestigt, der im Boden verankert war.

Der Mann sah, daß Matt ihn anschaute, und starrte verächtlich zurück.

Als Matt sich dem einzelnen Schreibtisch am Ende des Raums näherte, nahm der schnurrbärtige, dunkelhäutige Mann dahinter ihn wahr und nickte leicht zu ihm hin. Die anderen beiden Männer wandten den Kopf und schauten zu ihm. Matt sah ein Namensschild aus Messing auf dem Schreibtisch. LIEUTENANT LOUIS NATALI.

»Mein Name ist Payne, Lieutenant«, sagte Matt, als er beim Schreibtisch war. »Ich soll mich hier melden.«

Keiner antwortete. Matt fühlte sich unbehaglich, als ihn alle drei Männer eingehend betrachteten. Er sagte sich, daß sie ihn wegen des Smokings so genau musterten, aber sein Gefühl sagte ihm, daß es noch einen anderen Grund gab.

»Er gehört euch«, sagte Lieutenant Natali schließlich.

»Suchen wir uns einen Platz zum Reden«, sagte der kleinere der beiden Beamten und wies vage durch den Raum.

Dort stand ein unbesetzter Schreibtisch, und Matt ging dorthin.

»Gehen wir dort rein«, sagte der Beamte. Matt blieb stehen und wandte sich um. Der Beamte wies auf das zweite, leere Vernehmungszimmer. Das kam Matt ein wenig merkwürdig vor, aber er ging hinein.

Die beiden Beamten folgten ihm. Einer schloß die Tür. Der andere, der vorgeschlagen hatte, das Vernehmungszimmer zu benutzen, forderte Matt mit einer Geste auf, sich auf den Eisenstuhl zu setzen.

Matt blickte mit einem unbehaglichen Gefühl auf den Stuhl. Handschellen lagen darauf, und eine der Spangen war durch ein Loch um den Rand der Sitzfläche geschlossen.

»Setzen Sie sich«, sagte der Beamte. »Payne, mein Name ist Dolan. Sergeant Dolan.«

Matt hielt ihm die Hand hin. Sergeant Dolan ignorierte sie. Er stellte auch nicht den anderen Beamten vor.

»Wo ist Ihr Wagen, Payne?« fragte Sergeant Dolan. »Draußen? Macht es Ihnen etwas aus, wenn wir uns den Wagen ansehen?«

»Was?«

»Ich fragte, ob es Ihnen etwas ausmacht, wenn wir uns den Wagen ansehen.«

»Ich weiß nicht, wo mein Wagen jetzt ist«, erwiderte Matt. »Tut mir leid. Warum sind Sie daran interessiert?«

»Was meinen Sie damit, Sie wissen nicht, wo Ihr Wagen ist?«

»Ich meine, ich weiß nicht, wo er ist. Ich habe ihn jemand geliehen.«

»Jemand? Hat dieser Jemand einen Namen?«

»Sagen Sie mir, was das alles zu bedeuten hat?«

»Dies ist eine Vernehmung. Sie sind Polizeibeamter. Sie sollten wissen, was eine Vernehmung ist.«

»He, ich habe nur das verletzte Mädchen und den toten Mann gefunden.«

»Ich möchte zweierlei wissen. Was hatten Sie dort oben zu suchen, und wo ist Ihr Wagen? Nein, *dreierlei*: warum waren Sie so erpicht darauf, Ihren Wagen aus dem Parkhaus wegzufahren?«

»Und ich möchte wissen, warum Sie mir all diese Fragen stellen.«

»Versuchen Sie keine Ablenkungsmanöver, Payne, antworten Sie nur.«

Matt schaute Sergeant Dolan an und sagte sich, daß er ihn nicht ausstehen konnte. Er erinnerte sich an zweierlei: daß seine Mutter völlig recht gehabt hatte, als sie gesagt hatte, daß zu oft das Mundwerk mit ihm durchging, wenn er sich ärgerte oder er jemand nicht ausstehen konnte; und daß er Polizeibeamter und dieser Scheißkerl vor ihm *Sergeant* war. Es würde wirklich sehr unklug sein, ihm die Meinung zu sagen.

»Entschuldigung«, sagte Matt. »Okay, Sergeant. Ich fuhr auf das Dach des Parkhauses, weil ich meinen Wagen parken wollte und es auf den unteren Ebenen keine freien Plätze gab. Als ich hinauffuhr, fand ich Miss Detweiler, die am Boden lag. Verletzt. Die Lady, die bei mir war...«

»Woher wußten Sie den Namen des Detweiler-Mädchens? Kennen Sie Penelope Detweiler?«

»Ja, ich kenne sie.«

»Welche Lady war bei Ihnen?«

»Sie heißt Amanda Spencer.«

»Und sie kennt Penelope Detweiler ebenfalls?«

»Ja. Ich weiß nicht, wie gut.«

»Wie steht es mit Anthony J. DeZego? Kennen Sie den auch?«

»Nein. Ist das der Name des Toten?«

»Sind Sie sicher, daß Sie ihn nicht kennen?«

»Absolut.«

Lieutenant Louis Natali hatte beobachtet, wie die beiden Beamten des Rauschgiftdezernats Payne in das Vernehmungszimmer gefolgt waren und die Tür geschlossen hatten. Er zog eine

Schublade des Schreibtischs auf und nahm eine lange, dünne Zigarre aus einer Kiste. Er zündete die Zigarre an, betrachtete einen Augenblick lang die Glut und entschloß sich dann zum Handeln. Was auch immer da im Gange war, es stank, und er konnte nicht einfach dasitzen und es ignorieren.

Er stand auf und ging in ein Büro, das an das Vernehmungszimmer grenzte. Es war mit einem Spiegel ausgestattet, durch den man in das Vernehmungszimmer schauen konnte, ohne selbst gesehen zu werden, und über einen Lautsprecher konnte man die Vernehmung verfolgen.

Der Spiegel täuschte niemanden. Jeder, der vernommen wurde und mehr Verstand als eine Stechmücke hatte, wußte, was er war. Aber er diente auch einigen praktischen Zwecken, zum Beispiel schüchterte er in gewissem Maße die Leute ein, die vernommen wurden. Sie wußten nicht, ob jemand sie beobachtete oder nicht. Das führte dazu, daß sie sich unbehaglich und unsicher fühlten, und das war oftmals wertvoll bei einem Verhör.

Aber der hauptsächliche Wert von Spiegel und Lautsprecher bestand nach Natalis Ansicht darin, daß sie anderen Kriminalbeamten oder Beamten des Rauschgiftdezernats eine Möglichkeit boten, einen Verdächtigen bei der Vernehmung zu beobachten. Sie konnten sich eine eigene Meinung aus dem Verhalten des Verdächtigen bilden. Manchmal stießen sie auf eine Frage, die hätte gestellt werden sollen, den Vernehmungsbeamten aber nicht einfiel, und sie konnten einen der beiden Beamten aus dem Vernehmungszimmer rufen und vorschlagen, daß er zurückkehrte und die Fragen stellte.

Und schließlich, wie jetzt, erlaubte der Spiegel leitenden Beamten, eine Vernehmung zu verfolgen, wenn sie entweder neugierig waren oder kein absolutes Vertrauen in die Vernehmungsbeamten hatten und argwöhnten, daß sie sich nicht an die Vorschriften und an die Rechte des Verdächtigen hielten.

Lieutenant Natali arbeitete zwar gern mit dem Rauschgiftdezernat zusammen wie jetzt, aber er hatte nicht vor, zuzulassen, daß in einem Vernehmungszimmer der Mordkommission

Leute vom Rauschgiftdezernat irgend etwas taten, das er einem Beamten der Mordkommission nicht erlauben würde.

Und da war etwas an diesem Sergeant Dolan, das Lieutenant Natali mißfiel.

»Wenn Sie also raten müßten, Payne, was würden Sie sagen, wo Ihr Wagen jetzt ist?« fragte Sergeant Dolan.

»Irgendwo auf einem anderen Parkplatz. Ich weiß es einfach nicht.«

»Und Ihre Freundin?«

»Ich nehme an, sie ist wieder im Union League und ißt zu Abend.«

»Warum holen wir sie nicht her?«

»Können wir nicht warten, bis die Party vorüber ist? Detective D'Amata, der dabei war, als Lieutenant Lewis mich anwies, die Detweilers zu informieren, sagte nichts davon, daß sie sofort hierhermuß.«

»Detective D'Amata hat nichts mit dieser Ermittlung zu tun«, sagte Dolan. »Der ist von der Mordkommission. Ich bin vom Rauschgiftdezernat. Holen wir Ihre Freundin, Payne.«

»Was hat das alles zu bedeuten?« fragte Matt. Natali sah, daß Payne wirklich überrascht und verwirrt war, als er erfuhr, daß Dolan vom Rauschgiftdezernat war. Überrascht und verwirrt, aber überhaupt nicht alarmiert.

»Kommen Sie, gehen wir«, sagte Dolan.

Lieutenant Natali verließ das kleine Büro, als der andere Mann vom Rauschgiftdezernat aus dem Vernehmungszimmer nebenan kam, gefolgt von Payne und Sergeant Dolan.

Dolan schaute zu Natali, und es war klar, daß er wußte, daß Natali die Vernehmung mitverfolgt hatte, und er war überrascht und verärgert.

»Danke für die Zusammenarbeit, Lieutenant«, sagte Sergeant Dolan. »Wir versuchen, Officer Paynes Freundin und seinen Wagen zu finden, und dann erledigen wir das im Rauschgiftdezernat. Ich werde dafür sorgen, daß die beiden wieder hierher zurückgebracht werden.«

Natali nickte, sagte jedoch nichts.

Er schaute ihnen nach, als sie das Büro verließen, und dann

ging er in Captain Henry C. Quaires Büro und schloß die Tür hinter sich. Er hatte Quaire zu Hause angerufen, bevor er zu dem Parkhaus gefahren war, und Quaire war dort zehn Minuten nach ihm eingetroffen und hatte ihn zum Präsidium zurückgeschickt.

Natali ging zum Schreibtisch und wählte im Stehen eine Nummer aus dem Gedächtnis.

»Funkzentrale«, meldete sich Foster H. Lewis junior.

»Hier ist Lieutenant Natali, Mordkommission. Können Sie W-William eins übermitteln, daß er mich unter 555-3343 anrufen möchte?«

»Bleiben Sie dran, Lieutenant«, sagte Foster H. Lewis junior.

W-William eins war das Funkrufzeichen des Chefs der Special Operations Division.

555-3343 war die Telefonnummer des Büros des Leiters der Mordkommission.

Es waren einige dienstliche Erwägungen – und ethische und taktische –, die Lieutenant Natalis Handeln bestimmten. Im schlimmsten Licht betrachtet, verstieß Natali gegen die Verfahrensweise der Polizei, indem er dem Leiter der Special Operations Division mitteilte, daß einer seiner Beamten von Beamten des Rauschgiftdezernats vernommen worden war. Das war technisch die Sache des Leiters des Rauschgiftdezernats, der vermutlich Rücksprache bei der Abteilung für Interne Angelegenheiten nehmen würde, bevor er Staff Inspector Peter Wohl in Kenntnis setzte.

Ethisch betrachtet war es ein Verstoß gegen die stillschweigende Spielregel, daß eine Abteilung sich aus einer Ermittlung heraushielt, die von einer anderen Abteilung durchgeführt wurde.

Natali wußte, daß er sich den Zorn des Leiters des Rauschgiftdezernats zuziehen würde, der fast mit Sicherheit erfahren würde – oder vermuten, was genauso schlimm war –, was er getan hatte. Und es war gut möglich, daß der Chef der Special Operations Division, ein aufrichtiger und geradliniger Mann, nicht dankbar sein, sondern sich sagen würde, daß Natali kein Recht hatte, gegen die offiziellen oder inoffiziellen Verhaltensregeln zu verstoßen.

Andererseits, wenn er die Wahl treffen mußte, ob er den Leiter des Rauschgiftdezernats verärgerte oder den Leiter der Special Operations, fiel sie ihm leicht. Peter Wohl, der Chef der Special Operations Division, war ranghöher als der Leiter des Rauschgiftdezernats. Und auch weitaus einflußreicher. Er hatte das Amt erhalten, weil Bürgermeister Jerry Carlucci es so gewollt hatte. Und er hatte gute Beziehungen bei der Polizei.

Peter Wohls Vater war Chief Inspector im Ruhestand August Wohl. Trotz vieler Gerüchte war das jedoch nicht der Grund, weshalb Peter Wohl einst der jüngste Sergeant bei der Highway Patrol gewesen war und jetzt der jüngste Staff Inspector war, aber es hatte ihm auch nicht geschadet.

Aber was Louis Natali hauptsächlich bewog, Peter Wohl anzurufen, war der Gedanke, daß er ihn mochte, und annahm, daß das auf Gegenseitigkeit beruhte. Peter Wohl würde sich sagen, daß er als Freund anrief, und das stimmte auch.

»Tut mir leid, Lieutenant«, sagte Foster H. Lewis junior, »W-William eins meldet sich nicht. Soll ich es weiter versuchen?«

»Nein. Trotzdem vielen Dank«, sagte Natali und legte den Hörer auf.

Er verließ Captain Quaires Büro, ging zu seinem Schreibtisch und suchte herum, bis er Peter Wohls private Telefonnummer fand, die er auf einem Zettel notiert hatte. Er wollte wieder in Quaires Büro gehen, weil dort niemand mithören konnte, doch dann verzichtete er darauf, setzte sich an seinen Schreibtisch und wählte die Nummer.

Nach dem vierten Klingeln klickte es. »Hier ist 555-8251«, ertönte Wohls Stimme. »Wenn dieses Ding piept, können Sie eine Nachricht auf das Band sprechen.«

Natali schaute auf seine Armbanduhr und wartete auf den Piepton.

»Inspector, hier spricht Lieutenant Natali von der Mordkommission. Wenn Sie diese Nachricht innerhalb der nächsten Dreiviertelstunde erhalten . . .«

»Ich bin hier, Lou«, unterbrach Peter Wohl. »Was kann ich für Sie tun?«

»Verzeihen Sie, daß ich Sie zu Hause störe, Inspector.«

»Kein Problem. Ich sitze hier herum und überlege, ob ich irgendwo eine Pizza essen oder hungrig zu Bett gehen soll.«

»Inspector, haben Sie gehört, was mit Tony das Z passiert ist?«

»Nein. Reden Sie von Anthony J. DeZego?«

»Jawohl, Sir. Er wurde vor ungefähr anderthalb Stunden erschossen. Auf dem Dach vom Penn-Services-Parkhaus hinter dem Bellevue-Stratfort. Es gibt Hinweise darauf, daß Rauschgift im Spiel ist.«

»Diejenigen, die von der Nadel leben, sterben durch die Nadel«, sagte Wohl sonor. »Haben Sie den Täter?«

»Nein, Sir. Bis jetzt haben wir keinen Anhaltspunkt.«

»Ist mir etwas entgangen, Lou?« fragte Wohl.

»Inspector, das Rauschgiftdezernat vernimmt einen Ihrer Männer. Er fand die Leiche und . . .«

»Sie meinen, er ist darin verwickelt? Haben Sie den Namen?«

»Payne«, sagte Natali.

»*Payne?*« wiederholte Wohl ungläubig. »Matthew Payne?«

»Jawohl, Sir. Ich dachte mir, es würde Sie interessieren.«

»Warum glaubt man, daß er darin verwickelt ist?«

»Es gab ein anderes Opfer, Inspector. Ein Mädchen. Penelope Detweiler. Sie wurde mit einem Wagen vom neunten Distrikt ins Hahnemann-Hospital gebracht. Payne kennt sie gut. Und er fuhr gleich nach dem Fund der Leiche seinen Wagen vom Tatort fort. Ich nehme an, das hat sie mißtrauisch gemacht.«

Einen Augenblick lang herrschte Stille.

»Wo haben sie ihn?« fragte Wohl dann.

»Sie hatten ihn hier, aber sie sind soeben weggefahren. Ein Sergeant Dolan. Sagt Ihnen der Name etwas?«

»Kenne ich nicht.«

»Und ein anderer. Dessen Namen weiß ich nicht. Dolan sagte, sie holen Paynes Freundin und seinen Wagen – und beenden die Vernehmung im Rauschgiftdezernat.«

»Danke, Lou. Sie haben einen Gefallen bei mir gut. Wie viele sind das jetzt?«

Staff Inspector Peter Wohl legte den Hörer auf, ohne auf die Antwort zu warten.

Peter Wohl erhob sich. Er hatte in einem blauen Bademantel auf der weißen Ledercouch in seinem Wohnzimmer gelegen und seine Aufmerksamkeit zwischen dem Fernsehen (eine dümmliche Komödie, aber mit einer Schauspielerin, die viel von ihrem spektakulären Busen zeigte) und einem abgegriffenen Handbuch mit dem Titel *Schaltplan, Jaguar 1950 XK 120 Roadster* geteilt.

Über der Couch (mit zwei dazu passenden Sesseln und einem Couchtisch aus Chrom und mit Glasplatte) hing ein sehr großes Ölgemälde an der Wand, das eine lüsterne und etwas dralle nackte Lady zeigte. Das Gemälde hatte einst hinter der Bar in einem Männerklub in der Innenstadt gehangen, der jetzt pleite war. Der Barschrank desselben Klubs, von 1880 und aus schwerem Mahagoni, stand an der Wand gegenüber der Couchgruppe und dem Porträt der nackten, sinnlich lächelnden Lady.

Diese Ausstattung paßte nicht zu den Vorstellungen der Innenarchitektin, die Peter Wohl die Möbel aus Leder, Chrom und Glas zu ihrem Einkaufspreis besorgt hatte, als sie noch angenommen hatte, seine Ehefrau zu werden. Dorothea war jetzt die Ehefrau eines anderen und junge Mutter, eine verblassende Erinnerung, aber die weiße Ledergarnitur würde wohl noch lange bei ihm bleiben. Nicht, daß er sie mochte. Aber er hatte festgestellt, daß der Wiederverkaufswert hochmodischer Möbel nur ein Bruchteil der Anschaffungskosten war, selbst wenn er fünfundvierzig Prozent weniger dafür bezahlt hatte, als sie in einem Möbelgeschäft gekostet hätten.

Er schaltete den Fernseher aus und ging ins Schlafzimmer.

Sein Apartment war einst das Quartier des Chauffeurs gewesen, eine Wohnung über vier Garagen hinter einem Herrenhaus, das um die Jahrhundertwende in Chestnut Hill gebaut worden war. Das Herrenhaus war in Luxusappartements umgewandelt worden.

Er ging zu seinem Kleiderschrank, zog dem Bademantel aus, hängte ihn ordentlich auf einen Kleiderbügel und nahm ein gelbes Polohemd, eine himmelblaue Hose und ein Leinenjackett aus dem Schrank. Er zog Hemd und Hose an und legte dann das Schulterholster an, in dem ein fünfschüssiger Smith & Wesson .38er Chief's Special Revolver steckte.

Immer noch barfuß, setzte er sich auf sein Bett, zog das Telefon heran, das auf dem Nachttisch stand, nahm den Hörer ab und wählte.

»Special Operations, Lieutenant Lucci.«

»Hier ist Peter Wohl, Tony.«

Lieutenant Lucci war eigentlich der Leiter der Schicht von 16 Uhr bis Mitternacht bei der Highway Patrol. Als die Abteilung Special Operations gebildet worden war, war sie in das Hauptquartier der Highway Patrol an der Bustleton und Bowler Street in Nordost-Philadelphia eingezogen. Solange Special Operations noch nicht annähernd die geplante personelle Stärke erreicht hatte, sah Wohl keine Möglichkeit und auch keinen Grund, einen eigenen Schichtleiter zu beschäftigen. Der Mann von der Highway Patrol konnte Anrufe für Special Operations mit entgegennehmen.

»Guten Abend, Sir«, sagte Lucci. Vor zwei Wochen war Lucci noch Sergeant und Bürgermeister Carluccis Fahrer gewesen. Wohl fand, daß Lucci ein netter Kerl und guter Polizist war, wenn auch sein enges Verhältnis zum Bürgermeister ein wenig beunruhigend war.

»Was wissen Sie über den Tod von DeZego, Tony?«

»Der wurde weggeblasen, Inspector«, sagte Lucci. »Mit einer Schrotflinte. Auf dem Dach eines Parkhauses hinter dem Bellevue-Stratford. Nick DeBenedito war nach dem Funkruf als erster am Tatort. Wir sprachen soeben darüber.«

»Ist er dort?«

»Ich denke, ja. Wollen Sie mit ihm sprechen?«

»Ja, bitte.«

Sergeant Nick DeBenedito meldete sich eine halbe Minute später. »Sergeant DeBenedito, Sir.«

»Erzählen Sie mir, was mit Tony DeZego geschah, DeBenedito.«

»Nun, ich war in der Innenstadt und hörte über Funk ›Schußwaffengebrauch‹, und so fuhr ich los. Es passierte auf dem Dach des Parkhauses hinter dem Bellevue-Stratford. Inspector, ich wußte nicht, daß er Cop ist.«

»Daß wer Cop ist?«

»Payne. Ich meine, er trug einen Smoking und hatte eine Waffe in der Hand, und so legte ich ihn flach auf den Boden. Sofort als Martinez mir sagte, daß er Cop ist, ließ ich Payne aufstehen und entschuldigte mich.«

Peter Wohl lächelte, als er sich vorstellte, wie Matt Payne im Smoking auf dem Boden des Parkhauses lag.

»Was war dort auf dem Dach los?«

»Nun, wie ich das verstand, fuhr Payne mit seiner Freundin hinauf und sah das erste Opfer – das Mädchen. Sie war verletzt. So schickte er seine Freundin runter zur Kabine des Kassierers, um die Polizei anzurufen, versuchte dem Mädchen zu helfen und fand dann Tony das Z. Der Täter, *die* Täter, hatten eine Schrotflinte. Sie schossen Tony DeZego praktisch den halben Kopf weg. Als wir dort eintrafen, waren die Täter längst fort. Ich schickte Martinez mit zum Krankenhaus, damit er vielleicht die letzten Worte des Opfers hört . . .«

»Starb die Frau?«

»Nein, Sir. Aber Martinez sagte, sie war nie bei Bewußtsein.«

»Okay.«

»So blieb ich dort, bis Lieutenant Lewis vom Neunten Distrikt und die Beamten von der Mordkommission eintrafen, und dann holte ich Martinez vom Krankenhaus ab, und wir fuhren weiter Streife.«

»Haben Sie irgendeinen Grund zu der Annahme, daß Payne in die Sache verwickelt war?«

»Sir«, sagte DeBenedito mit Unbehagen, »ich sah einen Zivilisten mit einer Waffe am Tatort eines Verbrechens. Wie sollte ich wissen, daß er Cop ist?«

»Sie haben genau das Richtige gemacht, Sergeant«, sagte Wohl. »Danke. Geben Sie mir bitte wieder Lieutenant Lucci?«

»Ja, Sir?« fragte der Lieutenant.

»Wo ist Captain Pekach?«

»Vermutlich zu Hause, Sir. Er sagte, er ist entweder dort oder in Chestnut Hill. Ich habe die Telefonnummern. Wollen Sie die haben?«

»Nein, danke, Tony, es ist nicht so wichtig. Ich fahre zum

Rauschgiftdezernat. Wenn ich noch woanders hinfahre, melde ich mich.«

»Haben wir etwas mit diesem Fall zu tun, Inspector?«

»Nein. Aber die Jungs vom Rauschgiftdezernat befragen einen sehr verdächtigen Typen, der ihrer Ansicht nach darin verwickelt ist. Ich will herausfinden, was sie in der Hand zu haben glauben.«

»Im Ernst? Ist es jemand, den wir kennen?«

»Officer Payne«, lachte Wohl und legte auf.

Captain Pekach, kürzlich zum Chef der Highway Patrol ernannt, war zuvor beim Rauschgiftdezernat gewesen. Wenn er zufällig im Hauptquartier an der Bustleton und Bowler oder auf den Straßen gewesen wäre, hätte Wohl ihn zu einem Treffen beim Rauschgiftdezernat gebeten, das sich im Gebäude des ehemaligen Gesundheitsamtes an der 4th Street und Girard Avenue befand, zusammen mit der Abteilung Organisiertes Verbrechen.

Aber Pekach war nicht im Dienst. Das bedeutete fast mit Sicherheit, daß er in Chestnut Hill bei seiner Freundin Miss Martha Peebles war. Dave Pekach war zwei- oder dreiunddreißig, und Martha Peebles war ein paar Jahre älter. Es war die erste Romanze für beide, und Wohl sagte sich, daß das Problem mit dem Rauschgiftdezernat nicht ernst genug war, um wahre Liebe zu stören.

Lieutenant Anthony Lucci, der wußte, daß Pekach, sein unmittelbarer Vorgesetzter, vom Rauschgiftdezernat zur Highway Patrol gekommen war, ahnte nichts von Pekachs Beziehung zu Miss Martha Peebles. Er hatte von Captain Pekach die Anweisung erhalten, ihn über alles Außergewöhnliche zu informieren.

Als Staff Inspector Wohl ankündigte, daß er zum Rauschgiftdezernat fuhr, um festzustellen, was man gegen Officer Matthew Payne hatte, dessen mächtiger Förderer Chief Inspector Dennis V. Coughlin war und an dem der Bürgermeister ein persönliches Interesse hatte, nachdem der Junge die Sexbestie von Nordwest-Philadelphia zur Strecke gebracht hatte, war das für Lieutenant Lucci etwas Außergewöhnliches.

Er wählte Pekachs private Telefonnummer, und als sich niemand meldete, versuchte er ihn unter der Nummer in Chestnut Hill zu erreichen, die Pekach ihm gegeben hatte.

Eine sehr angenehme Frauenstimme meldete sich, und als Lucci nach Captain Pekach fragte, sagte sie: »Einen Moment, bitte.«

Weniger deutlich hörte Lieutenant Lucci sie fortfahren: »Es ist für dich, Liebling.«

7

Als Officer Robert F. Wise den Jaguar auf den Parkplatz des Gebäudes des Rauschgiftdezernats fahren und auf dem Platz halten sah, der für Inspectors reserviert war, ging er schnell aus dem Gebäude und fing den Fahrer ab, der aus dem Wagen stieg.

Officer Wise war fünfundzwanzig, schlank und groß, und er war noch nicht nicht ganz drei Jahre im Polizeidienst. Als er vor einem Jahr zum Rauschgiftdezernat versetzt worden war, hatte er gehofft, sich aus seinem derzeitigen Dienst hochzuarbeiten – er machte sich nützlich (und sichtbar in Uniform) im Gebäude und ringsherum – und zum Ermittler in Zivilkleidung aufzusteigen.

Seine Hoffnung hatte sich nicht erfüllt. Einer der Sergeants war so freundlich gewesen, ihm zu sagen, daß er wahrscheinlich nie Ermittler in Zivil werden würde. Er sei ein zu netter Kerl, sagte der Sergeant, woraus Wise schloß, daß er sich niemals als Drogendealer ausgeben konnte. Vor einem Monat hatte Wise um eine Versetzung zur neu gebildeten Special Operations Division ersucht. Er hatte noch keinen Bescheid erhalten. Unterdessen erfüllte er seine Pflicht so gut er konnte.

Er hatte den Auftrag, ein Auge auf den Parkplatz hinter dem Gebäude zu halten. Es hatte Beschwerden von verschiedenen Inspectors gegeben, daß bei ihrem Besuch beim Rauschgiftdezernat die für Inspectors reservierten Parkplätze von zivilen Wagen besetzt waren, oft von alten Schrottkarren, die bestimmt nicht von Inspectors gefahren wurden.

Der Jaguar, der soeben mit der Schnauze dicht vor dem Schild INSPECTORS gehalten hatte, konnte gewiß nicht als Schrottkarre bezeichnet werden, aber Officer Robert F. Wise bezweifelte, daß der Zivilist in der schicken, aber sportlichen Kleidung ein Inspector war. Inspectors waren meistens so um die fünfzig Jahre alt und trugen konservative Anzüge, kein gelbes Polohemd, himmelblaue Freizeithose, Leinenjackett und karierte Sportmütze.

»Verzeihen Sie, Sir«, sagte Officer Robert F. Wise, »Aber Sie dürfen hier nicht parken.«

»Warum nicht?« fragte der junge Mann mit der buntkarierten Sportmütze freundlich.

»Sir, dies ist ein Parkplatz der Polizei.«

»Das soll ich Ihnen glauben?« Der junge Mann wies lächelnd auf die anderen Wagen auf dem Parkplatz. Vieles der Arbeit des Rauschgiftdezernats erfordert, daß Ermittler aussehen wie Leute aus der Drogenszene. Die Wagen der verdeckten Ermittler, viele davon konfisziert, spiegelten das wider; es waren entweder Zuhälterschlitten oder Schrottkisten.

»Sir, dies sind Polizeiwagen.«

»Ich bin ein drei-sechs-neun«, sagte der junge Mann.

Ein Polizeibeamter in Zivilkleidung, der sich als solcher zu erkennen geben will, ohne seine Dienstmarke oder seinen Ausweis zu zeigen, sagt: »Ich bin ein drei-sechs-neun.«

»Nun«, sagte Officer Wise, »dann sollten Sie wissen, daß Sie nicht auf dem Parkplatz eines Inspectors parken dürfen. Fahren Sie den Wagen dort weg.«

»Ich bin Inspector Wohl«, sagte der junge Mann lächelnd. »Machen Sie weiter gute Arbeit.« Er ging auf die Hintertür des Gebäudes zu.

Zweierlei störte Officer Wise. Zum einen gab es drei verschiedene Arten Inspectors bei der Polizei von Philadelphia. Da waren die Chief Inspectors, ein Dienstrang sofort unter dem des Deputy Commissioners. Diese Polizeibeamten wurden im allgemeinen mit ›Chief‹ angesprochen und nannten sich auch selbst so. Wenn sie in Uniform waren, trugen sie einen silbernen Adler, identisch mit dem Adler eines Colonels bei der Army und beim Marine-Corps, als ihr Rangabzeichen.

Als nächste in der Hierarchie kamen die Inspectors, die – in Uniform – das gleiche silberne Eichenblatt wie Lieutenant Colonels bei Army und Marine-Corps trugen. Und die dritte Kategorie waren Staff Inspectors, die – in Uniform – ein goldenes Eichenblatt als Rangabzeichen trugen. Es gab nicht viele Staff Inspectors (Wise konnte sich nicht erinnern, jemals einen gesehen zu haben), aber er hatte gehört, daß sie so was wie Super-Kriminalbeamte waren, die schwierige oder heikle Ermittlungen durchführten.

Der Typ mit der himmelblauen Hose wirkte auf Officer Wise nicht wie ein Polizist, und schon gar nicht wie ein ranghoher. Er war höchstwahrscheinlich ein Cop, aber ein Klugscheißer und keinesfalls ein Chief Inspector und/oder Abteilungsleiter, und folglich hatte er kein Recht, dort zu parken.

»Verzeihen Sie, Sir, würde es Ihnen etwas ausmachen, sich irgendwie auszuweisen?«

Ein Wagen fuhr in diesem Augenblick auf den Parkplatz und näherte sich schnell. Wise sah sofort, daß es ein neutraler Dienstwagen der Highway Patrol war. Zum einen war er mit mehr Funkantennen ausgerüstet als normale Polizeiwagen; zum anderen trug der Fahrer die Uniformmütze der Highway Patrol.

Dann sah er, daß der Fahrer ein weißes Hemd anhatte, was ihn mindestens als Lieutenant kennzeichnete, und als der

Wagen hielt und der Fahrer ausstieg, sah Wise die Rangabzeichen, die silbernen Doppelbalken eines Captains, und er erkannte ihn. Es war Captain David Pekach.

Der junge Typ mit der himmelblauen Hose lächelte und sagte: »Sie waren zufällig in der Gegend, wie, und Sie sagen sich, schau mal vorbei?«

»Lucci rief mich an«, sagte Pekach. »Nehmen Sie ihm das nicht übel. Ich wies ihn an, mich anzurufen, wenn etwas Ungewöhnliches los ist.«

»Ich wollte nicht Ihr Liebesleben stören, Dave. Ich sah vor meinem geistigen Auge, wie Sie bei Kerzenschein Wein schlürfen, während Ihnen eine Miss Sowieso zärtlich am Ohrläppchen oder sonstwo knabbert.«

»Was ist hier los?« Pekach mochte es nicht, wenn man ihn mit Miss Martha Peebles aufzog. »Lucci sagte etwas über den jungen Payne?«

»Die Jungs vom Rauschgiftdezernat brachten ihn und seine Freundin hierher. Ich weiß nicht, warum«, sagte Wohl. »Deshalb bin ich hier.«

»Geben Sie mir eine Minute, um den Wagen zu parken, Inspector«, sagte Pekach, »und dann begleite ich Sie. Oder würde ich stören?«

»Ich habe Sie nicht kommen lassen, Dave, aber es freut mich, Sie zu sehen«, erwiderte Wohl.

Er hielt Officer Wise seine Dienstmarke und den Ausweis hin.

»Oh, das ist in Ordnung, Inspector«, sagte Officer Wise und winkte ab. »Es tut mir leid, daß ich Sie behelligt habe.«

Officer Wise sagte sich, daß seine Chancen einer Versetzung zur Special Operations Division soeben von gering auf Null gesunken waren. Mit dieser Begegnung hatte er alles ruiniert. Der junge Typ mit der Sportmütze und der himmelblauen Hose war Peter Wohl, der zwar ›nur‹ Staff Inspector, aber der Chef der Special Operations Division war.

»Das war kein Behelligen«, sagte Wohl, während Pekach wieder in seinen Wagen stieg und ihn zu einer Arbeitshalle nahe der Tanksäule fuhr.

»Inspector, es tut mir leid«, sagte Officer Wise.

»Es sollte Ihnen nie leid tun, daß Sie Ihre Pflicht erfüllen«, sagte Wohl. »Und Sie sind nicht der einzige, der findet, daß ich nicht wie ein Cop aussehe. Das höre ich dauernd von meinem Vater.«

Einen Augenblick später gesellte sich Captain Pekach zu ihnen.

»Sie durchsuchen dort einen silbernen Porsche«, sagte er und wies zu der Halle.

»Tatsächlich?« Wohl blickte ihn überrascht an. »Dave, ich frage, wonach sie suchen, und Sie könnten reingehen und ein bißchen herumschnüffeln.«

»Kommen Sie ebenfalls rein, oder soll ich zurückkommen, wenn ich was herausgefunden habe?«

»Ich komme rein«, sagte Wohl. Dann ging er zur Halle.

Beide Türen des Porsche und die Motor- und Fronthaube waren geöffnet. Zwei Beamte des Rauschgiftdezernats in Zivil blickten zu Wohl auf. Er zeigte seine Dienstmarke.

»Wonach suchen Sie?« fragte Wohl.

»Sergeant Dolan brachte den Wagen. Er sagte, daß sie es inzwischen vielleicht losgeworden sind, aber wir sollen den Wagen trotzdem überprüfen.«

»Was losgeworden?«

»Vermutlich Kokain«, sagte einer der beiden Beamten vom Rauschgiftdezernat.

»Haben Sie einen Durchsuchungsbefehl?«

»Nein. Der Besitzer ist ein Cop. Wir haben die Erlaubnis.«

»Wie kommen Sie darauf, daß der Wagen nicht sauber sein könnte?« fragte Wohl.

»Sergeant Dolan nimmt an, daß der Besitzer und der Wagen nicht sauber sind«, erwiderte der Beamte. »Welcher Cop hat schon die Mäuse für einen solchen Schlitten?«

»Vielleicht hat er Glück beim Kartenspiel«, sagte Wohl. »Haben Sie was gefunden?«

Der Beamten schüttelte den Kopf. »Nein. Dolan sagte, wir werden wahrscheinlich nichts finden.«

Wohl lächelte sie an und ging ins Gebäude zum Rauschgiftdezernat.

Er fand Officer Matt Payne, dessen schwarze Fliege locker herunterhing und dessen Kragenknopf geöffnet war, auf einem Stuhl in einem Zimmer im ersten Stock.

Payne stand auf, als er Wohl sah, doch Wohl forderte ihn mit einer Geste auf, wieder Platz zu nehmen. Dann ging Wohl zu einer Tür, auf der ein Schild verkündete, daß der Zutritt verboten war, und schob sie auf.

Captain Pekach und ein großer, dünner, kahlköpfiger Mann Anfang Fünfzig waren in dem Zimmer.

»Inspector, Sie kennen Lieutenant Mikkles, nicht wahr?« Pekach sah Wohl fragend an.

»Klar«, sagte Wohl. »Hallo Mick. Wie geht's?«

Mikkles schüttelte Wohl die Hand, sagte jedoch kein Wort.

»Sergeant Dolan ist nicht hier«, fuhr Pekach fort. »Er fuhr zum Büro des Leichenbeschauers. Man fand einen Plastikbeutel mit weißem Pulver bei DeZego. Er will das überprüfen.«

»Wo ist das Mädchen?« fragte Wohl.

Lieutenant Mikkles wies auf eine Stahltür, deren Aufschrift verriet, daß dahinter ein Vernehmungszimmer war.

»Sie legen ihr irgend etwas zur Last, Mick? Oder Officer Payne?«

»Wir haben nicht genug, um einen von beiden oder beide anzuklagen«, sagte Mikkles.

»Nur Sergeant Dolans *Gefühl*, daß sie nicht sauber sind, richtig?«

»Ich weiß wirklich nicht viel über diese Sache, Inspector«, sagte Mikkles.

»Die Mordkommission will Officer Payne und das Mädchen wegen einer Aussage. Wären Sie einverstanden, wenn ich sie dorthin bringe?«

»Da habe ich kein Problem«, sagte Lieutenant Mikkles.

»Wäre es ein Problem, wenn ich Captain Pekach bitte, mit Sergeant Dolan zu sprechen und ihn zu fragen, was seiner Ansicht nach los ist?«

»Nein, das kann er machen.«

Wohl ging zur Tür des Vernehmungszimmers, öffnete sie, trat ein und schloß die Tür.

Amanda Spencer saß auf einem Eisenstuhl, der im Boden verankert war, und schaute Wohl argwöhnisch an.

Er lächelte sie an.

»*Ich* bin von Ihrer Unschuld überzeugt«, sagte er.

Sie lächelte ein wenig zögernd.

»Mein Name ist Peter Wohl. Ich bin Matts Boß.«

»Guten Tag«, sagte sie.

»Die Leute vom Rauschgiftdezernat sind in ihrem Leben vom Abschaum der Erde umgeben«, sagte Wohl. »Manchmal – und ich nehme an, das ist verständlich – vergessen sie anscheinend, daß es noch einige nette Leute auf der Welt gibt. Ich will damit sagen, daß mir die Sache leid tut, ich jedoch Verständnis habe, warum sie passiert ist.«

»Ich nehme an, diese Leute machen nur ihren Job«, sagte Amanda. »Ich meine, es gab eine Schießerei . . .«

»Es erleichtert mich, daß Sie Verständnis haben.«

»Kann ich jetzt gehen?«

»Da gibt es eine schlechte und eine gute Nachricht«, sagte Wohl. »Die schlechte ist, daß Sie immer noch eine Aussage bei der Mordkommission machen müssen, das heißt im Polizeipräsidium. Das muß sein, aber ich werde dafür sorgen, daß es so schnell wie möglich abläuft.«

»Das war die gute Nachricht?« fragte sie fast fröhlich.

»Nein. Die gute Nachricht ist, daß Sie in meinem Wagen dorthin fahren. Ich fahre einen Jaguar XK-120. Das ist ein *viel* schönerer Wagen als die deutsche Kiste, die Ihr Freund fährt.«

»Ich habe das sonderbare Gefühl, daß Sie das ernst meinen«, sagte Amanda.

»Sehe ich wie ein Scherzbold aus?«

»Ja, so sehen Sie aus.« Amanda lachte. »Was für ein Cop sind Sie überhaupt?«

»Je nachdem, wen Sie fragen, können Sie eine große Palette von Antworten auf diese Frage erhalten. Sind Sie bereit zum Aufbruch?«

»Das ist die Untertreibung des Jahres«, sagte Amanda.

Er hielt die Tür für sie auf, und Amanda verließ das Vernehmungszimmer.

»Nur einen Augenblick, bitte«, sagte Wohl. Er ging zu Lieutenant Mikkles.

»Ihre Männer sagten mir, sie fanden nichts in Officer Paynes Wagen. Kann er ihn zurückhaben?«

»Ja, meinetwegen.«

»Versuchen Sie es mit ›Ja, *Sir*‹«, sagte Captain Pekach ärgerlich.

»Ja, Sir«, sagte Mikkles.

»Würden Sie es für eine gute Idee halten, Lieutenant, wenn Sie Officer Payne begleiten und seinen Wagen zurückfordern?« fragte Wohl mit kühlem Tonfall.

»Jawohl, Sir, das werde ich tun.«

»Bitten Sie ihn, sich mit mir in der Mordkommission zu treffen. Und sagen Sie ihm, daß ich die junge Lady fahre.«

»Jawohl, Sir«, wiederholte Mikkles.

Wohl wartete, bis Mikkles das Büro verlassen hatte. Dann wandte er sich an Pekach.

»Sprechen Sie mit Sergeant Dolan, und finden Sie heraus, was er zu haben glaubt«, sagte Wohl. »Und dann kommen Sie zur Mordkommission. Informieren Sie Lucci über Funk, wo ich bin.«

»Jawohl, Sir.«

»Und bevor ich es vergesse: Wenn Sie das Gebäude verlassen und dieser junge Cop noch dort draußen ist, reden Sie mit ihm und stellen Sie fest, ob er Ihrer Ansicht nach nützlich für uns bei der Special Operations ist. Der Junge kam mir ziemlich helle vor.«

Es war 23 Uhr 15, als die Mordkommission die Aussagen von Officer Matthew Payne und Miss Amanda Spencer protokolliert hatte, und Captain Pekach war immer noch nicht von seinem Treffen mit Sergeant Dolan zurückgekehrt.

Wohl war zu fünfundneunzig Prozent davon überzeugt, daß Dolan aus irgendwelchen Gründen – Streit mit seiner Frau, Abneigung gegenüber einem Cop, der Smoking trägt und einen Porsche fährt, oder reine Blödheit – außer sich geraten war, aber es widerstrebte ihm, Payne und das Mädchen gehenzulassen, bevor er etwas von Pekach gehört hatte.

Er ging zu Payne und Miss Spencer.

»Habe ich als einziger Kohldampf? Haben Sie beide zu Abend gegessen?«

»Ich bin nicht besonders hungrig«, sagte Payne.

»Ich komme um vor Hunger«, erklärte Amanda. »Seit dem Mittag habe ich nichts mehr gegessen.«

»Zu dieser Zeit gibt es im Twelfth Street Market köstliche Schweinshaxen«, sagte Wohl.

»Soeben bekomme ich Hunger«, sagte Matt Payne.

»Ich möchte wissen, wie es Penny geht«, murmelte Amanda.

»Ich habe mich vor kurzem informiert«, sagte Wohl. »Ihr Zustand wird als ›kritisch, aber stabil‹ bezeichnet.«

»Was heißt das?«

»Daß sie vielleicht durchkommt«, sagte Wohl.

»Sie wissen, welches Lokal ich meine, Matt? Twelfth Street Market?«

Matt nickte.

»Bringen Sie Amanda dorthin. Ich treffe Sie dort. Ich möchte Pekach informieren, wo wir sein werden.«

Im Aufzug sagte Amanda: »Er ist sehr nett.«

»Weshalb sind Sie in seinem Wagen mitgefahren?« fragte Matt.

»Sie sind eifersüchtig!«

»Blödsinn!«

»Sie *sind* es!« beharrte sie.

»Quatsch!«

Sie lächelte ihn triumphierend an.

»Wie Sie meinen, Officer Payne«, sagte sie.

»Danke für die Einladung«, sagte Matt Payne zu Peter Wohl.

Sie saßen an einem kleinen Tisch im Twelfth Street Market. Drei gewaltige Schweinshaxen auf Papptellern, ein Krug Bier und drei Gläser ließen wenig Platz für sonst etwas auf dem Tisch.

Peter Wohl kaute einen großen Bissen Haxe, bevor er antwortete.

»Es ist mir ein Vergnügen.«

»Wie haben Sie erfahren, daß wir beim Rauschgiftdezernat sind?« fragte Matt.

»Lieutenant Natali rief mich an. Er dachte, ich sollte es wissen.«

»Bin ich in Schwierigkeiten?« fragte Matt, während er aus dem Bierkrug in sein Glas einschenkte.

»Warum haben Sie Ihren Wagen ohne Erlaubnis vom Tatort weggefahren?«

»Ich wußte nicht, daß ich eine Erlaubnis brauchte. Ich blockierte die Ausfahrt. Ich fuhr ihn aus dem Weg, als Penny Detweiler ins Hahnemann-Hospital gebracht wurde. Und als ich mich auf den Weg zum Union League Club machte, um ihre Eltern zu benachrichtigen, stieg ich einfach in den Wagen und fuhr los. Keiner hat mir das verboten.«

»Wer gab Ihnen den Auftrag, ihre Eltern zu informieren?«

»Da war ein Lieutenant vom Neunten Distrikt. Ich weiß nicht mehr, wie er heißt. Ein großer Schwarzer. Ich sagte ihm, wo ihre Eltern waren, und er fand es okay, daß ich sie informierte. Er sah mich in den Wagen steigen, und er hatte nichts dagegen.«

»Lewis? Lieutenant Lewis?«

»Ja. Ich glaube, das war der Name.«

»Das ist der Vater von Officer Lewis«, erklärte Wohl.

»Oh! Ah, ja. Darauf kam ich nicht.«

»Okay. Fangen wir mit dem Anfang an.«

»O Gott, schon wieder?«

»Spielen Sie nicht den Klugscheißer, Matt. Soweit ich weiß, bin ich nicht nur Ihr Vorgesetzter, sondern auch einer der guten.«

»Verzeihung«, sagte Matt zerknirscht. »Dieser miese Kerl hat mich aufgeregt. Die ganze Sache hat mich aufgeregt.«

»Von Anfang an«, sagte Wohl und trank einen Schluck Bier.

Captain David Pekach traf ein, als Matt gerade zu Ende berichtet hatte und ein zweiter Krug Bier gebracht worden war.

Er zog sich einen der Stühle vom Nebentisch heran und setzte sich.

»Möchten Sie ein Glas? Es ist gutes Bier«, sagte Wohl.

»Nein, danke. Ich will was abnehmen. Ah, was soll's!«

Er stand auf, ging zur Theke und kehrte mit einem Bierglas zurück.

»Was haben Sie herausgefunden?« fragte Wohl, nachdem er in Pekachs Glas eingeschenkt hatte.

Pekach schaute zu Payne und Amanda und dann mit erhobenen Augenbrauen zu Wohl, wie um zu fragen, ob er vor den beiden sprechen sollte.

»Nur zu«, sagte Wohl. »Ich bin überzeugt, daß weder Matt Payne noch Miss Spencer Tony das Z erschossen haben oder etwas mit Drogen zu tun haben.«

»Dolan sagt, das Detweiler-Mädchen nahm Drogen«, sagte Pekach.

»Mein Gott!« stieß Amanda hervor.

»Was?« fragte Matt ungläubig. »Das ist absurd!«

»Nein, das ist es nicht. Dolan ist ein guter Cop«, erwiderte Pekach, mehr auf Peter Wohls fragenden Blick hin, als um Matt Payne zu widersprechen. »Ich glaube ihm. Er sagte, er hat sie beschattet, weil er Grund zu der Annahme hatte, daß sie in dem Parkhaus Stoff kaufen wollte. Laut Dolan steht die Schießerei damit in Zusammenhang. Und Tony das Z hatte Koks im Wert von tausend Dollar in einem Plastikbeutel bei sich.«

»Dolan hat sie beschattet?« fragte Wohl nachdenklich. »Wo war er, als die Schüsse fielen?«

»Er sagte, als er davon hörte, war er auf der anderen Straßenseite und beobachtete die Ein- und Ausfahrt, während der zweite Mann, den ich für einen tüchtigen Cop halte, die Flurtreppe in der Gasse im Auge behielt.«

»Versuchen Sie das noch einmal, ich komme da nicht ganz mit«, sagte Wohl.

»Okay. Sie folgten ihr zum Parkhaus. Dolan blieb auf der anderen Straßenseite und beobachtete die Ein- und Ausfahrt. Gerstner, der andere Beamte vom Rauschgiftdezernat, beobachtete die Notausgänge und die Feuertreppe in der Gasse.

Jedenfalls, bis er die Sirenen hörte und zur Straße ging, um zu sehen, was los war. Ich nehme an, zu diesem Zeitpunkt verließen die Täter das Parkhaus über einen der Notausgänge zur Gasse.«

»Und welche Rolle spielte Payne nach Dolans Ansicht?«

»Er sah ihn ins Parkhaus fahren. Zuerst hatte er keine Ahnung, daß er Cop ist, aber er erkannte ihn als jemand wieder – ihn und Miss Spencer –, den er in den letzten paar Tagen gesehen hatte. Und dann sah er ihn später vom Tatort wegfahren. Und offenbar sagte er sich, daß die Drogen in dem Porsche waren. Laut Dolan nimmt das Detweiler-Mädchen Kokain.«

»Dieses ganze Szenario ist unglaublich«, sagte Matt.

»Nein, das ist es nicht«, widersprach Wohl. »Wenn ich der Cop auf der Straße wäre, also Dolan, dann würde ich das auch so sehen.«

»Sie glauben doch nicht, daß ich Drogen nehme? Oder daß Amanda welche nimmt?«

»Das habe ich nicht gesagt«, erwiderte Wohl vorsichtig. »Nein. Ich bezweifle, daß einer von Ihnen Drogen nimmt. Aber wenn dieser Sergeant Dolan guten Grund zu der Annahme hat, daß Penny Detweiler Drogen nahm, zweifle ich nicht an ihm. Und Sie, Matt, haben den Dingen nicht geholfen, indem Sie mit Miss Spencer vom Tatort wegfuhren.«

Matt atmete tief durch.

»Payne fuhr zum Union League Club«, erklärte Wohl Captain Pekach, »um den Eltern des Mädchens zu sagen, was passiert war. Lieutenant Lewis, der vermutlich der ranghöchste Beamte dort war, hatte nichts dagegen.«

»Dolan erwähnte nichts von Lewis«, sagte Pekach.

»Ist ein Captain Petcock oder so hier?« unterbrach eine laute Stimme. Matt blickte in die Richtung, aus der die Stimme ertönt war. Ein großer, sehr dünner, langhaariger Mann in der weißen Kleidung eines Kochs hielt einen Telefonhörer hoch.

»Nahe dran.« Wohl lachte. »Gehen Sie zum Telefon, Captain *Petcock*.«

»Jawohl, Sir, Inspector *Wall*«, sagte Pekach und erhob sich.

»Miss Spencer . . .«, begann Wohl.

»Sie nannten mich schon Amanda«, fiel sie ihm ins Wort. »Bedeutet ›Miss Spencer‹, daß ich wieder eine Verdächtige bin?«

»*Amanda,* haben Sie jemals gehört, daß Penny Detweiler drogensüchtig ist?«

Sie zögerte mit der Antwort. Matt fragte sich, ob sie Penny Detweiler loyal verteidigen würde.

»Sie nahm manchmal Pillen, um wach zu bleiben, wenn sie studierte«, sagte sie schließlich. »Und ich nehme an, sie rauchte Gras – Ich *weiß,* daß sie Gras rauchte; ich bin fast die einzige, die ich kenne, die das nicht macht. Aber ich hörte nie irgend etwas über sie und Heroin oder Kokain oder sonstwas. Harte Drogen, meine ich.«

»Nur aus Neugier, warum rauchen Sie kein Gras?« fragte Wohl.

»Ich probierte es einmal, und es wurde mir schlecht«, sagte Amanda.

»Mir auch«, sagte Wohl und lächelte, als er Matts überraschtes Gesicht sah.

Captain David Pekach kehrte an den Tisch zurück.

»Das war Lucci«, sagte er. »Es kam soeben ein Funkruf. M-Mary eins wünscht, daß sich H-Highway eins und W-William eins mit ihm an der Ecke Columbia und Clarion treffen.«

Neugier übermannte Amanda Spencers normalerweise gute Manieren.

»M-Mary eins? W-William eins? Was ist das?«

»M-Mary eins ist der Bürgermeister«, erklärte Wohl etwas ungeduldig. Er schaute Pekach fragend an. »Sagte Lucci, was der Bürgermeister dort macht?«

»Man fand einen Cop des Zweiundzwanzigsten Distrikts in der Gosse«, sagte Pekach. »Erschossen.«

»O Gott!« sagte Amanda.

Wohl erhob sich und zog Schlüssel aus seiner Tasche. Er überreichte sie Payne.

»Ich fahre mit Captain Pekach, Matt. Der Jaguar steht auf der Twelfth Street. Direkt gegenüber von Ihrem Wagen. Sie bringen den Jaguar dorthin. Wissen Sie, wo es ist?«

Matt schüttelte den Kopf.

»Bevor Sie zur Temple University auf der North Broad gelangen, biegen Sie rechts ab«, sagte Captain Pekach. »Ein paar Blocks weiter ist die Kreuzung Colombia und Clarion. Sie werden das leicht finden.«

»Jawohl, Sir«, sagte Matt.

»Kommen Sie allein nach Hause, Amanda?« fragte Wohl.

»Klar. Machen Sie sich keine Sorgen. Ich habe Matts Wagen.«

Wohl und Pekach eilten davon.

»Ist es immer so?« fragte Amanda.

»Nein«, sagte Matt. »Das ist nicht immer so.«

Er ging zur Theke und bezahlte die Rechnung. Als sie auf der Straße waren, überreichte er Amanda die Schlüssel für den Porsche.

»Wäre es nicht einfacher, wenn ich mir ein Taxi nehme?« fragte Amanda. »Wie lange werden Sie dort sein?«

»Das weiß der Himmel«, erwiderte Matt. »Ich möchte den Wagen wirklich nicht hier stehenlassen. Irgendein Straßenkünstler würde das Bild seiner Mutter mit einem Schlüssel auf die Motorhaube malen, bevor ich den Wagen abhole.«

»Dann wäre es doch besser, wenn ich ihn bei Ihnen zu Hause abstelle.«

»Das würden Sie tun?«

»Klar.«

»Ich wohne am Ritterhouse Square . . .«

»Ist das gleich bei der Kirche?«

»Ja. Ich wohne im obersten Stock des Gebäudes der Delaware-Valley-Krebsforschungsgesellschaft . . .«

»Wo?« fragte sie lachend.

»Sie können es nicht verfehlen.« Er beschrieb ihr das Haus. »Hinten im Haus ist eine Garage. Fahren Sie einfach hinein. Es gibt zwei Stellplätze mit meinem Namen. Und da ist ein Wachmann. Er wird Ihnen telefonisch ein Taxi bestellen.«

Matt wollte ihr Geld geben. Amanda winkte ab.

»Nette Mädchen lassen sich nicht das Taxi bezahlen«, sagte sie. »Haben Sie nie von der Frauenemanzipationsbewegung gehört?«

»Dies ist eine höllische Verabredung, nicht wahr?«

»Sie führte zu einer völlig neuen Bedeutung des Wortes *denkwürdig*«, sagte Amanda.

»Es tut mir leid.«

»Seien Sie nicht albern.« Sie reckte sich und küßte ihn.

Was auch immer sie vorgehabt hatte, ihn auf die Wange zu küssen oder – keusch – auf den Mund, irgendwie kam es anders. Es war keine leidenschaftliche Umarmung, und sie endete nicht damit, das Amanda halb ohnmächtig in seinen Armen lag, aber als sich ihre Lippen voneinander lösten, war es, als wäre ein Funke zwischen ihnen übergesprungen.

»Allmächtiger!« sagte Matt leise.

Sie legte kurz die Hand auf seine Wange. Dann lief sie über die Straße und stieg in den Porsche.

Matt fuhr mit Wohls Jaguar nordwärts zur Vine Street und bog dann nach links zur North Road ab, dann nach rechts zur Broad Street. Es war nicht viel Verkehr, und weil Matt sich sagte, daß er keinen Strafzettel für zu schnelles Fahren bekommen würde, während er mit Inspector Wohls Wagen zum Tatort eines Verbrechens oder Fundort einer Leiche fuhr, gab er Gas. Keine zwei Minuten später hörte er hinter sich das Jaulen einer Sirene, und er fuhr rechts heran. Ein Oldsmobile raste mit rotierendem Rotlicht an ihm vorbei. Einen Augenblick später wurde ihm klar, daß der Wagen Chief Inspector Dennis V. Coughlin gehörte. Er fragte sich, ob Denny Coughlin oder Sergeant Tom Lenihan, der Fahrer, ihn oder Wohls Wagen oder beides erkannt hatten.

Südlich der Temple University sah er, daß Captain Pekach recht hatte: die Kreuzung Colombia und Clarion würde er mühelos finden. Zwei Streifenwagen mit rotierendem Rotlicht waren auf der Broad Street und Colombia, und zwei uniformierte Polizisten standen auf der Straße.

Als er den Blinker nach rechts stellte, um abzubiegen, signalisierte ihm einer der Polizisten mit heftigen Gesten, daß er auf der Broad Street weiterfahren sollte. Matt stoppte.

»Ich bin Payne. Special Operations. Ich soll mich hier mit Inspector Wohl treffen.«

Der Polizist schaute ihn zweifelnd an, winkte ihn jedoch weiter.

Die Clarion Street ist die zweite Straße von der Broad Street aus. Es war kaum Platz für Matt, um an all den Polizeifahrzeugen vorbeizufahren, die beide Seiten der Colombia Street säumten. Eine schwarze Cadillac-Limousine blockierte fast die Kreuzung Clarion und Colombia. Matt hatte den Wagen schon gesehen. Es war die Limousine des Bürgermeisters.

Dann entdeckte er zwei vertraute Gesichter: Officer Jesus Martinez und der Sergeant der Highway Patrol, bei dessen Aktion auf dem Dach des Parkhauses er sich fast in die Hosen gemacht hätte, als der Sergeant angekündigt hatte, er würde ihm das verdammte Gehirn aus dem Schädel blasen, wenn er auch nur mit einem Muskel zuckte. Der Sergeant hatte entschlossen gewirkt, die Drohung sofort in die Tat umzusetzen.

Sie regelten den Verkehr. Der Sergeant gestikulierte ungeduldig und sogar ärgerlich, daß er nach rechts abbiegen sollte, auf die Clarion, doch dann erkannte er anscheinend Wohls Jaguar, denn er signalisierte Matt, ihn auf dem Bürgersteig zu parken.

Matt stieg aus und hielt nach Wohl Ausschau. Der Staff Inspector stand bei Polizeichef Thaddeus Czernick, Chief Inspector Dennis V. Coughlin, einem halben Dutzend ranghoher Polizisten, von denen Matt keinen kannte, zwei Männern in Zivilkleidung und dem Ehrenwerten Bürgermeister Jerry Carlucci. Ein paar Schritte entfernt stand Tom Lenihan mit drei Männern, die Matt für Polizisten und vermutlich Fahrer hielt. Er ging zu ihnen.

Und dann sah er die Leiche. Sie lag mit dem Gesicht nach unten und zusammengekrümmt in der Gosse neben einem Streifenwagen des 22. Distrikts. Sechs oder sieben Kriminalbeamte oder Techniker des Labors der Kripo waren bei der Leiche, zwei davon auf Händen und Knien mit starken Scheinwerfern. Einer hielt ein Meßband, und der andere tat etwas, das Matt nicht ganz verstand.

»Hallo, Matt«, sagte Tom Lenihan und gab ihm die Hand. »Ich dachte mir schon, daß Sie das in Wohls Jaguar waren.«

»Sergeant«, erwiderte Matt höflich.

»Dies ist Matt Payne, Special Operations . . .«, stellte Lenihan vor, doch er verstummte, als Bürgermeister Carluccis ärgerliche Stimme auf der Straße ertönte.

»Es ist mir verdammt egal, ob es Matt Lowenstein oder sonst jemand gefällt oder nicht«, sagte der Bürgermeister. »Special Operations *übernimmt* diesen Fall und schnappt den Hurensohn, der diesen armen Kerl kaltblütig erschoß. Und Sie, Tad, werden persönlich dafür sorgen, daß Wohl alles bekommt, was er für den Job für nötig hält, klar?«

»Jawohl, Sir«, sagte Commissioner Czernick.

»Und jetzt, Commissioner, denke ich, daß Sie und ich und Chief Coughlin Officer Magnellas Familie unser Beileid aussprechen.«

»Jawohl, Sir«, sagten Commissioner Czernick und Chief Coughlin wie aus einem Munde.

Der Bürgermeister marschierte in Richtung der kleinen Gruppe von Fahrern zu seinem Cadillac. Er lächelte sie geistesabwesend, vielleicht automatisch, an. Dann entdeckte er Matt Payne. Seine Miene veränderte sich. Er ging zu Matt.

»Waren Sie heute abend im Union League?«

»Ich schaffte es nicht ganz, Sir«, sagte Matt.

»Ja, und ich weiß, warum«, sagte der Bürgermeister. Er wandte sich an Polizeichef Czernick. »Und da wir gerade davon sprechen, Tad, ich will, daß Sie Wohl beauftragen, herauszufinden, was heute abend mit Detweilers Tochter und diesem Mafioso DeZego auf dem Dach des Parkhauses passierte.«

Commissioner Czernick sah aus, als wollte er etwas einwenden.

»Sie wollen doch nicht sagen, daß das jemandem nicht gefallen wird, Commissioner?« fragte der Bürgermeister eisig.

»Nein, Sir!« sagte Commissioner Czernick.

»Haben Sie das gehört, Peter?« rief der Bürgermeister.

»Jawohl, Sir«, erwiderte Peter Wohl.

»Machen Sie weiter so gute Arbeit, Payne«, sagte der Bürgermeister und ging schnell zu seinem schwarzen Cadillac.

8

Staff Inspector Peter Wohl ging zu Officer Payne. Matt sah, daß Captain Pekach aus den Schatten trat und Wohl folgte.

»Was hat der Bürgermeister zu Ihnen gesagt?« fragte Wohl.

»Er fragte mich, ob ich im Union League war«, antwortete Matt. »Und dann sagte er dem Commissioner, daß wir ermitteln sollen, was in dem Parkhaus geschah.«

Wohl schüttelte den Kopf.

»Ich hatte schon ein sonderbares Gefühl, das mir sagte, ich soll hierhinfahren«, sagte Wohl zu Pekach.

Matt fügte hinzu: »Ha, und dann sagte er mir, ich soll weiter so gute Arbeit machen.«

»Ich frage mich allmählich, ob ich mir Sie und all Ihre gute

Arbeit erlauben kann, Sie As«, sagte Wohl. Dann sah er Matts Miene. »Entspannen Sie sich. War nur ein Scherz.«

»Sie meinen, Carlucci könnte darüber nachdenken und sich anders besinnen?« fragte Captain Pekach. »Den Fall der Kripo geben, die eigentlich zuständig ist?«

»Nein. Das wäre ein Eingeständnis, daß er einen Fehler gemacht hat. Wir alle wissen, daß der Bürgermeister niemals einen Fehler macht. Wo ist Mike?«

»Zu Hause.«

»Und Jason Washington? Wissen Sie, wo er ist?«

»Am Strand außerhalb von Atlantic City. Er hat da ein Ferienhäuschen.«

»Wann kommt er zurück?«

»Übermorgen.«

»Bestellen Sie über Funk Mike Sabara hierher zu mir. Und besorgen Sie mir Jason Washingtons Telefonnummer. Er muß schon morgen zurückkehren. Was ist mit Tony Harris?«

»Der ist zu dieser Zeit vermutlich daheim.«

»Bestellen Sie ihn her – gleich«, sagte Wohl. »Lucci soll ihm sagen, daß er und Washington diesen Job übernehmen.«

»Jawohl, Sir«, sagte David Pekach.

»Wo ist mein Wagen?« Wohl schaute Matt fragend an.

Matt wies hin.

»Sie können heimkehren«, sagte Wohl.

»Es macht mir nichts aus, zu bleiben«, erwiderte Matt.

»Sie fahren heim. Ich werde genug Probleme mit Chief Lowenstein haben. Er wird toben, weil Special Operations den Fall hat, statt die Kripo. Da kann ich auf seine ätzenden Bemerkungen über einen Cop im Smoking gut verzichten.«

»Bleiben Sie hier?«

»Bis Lowenstein auftaucht und seine Wut an mir ausläßt«, sagte Wohl, und dann fügte er hinzu: »Wenn man vom Teufel spricht . . .«

Alle blickten die Colombia Street hinab, auf der sich ein schwarzer, mit Antennen bestückter Wagen näherte.

»Ich glaube, das ist Mickey O'Hara, Inspector«, sagte Pekach. »Er fährt neuerdings einen Buick.«

»So ist es«, sagte Wohl. »Aber wenn unser Mickey hier ist, kann Chief Lowenstein nicht weit sein, oder?« Er blickte sich um und wandte sich dann wieder Pekach zu. »Es sind genug Wagen vom Distrikt hier. Brauchen wir Sergeant – wie heißt er? . . .«

Pekach hatte gesehen, zu wem Wohl blickte.

»DeBenedito, Inspector.«

»Brauchen wir DeBenedito noch?«

»Nein.«

Wohl hob die Stimme: »Sergeant DeBenedito!«

Der Sergeant eilte herüber.

»Ja, Sir?«

»Es ist nicht nötig, daß Sie hier herumhängen, Sergeant«, sagte Wohl. »Bringen Sie Officer Payne nach Hause, und legen Sie sich dann aufs Ohr.«

»Jawohl, Sir.«

Matt schaute auf seine Armbanduhr. Es war Viertel nach eins. DeBenedito und Martinez hatten bereits mehr als eine Stunde über ihre Schicht hinaus gearbeitet.

»Ich kann mit der U-Bahn fahren, Inspector«, sagte Matt.

»Wenn der Bürgermeister erfährt, daß einem Typen mit Smoking unsittliche Anträge in der U-Bahn gemacht wurden, Officer Payne, dann wird er fast mit Sicherheit die Ermittlungen in diesem Verstoß gegen Ruhe und Ordnung ebenfalls der Special Operations Division übertragen. Sie fahren mit dem Sergeant.«

Pekach lachte.

»Gute Nacht, Matt«, sagte Wohl. »Bis morgen. Früh am Morgen.«

»Gute Nacht, Inspector«, sagte Matt. »Captain.«

»Gute Nacht, Payne.«

Matt stieg hinten in den Streifenwagen der Highway Patrol.

»Wo wohnen Sie, Payne?« fragte DeBenedito.

»Rittenhouse Square«, antwortete Officer Jesus Martinez an Matts Stelle. »Im Gebäude der Delaware-Valley-Krebsforschungsgesellschaft.«

»Ah, Ihr Jungs kennt euch, nicht wahr?«

Matt kniete sich auf den Wagenboden und legte die Ellenbogen auf den Vordersitz.

»Was war hier heute nacht los?« fragte er, während sie über die Colombia Street zur North Broad fuhren und dann nach links in Richtung Innenstadt abbogen.

»Ein sehr netter junger Cop namens Joe Magnella wurde erschossen«, sagte DeBenedito.

»Sie kannten ihn?« fragte Matt.

»Ich bin um ein paar Ecken mit ihm verwandt. Die Schwester meiner Mutter ist mit seinem Onkel verheiratet. Ich kannte ihn nicht gut, aber ich sah ihn bei Hochzeiten und Beerdigungen oder bei Familienfeiern. Netter Junge. Kam gerade von Vietnam zurück. Ich glaube, er war noch kein halbes Jahr Cop. Er wollte bald heiraten. Verdammte Scheiße!«

»Was ist passiert?« fragte Matt leise.

»Das weiß anscheinend keiner. Er fuhr im Zweiundzwanzigsten Distrikt Streife. Nach dem, was ich hörte, gab er keinen Notruf durch oder sonstwas. Jemand rief die Polizei an und sagte, daß ein Cop erschossen auf der Clarion Street liegt. Der Scheißer nannte natürlich nicht seinen Namen. Martinez und ich waren auf dem Roosevelt Boulevard, nicht in der Nähe, aber es ging um einen Cop, und so fuhren wir hin. Als wir dort eintrafen, wimmelte es von Cops, und da mußten wir den Verkehr regeln. Jedenfalls lag der Junge tot in der Gosse. Mindestens zweimal getroffen. Die Tür seines Streifenwagens stand offen, aber Joe hatte nicht seine Waffe gezogen. Und er hatte nicht über Funk gemeldet, daß er etwas Ungewöhnliches tun würde. Irgend jemand, der keine Cops mag, oder sonst ein Bastard, muß ihn erschossen haben.«

»Mein Gott!« sagte Matt.

»Was hatte dieser Scheiß zwischen dem Bürgermeister und den anderen hohen Tieren zu bedeuten?« fragte Sergeant DeBenedito.

»Der Bürgermeister übertrug die Ermittlung der Abteilung Special Operations«, sagte Matt.

»Kommt ihr Jungs mit so was zurecht? Das ist doch ein Fall für die Mordkommission!«

»Als wir die Sexbestie von Nordwest-Philly suchten, ließ Inspector Wohl zwei Detectives von der Mordkommission zu uns versetzen. Die besten. Jason Washington und Tony Harris. Wenn jemand den Mann finden kann, der diesen Cop erschoß – wie war doch sein Name . . .?«

»Magnella, Joseph Magnella«, sagte DeBenedito.

». . . dann diese beiden.«

»Washington ist dieser große Schwarze?«

»Ja.«

»Den habe ich schon gesehen«, sagte DeBenedito. »Und ich habe einiges über ihn gehört.«

»Er ist wirklich gut«, sagte Matt. »Ich war mit ihm zusammen . . .«

»Sie sind der Mann, der den Vergewaltiger zur Strecke brachte, nicht wahr?« DeBenedito sprach weiter, ohne auf eine Antwort zu warten. »Martinez erzählte mir das, als ich Sie in dem Parkhaus flachlegte. Das tut mir leid. Sie sahen nicht wie ein Cop aus.«

»Vergessen Sie's«, sagte Matt.

»Da wir vom Aussehen eines Cops reden!« sagte Martinez. »Habt ihr die himmelblaue Hose und die Mütze von Inspector Wohl gesehen? Der sah aus, als wollte er Golf oder sonstwas spielen!«

»Ist er so gut, wie es heißt?« fragte DeBenedito. »Oder hat er einfach nur gute Beziehungen?«

»Beides, würde ich sagen.« Matt setzte sich auf den Sitz zurück, als DeBenedito um die City Hall und dann auf die Market Street fuhr.

Der Streifenwagen der Highway Patrol hielt am Bordstein auf der Südseite des Rittenhouse Square. Ein Streifenbeamter stand in der Nähe auf dem Bürgersteig. Er beobachtete neugierig, wie der Polizist vom Beifahrersitz aus dem Wagen sprang und die hintere Tür öffnete, woraufhin ein Zivilist mit Smoking aussteigen konnte. (Die inneren Türgriffe von Streifenwagen sind oftmals entfernt, damit Leute vom Rücksitz aus erst aussteigen können, wenn sie das sollen.)

»Gute Nacht, Che-sus«, sagte Matt, und dann hob er die Stimme und rief: »Danke für die Fahrt, Sergeant.«

»Bleiben Sie vom Dach von Parkhäusern weg, Payne«, rief Sergeant DeBenedito zurück, während Jesus Martinez einstieg und die Tür zuknallte.

»Guten Morgen«, sagte Matt zu dem Streifenpolizisten.

»Ja«, erwiderte der Cop, und dann schaute er hinter Matt her, der das Gebäude der Delaware-Valley-Krebsforschungsgesellschaft betrat. Es war ein umgebautes Brownstone-Gebäude aus der Jahrhundertwende. Es war langfristig als Büroräume an die Krebsforschungsgesellschaft vermietet. Die Umwandlung war fast fertig gewesen, als der Architekt dem Besitzer erklärt hatte, daß noch genug Platz in der ehemaligen Mansarde war, um sie in ein Apartment zu verwandeln.

Matt hatte das Apartment durch die Sekretärin seines Vaters gefunden und war eingezogen, als er den Polizeidienst angetreten hatte. Vor einem Monat hatte er erfahren, daß das Gebäude seinem Vater gehörte.

Der Aufzug endete im Stockwerk unter der Mansardenwohnung. Matt stieg aus und ging die schmale Treppe zu seinem Apartment hinauf. Er sagte sich, daß es nett von Amanda gewesen war, seinen Wagen für ihn zu parken, bevor sie ein Taxi nach Merion genommen hatte. Er würde morgen seinen Wagen bestimmt brauchen.

Im Apartment brannte Licht. Matt erinnerte sich nicht, daß er es angelassen hatte, aber das war überhaupt nicht ungewöhnlich.

Er ging zum Kamin, hob sein linkes Bein und schnallte das Holster ab. Er nahm den Revolver, einen fünfschüssigen .38er Smith & Wesson Chief's Special aus dem Holster. Das Holster legte er auf den Kaminsims, und dann wischte er die Waffe mit einem Tuch ab, das mit Silikon getränkt war.

Jason Washington hatte ihm dazu geraten. Jedesmal wenn man das Metall einer Waffe berührte, hinterließ man Spuren von säurehaltiger Flüssigkeit. Schließlich würde die Säure die Brünierung zerfressen. Wenn man die Waffe einmal pro Tag abwischte, schütze man die Brünierung.

Matt legte den Revolver auf den Kaminsims, begann das Smokingjackett auszuziehen und wandte sich vom Kamin ab.

Amanda Spencer stand beim ellenbogenhohen Bücherschrank, der die ›Eßecke‹ von der ›Küche‹ abtrennte. Beide waren nach Matts Meinung so klein, daß man sie nur in Anführungszeichen so bezeichnen konnte.

»Willkommen daheim«, sagte Amanda.

Matt verbannte den ersten Gedanken, der ihm durch den Kopf schoß: *Sie ist hier, um sich besteigen zu lassen.* Nein, das war reines Wunschdenken.

»Kein Wachmann unten?« fragte er. »Ich hätte Ihnen sagen sollen, daß die für gewöhnlich im Büro beim Haupteingang pennen.«

»Er war da. Er ließ mich rein«, sagte Amanda.

»Das verstehe ich nicht«, sagte Matt.

»Ich auch nicht. Was war dort los, wo Sie mit Peter Wohl hinfuhren?«

»Da war ein toter Polizist«, sagte Matt. »Ein junger. Jetzt fällt mir ein, daß ich ihn mal in der Polizeiakademie sah. Jemand erschoß ihn.«

»Warum?«

»Das weiß anscheinend keiner«, sagte Matt. »Jemand rief an, daß ein toter Cop in der Gosse liegt. Und als Kollegen hinfuhren, lag er da.«

»Wie schrecklich.«

»Er war in Vietnam. Er wollte bald heiraten. Ein Verwandter von Sergeant DeBenedito.«

»Von wem?«

»Der war im Parkhaus«, sagte Matt. »Und dann war er an der Colombia und Clarion – wo der tote Cop lag. Wohl ließ mich von DeBenedito nach Hause fahren.«

»Oh.«

»Amanda, ich bringe Sie nach Merion. Aber würde es Ihnen etwas ausmachen, wenn ich vorher etwas trinke?«

»Ich habe mich selbst bedient«, sagte sie. »Ich hoffe, das war in Ordnung.«

»Selbstverständlich.«

Er ging zur Küche. Als er sich Amanda näherte, trat sie zur Seite. Damit wollte sie ihm wohl klarmachen, daß sie weder umarmt noch auf freundschaftliche, brüderliche Weise getätschelt werden wollte.

In der Küche sah er, daß Amanda herausgefunden hatte, wo er seine alkoholischen Getränke aufbewahrte: in einem Schrank über dem Kühlschrank. Eine Flasche vierundzwanzigjähriger Scotch, ein Geschenk von seinem Vater, stand auf dem Kühlschrank.

Er nahm ein Glas, gab Eiswürfel hinein und goß Scotch und etwas Wasser ein. Als er mit dem Zeigefinger umrührte, tauchte Amanda hinter ihm auf und schlang die Arme um ihn.

»Ich möchte heute nacht mit dir zusammen sein«, sagte sie leise und schmiegte den Kopf an seinen Rücken. »Das klingt vermutlich nach einem Flittchen.«

»Nur wenn du diese Wünsche mehr als – sagen wir mal – zweimal pro Woche bei jemandem äußerst«, sagte Matt.

O Scheiße, dachte er, *du und dein lockeres Mundwerk! Was, zum Teufel, ist mit dir los?*

Sie zog die Arme von ihm fort, und er spürte, daß sie zurückwich. Er wandte sich um.

»Ich nehme an, das habe ich verdient«, sagte sie.

»Es tut mir leid. Menschenskind, Amanda, ich kann Ihnen – dir nicht sagen, wie leid mir tut, daß ich das gesagt habe.«

Sie schaute ihm lange in die Augen.

»Du wirst der zweite sein, in Ordnung? Ich war verlobt«, sagte sie.

»Ich weiß«, erwiderte er.

»Tatsächlich?«

»Ich weiß, daß du kein Flittchen bist. Ich habe ein loses Mundwerk.«

»Ja, das hast du«, stimmte sie zu. »Daran werden wir arbeiten müssen.«

Sie legte eine Hand auf seine Wange. Er wandte den Kopf und küßte die Hand.

Als sich ihre Blicke trafen, sagte sie: »Ich wußte vom ersten Augenblick an, daß du ein Problem für mich werden wirst.«

»Ich werde kein Problem sein, das verspreche ich.«

Sie lachte.

»O doch, das bist du. Was nun, Matthew? Willst du mir jetzt deine Briefmarkensammlung zeigen oder was?«

»Sie ist in meinem Schlafzimmer«, sagte er. »In dem kleinen Schrank gegenüber vom Bett.«

»Ich weiß«, sagte sie. »Ich habe hineingesehen. Glück für dich, daß ich keine Haarnadeln oder vergessene Damenunterwäsche darin fand.«

»Du wirst die erste sein«, sagte er.

»Du meinst, hier«, sagte sie, und als sie seine Verlegenheit sah, stellte sie sich auf die Zehenspitzen und küßte ihn zärtlich auf den Mund. Dann nahm sie ihn an der Hand und führte ihn in sein Schlafzimmer.

Als Sergeant Nick DeBenedito und Officer Jesus Martinez das Hauptquartier der Highway Patrol an der Bustleton und Bowler Street betraten, saß Officer Charley McFadden auf einem der Stühle auf dem Gang.

Martinez schaute ihn überrascht an. Er wußte, daß McFadden seine Schicht von 16 Uhr bis Mitternacht mit einem älteren Polizisten der Highway Patrol namens Jack Wyatt gehabt hatte. Da er und DeBenedito mehr als eine Stunde über die Schicht hinaus gearbeitet hatten, war er davon ausgegangen, daß Charley längst weg sein würde.

McFadden, ein hünenhafter Zweiundzwanzigjähriger mit freundlichem, gutmütigem Gesicht, hatte sich bereits umgezogen. Statt Uniform trug er ein sportliches Strickhemd, eine Baumwolljacke mit Reißverschluß und Jeans. Als McFadden aufstand, klaffte die Jacke auf und gab den Blick auf sein Abzeichen frei, das rechts über dem Gürtel und dem Revolver angeheftet war. Charley trug wie immer, wenn er dienstfrei hatte, seinen fünfschüssigen .38er Smith & Wesson Undercover Special Revolver in einem Gürtelholster, das von einem Spezialagenten des U.S. Service erfunden worden sein sollte, in dem sich der Revolver unter seinem rechten Arm fast in gleicher Höhe befand, als wenn er in seinem Schulterholster stecken würde.

Charley hatte zwar sein Haar gekämmt, war rasiert und trug saubere Sachen, aber Jesus Martinez fand, daß er noch genauso aussah, wie damals, als sie beide noch beim Rauschgiftdezernat als verdeckte Ermittler gearbeitet hatten.

»Sie sind noch hier, McFadden?« fragte Sergeant DeBenedito statt einer Begrüßung.

»Ich dachte mir, daß Che-sus vielleicht in der FOP-Bar einen heben möchte«, sagte Charley.

Charley hatte sich angewöhnt, Martinez' Vornamen spanisch auszusprechen, weil seine Mutter, eine überzeugte irische Katholikin, es unerträglich fand, daß der Partner ihres Sohnes mit Jesus angesprochen wurde. Gegen Che-sus hatte sie nichts; das war für sie wie Juan oder Alberto.

»Ja, warum nicht?« sagte Martinez. Eigentlich hatte er überhaupt nicht mit Charley zur FOP-Bar gehen wollen. Aber er wußte nicht, wie er ablehnen konnte, nachdem Charley über eine Stunde auf ihn gewartet hatte. »Gib mir ein paar Minuten Zeit zum Umziehen.«

Er tröstete sich mit dem Gedanken, daß es nur anständig von ihm war, wenn er mit Charley in die Bar des Polizeiklubs ging. Charley hatte schließlich angeboten, ihn zur Arbeit und nach Hause zu fahren, als er gehört hatte, daß Jesus' alter Ford (mal wieder) in der Werkstatt stand, und Charley hatte über eine Stunde gewartet, um ihn heimzufahren. Wenn er ein Bier trinken wollte, dann würden sie ein Bier trinken.

Fünf Minuten später kam Jesus Martinez in Zivilkleidung aus dem Umkleideraum. Er trug ein dunkelblaues Hemd, noch dunkelblauer als die Hose, und eine hellbraune Lederjacke. Eine goldene Kette hing von seinem Hals, und an der Kette hing das, was der Typ im Juweliergeschäft als ›Medaillon der Inkasonne‹ bezeichnet hatte. Seine Dienstmarke steckte in der Jackentasche. Er trug ebenfalls einen Undercover Revolver, aber in einem Schulterholster. Er hatte das ›Secret-Service-Holster‹ ausprobiert, war jedoch damit nicht zu Rande gekommen. Entweder waren seine Hüften nicht breit genug, oder sonst etwas stimmte nicht. Er hatte immer das Gefühl gehabt, das Ding würde jeden Augenblick von ihm abfallen.

Trotz der frühen Morgenstunden war der Parkplatz des FOP-Gebäudes bei der North Broad Street in der Innenstadt fast voll. Ungefähr ein Viertel der Polizeibeamten hatte um Mitternacht durstig ihre Schicht beendet. Polizisten fühlten sich in der Gesellschaft anderer Polizisten am wohlsten, und deshalb war die Bar des Polizeiklubs stets gut besucht.

Jesus folgte Charley die Treppe von der Straße hinab in die Kellerbar. Zu seiner Überraschung setzte sich Charley an einen der Tische. Charley saß für gewöhnlich gern an der Bar, wo er, wie er sagte, einen besseren Überblick ›auf die Action‹ hatte, womit er die Frauen meinte.

»Halte den Tisch für uns frei«, sagte Charley. Er ging zur Bar und kehrte mit zwei Flaschen Ortlieb's-Bier und einer großen Schale Popcorn zurück. Seit ungefähr einem Jahr interessierte sich Jesus Martinez für gesunde Ernährung, und seither war er überzeugt, daß Popcorn und das meiste, was Charley sonst wegputzte, Gift für den Körper war.

»Willst du all das verdammte Popcorn essen?«

»Du kannst was abhaben«, sagte Charley. »Ich las in der Zeitung, Wissenschaftler haben herausgefunden, daß Popcorn so gut für einen ist wie Weizenkeime.«

»Tatsächlich?« staunte Jesus, und dann wurde ihm klar, daß Charley ihn aufzog.

»Ja, in dem Artikel stand, Wissenschaftler haben herausgefunden, daß Popcorn fast so gut für die Gesundheit ist wie Pommes *ohne* Ketchup. Natürlich längst nicht so gut wie Pommes *mit* Ketchup.«

»Blödsinn!«

»Jetzt habe ich dich drangekriegt, nicht wahr?« Charley war sehr zufrieden mit sich.

»Lach nur über mich. All dieses Scheißzeug, das du dir reinschiebst, wird dich früher oder später kaputtmachen.«

»Erzähl mir über Payne«, sagte McFadden unvermittelt.

»Du hast davon gehört, wie?« Jesus lachte.

»Ja, ich habe davon gehört«, knurrte McFadden.

»Nun, das war wirklich lustig . . .«

»Lustig?« unterbrach McFadden. »Du findest das *lustig?*«

»Ja, Charley, das finde ich. Es war aber auch zu komisch.«

»Ich finde, es war beschissen, Junge!«

»Wovon, zum Teufel, redest du?«

»Wovon redest denn *du?*«

»Ich meinte, es war lustig, wie DeBenedito den feinen Pinkel mit Smoking und Fliege in dem Parkhaus den Boden küssen ließ.«

»Davon habe ich nichts gehört«, sagte McFadden.

»Nun, Benedito und ich, wir fuhren zu einer Schießerei auf dem Dach vom Penn-Services-Parkhaus. Er setzte mich ein Parkdeck darunter ab, und ich ging die Treppe hinauf. Als ich auf dem Dach eintraf, lag dein lieber Kumpel Payne mit der Nase auf dem Boden. *Sagen Sie ihm, daß ich ein Cop bin, Martinez!* flehte Payne, als er mich sah. Ich sagte es, und DeBenedito erlaubte ihm, aufzustehen. Ich fand das lustig. Wenn du das anders siehst, leck mich am Arsch.«

»Ich habe nichts davon gehört«, wiederholte Charley, und er wirkte ein wenig verwirrt. »Ich sprach von *deinem* lieben Kumpel, von Sergeant Dolan, der Payne und seine Freundin zum Verhör ins Rauschgiftdezernat brachte und seinen Wagen durchsuchte.«

»Davon weiß ich nichts«, sagte Jesus.

»Das kaufe ich dir nicht ab.«

»Ich weiß wirklich nichts. Bist du sicher, daß die Fakten stimmen?«

»Und ob sie stimmen«, sagte McFadden böse.

»Ich weiß nur, daß Payne am Tatort war, wo der Cop erschossen wurde. Er traf dort mit Inspector Wohls Jaguar ein, und dann ließ Wohl ihn von uns nach Hause fahren. Das war einer der Gründe, weshalb wir eine Stunde zu spät dran waren. Wenn Dolan ihn im Rauschgiftdezernat verhörte, kann ich nur zweierlei sagen: erstens, ich wußte nichts davon; und zweitens wäre Payne jetzt im Knast. Dolan macht keine Fehler.«

»Ja, ich weiß, daß du denkst, er kann über Wasser wandeln.«

»Er ist ein verdammt guter Cop«, sagte Martinez kategorisch. »Wo hast du gehört, daß er etwas mit Payne zu tun hatte?«

»Wyatt und ich fuhren gegen halb elf an der Bustleton und Bowler vorbei, jemand sagte es ihm, und er erzählte es mir.«

»Bist du sicher, daß er dich nicht verarscht hat?«

»Ja, es war kein Spaß. Dolan hatte Payne, dessen Freundin und seinen Wagen beim Rauschgiftdezernat.«

»Dann hatte Dolan was gegen ihn in der Hand«, sagte Martinez.

»Vielleicht etwas, das er von dir hatte?« fragte McFadden.

»Ich sagte es schon, ich hatte davon keine Ahnung«, erwiderte Martinez, und dann wurde ihm die Bedeutung von McFaddens Worten erst richtig klar.

»Verdammt, Charley!« sagte er wütend und sprang auf, wobei er gegen den Tisch stieß und die Bierflaschen umwarf. »Wie kannst du so etwas Beschissenes sagen!«

»Wenn du es nicht getan hast, tut es mir leid«, sagte McFadden nach einer Weile.

»Diese Entschuldigung reicht mir nicht. Du Scheißer!«

»Du hast seine Ventilschäfte aufgeschnitten!« sagte McFadden. »Sag nur, das war nicht beschissen von dir.«

»Der Hurensohn war bei einer Überwachung eingepennt«, sagte Martinez. »Er hatte einen Denkzettel verdient.«

»Nein, hatte er nicht. Ein guter Kumpel hätte ihn aufgeweckt.«

»Der reiche Pinkel ist nicht mein Kumpel«, sagte Martinez. »Er fährt mich nicht in seinem Porsche herum wie ein gewisses Arschloch, du weißt, wen ich meine. Der Junge *spielt* doch nur Cop.«

»Er brachte die Sexbestie von Nordwest-Philly zur Strecke. Nennst du das Cop *spielen?«*

»Du weißt genau wie ich, daß er durch Zufall auf diesen Bastard stieß.«

»Aber er erledigte ihn. Menschenskind, Che-sus!«

»Okay, er erledigte ihn«, gab Martinez widerwillig zu. »Aber es würde mich überhaupt nicht überraschen, wenn er sich Stoff reinzieht.«

»Du hast kein Recht, so was zu sagen!« knurrte McFadden.

»Du hattest kein Recht zu sagen, daß ich ihn an Dolan verpfiffen habe.«

»Ich sagte, daß es mir leid tut.«

»Ja, das sagtest du.« Martinez starrte ihn zornig an. »Ich gehe nach Hause. Ich habe genug von deinem Scheiß!«

»Setz dich und trink dein Bier.«

»Leck mich.«

»Setz dich, Che-sus.«

»Oder?«

»Oder *ich* setze dich.«

Martinez starrte ihn einen Moment lang wütend an, und dann grinste er.

»Das würdest du tun, du verdammter vollgefressener Schotte.«

»Darauf kannst du deinen Arsch verwetten«, sagte McFadden.

Matt wachte auf, öffnete die Augen und sah, daß Amanda den Kopf mit einer Hand stützte und auf ihn herabsah.

»Guten Morgen«, sagte sie, neigte sich zu ihm und küßte ihn. »Menschenskind, und da haben einige Leute Wecker!«

Sie lachte.

Er blickte zur Decke, auf die sein Wecker, ein Geschenk von seiner Schwester Amy, die Zeit projizierte. Es war Viertel nach fünf.

»Was hast du gedacht?« fragte er.

»Eigentlich habe ich überlegt.«

»Okay. Was hast du überlegt?«

»Zweierlei.«

»Erstens?«

»Ob etwas außer dem Glas Oliven in deinem Kühlschrank ist.«

»Nein«, sagte er. »Ich habe seit einer Woche nicht mehr eingekauft. Und zweitens?«

»Ob ich schwanger bin«, sagte Amanda.

»Allmächtiger! Du nimmst keine Pille?«

»Ich habe damit aufgehört, als ich meine Verlobung löste.

Und so etwas wie heute nacht stand eigentlich nicht auf meinem Terminkalender.«

»Ich wäre entzückt, dich zu einer ehrbaren Frau zu machen«, sagte Matt.

»Vielleicht habe ich Glück.«

»Ganz bestimmt, es wird mir ein Vergnügen sein.«

»Das meinte ich nicht.« Sie lachte und zupfte an einem der Härchen um seine Brustwarzen.

»Autsch«, sagte er, packte sie und zog sie auf sich, so daß ihr Gesicht auf seiner Brust und eines ihrer Beine über ihm lag.

»Dies ist vermutlich nicht sehr vernünftig von uns«, sagte sie.

»Da bin ich völlig anderer Meinung.«

»Was sollen die Brownes denken?« fragte Amanda.

»Wir könnten ihnen sagen, daß wir eine Autopanne hatten. Juckt es dich wirklich, was die Brownes denken?«

»Nein«, sagte sie nach einer Weile. »Okay. Wir werden ihnen von einer Autopanne erzählen, und es juckt uns nicht, ob sie uns glauben oder nicht.«

Er lachte und legte den Arm fester um sie.

»Willst du mich stillen oder was?« fragte sie.

»Ich würde lieber ›oder was‹«, erwiderte er.

»Angeber«, sagte sie. »Leere Versprechungen.«

»Überzeuge dich selbst«, sagte Matt.

Sie hob den Kopf ein wenig von seiner Brust und spähte an ihm hinab.

»Donnerwetter«, sagte sie. »Ist das nicht erstaunlich?«

Zwei Polizisten der Highway Patrol saßen an der Theke des kleinen Restaurants im Marriott Motel an der City Line Avenue, als Matt und Amanda eintraten.

Er kannte keinen von ihnen und sah auch kein Erkennen in ihren Augen. Beide musterten Amanda und ihn sorgfältig, was Matt jedoch auf Amandas gutes Aussehen, auf ihr tief ausgeschnittenes Abendkleid, auf den Kontrast zwischen ihrer Kleidung und seinem Sakko und der Freizeithose zurückführte, die er für die Arbeit angezogen hatte; oder auf alles zusammen.

Er irrte sich. Als sie in einer der Nischen Platz genommen hatten, sah er Bestürzung in Amandas Augen.

Er blickte über die Schulter, um zu sehen, was Amandas Unruhe ausgelöst hatte. Beide Polizisten der Highway Patrol marschierten auf die Nische zu.

Matt fand, daß sie mit ihren Stiefeln, Sam-Browne-Koppeln und der Lederkluft einschüchternd wirkten.

»Haben Sie die Zeitungen gesehen, Payne?« fragte der größere der beiden.

»Nein.«

»Das dachte ich mir«, sagte der Polizist.

Wie, zum Teufel, soll ich diese Jungs Amanda vorstellen? dachte Payne. *Es ist offenkundig, daß sie sich zu uns setzen wollen, und ich habe nicht mal eine Ahnung, wie sie heißen.*

Auch in diesem Punkt irrte er sich. Der zweite Polizist legte leicht schmuddelige Exemplare von *Bulletin, Ledger* und *Daily News* auf den Tisch und nickte dann Amanda zu.

»Ma'am«, sagte er. Unterdessen war der andere Polizist schon auf halbem Weg zur Tür.

»He!« rief Matt. Beide Polizisten schauten ihn an. »Danke.«

Beide winkten und verließen das Restaurant.

»Einen Moment lang dachte ich, wir werden wieder verhaftet«, sagte Amanda.

»Wir waren nicht verhaftet.«

»Nenn es, wie du willst«, sagte sie. »Sind die alle so?«

»Wie?«

»So – wie soll ich es sagen? Diese beiden sahen aus wie eine amerikanische Version der Gestapo.«

»Sie sind von der Highway Patrol«, sagte Matt. »Das ist eine Spezialeinheit. Eine Art Eliteeinheit.«

»Das sagte man auch über die Gestapo«, erwiderte Amanda.

»He, es sind die *guten* Jungs«, sagte Matt.

»Woher kannten sie dich?«

»Ich nehme an, sie wissen, daß ich für Inspector Wohl arbeite.«

»Und was hat Peter Wohl mit ihnen zu tun?«

»Er ist ihr Boß. Wohl ist der Chef der Abteilung Special Operations. Und die Highway Patrol untersteht Special Operations.«

Eine Kellnerin kam mit Speisekarten an den Tisch.

»Ist das nicht schrecklich?« sagte sie und wies auf die Titelseite der *Daily News*.

Matt warf erst jetzt einen Blick darauf. Über der Schlagzeile war ein halbseitiges Foto, das Anthony J. DeZego zeigte, der zusammengesunken an der Wand des Treppenschachts im Parkplatz lehnte.

Mutmaßlicher Mafioso ermordet
Prominente verletzt bei Schießerei
in der Innenstadt

»Laß mich sehen«, sagte Amanda. Matt schob ihr die Zeitung hinüber und wandte sich dem *Ledger* zu. Der Artikel nahm die untere rechte Ecke der Titelseite ein, unter einem zweispaltigen Foto von Miss Penelope Detweiler:

Nesfoods-Erbin in der Innenstadt
niedergeschossen
Polizei steht vor einem Rätsel
Von Charles E. Whaley.
Reporter des Ledger

Phila – Miss Penelope Detweiler, 23, aus Chestnut Hill, wurde gestern am frühen Abend im Penn-Services-Parkhaus an der South 15th Street schwer verwundet, offenbar durch eine Schrotladung. Sie wurde ins Hahneman-Hospital gebracht. Ein Sprecher des Krankenhauses bezeichnete ihre Verfassung als ›kritisch, aber stabil‹.

Miss Detweiler, deren Vater H. Richard Detweiler, Hauptaktionär von Nesfoods International ist, war auf dem Weg zu einer Feier im Union League Club in der South Broad Street, als die Schießerei passierte. Ein Sprecher der Familie nimmt an, daß Miss

Detweiler gerade ihren Wagen geparkt hatte, als sie mitten in eine Schießerei von Gangstern geriet.

Kripochef Captain Henry Quaire weigerte sich, einen Kommentar über die Schießerei abzugeben, und sagte, die Ermittlungen sind im Gange, aber er bestätigte, daß Miss Detweiler auf dem Dach des Parkhauses liegend von Miss Amanda Chase Spencer aus Scarsdale, New York, und ihrem Begleiter gefunden wurde, als sie ihren Wagen parkten. Das Paar war ebenfalls zu einem Abendessen im Union League Club eingeladen, das Mr. und Mrs. Chadwick T. Nesbitt III. zu Ehren auswärtiger Gäste anläßlich der Hochzeit (heute abend) von Miss Daphne Browne aus Merion und Lieutenant C. T. Nesbitt IV., U.S. Marine-Corps Reserve, gaben. »Es ist absurd, zu denken, daß Miss Detweiler etwas anderes als eine unschuldige Zuschauerin war«, sagte der Sprecher der Familie Detweiler. »Es ist ein trauriges Beispiel für das Leben in Philadelphia, daß so etwas passieren konnte.«

Matt schob die Zeitung über den Tisch zu Amanda. Dann wurde ihm bewußt, daß die Kellnerin immer noch wartend dastand.

»Amanda, was möchtest du bestellen?«

»Ich habe den Appetit verloren«, sagte sie.

»Du mußt etwas essen.«

»Kann ich ein Frühstückssteak haben?« fragte sie.

»Wir haben alles, was Ihr Herz begehrt«, sagte die Kellnerin.

»Sie führen ein spezielles für mich«, sagte Matt. »Ich bin besonders vorgemerkt für solche Anlässe.«

»Frühstückssteak, medium, Spiegeleier, Toast, Tomatensaft und Kaffee«, sagte Amanda.

»Zweimal«, fügte Matt hinzu. »Danke.«

Matt wandte sich dem *Bulletin* zu.

Die Zeitung brachte zwei Fotos nebeneinander auf der Titelseite. Eines war die Aufnahme von Penelope, die auch im *Led-*

ger abgedruckt war. Das andere war ein Polizeifoto. Es zeigte Anthony J. DeZego, der böse in die Kamera blickte. Auf einer Leiste standen PHILA POLICE DEPT und sein Name und das Datum. Die Bildunterschrift nannte die Namen der beiden ›Opfer der Schießerei‹.

Mafioso getötet – Prominente verletzt
Polizei sucht Hinweise
über Schießerei in der Innenstadt
Von Michael K. O'Hara

Eine Schrotladung in den Kopf tötete Anthony J. ›Tony das Z‹ DeZego, ein Mitglied der Unterwelt von Philadelphia, und eine zweite Schrotladung verwundete Penelope Detweiler, die prominente Tochter von H. Richard Detweiler, Hauptaktionär von Nesfoods International, kurz nach 19 Uhr gestern abend auf dem Dach vom Penn Services Parkhaus an der South 15th Street in der Innenstadt.

Miss Detweiler befindet sich im Hahneman-Hospital. Ihr Zustand ist ›kritisch, aber stabil‹. Sie wurde von ›vielen‹ Schrotkörnern getroffen, wie ein Sprecher der Klinik mitteilte.

Der dienstfreie Officer Matthew M. Payne war als erster am Tatort und entdeckte zuerst Miss Detweiler, die in einer Blutlache lag, und dann DeZegos Leiche. Payne, besonderer Assistent von Staff Inspector Peter Wohl, dem Chef der Special Operations Division, erschoß im vergangenen Monat Warren K. Fletcher aus Germantown und beendete damit, was Bürgermeister Jerry Carlucci als ›Terror der Sexbestie von Nordwest-Philadelphia‹ bezeichnete.

Miss Detweiler, Payne und Miss Amanda Spencer aus Scarsdale, N. Y., die mit Payne in seinem silbernen Porsche unterwegs war, wollten im Union League Club in der South Broad Street an einem Abend-

essen teilnehmen, das C. T. Nesbitt III., Hauptaktionär von Nesfoods International, für auswärtige Hochzeitsgäste gab. Sein Sohn heiratet heute abend um 19 Uhr 30 Daphe Browne in der St. Mark's Church, nicht weit vom Ort der Schießerei entfernt.

Laut Äußerungen ranghoher Polizeibeamter war Miss Detweiler höchstwahrscheinlich eine unschuldige Zuschauerin, die in eine Schießerei zwischen Gangstern geriet, aber der Reporter des Bulletin hat erfahren, daß die Polizei ermittelt, ob Miss Detweiler möglicherweise DeZego kannte und sich vielleicht mit ihm in dem Parkhaus treffen wollte.

Gestern kündigte Polizeichef Thaddeus Czernick überraschend an, daß er die Ermittlungen in diesem Fall Staff Inspector Peter Wohl und der Special Operations Division übertragen hat. Solch eine Ermittlung wird normalerweise von der Mordkommission durchgeführt.

Commissioner Czernick beauftragte Wohl auch mit der Ermittlung im Mordfall des Polizeibeamten Joseph Magnella, der gestern nacht in Nord-Philadelphia erschossen wurde (Bericht auf Seite drei). Es heißt, daß dieser ungewöhnliche Schritt auf die Versetzung der Detectives Jason Washington und Anthony J. Harris, die Asse der Mordkommission, zur Abteilung Special Operations während der Fahndung nach dem Vergewaltiger und Mörder von Nordwest-Philadelphia zurückzuführen ist.

»Sie haben hier im *Ledger* meinen Namen genannt, aber nicht deinen«, sagte Amanda.

»Der *Ledger* erwähnt nie den Namen eines Polizisten, es sei denn, er kann etwas Gehässiges über ihn schreiben«, sagte Matt.

»Tatsächlich?« Amanda war sich nicht sicher, ob Matt es ernst meinte oder scherzte. Sie tippte auf die Ausgabe des *Bulletin*. »Was steht da drin?«

»Ungefähr das gleiche«, sagte Matt.

»Alles gelesen?« fragte Amanda.

Matt schob ihr die Zeitung hin. Er sah, daß sich Amandas Augen weiteten, als sie die Passage über ihn las. Sie schaute zu ihm auf und las dann den Artikel zu Ende.

»Du hast mir nie davon erzählt«, sagte sie.

»Doch, das habe ich«, sagte Matt. »Du sagtest, wenn du einen Wagen wie meinen hättest und jemand verbeult ihn, würdest du ihn umbringen. Und ich sagte, jemand verbeulte meinen Wagen, und ich brachte ihn um.«

Die Kellnerin kam mit einer Kanne Kaffee. Amanda wartete, bis sie Kaffee eingeschenkt hatte und fortging.

»Ich dachte, du hast das als Scherz gemeint«, sagte Amanda.

»Du hättest sehen sollen, was er an meinem Wagen anrichtete«, sagte Matt. »Der Kerl hatte Glück, daß ich nicht wirklich böse wurde.«

»Matt, *hör auf!*«

»Tut mir leid«, sagte Matt nach einer Weile.

Und dann ergriff Amanda seine Hand. Sie saßen da, hielten Händchen und schauten sich in die Augen, bis die Kellnerin das Frühstück servierte.

9

Das Anwesen der Brownes in Merion war eingezäunt mit steinernen Pfosten und eisernen Gitterstäben dazwischen. Die Gitterstäbe hatten oben Speerspitzen, und als sechs- oder siebenjähriger Junge hatte Matt mal einen ganzen Nachmittag versucht, einen der Stäbe loszuhämmern, damit er einen Speer mit nach Hause nehmen konnte.

Es gab auch ein Tor und ein Pförtnerhaus, aber Matt konnte sich nicht erinnern, daß das Tor jemals geschlossen gewesen war. Das Pförtnerhaus war stets abgeschlossen, und der Zutritt war verboten gewesen.

Als er von der Straße abbog, war das Tor geschlossen, und er mußte eine Vollbremsung machen, um nicht dagegenzufahren. Die Tür des Pförtnerhauses stand offen. Ein stämmiger Mann mit schwarzem Anzug trat aus dem Pförtnerhaus und schritt zum Tor.

Ein Wachmann, dachte Matt. *Hat man ihn angeheuert, weil die Prinzessin des Schlosses heiratet? Oder hat es etwas mit dem Geschehen im Parkhaus zu tun?*

Der Wachmann öffnete den linken Flügel des Tors weit genug, um hindurchzutreten, und ging zu dem Porsche.

»Kann ich Ihnen helfen, Sir?«

»Würden Sie bitte das Tor öffnen? Miss Spencer ist hier Gast.«

Der Wachmann musterte sie beide eingehend. Dann lächelte er, sagte »Gewiß, Sir«, ging zum Tor und öffnete beide Flügel.

Matt sah, daß ein rotweißgestreiftes Zelt auf dem Rasen vor dem Haus aufgeschlagen worden war. Das Zelt war so groß, daß es von einem Zirkus hätte sein können. Drei große Lieferwagen von einem Partyservice standen auf dem Zufahrtsweg. Eine Menschenkette war gebildet worden, um Klappstühle aus einem der Wagen auszuladen und ins Zelt zu schaffen, und aus einem anderen Lieferwagen wurden Kartons auf die gleiche Weise ausgeladen und von Hand zu Hand weitergereicht.

Soames T. Browne kam um den Wagen herum zur Fahrerseite. Matt kurbelte die Fensterscheibe herunter.

»Guten Morgen.«

»Daffy sagte, daß Amanda vermutlich bei Ihnen war«, sagte Browne. »Sie hätten anrufen sollen, Matt.«

»Matt mußte arbeiten ...«, sagte Amanda.

»Das kann ich mir denken«, schnaubte Daffy.

». . . und ich habe auf ihn gewartet.«

»Kommen Sie rein und trinken Sie einen Kaffee, Matt«, sagte Soames T. Browne. »Ich möchte mit Ihnen sprechen.«

»Ich kann nicht lange bleiben, Mr. Browne.«

»Es wird nicht lange dauern«, sagte Browne.

Matt schaltete die Zündung aus und stieg aus dem Wagen. Im Haus gab es ein Frühstückszimmer im Erdgeschoß eines der Türmchen, und Terrassentüren führten zu dem architektonischen Garten hinter dem Haus. Soames Browne führte Matt durch das Frühstückszimmer zur Küche, wo Mrs. Browne im Negligé mit einer Kaffeetasse in der Hand auf einem Stuhl vor einem Regal mit Töpfen und Pfannen hockte.

»Guten Morgen«, sagte Matt.

Sie blickte an ihm vorbei zu Amanda.

»Wir haben uns Sorgen um dich gemacht, Schätzchen«, sagte sie.

»Ich war mit Matt zusammen«, sagte Amanda.

»Das dachten wir uns; deshalb machten wir uns Sorgen«, sagte Daffy.

»Wir hätten anrufen sollen. Es tut mir leid«, sagte Matt.

»Wir wollten uns soeben um das Frühstück kümmern«, sagte Mrs. Browne. »Hast du gefrühstückt?«

»Ja, wir haben gefrühstückt, danke«, sagte Amanda.

»Ich wußte nicht, daß Matt kochen kann«, bemerkte Daffy spitz.

»Dann einen Kaffee?« fragte Mrs. Browne.

»Bitte«, sagte Amanda.

»Wissen Sie, wie es Penny geht?« fragte Soames T. Browne.

»Um Mitternacht wurde ihr Zustand als ›kritisch, aber stabil‹ bezeichnet«, sagte Matt.

»Woher wissen Sie das?«

»Mein Chef sagte es uns.«

»Das war vor sieben Stunden«, sagte Soames T. Browne.

»Möchten Sie, daß ich anrufe und mich erkundige, ob sich etwas geändert hat?« fragte Matt.

»Könnten Sie das?«

»Ich kann es versuchen.« Matt suchte die Telefonnummer des Hahneman-Hospitals aus dem Telefonbuch und wählte.

Jemand meldete sich, und Matt trug sein Anliegen vor.

»Bedaure, Sir, wir haben keine Erlaubnis, eine Information zu diesem Zeitpunkt zu geben.«

»Hier spricht Officer Payne von der Polizei.«

»Einen Augenblick, bitte, Sir.«

Die nächste Stimme, sehr tief und deutlich, überraschte Matt: »Detective Washington.«

»Hier ist Matt Payne, Mr. Washington.«

»Was kann ich für Sie tun, Matt?«

»Man stellte mich zu Ihnen durch. Ich versuche herauszufinden, wie es Penelope Detweiler geht.«

»Für Wohl?«

»Für mich. Sie ist eine Freundin von mir.«

»Das hörte ich. Ich möchte mit Ihnen darüber später sprechen. Um sechs Uhr änderte man die Bezeichnung von Miss Detweilers Zustand von ›kritisch‹ in ›ernst‹.«

»Ist das besser?«

»Washington lachte. »Eine Stufe besser.«

»Danke«, sagte Matt.

»Sind Sie an der Bustleton und Bowler?«

»Nein. Aber ich bin auf dem Weg dorthin.«

»Wenn Sie dort sind, warten Sie auf mich.«

»Jawohl, Sir.«

»Nennen Sie mich nicht Sir, Matt. Das habe ich Ihnen schon gesagt.«

Dann war die Leitung tot. Matt legte den Hörer auf und wandte sich den Leuten zu, die auf seinen Bericht warteten.

»Heute um sechs Uhr besserte sich ihr Zustand von ›kritisch‹ in ›ernst‹«, sagte er.

»Gott sei Dank«, sagte Soames T. Browne.

»Mutter, ich bin überzeugt, Penny möchte, daß wir die Hochzeit durchziehen«, sagte Daphne Browne.

»Warum mußte das gerade *jetzt* passieren«, sagte Mrs. Browne.

Matt wollte sagen *verdammt rücksichtslos von der guten Penny, wie?,* aber er konnte sich gerade noch stoppen, und es wurde ›verdammte Schande‹ daraus.

Selbst das brachte ihm einen ärgerlichen Blick von Amanda ein.

»Was denken Sie, Matt?« fragte Soames T. Browne. »Soll die Hochzeit stattfinden?«

»Das geht mich nichts an«, sagte Matt.

»O doch, Sie sind Chads Freund, und der Freund des Bräutigams spielt bei der Ausrichtung der Hochzeit eine wichtige Rolle.«

»Chad ist fast auf dem Weg nach Okinawa«, sagte Matt. »Es ist nicht so, daß die Hochzeit um einen Monat oder so verschoben werden könnte.«

»Richtig«, sagte Daffy Browne. »Daran hatte ich nicht gedacht. Wir können sie nicht verschieben.«

»Ich finde, daß Matt völlig recht hat, Soames«, sagte Mrs. Browne.

»Zum ersten Mal«, spottete Matt leise.

»Was war das, Matthew?« fragte Mrs. Browne eisig.

»Ich sagte, entschuldigen Sie mich bitte. Ich muß zur Arbeit.«

»Du wirst heute abend zur Trauung kommen?« fragte Daffy.

»Soweit es in meiner Macht steht, ja.«

»Ich wollte fragen, Matt, was gestern nacht geschah«, sagte Soames T. Browne.

»Ich weiß es wirklich nicht, Mr. Browne«, sagte Matt. Er blickte zu Amanda, und sie schauten sich einen Moment lang in die Augen. Dann verließ Matt die Küche.

Peter Wohl neigte sich vor, drückte auf den Knopf eines der beiden Telefone auf dem Couchtisch in seinem Büro und nahm den Hörer ab.

»Inspector Wohl.«

Er lehnte sich bequem auf der Couch zurück und klemmte den Hörer zwischen Ohr und Schulter.

»Tony Harris, Inspector«, sagte der Anrufer. »Sie wollten mit mir sprechen?«

»Das Wichtigste zuerst«, sagte Wohl. »Haben Sie was herausgefunden?«

»Kein verdammtes bißchen.«

»Brauchen Sie etwas?«

»Haben Sie Kristallkugeln?«

»Wie viele wollen Sie?«

Harris lachte. »Mir fällt im Augenblick wirklich nichts Besonderes ein, Inspector. In diesem Fall muß an vielen Türen geklingelt werden.«

»Nun, ich kann Ihnen die Klingler besorgen. Ich ließ Dave Pekach jedem bezahlte Überstunden anbieten, der sie machen will.«

»Hoffentlich führt das zu was«, sagte Harris. »Ich habe noch keine einzige Spur.«

»Sie werden etwas finden«, sagte Wohl. »Der andere Grund, weshalb ich um Ihren Anruf bat, ist ein kleines Problem, das ich habe.«

»Was?«

»Sie kennen einen Lieutenant namens Lewis? Gerade befördert? War Sergeant im Neunten Distrikt?«

»Schwarzer? Pedantischer Typ?«

»Das ist er.«

»Ja, den kenne ich.«

»Er hat einen Sohn. Kommt gerade von der Polizeiakademie.«

»So?« Harris' Stimme verriet deutlich Mißtrauen.

»Er arbeitete während seines Studiums als Teilzeitkraft in der Funkzentrale«, sagte Wohl.

»Was Sie nicht sagen!«

»Der Commissioner hat ihn Special Operations zugeteilt«, sagte Wohl.

»Wollen Sie nicht die Katze aus dem Sack lassen, Inspector?«

»Ich dachte mir, er könnte Ihnen vielleicht von Nutzen sein.«

»Wie?«

»Zum Beispiel könnte er Botengänge für Sie erledigen. Er kennt sich bei der Polizei aus.«

»Sie wollen mich entlasten? Oder wissen Sie nicht, was Sie sonst mit ihm machen können?«

»Ehrlich gesagt, Tony, ein wenig von beidem. Aber ich werde Ihnen den Jungen nicht aufzwingen, wenn Sie ihn nicht haben wollen.«

Harris zögerte. Dann sagte er: »Wenn er für mich Botenjunge spielt, wird er Räder brauchen.«

»Räder oder einen Wagen?« fragte Wohl unschuldig.

Harris lachte. ›Räder‹ war bei der Highway Patrol die Bezeichnung für ihre Motorräder.

»Ich vergaß, daß Sie jetzt der oberste Rädermann sind«, sagte Harris. »Einen *Wagen*.«

»Das kann arrangiert werden.«

»Wie denkt der Junge über Überstunden?«

»Ich glaube, er macht gern so viele, wie Sie ihm geben.«

»Auch in Zivil?« fragte Harris. »Okay?«

»Okay.«

»Wann bekomme ich ihn?«

»Er soll sich hier in einer halben Stunde melden. Sie bekommen ihn, wenn ich ihn in Zivil in einen Wagen setzen kann.«

»Okay.«

»Danke, Tony.«

»Ja«, erwiderte Harris und legte auf.

Detective Jason Washington war einer der sehr wenigen Kriminalbeamten der Polizei von Philadelphia, die nicht empört oder erzürnt darüber waren, daß die Ermittlungen in den Mordfällen Joseph Magnella und Tony DeZego der Mordkommission weggenommen und der Special Operations Division übertragen worden waren.

Jason Washington war nicht eingebildet, aber er litt auch nicht an zu großer Bescheidenheit. Er wußte, daß er als der beste Beamte der Mordkommission galt (und das hieß wirklich etwas, denn die Männer der Mordkommission waren sozusagen die crème de la crème der Polizei, die besten Kriminalbeamten, basta), und er stimmte dieser Einschätzung völlig zu.

Tony Harris war ebenfalls gut – fast so gut, aber nicht ganz so gut wie er. Es gab auch einige Leute in anderen Abteilungen, zum Beispiel in der Abteilung Organisiertes Verbrechen oder der Abteilung für Interne Angelegenheiten, und auch bei der Kripo und unter den Staff Inspectors, die Washington als gute Kriminalbeamte anerkannte. Zum Beispiel Staff Inspector Peter Wohl. Bevor Wohl zum Chef der Special Operations Division ernannt worden war, hatte er einige besonders gerissene Politiker und städtische Beamte, die gemeinsame Sache mit Mafiosi gemacht hatten, hinter Gitter gebracht und sich dadurch Jason Washingtons Anerkennung verdient.

Jason Washington war jedoch alles andere als begeistert gewesen, als Wohl veranlaßt hatte, daß er (und Tony Harris) von der Mordkommission zur Abteilung Special Operations versetzt worden war. Er hatte Wohl wissen lassen, daß er nicht versetzt werden wollte, und er war nahe daran gewesen, ein Gesuch einzureichen, um wieder zur Mordkommission zurückkehren zu können.

Es gab verschiedene Gründe, weshalb er die Mordkommission nur widerstrebend verließ. Ihm gefiel die Arbeit bei der Mordkommission. Es war auch eine Sache des Prestiges und Geldes. Bei der Special Operations Division war er einfach ein Detective. Die Abteilung war neu und hatte sich noch keinen guten Ruf erwerben können. Sie hatte praktisch überhaupt noch keinen Ruf, und das bedeutete, daß er ein ganz normaler Detective war. Und normale Detectives standen wie Corporals nur auf der ersten Stufe der Leiter in der Hierarchie der Polizei.

Was die Bezahlung anbetraf, so hatte Jason Washington auf Grund der vielen bezahlten Überstunden bei der Mordkommission fast soviel verdient wie ein Chief Inspector.

Washington und seine Frau hatten nur ein Kind, ein Mädchen, das jung – und zu Washingtons Überraschung – gut geheiratet hatte. Als Studentin im ersten Semester auf der Temple University hatte Ellen das Interesse eines Mathematikstudenten geweckt und war mit ihm durchgebrannt, weil sie – richtig – angenommen hatte, daß ihr Vater einen Anfall kriegen würde, wenn sie ihm erklärte, daß sie mit achtzehn heiraten wollte. Ellens Ehemann arbeitete jetzt für die Bell Laboratories in Jersey und verdiente mehr, als Jason Washington es jemals bei einem Sechsundzwanzigjährigen für möglich gehalten hätte. Vor kurzem hatte er ihn und Martha zu Großeltern gemacht.

Mrs. Martha Washington (sie erklärte des öfteren, daß sie Jason fast nicht geheiratet hätte, weil sie dann wie die Hauptstadt heißen würde) arbeitete als Grafikerin bei einer Werbeagentur. Mit ihren beiden Gehältern – und Ellen war aus dem Haus – lebten sie gut. Sie wohnten in einem schönen Apartment auf einem Hügel mit Blick auf den Schuylkill River und hatten ein Ferienhäuschen in der Nähe von Atlantic City mit Blick aufs Meer. Martha fuhr einen Lincoln, und eines von Jasons Privilegien als Detective der Mordkommission bestand in einem eigenen neutralen Dienstwagen, den er auch privat benutzen konnte.

Peter Wohl, der einst ein junger Detective bei der Mordkommission gewesen war, verstand Jason Washingtons (und Tony Harris') Sorge, daß eine Versetzung zur Special Operations Division den Verlust ihrer Privilegien bei der Mordkommission bedeutete, vielleicht sogar die Einbuße des Geldes für die vielen Überstunden. Er versicherte ihnen, daß sie soviel bezahlte Überstunden machen konnten, wie sie wünschten, daß sie eigene Wagen erhielten und nur ihm und Captain Mike Sabara, seinem Stellvertreter, unterstellt waren. Er hatte sein Wort gehalten. Mehr als das. Die Wagen, die sie erhalten hatten, waren nagelneu, nicht alte wie bei der Mordkommission, die von Dienstrang zu Dienstrang hinab weitergegeben wurden.

Washington und Harris wurden zur Special Operations Division versetzt, nachdem der Bürgermeister ›vorgeschlagen‹ hatte, dieser neu gebildeten Abteilung die Ermittlungen im Fall des Serientäters zu übertragen, der in Nordwest-Philadelphia Frauen vergewaltigte, quälte und ermordete. Nachdem der junge Matt Payne durch Zufall auf die ›Sexbestie‹ (so bezeichnete ihn die Presse) gestoßen war und sie zur Strecke gebracht hatte, war Jason Washington zu Wohl gegangen und hatte um seine Zurückversetzung zur Mordkommission gebeten.

»Noch nicht, vielleicht später«, sagte Wohl und erklärte, daß er noch nicht wußte, was der Bürgermeister oder Commissioner Thaddeus Czernick mit der Special Operations Division im Sinn hatte.

»Wenn der Bürgermeister eine weitere seiner Inspirationen für die Special Operations hat oder wenn Czernick eine hat, dann will ich, daß Sie und Tony Harris bereits hier sind«, sagte Wohl. »Ich will nicht wieder Ihretwegen Krach mit Chief Lowenstein bekommen.«

Chief Inspector Matt Lowenstein war der Leiter des Detective

Bureau, das alle Kriminalabteilungen einschloß. Er war ein einflußreicher Mann mit dem Ruf, ein Mann zu sein, der mißtrauisch darüber wachte, daß sich niemand in seinen Kompetenzbereich einmischte.

»Was sollen wir tun, Inspector«, sagte Jason Washington, »bei Autodiebstählen ermitteln?«

Wohl lachte. Bei der Polizei von Philadelphia mußte jedes gestohlene Fahrzeug von einem Detective untersucht werden, wenn es wiedergefunden wurde. Es gab für gewöhnlich zwei Arten von wiederaufgefundenen gestohlenen Fahrzeugen. Sie wurden intakt aufgefunden, nachdem jemand sie für eine Spritztour benutzt hatte; oder sie wurden ausgeschlachtet und aller verkaufbaren Teile beraubt aufgefunden. In beiden Fällen war fast nie irgend etwas zu finden, was das Fahrzeug mit dem Dieb in Verbindung brachte. Die Ermittlungen im Fall wiederaufgefundener, zuvor gestohlener Fahrzeuge waren praktisch ein Beispiel für Sinnlosigkeit und wurden für gewöhnlich den dienstjüngsten oder dümmsten Beamten übertragen.

»Ich werde mit Quaire sprechen und ihn fragen, ob er Sie an einigen der Fälle arbeiten lassen will, die Sie bei der Mordkommission zurückgelassen haben. Aber ich habe das Gefühl, daß es hier für Sie genug Jobs geben und es Ihnen nicht langweilig werden wird.«

Wohl hatte auch in diesem Punkt recht behalten. Polizeichef Czernick (Washington hatte noch vor der Abreise von Atlantic City nach Philadelphia gehört, daß die Entscheidung in Wirklichkeit von Bürgermeister Carlucci stammte) hatte der Special Operations Division die Ermittlungen in zwei Mordfällen übertragen.

Und bei der Abteilung Special Operations gab es kein ›Dienstrad‹. Bei der Mordkommission und in den sieben Kriminalabteilungen wurden die Fälle auf einer Rotationsbasis zugeteilt, wie sie anfielen. Das ›Dienstrad‹ war in Wirklichkeit ein Blatt Papier, auf dem die Namen der Kriminalbeamten aufgelistet waren.

Wenn der Bürgermeister nicht Wohl mit den Ermittlungen in den beiden Mordfällen beauftragt hätte und sie statt dessen von der Mordkommission durchgeführt worden wären, wäre es möglich und sogar wahrscheinlich gewesen, daß nicht Washington und Harris die Fälle erhalten hätten, sondern jemand anders, der nach dem ›Dienstrad‹ an der Reihe war. Washington und Harris wären vielleicht als ›Unterstützung‹ hinzugezogen worden, aber die Jobs wären wahrscheinlich anderen Beamten der Mordkommission übertragen worden. Bei der Special Operations Division war es ausgemachte Sache, daß die Detectives Washington und Harris die beiden Mordfälle bearbeiteten. Und es waren gute Jobs. Die Aufklärung eines Mordes an einem Polizeibeamten im Dienst verschaffte dem oder den Ermittlern eine größere Befriedigung als bei anderen Fällen. Und gleich darauf folgte die Aufklärung eines Mordfalles, bei dem ein Mafioso von einem anderen weggeblasen worden war.

Jason Washington sagte sich allmählich, daß seine Versetzung zur Special Operations Division vielleicht doch nicht so katastrophal war, wie er zuerst gedacht hatte.

Es überraschte ihn nicht, auf dem Parkplatz des Hauptquartiers an der Bustleton und Bowler Street Peter Wohls Ford auf dem reservierten Parkplatz zu sehen, obwohl es erst Viertel vor acht war.

Als er das Gebäude betrat, rief ihn der Corporal am Empfang. »Der Inspector sagte, er möchte Sie sofort sehen, wenn Sie eintreffen.«

Washington lächelte. Er ging zu Wohls Büro und trat ein.

»Guten Morgen, Inspector«, sagte Washington.

»Morgen, Jason«, erwiderte Wohl. »Tut mir leid, daß ich Sie vorzeitig zum Dienst zurückrufen mußte.«

»Wie kann ich braun werden, wenn Sie mich nicht am Strand in der Sonne liegen lassen?« sagte Washington trocken.

»Sonnen Sie sich während der Mittagszeit auf dem Parkplatz«, sagte Wohl mit unbewegtem Gesicht. »Da Sie es erwähnen, fällt mir auf, daß Sie ein bißchen blaß sind.«

Jason Washingtons Haut war tiefschwarz.

Sie lächelten sich einen Augenblick lang an, und dann sagte Wohl: »Harris war an der Colombia Street ...«

»Ich sprach heute morgen schon mit Tony«, unterbrach Washington.

»Okay«, sagte Wohl. »Habe ich erwähnt, daß gestern abend ein Sergeant Dolan vom Rauschgiftdezernat den Verdacht hatte, daß Matt Payne in den Mordfall im Parkhaus verwickelt war?«

»Tony erzählte mir davon«, sagte Washington.

Dann muß es sich überall herumgesprochen haben, dachte Wohl ein wenig ärgerlich.

»Nun, ich bin überzeugt, daß Matt Payne sauber ist, aber er fand das verletzte Mädchen und DeZegos Leiche. Wenn Sie mit ihm reden wollen – er sollte jeden Augenblick hier eintreffen.«

»Er rief im Krankenhaus an, als ich dort war«, sagte Washington. »Ich sagte ihm, daß ich hier mit ihm sprechen will.«

»Sie waren im Krankenhaus?«

Washington nickte.

»Ich weiß nicht, warum ich so früh aufstand, um mit Ihnen zu reden«, sagte Wohl.

»Morgenstund hat Gold im Mund«, sagte Washington. »Werden Sie Payne heute morgen brauchen, Inspector?«

»Nicht, wenn Sie ihn für etwas haben wollen, Jason. Sagen Sie mir einfach, was Sie brauchen, und Sie bekommen es.«

»Ich dachte mir, ich nehme ihn mit zum Hahneman und dann zum Parkhaus«, sagte Washington. »Ich konnte das verletzte Mädchen nicht besuchen. Dafür brauche ich die Erlaubnis eines Arztes, der erst ab acht Uhr dort ist.«

Wohl hob fragend die Augenbrauen.

»Man schickte mich von Pontius zu Pilatus«, fuhr Washington fort. »Ich drängte nicht. Zufällig haben sie zwei Jungs vom Wachenhut-Sicherheitsdienst dort, die ihr Zimmer bewachen. Einer der beiden ist ein Sergeant im Ruhestand von der Kripo Nordwest.«

»Das überrascht mich nicht. Das Opfer ist laut Zeitungen – haben Sie die Zeitungen gelesen?«

Washington nickte.

»Das Opfer ist die Nesfoods-Erbin«, sagte Wohl.

»Was ich mir merken sollte, richtig?« Washington lachte.

»Richtig«, sagte Wohl. »Da ist Kaffee, Jason, während Sie auf Payne warten.«

»Danke.« Washington ging zur Kaffeemaschine und bediente sich.

Wohl nahm den Hörer von einem der Telefone auf seinem Schreibtisch.

»Wenn Officer Payne eintrifft, lassen Sie ihn nicht weg«, sagte er, und dann: »Okay. Sagen Sie ihm, er soll warten.« Er legte den Hörer auf und wandte sich an Jason Washington.

»Payne ist draußen.«

»Ich denke, er erhält vielleicht einige Antworten, die man mir nicht gegeben hat«, sagte Washington. »Kann ich ihn mitnehmen?«

Wohl zögerte nur kurz mit der Antwort. »Wie ich sagte, Jason, Sie bekommen, was auch immer Sie wünschen.«

»Sie wissen, was ich wünsche«, sagte Washington.

»Ja. Ich denke, wir müssen im Zweifelsfall zu seinen Gunsten entscheiden, bis das Gegenteil bewiesen ist. Ich glaube, er weiß, daß er Polizist ist.«

»Ja, der Meinung bin ich auch. Und ich denke wirklich, er kann von Nutzen sein. Ich habe nicht viel Erfahrung mit Nesfoods-Erbinnen.«

»Machen Sie sich deswegen keine Sorgen«, sagte Wohl. »Dave Pekach kommt anscheinend sehr gut mit Erbinnen zurecht.«

»Tatsächlich?« Washington lachte. »Ist das so ernst, wie es sich anhört?«

»Schauen Sie sich seine Armbanduhr an«, sagte Wohl. »Er hatte Geburtstag.«

»Was hat er bekommen?«

»Eine goldene Omega mit ungefähr neun Funktionen. Sie kann alles, außer die Stunde zu läuten. Aber vielleicht kann sie auch das.«

»Nun, gut für ihn«, Washington stellte seine Kaffeetasse ab und erhob sich.

»Ich werde Sie auf dem laufenden halten«, sagte er. »Danke für den Kaffee.«

»Lassen Sie mich wissen, wenn ich helfen kann«, sagte Wohl.

»Das werde ich, verlassen Sie sich darauf.«

Washington verließ Peter Wohls Büro. Matt Payne lehnte am Schreibtisch von Wohls Verwaltungs-Sergeant.

»Haben Sie noch Ihren Führerschein, Matthew?« erkundigte sich Washington.

»Jawohl, Sir.«

»Wenn Sie noch mal ›jawohl, Sir‹ zu mir sagen, dann werde ich Ihnen etwas Fettiges auf dieses hübsche Sakko schütten«, sagte Washington. »Kommen Sie und fahren Sie mich, Sie As.« Er sah Matts Miene und fügte hinzu: »Ich habe das mit dem Boß abgesprochen.«

»Ehrlich gesagt«, erklärte H. Russel Dotson, Doktor med., ein kleiner, korpulenter Mann mit einem dunkelblauen Nadelstreifenanzug, »widerstrebt es mir sehr, Ihnen zu erlauben, Miss Detweiler zu besuchen . . .«

»Ich verstehe Ihre Besorgnis, Doktor«, sagte Washington. »Darf ich zwei Dinge sagen?«

Dotson nickte ungeduldig.

»Zeit ist oftmals äußerst wichtig in solchen Fällen . . .«

»Ich weiß, warum Sie denken, Sie sollten mit ihr sprechen«, unterbrach Dr. Dotson. Wenn Washington sich über die Unterbrechung ärgerte, so ließ er sich das weder an der Miene noch an der Stimme anmerken.

»Und wir verstehen wirklich Ihre Besorgnis, daß sich Ihre Patientin aufregen könnte«, fuhr Washington fort. »Deshalb habe ich Officer Payne gebeten, mich zu begleiten und mit Miss Detweiler zu sprechen. Officer Payne ist ein enger Freund . . .«

»*Sie* sind das! Matt Payne, richtig? Brewster Paynes Sohn?«

»Jawohl, Sir«, sagte Matt höflich.

»Ich dachte mir, daß ich Sie irgendwoher kenne. Und Sie sind Polizist?«

»Jawohl, Sir.«

»Das ist mir neu«, sagte Dr. Dotson. »Seit wann?«

»Ich ging gleich nach dem Studium zur Polizei, Dr. Dotson.«

»Nun, Sie verstehen meine Besorgnis, Matt. Ich will alles vermeiden, was Penny aufregt. Sie hat ein ernstes Trauma. Sie ist körperlich und seelisch mitgenommen. Ehrlich gesagt, eine Zeitlang dachte ich, wir würden sie verlieren.«

»Geht es jetzt bergauf mit ihr?«

»Nun, ich glaube, sie wird durchkommen«, sagte Dr. Dotson. »Aber sie ist noch sehr schwach. Wir hatten sie über zwei Stunden im OP.«

»Ich verstehe, Sir.«

»Ich werde mit Ihnen reingehen«, sagte Dr. Dotson. »Und ich möchte, daß Sie in Blickkontakt mit mir bleiben. Wenn ich Ihnen anzeige, daß Sie den Besuch beenden sollen, dann möchte ich, daß Sie sofort gehen. Ist das klar? Einverstanden?«

»Ja, natürlich, Sir.«

»Sehr gut.«

Wenn es Dr. Dotsons Absicht war, Jason Washington diskret aus Penelope Detweilers Krankenzimmer fernzuhalten, so scheiterte er. Als sich der Arzt umwandte, um die Tür zu schließen, war Washington schon im Zimmer. Er lehnte an der Wand, wie um anzuzeigen, daß er nicht stören wollte, aber auch nicht bereit war, das Zimmer zu verlassen.

Penny Detweilers Anblick schockierte Matt Payne. Das Kopfende ihres Bettes war etwas hochgestellt, damit sie fernsehen konnte. Ihr Gesicht, der Hals und was von ihrem Oberkörper zu sehen war, wo die Haut nicht mit Verbänden und Nähten bedeckt war, sah schwarz und blau aus, als ob sie schlimm geschlagen worden war. Teile von ihrem Haar waren abrasiert worden, und dort waren ebenfalls Verbände und Nähte. Aus zwei Flaschen an einem Galgen neben dem Kopfende des Bettes lief Flüssigkeit durch Schläuche in ihren Arm.

»Bist du bereit für den Fotografen, nachdem die Maskenbildner mit dir fertig sind?« fragte Matt.

»Ich ließ mir einen Spiegel vorhalten«, sagte Penny. »Sehe ich nicht schrecklich aus?«

»Ich kann nicht lügen. Du siehst höllisch aus«, sagte Matt. »Wie fühlst du dich?«

»So schlimm, wie ich aussehe«, erwiderte sie. »Matt, was machst *du* denn hier? Und wie bist du hereingekommen?«

»Ich bin ein Cop, Penny.«

»Ah, stimmt ja. Ich hörte das. Ich kann es noch nicht glauben. Warum bist du Polizist geworden?«

»Ich wollte kein Anwalt sein«, sagte Matt. Er sah, daß sich Dr. Dotson etwas entspannt hatte.

Penny lachte und zuckte zusammen.

»Es tut weh«, sagte sie. »Bring mich nicht zum Lachen.«

»Was ist passiert, Penny?«

»Ich weiß es nicht. Ich ging zum Treppenhaus. Du weißt, wo mir das widerfahren ist?«

»Wir fanden dich. Amanda Spencer und ich. Als wir auf die oberste Parkebene fuhren, lagst du dort am Boden. Amanda rief die Polizei.«

»Du hast mich gefunden? Ich kann mich nicht erinnern, daß ich dich gesehen habe.«

»Du warst bewußtlos«, sagte Matt.

»Ich nehme an, ich kann nicht zu der Trauung gehen, oder? Du gehst doch hin, oder?«

»Ich sah Daffy – und die Brownes –, bevor ich hierherfuhr. Sie fragten mich, wie ich über die Hochzeit zu diesem Zeitpunkt denke, und weil es nicht mein Bier ist, sagte ich ihnen das.«

Penny kicherte und zuckte wieder zusammen.

»Ich sagte, du sollst mich nicht zum Lachen bringen. Jedesmal, wenn ich mich bewege, tut es in der Brust weh.«

»Entschuldige.«

»Was hast du Ihnen gesagt?«

»Daß Chad im Marine-Corps ist und sie die Hochzeit nicht verschieben können.«

»Und?«

»Ich weiß es nicht, aber ich denke, es findet alles statt wie geplant.«

»Nur weil das mit mir passiert ist, kann doch nicht alles ins Wasser fallen«, sagte Penny.

»Ich weiß immer noch nicht, was mit dir passiert ist«, sagte Matt.

»Ich weiß es auch nicht.«

»Du erinnerst dich an nichts?«

»Ich erinnere mich, daß ich aus meinem Wagen stieg und zum Treppenhaus ging. Und dann hatte ich das Gefühl, mir fällt das Dach auf den Kopf. Ich erinnere mich vage, daß ich dann in einem Transporter – nicht in einem Krankenwagen, sondern einer Art Kastenwagen – war und ein Polizist neben mir saß. Aber das ist schon alles.«

»Es gibt kein Dach über der obersten Parkebene«, sagte Matt.

»Du weißt, was ich meine. Es war ein Gefühl, als würde mich etwas hart treffen.«

»Hast du dort oben jemand gesehen?«

»Nein.«

»Überhaupt nichts?«

»Da war niemand außer mir«, sagte sie bestimmt.

»Sagt dir der Name Tony DeZego irgend etwas?«

»Nein. Wer soll das sein?«

»Tony. Tony DeZego.«

»Nein«, sagte Penny. »Sollte mir der Name etwas sagen?«

»Eigentlich nicht.«

»Wer ist das?«

»Ein Itaker-Gangster«, sagte Matt.

»Ein – was?«

»Ein Italo-Amerikaner mit angeblichen Verbindungen zum organisierten Verbrechen«, erklärte Matt.

»Warum stellst du mir Fragen über ihn?«

»Nun, er war auch dort oben«, sagte Matt. »Auf dem Dach des Parkhauses. Jemand blies ihm mit einer Schrotflinte ein Stück vom Kopf weg.«

»Mein Gott!«

»Kein großer Verlust für die Gesellschaft«, sagte Matt. »Er war nicht mal ein guter Gangster. Nur ein mieser kleiner Krimineller mit Ehrgeiz. Ein kleiner Drogenhändler, nach dem, was ich hörte.«

»Ich denke, Sie sollten den Besuch beenden, Matt«, sagte Dr. Dotson. »Penny braucht Ruhe. Und ihre Eltern sind auf dem Weg hierher.«

Matt berührte Pennys Arm.

»Ich werde dir ein Stück vom Hochzeitskuchen bringen«, versprach er. »Versuch, brav zu sein.«

»Ich habe ja keine Wahl, nicht wahr?«

Draußen auf dem Flur legte Dr. Dotson Matt eine Hand auf den Arm.

»Ich verstehe nicht, warum Sie ihr das über diesen Gangster gesagt haben.«

»Ich dachte, das würde sie interessieren«, erwiderte Matt.

»Vielen Dank, Dr. Dotson«, sagte Jason Washington. »Ich weiß Ihre Kooperation sehr zu schätzen.«

»Sie hat gelogen«, sagte Matt, als Washington neben ihm auf dem Beifahrersitz Platz nahm.

»So? In welcher Hinsicht?«

»Als ich fragte, ob ihr der Name DeZego etwas sagt.«

»Tatsächlich? Wie kommen Sie darauf?«

»Haben Sie denn nicht ihre Augen gesehen, als ich ihn als ›Itaker-Gangster‹ bezeichnete?«

»Sie sind ein richtiger kleiner Sherlock Holmes, nicht wahr?« fragte Washington.

Matt schaute ihn an, und es war ihm anzusehen, daß er sich gekränkt fühlte.

»Wenn ich das da drinnen falsch gemacht habe, dann tut es mir leid«, sagte er. »Wenn Sie der Ansicht waren, daß ich für das da drinnen nicht geeignet bin, dann hätten Sie mir vorher sagen sollen, was und wie ich fragen soll. Ich habe mein Bestes getan.«

»Tatsache ist, Sie As, daß ich es nicht besser hätte machen können«, sagte Washington. »Ich hätte die Fragen ein wenig anders formuliert als Sie, aber das war überhaupt nicht schlecht. Einer der schwierigsten Punkte bei einer Befragung bei einem solchen Thema ist es, sie wissen zu lassen, daß man weiß, wenn sie lügen. Aber das war nicht der richtige Zeitpunkt.«

»Das dachte ich mir auch.« Dann lächelte Matt Jason Washington fast verlegen an.

»Fahren wir zum Parkhaus«, sagte Washington.

Als sie an der City Hall vorbeifuhren, sagte Matt: »Ich möchte wissen, ob sie Rauschgift nimmt. Meinen Sie, es wurde ihr Blut entnommen, als sie ins Krankenhaus gebracht wurde? Womit man es feststellen kann?«

»Davon bin ich überzeugt«, sagte Washington. »Aber laut Gesetz, ganz zu schweigen von der Ethik, kann das Krankenhaus das Ergebnis der Blutprobe nicht der Polizei mitteilen. Es würde ein Verstoß gegen die ärztliche Schweigepflicht und gegen die Wahrung der Intimsphäre der Patientin sein.«

»Oh«, murmelte Matt.

»Ihre Freundin nimmt regelmäßig Kokain«, fuhr Washington fort. »In einer Menge, die darauf schließen läßt, daß sie sich am Rande der Abhängigkeit davon befindet.«

Matt schaute ihn überrascht an.

»Einer der wichtigsten Pluspunkte, die ein Kriminalbeamter haben kann, ist die Bekanntschaft einer Reihe von Leuten, die sich in seiner Schuld fühlen«, sagte Washington. »Ich sprach einst mit einem Richter, bevor er einen jungen Mann als Autodieb verurteilte. Ich sagte dem Richter, daß meiner Meinung nach eine Bewährungsstrafe ausreichen würde, um den Übeltäter auf den rechten Weg zurückzuführen, und ich erzählte, daß ich seine Mutter kenne, eine anständige, geschiedene Frau, die als staatlich geprüfte Krankenschwester im Hahneman-Hospital arbeitet.«

»Schön«, sagte Matt.

»Ich nehme an, Sie kennen den Unterschied zwischen Unwissenheit und Dummheit, Officer Payne?«

»Ich glaube, ja.« Matt lachte.

»Ein guter Kriminalbeamter vergißt nie, daß er unwissend ist. Er weiß sehr, sehr wenig über das, was los ist. So sucht ein guter Kriminalbeamter immer noch etwas oder jemand, der seine Unwissenheit reduzieren kann.«

»Okay«, sagte Matt und lachte wieder. »Wohin führt uns das Wissen, daß Penny Kokain nahm und DeZego kannte?«

»Ich habe keine Ahnung, warum auf die beiden geschossen wurde«, sagte Washington. »Es gibt viel Mord und Totschlag in Verbindung mit Rauschgift, aber für gewöhnlich läuft es auf bewaffneten Überfall hinaus. Jemand will entweder die Drogen oder das Geld und benutzt eine Waffe, um es an sich zu bringen. Das Detweiler-Mädchen hatte fast siebenhundert Dollar in der Handtasche. Tony das Z hatte Koks im Wert von ungefähr fünfhundert Dollar bei sich. Ich finde, wir können davon ausgehen, daß ein Raubüberfall kaum als Grund für die Schießerei in Frage kommt.«

Sie waren jetzt beim Penn-Services-Parkhaus angelangt. Als Matt auf die Einfahrt fahren wollte, wies ihn Washington an, auf der Straße zu parken. Matt verkniff sich gerade noch rechtzeitig den Einwand, daß auf der 15th Street Parkverbot war.

Washington betrat das Parkhaus zunächst nicht. Er ging in die Gasse und umrundete das Gebäude so weit er konnte, bis er auf einen Zaun stieß. Dann kehrte er zur Vorderseite zurück, ging zur Einfahrtsrampe und schritt die Einfahrt hinauf zur ersten Parkebene.

Unterhalb der Parkebene sah Matt einen uniformierten Polizisten und einen Augenblick später ein gelbes Trassierband mit der Aufschrift TATORT – BETRETEN VERBOTEN um eine Dodge-Limousine.

»Was ist das?« fragte er neugierig und vergaß seinen ernsten Vorsatz, die Augen offen und den Mund geschlossen zu halten.

»Es war ein Volltreffer im NCIC, als sie die Kfz-Nummer überprüften«, sagte Washington. »Der Wagen ist in Drexel Hill gestohlen gemeldet.«

Das National Crime Information Center (NCIC) ist ein Computer-System des FBI. Beamte der Mordkommission (einmal waren sechzehn gleichzeitig im Parkhaus gewesen) hatten den Computer mit den Zulassungsnummern aller Autos gefüttert, die zum Zeitpunkt der Schießerei im Parkhaus gewesen waren. Das NCIC hatte jede Information gegeben, die es darüber hatte. Der Dodge war als gestohlen registriert.

»Guten Morgen«, sagte Jason Washington zu dem uniformierten Cop. »Haben sich die Jungs vom Labor schon damit beschäftigt?«

»Sie waren heute früh hier«, sagte der Polizist. »Ich glaube, es sind immer noch ein paar oben.«

Washington nickte. Er ging um den Wagen herum und schaute vorne und hinten hinein. Dann ging er die Rampe hinauf zu den oberen Parkebenen.

»Es wird sich vielleicht herausstellen, daß der Dodge nichts mit der Schießerei zu tun hat«, sagte er zu Matt. »Aber wir überprüfen ihn, um einfach sicherzugehen.«

Die Auffahrt zum Dach wurde von einem anderen Polizisten in Uniform blockiert und war als Tatort markiert, aber als sie hinaufgingen, sah Matt dort nur einen Kastenwagen des Labors und drei andere Fahrzeuge auf der ganzen Parkfläche – ein Mercedes-Kabrio mit aufgeklapptem Verdeck, ein blauweißer Streifenwagen und ein neutraler Wagen.

Er sah die mit weißer Kreide markierten Umrisse auf dem Boden, wo er Penny Detweiler und die Leiche von Anthony J. DeZego gefunden hatte.

Es war für Matt ziemlich klar, daß der Mercedes Pennys Wagen war.

Aber wo war DeZegos Auto?

Ein hohläugiger Mann stieg aus dem neutralen Wagen, lächelte Washington an und reichte ihm die Hand.

»Sie sehen heute morgen wie üblich piekfein aus, Jason«, sagte er.

»Entdecke ich da eine Spur von Neid, Lieutenant?« erwiderte Washington. »Sie kennen Matt Payne? Matt, dies ist Lieutenant Jack Potter, das verrückte Genie der Gerichtsmedizin.

»Nein, ich kenne ihn nicht«, sagte Potter. »Aber wie heißt es? ›Sein Ruf eilt ihm voraus‹? Guten Tag, Payne.«

»Guten Tag, Sir.«

»Etwas gefunden?« fragte Washington.

»Nicht viel. Ein paar Schrotkörner und zwei Patronenhülsen. Keine weiteren Patronenhülsen, was bedeutet, daß der Schütze genau wußte, was er tat, oder daß er nur zwei Patronen hatte, was darauf schließen läßt, daß die Waffe doppelläufig war, im Gegensatz zu einem Selbstlader; oder alles von dem Erwähnten.«

»Irgend etwas im Wagen des Mädchen?«

»Nichts Nennenswertes«, sagte Lieutenant Potter. »Die Fingerabdrücke und was der Staubsauger aufnahm, konnten noch nicht ausgewertet werden.«

»Ich hätte liebend gerne einen deutlichen Fingerabdruck von Mr. DeZego in dem Mercedes«, sagte Washington.

»Wenn es eine Übereinstimmung gibt, erfahren Sie als erster davon«, erwiderte Lieutenant Potter.

»Können Sie den Mercedes freigeben?« fragte Washington.

Potter hob fragend die Augenbrauen.

»Ich halte es für eine nette Geste unsererseits, wenn Officer Payne und ich den Wagen bei der Familie Detweiler abliefern«, erklärte Washington.

»Warum nicht?« sagte Potter. »Was ist mit dem Dodge? Wir fanden daran und darin nichts Ungewöhnliches.«

»Sie haben Namen und Adresse des Halters?«

Potter nickte.

»Geben Sie mir die Daten. Ich werde ihn von jemand überprüfen lassen. Ich denke, wir können das Trassierband entfernen.«

Potter stieß einen Grundlaut aus.

»Was natürlich die Frage aufwirft, was mit Mr. DeZegos Wagen ist«, sagte Washington. »Meinen Sie, er ist zu Fuß hier heraufgegangen?«

»Oder er kam mit dem Schützen herauf und wurde als Leiche zurückgelassen«, sagte Potter.

»Oder sein Wagen parkt auf der Straße«, überlegte Washington laut. »Oder *parkte* auf der Straße und wurde abgeschleppt.«

»Ich überprüfe das für Sie, wenn Sie möchten«, bot Potter an.

»Matt, suchen Sie ein Telefon«, sagte Washington. »Rufen Sie die Abteilung Organisiertes Verbrechen an und fragen Sie, ob man weiß, welchen Wagentyp Anthony J. DeZego fuhr. Sie können bei der Verkehrspolizei anrufen und feststellen, ob sie einen solchen Wagen abgeschleppt hat, und wenn, wo er jetzt in Verwahrung ist. Vielleicht haben wir Glück.«

»Jawohl«, sagte Matt.

»Und wenn das nicht klappt, rufen Sie die Funkzentrale an und lassen nach dem Wagen fahnden. Wenn sie ihn finden, sollen sie mir das melden.«

»Jawohl«, wiederholte Matt.

Washington wandte sich an Potter.

»Haben Sie eine Vorstellung, wo der Schütze stand?«

»Ich zeige es Ihnen«, sagte Potter, während sich Matt auf den Weg zum Telefon begab.

10

Mrs. McFadden, eine mollige, grauhaarige Fünfundvierzigerin, saß im Wohnzimmer ihres Reihenhauses in der Fitzgerald Street in Süd-Philadelphia vor dem Fernseher, als das Telefon klingelte.

Seufzend stemmte sie sich aus dem Sessel hoch, ging zum Telefon in der Diele und nahm den Hörer ab.

»Hallo?«

»Kann ich Officer McFadden unter dieser Nummer erreichen?« fragte eine Männerstimme.

»Sie können«, antwortete Mrs. McFadden. »Aber er hat seinen eigenen Anschluß. Haben Sie es unter dieser Nummer versucht?«

»Ja, Ma'am. Es meldete sich niemand.«

Ich hörte es gar nicht bei ihm klingeln, dachte Agnes McFadden.

»Einen Augenblick«, sagte sie und fügte hinzu: »Wer möchte mit ihm sprechen?«

»Hier ist Sergeant Henderson von der Highway Patrol, Ma'am. Sind Sie Mrs. McFadden?«

»Ja, ich bin seine Mutter. Ich hole ihn. Einen Moment bitte.«

Sie legte den Hörer behutsam neben den Apparat und ging die Treppe hinauf zu Charleys Zimmer. Als er mit dem Polizeidienst begonnen hatte – er hatte als verdeckter Ermittler des Rauschgiftdezernats gearbeitet, was seiner Mutter überhaupt nicht gefallen hatte, weil er wie ein Gammler herumgelaufen war und des Nachts gearbeitet hatte –, hatte er sich ein eigenes Telefon zugelegt.

Dann hatte er, glücklich wie ein Kind mit einer neuen Spielzeugeisenbahn, irgendwo ein schwarzes Zubehörteil entdeckt, das ihm erlaubte, die Telefonklingel ein- und abzuschalten. Es war eine großartige Idee, aber wenn er die Klingel abschaltete, vergaß er, sie wieder einzuschalten, was dazu führte, daß er entweder überhaupt keine Anrufe erhielt oder ein Anrufer wie jetzt die Nummer des Telefons unten im Haus wählte, und sie oder ihr Mann mußten die Treppe hinaufsteigen und ihm sagen, daß er einen Anruf hatte.

Sie klopfte an Charleys Tür, und als er nicht antwortete, schob sie die Tür auf. Charlie lag nur in Unterhosen auf dem Bauch im Bett, Arme und Beine gespreizt, und schnarchte leise. Das verriet ihr, daß er in der vergangenen Nacht nach Dienstschluß ein paar Bier getrunken hatte (nach dem Geruch zu schließen, mehr als ein paar).

Sie rief Charleys Namen und berührte seine Schulter. Als das nichts nutzte, packte sie ihn an beiden Schultern und rüttelte ihn. Er schlief wie ein Toter. Das war schon immer so gewesen.

Schließlich drehte er sich blinzelnd und hob den Kopf.

»Was, zum Teufel, soll das, Ma, verdammt noch mal!« sagte Charley vorwurfsvoll.

»Fluche nicht!«

»Was willst du, Ma?«

»Da ist ein Sergeant am Telefon.«

Immer noch schlaftrunken, tastete Charlie nach dem Telefon, nahm den Hörer ab und hörte das Amtszeichen. Er schaute seine Mutter verwirrt an.

»Unten«, sagte sie. »Du und deine Telefonabschalterei!«

Charlie stieg, plötzlich überraschend munter, aus dem Bett und lief hinunter in die Diele. Sie hörte das Knarren der Treppe, als er immer zwei Stufen auf einmal nahm.

»McFadden«, sagte er am Telefon.

»Sergeant Henderson, Highway Patrol.«

»Ja, Sir?«

»Haben Sie gehört, daß gestern nacht Officer Magnella erschossen wurde?«

»Ja.«

»Wir versuchen, so viele Männer wie möglich auf den Fall anzusetzen. Gibt es einen Grund, daß Sie keine Überstunden machen können? Genauer gesagt, einen Grund, weshalb Sie nicht um zwölf statt um sechzehn Uhr an der Bustleton und Bowler sein können?«

»Ich werde dort sein.«

Sergeant Henderson legte auf.

Charlie hatte sofort zwei Gedanken, als er den Hörer auflegte.

O Mann, wie spät ist es? Und einen Augenblick später: *Allmächtiger, ich fühle mich wie der aufgewärmte Tod. Ich muß mit der Sauferei in der FOP-Bar aufhören.*

»Was hatte das alles zu bedeuten?« fragte seine Mutter vom Fuß der Treppe her, und ohne auf eine Antwort zu warten fügte sie hinzu: »Zieh dir was an. Dies ist kein Nudistenklub.«

»Ich muß zur Arbeit. Hast du gehört, daß ein Cop erschossen wurde?«

»Es war im Fernsehen. Aber was hat das mit dir zu tun?«

»Sie versuchen immer noch, den Täter zu schnappen.«

Mrs. Agnes McFadden war die einzige Person in diesem Wohnviertel, die nicht begeistert gewesen war, als ihr Sohn als Held gefeiert worden war, weil er den Komplizen der Frau zur

Strecke gebracht hatte, die Captain Moffitt von der Highway Patrol erschossen hatte. Sie hatte sich gesagt, daß der Verbrecher ihrem einzigen Sohn etwas hätte antun können.

»Ich dachte, du bist in der Ausbildung bei der Highway Patrol«, sagte Agnes McFadden.

Charley McFadden hatte seine Mutter in dem falschen Glauben gelassen, daß die Highway Patrol hauptsächlich damit beschäftigt war, Temposünder und/oder betrunkene Autofahrer aus dem Verkehr zu ziehen.

»Das bin ich«, sagte er. »Aber ich muß Überstunden machen.«

»Ich werde dir etwas zu essen machen.«

»Ich habe keine Zeit, Ma. Trotzdem vielen Dank.«

»Du mußt etwas essen.«

»Ich werde mir etwas besorgen, nachdem ich mich zum Dienst gemeldet habe.«

Charley ging die Treppe hinauf und in sein Schlafzimmer. Er nahm seine Armbanduhr. Es war Viertel vor zehn. Er hatte das Frühstück abgelehnt, weil er wußte, daß dabei Bemerkungen über sein Trinken und spätes Heimkommen fallen würden. Und weil seine Mutter gehört hatte, daß Magnella erschossen worden war, hätte sie sich wieder darüber beklagt, daß er überhaupt Polizist war.

Aber weil er angekündigt hatte, daß er sofort weg mußte, mußte er gleich gehen, und selbst wenn er in einem Imbiß etwas aß und unterwegs in der Reinigung eine schmutzige Uniform ablieferte, würde er noch über eine Stunde die Zeit totschlagen müssen, bis er sich zum Dienst einschrieb.

Er ließ sich Zeit mit dem Duschen und rasierte sich sorgfältig.

Er brauchte keinen Haarschnitt, obwohl er durch einen Besuch beim Friseur wieder etwas Zeit überbrückt hätte.

Was soll's, sagte er sich schließlich. *Ich esse irgendwo etwas, fahre dann gleich zur Bustleton und Bowler und gammle dort bis zwölf Uhr herum.*

Seine Mutter stand an der Tür, als er die Treppe hinabging. Sie verlangte ihren rituellen Kuß und gab ihm die rituelle Ermahnung, vorsichtig zu sein.

Als er auf der Straße stand, bemerkte er zweierlei: Erstens stand der Volkswagen mit dem rechten Vorderrad auf dem Bürgersteig, was bestätigte, daß er ein paar Bier mehr in der FOP-Bar getrunken hatte, als er hätte trinken sollen; und zweitens, daß die Rothaarige mit dem knackigen Po, die ihm schon ein paarmal im Viertel aufgefallen war, schräg gegenüber der Straße aus dem Haus der McCarthys kam.

Er lächelte sie schüchtern an, und als sie das Lächeln erwiderte, gleichfalls schüchtern, winkte er ihr zu. Das Winken erwiderte sie nicht. Sie lächelte nur. Aber das war ein Schritt in die richtige Richtung, wie er fand. Morgen würde er herumfragen und herausfinden, wer sie war. Seine Mutter konnte er nicht fragen. Sie würde es natürlich wissen; sie wußte, wenn jemand in der Nachbarschaft rülpste. Aber wenn er sie über die Rothaarige befragte, würde seine Mutter gleich versuchen, ihn mit ihr zu verkuppeln.

Charley wußte, daß seine Mutter der festen Ansicht war, daß er in seinem Leben ein nettes, anständiges katholisches Mädchen brauchte. Wenn die Rothaarige mit dem knackigen Po etwas mit den McCarthys zu tun hatte, dann würde sie dem Ideal seiner Mutter entsprechen. Mrs. McCarthy war Katholikin und ging jeden Morgen zur Messe, und Mr. McCarthy war ein hohes Tier bei den Kolumbusrittern, dem Bund katholischer Laien.

Aber die Rothaarige war es wert, ein paar Erkundigungen über sie einzuholen.

Er stieg in den VW, fuhr um den Block, bog auf die South Broad Street ein und fuhr nordwärts. Und da war die Rothaarige. Sie wartete offenbar auf einen Bus.

Impulsiv fuhr er rechts heran und stoppte. Zuerst wollte er sich über den Beifahrersitz neigen und die Fensterscheibe herunterkurbeln, doch dann sagte er sich, daß es einen besseren Eindruck machte, wenn er ausstieg. Das tat er, lehnte sich auf das Dach und lächelte sie an. Er war sich plötzlich völlig sicher, daß er einen Narren aus sich machte.

»Suchen Sie jemand, der Sie aufgabelt?« hörte er sich fragen.

»Ich warte auf einen Bus«, sagte die Rothaarige.

»Ich meinte es nicht so, wie es klang«, entschuldigte sich Charley.

»Wie meinen Sie es?« fragte die Rothaarige.

»Sehen Sie«, sagte er mit beginnender Verzweiflung, »ich bin Charley McFadden . . .«

»Ich weiß, wer Sie sind«, unterbrach sie ihn. »Mein Onkel Bob und Ihr Vater sind befreundet.«

»Ja«, sagte er.

»Sie erinnern sich nicht an mich, wie?«

»Doch, klar erinnere ich mich an Sie.«

»Nein, das tun Sie nicht.« Sie lachte. »Ich war oft hier zu Besuch, als ich ein kleines Mädchen war.«

In seinem Kopf herrschte auf einmal völlige Leere. »Ich fahre durch die Stadt. Kann ich Sie mitnehmen?«

»Ich muß zur Temple University«, sagte sie. »Fahren Sie in diese Gegend?«

»Genau an der Uni vorbei«, sagte Charley.

»Dann würde ich gern mitfahren, danke.«

»Großartig«, sagte Charley.

Sie schritt zum Wagen und stieg ein.

Als er sich hinters Steuer zwängte und zu ihr blickte, hielt sie ihm die Hand hin.

»Margaret McCarthy«, sagte sie. »Bob McCarthy ist mein Onkel, der Bruder meines Vaters.«

»Es freut mich, Sie kennenzulernen«, sagte Charley und schüttelte ihre Hand.

Die Berührung brachte ihn ein wenig durcheinander, und er drehte den Schlüssel im Zündschloß, was zu einem metallischen Kreischen führte, weil der Motor bereits lief. Charley zuckte zusammen.

»Was machen Sie auf der Uni?« fragte er, als er losfuhr.

»Mein Bakkalaureat in Krankenpflege.«

»Ihr – was?«

»Ich bin bereits staatlich geprüfte Krankenschwester«, erklärte sie. »So kam ich her, um einen akademischen Grad zu erlangen. Das Bakkalaureat in Krankenpflege. Ich wohne in Baltimore.«

»Oh«, sagte Charley und verarbeitete das innerlich. »Wie lange wird das dauern?«

»Ungefähr achtzehn Monate«, sagte Margaret. »Ich trage eine schwere Last.«

»Oh.«

Was, zum Teufel, meinte sie damit?

»Ich bin Cop«, sagte er.

Sie kicherte. »Das hätte ich nie erraten.«

Er blickte sie kurz prüfend an.

»Onkel Bob schickte uns die Ausschnitte aus den Zeitungen«, sagte Margaret McCarthy, »als Sie diesen Verbrecher zur Strecke brachten.«

»Tatsächlich?«

»Mein Vater meinte immer, Sie würden mal hinter Gittern landen«, sagte Margaret und lachte. Und dann fügte sie hinzu: »Oh, das hätte ich nicht sagen sollen.«

»Schon gut«, sagte er.

»Sie haben ihm mal einen Ball durch die Windschutzscheibe geschlagen«, sagte sie. »Erinnern Sie sich? Sie spielten als Junge Hockey auf der Straße.«

»Ja«, sagte Charley. »Mein Vater legte mich danach übers Knie.«

»Sind Sie gern Polizist?«

»Es gefiel mir besser, als ich in Zivil war. Aber ja, ich mag den Job.«

»Sie waren in Zivil? Das verstehe ich nicht ganz.«

»Ich arbeitete als verdeckter Ermittler beim Rauschgiftdezernat«, sagte Charley. »Als eine Art Kriminalbeamter.«

»Das stand in den Zeitungen«, sagte Margaret.

»Ja, und nachdem mein Foto in den Zeitungen erschien, kannte man mich in der Drogenszene. So war meine Arbeit beim Rauschgiftdezernat beendet.«

»Die Arbeit gefiel Ihnen?«

»Ja, ich mochte den Job beim Rauschgiftdezernat«, sagte Charley.

»Was machen Sie jetzt?«

»Ich *möchte* Kriminalbeamter sein«, sagte Charley. »In Wirklichkeit schlage ich die Zeit tot, bis ich die Prüfung machen kann.«

»Wie schlagen Sie die Zeit tot?«

»Nun, man hat uns versetzt, mich und meinen Partner Chesus Martinez . . .«

»Che-sus?«

»So sprechen die Puertoricaner Jesus aus«, erklärte Charley.

»Oh.«

»Sie versetzten uns zur Special Operations Division«, sagte Charley. »Das ist eine neue Abteilung. Und sie machten uns zu Highway Patrolmen auf Probe. Das bedeutet, daß wir in einem halben Jahr Cops der Highway Patrol sind, wenn wir keinen Mist bauen.«

»Ist ein Highway Patrolman etwas Besonderes?«

»Das denken sie. Aber wie ich schon sagte, ich wäre lieber Kriminalbeamter.«

»Ich hätte gedacht, nach Ihrer grandiosen Tat würde man Sie befördern«, sagte Margaret McCarthy.

»So geht das nicht. Man muß eine Prüfung machen.«

»Oh.«

Ich werde Sie fragen, ob sie mit mir ins Kino oder sonstwohin geht.

Vielleicht zum Abendessen und ins Kino.

Er hatte Schwierigkeiten, die richtige Formulierung für die Frage zu finden, und so fuhren sie fast schweigend bis zum Campus der Temple University.

Dann hörte er sich zu seiner Überraschung sagen: »Gleich dort, nur zwei Blocks weiter, wurde Magnella erschossen.«

»Sie meinen den Polizisten, der ermordet wurde?« fragte Margaret, und als Charley nickte, sprach sie weiter. »Mein Onkel Bob und sein Vater sind Freunde. Sie sind zusammen bei den Kolumbusrittern.«

»Ja. Deshalb fahre ich jetzt zur Arbeit. Ich meine, wegen Magnellas Ermordung. Man rief an und fragte, ob ich früher kommen kann, um daran zu arbeiten.«

»Wie ein Kriminalbeamter, meinen Sie?«

»Ja, so ungefähr.«

»Das sollte sehr lohnend sein«, sagte Margaret McCarthy. »An einem solchen Fall zu arbeiten.«

»Ja«, sagte er. »Wie wäre es, wenn wir mal zusammen ins Kino gehen oder zu Abend essen oder so?«

»Kino oder Abendessen klingt gut«, sagte sie. »Ich weiß noch nicht, was mir besser gefällt.«

»Ich werde Sie anrufen«, sagte er. »Okay?«

»Klar«, erwiderte sie. »Das würde mir gefallen. Ich steige an der nächsten Ecke aus.«

»Wie wäre es morgens?« fragte Charley.

»Sie wollen morgens ins Kino gehen? Oder zu Abend essen?«

»O Gott«, sagte er. »Ich hatte ganz vergessen, daß ich die Schicht von sechzehn bis vierundzwanzig Uhr habe. Da können wir ja nicht . . .«

»Wir könnten am Morgen einen Kaffee trinken oder so was«, sagte Margaret. »Meine erste Vorlesung ist erst um elf.«

Er stoppte am Straßenrand und lächelte sie an. Sie lächelte zurück.

Jemand hupte ungeduldig hinter ihm.

Charley konnte sich im letzten Moment verkneifen, den Ungeduldigen als ›Arschloch‹ zu bezeichnen. Statt dessen stieg er aus dem VW und blieb noch einen Moment mit Margaret McCarthy auf dem Bürgersteig stehen.

»Ich muß gehen, Charley«, sagte sie. »Ich komme sonst zu spät.«

»Ja«, sagte er. »Ich werde anrufen.«

»Tun Sie das.«

Sie verabschiedeten sich mit Handschlag. Margaret eilte auf den Campus.

Charley blickte den Mann finster an, der vorhin gehupt hatte und jetzt nervös lächelte. Dann stieg er in den Volkswagen und fuhr weiter. Es fiel ihm ein, daß er seine verschmutzte Uniform nicht zur Reinigung gebracht hatte. Aber das machte nichts. Er fühlte sich so gut wie lange nicht mehr.

Es ging bergauf mit ihm. Sogar bei der Arbeit. Es ergab keinen Sinn, daß man ihn und vielleicht auch Che-sus die verdammte Probezeit machen ließ und ihnen auch noch Überstunden bezahlte. Es war durchaus möglich, daß Captain Pekach sie wieder auf die Straße schickte und sie den Job machen ließ, in dem sie bereits gut gewesen waren: Abschaum schnappen.

»Ist Inspector Wohl in seinem Büro?« fragte der schwergewichtige, fast kahlköpfige Mann, ohne die schwarze, lange Costa-Rica-Zigarre aus dem Mundwinkel zu nehmen.

»Ich glaube, ja, Sir«, sagte Sergeant Edward Frizell höflich und nahm den Telefonhörer ab. »Ich werde fragen, ob er zu sprechen ist.«

Als er den Hörer ans Ohr hielt, war Chief Inspector Matt Lowenstein bereits in Staff Inspector Peter Wohls Büro im Hauptquartier der Special Operations Division an der Bustleton und Bowler Street.

Peter Wohl war nicht hinter seinem Schreibtisch. Er saß auf seiner Couch und hatte die Füße auf den Couchtisch gelegt. Als er Lowenstein eintreten sah, nahm er die Füße vom Tisch und stand auf.

»Guten Morgen, Chief«, sagte er.

Lowenstein schloß die Tür.

»Ich bin gekommen, um mich zu entschuldigen«, sagte er.

»Das ist nicht nötig, Chief.«

»Ich meinte es nicht so, wie es klang, Peter. Ich war einfach sauer.«

»Dazu hatten Sie allen Grund«, sagte Wohl. »Ich wäre auch sauer gewesen.«

»Ich war wütend auf den Itaker. Bin es immer noch. Nicht auf Sie. Der Teufel soll ihn holen! Wenn er bei der Polizei das Sagen haben will, warum ist er dann nicht Polizeichef geblieben?«

»Als er Polizeichef war, konnte ihm der Bürgermeister sagen, wie er die Polizei zu führen hat. Jetzt untersteht er nur Gott und den Wählern.«

»Ich bin mir nicht sicher, wieviel er sich von Gott sagen lassen würde«, sagte Lowenstein. »Soweit ich weiß, war Gott nie Captain bei der Highway Patrol.«

Wohl lachte. »Möchten Sie Kaffee?« fragte er.

»Ja, gern, danke«, sagte Lowenstein.

Als Wohl ihm die gefüllte Kaffeetasse gab, sagte Lowenstein: »Bevor ich herkam, rief ich die Mordkommission, die Abteilung Organisiertes Verbrechen und das Rauschgiftdezernat an und sagte ihnen, daß ich Czernicks Entscheidung völlig gutheiße und daß man Ihnen mit höchster Priorität Kooperation gewähren soll. Das war natürlich eine gottverdammte Lüge, das mit dem Gutheißen, aber es war nicht Ihre Schuld, und ich will denjenigen haben, der diesen jungen Cop erschoß. Was den Fall DeZego betrifft, so begrüße ich ehrlich, daß Sie ihn übernehmen. Ich möchte nicht, daß die Detweilers wütend auf mich werden.«

»Vielen Dank, Chief«, sagte Wohl.

»Was hörte ich da, daß einer Ihrer Jungs nicht sauber ist?«

»Ich bezweifle das. Der Sergeant vom Rauschgiftdezernat drehte durch.«

»Tatsächlich?«

»Der Cop, den er verdächtigte, Dreck am Stecken zu haben, ist Matt Payne.«

»Dutch Moffitts Neffe? Ich dachte, der arbeitet für Sie.«

»So ist es. Payne fuhr kurz nach dem Detweiler-Mädchen in das Parkhaus. Der Sergeant vom Rauschgiftdezernat beobachtete sie. Später fuhr Payne weg, und der Sergeant fand das verdächtig. Payne fährt einen Porsche, die Art Wagen, die ein erfolgreicher Drogenhändler fahren würde. Und als der Sergeant dann herausfand, daß Payne ein Cop ist, wurde er erst richtig mißtrauisch. Welcher Cop kann sich schon einen nagelneuen Porsche leisten?«

»Aber Payne ist sauber?«

»Er wollte im Parkhaus parken, weil er ebenfalls auf dem Weg zum Union League Club war, und er fuhr mit dem Porsche dort weg, weil ein Lieutenant vom Neunten Distrikt, Foster Lewis . . .«

»Ich kenne ihn. Wurde gerade zum Lieutenant befördert. Guter Mann.«

». . . ihn beauftragte, die Familie Detweiler im Union League zu informieren.«

»Payne fährt einen Porsche?«

Wohl nickte.

»Schön, einen reichen Vater zu haben.«

»Offensichtlich.«

»Ich hörte, Denny Coughlin gab Payne unter Ihre Fittiche.«

»Chief Coughlin *und* der Gentleman italienischer Abstammung, über den wir vorhin sprachen«, sagte Wohl. »Nachdem Payne den Vergewaltiger erschoß, sagte der Bürgermeister den Zeitungen, daß Payne mein besonderer Assistent ist, und so sagte ich mir, das *ist* er.«

»Gut gedacht.« Lowenstein lachte leise.

»Ich bekam heute morgen auch Foster H. Lewis junior«, sagte Wohl.

»Lewis' Sohn ist Cop?«

»Soeben von der Akademie gekommen.«

»Warum schickte man ihn hierher?«

»Nur eine Routineverwendung für einen neuen Polizeibeamten, die der Bürgermeister zufällig in einer Rede in der First Abessinian Church ankündigte.«

»Ah, ich verstehe, »grunzte Lowenstein. »Die afro-amerikanischen Wähler. Es hat zwei Seiten, der Liebling des Bürgermeisters zu sein, nicht wahr?«

»Chief«, sagte Wohl ernst, »ich habe keine Ahnung, wovon Sie reden.«

»Und ob Sie eine haben«, grollte Lowenstein. »Was werden Sie mit dem jungen Lewis machen?«

»Ich teilte ihn Tony Harris zu, als Laufburschen. Harris hat Lewis, und Jason Washington lieh sich soeben Payne aus.«

»Wofür?«

»Für alles, was Jason Washington ihm aufträgt. Ich glaube, Jason mag den Jungen. Vielleicht, weil sie denselben Schneider haben.«

»Nun, Sie sollten hoffen, daß Harris und Washington Glück haben«, sagte Lowenstein. »Mit diesen beiden Fällen liegt Ihre Salami sozusagen auf dem Hackbrett, Peter.«

»Chief, diesen Gedanken hatte ich auch schon«, sagte Wohl.

Chief Lowenstein, der noch nicht seine Einschätzung der

Lage beendet hatte, sah Peter Wohl finster an, weil er ihn unterbrochen hatte, und fuhr fort: »Als der junge Payne Glück hatte und die Sexbestie zur Strecke brachte, war das für Arthur Nelson und sein verdammtes Schmierblatt *Ledger* nur eine Atempause. Es brachte ihn nicht zum Verstummen. Jetzt hat er zwei Dinge: Gangsterkrieg in Zusammenhang mit Rauschgift in der Innenstadt, nach dem ein hübsches, reiches Mädchen in einer Blutlache liegt, und ein kaltblütig abgeknallter Cop, und die Polizei hat keinerlei Hinweis auf den oder die Täter. Nelson würde selbst gegen die Polizei und Carlucci wettern, wenn die Täter bereits im Knast wären. Aber weil die Täter noch frei herumlaufen, wird er geifern und . . .«

»Ich weiß«, warf Wohl ein.

»Das bezweifle ich, Peter.« Lowenstein erhob sich. »Ich saß heute morgen an meinem Küchentisch und überlegte, ob ich den Mumm habe, herzufahren und mich bei Ihnen zu entschuldigen, als Carlucci die Entscheidung für mich traf.«

»Wie bitte?« Wohl schaute Lowenstein verständnislos an.

Chief Lowenstein betrachtete eine Weile die Glut seiner Zigarre und schaute dann Wohl in die Augen.

»Der Itaker rief mich zu Hause an«, sagte er. »Er sagte, ich soll heute morgen hierherfahren und feststellen, wie die Dinge laufen. Er sagte, er hat Lucci beauftragt, ihn wenigstens einmal pro Tag anzurufen und zu informieren, aber – Zitat – ›es steht zuviel auf dem Spiel, um so etwas jemandem wie Lucci zu überlassen‹.«

»Mein Gott«, sagte Wohl bitter. »Wenn er mir nicht zutraut, daß ich den Job kann, warum hat er ihn mir dann gegeben?«

»Weil *er* gut aussieht, wenn Sie den Job gut machen. Und wenn Sie ihn nicht gut machen, sehen *Sie* schlecht aus. Das nennt man politische Winkelzüge, Peter.«

Wohl nickte.

»Ich nehme an, ich muß mit mindestens einem täglichen Anruf von dem Itaker rechnen, Peter, bei dem er mich fragt, wie Sie meiner Meinung nach zurechtkommen. Darüber würde ich mir an Ihrer Stelle keine Sorgen machen. Ich will diese Fälle nicht zurückhaben, und so wird er von mir nur hören, daß ich

Vertrauen in Sie und Ihre Handhabung der Dinge habe. Andererseits ist Ihr Lieutenant Lucci vielleicht schlau genug, zu wissen, auf welcher Seite das Brot gebuttert ist, und man kann nicht sagen, was er dem Itaker alles erzählt.«

»Mein Vater warnte mich vor solchen Intrigen. Und ich glaubte ihm nicht.«

»Grüßen Sie Ihren Vater von mir, Peter«, sagte Lowenstein. »Ich habe ihn immer bewundert.«

Wohl starrte einen Moment auf das Telefon auf seinem Couchtisch. Als er schließlich aufblickte, hatte Lowenstein das Büro verlassen.

Lieutenant Foster H. Lewis senior, in einem leichten blauen Bademantel, hatte soeben – obwohl er allein in der Wohnung war – seine wenig schmeichelhafte Meinung über das morgendliche Fernsehprogramm und die noch blöderen Leute geäußert, die es anschauten, als jemand an der Tür klingelte.

Er ging zur Tür und öffnete sie.

»Guten Morgen, Sir«, sagte der uniformierte Polizist, der vor der Tür stand. »Möchten Sie ein Tombola-Los für einen wenig benutzten achtundvierziger Buick?«

»Was ist los, Foster, hast du deinen Schlüssel verloren?«

Er sieht gut in dieser Uniform aus, dachte Lewis senior, *obwohl mir lieber wäre, er trüge sie nicht.*

»Damit ich ihn nicht verliere, habe ich ihn irgendwo sicher deponiert«, sagte Lewis der Kleine. »Irgendwann werde ich mich erinnern, wo.«

»Ich habe soeben Kaffee gekocht. Willst du welchen?«

»Bitte, Dad.«

»Was machst du hier?«

»Ich muß einen Anzug holen«, sagte der Kleine. »Mutter sagte, sie hat ihn in einen Schrank gehängt.«

»Vermutlich in deinem Zimmer«, sagte Foster Lewis senior. »Darf man fragen, warum du einen Anzug brauchst?«

»Gewiß.« Der Kleine folgte seinem Vater in die Küche und nahm sich eine Tasse aus einem Schrank.

»Nun?« fragte Foster Lewis senior.

»Was, nun? Oh, du willst wissen, warum ich einen Anzug brauche.«

»Das war meine Frage. Wo warst du, als ich sie stellte?«

»Du fragtest, ob man fragen darf, und ich sagte ›gewiß‹, aber richtig gefragt hast du nicht.«

»Klugscheißer.« Sein Vater lachte. »Da ist ein Stück Kuchen im Kühlschrank.«

»Danke«, sagte der Kleine und bediente sich.

»Kennst du einen Detective namens Harris von der Mordkommission? Das heißt, er *war* bei der Mordkommission. Tony Harris?«

»Ja. Nicht näher. Aber er soll gut sein.«

»Du hast jetzt seinen offiziellen Botenjungen vor dir«, sagte der Kleine.

»Was heißt das?«

»Ich nehme an, das heißt, wenn er sagt ›apportier!‹, dann apportiere ich und wedele glücklich mit dem Schwanz.«

»Wenn du den Schlaumeier spielen willst, hör damit auf«, sagte sein Vater. »Sag mir, was los ist.«

»Nun, ich sollte mich bei einem Captain Sabara von der Highway Patrol melden. Als ich dort eintraf, war er nicht da, aber Inspector Wohl rief mich in sein Büro ...«

»Du hast ihn gesehen?« fragte Foster Lewis senior.

»Ja. Netter Typ. *Scharfer* Dandy. *Todschicke* Klamotten.«

Ich war zwei oder drei Jahre im Job, bevor ich zum erstenmal einen Inspector aus der Nähe sah, dachte Lieutenant Foster H. Lewis.

»Weiter.«

»Nun, er sagte, daß Harris den Fall Magnella hat und folglich ein zweites Paar Hände braucht. Es würden eine Menge Überstunden anfallen, und wenn das für mich irgendein Problem sei, solle ich es sagen; er wolle später keine Klagen hören. So sagte ich ihm, je mehr Überstunden, desto besser, und ich fragte ihn, was ich tun würde. Er sagte – und daher habe ich das –, wenn Harris sagt ›hol das!‹, soll ich mit dem Schwanz wedeln und es holen. Er sagte, die Verwendung dauert nur, bis Harris

Magnellas Mörder hat, aber es würde eine gute Erfahrung für mich sein.«

»Das ist alles?«

»Nun, er hielt mir einen kleinen Vortrag, was ich nicht mit dem Wagen machen soll . . .«

»Mit welchem Wagen?«

»Ein einundsiebziger Ford. Prima in Schuß.«

»Du hast einen Wagen der Polizei?«

»Ja. Natürlich einen neutralen«, sagte der Kleine mit einer Spur von Selbstgefälligkeit.

»Mein Gott!«

»Was ist daran auszusetzen?«

Lieutenant Foster H. Lewis senior dachte: *Als ich die Polizeiakademie absolviert hatte, wurde ich dem Sechsundzwanzigsten Distrikt zugeteilt. Ein dickbäuchiger Sergeant, ein Polacke namens Grotski, machte mir unverblümt klar, daß bei ihnen kein Platz für Nigger war, und dann reichte er mich weiter an Bromley T. Wesley, den Bauernsohn aus South Carolina, der nach Norden gekommen war, um während des Zweiten Weltkriegs auf den Werften zu arbeiten, und der dann Polizist geworden war, weil er nicht in die Armut seiner Heimat zurückkehren wollte.*

Ich ging ein Jahr lang zu Fuß Streife mit Bromley. Wenn er in einen Laden ging, um eine Cola oder sonstwas zu holen, mußte ich draußen warten. Ein halbes Jahr lang sprach er mich nicht mit dem Namen an. Ich war entweder ›He, du!‹ oder noch schlimmer ›He, Junge!‹. Man sagte mir, wenn ich alles richtig mache, könnte ich nach einem Jahr oder so aufsteigen und einen EPW fahren. Der Hurensohn ließ durchblicken, daß seiner Meinung nach alle Schwarzen geistig zurückgeblieben sind.

Bromley T. Wesley war ein unwissender bigotter Bastard mit Grundschulbildung, aber er war ein Cop. Er kannte die Straßen und Leute, und er brachte mir bei, was er darüber wußte. Dann kam die Zeit, in der ich mit einem EPW Gefangene transportierte und allerlei lernte, und als ich dann mit einem RPC Streife fuhr, fühlte ich mich zum ersten Mal als Cop.

Was denkt sich Peter Wohl dabei, wenn er diesen Anfänger in Zivilkleidung steckt, anstatt in einen Emergency Patrol Wagon?

»Nichts ist daran auszusetzen, nehme ich an«, sagte Lieutenant Lewis. »Es ist nur ein bißchen ungewöhnlich, das ist alles. Iß deinen Kuchen.«

11

Das normalerweise offene Tor des Anwesens der Familie Detweiler in Chestnut Hill war jetzt wie das Tor des Anwesens der Brownes in Merion geschlossen und von einem Wachdienst bewacht.

Als Matt mit Penelope Detweilers Mercedes dicht vor dem Tor anhielt, tauchte ein Wachmann auf, ein stämmiger Typ mit blauem Anzug. Er trat durch die Pforte im Tor heraus und schaute auf Matt hinab.

»Kann ich Ihnen helfen, Sir?«

»Wir bringen Miss Detweilers Wagen zurück«, sagte Matt.

»*Wir*, Sir?«

»Ich bin Polizeibeamter«, sagte Matt und wies mit dem Daumen auf Jason Washington, der ihm in dem neutralen Ford folgte. »Und er auch.«

»Werden Sie erwartet?«

»Nein.«

»Dann werde ich anrufen müssen, Sir.«

»Sagen Sie, daß es Matt Payne ist.«

Der Wachmann schaute ihn sonderbar an und sagte dann: »Matt Payne. Jawohl, Sir.«

Er ging durch die kleine Pforte, betrat das Pförtnerhaus und war einen Augenblick später wieder da. Er öffnete den linken Flügel des Tors und winkte Matt hindurch.

H. Richard Detweiler persönlich öffnete die Tür. Er hielt ein Glas Whisky in der Hand.

»Junge, Junge, das ging aber schnell!« sagte er. »Kommen Sie herein, Matt.«

»Sir?«

»Vor ein paar Sekunden telefonierte ich mit Czernick«, sagte Detweiler. »Penny machte sich Sorgen um ihren Wagen, und so rief ich den Polizeichef an, und er sagte, er schickt ihn her.«

»Ich glaube, wir waren schon unterwegs, als Sie ihn anriefen, Mr. Detweiler«, sagte Matt. »Mr. Detweiler, dies ist Detective Washington.«

»Ich sprach soeben auch über Sie«, sagte Detweiler und gab Washington die Hand. »Czernick sagte mir, Sie sind der beste Kriminalbeamte von Philadelphia.«

»Es liegt mir fern, das Urteil des Commissioners in Zweifel zu ziehen«, sagte Washington. »Wie geht es Ihnen, Mr. Detweiler?«

Detweiler lachte. »Oh, es geht mir wie wohl jedem Vater, nachdem er gerade seine Tochter gesehen hat, die wie der Star in einem Horrorfilm aussieht.«

»Wir sahen Miss Detweiler am frühen Morgen«, sagte Washington.

»Das erzählte sie. Es war sehr nett von Ihnen, Matt. Und von Ihnen auch, Mr. Washington.«

»Ich denke, es wird Sie überraschen, wie schnell diese Verfärbungen verschwinden, Mr. Detweiler«, sagte Washington.

»Ich hoffe es«, erwiderte Detweiler. »Ich brauchte einen Whisky, als ich wieder hier war. Ich würde Ihnen einen anbieten, aber ich weiß ...«

»Das wäre sehr nett, danke«, fiel ihm Washington ins Wort.

»Oh, Sie können im Dienst trinken?« fragte Detweiler. »Prima. Ich habe immer ein schlechtes Gefühl, wenn ich allein trinke. Gehen wir in die Bar.«

Er führte sie in ein kleines Zimmer neben der Küche.

»Dies sollte eigentlich der Anrichteraum sein«, sagte er und forderte seine Besucher mit einer Geste auf, sich auf Barhocker vor einer kleinen Theke vor verglasten Wandschränken zu setzen. In den Schränken waren Konserven, und ein Sortiment von Flaschen stand auf der Theke.

»Ich bin mir nicht ganz sicher, wozu ein Anrichteraum dient«, fuhr Detweiler fort. »Wahrscheinlich als Arbeitsraum für den Butler. Aber *wir* servieren hier Alkoholisches. Bedienen Sie sich.«

»Matt, würden Sie mir etwas von diesem Johnny Walker Black einschenken, mit ein *wenig* Wasser und *einem* Eiswürfel?« sagte Washington.

»Das klingt nach einem Mann, der guten Scotch zu schätzen und richtig zu trinken weiß«, sagte Detweiler.

»Ich versuche es«, erwiderte Washington.

Matt schenkte zweimal das gleiche nach Jason Washingtons Wunsch ein, gab ihm eines der Gläser und hob das andere.

»Auf Pennys Genesung«, sagte er.

»Sehr richtig!« sagte Washington.

»Penny.« Detweilers Stimme brach. »Wer immer ihr das angetan hat, er soll von Gott verdammt werden!«

»Ich bin überzeugt, daß Er das tun wird«, sagte Washington, »aber wir möchten ihn vor den irdischen Richter bringen, bevor er ans Himmelstor klopft.«

Detweiler schaute ihn lächelnd an.

»Gut gedacht«, sagte er.

Das Telefon auf der Bar summte, und eines der vier Lämpchen leuchtete. Detweiler traf keine Anstalten, den Hörer abzunehmen.

»Haben Sie etwas herausgefunden, Mr. Washington? Wie stehen die Dinge?«

»Nun, ehrlich gesagt, Mr. Detweiler, wir haben noch nicht viel in der Hand. Ich arbeite an der Theorie, daß Miss Detweiler einfach zum falschen Zeitpunkt am falschen Ort war...«

»Gibt es eine andere Theorie? Theorien?«

»Nun, ich bin lange genug in diesem Job, um zu wissen, wie gefährlich voreilige Schlüsse sind...«, sagte Washington.

»Verdammt noch mal!« Detweiler nahm ärgerlich den Hörer des Telefons ab, das weiterhin summte. »Wir haben sechs Bedienstete, und immer wenn das Telefon klingelt, sind *alle* verschwunden.« Er hielt den Hörer ans Ohr und schnarrte: »Ja?«

Es folgte eine Pause.

»Hier spricht Dick Detweiler, Commissioner. Ich wünschte, ich hätte so tüchtige Leute wie Sie. Ich hatte gerade den Hörer aufgelegt, als Matt Payne und Detective Washington mit dem Wagen meiner Tochter vorfuhren. Ich bin beeindruckt von dem Service.«

Es folgte eine für Payne und Washington unhörbare Antwort, und dann sagte Detweiler: »Vielen Dank, Commissioner.« Er reichte Washington den Telefonhörer. »Er möchte mit Ihnen sprechen.«

»Ja, Sir?« sagte Washington.

»Passen Sie dort auf, Washington. Kein falsches Wort bei Detweiler. Und wenn Sie fort sind, rufen Sie mich an und lassen mich wissen, wie es lief.«

Dann war die Leitung tot.

»Ja, natürlich, Commissioner«, sagte Washington nach einer Weile, während er tat, als höre er zu. »Vielen Dank, Sir. Auf Wiederhören, Sir.«

Er gab Detweiler den Telefonhörer.

»Der Commissioner bat mich, Ihnen zu versichern, daß wir alles Menschenmögliche tun werden, um diesen Fall aufzuklären und denjenigen zu finden, der Ihrer Tochter das angetan hat. Er sagte, daß ich diesem Fall höchste Priorität einräumen soll.«

»Danke«, sagte Detweiler. »Das war sehr nett von ihm.«

»Wir sprachen vorhin über andere Theorien«, sagte Washington. »Ich denke, eine der Möglichkeiten, die wir in Erwägung ziehen sollten, ist ein Raubüberfall.«

»Ein Raubüberfall?«

Washington nickte.

»Das reicht von einem einfachen, das heißt ungeplanten Raubüberfall über irgendeinen Räuber, der in dem Parkhaus darauf lauerte, daß jemand an ihm vorbeikam, bis zu jemand, der über die Dinnerparty im Union League Club Bescheid wußte ...«

»Wer würde davon etwas erfahren?« unterbrach Detweiler.

»Ich bin überzeugt, daß es in den Klatschspalten der Zeitungen stand«, fuhr Washington fort. »Das könnte die Schrotflinte erklären.«

»Wie bitte?«

»Kleine Straßenräuber sind selten mit etwas anderem als einem Messer bewaffnet. Ein *professioneller* Räuber, der in das Parkhaus geht und weiß, daß eine Reihe gut betuchter Leute es zu dieser Zeit benutzen, würde schon eher eine Schrotflinte mitnehmen. Nicht mit der Absicht, jemand zu erschießen, sondern wegen der psychologischen Wirkung.«

»Da ist was dran«, sagte Detweiler.

»Und seine Pläne konnten schiefgegangen sein, und er *mußte* die Schrotflinte benutzen.«

»Ja, ich verstehe«, sagte Detweiler.

»Hatte Ihre Tochter irgendwelchen wertvollen Schmuck bei sich, Mr. Detweiler?«

»Das bezweifle ich«, antwortete Detweiler. »Sie hat keinen. Einige Perlen. Alle Mädchen haben Perlenketten. Aber nichts wirklich Wertvolles.« Er schaute Matt an und grinste. »Matt hat es noch nicht für angebracht gehalten, ihr einen Verlobungsring anzubieten ...«

»Eine Brosche? Irgendeine teure Anstecknadel?« setzte Washington nach.

»Sie hat eine Brosche«, sagte Detweiler. »Von der Mutter meiner Frau. Die könnte sie getragen haben. Sie hat einige Rubine oder so was, in einer Fassung mit kleinen Diamanten. Vielleicht hat sie die getragen.«

»Solch eine Brosche war nicht bei ihren persönlichen Dingen«, sagte Washington. »Wissen Sie zufällig, wo sie die Brosche aufbewahrte?«

»In ihrem Zimmer, nehme ich an«, sagte Detweiler. »Meinen Sie, wir sollten überprüfen, ob sie dort ist?«

»Ich denke, das sollten wir«, sagte Washington.

Detweiler führte sie über eine schmale Treppe ins Obergeschoß und dann in Penelopes Schlafzimmer. Da gab es eine Schmuckschatulle aus marokkanischem Leder, eine Art Miniatur-Kommode auf einem Toilettentisch.

Detweiler suchte in der Schmuckschatulle, fand die Brosche jedoch nicht.

»Sie ist nicht da«, sagte er. »Aber lassen Sie mich das mit meiner Frau überprüfen. Sie mußte sich etwas hinlegen, als wir vom Krankenhaus zurückkamen.«

Washington nickte verständnisvoll. »Ich möchte sie nicht stören.«

»Unsinn, sie wird helfen wollen«, sagte Detweiler und verließ das Zimmer.

Washington nahm sofort den Papierkorb neben dem Toilettentisch und schüttete den Inhalt auf den Boden. Er ließ sich in die Hocke nieder und ging den Inhalt schnell durch. Einige Dinge hob er auf und steckte sie in die Tasche. Dann richtete er sich sehr schnell wieder auf.

»Bringen Sie das in Ordnung«, wies er Matt an und ging zum Kleiderschrank.

Matt füllte die Dinge, die Washington auf den Boden geschüttet hatte, in den Papierkorb.

Als er damit fertig war, blickte er zu Washington, um zu sehen, was er machte.

Washington klopfte methodisch die Kleidungsstücke ab, die im Schrank hingen. Er griff in jede Tasche. Matt sah, daß er kleine Dinge einsteckte – unter anderem ein Plastikfläschchen.

Und dann tauchte Mrs. Detweiler auf der Türschwelle auf,

nur Sekunden nachdem Washington die doppelflügelige Schranktür geschlossen hatte.

»Ich glaube, das hier suchen Sie«, sagte sie und hielt eine goldene Brosche hoch.

»Guten Tag, Mrs. Detweiler«, sagte Matt. »Mrs. Detweiler, dies ist Detective Washington.«

»Ich bin Grace Detweiler. Guten Tag.« Sie setzte ein Lächeln auf. Dann wandte sie sich an Matt. »Ich weiß nicht, was ich über Sie denken soll. Es ist natürlich, Sie unter den schrecklichen Umständen hier zu sehen, aber nicht als Polizist. Ich weiß wirklich nicht, was ich davon halten soll.«

»Wir versuchen herauszufinden, was Penny widerfuhr«, sagte Matt.

»Sie bringen Ihre Mutter zur Raserei, wissen Sie das?« sagte sie. »Ich kann ebensowenig wie sie verstehen, daß Sie zur Polizei gegangen sind.«

»Grace«, sagte H. Richard Detweiler, »das geht dich nichts an.«

»Und ob mich das was angeht«, fuhr sie ihn an. »Patricia ist eine meiner liebsten Freundinnen, und ich kenne Matt, seit er in den Windeln lag.«

»Matt ist kein Kind mehr«, sagte Detweiler. »Er kann seine eigenen Entscheidungen treffen, was er mit seinem Leben anfängt.«

»Warum überrascht mich nicht, daß du so etwas sagst?« entgegnete Mrs. Detweiler. »Nun, also dann, Mister Cop, was ist Penny Ihrer Meinung nach widerfahren?«

»Im Augenblick nehmen wir an, daß sie einfach zur falschen Zeit am falschen Ort war«, sagte Matt.

»Wie kann ein öffentliches Parkhaus der falsche Ort sein?«

»Wir denken, daß sie vielleicht nur eine unschuldige Zuschauerin war«, sagte Matt.

»*Vielleicht?* Was heißt ›vielleicht‹? Welche andere Erklärung kann es geben?«

»Ma'am, wir versuchen, alle Möglichkeiten zu überprüfen«, sagte Washington. »Deshalb sind wir an dem Schmuck interessiert.«

»Penny hat keinen teuren Schmuck«, sagte Mrs. Detweiler.

»Das wußten sie nicht, als sie fragten«, sagte Detweiler. »Sei nicht so streng mit ihnen, Grace.«

Washington warf ihm einen dankbaren Blick zu.

»Mrs. Detweiler, was ist mit Geld?« fragte Washington dann.

»Was soll damit sein?«

»Hat Ihre Tochter für gewöhnlich große Summen Bargeld bei sich?«

»Nein«, sagte Grace Detweiler. »Es ist heutzutage nicht sicher, Bargeld oder sonst etwas in der Handtasche zu haben.«

»Jawohl, Ma'am, ich befürchte, da haben Sie recht«, pflichtete Washington ihr bei. »Würden Sie sagen, daß Ihre Tochter wahrscheinlich nicht mehr als hundert Dollar in ihrer Handtasche hatte?«

»Es würde mich sehr überraschen, wenn sie mehr als fünfzig Dollar bei sich hatte. Sie hatte natürlich Kreditkarten.«

»Es waren sieben- oder achthundert Dollar in ihrer Handtasche«, sagte Washington. »Das Geld wurde nicht geraubt.«

»Nun, das widerlegt Ihre Theorie von einem professionellen Räuber, nicht wahr, Mr. Washington?« sagte H. Richard Detweiler.

»Jawohl, Sir. So sieht es aus. Wir sind wieder bei Matts Theorie, daß Miss Detweiler eine unbeteiligte Zuschauerin war.«

»Heißt das, daß derjenige, der meiner Tochter das antat, damit ungeschoren davonkommt?« fragte Grace Detweiler unwirsch.

»Nein, Ma'am«, sagte Washington. »Ich denke, wir werden den Täter finden.«

»Ich rief Jeanne Browne an, Matt«, sagte Grace Detweiler. »Ich sagte ihr, daß es absolut keinen Grund gibt, wegen der Sache mit Penny Daffys und Chads Hochzeit abzublasen.«

»Ich war heute morgen dort«, erwiderte Matt. »Sie machten sich Sorgen deswegen. Was sie tun sollen, meine ich.«

»Nun, wie ich sagte, mein Mann und ich sind der Meinung, daß die Sache mit Penny in keiner Hinsicht stören sollte. Werden wir Sie dort sehen?«

»Ich werde dort sein«, sagte Matt.

»Es war nett, Sie kennenzulernen, Mr. Washington«, sagte sie und verließ das Zimmer.

»Sie wollte Sie nicht so anschnauzen, Matt«, sagte H. Richard Detweiler. »Sie ist natürlich aufgeregt.«

»Ja, Sir«, sagte Matt.

»Vielen Dank für Ihre Kooperation, Mr. Detweiler«, sagte Washington.

»Ich danke Ihnen, Mr. Washington«, erwiderte Detweiler. »Und Ihnen auch, Matt.«

Im Wagen fragte Washington, noch bevor sie durch das Tor waren: »Was ist heute nachmittag los? Mit dieser Hochzeitsfeier.«

»Ich weiß nicht, was Sie meinen«, bekannte Matt.

»Wenn Sie nicht mit mir Sherlock Holmes spielen, wo werden Sie sein?«

An der alten Schreibmaschine in Wohls Vorzimmer, dachte Matt. *Nein, das meint er nicht.*

»Bei Chad Nesbitt«, sagte Matt.

»Das ist der Bräutigam?«

»Ja.«

»Das hatte ich gehofft«, sagte Washington. »Wo ist Ihr toller neuer Wagen?«

»An der Bustleton und Bowler.«

Washington hakte das Mikrofon aus und schaltete es ein.

»W-William drei«, sprach er ins Mikrofon. »Ich brauche einen Wagen der Highway Patrol zur City Line und Monument.«

»W-William drei, hier ist Highway zwanzig. Ich fahre westwärts auf dem Schuylkill Expressway.«

»Highway zwanzig, treffen Sie mich bei der City Line und Monument.«

»Verstanden, City Line und Monument.«

Washington hakte das Mikrofon ein und wandte sich an Matt. »Man wird Sie zu Ihrem Wagen fahren. Ich hoffe, daß es

Ihren Leuten nicht die Sprache verschlägt, wenn sie sich erinnern, daß Sie Cop sind. Vielleicht schnappen Sie etwas auf. Nehmen Sie an der ganzen Sache teil. Was war das noch mal?«

»Nicht viel. Nur die Trauung und der Empfang.«

»Der Polterabend war gestern?«

»Ja, den habe ich versäumt.«

»Schade. Es wäre vielleicht interessant gewesen.«

Washington drehte sich auf dem Sitz um und holte die Dinge hervor, die er aus Penelope Detweilers Papierkorb und aus den Taschen ihrer Kleidungsstücke genommen hatte. Er überreichte sie Matt. Es waren ein halbes Dutzend Streichholzbriefchen, einige zerknitterte Zettel, ein paar Papiertaschentücher mit eingetrockneten Blutflecken und das kleine Plastikfläschchen.

»Was mag in dem Fläschchen sein?« überlegte Matt laut.

»Es würde mich nicht überraschen, wenn Kokain darin war«, sagte Washington. »Ich werde es vom Labor feststellen lassen. Die Taschentücher mit den Blutflecken deuten darauf hin, daß sie sich vielleicht Heroin gespritzt hat.«

Washington sah, daß Matts Miene Überraschung und Verwirrung widerspiegelte, und fuhr fort: »Wer sich Heroin spritzt, tupft die Einstichstelle ab, oft mit Papiertaschentüchern. Deshalb die Blutflecken. Kokain wird für gewöhnlich geschnupft oder geraucht, aber einige erfahrene Junkies mixen manchmal Kokain mit Heroin und injizieren es. Sie nennen es Speedball. Das Kokain bewirkt sofortige Euphorie, die vielleicht fünfzehn bis fünfundzwanzig Minuten anhält. Dann kommt der Rausch vom Heroin als Dämpfung und bringt den Benutzer vom Hoch hinab in ein sanftes Tief, das ein paar Stunden anhält. Sehr stark, sehr gefährlich.«

»Mein Gott«, sagte Matt, sichtlich aufgeregt. Dann fragte er: »Ist das ein Beweis? Ich meine, wir hatten keinen Hausuchungsbefehl und keinen hinreichenden Verdacht.«

»Nein. Das ist eine rein akademische Sache. Kein Stellvertretender District Attorney, der bei Verstand ist, würde versuchen, Penelope Detweiler daraufhin wegen Besitz von Rauschgift anzuklagen.«

»Ihre Mutter sagte, daß Penny vermutlich keine fünfzig Dollar in Bargeld bei sich hatte; in Wirklichkeit hatte sie über siebenhundert.«

»Ihre Mutter sagte uns die Wahrheit, soweit sie ihr bekannt war. Ich bezweifle, daß sie etwas vom Kokainkonsum ihrer Tochter weiß. Aber da Penelope Koks benutzt und eine Menge Geld bei sich hatte, deutet es darauf hin, daß sie für jemand einkaufte, nicht wahr?«

»Von DeZego?«

»Das wissen wir nicht, aber . . .«

»Jemand versuchte DeZego und/oder seine Kundin auszurauben?« fragte Matt.

»Aber warum dann die Schrotflinte? Warum ihn töten?« entgegnete Washington. »Erinnern die Dinge, die ich mitnahm, Sie an irgend etwas?«

»Zündholzbriefchen aus Kneipen, in denen Penny und ihresgleichen verkehren«, sagte Matt.

»Alle bekannt?«

»Von dem hier habe ich noch nichts gehört und gesehen«, sagte Matt und hielt ein Streichholzbriefchen mit purpurfarbenem Deckel hoch, auf dem in silbernen Buchstaben INDULGENCES eingeprägt war.

Washington warf einen Blick darauf.

»Ist mir auch unbekannt«, sagte er. »Steht eine Adresse drauf?«

»Draußen nicht.« Matt öffnete es. »Drinnen steht eine Telefonnummer.«

»Ich werde das überprüfen lassen«, sagte Washington. »Sonst noch etwas?«

Matt untersuchte die anderen Streichholzbriefchen.

»Hier steht eine Telefonnummer, mit der Hand geschrieben.«

Er entfaltete die verknitterten Zettel.

»Hier ist eine Zahl aufgedruckt: vier-acht-zwei. Sieht wie nach etwas aus der Fabrik aus. Auf einem der anderen Zettel steht eine andere Telefonnummer, und der letzte Zettel ist der gleiche wie der erste.«

»Rufen Sie ungefähr jede Stunde bei Special Operations an. Wenn ich Adressen habe, gebe ich sie Ihnen durch. Wenn Sie etwas erfahren, teilen Sie es mit. Hinterlassen Sie eine Telefonnummer, damit ich Sie anrufen kann, wenn sich etwas Interessantes ergibt, was Sie meiner Meinung nach wissen sollten.« Er legte eine Pause ein und lächelte. »Ich werde mich als Kundenbetreuer von Porsche ausgeben.«

»Raffiniert«, sagte Matt und lachte.

»Ja, manchmal habe ich raffinierte Einfälle«, sagte Washington. »Der Beweis ist überwältigend.«

Ein Wagen der Highway Patrol wartete bei der City Line und Monument Avenue, als Jason Washington und Matt Payne dort eintrafen. Washington stoppte am Fußgängerüberweg, und Matt stieg aus. Matt ging zum Wagen der Highway Patrol, öffnete die hintere Tür und stieg ein.

»Hallo«, sagte er. »Ich muß zur Bustleton und Bowler.«

»Sind wir vielleicht ein Taxi?« knurrte der Fahrer, ein stämmiger Cop mit einem Gesicht voller Aknenarben.

»Ich dachte, ihr seid angeblich die Gestapo«, sagte Matt.

Oh, Scheiße, da geht wieder mein loses Mundwerk mit mir durch.

Der Cop der Highway Patrol, der auf dem Beifahrersitz saß, ein schlanker Mann mit scharfen Gesichtszügen und kalten blauen Augen, drehte sich um, legte den Arm auf die Lehne des Sitzes und schaute Matt an. Dann lächelte er. Dadurch wirkte er nicht herzlicher.

»Wir können nicht in der Gestapo sein, Payne«, sagte er. »Man muß lesen und schreiben können, um in der Gestapo zu sein.«

»Du kannst mich auch mal«, sagte der Fahrer.

»Haben Sie's eilig oder was?« fragte der andere. »Wir wollten gerade Kaffee trinken, als wir den Funkruf hörten.«

»Kaffee ist eine prima Idee«, sagte Matt.

»Warum fahren wir dann nicht zum Marriot?« sagte der Fahrer. Dann blickte er zurück zu Matt. »Ist dieser Washington so gut, wie die Leute sagen?«

»Ich habe vorhin darüber nachgedacht«, sagte Matt. »Ja. Er

ist gut. Sehr gut. Er weiß nicht nur, welche Fragen er stellen soll, sondern auch, wie er sie vorbringt. Ein meisterhafter Psychologe.«

»Er wäre besser ein meisterhafter Sonstwas«, meinte der Fahrer. »Psychologie bringt uns nicht den Cop-Killer und auch nicht den Gangster-Killer.«

»Statt Feierabend machen wir vier Überstunden«, sagte der Polizist mit den kalten blauen Augen.

»Ich hörte davon«, sagte Matt. Peter Wohl hatte ihm gesagt, wie es lief: Während Kriminalbeamte an Türen klingelten und Leute befragten, deckten Cops der Highway Patrol das Gebiet ab, stoppten Leute auf der Straße und in Wagen, suchten nach Informationen und hofften, etwas Gesetzwidriges zu finden – zum, Beispiel Drogen oder gestohlene Dinge. Wenn sie fündig wurden, gab man den Erwischten die Chance zur Zusammenarbeit, mit anderen Worten, sie konnten sich mit Informationen das Wohlwollen der Polizeibeamten erkaufen. Wenn sie Tips gaben, konnten die belastenden Dinge vielleicht in der Gosse verschwinden oder auf dem Bürgersteig weggeworfen werden, wo sie von den Ertappten zurückgeholt werden konnten.

Wenn sie keine Informationen gaben, wurden sie wegen des Vergehens festgenommen. Bis zu dem Gerichtsverfahren überlegten sie vielleicht angestrengt, ob sie der Polizei etwas von Nutzen sagen, weil sie wußten, daß die Cops dann dem Ankläger von ihrer Kooperation erzählten und er Milde walten oder die Anklage sogar ganz fallenließ.

Jeder in dem Gebiet, der mit unerlaubtem Waffenbesitz erwischt wurde, mußte bei der Mordkommission weitere Fragen beantworten.

Sie hielten auf dem Parkplatz des Marriott an der City Line Avenue, betraten das Restaurant und setzten sich an die Theke. Matt spürte, daß sie sofort am Mittelpunkt der Aufmerksamkeit waren. Viele, wenn nicht die meisten, betrachteten sie nervös.

Er erinnerte sich an Amandas Reaktion, als sie die Cops der Highway Patrol in dem Restaurant gesehen hatte, in dem sie zusammen gefrühstückt hatten.

Es ist etwas Bedrohliches an der Highway Patrol. Ist das schlimm? Jeder Polizist in Uniform ist ein Symbol der Autorität; deshalb gibt es ein Abzeichen, das eigentlich nichts anderes ist als das Wappen eines Feudalherrn und ungefähr das gleiche bedeutet: Ich habe Machtbefugnis. Das Abzeichen sagt: ›Ich bin hier, um dem Gesetz zur Geltung zu verhelfen, zum Zwecke deines Schutzes. Wenn du das Gesetz befolgst, hast du nichts von mir zu befürchten. Aber wenn du ein Missetäter bist, sieh dich vor!‹

Ist angesichts dessen die bloße Anwesenheit dieser beiden Cops der Highway Patrol mit ihren Lederjacken und Stiefeln und den glänzenden Patronen im Gurt nicht ein Abschreckungsmittel für das Verbrechen und folglich ein Gewinn für die Gesellschaft? Kein Räuber, der alle Sinne beisammen hat, würde versuchen, dieses Restaurant in Anwesenheit der beiden Cops zu überfallen.

Andererseits kann ein drittklassiger Amateur, der nur Officer Matthew Payne in Zivil und mit sorgfältig versteckter Waffe und der Dienstmarke in der Tasche sieht, sich sagen, daß es kein Risiko ist, wenn er sich aus der Registrierkasse bedient und die Gewalt anwendet, die er für erforderlich und passend hält.

Ein bißchen Furcht vor Gesetzesbeamten ist folglich nicht unbedingt etwas Schlimmes.

Es gab fast sofort einen Beweis für die Richtigkeit von Officer Paynes philosophischen Überlegungen. Der Restaurantbesitzer, ein rundlicher Mann mit weißer Schürze, kam lächelnd aus der Küche. Er schüttelte beide Cops der Highway Patrol die Hand.

»Wie wäre es mit einem Käsesteak?« fragte er. »Ich habe soeben frisch . . .«

»Nein, danke«, sagte der Cop mit den kalten blauen Augen. »Nur Kaffee.«

Der Fahrer sagte: »Trotzdem vielen Dank. Beim nächstenmal.«

Matt sah, daß der Restaurantbesitzer echt enttäuscht war.

Es freut ihn wirklich, die ›Gestapo‹ zu sehen, und er bedauert, nicht zeigen zu können, wie sehr er schätzt, was sie für ihn tut – sozusagen dafür sorgt, daß er seine verfassungsmäßig garantierten Rechte beim Streben nach Glück wahrnehmen kann.

»Haben Sie Hunger, Payne?« fragte der blauäugige Cop.

Dann sah er die überraschte Miene des Restaurantbesitzers und fügte hinzu: »Er sieht nicht so aus, aber er ist ein Cop.«

»Eigentlich ein ziemlicher guter«, sagte der Fahrer. »Dave, das ist Matt Payne. Der Junge, der die Sexbestie von Nordwest-Philly zur Strecke brachte.«

»Im Ernst?« der Restaurantbesitzer ergriff Matts Hand. »Freut mich wirklich, Sie kennenzulernen. Menschenskind ... kann ich Ihnen nicht mehr als eine Tasse Kaffee bringen?«

»Kaffee ist prima, danke«, sagte Matt.

»Nun, dann müssen Sie mir aber versprechen, daß Sie mal kommen, wenn Sie Appetit haben. Dann sind Sie mein Gast.«

»Danke, das Angebot nehme ich gern an«, sagte Matt.

Es ist mir peinlich, daß die Sache mit der Sexbestie zur Sprache kam, dachte Matt. Und dann: *Sei nicht scheinheilig. Es ist dir kein bißchen peinlich. Es freut dich.*

Viele in der Highway Patrol nahmen es Staff Inspector Peter Wohl übel, daß er die Officers Jesus Martinez und Charles McFadden zu Highway Patrolmen ›auf Probe‹ gemacht hatte.

Der Groll richtete sich nicht auf Martinez oder McFadden. Es war nicht ihre Schuld. Aber es wurde fast einhellig als eine Herabwürdigung dessen betrachtet, was die Highway Patrol bedeutete. Man mußte mindestens drei Jahre, oftmals vier oder fünf oder sogar noch länger, in einem Distrikt arbeiten, bevor man zur Highway Patrol versetzt wurde. Dann folgte die Fahrschule, in der man im Motorradfahren ausgebildet wurde, danach ein Jahr Patrouillendienst auf der I-95 und dem Schuylkill Expreßway, und erst dann erhielt man einen Streifenwagen und wurde mit stadtweiter Befugnis in die Gebiete mit hoher Kriminalität geschickt.

Martinez war noch keine zwei Jahre im Dienst, McFadden sogar noch weniger, und jetzt fuhren sie mit Sergeant DeBenedito auf Probe herum, und wenn er nicht etwas Triftiges an ihnen auszusetzen hatte, dann würden sie nach der Probezeit zur Motorradfahrschule gehen und Cops der Highway Patrol sein.

Der Groll richtete sich hauptsächlich gegen Staff Inspector Wohl, aber auch gegen Captain Sabara (er hätte Wohl nun wirklich diese blöde Idee ausreden müssen) und gegen Captain Pekach (dito, aber was kann man von einem Typen erwarten, der sein Haar zu einem Pferdeschwanz gebunden trug, als er beim Rauschgiftdezernat war?).

Als sich die Officers Martinez und McFadden vier Stunden vor ihrer eigentlichen Schicht zum Dienst meldeten, um Überstunden im Zusammenhang mit den Ermittlungen im Mordfall Officer Magnella zu machen, gab es ein Problem. Aus Captain Pekachs Büro waren schriftliche Anweisungen, später auf den neuesten Stand gebracht, hinsichtlich der Probezeit von McFadden und Martinez gekommen. Unter anderem stand darin, daß die Officers auf Probezeit entweder mit Sergeant DeBenedito oder mit Beamten der Highway Patrol, die auf einer Liste aufgeführt waren, Streife fahren sollten und mit keinem sonst.

Captain Pekach, vermutlich nicht sonderlich begeistert von Inspector Wohls verrücktem Einfall, war dennoch fest entschlossen, dafür zu sorgen, daß die Anweisungen so gut wie möglich befolgt wurden. Er würde nicht zulassen, daß Martinez und McFadden zu bloßen Passagieren in Streifenwagen wurden. Er verbreitete, daß sie die besten Cops der Highway Patrol bei der Arbeit erleben sollten, damit sie von ihnen lernen und Erfahrung sammeln konnten.

Die Liste mit den Namen der Beamten, die Martinez und McFadden auf Streife mitnehmen würden, war von Sergeant DeBenedito aufgestellt und dann von Captain Pekach und Captain Sabara genehmigt worden. Die Beamten, deren Namen auf dieser Liste standen, waren erfahren, intelligent und ein wenig besser als der Durchschnitt ihrer Kollegen.

Die gleichen Qualitäten, die sie auf die Liste gebracht hatten, waren auch ausschlaggebend dafür, daß sie jetzt an Türen klingelten und Leute befragten und ansonsten Detective Tony Harris bei den Ermittlungen im Mordfall Magnella unterstützten.

Als sich Martinez und McFadden jetzt zum Dienst meldeten, um Überstunden zu machen, war Sergeant DeBenedito nicht da. Inspector Wohl hatte erfahren, daß DeBenedito mit Officer Magnella verwandt war, hatte ihn von seinem normalen Dienst entbunden und ihn beauftragt, zu tun, was er für Magnellas Familie tun konnte, sowohl persönlich als auch als offizieller Repräsentant von Highway Patrol und Special Operations.

Es war auch keiner zur Verfügung, der auf der Liste der Beamten stand, die berechtigt waren, Martinez und McFadden während der Probezeit zu beaufsichtigen.

Was also war mit Martinez und McFadden?

Sergeant William ›Big Will‹ Hendersons erster Gedanke war, irgendeine nützliche Arbeit für sie im Hauptquartier zu finden. Es gab immer Schreibarbeit und Verwaltungsaufgaben zu erledigen. Sie konnten sich um diese Sachen kümmern, während die richtigen Cops der Highway Patrol ihre normalen Pflichten erfüllten. Henderson schlug das Lieutenant Lucci vor.

Lieutenant Lucci war unter Mike Sabara Sergeant bei der Highway Patrol gewesen, bevor er der Fahrer des Bürgermeisters geworden war. Er wußte aus persönlicher schmerzlicher Erfahrung, daß Mike Sabara fuchsteufelswild wurde, wenn er dahinterkam, daß eine seiner Anweisungen nur dem Buchstaben nach und nicht dem Sinn entsprechend befolgt wurden. Und Henderson war dabeigewesen, als Captain Sabara gesagt hatte: »Ich will nicht, daß diese beiden als bloße Passagiere herumfahren und irgendwo in eine Ecke abgeschoben werden.«

Das Problem wurde Captain David Pekach vorgetragen. Es ärgerte ihn. Zum einen hielt er es für eine Sache, die ein Sergeant selbst entscheiden sollte, wenn er nicht zu blöde war, anstatt seinen Lieutenant und dessen Vorgesetzten zu behelligen. Zum anderen hatten Martinez und McFadden für ihn im Rauschgiftdezernat gearbeitet, und nach seiner Einschätzung waren sie ziemlich gute Cops, die als verdeckte Ermittler in ihrer kurzen Laufbahn mehr gelernt hatten, als die meisten Cops, einschließlich die bei der Highway Patrol, ihn zehn Jahren lernten.

»Verdammt noch mal, Luke!« sagte Pekach, und sein polnisches Temperament sprudelte etwas über. »Wenn Sie wirklich wollen, daß ich diese folgenschwere Entscheidung treffe, dann tue ich das. Setzten Sie die beiden in einen verdammten Streifenwagen. Sie sollen auf dem verdammten Schuylkill Expressway verdammten Temposündern verdammte Strafzettel schreiben!«

Gleich nachdem Lucci fluchtartig sein Büro verlassen hatte, bedauerte David Pekach, daß er in Wut geraten war. Es wurde ihm klar, was er hätte tun sollen – was wirklich die beste Verwendung von verfügbarem Personal gewesen wäre. Er hätte die beiden in Zivil zu Tony Harris schicken sollen. Und wenn das die Primadonnen der Highway Patrol geärgert hätte, zum Teufel mit ihnen.

Aber es war zu spät, nachdem er die Beherrschung verloren und das erste angeordnet hatte, was ihm in den Sinn gekommen war. Ein leitender Beamter, der stets seine Anweisungen ändert, wird von seinen Untergebenen für jemand gehalten, der nicht genau weiß, was er tut.

Lieutenant Lucci gab die Entscheidung seines Vorgesetzten bezüglich Martinez und McFadden an Sergeant Big Bill Henderson weiter, der sie in einem zehnminütigen Gespräch Martinez und McFadden mitteilte.

Nach einem kleinen Vortrag über die anwendbaren Verkehrsgesetze des Staats Pennsylvania und der Stadt und den Bezirk Philadelphia erklärte der Sergeant ausführlich die Schwierigkeiten beim Ausfüllen von Strafzetteln.

Dann wurde er philosophisch und versuchte ihnen klarzumachen, daß sie wegen der Personenknappheit durch den Mordfall Magnella eine besondere Gelegenheit erhielten, zu zeigen, was in ihnen steckte. Er konnte sich nicht erinnern, sagte er ihnen ehrlich, daß jemals zwei unausgebildete Officers allein in einem Streifenwagen der Highway Patrol losgeschickt worden waren. Wenn sie ihre Sache gut machten, würde sich das gewiß in der Beurteilung widerspiegeln, die Sergeant DeBenedito am Schluß der Probezeit abgeben würde. Und er wies darauf hin, daß es ihnen keineswegs peinlich sein sollte, um Unterstützung oder Rat zu bitten, wenn sie mit einer Situation konfrontiert wurden, die für sie ein Problem darstellte.

Martinez und McFadden hörten ihm höflich zu. Dann verließen sie das Hauptquartier und stiegen in den Streifenwagen der Highway Patrol.

»Glaubst du diesen Scheiß?« fragte Jesus Martinez.

»Wenn ich gewußt hätte, daß sie uns Strafzettel schreiben lassen, dann hätte ich ihnen ihr Angebot mit den Überstunden in den Arsch geschoben«, sagte Charley McFadden.

12

Matt warf eine Münze in das Münztelefon in der Tankstelle nahe dem Hauptquartier, wo er seinen Wagen geparkt hatte, wartete auf das Amtszeichen und wählte eine Nummer aus dem Gedächtnis.

»Hallo?«

Die Stimme des Bräutigams in spe klang nicht gerade nach freudiger Erwartung.

»Es ist noch nicht zu spät, um es dir anders zu überlegen«, sagte Matt. »Ich glaube, man nennt das 'ne Braut am Altar verlassen.«

»Wo, zur Hölle, hast du gesteckt? Wo bist du jetzt?«

»Ich komme soeben von der Arbeit«, sagte Matt. »Ich bin bei der Bustleton und Bowler.«

»Ich machte mir Sorgen.«

»Ich kann mir nicht vorstellen, warum.«

»Kannst du ein paar Koffer in deinem Wagen unterbringen?«

»Klar.«

»Dann hol mich ab«, sagte Chad Nesbitt im Befehlston. »Du kannst mich mit meinem Gepäck zu Daffy und dann zum Hotel fahren.«

»Oh, ich danke dir für das freundliche Angebot, ich danke dir!« sagte Matt scheinheilig tief bewegt, aber die Leitung war schon tot.

Second Lieutenant Chadwick T. Nesbitt IV., U.S. Marine Corps Reserve, wartete vor dem Herrenhaus der Nesbitts in Bala-Cynwyd, als Matt dort eintraf. In Uniform und frisch rasiert hockte er auf einem lebensgroßen steinernen Löwen. Zwei identische Segeltuchkoffer mit seinem Namen, Dienstrang und Dienstnummer standen neben dem Löwen. In einer durchsichtigen Plastikhülle steckte ein großer Dienstanzug des Marine-Corps, und die Schachteln daneben enthielten vermutlich die Uniformmütze und den Säbel eines Offiziers des Marine-Corps.

Lieutenant Chadwick T. Nesbitt hielt ein langstieliges Glas mit roter Flüssigkeit in der Hand. Ein anderes Glas, bedeckt mit einer Papierserviette, stand auf einem der Koffer.

»Du hast aber lange gebraucht«, begrüßte Chad Matt, als er aus dem Wagen stieg und zu ihm ging.

»Du kannst mich mal.«

»Du mich auch. Jetzt bekommst du keine Bloody Mary.«

»Ist das eine?« Matt nahm das Glas vom Koffer. »Danke, dann macht es mir nichts aus, daß ich dich kann.«

Sie grinsten sich an.

»Du mußt eine heiße Nacht hinter dir haben«, sagte Matt. »Du siehst aus wie ein Beispiel für die Kunst des Leichenbestatters, Tote herzurichten.«

»Da wir von der vergangenen Nacht sprechen, wo, zum Teufel, warst du?«

»Bei der Verbrechensbekämpfung, was denkst denn du?«

»Verbrechensbekämpfung? So nennst du das? Daffy sagte, du vögelst eine Sowieso Stevens.«

»Ihr Name ist Amanda, und wir haben nicht gevögelt.«

»Mir scheint, der Herr protestiert zuviel«, sagte Chad. »Madame Browne ist natürlich moralisch empört über dich.«

»Hast du nicht was Neues?«

»Ich denke, ich trinke noch eine Bloody Mary, um Mut für den Straßenverkehr zu tanken, und dann fährst du uns dorthin und anschließend zum Hotel.«

»Ich dachte, man besucht die Braut am Hochzeitstag nicht vor der Trauung.«

»Ich lade dort nur mein Gepäck ab. Dann fahren wir zum Hotel und genehmigen uns etwas, um meine Nerven zu beruhigen.«

»Du bist schon – oder vielleicht immer noch – besoffen«, sagte Matt. »Ich möchte dich nicht in die Kirche tragen müssen.«

»Du warst immer schon ein bißchen pingelig, Matt. Habe ich dir das jemals gesagt?«

»Oft genug.« Matt stellte das Glas ab und nahm die Koffer. »O Mann, was hast du denn da drin?«

»Nur die Ketten und Peitschen und Handschellen und anderes Gerät, das man auf die Hochzeitsreise mitnimmt«, sagte Chad. »Und natürlich die Dinge, die jeder Second Lieutenant des Marine-Corps mitnimmt, wenn er zur Schlacht gegen die bösen Mächte ins ferne Okinawa zieht.«

»Einschließlich Säbel und großer Dienstanzug?«

»Ich ziehe mir im Hotel den großen Dienstanzug an, und nach der Trauung, wenn ich bei Daffy bin, ziehe ich mich wieder um. Übrigens benutzen wir keine Säbel mehr, um gegen die Mächte des Bösen zu kämpfen.«

Matt verstaute das Gepäck im Wagen. »Steig ein«, sagte er. »Wie sind übrigens deine Reisepläne?«

»Wir fahren heute abend nach New York und fliegen morgen zur Westküste.«

»Du kommst nicht hierher zurück?«

»Ich hoffe natürlich, daß ich in die Heimat zurückkehre, aber wenn du meinst ›nach der Trauung und vor der Abreise nach Okinawa‹, dann lautet die Antwort nein.«

Er erhob sich von dem steinernden Löwen, nahm Matts Glas mit und ging zum Wagen.

»Wenn du die Tür für mich öffnest, kann ich vielleicht einsteigen, ohne dies auf deine feinen Polster zu verschütten.«

Matt öffnete die Tür für ihn. Er nahm ihm das Glas ab, trank den Rest Bloody Mary und stellte das Glas auf die Treppe.

Als er sich aufrichtete, stand Mrs. Nesbitt vor ihm. »Ich bin mir nicht sicher, ob das eine gute Idee ist, am hellichten Tag Alkoholisches zu trinken, Matt«, sagte sie, und dann ging sie um ihn herum zum Wagen.

»Er bestand darauf, Mutter«, sagte Chad. »Er sagte, er wird die Zeremonie nüchtern kaum überstehen.«

»Nun, laß dich von ihm nicht noch einmal verführen«, sagte Mrs. Nesbitt. »Hast du alles?«

»Ja, Mutter.«

»Bist du sicher?«

»Ja, Mutter.«

»Nun, dann sehen wir uns in der Kirche.«

»So Gott will und wenn es kein Hochwasser gibt«, sagte Chad und knallte die Tür zu.

Matt ging zur Fahrerseite des Porsche.

»Matt . . .«, begann Chads Mutter.

»Ja, Ma'am?«

»Benehmt euch, ihr beiden.«

»Das werden wir«, gelobte Matt.

Er setzte sich hinters Steuer, wendete und fuhr über den Zufahrtsweg zum Tor.

Mrs. Nesbitt winkte. Chad winkte zurück.

»Ich nehme an, es ist meiner Mutter klar, daß sie ihren Erstgeborenen vielleicht zum letzten Mal sieht«, sagte Chad. »Dieser etwas beunruhigende Gedanke ist mir jedenfalls gekommen.«

Matt wußte nicht, was er sagen sollte.

»Wenn ich dich höflich frage, würdest du mir dann eine offene Antwort auf eine offene Frage geben?« fragte Chad.

Matt spürte, daß Chad es ernst meinte. »Klar.«

»Was ist es für ein Gefühl, jemand zu töten?«

»Allmächtiger!«

»Im Augenblick ist deine Erfahrung auf diesem Gebiet größer als meine«, sagte Chad, »obwohl ich überzeugt bin, daß das Marine-Corps dafür sorgen wird, dies so schnell wie möglich zu ändern.«

»Ich hatte weder Alpträume, noch habe ich viel Seelenforschung deswegen betrieben«, sagte Matt. »Nichts dergleichen. Der Mann, den ich erschoß, war erwiesener Abschaum . . .«

»Interessante Formulierung«, unterbrach Chad. »Ich nehme an, das ist die Bezeichnung für jemand, der weniger Wert hat als ein gebrauchtes Kondom, oder?«

»Ich weiß nicht, was es bezeichnet. Es ist – Gerede von Polizisten. Ein wirklich unangenehmes Individuum. Am Tag, an dem ich ihn erschoß, sah ich vorher, was er der entführten Frau angetan hatte. Er vergewaltigte sie, quälte sie, verstümmelte sie und tötete sie. Ich wußte, daß er Abschaum war.«

»Mit anderen Worten, du hast ihn mit Freude erschossen?«

»Als ich ihn sah, versuchte er, mich über den Haufen zu fahren. Ich empfand nur Angst und Zorn. Er wollte mich töten. Ich hatte eine Waffe, und so tötete ich ihn.«

»Mut wird auch definiert als Benutzen des Verstandes unter Streß«, sagte Chad.

»Dann war Mut folglich nicht an meinem Handeln beteiligt«, sagte Matt. »Er hatte eine Frau in dem Van, eine andere Frau, die er entführt hatte. Es war einfach verdammtes Glück, daß ich sie nicht traf, als ich auf ihn schoß. Wenn ich den Verstand benutzt hätte, dann hätte ich nicht auf ihn geschossen.

»Die Zeitungen machten einen Helden aus dir«, sagte Chad nachdenklich. »Mein Alter schickte mir alle Zeitungsausschnitte über dich.«

»Das war alles Blödsinn«, sagte Matt.

»Du kannst mich wieder mal. *Ich* bin beeindruckt.«

»Du warst auch nie sehr helle.«

»Dann sag mir, Sherlock Holmes, wer hat auf Penny Detweiler geschossen?«

»Wir ermitteln noch«, sagte Matt.

»Ich gebe dir einen Tip«, sagte Chad. »Daffy sagte, daß Penny diesen Italiener kannte.«

»Das hat Daffy dir gesagt?«

»Überrascht?«

»Nein«, sagte Matt. »Hat sie dir sonst noch was gesagt?«

»Nein. Nur, daß Penny sich mit ihm getroffen hat.«

»›Getroffen‹ im Gegensatz zu ›Kokain von ihm gekauft‹?«

»Penny kokst?« Chad starrte Matt an.

»Eine leise Stimme sagt mir soeben, daß ich nicht mit dir darüber sprechen sollte.«

»Nur zwischen dir, mir und diesem leeren Bloody-Mary-Glas?«

»Unter der Bedingung, daß dann absolut Schluß damit ist – ja. Penny hat ein Problem mit Kokain. Aber sie weiß nicht, was wir wissen, und ich möchte, daß es so bleibt.«

»Was Daffy als ›getroffen‹ bezeichnete, meinte sie als ›vögeln‹. Aber sie sagte kein Wort über Koks. Bist du dir da sicher? *Penny Detweiler?*«

»Ja, wir sind uns in diesem Punkt völlig sicher, Chad.«

»Wir? Ich finde, es gefiel mir besser, als ›wir‹ du und ich und Daffy und Penny bedeutete, und die Bullen – nun, gottverdammte Bullen waren.«

»Es tut mir leid, daß das zur Sprache kam«, sagte Matt. »Könntest du das Gespräch vergessen?«

»Betrachte es als vergessen«, sagte Chad. »Aber noch eine Frage?«

»Fragen kannst du. Ob ich dir eine Antwort gebe, weiß ich noch nicht.«

»Hast du jemals diesen Scheiß genommen?«

»Nein.«

»Du hast auch nie Gras geraucht?«

»Nein.«

»Ich auch nicht. Aber ich habe allmählich den Verdacht, daß wir beiden die einzigen Pfadfinder auf der Welt sind.«

Soames T. Browne, der zwischen dem Personal vom Party-Service herumschlenderte, bestand darauf, daß sie ein Schlückchen mit ihm tranken. Aber erst nach drei ›Schlückchen‹ konnten sie sich davonstehlen.

»Weiß du, ich glaube, er mag mich wirklich«, sagte Chad, als sie wieder im Porsche saßen.

»Du nimmst ihm Daffy weg«, sagte Matt. »Er sollte vor Dankbarkeit überwältigt sein.«

»Leck mich am Arsch, Matt.«

»Er wird dich natürlich wesentlich weniger mögen, wenn du besoffen in der Kirche auftauchst.«

»Mach dir mal keine Sorgen um mich, Junge«, sagte Chad zuversichtlich.

Matt setzte Chad und sein Gepäck im Bellevue-Stratford-Hotel in der South Broad Street ab und fuhr dann zu seiner Wohnung am Rittenhouse Square, ein paar Blocks entfernt. Er wollte seinen Frack holen, damit zum Hotel fahren und sich in einem der Zimmer umziehen, die von den Nesbitts für Chads auswärtige Betreuer und Helfer bei den Feierlichkeiten gemietet worden waren.

Dann entschied er sich jedoch dagegen. Es war einfacher, wenn er sich in seinem Apartment umzog. Er rief bei der Special Operations Division an. Jason Washington war nicht da, und so hinterließ er eine Nachricht: Er hatte die Bestätigung, daß Penelope Detweiler Anthony J. DeZego gekannt hatte, und er würde in den nächsten paar Stunden im Bellevue-Stratford zu erreichen sein.

Dann ging er vom Ritterhouse Square zum Bellevue-Stratford-Hotel.

Die Nesbitts hatten zwei große, aneinandergrenzende Suiten im siebten Stock für Chads auswärtige Gäste gemietet. Die Brownes hatten das gleiche für Daffys Freundinnen gemacht; die Mädchen waren in Zimmern im fünften Stock untergebracht. Zwangsläufig würden sie sich begegnen, und es begann gerade eine Party, als Matt dort eintraf. Die offizielle Party vor der Trauung in einem Ballsaal im Zwischengeschoß würde erst in einer Stunde beginnen.

Matt war noch keine fünf Minuten dort, als einer von Chads Kameraden vom Marine-Corps einen Telefonanruf entgegennahm, sich dann auf einen Tisch stellte, das Telefon hochhielt und ›Aaach-tung!‹ bellte.

Als alle zu ihm blickten, einige etwas schockiert, fragte er höflich: »Ist ein Mr. Matthew Payne unter den Anwesenden?«

»Hier«, sagte Matt. Er ging hin, nahm den Telefonhörer entgegen und war überzeugt, daß er Jason Washington an der Strippe hatte. Das war jedoch nicht der Fall.

»Matt, wenn er betrunken zur Kirche kommt«, sagte Daffy Browne, »dann werde ich nie wieder ein Wort mit dir reden.«

»Wärst du bereit, mir das schriftlich zu geben?«

»Oh, Matt, *bitte!*«

»Ich werde mein Bestes tun, Daffy«, sagte Matt.

»Denk daran, daß es der wichtigste Tag in unserem Leben ist«, sagte Daffy.

»Richtig.«

»Er hört auf dich, Matt, du weißt das.«

Matt schaute zu Chad Nesbitt. Chad genehmigte sich wieder eine Bloody Mary.

Er hört auf mich? Blödsinn!

»Entspann dich, Daphne«, sagte er. »Ich werde ihn rechtzeitig zur Kirche bringen und ihn dir zu Füßen legen.«

Daffy fand das nicht lustig. Sie legte auf. Matt tat das gleiche und ging zu Chad hinüber.

»Das war die Braut«, sagte Matt. »Sie will dich nüchtern bei der Trauung sehen.«

»Nun, man kann nicht immer alles haben, was man will, nicht wahr?«

»Ah, komm schon, Chad. Du wirst blau, und ich bin dann der Bösewicht.«

»Wer wird blau?«

Matt sagte sich, daß er seinen Atem verschwendete.

Wenn er saufen will, wird er saufen. Er hört nicht auf mich. Und wenn er blau ist, wird Daffy sauer auf mich sein, und das bedeutete, daß ich nicht vernünftig mit ihr sprechen und sie nicht unter vier Augen und zwischen alten Freunden fragen kann, was sie über Penny und Tony das Z weiß, verdammt!

Eine Hand berührte sanft seinen Rücken.

»Ich dachte mir, daß du vielleicht hier bist«, sagte Amanda.

Sie war so nahe, daß er ihren Parfumduft wahrnahm. Sie trug eine weiße Bluse und einen Rock.

Wie schön sie ist!

»Tag!« sagte er.

»Ich hörte, daß dieser verrufene Typ die ganze Nacht fremdging«, sagte Chad zu Amanda.

Amanda ging fort, ohne etwas zu erwidern oder auch nur zu zeigen, daß sie seine Äußerung gehört hatte. Matt folgte ihr. Sie ging zur Tür. Dort holte er sie ein.

»Wohin gehst du?« fragte er.

»Wenn du dich amüsierst, dann bleib um Himmels willen«, sagte sie.

Er folgte ihr auf den Flur und zum Aufzug.

»Ich hörte, was du mit ihm geredet hast«, sagte sie. »Du hast getan, was man von dir erwarten konnte. Wenn er sich betrinkt, ist es nicht deine Schuld.«

»Sag das Daffy.«

»Das habe ich vor«, erwiderte Amanda.

Das gefiel ihm sehr.

»Es sind ein paar Bars gleich hier im Hotel«, sagte Matt, als sie den Aufzug betraten.

»Keine Bars, danke«, sagte sie.

»Okay. Wie wäre es dann mit Professor Paynes berühmter Wanderung durch die Innenstadt von Philadelphia, bis die Cocktailparty beginnt?«

»Keine Cocktailparty für mich, trotzdem vielen Dank.«

»Wohin möchtest du dann gehen? Was möchtest du unternehmen?«

Sie schaute ihn an, und was er in ihren Augen sah, war Schalk – und noch etwas anderes.

»Wirklich?« fragte er nach einer Weile.

»Wirklich«, sagte sie.

Und einen Augenblick später verließen sie Händchen haltend den Aufzug, durchquerten die Halle und machten sich auf den Weg zum Apartment am Ritterhouse Square.

Um 16 Uhr 55 klopfte Lieutenant Tony Lucci an Staff Inspector Peter Wohls Bürotür, wartete, bis er hereingerufen wurde, öffnete die Tür und kündigte an: »Alle sind hier, Inspector.«

»Bitten Sie die Gentlemen herein, Tony«, sagte Wohl. Er saß auf der Kante seines Schreibtischs. Chief Inspector Dennis V. Coughlin und dessen Fahrer, Sergeant Tom Lenihan, die vor zehn Minuten eingetroffen waren, saßen auf der Couch.

»Harris hat den jungen Lewis dabei, Inspector. Der auch?« fragte Lieutenant Lucci.

»Warum nicht?«

Ich verstehe dein Dilemma, Tony, mein Junge. Der Ehrenwerte Bürgermeister hat dich angewiesen, die Dinge im Auge zu behalten und die Ohren offenzuhalten. Und jetzt findet gleich eine Konferenz auf höchster Ebene hinter verschlossener Tür ohne dich statt, und du weißt nicht, was du tun sollst. Wirst du fragen, ob ich dich dabeihaben will? Wenn du das tust, käme es einem Eingeständnis gleich, daß du als Zuträger des Bürgermeisters fungierst. Oder wirst du mit dem Ohr am Schlüsselloch lauschen, in der verzweifelten Hoffnung, daß ich dich nicht dabei erwische?

»Jawohl, Sir«, sagte Lucci.

Die Captains Mike Sabara und David Pekach, die Detectives Jason Washington und Tony Harris und Officer Foster H. Lewis junior betraten das Büro.

Lieutenant Lucci stand an der offenen Tür, und es war ihm fast anzusehen, daß er hoffte, hereingebeten zu werden.

»Chief«, sagte Wohl, »kennen Sie Officer Lewis?«

»Guten Tag«, sagte Coughlin und reichte Lewis die Hand. »Ich kenne Ihren Vater.«

Wohl blickte zu Lucci und hob fragend die Augenbrauen. Lucci schloß schnell die Tür.

»Aus Gründen, die ich mir nicht vorstellen kann, wird Officer Lewis ›der Kleine‹ genannt«, sagte Wohl. »Er hilft Tony.«

»Gelächter setzte ein, und Coughlin sagte: »So können Sie gut Erfahrung sammeln, Sohn.«

»Kleiner, würden Sie bitte Lucci hereinbitten?« sagte Wohl.

Coughlin schaute Wohl neugierig an, als der Kleine zur Tür ging.

Lucci tauchte sofort auf.

»Tony, nehmen Sie sich einen Notizblock und setzen Sie sich bitte dazu«, sagte Wohl. Lucci verschwand für einen Moment und kehrte mit einem Stenoblock und drei Bleistiften zurück.

»Tony, ich möchte, daß Sie alles notieren, was Ihrer Ansicht nach der Bürgermeister wissen möchte. Ich weiß, daß er an unserer Arbeit interessiert ist, und Sie sind offenbar derjenige, der ihm am besten davon erzählen kann. Ich möchte, daß Sie von jetzt an in engem Kontakt mit ihm bleiben, damit er über alles, was hier los ist, auf dem laufenden bleibt.«

»Jawohl, Sir«, sagte Lucci, jetzt sehr verwirrt.

Coughlins und Wohls Blicke trafen sich kurz. Wohl glaubte Belustigung und Anerkennung in Coughlins Augen zu sehen.

»Von jetzt an bis zur Klärung der Fälle Officer Magnella, Anthony J. DeZego und Penelope Detweiler«, begann Wohl, »sollten wir meiner Ansicht nach ein solches Treffen jeden Tag haben. Vielleicht zu dieser Stunde, aber das kann geändert werden, wenn es nötig ist. Und ich denke, wir sollten beginnen, indem wir uns anhören, was Tony hat.«

»Ich habe nichts«, sagte Tony Harris.

»Das ist ermunternd«, meinte Coughlin sarkastisch.

»Officer Magnella, auf Routine-Streifenfahrt im Zweiundzwanzigsten Distrikt, wurde neben seinem Streifenwagen bei der Kreuzung Columbia und Clarion erschossen«, sagte Harris, »und zwar zwischen dreiundzwanzig Uhr und zehn und dreiundzwanzig Uhr fünfundzwanzig. Wir wissen die Zeit, weil er sich um dreiundzwanzig Uhr zehn mit seinem Sergeant traf und um dreiundzwanzig Uhr fünfundzwanzig ein Bürger anrief, daß ein Polizist erschossen wurde. Der Leichenbeschauer hat festgestellt, daß Magnella von fünf Kugeln Kaliber zweiundzwanzig, genauer gesagt zweiundzwanzig Long Rigle, getroffen wurde, von vier Kugeln in die Brust und einer Kugel in den linken Oberschenkel.

Officer Magnella meldete nicht, ich wiederhole, *nicht* über Funk, daß er irgend etwas Außergewöhnliches tat. Als er seinen Sergeant traf, hatte der den Eindruck, daß alles normal verlief. Magnella äußerte sogar, daß es eine ungewöhnlich ruhige Nacht war. Weder sein Sergeant noch sein Lieutenant hatten den Eindruck, daß er besonderes Interesse an irgend etwas in seinem Gebiet hatte. Keiner im Zweiundzwanzigsten Distrikt hat den Eindruck, daß Magnella mit etwas Besonderem beschäftigt war. Es gibt keine Meldungen von irgendwelchen Animositäten gegenüber ihm im besonderen und dem Zweiundzwanzigsten Distrikt im allgemeinen.

Es gab *keine* Zeugen, mit Ausnahme natürlich des Bürgers, der die Polizei anrief und den Vorfall meldete. Dieser Bürger ist nicht identifiziert und hat sich nicht gemeldet. Offenbar will er – die Aufzeichnung des Telefonats läßt darauf schließen, daß er männlich, wahrscheinlich weiß und vermutlich um die Vierzig ist – nicht in den Fall verwickelt werden.

Niemand in der Gegend hörte Schüsse oder sonst etwas Ungewöhnliches. Eine Zweiundzwanziger macht nicht viel Lärm.

Alles, was ich herausgefunden habe, läßt darauf schließen, daß Magnella ein anständiger, geradliniger Mensch war. Er spielte nicht, trank kaum Alkoholisches, wollte bald ein Mädchen aus der Nachbarschaft heiraten und war Kirchgänger. Er trank nicht – ah, das sagte ich schon. Jedenfalls gibt es nichts, was darauf schließen läßt, daß der Mord mit irgend etwas in seinem Privatleben in Zusammenhang steht . . .«

»Was sagt Ihnen Ihr Gefühl, Tony?« unterbrach Chief Coughlin.

»Chief, ich denke, er sah etwas, ein paar Halbstarke, einen Betrunkenen, eine Nutte, nichts, was er für wirklich bedrohlich hielt. Und er stoppte, stieg aus, und er – vielleicht sogar eine *Sie* – erschoß ihn.«

»Warum?« fragte Coughlin.

Harris zuckte mit den Schultern und hob die Hände in einer Geste der Hilflosigkeit.

»Wo stehen wir also jetzt, Tony?« fragte Coughlin.

»Wir untersuchen alles noch einmal. Mit einigen Leuten in der Gegend haben wir noch nicht gesprochen. Wir werden mit Leuten reden, die dort arbeiten. Wir werden jeden überprüfen, den Magnella jemals festgenommen hat. Wir sprechen noch einmal mit seiner Familie und mit Nachbarn . . .«

»Brauchen Sie irgend etwas?« fragte Coughlin.

Das ist meine Frage, dachte Wohl. *Aber Coughlin stellt sie bewußt. Wenn Tony sagt ›nicht, daß ich wüßte‹, kann Coughlin sagen: ›Nun, wenn Sie irgend etwas brauchen, lassen Sie es mich wissen.‹* Und Lucci wird dem Bürgermeister berichten, daß Chief Coughlin Herr der Sache bleibt und alles im Auge behält.

»Mir fällt nichts ein, Chief«, sagte Tony Harris.

»Nun, wenn Sie irgend etwas brauchen, was auch immer, lassen Sie es mich wissen«, sagte Coughlin.

»Bekommen Sie alles, was Sie brauchen, von der Mordkommission?« fragte Wohl.

»Ja, klar«, sagte Harris. »Lou Natali rief mich sogar an und fragte, ob er etwas für mich tun könnte. Er sagte, Chief Lowenstein hätte ihm die Anweisung gegeben.«

»Ich bin überzeugt, daß es nur eine Frage der Zeit ist, Tony«, sagte Coughlin.

»Jason?« fragte Wohl.

»Nichts. Nun, nicht ganz. Wir fanden heraus, daß Penelope Detweiler Kokain nahm und DeZego kannte. Und da setzen wir nach.«

»Sind Sie dessen sicher?« fragte Coughlin. »Detweilers Tochter kokst?«

»Dessen bin ich mir sicher«, sagte Washington.

»Das ist ein Ding!« sagte Coughlin. »Und sie kannte DeZego?«

»Ich erfuhr das vor ein paar Minuten, als ich eintraf«, sagte Washington. »Matt Payne hinterließ eine Nachricht.«

»Ich dachte, er arbeitet mit Ihnen zusammen? Ich meine, warum ist er nicht hier?« Coughlin sah Washington fragend an.

»Er ist bei einer Hochzeit. Ich dachte, er hört dort vielleicht etwas. Und so war es. Es würde mich nicht überraschen, wenn er bei dem Empfang noch etwas mehr erfährt.«

»Ich dachte, Sie arbeiten an dem Szenario, daß das Detweiler-Mädchen nur eine unschuldige Zuschauerin war«, sagte Coughlin.

»Das war, bevor wir herausfanden, daß sie Kokain nahm und DeZego kannte.«

»Jede andere Erklärung könnte Wirbel verursachen«, sagte Coughlin.

»Ich habe das Gefühl, Chief, daß es nur um DeZego ging, daß ihn jemand abservieren wollte. Keine Ahnung, warum ich das Gefühl habe. Aber wenn es stimmt, mit anderen Worten, wenn DeZegos Ermordung nicht in Zusammenhang mit Kokain oder Raub steht, sondern etwas mit dem Mob zu tun hat, dann kann das Detweiler-Mädchen wirklich eine unschuldige Zuschauerin gewesen sein.«

»Ja«, sagte Coughlin nachdenklich, »es könnte etwas in dieser Art sein.«

Das würde dir gefallen, nicht wahr? dachte Wohl ein wenig unfreundlich. *So würde der Wirbel ausgeschlossen, von dem du gesprochen hast.*

»Ich werde nach dieser Versammlung mit Jim Osgood sprechen«, sagte Washington. »Vielleicht hat er etwas.«

Lieutenant James H. Osgood von der Abteilung Organisiertes Verbrechen war der Experte für die Strömungen und Verfahrensweisen des Mob und die Lebensweise seiner Mitglieder.

»Sie haben bis jetzt damit gewartet?« fragte Coughlin. Es war ein Tadel.

»Ich war heute morgen um acht dort, Chief«, sagte Washington, »bevor ich ins Hahneman-Hospital fuhr, um das Mädchen zu besuchen. Osgood war in New York. Er wird um siebzehn Uhr zurückerwartet.«

»Wenn jemand Informationen in dieser Hinsicht geben kann, dann Osgood«, sagte Chief Coughlin.

»Chief«, fragte Wohl, »unterliege ich irgendwelchen Etatbeschränkungen bezüglich Überstunden?«

»Auf keinen Fall!« sagte Coughlin entschieden. »Geben Sie aus, was immer Sie für nötig halten, Peter, sei es nun für Überstunden oder für sonst etwas.«

Ich hoffe, du schreibst das auf, Lucci, dachte Wohl. *Ich bin überzeugt, daß Chief Coughlin das notiert haben will, damit der Bürgermeister weiß, daß er mich persönlich ermächtigt hat, für Überstunden oder sonstwas auszugeben, was ich für nötig halte. Der Hurensohn sichert sich ab und schiebt mir den Schwarzen Peter zu.*

»Hat jemand sonst noch etwas?« fragte Wohl.

Köpfe wurden geschüttelt. »Nein.«

»Chief, haben Sie noch etwas?« fragte Wohl.

»Nein. Ich gehe jetzt und lasse Sie und Ihre Leute weiterarbeiten.«

Coughlin erhob sich von der Couch, schüttelte allen die Hand und ging.

»Ich denke, jetzt sollte ich als Ihr Chef etwas Anregendes und Aufmunterndes zur Sprache bringen«, sagte Wohl, als Coughlin fort war.

Alle schauten ihn an.

»Etwas Anregendes und Aufmunterndes«, fuhr Wohl fort. »Hauen Sie ab. Wir sehen uns morgen wieder.«

Als alle fort waren, telefonierte Wohl.

»Ja«, meldete sich eine rauhe Stimme.

»Kann ich dir ein Bier spendieren?«

»Komm zum Abendessen.«

»Das möchte ich nicht, Vater«, sagte Wohl.

»Oh«, sagte Chief Inspector (im Ruhestand) August Wohl.

»Dann bei Downey's, Ecke Front und South Street, in einer halben Stunde?«

»Prima. Danke.«

13

Captain David Pekach war erleichtert, als das Treffen in Wohls Büro so schnell beendet war. Unter den gegebenen Umständen hätte es stundenlang dauern können.

Pekach und Mike Sabara folgten Lieutenant Lucci an seinen Schreibtisch, wo Sabara dem Lieutenant sagte, daß er entweder zu Hause oder in der St. Sebastian Church zu erreichen war. Lucci hatte beide Telefonnummern. Pekach sagte ihm, daß er unter einer der beiden Telefonnummern zu erreichen war, die er ihm gegeben hatte, und von 19 Uhr 30 an im Ristorante Alfredo in der Innenstadt. Er schrieb die Telefonnummer auf und gab sie Lucci.

Lucci und Sabara tauschten ein Lächeln.

»Großes Rendezvous, Dave?« fragte Sabara.

»Ich führe eine Freundin zum Abendessen aus, klar«, blaffte Pekach. »Ist daran was auszusetzen?«

»Ach, du dickes Ei«, sagte Sabara. »Habe ich da einen blanken Nerv berührt?«

Pekach starrte ihn finster an. Dann ging er zur Tür.

»*Schöne* Uhr, Dave«, rief Sabara ihm nach.

Pekach machte auf der Türschwelle kehrt und zeigte ihm den Mittelfinger. Dann stürmte er hinaus zum Parkplatz. Sabara und Lucci grinsten sich an.

»Was hatte das mit der Uhr zu bedeuten?« fragte Lucci.

»Seine *Freundin* schenkte sie ihm zum Geburtstag«, erklärte Sabara. »Eine Omega. Gold. Mit jeder Menge Funktionen. Wie nennt man so ein Ding, Chronometer?«

»Chronograph«, sagte Lucci. »Gold?«

»Gold«, bestätigte Sabara.

»Warum ist er so empfindlich, wenn die Sprache auf die Lady kommt?« fragte Lucci und entschied sich im letzten Moment, nicht zu erwähnen, daß die Freundin Pekach ›Schatz‹ genannt hatte, als er ihn in ihrem Haus angerufen hatte.

»Keine Ahnung«, erwiderte Sabara. »Ich habe sie gesehen. Sieht nicht schlecht aus. Er braucht sich ihretwegen nicht zu schämen.«

Sie, das war Miss Martha Ellen Peebles. Sie wohnte allein in einem Herrenhaus aus der Jahrhundertwende in der Glengarry Lane 606 in Chestnut Hill.

Das Haus war von Alexander F. Peebles erbaut worden, der unter anderem elf Prozent der Anthrazitreserven der Nation besaß, wie das *Wall Street Journal* schätzte. Mr. Peebles hatte einen Sohn, Alexander junior, der zwei Kinder hatte: Martha und ihr vier Jahre jüngerer Bruder Stephan.

Mrs. Alexander Peebles junior war an Krebs gestorben, als Martha zwölf und Stephan acht gewesen war. Alexander Peebles sagte sich in der Nacht, in der Gott seine Frau von ihrem Leiden erlöste, daß seine Tochter ein außergewöhnlich gutes Geschöpf war. Martha, die eigentlich von ihm wegen des Verlusts ihrer Mutter hätte getröstet werden müssen, war statt dessen zu ihm in sein Heiligtum – das Waffenzimmer – gegangen, wo er Scotch getrunken und sich bemitleidet hatte, und sie hatte ihn getröstet; er brauche sich keine Sorgen zu machen, sie würde sich von jetzt an um ihn kümmern.

Mr. Peebles heiratete nie mehr und widmete die letzten achtzehn Jahre seines Lebens der Moorhuhnjagd in Schottland, der Großwildjagd in Afrika und seiner Sammlung antiker Feuerwaffen.

Weil Martha wirklich entschlossen war, sich um ihn zu kümmern, wollte er sie nicht in Gesellschaft einer Gouvernante oder anderer Bediensteter zu Hause lassen, und so stellte er eine Privatlehrerin/Begleiterin für sie ein und nahm sie mit auf seine Jagdausflüge.

Ihre Bewunderung war gegenseitig. Martha fand ihren Vater perfekt in jeder Hinsicht. Für ihn verkörperte sie alle wünschenswerten weiblichen Merkmale von Schönheit und Vornehmheit. Bei einer Büffeljagd im damaligen Belgisch Kongo stellte Martha fest, daß Miss Douglas, die Privatlehrerin, mit seinem Vater das Bett teilte, und er fand Marthas Reaktion einfach großartig. Man erwartet einfach nicht soviel Einfühlungsvermögen und Verständnis von einer Sechzehnjährigen. Und zu dieser Zeit war sie so gut im Schießen wie die meisten Männer, die er kannte. Was konnte ein Vater mehr von einer Tochter verlangen?

Alexander Peebles juniors Beziehung zu seinem Sohn war nicht so idyllisch. Der Junge war immer schwierig gewesen. Das war vielleicht genetisch bedingt, ein Erbe von der Familie seiner Mutter, vermutete Alexander Peebles. Ihr Vater war jung gestorben, rief er sich in Erinnerung, und ihre beiden Brüder hatten wie Bibliothekare gewirkt.

Ein paarmal nahm er Stephen als Sechzehnjährigen auf Jagdausflüge mit, doch es war katastrophal. Als Stephen es endlich schaffte, auf der Safari in Tanganjika einen Hirsch zu schießen, schaute er auf die Jagdbeute und heulte. Im nächsten Jahr, nach einer äußerst erfolgreichen Fasanenjagd in Schottland, fragte ihn der Gastgeber, was er von der Jagd hielte. Und Stephen antwortete: »Ehrlich gesagt, ich finde, es ist ein ekelhaftes Abschlachten.«

Als Alexander seinem Sohn sagte, daß ihm und Martha diese Äußerung peinlich gewesen war, erwiderte Stephen: »Wie du mir, so ich dir. *Mir* ist sehr peinlich, einen Vater zu haben, der auf einen Ausflug mit seinen Kindern eine Hure mitnimmt.«

Alex Peebles, wütend über das trotzige Verhalten seine Sohnes und die Bezeichnung von Karen Cayworth als Hure (sie hatte einige Rollen in Kinofilmen gespielt, bevor sie ihre Schauspielkarriere aufgab, um seine Sekretärin zu werden) schlug seinen Sohn. Was als Bestrafung gedacht war, führte zu einem ausgerenkten Kiefer.

Wie vorherzusehen stand Martha zu ihrem Vater. Sie brachte Stephen ins Krankenhaus, fuhr dann mit ihm mit dem Zug nach London und setzte ihn in ein Flugzeug in die Heimat. Dann kehrte sie nach Schottland zurück. Aber der Schaden war natürlich angerichtet. Lord Gladstone, der Gastgeber, war höflich, jedoch distanziert, und Alex Peebles wußte, daß es lange dauern würde, bis er wieder von Lord Gladstone zur Jagd eingeladen werden würde.

Fünf Monate später, einen Monat vor dem Abitur, wurde Stephen von der High-School verwiesen. Als Grund gab der Direktor ›Ausübung widernatürlicher sexueller Praktiken‹ an.

Von da an bis zu seinem Tod nach einem Herzanfall in den Rocky Mountains wollte Alex Peebles so wenig wie möglich mit seinem Sohn zu tun haben. Er ließ ihm per Dauerauftrag jeden Monat eine bestimmte Summe überweisen und machte ihm klar, daß er im Haus an der Glengary Lane nicht willkommen war, wenn sein Vater daheim war.

Martha – wie nicht anders zu erwarten – drängte ihn, zu verzeihen und zu vergessen, aber das brachte er nicht über sich. Er ließ sich bis zu dem Punkt erweichen, Stephen über Martha eine psychiatrische Behandlung anzubieten, die ihn vielleicht von seiner sexuellen Neigung ›heilen‹ würde. Stephen – wie nicht anders zu erwarten – weigerte sich, und das war's dann für Alexander Peebles.

Alex Peebles Letzter Wille war ein sehr kurzes Dokument. Er vererbte all seinen irdischen Besitz, welcher Art und wo auch immer, seiner geliebten Tochter Martha, auf die er so stolz war, wie er sich seines Sohnes schämte, dem er folglich nichts vererbte.

Alex Peebles war überzeugt, daß die warmherzige, großzügige christliche Martha ihren Bruder gewiß irgendwie finanziell unterstützten und Stephen nicht in der Gosse enden würde.

Es wäre Alex Peebles nie in den Sinn gekommen, daß Martha nach der zu erwartenden Trauer Schwierigkeiten haben würde, mit ihrem eigenen Leben zurechtzukommen. Sie sah nicht schlecht aus, war ein guter Kumpel, er hinterließ ihr schließlich ein Vermögen und ließ ihre Interessen von der Anwaltskanzlei Mawson, Payne, Stockton, McAdoo & Lester vertreten, die ihr mit Rat und Tat zur Seite stehen würde.

Ebenso wichtig – vielleicht sogar noch mehr – war für ihn, daß Martha hochintelligent, sehr belesen und vernünftig war. Irgendwann würde ein Mann in ihr Leben treten. Es war nicht unbillig zu hoffen, daß Martha ihren erstgeborenen Sohn nach ihrem Vater nennen würde. Alexander Peebles Sowieso.

Er irrte sich. Martha Peebles war durch den Tod ihres Vaters seelisch erschüttert, und ihre fixe Idee, als dreißigjährige Frau buchstäblich ganz allein auf der Welt zu sein, wurde immer schlimmer.

Eine selbsternannte Delegation der Familie ihrer Mutter bedrängte sie gleich nach der Testamentsbestätigung, ihr Erbe mit ihrem Bruder zu teilen. Stephens ›Eigenheiten‹ waren nicht seine Schuld, argumentierten sie, und waren vielleicht auf die falsche Erziehung durch seinen Vater zurückzuführen. Ihrer Ansicht nach war es barbarisch, wie er seinen Sohn behandelt hatte.

Als sie sich weigerte, weil sie es als Ungehorsam und Nichtbefolgen des Letzten Willens ihres Vaters betrachtete, wurde ihr klar, daß sie wahrscheinlich die Tür zu jeder Beziehung zuschlug, die sich vielleicht mit der Familie ihrer Mutter entwickelt hätte. Diese Vermutung bestätigte sich bald.

Sie erkannte schnell, daß sie zwar viele Bekannte, aber fast keine Freunde hatte. Es gab natürlich Freundschaftsangebote. Einige waren echt, aber es wurde ihr bald klar, daß sie im Grunde genommen nichts gemein mit anderen wohlhabenden

Frauen in Philadelphia hatte außer Geld. Sie war in keiner Schule lange genug gewesen, um eine Freundin auf Lebenszeit zu gewinnen, und sie fand, daß es jetzt zu spät war, um zu versuchen, eine solche Freundschaft aufzubauen.

Es gab einige Aufmerksamkeit von Männern, aber Martha argwöhnte, daß sie nur Interesse an ihr hatten, weil sie wußten (durch einen ziemlich häßlichen Prozeß, den Stephen geführt hatte, um das Testament seines Vaters anzufechten), daß sie Alleinbesitzerin von Tamaqua Mining und allem anderen war, was ihrem Vater gehört hatte. Und keiner der Freier, wenn dieses Wort paßte, interessierte sie wirklich.

Mit der Jagd war es auch vorüber. Das war nicht das, was eine alleinstehende Frau allein tun konnte, selbst wenn sie es gewollt hätte, und ohne ihren Vater hatte sie auch kein Interesse daran.

Sie zwang sich, sich für das Geschäft zu interessieren, verbrachte drei Monate in Tamaqua und Hazleton in den Kohlegruben und belegte Kurse in Mineralogie und Finanzwesen auf der University of Pennsylvania. Durch die Kurse vertrieb sie sich die Zeit, kam jeden Tag aus dem Haus, und es war eine Herausforderung für sie, wenn sie eine Arbeit schreiben oder eine Prüfung ablegen mußte.

Drei Jahre nach dem Tod ihres Vaters erlaubte sie Stephen, wieder ins Haus einzuziehen. Genauer gesagt, sie warf ihn nicht hinaus, als er ohne zu fragen wieder einzog. Sie wollte keinen Streit mit ihm, der Prozeß war eine schreckliche Erfahrung gewesen, sie war einsam, und so konnten sie wenigstens manchmal gemeinsam essen.

Aber das klappte auch nicht. Stephens junge Freunde erwiesen sich als schwierig. Sie mochten ihn nicht, das merkte sie. Sie verkauften sich an ihn. Es war kein großer Unterschied, zwischen den ›Sekretärinnen‹ ihres Vaters und Stephens jungen Männern. Wenn in beiden Fällen vielleicht nicht mit Bargeld bezahlt wurde, dann liefen Geschenke und Überraschungen auf das gleiche hinaus.

Und wenn Stephens junge Männer die Geschenke und Überraschungen nicht für ausreichend hielten, dann machten sie entweder schreckliche Szenen oder stahlen Dinge aus dem Haus. Das gipfelte in den Diebstählen eines hübschen jungen Mannes namens William Walton, der behauptete, Schauspieler zu sein.

Martha ging zu Stephen und sagte ihm, daß sein Freund William Walton Dinge aus dem Haus stahl. Stephen schrie sie hysterisch an, daß sie dummes Zeug rede. Als sie auf ihrem Standpunkt beharrte und Beweise anführte, sagte er einige schreckliche Dinge zu ihr. Sie kündigte Stephen an, daß sie beim nächsten Diebstahl zur Polizei gehen würde.

Der nächste Diebstahl blieb nicht aus, und sie tat es, und die Polizei kam und tat nichts. Als Stephen erfuhr, daß sie die Polizei eingeschaltet hatte, gab es eine weitere Szene, die damit endete, daß Martha ihm zwei Tage Zeit ließ, um sich eine neue Bleibe zu suchen.

Stephen zog am nächsten Tag aus. Als sie die Treppe hinunterging, trug er seine Koffer hinaus und sah sie.

»Es tut mir leid, daß es soweit gekommen ist, Stephen«, sagte Martha.

Er schaute sie mit Haß in den Augen an.

»Leck mich am Arsch!« schrie er. »Leck mich am Arsch, du verdammte verklemmte Ziege! Ja, das bist du, eine verklemmte Ziege, die einen Bock braucht, der sie mal richtig rannimmt!«

Er ist außer sich, sagte sie sich, *weil ich ihn aus dem Haus gewiesen habe und weil er weiß, daß ich recht habe, daß sein William Walton ihn in Wirklichkeit gar nicht mag und tatsächlich im Haus stiehlt. Solange er noch so tun konnte, als ob das mit den Diebstählen von mir erfunden ist, konnte er sich noch einreden, daß William Walton ihn um seiner selbst willen mochte.*

Sie machte kehrt, ging die Treppe hinauf ins Waffenzimmer und weinte. Das Waffenzimmer war der Lieblingsplatz ihres Vaters gewesen, und jetzt war es ihrer.

Was Stephen in seiner Wut gesagt hatte, beunruhigte sie. Nicht die Worte, aber was dahintersteckte.

Warum habe ich keinen ›Bock‹? Ich bin vermutlich die einzige dreißigjährige Jungfrau auf der Welt, möglicherweise mit Ausnahme von Nonnen in Klöstern. Höchstwahrscheinlich bin ich nicht so attraktiv für Männer, daß sie ernsthaft versuchen, meine ganz natürliche jungfräuliche Zurückhaltung zu durchdringen. Eine andere Möglichkeit ist natürlich, daß meine natürliche jungfräuliche Zurückhaltung durch die Tatsache verstärkt worden ist, daß ich sehr wenige (unverheiratete) Männer kennengelernt habe, von denen ich mir das gewünscht hätte.

Und da gibt es noch eine Möglichkeit, eine ziemlich abscheuliche, wenn ich es bedenke: daß ich wie Stephen andersartig bin, eine latente Lesbe. Sonst müßte ich doch dieses überwältigende Verlangen haben, sozusagen gefickt zu werden, wie es alle Heldinnen in den Romanen haben, die praktisch damit prahlen. Warum wird mein Höschen nicht feucht, wenn ein Mann meinen Arm berührt oder gar meine Brüste betatscht?

Als ihr klar wurde, daß sie in Depressionen verfiel, was in letzter Zeit zu überhöhtem Alkoholkonsum führte, entschloß sie sich, dagegen anzukämpfen.

Sie nahm eine Flasche Portwein, den ihr Vater so gerne getrunken hatte, und trank zwei Glas davon, keinen Tropfen mehr, und dann verließ sie das Waffenzimmer und schloß sorgfältig die Tür ab.

In den nächsten beiden Tagen verschwanden noch mehr Nippessachen und Wertgegenstände aus dem Haus, und sie rief wieder die Polizei an. Abermals tat die Polizei nichts.

So stieg Martha in ihren Wagen, fuhr in die Innenstadt und suchte Colonel J. Dunlop Mawson auf, einen der Seniorpartner der Anwaltskanzlei Mawson, Payne, Stockton, McAdoo & Lester. Mawson war nicht anwesend, aber ein anderer Seniorpartner, Brewster C. Payne, über den ihr Vater bewundernd gesprochen hatte, wie sie sich erinnerte, empfing sie.

Sie erzählte ihm von den Diebstählen und dem totalen Versagen der Polizei. Er versuchte, sie zu überreden, in ein Hotel zu ziehen, bis die Polizei den Fall klären konnte. Martha erklärte ihm, daß sie nicht bereit war, sich durch einen Dieb aus ihrem eigenen Haus vertreiben zu lassen.

Er sagte ihr, daß Colonel Mawson und Polizeichef Czernick dicke Freunde waren. Sobald Colonel Mawson zurückkehrte, würde er ihn über das Gespräch informieren, und Colonel

Mawson würde bestimmt dafür sorgen, daß die Polizei etwas unternahm.

Am selben Tag, spät am Nachmittag, meldete Harriet Evans, die freundliche Schwarze, die – zusammen mit ihrem Mann – seit eh und je im Haus half: »Miss Martha, da möchte Sie wieder ein Polizist sprechen. Diesmal ist es ein Captain.«

Miss Martha Peebles empfing Captain David Pekach, den Chef der Highway Patrol. Sie erklärte ihr Problem wieder einmal, einschließlich ihres Verdachts, daß Stephens Freund der Dieb war. Captain Pekach versicherte ihr, alles zu tun, um ihren Besitz zu schützen und dem Dieb das Handwerk zu legen.

Irgendwann kam bei dem Gespräch heraus, daß Captain Pekach ledig war. Und Martha erwähnte die Waffensammlung ihres Vaters, und als Captain Pekach sich interessiert zeigte, führte Martha ihn ein wenig widerstrebend in das Waffenzimmer.

Er war begeistert von den antiken Waffen, die in hervorragendem Zustand waren, besonders von einer alten Jagdwaffe.

»Da sind noch andere Stücke, die Sie vielleicht interessieren, Captain«, sagte Martha. »Wenn ich Sie nicht von etwas Wichtigerem abhalte.«

Er schaute auf seine Armbanduhr.

»Ich bin spät dran«, sagte er.

»Ich verstehe.«

»Aber vielleicht ein anderes Mal?«

»Wenn Sie möchten.«

Er wies in die Runde. »Ich könnte glatt die nächsten zwei Jahre bei all diesen Waffen verbringen«, sagte er.

Er meint das ernst. Er will wiederkommen!

»Nun, vielleicht schauen Sie vorbei, wenn Sie Feierabend haben.«

Er wirkte betrübt.

»Miss Peebles, ich bin Chef der Highway Patrol. Wir bemühen uns, den Mann zu finden, der in den Zeitungen als die Sexbestie von Nordwest-Philadelphia bezeichnet wird.«

»Ja, ich habe davon gelesen.«

»Ich möchte mit den Männern sprechen, die von ihrem

Dienst kommen, um festzustellen, ob sie etwas herausgefunden haben. Das wird mich leider bis halb eins oder so beschäftigt halten.«

»Ich verstehe«, sagte Martha. Dann hörte sie sich schamlos lügen: »Captain, ich bin ein Nachtmensch. Ich gehe meistens erst in den frühen Morgenstunden zu Bett. Wenn Sie um ein oder sogar zwei Uhr hier vorbeifahren, wird sicherlich noch Licht an sein.«

»Nun, ich hatte vor, Ihr Anwesen zu überprüfen, bevor ich heimfahre«, sagte er. »Ich habe Beamte in der Nähe postiert.«

»Wenn Sie dann Licht sehen, kommen Sie herein. Ich werde eine Tasse Kaffee für Sie haben.«

Um fünf Minuten nach ein Uhr konnte Peebles sich nicht mehr als älteste Jungfrau der Welt, vielleicht mit Ausnahme von Nonnen in Klöstern, betrachten.

Und ihr Vater, sagte sie sich, würde mit David einverstanden sein, wenn er ihn kennengelernt hätte. Sie waren in vielerlei Hinsicht von der gleichen Art. Nicht äußerlich. Innerlich.

Martha wußte von dem Moment an, als er sie in die Arme nahm, noch vor dem Liebesakt, daß David der Mann war, auf den sie – ohne es zu wissen – ihr ganzes Leben lang gewartet hatte.

Captain David Pekach fuhr von der Versammlung in Staff Inspector Wohls Büro direkt zur Glengarry Lane 606 in Chestnut Hill. Er parkte seinen neutralen Dienstwagen in einer der vier Garagenboxen im ehemaligen Kutscherhaus hinter dem Herrenhaus und ging zurück zur Eingangstür.

Die Tür wurde geöffnet, als er dort war.

»Guten Abend, Captain«, sagte Evans, der Schwarze, der als Butler/Chauffeur/Hausmeister fungierte. Er trug ein graues Jackett mit schwarzer Fliege.

»Guten Abend, Evans.«

»Miss Martha sagte, wenn Sie sich umziehen möchten, wird sie danach gleich bei Ihnen sein.«

»Wir gehen zum Abendessen aus«, sagte Pekach.

»So verstand ich das, Sir. Möchten Sie etwas trinken, Captain? Einen Whisky oder ein Bier?«

»Ein Bier wäre prima, danke«, sagte Pekach.

»Ich bringe es sofort hinauf, Sir«, sagte Evans lächelnd.

Martha hatte David gesagt: »Evans bewundert dich, und seine Frau Harriet ist auch ganz hingerissen von dir.« Evans war immer freundlich, aber es war Pekach peinlich, daß das Ehepaar Evans über sein Verhältnis mit Martha natürlich im Bilde war.

Pekach stieg die breite Wendeltreppe hinauf und ging auf ›sein Zimmer‹. Das war eines ihrer kleinen Spiele, um den Schein zu wahren. Weil er auf der anderen Seite von Philadelphia wohnte, ›übernachtete‹ er manchmal hier. Wenn er ›übernachtete‹, dann in einem Gästezimmer, das zufällig eine Verbindungstür zu Marthas Schlafzimmer hatte.

Jedesmal wenn er ›übernachtete‹, was mehr die Regel als die Ausnahme war, zerwühlten er oder Martha sorgfältig Laken und Kissen im Gästezimmer, manchmal sogar, indem sie auf dem Bett herumhüpften. Und jeden Morgen machte Harriet oder eine ihrer Nichten, die gelegentlich bei der Hausarbeit halfen, das Bett im Gästezimmer, und jeder tat so, als ob David Pekach darin geschlafen hätte.

Als er ins Gästezimmer ging, hing Kleidung auf dem Ständer, den Martha als ›Stummer Diener‹ bezeichnete. Ein Jackett und eine Hose. Er hatte noch nie etwas auf dem Stummen Diener hängenlassen. Er hängte seine Uniform und Zivilkleidung stets in den großen Schrank.

Als er den Kleiderschrank öffnete, um Zivilkleidung anzuziehen, sah er eine weitere Überraschung. Er hatte erwartet, seinen dunkelblauen Anzug und seinen grauen Flanellanzug zu sehen (Martha hatte ihn für ihn bei Brooks Brothers gekauft, und er mochte gar nicht daran denken, was er gekostet hatte). Der Kleiderschrank war jetzt fast voll mit Männerkleidung, aber weder sein dunkelblauer Anzug noch der graue Flanellanzug war darunter.

»Was ist denn das?« murmelte er verwirrt. Er wandte sich vom Kleiderschrank ab. Evans – mit einem Tablett, auf dem eine Flasche Bier und ein Pilsglas standen – und Martha betraten das Gästezimmer.

Martha trug ein schwarzes Kleid und eine zweireihige Perlenkette, die bis auf ihren Busen reichte.

Mein Gott, sieht sie gut aus!

»Verflixt, du hast ihn noch nicht anprobiert!« sagte Martha.

»Was anprobiert?«

»Das natürlich.« Sie wies auf die Kleidung auf dem Stummen Diener.

»Das sind nicht meine Sachen«, sagte er.

»Ja und nein, Schatz«, sagte Martha. »Probier an.«

Sie nahm das Jackett – er sah jetzt, daß es ein dunkelblauer Blazer mit Messingknöpfen war.

»Liebling«, sagte er. »Ich habe dir gesagt, daß du mir keine Kleidung mehr kaufen sollst.«

»Und das habe ich auch nicht«, sagte sie. »Oder, Evans?«

»Nein, Captain, das hat sie nicht.«

Es blieb ihm nichts anderes übrig, als den Blazer anzuziehen. Er war zweireihig und paßte.

»Perfekt«, sagte Evans.

»Schau die die Knöpfe an«, sagte Martha. Er tat es. Die Messingknöpfe waren die gleichen wie die auf den Uniformen der Polizei von Philadelphia.

»Dank Evans dafür«, sagte Martha. »Du hast keine Ahnung, wie schwierig es für ihn war, sie zu besorgen.«

»Woher ist der Blazer?«

»Tiller und Whyde, nehme ich an«, sagte Martha.

»Stimmt, Miss Martha«, bestätigte Evans.

»Tiller und Sowieso? Was, zum Teufel, ist das?«

»Daddys Schneider – einer davon – in London«, erklärte Martha. »Schatz, du siehst wundervoll darin aus!«

»Der Blazer gehörte deinem Vater?« fragte er. Bei dieser Vorstellung fühlte er sich leicht unbehaglich, ganz davon zu schweigen, daß es ihm peinlich war, sich von Martha Kleidung schenken zu lassen.

»Nein, er gehört dir. Jetzt.«

»Ich schlug das Miss Martha vor, Captain«, sagte Evans. »Sie und Mr. Alex haben ungefähr die gleiche Größe, und all seine Kleidung wartete hier nur darauf, die Motten zu füttern.«

»So überprüften wir das, und Evans hatte recht, und wir brauchten nur die Hosen und die Jackettärmel ein wenig kürzen zu lassen, und dann mußten wir natürlich die Knöpfe der Polizei auftreiben. Evans kennt diesen phantastischen italienischen Schneider in der Chestnut Street, und du brauchst also nur ›Danke, Evans‹ zu sagen.«

»All diese Kleidung?« fragte Pekach und wies zum Kleiderschrank.

»Mr. Alex war stets hervorragend gekleidet«, sagte Evans.

Captain David Pekach war nahe daran zu sagen: *Scheiße, ich will nicht die gottverdammten Klamotten deines Vaters!*

Aber er sagte es nicht. Er sah in Evans' Augen den Ausdruck von echter Freude darüber, etwas Gutes getan zu haben, und dann sah er Marthas glückliches Lächeln.

»Danke, Evans«, sagte Captain Pekach.

Evans lächelte und verließ das Zimmer.

»Ich weiß nicht, was ich mit dir machen soll«, sagte Pekach zu Martha.

Sie schaute ihm in die Augen und lächelte. »Oh, dir wird schon etwas einfallen.«

Martha nahm die Flasche Bier vom Tablett, das Evans abgestellt hatte, und schenkte geschickt in das Pilsglas ein. Dann gab sie Pekach das Glas.

»Ich liebe es, wenn ich etwas Nettes für dich tun kann, mein Schatz.«

Er küßte sie zärtlich und schmeckte ihren Lippenstift.

»Ich sollte duschen«, sagte er.

Sie kam dann ins Badezimmer, wie so oft, und schaute ihm beim Rasieren zu. Sie hatte ihm gesagt, daß sie das gern tat und es liebte, seine Wangen zu befühlen, wenn er sie frisch rasiert hatte.

Als sie nach unten gingen, hatte Evans ihr Mercedes-Coupé aus der Garage vors Haus gefahren und hielt die Wagentür für sie auf.

Pekach setzte sich hinters Steuer und vergewisserte sich mit einem Blick zu Martha, daß sie den Sicherheitsgurt anlegte. Er erhaschte einen Blick auf einen Oberschenkel und die Spitze am Saum ihres schwarzen Slips.

Für eine Frau, die verdammt wenig vom Sex weiß, dachte er zum ungefähr fünfzigsten Mal, *versteht sie es wirklich, Unterwäsche auszuwählen, die mich scharf macht.*

Er fuhr den Zufahrtsweg hinunter zur Glengarry Lane und sagte sich, daß die beste Route in die Innenstadt die über den Schuylkill Expressway sein würde.

Nördlich des Zoologischen Gartens fragte Martha, ob sie schon den Mörder des Polizisten gefaßt hatten.

»Nein, und wir haben nicht den geringsten Hinweis«, sagte Pekach.

»Kurz bevor ich zu dir fuhr (er hätte fast gesagt ›heimfuhr‹) hatten wir eine Konferenz, und Tony Harris, der den Fall bearbeitet und ein hervorragender Cop ist, sagte, er muß noch einmal durchgehen, was er schon ermittelt hat.«

»Du sagtest fast ›als ich nach Hause fuhr‹«, sagte Martha, »nicht wahr?«

Er blickte zu ihr und stellte überrascht fest, daß sie Händchen hielten.

»Ein Versprecher«, sagte er.

»Schöner Versprecher, mir gefällt er.«

»Dein Versprechen gefällt mir auch.«

»Wie bitte?«

»Dein Slip gefällt mir«, sagte er.

»Oh, danke.«

Sie hob seine Hand an ihren Mund und küßte sie.

Plötzlich heulte eine Sirene. Er blickte in den Rückspiegel, sah einen Wagen der Highway Patrol hinter sich und warf einen Blick auf den Tacho. Er fuhr siebzig Stundenmeilen.

»Scheiße«, murmelte er, entzog Martha seine Hand und fuhr auf die rechte Fahrspur.

Der Streifenwagen der Highway Patrol fuhr neben ihn. Der Polizeibeamte auf dem Beifahrersitz gestikulierte gebieterisch, rechts heranzufahren und zu stoppen. Aus der gebieterischen Geste wurde ein freundlich verlegenes Winken, als Officer Jesus Martinez entsetzt erkannte, daß er den Chef der Highway Patrol stoppen wollte. Der Streifenwagen wurde langsamer und blieb zurück.

»Ich hasse es, von den eigenen Männern erwischt zu werden«, sagte Pekach.

»Dann solltest du nicht zu schnell fahren, Schatz.« Martha lachte. »Du solltest jetzt dein Gesicht sehen!«

»Es liegt an diesem verdammten Wagen«, sagte Pekach. »Den kennen sie nicht. Wenn wir in meinem Wagen säßen, wäre das nicht passiert.«

»Dann solltest du öfter mit diesem Wagen fahren, damit sie sich daran gewöhnen.«

»Ich kann nicht mit deinem Wagen zur Arbeit fahren«, sagte er.

»Warum nicht?«

»Weil es deiner ist.«

»Dann schenke ich ihn dir.«

»Martha, verdammt, hör auf!«

»Es macht mich glücklich, dir etwas zu schenken«, sagte sie.

»Es ist nicht richtig!«

»Entschuldige.«

»Liebling, du machst mir immer Geschenke . . .« Er suchte nach Worten. »Da fühle ich mich nicht als Mann.«

»Das ist lächerlich«, sagte sie. »Sieh dich doch an! So jung und schon Captain. Chef der Highway Patrol. Und da hast du Minderwertigkeitskomplexe?«

Er schwieg.

»Und das ist nicht das einzige Männliche, in dem du sehr gut bist«, sagte Martha. Sie neigte sich zu ihm, schob ihm die Zungenspitze ins Ohr und tastete über seinen Schoß.

»Mensch, Schatz!«

»Du mußt meiner überdrüssig sein«, zog Martha ihn auf. »Ich erinnere mich, daß dir das mal gefiel.«

»Unsinn«, protestierte er. »Das werde ich nie sein.«

»Dann laß mich dir den Wagen schenken.«

»Hörst du denn niemals auf?«

»Vielleicht nicht«, sagte sie, ergriff seine Hand und drückte sie an ihre Wange. Dann fragte sie: »Wohin fahren wir? Nicht, daß das wichtig wäre.«

»Zum Ristorante Alfredo«, sagte er und versuchte es italienisch auszusprechen.

»Ich hörte, das ist ein sehr schönes Restaurant.«

»Peter Wohl sagt das. Ich fragte ihn, ob er mir ein gutes Restaurant empfehlen kann, und er sagte, das Ristorante Alfredo ist Spitze.«

»Du magst ihn, nicht wahr?«

»Er ist ein guter Boß. Er wirkt nicht wie ein Cop, aber nach seinem Ruf und dem, was ich gesehen habe, ist er ein höllisch guter Cop.«

Peter Wohl hatte ihm gesagt, daß mit dem Ristorante Alfredo zwei gute Dinge verbunden waren. Erstens waren Essen und Atmosphäre erstklassig, und zweitens hatte das Management die nette Angewohnheit, die Rechnung zu bezahlen.

»Es ist im Besitz der Mafia, ich nehme an, das wissen Sie«, hatte Wohl gesagt. »Die Mafiosi machen sich eine Art perverses Vergnügen daraus, Captains und höhere Dienstränge freizuhalten. Sie sind jetzt Captain, Dave. Genießen Sie es. Der Rang hat seine Privilegien. Ich versuche, die Mafiosi wenigstens einmal pro Monat glücklich zu machen.«

Dave Pekach hatte sich im Ristorante Alfredo einen Tisch reservieren lassen, weil Wohl das Essen und die Atmosphäre gepriesen hatte. Er war sich nicht sicher, ob das mit dem kostenlosen Essen stimmte oder ob Wohl ihn auf den Arm genommen hatte. Wenn es stimmte, war das prima, aber er rechnete nicht damit. Er hoffte sogar, daß das Essen nicht gratis war. Es war irgendwie wichtig, Martha irgendwohin auszuführen, wo es ihr gefallen würde, vorzugsweise in ein teures Lokal.

Hinter einer Art Empfang in der Halle des Ristorante Alfredo stand ein junger Italiener (ein *echter* Italiener, nach seinem Akzent zu schließen) mit einem Smoking. Als Pekach seinen Namen nannte und erklärte, daß er einen Tisch reserviert hatte, überschlug sich der Italiener fast vor Eifer und führte sie unter Verbeugungen zu einem Tisch hinten in einer Ecke des Lokals.

Dave sah, daß andere Gäste in dem geschmackvoll ausgestatteten Restaurant Martha mit ihrem schwarzen Kleid und der Perlenkette bewundernd betrachteten, und er war stolz auf sie.

Der Italiener mit dem Smoking rückte für Martha den Stuhl zurecht und sagte, er hoffe, daß der Tisch zufriedenstellend sei, und dann schnickte er mit den Fingern, und zwei andere Typen tauchten auf, ein Pikkolo und ein Mann mit einem roten Jackett und einer goldenen Halskette, an der etwas hing, das wie ein silberner Löffel aussah. Der Pikkolo brachte eine in ein weißes Tuch gehüllte Flasche in einem silbernen Sektkühler.

Der Kellner mit dem roten Jackett wickelte das Tuch von der Flasche, damit Dave sehen konnte, daß sie Champagner enthielt.

»Es ist dem Haus eine Ehre, Captain Pekach«, sagte der Italiener. »Ich hoffe, der Champagner ist zufriedenstellend.«

»Oh, Moët ist immer zufriedenstellend«, sagte Martha lächelnd.

»Sie erlauben?« Der Italiener öffnete den Draht um den Korken, ließ den Korken knallen und schenkte ein wenig Champagner in Pekachs Glas ein.

Ich muß daran nippen, um mich zu vergewissern, daß er nicht sauer oder so ist, erinnerte sich Pekach und tat es.

»Sehr gut«, sagte er.

»Das freut mich«, sagte der Italiener und schenkte erst in Marthas und dann in Pekachs Glas ein.

Dann zog er sich mit einer Verbeugung zurück.

»Auf uns«, sagte Martha und hob das Glas.

»Ja.« erwiderte Dave Pekach.

Ungefähr eine Minute später brachte ein Kellner die Speisekarten.

Und wiederum eine Minute später kehrte der Italiener mit dem roten Jackett zurück.

»Captain Pekach, verzeihen Sie bitte, Mr. Baltazari wäre sehr erfreut, wenn Sie ihm einen Augenblick Ihrer Zeit schenken.« Er wies durch das Lokal zu einer fernen Ecke, wo an einem Tisch zwei Männer saßen. Als sie sahen, daß er herüberschaute, winkten beide leicht.

Dave Pekach sagte sich, daß der jüngere der beiden, ein dunkelhäutiger Typ mit sorgfältig nach vorn gekämmtem Haar, um die Halbglatze zu verbergen, Baltazari sein mußte, dessen Name er zuvor noch nie gehört hatte. Den anderen Mann, der älter war und einen grauen Anzug trug, hatte er schon gesehen.

Auf der Pinnwand in der Abteilung Organisiertes Verbrechen war sein Foto ganz oben auf der Schautafel, die den Aufbau und die Organisation des Mobs von Philadelphia zeigte. Die *Daily News* bezeichnete ihn stets als ›Mob Boss Vincenzo Savarese‹.

Mein Gott, was hat das zu bedeuten? Will er mir guten Tag sagen?

Der Italiener zog bereits an Dave Pekachs Stuhl.

»Entschuldigst du mich einen Moment, Schatz?«

»Selbstverständlich«, sagte Martha.

Dave durchquerte das Restaurant.

»Guten Abend, Captain Pekach«, sagte Baltazari. »Willkommen im Ristorante Alfredo. Bitte nehmen Sie Platz.«

Er winkte, und ein Kellner trat an den Tisch. Er drehte eines der umgekehrt auf dem Tisch stehenden Champagnergläser um, schenkte ein und zog sich zurück. Dann stand Baltazari auf und verschwand.

»Ich werde Sie nicht lange von der Gesellschaft dieser charmanten Dame fernhalten«, sagte Vincenzo Savarese. »Aber als ich hörte, daß Sie im Restaurant sind, wollte ich mir nicht die Gelegenheit entgehen lassen, Ihnen zu danken.«

»Wie bitte?«

»Sie waren äußerst verständnisvoll und freundlich zu meiner Enkelin, Captain, und ich wollte Sie wissen lassen, wie dankbar ich bin.«

»Ich weiß nicht, wovon Sie reden«, sagte Dave Pekach ehrlich.

»Im vergangenen Juni ging meine Enkelin – entgegen den Anordnungen ihrer Eltern, muß ich sagen – mit einem sehr dummen jungen Mann aus und fand sich in den Händen der Polizei wieder.«

Pekach schüttelte den Kopf und bedeutete Savarese damit, daß er immer noch im dunkeln tappte.

»Es war in der Nacht in Nord-Philadelphia, an der Einmündung der Old York Road in die North Braod. Die Polizei jagte einen Wagen. Der junge Fahrer baute bei der Verfolgungsjagd einen Unfall.« Savarese sah Pekach fragend an.

Plötzlich erinnerte er sich. Er war auf der Heimfahrt von der Hochzeit seines Cousins Stanley in Bethlehem gewesen. Er war an der Unfallstelle vorbeigekommen und hatte zwei Leute vom Rauschgiftdezernat und ihren Wagen gesehen und aus Neugier angehalten. Es war ein relativ unbedeutender Vorfall gewesen, ein paar junge Leute hatten etwas Marihuana gekauft, waren dabei erwischt worden, hatten die Flucht ergriffen und waren gestellt worden.

Es waren vier junge Leute gewesen, der Fahrer, ein anderer Junge und zwei Mädchen, beide gepflegt und nett aussehend, beide voller Angst. Sie hatten auf dem Rücksitz eines Streifenwagens des Distrikts gesessen und sollten zum Zentralgefängnis transportiert werden. Er hatte Mitleid mit den Mädchen gehabt und hatte ihnen den Schrecken der Aufnahmeprozedur im Gefängnis ersparen wollen. Nachdem er sich vergewissert hatte, daß die Polizisten des Distrikts ihre Personalien aufgenommen hatten, war er so großzügig gewesen, sie freizulassen und mit einem Taxi nach Hause zu schicken.

»Ich erinnere mich«, sagte Pekach.

»Meine Enkelin sagte, daß Sie verständnisvoll und freundlich waren«, sagte Savarese. »Weit mehr, nehme ich an, als ihre Mutter und ihr Vater. Ich bezweifle, daß sie so etwas jemals wieder tun wird.«

»Sie war anscheinend ein sehr nettes Mädchen«, sagte Pekach. »Wir alle machen mal einen Fehler.«

»Ich wollte nur sagen, daß ich Ihre Freundlichkeit nie vergessen werde und daß ich sehr dankbar bin.« Savarese erhob sich und reichte ihm die Hand. »Wenn ich jemals irgend etwas für Sie tun kann, Captain . . .«

»Vergessen Sie's. Ich machte nur meinen Job.«

Savarese lächelte ihn an und ging durch das Restaurant zur Tür.

Der Italiener mit dem Smoking stand dort bereit und hielt seinen Hut und Mantel.

Pekach zuckte mit den Schultern und kehrte zu Martha zurück.

Baltazari fing ihn ab.

»Ich glaube, Sie haben das fallen gelassen, Captain.« Er überreichte Pekach ein Streichholzbriefchen.

»Nein, das bezweifle ich«, sagte Pekach.

»Ich bin mir sicher, daß Sie es fallen ließen«, beharrte Baltazari.

Pekach betrachtete das Streichholzbriefchen. Es war eines vom Ristorante Alfredo. Es war offen, und auf der Innenseite standen ein Name und eine Adresse. Der Name sagte Pekach nichts.

»Mr. Savares Freunde sind immer dankbar, wenn jemand ihm oder seiner Familie einen Gefallen erweist, Captain Pekach«, sagte Baltazari. »Und jetzt wünsche ich Ihnen guten Appetit.«

Pekach steckte das Streichholzbriefchen in die Tasche.

Der junge Italiener wartete an seinem Tisch.

»Wenn ich Ihnen empfehlen darf . . .«

»Was hatte das zu bedeuten?« fragte Martha.

Dave zuckte mit den Schultern. Er lächelte sie an. »Sie dürfen empfehlen«, sagte er zu dem jungen Italiener.

Martha berührte Dave unter dem Tisch mit dem Knie.

»Ich denke, unsere Tournedos Alfredo werden Ihnen sehr gut schmecken«, sagte der junge Italiener.

»Ich liebe Tournedos«, sagte Martha.

Dave Pekach hatte keine Ahnung, was Tournedos waren.

»Klingt gut«, sagte er.

Marthas Knie drückte etwas fester gegen seinen Oberschenkel.

»Und vorher die Venusmuscheln mit Sauce Venezia?«

»Prima«, sagte Dave.

14

Viele Vollzüge und Ermittlungen im Rauschgift- und Sittendezernat und anderen Abteilungen erfordern den Einsatz junger Polizisten in Zivil, die nicht wie Polizeibeamte aussehen und auch nicht wie Polizisten auftreten und deren Gesichter der kriminellen Szene unbekannt sind. Die einzige Quelle für solches Personal ist das Aufgebot junger Polizeibeamter, die frisch von der Polizeiakademie kommen.

Es gibt gewisse Haken bei der Verwendung solcher jungen und folglich unerfahrenen Polizisten bei verdeckten Ermittlungen. Während sie *undercover* arbeiten, müssen sie wegen ihrer Unerfahrenheit so gut wie nur möglich beaufsichtigt werden. Aber gerade die verdeckte Arbeit macht eine enge Beaufsichtigung schwierig und oftmals unmöglich. Meistens ist ein verdeckter Ermittler auf sich allein gestellt, buchstäblich allein und verantwortlich für sein Schicksal.

Einige junge verdeckte Ermittler werden mit der Straße nicht fertig und bitten um Ablösung. Einige werden abgelöst, weil sie nicht erfüllen können, was man von ihnen erwartet, entweder weil sie psychologisch nicht anders handeln können als das, was sie sind – nette junge Männer –, oder weil sie nicht in der Lage sind, zu denken wie die Kriminellen, hinter denen sie her sind.

Aber einige Anfänger, die frisch von der Akademie kommen, werden von der verdeckten Ermittlungsarbeit angezogen wie Enten vom Wasser. Die Arbeit ist manchmal das, was sie erträumt haben – angeheizt durch Krimis in Kino und Fernsehen –, wenn sie Cops werden: Sie stellen wirklich böse Buben, oftmals mit irgendeiner Art sanktionierter Gewalt, brechen Türen auf oder nehmen den Verdächtigen fest, indem sie den Bösewicht hetzen und gegen eine Wand rammen.

Es gibt selten – obwohl sich das wandelt – Schießereien oder wilde Verfolgungsjagden wie in Film und Fernsehen. Aber es gibt Gefahr und die Aufregung und ein echtes Gefühl, etwas Gutes geleistet zu haben, wenn die Anklagevertretung ihre Ermittlung und Festnahme überprüft und entscheidet, daß es das Geld des Steuerzahlers und ihre Zeit wert ist, den Verdächtigen vor Gericht zu bringen, und er mit ein wenig Glück zu – sagen wir mal – zwanzig Jahren bis lebenslänglich verurteilt wird.

Die Officers Charles McFadden und Jesus Martinez waren gut – vielleicht sogar sehr gut – als verdeckte Ermittler des Rauschgiftdezernats gewesen. Officer McFadden stellte bald nach Beginn seiner Tätigkeit fest, daß er die ziemlich unheimliche Fähigkeit hatte, das Vertrauen von Drogenlieferanten zu gewinnen. Officer Martinez, der mit McFadden eine Reihe von Werten gemein hatte, die ihm von liebenden Eltern und der römisch-katholischen Kirche übermittelt wurden, war sehr stolz auf seine Arbeit.

Martinez hatte ein südländisches Temperament, was zuerst

dazu geführt hatte, daß er bei Festnahmen aufgeregt oder wütend oder beides geworden war. Er hatte bald erkannt, daß die Kriminellen bei einer Festnahme mehr Angst vor ihm, dem Aufgeregten und Wütenden, hatten als vor Officer McFadden, obwohl Charley ein Hüne und fast neunzig Pfund schwerer war als er.

Während Charley an seinen Fähigkeiten feilte, die dazu führten, daß die bösen Jungs ihm vertrauten und ihr eigenes Grab gruben, arbeitete Che-sus mit einer Praxis, die er als psychologische Kriegsführung gegen kriminelle Elemente betrachtete. Während der letzten neun Monate seiner Arbeit für das Rauschgiftdezernat war er selten auch nur annähernd so aufgeregt oder wütend, wie die Festgenommenen dachten. Und er hatte gewisse kleine theatralische Auftritte entwickelt: Zum Beispiel hielt er einem Bösewicht bei der Festnahme den Revolver auf die Nase oder ermunterte Charley aufgeregt – obwohl er wußte, daß er das niemals tun würde – »knall den Hurensohn ab, Charley! Wir können ihm eine Waffe unterjubeln und behaupten, es war Notwehr.«

Eine dieser Techniken oder beide und einige andere, die er sich angeeignet hatte, führten oftmals zu einer Kooperation des Festgenommenen, die bisweilen sehr hilfreich bei der Sicherung der Anklage war und zur Überführung von Komplizen oder anderen in kriminelle Aktivitäten Verwickelten führte.

Sowohl Martinez als auch McFadden wußten, daß sie gute – vielleicht sehr gute – verdeckte Ermittler gewesen und nicht abgelöst worden waren, weil sie irgend etwas *falsch* gemacht hatten, sondern ganz im Gegenteil: Sie hatten einen Junkie zur Strecke gebracht, den Komplizen der jungen Frau, die Captain Dutch Moffitt von der Highway Patrol erschossen hatte. Ihre Fotos waren in den Zeitungen erschienen, und das hatte ihre Wirksamkeit auf der Straße zerstört.

Sie hätten gern auf den Ruhm verzichtet, wenn sie weiterhin als verdeckte Ermittler für das Rauschgiftdezernat hätten arbeiten können, aber das war natürlich unmöglich.

Eine dankbare Polizeihierarchie hatte sie zur Highway Patrol versetzt, wo man ihnen nach zufriedenstellender Probezeit die

Ernennung zu *richtigen* Highway Patrolmen anbot, viel früher in ihrer Laufbahn, als sie normalerweise hätten erwarten können.

Verdammter Kuhhandel!

Vielleicht würde es irgendeinem Armleuchter gefallen, die Uniform der Highway Patrol zu tragen, der vier Jahre in einem Distrikt Kindern auf dem Schulweg über die Straße geholfen oder im Sommer Hydranten abgeschaltet oder Katzen von Bäumen geholt hatten, aber das traf weder auf Che-sus noch auf Charley zu.

Sie hatten einige wirklich üble Kriminelle in sehr schwierigen Situationen zur Strecke gebracht und betrachteten sich nicht zu Unrecht als ebenso erfahrene, ebenso *richtige* Cops wie alle, die sie bei der Highway Patrol kennengelernt hatten.

Sie waren natürlich klug genug, um zu lächeln und sich dankbar für die Chance zu zeigen, die man ihnen bot. Die Highway Patrol war nicht das Rauschgiftdezernat, aber es war auch keine Arbeit im Distrikt, wo man bei Diebstahl von Radkappen ermitteln oder häusliche Streitereien schlichten und oftmals die Zeit totschlagen mußte.

Bald würde es eine Prüfung zum Detective geben, und sie waren beide entschlossen, sie zu bestehen. Wenn sie Detectives waren, dann konnten sie sich für etwas Interessantes bewerben, vielleicht bei der Abteilung Organisiertes Verbrechen oder sogar bei der Mordkommission.

Unterdessen war es das klügste, zu lächeln, keinen Mist zu bauen, für die Prüfung zu büffeln, zu tun, was man ihnen sagte, und nicht aufzufallen. Das war ihr Vorsatz.

Als sich ihre erste Schicht auf dem Schuylkill Expressway träge dahinzog, fiel es ihnen jedoch immer schwerer, diesen Vorsatz in die Tat umzusetzen.

Seit Beginn ihrer Streife waren nur zwei interessante Dinge geschehen. Zuerst hatten sie sich natürlich zum Narren gemacht, als sie mit Rotlicht und Sirene Captain Pekach und die reiche Lady aus Chestnut Hill, die er bumste, hatten stoppen wollen.

Captain Pekach würde vielleicht nichts sagen. Er war ein

guter Kerl, und bevor er Captain geworden war, hatten sie unter Lieutenant Pekach beim Rauschgiftdezernat gearbeitet. Aber bei diesem ›Einsatz‹ hatten sie wirklich blöde ausgesehen.

Eine Stunde später war ein nordwärts fahrender Buick auf das Heck eines Ford Pinto geprallt, hatte ihn auf die südwärts führende Fahrspur geworfen, wo er von einem Dodge-Kombi gerammt und wieder auf seine ursprüngliche Fahrspur geschleudert worden war. Keiner war schwer verletzt worden, aber es war nicht mehr viel von dem Ford Pinto übrig, und der Buick hatte eine eingedrückte Schnauze und ein stark lädiertes Heck. Die Versicherungsgesellschaften würden es schwer haben, auseinanderzuklauben, wer wem was beschädigt hatte. Es hatte eine Dreiviertelstunde gedauert, bis Martinez und McFadden das geklärt hatten, bis die Ambulanz den Pinto-Fahrer und dessen Freundin zum Krankenhaus gebracht hatte und die Autowracks abgeschleppt worden waren.

Sergeant William ›Big Bill‹ Henderson war fünf Minuten nach ihrer Meldung am Unfallort gewesen, noch bevor die Ambulanz eingetroffen war. Er war offenbar scharf darauf, Unfälle zu bearbeiten.

Als erstes bestellte er über Funk einen anderen Streifenwagen der Highway Patrol und dann übernahm er von Charley McFadden, der inzwischen dem Pinto-Fahrer, der sich die Stirn eingeschlagen hatte, einen Verband angelegt und den Mann und seine Freundin beruhigt und in den Fond des Streifenwagens gesetzt hatte.

Henderson beauftragte Charley, Che-sus zu helfen, den Verkehr um die Unfallstelle zu leiten. Und als dann der andere Streifenwagen, die Ambulanz und die Abschleppwagen eintrafen, begann er erst richtig eine große Show abzuziehen. Er befahl den Jungs von der Ambulanz, den Pinto-Fahrer ins Krankenhaus zu bringen, was wirklich keine schwierige Entscheidung war, denn er war derjenige, der blutete. Dann erklärte er den Abschleppjungs, wie sie den Pinto und den Buick abschleppen sollten. Er holte sogar seine Trillerpfeife hervor und spielte dabei Verkehrspolizist.

Mit anderen Worten, Sergeant Henderson bestätigte McFaddens und Martinez' Meinung (Arschloch, Angeber), die sie sich gebildet hatten, als er im Hauptquartier seine kleine Ansprache gehalten hatte, bevor sie auf Streife geschickt worden waren.

Weder Charley noch Che-sus hatte es gefallen, mitten auf dem Expressway zu stehen und den Verkehr zu regeln. Das hatte ihnen besonders mißfallen, nachdem die südwärts führende Fahrspur geräumt war und Arschlöcher sie mit fünfzig Stundenmeilen nur einen Schritt entfernt passiert hatten, *ssst ssst ssst ssst,* während sie die Autowracks begafft hatten.

Es mußte natürlich getan werden; andernfalls hätten die Arschlöcher versucht, über den Dodge hinwegzufahren, bevor er aus dem Weg war. Sowohl Martinez als auch McFadden fragten sich insgeheim, ob die Jungs von der Highway Patrol sich daran gewöhnt hatten, daß Tonnen von Autos mit fünfzig Stundenmeilen dicht an ihnen vorbeizischten *ssst, ssst, ssst, ssst,* oder ob es ihnen immer noch Angst einjagte.

Das Regeln des Verkehrs dämpfte ihre Begeisterung, die Einhaltung der Verkehrsvorschriften strikt durchzusetzen, was das Tempolimit anbetraf. Es war ihrer Meinung nach einiges falsch daran, einen Fahrer zu stoppen, der fünf oder zehn Stundenmeilen zu schnell fuhr, aber sonst nichts falsch machte.

Erstens war es nicht ganz richtig, jemand einen Strafzettel für etwas zu verpassen, das man selbst schon des öfteren getan hatte. Da war das Bußgeld. Dann erhielt man Punkte in der Sünderkartei in Harrisburg, und nach soundso vielen Punkten war man den Führerschein los.

Wenn jemand vielleicht siebzig fuhr, wo nur fünfundfünfzig erlaubt waren, und dabei andere Verkehrsteilnehmer bei dauerndem Fahrspurwechsel schnitt oder zu dicht auffuhr und drängelte, war das etwas anderes. Dann mußte man dem Hurensohn einen Strafzettel verpassen und ihn aus dem Verkehr ziehen, bevor jemand verletzt wurde.

Wenn man einen Fahrer stoppte, um ihm einen Strafzettel zu verpassen, wußte man nie, mit was für einem Typen man es zu tun hatte. Zu neunzig Prozent war es jemand, der besonders höflich war, der zugab, daß er ein wenig zu schnell gefahren war, und vielleicht erwähnte, daß sein Cousin Mitglied im FOP, dem Polizeiclub war, und hoffte, daß es bei einer Verwarnung blieb.

Bei vier Prozent war es irgendein Arschloch, das leugnete, was man ihm vorwarf, das sich als Freund des Bürgermeisters ausgab (was vielleicht sogar stimmte) oder dergleichen Blödsinn. Und bei vielleicht einem Prozent der Gestoppten war der Wagen gestohlen, und der Fahrer versuchte, einen über den Haufen zu fahren. Oder der Fahrer war betrunken und aggressiv und schlug mit etwas auf einen ein, wenn man sich zum Fenster neigte und seinen Führerschein und die Zulassung sehen wollte. Oder der Fahrer hatte irgend etwas im Wagen, das er nicht haben durfte und das ihn für lange Zeit hinter Gitter bringen würde, wenn er den Cop, der ihn gestoppt hatte, nicht bestechen oder erschießen konnte.

Und wenn man einen Fahrer auf dem Schuylkill Expressway stoppte und seinen Führerschein und die Zulassung sehen wollte, konnte man zu hundert Prozent sicher sein, daß Tonnen von Autos mit fünfundfünfzig Stundenkilometern dicht an einem vorbeizischten – *ssst, ssst, ssst, ssst.*

Um 21 Uhr 15, als die Officers McFadden und Martinez nordwärts auf dem Schuylkill Expressway fuhren, entdeckten sie einen Touristen, der offenbar eine Panne hatte, am Rand der nach Süden führenden Fahrspur.

»Die Tageszeit, die Wetterverhältnisse, der Verkehrsfluß und andere Gegebenheiten bestimmen, wieviel Hilfe Sie einem Verkehrsteilnehmer geben, der eine Panne hat«, hatte Sergeant ›Big Bill‹ Henderson gepredigt. »Ihre hauptsächliche Erwägung ist erstens die Beseitigung oder Verminderung einer Gefahr für die Öffentlichkeit und zweitens die Aufrechterhaltung des Verkehrsflusses.«

»Mit anderen Worten«, hatte McFadden gesagt, »brauchen wir niemandem zu helfen, einen Reifen zu wechseln, sofern es den Anschein hat, daß er nicht überfahren wird, wenn er ihn selbst wechselt?«

Officer Charles McFadden hatte eine freundliche, jungenhaft, unschuldige Miene, und nachdem Sergeant Henderson ihn einen Moment lang finster angestarrt hatte, sagte er sich, daß er es nicht klugscheißerisch meinte.

»Ja, so ungefähr«, hatte Sergeant Henderson gesagt.

Officer Martinez, der jetzt fuhr, verlangsamte das Tempo, um einen besseren Blick auf den Fahrer mit der Panne zu haben. Der Wagen war ein zwei Jahre alter Cadillac Sedan de Ville. Offenbar hatte er einen Platten.

Der Fahrer zog gerade die Radmuttern fest, als er den Streifenwagen der Highway Patrol sah. Er richtete sich auf und warf schnell den platten Reifen und die Radkappe in den Kofferraum.

»Marvin hat rechtzeitig den Reifen gewechselt«, sagte Officer McFadden. »Sonst hätten wir dem Hurensohn helfen müssen.«

Marvin P. Lanier, ein kleiner, stämmiger, fünfunddreißigjähriger Schwarzer, war den Officers Martinez und McFadden von ihrer Arbeit beim Rauschgiftdezernat her bekannt. Er verdiente seinen Lebensunterhalt als Profispieler. Darin war er jedoch nicht sehr gut und deshalb oftmals gezwungen, sein Einkommen als Spieler oder den Mangel daran auf andere Art und Weise zu verbessern. Er arbeitete manchmal als Agent von ›Models‹ und sorgte dafür, daß einsame Geschäftsreisende die Gesellschaft eines ›Models‹ in ihrem Hotelzimmer hatten.

Und manchmal, wenn das Geschäft wirklich schlecht lief, betätigte er sich als Kurier, fuhr nach New York oder Washington D. C. und holte Päckchen für seine geschäftlichen Bekannten in Philadelphia ab.

Das Rauschgiftdezernat war vom Sittendezernat auf Marvin P. Lanier aufmerksam gemacht worden, das Grund zu der Annahme hatte, daß Marvin Koks von New York nach Nord-Philadelphia transportierte.

McFadden und Martinez beobachteten den Verdächtigen und fanden den groben Zeitplan und die Route seiner Kurierfahrten heraus. An einem Dienstagmorgen um vier Uhr morgens, als er von der Tacony-Palmyra-Bridge kam, die nicht die direkteste Route von New York nach Nord-Philadelphia war, stoppten sie ihn und fanden einen Plastikbeutel mit einer weißen Substanz, die sie für Kokain hielten. Der Inhalt des Beutels hatte ein

Gewicht von ungefähr zwei Pfund, was in der Drogenszene als ›Key‹ bekannt war (von Kilogramm).

Eine Durchsuchung und Festnahme ohne Durchsuchungs- und Haftbefehl war natürlich illegal. Beides konnten sie nicht bekommen, weil sie nicht genug in der Hand hatten, um einen Richter zu überzeugen, daß es einen berechtigten Grund zu dem Verdacht gab, daß Mr. Lanier irgend etwas Ungesetzliches tat. Jeder so erbrachte Beweis würde vor Gericht nicht zugelassen werden. Martinez und McFadden *und* Mr. Lanier wußten das.

Andererseits wußte Mr. Lanier, daß ihn große Schwierigkeiten mit seinen Geschäftspartnern erwarteten, die ihn für eine kleine Botenfahrt engagiert hatten, wenn er die Ware nicht ablieferte. Und das konnte passieren, weil der aufgeregte und wütende Bulle vom Rauschgiftdezernat ihm den Revolver auf die Nase drückte, ihn als ›dreckigen Nigger‹ bezeichnete und seinem Partner vorschlug: »Schütte diese verdammte Scheiße einfach in die Kanalisation.«

Wenn er festgenommen wurde, war das Kokain, illegal beschlagnahmt oder nicht, verloren. Seine Auftraggeber würden den Verlust als im Geschäft unvermeidbar betrachten. Aber wenn der verdammte Bulle den Beutel aufschlitzte und den Stoff in die Kanalisation schüttete, würden seine Geschäftspartner höchstwahrscheinlich annehmen, daß er sich Stoff im Wert von mindestens zwanzigtausend Dollar für seine eigenen Zwecke unter den Nagel gerissen hatte. Die Geschichte, daß die Bullen den Stoff in die Kanalisation geschüttet hatten, würde man als Märchen abtun. Wer würde schon Koks im Wert von zwanzig Riesen wegschütten? Das war soviel, wie ein verdammter Bulle in einem Jahr verdiente!

Es wurde ein Handel gemacht. Mr. Lanier durfte mit seinem Kilo Koks weiterfahren, unter der Bedingung, daß er in den nächsten zwei Wochen die Officers Martinez und McFadden mit Informationen belieferte, die sie zumindest zu der doppelten Menge Koks und den Besitzern führen würden.

Mr. Lanier betrachtete sich als ehrenwerten Mann und hielt seinen Teil der Abmachung. Die Officers Martinez und McFadden sahen über die etwas fragwürdige Entscheidung, Mr. Lanier mitsamt Koks weiterfahren zu lassen, hinweg, weil sie dazu führte, daß sie die dreifache Menge Koks konfiszieren und drei Dealer festnehmen konnten, von denen sie sonst nichts gewußt hätten. Und sie hatten natürlich Marvin P. Lanier Angst eingejagt. Es würde einige Zeit dauern, bis er wieder den Mut aufbringen würde, Kurierdienste dieser Art anzunehmen.

In den drei Monaten nach ihrer Begegnung mit Mr. Lanier, vor ihrer Versetzung, hatten sie ihn nicht ungebührlich um zusätzliche Informationen bedrängt. Sie betrachteten ihn als langfristigen Pluspunkt, und wenn sie zuviel von ihm verlangt hätten, wäre das dem Schlachten der Gans gleichgekommen, die goldene Eier legte. Es wäre nicht von Vorteil für sie gewesen, wenn Mr. Lanier bei den großen Drogenhändlern in Verdacht geraten und aus dem Verkehr gezogen worden wäre.

»Meinst du, er hat uns entdeckt?« fragte Che-sus. Inzwischen hatte er den Streifenwagen fast gestoppt und suchte nach einer Lücke im südwärts fließenden Verkehr, um zu wenden.

»Er hat den Streifenwagen gesehen«, erwiderte McFadden. »Aber er war so erpicht darauf, schnell zu verschwinden, daß er dich und mich vermutlich nicht erkannt hat.«

Che-sus fand eine Lücke im Verkehrsstrom und wendete mit quietschenden Reifen.

»Warum war Marvin so nervös?« fragte Charley aufgeregt. »Scheiße, stop!«

»Warum?« Che-sus stieg auf die Bremse, obwohl er befürchtete, Marvin im Verkehr aus den Augen zu verlieren. »Marvin hat seinen Wagenheber vergessen«, sagte Charley. »Jemand könnte darüberfahren. Und außerdem sollten wir ihm das Ding zurückgeben.«

Che-sus sah den großen Wagenheber, den Marvin zurückgelassen hatte. Er schaltete das Rotlicht ein, schaute in den Rückspiegel und stoppte.

Charley war binnen zehn Sekunden aus dem Wagen und mit dem Wagenheber wieder drin.

»Marvin wird vielleicht sehr dankbar sein, wenn wir ihm seinen Wagenheber zurückbringen«, sagte er, als Che-sus Gas gab. »Und wenn Big Bill Henderson wissen will, warum wir den

Expressway verließen, können wir ihm sagen, daß wir versuchten, einen Bürger vor dem Verlust seines Eigentums zu bewahren.«

»Wir haben keinen hinreichenden Verdacht«, sagte Che-sus. »Wir werden ihn nur fragen, was er über Officer Magnella gehört hat. Und/oder über diesen Itaker-Gangster, wie war noch sein Name?«

»DeZego«, sagte Che-sus.

»Ich glaube, er hat uns entdeckt«, sagte Charley McFadden. »Marvin fährt mit nur sechsundvierzig Stundenmeilen auf der linken Spur, obwohl fünfzig erlaubt sind.«

»Was machen wir?« fragte Che-sus.

»Wir hängen uns an ihn. Laß den Scheißer ein bißchen schwitzen. Wir können ihn stoppen, wenn er vom Expressway runterfährt.« Mr. Lanier verließ den Schuylkill Expressway über die Abfahrt Zoologischer Garten.

»Soll ich ihn überholen?« fragte Martinez.

»Sehen wir mal, wo er hinfährt«, sagte Charley. »Ob er versucht, uns abzuhängen. Wenn er das nicht versucht, fährt er vielleicht nach Hause. Er wohnt nahe der Haverford Avenue, und er fährt in diese Richtung.«

»Warum sollen wir dem Kerl nach Hause folgen?«

»Damit seine Nachbarn sehen, wie freundlich wir von der Highway Patrol sind«, sagte Charley. »Das sollte sein Ansehen in der Gemeinde heben.«

»Du kannst manchmal ein richtig gemeiner Hund sein, Charley«, sagte Che-sus anerkennend.

Mr. Lanier hielt sich peinlich genau an alle Verkehrsvorschriften und fuhr mit der Vorsicht eines Schulbusfahrers zu seiner Wohnung. Als der Streifenwagen in die 48th Street einbog, schaltete Charley Sirene und Rotlicht ein.

Mr. Lanier stieg aus seinem Wagen und lächelte nervös, als der Streifenwagen hinter ihm stoppte.

»Er hat nicht versucht, abzuhauen«, stellte Che-sus fest.

»Er ist nervös«, sagte Charley. Er nahm den Wagenheber und öffnete die Tür. »Hallo, Marvin«, rief er heiter und laut. »Du hast deinen Wagenheber vergessen, Marvin.«

Marvin P. Lanier schaute McFadden und Martinez an, erkannte sie schließlich und blickte denn mißtrauisch auf den Wagenheber.

Charley drückte ihm den Wagenheber in die Hände.

»Habe ich tatsächlich vergessen«, sagte Marvin. »Vielen Dank.«

Eine tolle Minute lang sagte keiner von ihnen etwas. Mr. Lanier schielte allerdings ein paarmal nervös zu dem Puertorikaner, der ihm einst den Lauf seines Revolvers auf die Nase gedrückt hatte.

»Wie kommt es, daß ihr Jungs in Uniform seid?« fragte Mr. Lanier schließlich.

»Was geht das dich an, du Scheißer?« knurrte Officer Martinez.

»Willst du nicht den Wagenheber in den Kofferraum legen, Marvin?« fragte Officer McFadden.

Mr. Lanier legte die Hand auf die hintere Tür des Cadillac. »Ich bin etwas spät dran«, sagte er. »Ich werde ihn einfach auf den Rücksitz legen.«

»Das ist keine gute Idee«, Marvin«, sagte Officer McFadden. »Du würdest dir den Rücksitz mit Schmierfett versauen. Warum willst du ihn nicht im Kofferraum verstauen?«

»Weil ich keine Lust dazu habe«, erwiderte Mr. Lanier.

»Wen juckt es, wozu du Lust hast, du Arschloch?« knurrte Officer Martinez.

»Warum seid ihr Jungs hinter mir her?« fragte Mr. Lanier.

»Das weißt du verdammt genau!« brauste Officer Martinez auf, jetzt sichtlich verärgert. »Und jetzt mach den Kofferraum auf!«

Mr. Lanier öffnete den Kofferraum, während Martinez und McFadden zu beiden Seiten von ihm standen.

»Nun, was haben wir denn hier?« fragte Officer McFadden. Er beugte sich vor und nahm ein Remington Modell 870 Schrotgewehr Kaliber 12 und mit kurzen Lauf aus dem Kofferraum.

»Marvin muß ein Anhänger der Rotwildjagd sein«, sagte Officer Martinez. »Bist du Rotwildjäger, Marvin?«

»Ja«, sagte Mr. Lanier wenig überzeugend.

»Du hast natürlich einen Waffenschein für diese Knarre?« fragte McFadden, obwohl ihm völlig klar war, daß eine solche Lizenz nicht erforderlich war. Es gab keinen Waffenschein für den Besitz einer Jagdwaffe, wie einer für den Besitz einer Pistole oder eines Revolvers nötig war. Ebensowenig verstieß ein Bürger wie Mr. Lanier gegen das Gesetz, der keines Verbrechens überführt und im Moment nicht unter Anklage und kein flüchtiger Rechtsbrecher war, wenn er eine solche Waffe ungeladen und nicht sofort verfügbar wie zum Beispiel in einem verschlossenen Kofferraum transportierte.

»Nein«, sagte Mr. Lanier resigniert und bestätigte damit Officer McFaddens Annahme, daß er nicht ganz vertraut mit dem entsprechenden Gesetz war.

»Gottverdammt, Marvin, was machen wir jetzt mit dir?« fragte Officer McFadden fast traurig.

»Was machen wir mit der Schrotflinte, Marvin?« knurrte Officer Martinez.

»Ich hatte sie einfach dabei, das ist alles.«

»Du hast wieder Koks in Harlem abgeholt, Marvin?« fragte Officer McFadden traurig und als wäre er tief enttäuscht. »Und die Schrotflinte war ein kleiner Schutz?«

Officer Martinez wirkte wieder aufgeregt. »Wenn wir nicht an deinem Arsch drangeblieben wären und du deshalb nicht an diese Schrotflinte rankamst, hättest du sie vielleicht gegen uns eingesetzt, wie? Wolltest du das mit dieser verdammten Schrotflinte, du dreckiges Nigger-Arschloch?«

»Nein!« beteuerte Mr. Lanier heftig.

»Du hast mit dieser Schrotflinte Tony das Z abgeknallt, nicht wahr, Marvin?« sagte Officer McFadden plötzlich anklagend.

»Nein!« beteuerte Mr. Lanier. »Ich schwöre es bei Gott! Tony das Z wurde von einem anderen Itaker umgelegt!«

»Blödsinn«, sagte Officer Martinez, packte ihn, riß ihn herum und stieß ihn gegen den Cadillac. Er trat Laniers Beine auseinander.

»Ich war mit meiner Schwester in Baltimore, als das passierte«, sagte Mr. Lanier. »Ich fuhr meine Mutter hin. Meine Schwester bekam wieder was Kleines.«

Officer Martinez hielt einen kleinen Plastikbeutel voller rotgelber Kapseln hoch.

»Sieh mal, was Marvin in der Tasche hatte.«

»Hast du dir das vom Onkel Doktor verschreiben lassen, Marvin?« fragte Officer McFadden. »Oder benutzt du das ohne Rezept?«

»Ihr könnt mich nicht wegen ein paar lausiger Aufputschpillen drankriegen«, sagte Mr. Lanier ohne viel Überzeugung.

»Wir verhaften dich wegen der Ermordung von Tony DeZego«, sagte McFadden. »Du hast das Recht, dich nicht zu äußern . . .«

»Ich sagte schon, ich habe nichts damit zu tun! Ein *Itaker* hat ihn erschossen.«

»Welcher Itaker?« fragte Officer McFadden.

»Ich weiß nicht, wie er heißt«, sagte Mr. Lanier.

McFadden und Martinez tauschten Blicke.

Sie hatten lange genug zusammengearbeitet, um in gleichen Bahnen zu denken. Unabhängig voneinander sagten sich beide, daß Marvin Tony das Z vermutlich nicht erschossen hatte. Es gab keine Verbindung, und wenn es eine gegeben hätte, wäre das den Kriminalbeamten oder sonst jemand inzwischen aufgefallen. Es war jedoch möglich, daß Marvin etwas in seinem Milieu gehört hatte, was darauf hinwies, wer Tony das Z erschossen hatte, und das den Ermittlern noch nicht bekannt war.

Sie wußten, daß sie nichts gegen Mr. Lanier in der Hand hatte. Er hatte nicht gegen das Gesetz verstoßen, indem er eine ungeladene Schrotflinte in seinem Kofferraum transportiert hatte. Die Leibesvisitation, bei der sie ein Beutelchen mit Aufputschmitteln gefunden hatten, war ungesetzlich gewesen.

»Vielleicht sagt er die Wahrheit«, sagte Officer McFadden.

»Der Scheißer weiß doch gar nicht, was Wahrheit ist«, entgegnete Officer Martinez. »Laß uns den Hurensohn zum Präsidium bringen. Die Mordkommission soll ihn in die Mangel nehmen.«

»Ich schwöre bei Gott, daß ich mit meiner Mutter bei meiner Schwester in Baltimore war, als Tony das Z von einem Itaker umgelegt wurde!«

»Wer sagte dir, daß es ein Itaker tat?« fragte McFadden.

»Ich kann mich nicht mehr erinnern.«

»Ja, du kannst dich nicht erinnern, weil du das erfunden hast«, fuhr Officer Martinez ihn an.

Es folgte eine volle Minute Schweigen.

»Marvin, wenn wir dich trotz der Schrotflinte und der Aufputschpillen laufenlassen, könntest du dich dann erinnern, wer dir erzählte, daß ein Itaker Tony das Z erschoß?« fragte Officer McFadden schließlich. »Oder mir den Namen des Itakers beschaffen, der ihn erschossen haben soll?«

»Du willst diesen Scheißer doch nicht laufenlassen?« fragte Officer Martinez ungläubig.

»Bis jetzt hat er uns noch nicht belogen«, erwiderte Officer McFadden.

»Das stimmt«, sagte Mr. Lanier, ganz die Rechtschaffenheit in Person. »Ich war immer ehrlich zu euch.«

»Ich denke, wir sollten im Zweifelsfall zu Marvins Gunsten entscheiden«, sagte Officer McFadden.

Officer Martinez schnaubte wütend.

»Aber wenn wir das tun, was ist mit der Schrotflinte und den Aufputschpillen?« fragte McFadden.

»Welche Aufputschpillen?« fragte Lanier. »Welche Schrotflinte?«

»Was sagst du, Marvin?« fragte Officer McFadden.

»Angenommen, die Pillen verschwinden in der Kanalisation?« fragte Mr. Lanier.

»Und die Schrotflinte? Was machen wir mit der Schrotflinte?«

»Die wir soeben in der Gosse fanden? Diese Schrotflinte? Die habe ich nie zuvor gesehen. Ich nehme an, ihr würdet damit machen, was ihr für gewöhnlich macht, wenn ihr irgendwo eine Schrotflinte findet. Sie als Fundsache abliefern oder so.«

»Was meinst du, Che-sus?« fragte Officer McFadden.

»Ich meine, wir sollten den Bastard einlochen«, sagte Officer Martinez, und er fügte hinzu: »Aber ich schulde dir noch einen Gefallen, Charley. Wenn du dem Scheißer vertrauen willst, dann meinetwegen.«

Officer McFadden zögert einen Moment und sagt dann: »Okay, Marvin. Du hast Glück. Hast du deine Telefonrechnung bezahlt? Hast du noch dieselbe Telefonnummer?«

»Ja.«

»Dann sei morgen mittag um sechzehn Uhr zu Hause. Und sorg dafür, daß du mir was erzählen kannst, wenn ich dich anrufe.«

»Ich werde es versuchen.«

»Du solltest mehr als nur versuchen, du Dreckskerl!« sagte Officer Martinez. »Du solltest etwas für uns haben!«

Er nahm die Schrotflinte, ging zum Streifenwagen und legte sie unter den vorderen Sitz.

»Marvin, ich vertraue dir«, sagte McFadden ernst. »Laß mich nicht hängen.«

Dann ging er zum Streifenwagen und stieg ein.

»Wir haben ihn nicht über Magnella befragt«, sagte Che-sus, als er in die Haverfordavenue einbog und zum Schuylkill Expressway zurückfuhr.

»Ich denke, er sagte die Wahrheit«, erwiderte Charley. »Ich meine, über das, was er hörte, daß irgendein Itaker Tony das Z erschossen hat. Ich wollte bei diesem Punkt bleiben.«

»Ich glaube auch, daß seine Schwester ein Baby bekam«, sagte Che-sus. »Aber wir hätten ihn trotzdem über Magnella befragen sollen.«

»Das haben wir nun mal nicht«, sagte Charley. »Und was machen wir jetzt mit dem, was wir haben?«

»Du meinst die Schrotflinte?«

»Ich meine, wem sagen wir, was er uns über DeZegos Mörder mitteilte?«

»Scheiße, daran habe ich noch gar nicht gedacht. Big Bill wird einen Tobsuchtsanfall bekommen und uns den Arsch aufreißen, wenn wir ihm sagen, was wir gemacht haben.«

Sergeant Big Bill Henderson hatte in seiner kleinen Ansprache klargemacht, daß sie die Patrouillenroute nicht verlassen durften, es sei denn bei Notfällen, wie einer heißen Verfolgung, oder wenn ein Kollege über Funk um Unterstützung bat. Mit anderen Worten, weil sie noch keine *richtigen* Highway Patrolmen waren, konnten sie nicht wie *richtige* Highway Patrolmen auf jeden Funkruf reagieren, der interessant klang, oder zu einem Gebiet ihrer Wahl fahren, wo vielleicht etwas Interessantes passierte.

»Nun, wir können nicht einfach auf der Information sitzenbleiben«, sagte Charley.

»Captain Pekach«, dachte Che-sus nach einer Weile laut.

»Er ist nicht im Dienst und nicht zu Hause. Wir sahen ihn mit der reichen Lady, erinnerst du dich?«

»Morgen früh?« sagte Che-sus. »Wir bitten ihn gleich als erstes um ein Gespräch.«

»Er könnte sauer auf uns sein. Hast du daran gedacht?«

»Nun, wie du sagtest, wir können nicht einfach auf Marvins Information sitzenbleiben.«

»Wir könnten es einfach Jason Washington sagen.«

»Und er erzählt jemand, zum Beispiel Big Bill oder sogar dem Inspector, daß er es von uns hat? Es muß Captain Pekach sein.«

Charleys Schweigen bedeutete Zustimmung.

Eine Weile später fragte Charley: »Und was ist mit der Schrotflinte?«

»Wir überprüfen durch den NCIC-Computer, ob sie heiß ist.«

»Und wenn sie das ist?«

»Dann liefern wir sie ab.«

»Und verpfeifen Marvin? Dann müssen wir erklären, woher wir die Schrotflinte haben.«

»Vielleicht ist sie nicht heiß.«

»Und dann?«

»Dann werfen wir eine Münze«, sagte Che-sus. »Ich wünschte mir schon immer so einen Schrotschießer.«

15

Amanda Spencer war ein bißchen betrunken. Matt Payne fand für gewöhnlich, daß betrunkene Frauen – und sogar nur etwas beschwipste – so wenig Anziehungskraft wie heruntergekommene Hündinnen hatten, aber Amanda erwies sich wieder einmal als Ausnahme von der Regel. Er fand sie einfach süß. Ihre Augen strahlten, und der Ausdruck darin war schalkhaft.

Und sie war schön!

Sie trug noch das schulterfreie blaue Kleid, das sie und Daffys andere Brautjungfern in der Kirche getragen hatten. Er fand die Wölbungen des entblößten Teils ihres Busenansatzes absolut faszinierend. Während der Trauungszeremonie waren seine Gedanken von den Worten des Bischofs über die Ehe abgeschweift, und er hatte sich gedanklich mit den anderen absolut faszinierenden Aspekten von Amandas Anatomie beschäftigt, insbesondere mit der reizenden Form ihrer Kehrseite.

Die Zeremonie war reibungslos verlaufen. Obwohl Chad Nesbitt stinkbesoffen war, war seine Verfassung nicht so aufgefallen, und abgesehen von einem Rülpser und einem relativ leisen Furz, was zu dem einen oder anderen Lächeln und Kichern geführt hatte, war die Trauung angemessen feierlich und sogar ziemlich ergreifend gewesen. Matt hatte zufällig zu Daffy geschaut, als der Bischof sie gefragt hatte, ob sie allen anderen entsagen würde, bis daß der Tod sie scheiden würde, und sie hatte tatsächlich Tränen in den Augen gehabt, als sie Chad angeschaut hatte.

Matts Pläne, Amanda so schnell wie möglich draußen vor der Kirche zu küssen, waren jedoch schiefgegangen. Lieutenant Foster H. Lewis senior vom 9. Distrikt war vor der Kirche gewesen, hatte Matt gesehen und ihn zu sich gewinkt.

»Entschuldige mich bitte, Amanda«, sagte Matt und streichelte über ihren Arm. Sie lächelte ihn an, und er ging zu Lieutenant Lewis.

»Ja, Sir?«

»Sind Sie im Dienst, Payne?«

»Nein, Sir.«

Lieutenant Lewis betrachtete ihn einen Moment prüfend, nickte dann und ging davon.

Unterdessen war Amanda in einen der Wagen bugsiert worden, und sie fuhr zum Haus der Brownes in Merion. Matt hatte es für unwahrscheinlich gehalten, daß Amanda mit ihm zu seinem Apartment zurückfahren konnte, bevor sie zum Empfang zu den Brownes fuhren, aber es war nicht völlig unmöglich gewesen.

Matt mußte allein zu den Brownes fahren.

Dort fand er Amanda sofort an einer der Bars mit einem Champagnerglas in der Hand, das sie mit einer köstlichen Intimität an seine Lippen führte.

Chad suchte ihn dann auf, inzwischen sichtlich sauer bei dem Gedanken an seinen Dienst im Marine-Corps. Chad nahm ihm den feierlichen Schwur ab, daß er sich um Daffy kümmern würde, wenn ihm im Dienst etwas zustoßen sollte.

Es gab einen gewaltigen Hochzeitskuchen. Chad schnitt ihn mit dem Offizierssäbel an. Aus der Art, wie Chad den Säbel aus der Scheide zog und seiner frisch Angetrauten fast in den Bauch stieß, schloß Matt, daß der Säbel allenfalls das dritte Mal aus der Scheide herausgezogen wurde.

Eine Stunde später gingen Braut und Bräutigam durch einen Hagel von Reis und Vogelfutter zu einer Limousine, stiegen ein und fuhren davon.

Und jetzt, wiederum eine Stunde später, tanzte Matt mit Amanda.

Ein vertikales Bekunden, daß man es horizontal tun möchte, dachte Matt, und genoß entzückt den erregenden Kontakt mit ihrem Körper.

»Ich habe dich während der Trauung beobachtet«, sagte Amanda an seiner Brust.

Er wich etwas zurück und schaute sie lächelnd an.

»Ich sah deine Waffe«, erklärte sie.

»Wie ist das möglich?« fragte er überrascht. »Sie steckt an einem Wadenholster.«

»Bildlich gemeint«, sagte sie und sprach die Worte sehr deutlich aus.

»Oh.« Matt lachte leise.

»Eine Romanze an Bord«, sagte sie.

»Wie bitte?«

»Du weißt vermutlich über Romanzen an Bord Bescheid, oder?« fragte Amanda.

»Nein«, bekannte er.

»Leute verlieben sich auf einem Schiff sehr schnell.«

»Okay«, sagte er.

»Weil sie in einer fremden Umgebung sind und ein Element der Gefahr sie reizt«, sagte Amanda.

»Du hast das studiert, nehme ich an.«

»Die Romanze verblaßt, wenn das Schiff anlegt«, sagte Amanda, »und die Leute sehen die Dinge, wie sie wirklich sind.«

»Dann werden wir eben nicht an Bord eines Schiffes gehen«, sagte Matt. »Vielleicht in kein kleines Boot. Aber auf ein Schiff. Oder wenn wir auf ein Schiff gehen, dann legen wir eben nie in einem Hafen an. Wie der *Fliegende Holländer.*«

»Sie werden sozusagen erwachsen«, fuhr Amanda fort. »Sehen die Dinge, wie sie wirklich sind.«

»Das hast du schon gesagt.«

»Oder«, sagte sie vielsagend, »einer von beiden sieht die Realität.«

»Wie meinst du das?« Er fühlte sich auf einmal unbehaglich.

»Ich frage mich, wann du aufhören wirst, Polizist zu spielen, wann du dir dein Leben weiter aufbaust«, sagte sie und schmiegte den Kopf wieder an seine Brust.

»Ich ›spiele‹ nicht Polizist, ich bin einer«, erwiderte er.

»Du *weißt* nicht, daß du Polizist spielst«, sagte sie. »Das meinte ich, als ich sagte, *einer* von ihnen wird erwachsen.«

»Diese Unterhaltung gefällt mir nicht«, sagte Matt. »Warum reden wir nicht über etwas Angenehmes, zum Beispiel was wir am nächten Wochenende machen?«

»Mir ist es *ernst*, Matt.«

»Mir auch. Worauf willst du hinaus?«

»Ich weiß, warum du Polizist wurdest«, sagte sie.

»So?«

»Weil du nicht wie Chad zum Marine-Corps gehen konntest und beweisen mußtest, daß du ein ganzer Mann bist.«

»Aha, du hast mit Daffy gesprochen?«

»Nun hast du es also getan. Du bist Polizist geworden und hast einen Verbrecher erschossen. Du brauchst nichts mehr zu beweisen. Warum bist du dann immer noch Polizist?«

»Ich bin das gern.«

»*Das* meine ich«, sagte sie.

Sie beendete den Tanz, löste sich aus seinen Armen und schaute zu ihm auf.

»Das Schiff hat angelegt«, sagte sie.

»Was heißt das?«

»Das heißt, es tut mir leid, daß ich mit dieser Unterhaltung angefangen habe«, sagte sie, »aber es *mußte* sein.«

»Ich weiß nicht, wovon du redest!«

»Doch, das weißt du«, erwiderte sie, und Matt sah, daß sie den Tränen nahe war.

»Was ist daran auszusetzen, daß ich Polizist bin?« fragte Matt sanft.

»Wenn du es nicht selbst weißt, dann kann ich es dir gewiß nicht sagen.«

»Allmächtiger!«

»Ich bin müde«, sagte Amanda. »Und ein bißchen betrunken. Ich gehe ins Bett.«

»Es ist noch früh«, wandte er ein.

Sie ging mit einem leichten Winken davon.

»Soll ich dich am Morgen anrufen, bevor du abreist?«

Sie gab auch darauf keine Antwort.

»Scheiße!« sagte Matt laut.

Eine halbe Stunde später, als Matt gerade zu dem Schluß gelangt war, daß Amanda nicht mehr aus dem Haus kommen würde, und als er dem Kellner signalisierte, daß er gern noch einen Scotch mit Soda trinken würde, viel Scotch und wenig Soda, berührte ihn sein Vater am Arm und sagte: »Ich habe dich gesucht.«

Er wird mir die Hölle heiß machen, dachte Matt. *Die Party ist fast vorüber, und ich habe nicht mit meiner Mutter getanzt. Eigentlich habe ich meiner Mutter nur kurz zugewinkt. Und nach dem Ausdruck seiner Augen zu schließen ist er wirklich sauer. Oder enttäuscht von mir, was noch schlimmer ist.*

»Ich zeige mal wieder meine schlechten Manieren, nicht wahr?« fragte Matt.

»Bist du nüchtern?« fragte Brewster C. Payne mit ruhiger Stimme.

»Einigermaßen«, sagte Matt.

»Komm bitte mit, Matt«, sagte sein Vater. »Es läßt sich nicht aufschieben, befürchte ich.«

»Was läßt sich nicht aufschieben?«

»Laß deinen Scotch stehen«, sagte sein Vater. »Du wirst ihn nicht brauchen.«

Sie verließen das Zelt, umrundeten es und gingen über den

Rasen zum Haus. Sein Vater führte ihn in die Bar, in der er am frühen Morgen mit Soames T. Browne gewesen war.

H. Richard Detweiler saß auf einem der Barhocker. Als er Matt sah, stieg er vom Barhocker und schaute Matt mit einer Mischung aus Schmerz und Zorn an.

»Möchten Sie etwas trinken, Matt?« fragte Detweiler.

»Er hat bereits genug getrunken«, antwortete Brewster C. Payne an Matts Stelle. Dann wandte er sich an seinen Sohn. »Matt, du wirst zitiert, gesagt zu haben, daß Penny ein Problem mit Drogen hat, besonders mit Kokain.«

»Von wem zitiert?« fragte Matt.

»Hast du das gesagt? Etwas in dieser Art?« Brewster C. Payne sah ihn forschend an.

»Allmächtiger!« sagte Matt.

»Ja oder nein, Matt?« sagte H. Richard Detweiler ärgerlich.

»Zum Teufel mit Chad!«

»Es stimmt also«, sagte Detweiler. »Welches Recht glaubten Sie zu haben, so etwas Schmutziges über Penny zu sagen?«

»Mr. Detweiler, ich bin Polizist«, sagte Matt.

»Bis vor ungefähr einer Stunde dachte ich, Sie sind zuerst ein Freund von Penny und zufällig Polizist.«

»Oh, Matt«, sagte Matts Vater.

»Ich betrachte mich als Freund von Penny, Mr. Detweiler«, sagte Matt. »Wir bemühen uns sehr herauszufinden, wer auf sie schoß und warum.«

»Und weshalb verbreiten Sie – so etwas?«

»Ich habe es nicht verbreitet, Mr. Detweiler. Ich sprach mit Chad über Penny ...«

»Offenkundig«, sagte Detweiler eisig.

»Und ich sagte ihm vertraulich, was wir über Penny herausgefunden haben – über Penny und Kokain.«

»Du hast natürlich nicht daran gedacht, daß Chad es Daffy erzählt und Daffy es ihrer Mutter sagt und es sich bald allgemein als Klatsch herumspricht?« fragte Brewster Payne kalt.

»Und nichts anderes ist es, nicht wahr?« sagte H. Richard Detweiler ärgerlich und angewidert. »Klatsch. Schmutzige Vermutungen, die durch nichts gestützt werden als durch Ihre wilde Phantasie. Wollten Sie Chad mit allem Insiderwissen beeindrucken, das Sie haben, seit Sie Polizist sind?«

»Woher hast du das gehört, Matt?« fragte sein Vater. »Von dem Kriminalbeamten? Von dem Schwarzen?«

»Mr. Detweiler«, sagte Matt. »Ich kann Ihnen nicht sagen, wie leid es mir tut, daß Sie es auf diese Weise erfahren haben, aber die Wahrheit ist, daß Penny Kokain nimmt. Nach dem, was ich hörte, ist sie nahe daran, süchtig zu werden.«

»Das ist Blödsinn!« brauste Detweiler auf. »Meinen Sie nicht, ihre Mutter und ich würden wissen, wenn sie ein solches Problem hat?«

»Nein, Sir, ich bezweifle, daß Sie es wissen würden. Sie wußten es ja nicht, Mr. Detweiler.«

»Ich fragte dich nach der Quelle deiner Information, Matt«, sagte sein Vater.

»Tut mir leid, die kann ich dir nicht sagen«, erwiderte Matt. »Aber die Quelle ist absolut zuverlässig.«

»Sie meinen, Sie *wollen* es uns nicht sagen.« Detweiler schaute Matt zornig an. »Ist Ihnen klar, daß Dr. Dotson es bemerkt und mich informiert hätte, wenn auch nur ein Körnchen Wahrheit daran wäre?«

»Ich kann nicht glauben, daß Dr. Dotson das entgangen sein sollte«, sagte Matt. »Mr. Detweiler, ich behaupte nicht, etwas über ärztliche Ethik zu wissen . . .«

»Offenbar wissen Sie auch nichts über andere Ethik«, fiel ihm Detweiler ärgerlich ins Wort.

»Aber Penny ist einundzwanzig und erwachsen, und sie will anscheinend nicht, daß Sie es erfahren.«

»Russell Dotson ist unser Hausarzt seit – seit Penny geboren wurde und noch ein paar Jahre länger. Guter Gott, Matt, er ist jetzt dort draußen. Ein Freund. Wenn er so etwas wüßte oder auch nur *vermutete*, würde er es mir sagen.«

»Ich kann nicht für Dr. Dotson sprechen, Mr. Detweiler«, entgegnete Matt.

»Vielleicht sollten wir ihn herbitten«, sagte Detweiler. »Ich denke, das werde ich tun. Dann könnt ihr beide euch in die Augen sehen.«

»Ich wünschte, Sie würden das nicht tun, Mr. Detweiler«, sagte Matt.

»Das kann ich mir denken!«

»Dick, Matt hat vielleicht recht«, sagte Brewster C. Payne. »Es gibt ein Vertrauensverhältnis zwischen Arzt und Patient ...«

»Auf wessen Seite sind Sie?« blaffte Detweiler.

»Auf Ihrer, Dick. Auf Pennys Seite. Und auf Matts Seite«, sagte Brewster C. Payne.

Detweiler starrte ihn einen Moment finster an und wandte sich dann an Matt. »Wie lange wissen Sie von dieser Sache?«

»Seit ich Penny heute morgen im Krankenhaus sah«, sagte Matt nach einigem Überlegen.

Mein Gott, war das erst heute morgen?

»Mit anderen Worten, als Sie und dieser Kriminalbeamte nach Hause fuhren, wußten Sie oder glaubten zu wissen, daß Penny drogenabhängig ist?«

»Jawohl, Sir.«

»Als ich erlaubte, daß Sie und dieser schwarze Kriminalbeamte in ihren Schubladen herumschnüffelten, weil ich dachte, Sie versuchen herauszufinden, wer auf Penny schoß, suchten Sie in Wirklichkeit nach Beweisen, um ihre Annahme zu untermauern, daß Penny Drogen nimmt?«

»Nein, Sir«, sagte Matt. »Das war nicht so.«

»Und ob es so war, verdammt noch mal! Sie haben unsere Freundschaft ausgenutzt! Das ist verachtenswert!«

»Dick, immer mit der Ruhe!« sagte Brewster C. Payne.

»Sie sollten ihn besser hier rausschaffen, bevor ich ihn zusammenschlage«, sagte H. Richard Detweiler.

»Mr. Detweiler ...«, begann Matt.

»Gehen Sie mir aus den Augen, verdammt noch mal! Ich will Ihre Visage nie wiedersehen!«

»Sie können es glauben oder nicht, Mr. Detweiler, aber wir versuchen, Penny zu helfen«, sagte Matt.

Detweiler trat drohend auf ihn zu.

»Verschwinden Sie!«

O Gott, ich will ihn nicht schlagen müssen! dachte Matt.

Sein Vater trat zwischen sie und trennte sie. Er forderte Matt mit einem Kopfnicken auf, zu gehen.

Matt fühlte sich übel. Er verließ fluchtartig das Haus und fand mit einiger Mühe seinen Wagen. Er war zugeparkt von einigen Autos, und er mußte erst die Fahrer suchen und sie bitten, sie fortzufahren.

Als er den Zufahrtsweg hinabfuhr, sah er seinen Vater, der offenbar auf ihn wartete. Matt geriet in Versuchung, so zu tun, als ob er ihn nicht sehe, doch im letzten Augenblick bremste er scharf und ließ die Fensterscheibe hinunter.

»Du solltest dir der Fakten sicher sein«, sagte Brewster C. Payne und neigte sich zum Fenster. »Dick Detweiler sucht jetzt Dr. Dotson, um mit ihm zu sprechen.«

»Und wenn Dotson es ihm nicht sagen wird?«

»Ich sage nur, du solltest dir der Fakten sicher sein.«

»Du hast anscheinend Zweifel daran«, sagte Matt.

»Ich weiß, daß du nicht viel Erfahrung als Polizist hast«, erwiderte sein Vater. »Wenn du welche hättest, dann hättest du bei Chad keine große Lippe riskiert. Damit hast du viel Schaden angerichtet.«

»Bei wem?« mit Matt ging das Mundwerk durch. »Bei Penny? Oder bei deiner Beziehung zu Nesfords International?«

»Das war widerlich von dir«, sagte Brewster C. Payne ruhig.

»Findest du?« Matt verlor jetzt völlig die Kontrolle über sich. »Dann laß dir noch eines sagen! Wir Cops haben die Information, daß Penny Detweiler nicht nur Kokain nahm, sondern auch mit diesem Itaker-Gangster fickte, der erschossen wurde. Nettes Mädchen, unsere liebe Penny!«

Brewster C. Payne schaute Matt einen Augenblick lang angespannt an, dann richtete er sich auf, machte kehrt und ging zum Haus zurück.

Matt fuhr weiter über den Zufahrtsweg, und nachdem der Wachmann ihn und den Wagen eingehend gemustert hatte, durfte er passieren.

Nicht weit vom Tor entfernt stoppte Matt am Straßenrand, stieg aus und atmete ein paarmal tief durch. Die Technik, die angeblich den Brechreiz unterdrücken sollte, wirkte nicht.

Matt fuhr über die Lancaster Avenue, die der US-Highway 30 ist, nach Philadelphia. Er fuhr langsam und überlegte, wie er am Morgen Jason Washington erklären konnte, weshalb sein Mundwerk mit ihm durchgegangen war. Dann kam ihm in den Sinn, daß er es Staff Inspector Peter Wohl sagen mußte, und zwar noch heute nacht, nicht erst am Morgen.

Das schlimmstmögliche und folglich wahrscheinlichste Szenario ist folgendes: Die Probleme, weil ich wie ein Vierzehnjähriger – was ich wahrscheinlich intellektuell gesehen auch bin – bei Chad Nesbitt geplappert habe, beginnen schon heute abend. Mr. Detweiler wird mit Dr. Dotson sprechen, und der Arzt wird entweder Pennys Kokainproblem glatt leugnen oder herunterspielen. Mr. Detweiler wird dann natürlich Brewster C. Paynes juristischen Beistand nutzen, um die Dinge abzukühlen und das als väterliche Loyalität Brewster C. Payne gegenüber seinem Sohn ausgeben, dem Baby-Cop, Plappermaul. Dann wird Detweiler seine Mißbilligung, seinen Zorn bei dem nächsten Beamten ausdrücken. Das wird der Ehrenwerte Bürgermeister Jerry Carlucci sein, der zuletzt in dem gestreiften Zelt auf seinem Rasen gesehen wurde.

An der 49th Street und Lancaster war ein Imbiß. Matt stoppte am Straßenrand und ging über die Lancaster Avenue hin. Ein Streifenwagen des 19. Distrikts stand vor dem Imbiß, und zwei Cops tranken an der Theke Kaffee.

Die Polizisten schauten ihn mit unverhohlener Neugier an, was ihn daran erinnerte, daß er förmliche Abendkleidung trug.

Keine Sorge, Jungs. Meine unglaubliche Blödheit hat zwar soeben die Polizei im allgemeinen und im besonderen zwei ihrer besten Leute, die die Hand über mich gehalten und unberechtigtes Vertrauen in mich gesetzt haben, in Schwierigkeiten gebracht, indem er den völlig berechtigten Zorn eines sehr mächtigen Mannes geweckt hat, aber was ihr hier seht, ist nicht irgendein reicher Junge im Frack, der den Frieden dieses Establishments stören wird, sondern – unglaublich – einer von euch, ein Polizist, komplett mit Waffe, Dienstmarke und im Porsche mit Handschellen und allem.

Matt ging zu einem Münztelefon an der Wand und fischte

Kleingeld aus der Tasche. Als er das Amtszeichen hörte, fiel sein Blick auf einen Stapel Zeitungen auf der Theke, die offenbar gerade erst geliefert worden waren. Es waren Exemplare des *Ledger.* Auf der Titelseite prangte ein Foto über drei Spalten, das den Ehrenwerten Bürgermeister Jerry Carlucci zeigte, der im Begriff war, jemand zu schlagen oder zu erwürgen.

Neugier überwältigte Matt. Er hängte den Hörer ein und ging zur Theke. Bei näherer Betrachtung sah er, daß das Foto auf der Titelseite des *Philadelphia Ledger* tatsächlich den Bürgermeister zeigte, und es sah wirklich so aus, als wolle er jemand erwürgen oder zusammenschlagen. Die Bildunterschrift lautete nur ›Der Ehrenwerte Jerry Carlucci, Bürgermeister von Philadelphia‹ und gab keine Erklärung.

Die Erklärung folgte in dem Artikel unter dem Foto:

> **Prominente heiraten unter starkem Polizeischutz**
>
> **Schüsse auf Millionenerbin stellt Polizei weiterhin vor ein Rätsel**
>
> *Von Charles E. Whaley, Reporter des Ledger*
>
> *Phila – die kirchliche Trauung der Prominenten Daphne Elizabeth Browne und Chadwick T. Nesbitt IV. fand wie geplant gestern abend um 19 Uhr 30 in der St. Mark's Church statt. Es fehlte jedoch eine Brautjungfer, und ein starkes Polizeiaufgebot und Personal eines Sicherheitsdienstes waren in der Kirche.*
>
> *Penelope Detweiler, 23, deren Vater, H. Richard Detweiler, Präsident und Hauptaktionär von Nesfoods International ist und die Brautjungfer sein sollte, lag statt dessen im Hahnemann-Hospital, nachdem sie am Vortag von einem unbekannten Täter in einem Parkhaus in der Innenstadt durch Schrotkugeln verletzt wurde.*
>
> *Während der Bischof von Philadelphia, Wesley Framingham Kerr, die Tochter des Finanziers Soames T. Browne und den Sohn des Präsidenten von Nesfoods*

International, C.T. Nesbitt III., traute, waren Polizisten und Privatdetektive verteilt unter den prominenten Gästen in der Kirche und überwachten sie und die Kirche in einer Art, die an die von Agenten des Secret Service beim Schutz des Präsidenten erinnert.

Wie es hieß, war die Polizei so stark vertreten auf Anweisung von Bürgermeister Jerry Carlucci, selbst ein Gast. Aus gut unterrichteten Kreisen verlautete, daß es ihm äußerst peinlich ist, daß Miss Detweiler niedergeschossen wurde – man vermutet, im Zusammenhang mit einer Schießerei unter Mafiosi –, und daß die Special Operations Division, die mit seiner begeisterten Unterstützung gebildet wurde und die er persönlich mit der Aufklärung des Verbrechens beauftragte, bis jetzt nicht in der Lage war, irgendeinen Anhaltspunkt bezüglich der Schießerei zu finden. Die Anwesenheit von Privatdetektiven von der Wachenhut Security Inc. wurde als Hinweis darauf gewertet, daß die Familien Browne und Nesbitt wenig Vertrauen in die Polizei haben, sie und ihre Gäste zu schützen.

Bürgermeister Carlucci weigerte sich nach der Trauung vor der Kirche, diesem Reporter eine Stellungsnahme zu geben, und bei einem folgenden Handgemenge wurde ein Fotograf des Ledger *zu Boden geschlagen, und seine Kamera wurde beschädigt.*

(Lesen Sie ›Keine Hinweise‹ und ›Opfer eines Gangsterkriegs‹ auf Seite 3)

»O Gott!« sagte Matt laut.

Der Bürgermeister muß von diesem Artikel wissen. Das wird ihn alles andere als erheitern, und wenn Mr. Detweiler sagt ›Jerry, alter Junge, ich möchte Ihnen etwas über Ihren Cop mit dem Plappermaul erzählen‹, wird er bestimmt nicht verständnisvoll und verzeihend sein.

Er blätterte auf Seite drei und las die anderen Artikel.

›Keine Hinweise‹ sagt Polizei
zum Polizistenmord;
Beerdigung des ermordeten Beamten
für heute geplant
von Mary Ann Wiggins
Reporterin des Ledger

Der Polizeibeamte Joseph Magnella wird nach einer Totenmesse, die von John Cardinal McQuire, dem Erzbischoff von Philadelphia, in der Saint Dominic's Church zelebriert wird, heute nachmittag um 15 Uhr beerdigt. Die Beisetzung findet auf dem Friedhof der Kirche statt, die traditionelle letzte Ruhestätte für römisch-katholische Polizeibeamte, die im Dienst getötet wurden.

Officer Magnella, 24, der in der Warden Street in Süd-Philadelphia wohnte, wurde vor zwei Nächten kurz vor Mitternacht erschossen an der Columbia und Clarion Street neben seinem Streifenwagen des 22. Distrikts aufgefunden.

Magnella, ein Vietnam-Veteran, war unverheiratet und wohnte bei seinen Eltern. Er war ein knappes Jahr bei der Polizei und wollte in Kürze seine Verlobte heiraten.

Police Captain Michael J. Sabara, Stellvertretender Chef der Special Operations Division, die von Bürgermeister Jerry Carlucci den Auftrag erhielt, den Mordfall aufzuklären, gab zu, daß die Polizei bis jetzt ›keinen Hinweis‹ hat, wer Magnella erschoß und warum.

Bürgermeister Jerry Carlucci, der kurz interviewt wurde, als er die Stanley Rocco & Sons Leichenhalle verließ, wo er dem Toten die letzte Ehre erwies, wirkte sichtlich verlegen über die Unfähigkeit der Polizei, ›den brutalen, kaltblütigen Mord an einem feinen jungen Polizeibeamten‹ aufzuklären. Er weigerte sich, mit dieser Reporterin über die Ermor-

dung von Anthony J. DeZego, ein angeblich Krimineller, und die Verwundung der prominenten Penelope Detweiler zu sprechen, die in derselben Nacht stattfand, in der Officer Magnella erschossen wurde.

Ein paar tausend Polizeibeamte, Kollegen der Polizei von Philadelphia und selbst Polizisten aus New York City und Washington, D. C., werden zur Teilnahme an der Beisetzung von Officer Magnella erwartet.

›Opfer des Gangsterkriegs war
guter Sohn, Ehemann und Vater‹,
sagt Mutter von Anthony J. DeZego
Von Tony Schuyler
Reporter des Ledger

Anthony J. DeZego, der vor zwei Tagen auf dem Dach des Penn Services Parkhaus mit einer Schrotflinte erschossen wurde, war nach den Worten seiner Mutter, Mrs. Christiana DeZego, ein ›guter Sohn, Ehemann und Vater‹.

DeZego, 34, war zum Zeitpunkt seines Todes, den die Polizei in Zusammenhang mit einem Gangsterkrieg vermutet, Lastwagenfahrer der Gulf Sea Food Transportfirma. Police Captain Michael J. Sabara, Stellvertretender Chef der Special Operations Division, die in dem Mordfall ermittelt, verweigerte einen Kommentar zu DeZegos angeblichen Verbindungen zum organisierten Verbrechen, sagte jedoch, die Schießerei ›war nicht unähnlich einer Ermordung in Mafiakreisen‹. Er sagte, DeZego hatte Vorstrafen, die bis auf seine Teenagerzeit zurückgingen, und wurde erst vor kurzem unter Zubilligung von Bewährungsfrist freigelassen.

Sein jüngster Gesetzesbruch war laut Captain Sabara der ›Besitz von verbotenen Substanzen zum Zweck ihrer Verbreitung‹.

DeZego hatte vor kurzem für seine Familie (Frau

und zwei Söhne) ein Haus nahe dem Haus seiner Mutter in Süd-Philadelphia gekauft. Sein neuer Cadillac, den die Polizei am Morgen nach der Schießerei verlassen auf dem Philadelphia International Airport fand, wurde seiner Familie gestern zurückgegeben.

Salvatore B. Mariano, DeZegos Schwager und Besitzer der Gulf Sea Food Transport, sagte dem Ledger, *daß DeZego ein ›zuverlässiger Angestellter‹ war. Er verweigerte eine Stellungsnahme zu Spekulationen, wie sich DeZego mit dem normalen Gehalt eines Fahrers ein neues Haus und einen Cadillac leisten konnte, und er bezeichnete Vermutungen, daß DeZego Verbindungen zum organisierten Verbrechen hatte, als ›Blödsinn‹.*

Dezego wird heute nachmittag um 15 Uhr nach einer Totenmesse in der römisch-katholischen Kirche St. Teresa of Avalone beerdigt werden.

Die Ermittlungen im Mordfall DeZego ›kommen gut voran‹ sagte Captain Sabara, der sich weigerte, weitere Einzelheiten zu nennen. Er bestätigte, daß die Ermittlungen vom As der Mordkommission, Detective Jason Washington, durchgeführt werden.

»Nichts würde uns mehr freuen, als dafür zu sorgen, daß Mr. DeZegos Mörder die volle Härte des Gesetzes trifft«, sagte Sabara.

»Willst du die Zeitung kaufen, Mac? Oder meinst du, du bist in 'ner Bücherei?« fragte ein Verkäufer, dessen Koteletten fast bis zum Kinn reichten.

»Ich will sie kaufen«, sagte Matt. »Entschuldigung.«

Er legte einen Dollar auf die Theke. Dann ging er mit der Zeitung zum Münzfernsprecher und wählte Peter Wohls Privatnummer.

Nach dem vierten Klingeln klickte es. »Hier ist 55-8251«, ertönte Peter Wohls Stimme vom Band. »Wenn dieses Ding piepst, können Sie eine Nachricht hinterlassen.«

»Inspector, hier ist Matt Payne. Ich muß mit Ihnen so bald wie möglich sprechen . . .«

»Ist das bald genug?« unterbrach Wohls heiter klingende Stimme.

Matt war verblüfft.

»Haben Sie die Zeitungen gesehen? Den *Ledger?«*

»Nein. Aber ich wette, Sie rufen an, um mir davon zu erzählen«, sagte Wohl trocken.

»Da ist ein Foto vom Bürgermeister auf der Titelseite. Es zeigt ihn, wie er einen Fotografen schlagen will. Und ein paar miese Artikel machen ihn und uns schlecht.«

»Das möchte ich sehen. Rufen Sie mich *deshalb* um Viertel vor eins an?«

»Nein, Sir. Sir, ich habe Mist gebaut.«

»Eine weitere Auseinandersetzung mit Sergeant Dolan?«

»Nein, Sir. Es ist etwas anderes.«

»Wo sind Sie?«

»An der Neunundvierzigsten und Lancaster. An einem Münzfernsprecher.«

»Wenn Sie meinen, daß es nicht bis morgen warten kann – was wohl der Fall ist, denn sonst hätten Sie nicht angerufen –, dann kommen Sie zu mir. Bringen Sie den *Ledger* mit.«

»Jawohl, Sir. Ich werde gleich dort sein.«

Als Matt den Imbiß verließ, stand einer der beiden Polizisten, die an der Theke gesessen hatten, auf dem Bürgersteig. Der andere hielt sich schräg gegenüber bei dem Porsche auf. Matt überquerte die Straße und ging zur Lancaster Avenue.

»Schöner Wagen«, sagte der Polizist.

»Danke.«

»Haben Sie getrunken?«

»Ein bißchen«, sagte Matt.

»Hochzeitsfeier, wie?«

»Jawohl, Sir.«

»Nun, auf einer Hochzeitsfeier trinkt man immer ein bißchen. Und Sie sind kerzengerade über die Straße gekommen«, sagte der Cop.

»Jawohl, Sir.«

»Haben Sie ein offenes Ohr für einen kleinen freundschaftlichen Rat?«

»Klar.«

»So gekleidet, mit einem solchen Wagen, zu dieser Uhrzeit und mit ein paar Drinks intus, ist es vielleicht keine gute Idee in so einer Gegend anzuhalten. Sie wissen, was ich meine?«

»Ich glaube, ja«, sagte Matt. »Ja, ich weiß, was Sie meinen.«

»Gute Nacht, Sir«, sagte der Cop. »Fahren Sie vorsichtig.«

Er ging über die Lancaster Avenue zu dem Streifenwagen des 19. Distrikts, stieg zu seinem Kollegen ein und fuhr davon.

Er hatte keine Ahnung, daß ich auch Cop bin, dachte Matt. *Ich sehe offenbar nicht wie einer aus. Und verhalte mich auch nicht wie einer. Aber das weiß ich ja, nicht wahr?*

Als Matt in Chestnut Hill von der Norwood Street auf den Zufahrtsweg abbog, der zu Peter Wohls Apartmenthaus führte, strich das Scheinwerferlicht des Porsche über einen gewaltigen Kastanienbaum, und er glaubte, eine Narbe in der Rinde des Baumstamms zu sehen.

Dort habe ich einen Mann getötet, dachte er.

Warren K. Flescher, vierunddreißig, aus Germantown war durch eine Kugel in den Kopf aus Officer Matt Paynes .38er Chief's Special Revolver gestorben. Der Van, in dem hinten unter einer Plane eine nackte gefesselte Frau gelegen hatte, war gegen diesen Kastanienbaum gekracht. Und damit war beendet worden, was der Reporter Michael J. O'Hara im *Philadelphia Bulletin* als ›Terror des Vergewaltigers und Mörders von Nordwest-Philadelphia‹ bezeichnet hatte.

Matt erinnerte sich, daß Chad ihn gefragt hatte, was es für ein Gefühl war, wenn man einen Menschen tötete. Und er entsann sich, was er geantwortet hatte: »Ich hatte keine Alpträume, und ich habe auch nicht viel Seelenforschung darüber betrieben. Nichts dergleichen.«

Es stimmte natürlich, aber er erkannte plötzlich, warum er das gesagt hatte: Es hatte ihn nicht beunruhigt, weil es wie unreal gewesen war. Es war nicht passiert. Oder es war jemand anderem widerfahren. Oder es hatte sich in einem Film abgespielt. Es war völlig unglaubwürdig, daß Matthew M. Payne, der die Wallingford und Episcopal Academy und die University of Pennsylvania besucht hatte, von der Stadt Philadelphia eine Dienstmarke und eine Waffe erhalten und tatsächlich jemand damit erschossen hatte.

Er fuhr über den Zufahrtsweg. Vor einer von Peter Wohls zwei Garagen parkte ein Buick Limited. Nichts an dem Wagen ließ darauf schließen, daß es ein Polizeifahrzeug war, und Matt fragte sich, wem der Buick gehörte.

Er stieg aus dem Porsche, ging die Treppe zu Peter Wohls Wohnung hinauf und klopfte an die Tür.

Ein stämmiger, grauhaariger Mann, den Matt auf Mitte Sechzig schätzte, öffnete die Tür. Der Mann hatte kein Jackett an, seine Krawatte hing gelockert herab, und er trug Hosenträger.

»Sie müssen Matt Payne sein«, sagte er und reichte ihm die Hand. In der anderen Hand hielt er ein Glas mit Whisky. »Ich bin August Wohl. Mein Sohn Peter ist gerade auf der Toilette. Kommen Sie herein.«

Matt wußte, daß Peter Wohls Vater Chief Inspector im Ruhestand war, aber er hatte ihn noch nie gesehen. Er war ein beeindruckender Mann, der gerade erst die Zeichen des Alters zu zeigen begann, wie Matt fand. Und er war beschwipst.

»Guten Morgen, Sir«, sagte Matt.

»Ich hole Ihnen etwas zu trinken«, sagte Chief Wohl. »Was möchten Sie?«

»Ich glaube, ich sollte nichts trinken«, sagt Matt.

»Ah, was soll's, nehmen Sie einen. Sie sind unter Freunden.«

»Dann bitte einen kleinen Scotch«, sagte Matt.

Er folgte Peter Wohls Vater zur Bar. Darauf standen zwei Styroporschachteln für Essen zum Mitnehmen aus einem China-Restaurant. Chief Wohl nahm ein Glas und schenkte es aus einer Flasche Johnnie Walker halb voll. Er fügte Eiswürfel aus einem Kühlbehälter hinzu und gab Matt das Glas.

»Verwässern Sie den Scotch selbst«, sagte er heiter. »Da ist Sodawasser.«

»Danke«, sagte Matt.

Peter Wohl kam aus seinem Schlafzimmer, wobei er den Reißverschluß seiner Hose zuzog.

»Hier haben wir offenbar den bestgekleideten Zeitungsboten der Stadt«, sagte er. »Habt ihr euch schon miteinander bekannt gemacht?«

Er ist ebenfalls angesäuselt, dachte Matt.

»Jawohl, Sir.«

»Und ich sehe, mein Vater hat Sie zum Trinken überredet«, fuhr Wohl for. »Lassen Sie mich lesen, was im *Ledger* steht, und dann können Sie mir erzählen, welchen Mist Sie gebaut haben.«

Matt gab ihm die Zeitung. Wohl breitete sie auf der Bar aus und las, wobei ihm sein Vater über die Schulter blickte und mitlas.

»Es könnte schlimmer sein«, sagte Chief Wohl schließlich. »Ich finde, Arthur Nelson war sehr vorsichtig. Nesfoods schaltet viele Anzeigen für Tomatensuppe in Nelsons Zeitungen.«

Peter Wohl nickte. Er wandte sich an Matt. »Und welchen Mist haben Sie gebaut?«

Matt erzählte ihm von seiner Konfrontation mit H. Richard Detweiler, wobei er – erfolgreich, wie er fand – gegen die Versuchung ankämpfte, irgendeine Ausrede für seine unentschuldbare Blödheit zu äußern.

»Sind Sie sicher, Sohn, daß Detweilers Tochter ein Drogenproblem hat?« fragte Chief Wohl.

»Wenn Washington die Krankenschwester im Hahneman-Hospital kennt, Vater . . .«, warf Peter Wohl ein.

»Ja, sicher«, sagte Chief Wohl. »Was ist mit der Beziehung des Mädchens zu DeZego? Wie verläßlich ist diese Information, Sohn?«

»Sie ist aus zweiter Hand«, sagte Matt. »Es könnte Klatsch sein.«

»Sie haben Detweiler über diesen Punkt nichts gesagt, Matt, oder?« fragte Peter Wohl.

»Nein, Sir, davon habe ich ihm nichts gesagt.« Aber dann fiel ihm ein, daß er seinem Vater davon erzählt hatte. Und wieder beschämt, fühlte er sich moralisch verpflichtet, auch das zu bekennen.

»Nun, Glück für Sie, daß Sie es nur Ihrem Vater gesagt haben«, sagte Chief Wohl. Dann schaute er seinen Sohn an. »Jerry Carlucci wollte den Fotografen schlagen. Oder schlug er ihn? Oder war es nur ein Versuch?«

»Die Zeitung spricht von einem ›Handgemenge‹«, sagte Peter Wohl.

»Es war mehr als das.« Chief Wohl las ein wenig triumphierend aus dem Zeitungsartikel vor: »› . . .bei einem folgenden Handgemenge wurde ein Fotograf des *Ledger* zu Boden geschlagen, und seine Kamera wurde beschädigt.‹ Siehst du kein Fernsehen? Ein Cop muß sich an die Fakten halten.«

»Nur die Fakten, Ma'am«, ahmte Peter Wohl Sergeant Friday in der Serie *Dragnet* nach und lachte.

»Carlucci wird sich weit mehr darüber aufregen, daß die Zeitung mit diesem Foto auf fast allen Frühstückstischen in Philadelphia liegt, als Sie sich aufregen, weil Sie Detweiler von dem Drogenproblem seiner Tochter erzählt haben«, sagte Chief Wohl zu Matt.

»Das war verdammt blöde«, sagte Peter Wohl.

»Jawohl, Sir, ich weiß das. Und es tut mir sehr leid«, sagte Matt.

»Mein Sohn sprach von Jerry Carlucci«, sagte Chief Wohl.

»Aber der Schuh paßt, Matt«, sagte Peter Wohl. »Also ziehen Sie ihn an.«

Matt blickte ihn an. Peter Wohl lächelte.

Er ist nicht wütend, dachte Matt überrascht. *Er wirkt nicht mal sehr ärgerlich. Als ob er dieses blöde Verhalten von einem Anfänger erwartet hat. Oder vielleicht von einem College-Jungen.*

»Jerry hat nie gelernt, wann er sich mit seinen Fäusten zurückhalten sollte«, sagte Chief Wohl. Dann lachte er. »Mein Gott, das Gorillakostüm!« Er lachte noch heftiger. »Hast du Matt jemals das mit Carlucci und dem Gorillakostüm erzählt?«

Peter Wohl schüttelte lachend den Kopf.

»Erzähl es ihm«, sagte er und ging zur Bar.

»Nun, das war vor zehn oder vielleicht sogar zwölf Jahren«, begann Chief Wohl. »Jerry war der Chef der Highway Patrol. Ich war der Chef der Uniformed Patrol. Die Highway unterstand damals der Uniformed Patrol. Ich erhielt von allen Beschwerden, vom Büro des Staatsanwalts, von ein paar Richtern, von Bürgerrechtlern und wer weiß was noch, daß die Highway Patrol Verdächtige zur Bustleton und Bowler brachte und in die Mangel nahm, bevor sie zum Zentralgefängnis gebracht wurden. So rief ich Jerry in mein Büro und las ihm die Leviten. Es war mir ernst, und er wußte das. Ich sagte ihm, wenn ich ihm beweisen kann, daß er oder sonst jemand von der Highway Patrol Leute im Hauptquartier in die Mangel nimmt, würde er am nächsten Morgen bei der Verkehrspolizei sein und an der Broad und Market in eine Trillerpfeife blasen ...« Er legte eine Pause ein und blickte über die Schulter. »Wenn du einen für Matt einschenkst, mein Glas hat auch ein Loch.«

»Keinen für mich, danke«, sagte Matt ungefähr zwei Sekunden bevor Peter Wohl ihm ein gefülltes Glas überreichte.

»Pst«, sagte Peter Wohl, »Sie unterbrechen den alten Mann.«

»So hörte Carlucci eine Weile damit auf«, fuhr Chief Wohl fort. »Vielleicht für eine Woche. Dann hörte ich wieder von solchen Vorfällen. So ging ich zum Sergeant im Zentralgefängnis. Es war mir wirklich ernst, und ich sagte ihm, daß ich sofort erfahren will, wenn ein Gefangener von der Highway Patrol eingeliefert wird, der lädiert aussieht. Und zwei oder drei Nächte später rief er mich an.«

Peter Wohl gab seinem Vater ein gefülltes Glas.

Der schaute darauf und sah dann Matt an.

»Machen Sie sich keine Sorgen, wie Sie nach Hause kommen, Sohn. Ich werde Sie fahren.«

»Den Teufel wirst du.« Peter Wohl lachte. »Er bleibt hier, und du wirst heimgefahren. Ich möchte nicht, daß einer von euch oder ihr beiden einen Bus rammt.«

»Du willst doch nicht andeuten, daß ich blau bin, oder?«

»Von Andeutung kann keine Rede sein«, erwiderte Peter Wohl. »Das ist einer der Fakten, von denen du vorhin gesprochen hast.« Er ging zum Telefon und wählte.

»Hier ist Inspector Wohl. Würden Sie bitte veranlassen, daß der nächste Wagen der Highway Patrol zu mir nach Hause fährt?«

»Das gefällt mir nicht«, wandte Chief Wohl ein.

»Besser du bist auf mich sauer als Mutter, okay? Erzähl die Gorilla-Story zu Ende.«

»Wo war ich?«

»Du wurdest vom Zentralgefängnis aus angerufen«, sagte Peter Wohl.

»Richtig. Matt, ich stieg also in meinen Wagen und fuhr dorthin. Sie hatten einen Ganoven in einer der Zellen, und jemand von der Highway Patrol hatte ihn wirklich in die Mangel genommen. Geschwollene Lippen. Ein blaues Auge. Hautabschürfungen. Und ich wußte, daß Jerry Carlucci im Hauptquartier an der Bustleton und Bowler gewesen war. So dachte ich, ich hätte ihn. Ich ging in die Zelle zu diesem Typen und fragte ihn, was passiert war. ›Nichts‹, sagte er. Ich fragte ihn, woher er die aufgeplatzte Lippe und das Veilchen hatte. Und er sagte: ›Von einem Gorilla‹. Und ich sagte ›Quatsch‹, doch er bestand darauf, daß ihn ein Gorilla zusammengeschlagen hatte, und wenn mir das nicht passe, dann solle ich ihn am Arsch lecken. Und ich fragte ihn, wo ihn der Gorilla zusammengeschlagen hatte, und er sagte ›Bustleton und Bowler‹. Ich erklärte ihm, daß es keine Gorillas an der Bustleton und Bowler gab, und er sagte: ›Und ob es da welche gibt, einer davon kam in die Zelle und machte mich fertig‹.«

Peter Wohl lachte laut. »Eine wahre Geschichte, Matt.«

»Nun«, erzählte Chief Wohl weiter, »dieser Typ war ein Klugscheißer, und ich wußte, daß ich meinen Atem verschwendete. Wenn Carlucci ihn zusammengeschlagen hatte, würde der Ganove mir das nicht sagen. So fuhr ich heim. Ungefähr eine Woche später landete ein Schriftstück auf meinen Schreibtisch. Es war ein Gerichtsbeschluß für die Freigabe eines Beweisstücks in einem Lastwagendiebstahl vor einem Gerichtsverfahren. Sie wissen, was ich meine, Sohn?«

»Matt«, sagte Peter Wohl, »manchmal verfügt das Gericht die Freigabe von gestohlenem Besitz an den Besitzer, bevor es zu einem Gerichtsverfahren kommt, wenn der Besitzer einen Härtefall geltend machen kann.«

»Jawohl, Sir«, sagte Matt.

»Der Besitz wurde beschrieben als ›Theaterkostüm und Zubehör‹. Die Highway Patrol hatte das Beweisstück. Ich widmete ihm zu diesem Zeitpunkt nicht viel Aufmerksamkeit, aber am selben Nachmittag, als ich an der Bustleton und Bowler war, wurde ich ein wenig neugierig. So fragte ich den Sergeant, wo die Theaterkostüme waren – mit anderen Worten, ich erkundigte mich, ob sie schon dem Besitzer zurückgegeben worden waren. Der Sergeant sagte: ›Alles wurde zurückgegeben außer dem Gorillakostüm draußen im Lager. Captain Carlucci hat das Gorillakostüm behalten ...‹«

Er stellte sein Glas ab und lachte, daß ihm Tränen kamen.

»Dieser gottverdammte Jerry Carlucci hatte tatsächlich das Gorillakostüm angezogen, war in die Zelle gegangen und hatte den Mistkerl verprügelt. Und der kleine Ganove dachte an seinen Ruf und war nicht bereit, vor Gericht zu gehen und auszusagen, daß er von einem Typen in einem Gorillakostüm angegriffen worden war. Er sagte: ›Dann halten mich alle für bescheuert.‹ Menschenskind, Jerry Carlucci war ein höllischer Cop!«

Schritte näherten sich auf der Treppe zum Apartment, und denn klopfte jemand an. Wohl ging zur Tür und öffnete. Sergeant Big Hill Henderson stand draußen.

»Es freut mich zwar, Sie zu sehen, Sergeant«, sagte Wohl, »aber ich nehme an, ich hätte um einen Wagen mit zwei Mann Besatzung bitten sollen.«

»Was ist das Problem, Inspector?«

»Es gibt überhaupt kein Problem, Sergeant«, sagte Chief Wohl. »Mein Sohn ist der blödsinnigen Ansicht, daß ich zu betrunken bin, um Auto zu fahren.«

»Hallo, Chief«, sagte Big Bill. »Schön, Sie wiederzusehen.«

»Ich erzählte Matt soeben von Jerry Carlucci und dem Gorillakostüm«, sagte Chief Wohl. »Haben Sie die Geschichte jemals gehört?«

»Nein, Sir«, sagte Big Bill. »Sie können Sie mir auf dem

Heimweg erzählen, Inspector. Ich fahre Sie mit Ihrem Wagen, lasse meinen hier abholen und mich bei Ihrem Haus abholen. Okay?«

»Prima«, sagte Peter Wohl. »Oder wir könnten auf einen Zwei-Mann-Wagen warten.«

»Nein, ich fahre den Chief«, sagte Big Bill. »Ich möchte die Geschichte von dem Gorillakostüm hören.« Er zwinkerte Peter Wohl zu.

Peter Wohl holte das Jackett seines Vaters und half ihm hinein. Matt sah zum ersten Mal, daß Chief Wohl einen Revolver trug.

Einmal Cop, immer Cop.

»Du sagst Mutter, daß es deine Idee war, in Groverman's Bar zu gehen, Dad?« fragte Peter Wohl.

»Ich komme schon mit deiner Mutter zurecht, mach dir keine Sorgen«, sagte Chief Wohl. Er ging zu Matt und schüttelte ihm die Hand. »War nett, Sie kennenzulernen, Sohn. Ich sollte Ihnen das vielleicht nicht sagen, aber Peter meint, Sie werden ein höllisch guter Cop.«

»Ich sagte ›vielleicht in zwanzig Jahren oder so‹«, bemerkte Peter Wohl.

Chief Wohl und Sergeant Henderson gingen.

Wohl ging an Matt vorbei in sein Schlafzimmer und kehrte einen Augenblick später mit Laken, Decken und einem Kissen zurück. Er warf die Sachen Matt zu.

»Sie schlafen auf der Couch. Schnarchen Sie nicht. Und verschwinden Sie *leise* am Morgen. Sie arbeiten noch mit Jason?«

»Jawohl, Sir. Ich soll ihn um acht im Rundhaus treffen.«

»Versuchen Sie, ihn nicht anzuhauchen«, riet Wohl. »Er könnte den Eindruck gewinnen, daß Sie die ganze Nacht gesoffen haben.«

»Jawohl, Sir. Gute Nacht, Sir.«

An der Tür seines Schlafzimmers wandte sich Wohl noch einmal um. »Wenn Sie die Story mit dem Gorillakostüm wieder hören, und das werden Sie, dann denken Sie daran, daß Sie sie beim ersten Mal von der Quelle hörten.«

»Jawohl, Sir.«

»Gute Nacht, Matt«, sagte Wohl und schloß die Tür.

Matt zog sich bis auf die Unterwäsche aus. Als letztes legte er sein Wadenholster mit dem Revolver ab. Er legte es auf den Tisch neben seine Frackhose.

Meine Waffe, dachte er. *Das Werkzeug des Polizisten. Chief Wohl trägt seine immer noch. Und Chief Wohl meint, ich bin ein Cop. Ein Anfänger, vielleicht, aber ein Cop. Er hätte diese Geschichte über den Bürgermeister in seiner Zeit als Cop, als er ein Gorillakostüm anzog und irgendeinen Ganoven verprügelte, keinem Zivilisten erzählt. Ich werde sie nicht meinem Vater erzählen. Er ist Zivilist und würde sie nicht verstehen. Und Chief Wohl scherzte nicht, als er sagte, Staff Inspector Wohl meint, ich kann ein guter Cop werden.*

16

Matt Paynes Blase weckte ihn um halb sechs mit der dringenden Aufforderung, sie unverzüglich zu leeren. Das stellte ein Problem dar. Es gab nur eine Toilette in Peter Wohls Wohnung, und die konnte man nur durch das Schlafzimmer betreten. Entweder versuchte er dorthin zu gelangen, ohne Wohl zu wecken, oder er verließ die Wohnung und erleichterte sich an der Garagenwand, was ihm jedoch stark widerstrebte. Aber er wußte, daß er es nicht bis zur nächsten geöffneten Imbißstube oder Hamburgerbude schaffen würde, wo er die Toilette benutzen konnte.

Als er aufstand, wurde ihm die Entscheidung praktisch abgenommen. Ein scharfer Schmerz sagte ihm, daß er nicht warten konnte, bis er draußen sein würde.

Er schlich auf Zehenspitzen an Wohl vorbei durchs Schlafzimmer. Wohl lag schlafend auf dem Bauch, mit dem Kopf unter dem Kissen. Matt schloß behutsam die Badezimmertür, hob den Deckel des Toilettenbeckens an und versuchte seine Blase so leise wie nur möglich zu entleeren. Er hatte sich gerade über sein Geschick darin beglückwünscht und begann zu hoffen, daß er unbemerkt wieder auf Zehenspitzen an Wohl vorbeischleichen konnte, als sich der Wassertank der Toilette, die gespült hatte, zu füllen begann. Es klang für Matt wie die Niagara-Fälle.

Schließlich hörte es auf – mit einem Stöhnen wie von einem verwundeten Elefanten. Wohl hatte sich anscheinend nicht gerührt. Matt schlich auf Zehenspitzen an Wohls Bett vorbei und schaffte es fast bis zur Tür.

»Guten *Morgen,* Officer Payne«, sagte Wohl unter dem Kissen hervor. »Sie stehen ja mit den verdammten Hühnern auf.«

»Verzeihung«, sagte Matt.

Er schloß die Tür von Wohls Schlafzimmer, zog sich schnell an, verließ das Apartment so leise er konnte und fuhr zum Rittenhouse Square. In seiner Wohnung ging er sofort zum Kühlschrank, nahm eine halbe Gallone Milch heraus und schenkte in ein großes Glas ein. Die Milch war sauer.

Er hielt sich die Nase zu, schüttelte die saure Milch in den Ausguß und lehnte sich gegen das Spülbecken.

Das rote Licht seines Anrufbeantworters blinkte.

»Warum hast du die Feier verlassen?« fragte Amanda auf dem Band.

Weil du zu Bett gegangen bist, nachdem du mir gesagt hast, das Schiff hat angelegt.

»Ich hoffe, ich habe dich nicht vertrieben.«

Gott behüte!

»Ruf mich an.«

Jetzt? Es ist Viertel nach sechs!

Es folgten elektronische Piepgeräusche, die verrieten, daß ein halbes Dutzend Anrufer nicht geneigt waren, Matts Einladung anzunehmen und auf Band zu sprechen und die Telefonnummer zu hinterlassen, damit er zurückrufen konnte. Dann ertönte eine vertraute, tiefe, wohlklingende Stimme: »Hier ist Jason, Matt. Ich muß morgen ganz früh etwas erledigen. Fahren Sie nicht zum Rundhaus. Ich sehe Sie entweder gegen neun an der Bustleton und Bowler oder ich rufe Sie dort an.«

Eine andere Serie von Pieptönen, diesmal fünf, und dann ertönte Amandas Stimme vom Band.

Sie fragte, und es klang wie hin und her gerissen zwischen Trauer und Empörung: »Wo, zum Teufel, bist du? Ich habe stundenlang alle dreißig Minuten angerufen. Ruf mich an!«

Matt schaute auf seine Armbanduhr.

Es ist jetzt 6 Uhr 18. Ich werde mich duschen und rasieren und sehen, ob ich etwas gegen das Grummeln in meinem Magen tun kann. Dann ziehe ich mich an, es wird kurz vor sieben sein, und ich rufe dich an, denn ich möchte wirklich nicht um 6 Uhr 18 mit Mrs. Soames T. Browne sprechen.

Um 7 Uhr 2 rieb Matt bei Mr. und Mrs. Browne an und fragte nach Miss Spencer. Mrs. Browne meldete sich und sagte, daß Amanda vor fünf Minuten in ihren Wagen gestiegen und heimgefahren sei, und wenn er ihre Meinung hören wolle, sein Verhalten in den vergangenen paar Tagen wäre abscheulich gewesen. Sie erklärte, sie habe keine Ahnung, was er zu Amanda gesagt und was er ihr angetan habe, um sie so zum Weinen zu bringen, und sie wolle es auch gar nicht wissen, aber offenbar sei er immer noch so rücksichtslos gegenüber den Gefühlen anderer Leute, wie er es immer gewesen sei. Es habe sie auch nicht überrascht, daß er versuchte, Chad vor der Trauung betrunken zu machen, aber es habe sie wirklich überrascht, zu erfahren, daß er unverschämte Geschichten über die arme Penny Detweiler verbreitete, während das arme Mädchen im Krankenhaus ums Überleben kämpfe.

Und dann beendete sie das Gespräch ohne ein weiteres Wort.

»Oh, Scheiße!« sagte Matt, als er den Hörer auflegte.

Er band seine Krawatte um, schob den Revolver ins Wadenholster und verließ das Apartment. Er fuhr zu seinem Lieblingsrestaurant – Archie's an der 16th Street, wo er die *specialité de la maison,* ein Hotdog mit Chili und Zwiebeln, und zwei Flaschen Limonade zum Frühstück bestellte.

Nach dem Frühstück stieg er in den Porsche und fuhr zur Bustleton und Bowler. Er war fast dort, als er bemerkte, daß ein daumengroßer Klecks Chili vom Brötchen gefallen war und seine Krawatte und das Hemd bekleckert hatte.

Jason Washington war froh über die Fortschritte des Computers, nicht so sehr wegen der unzähligen Vorteile, die er der Industrie, der akademischen Welt und ganz allgemein durch das Speichern von Daten bot, sondern weil er ihm so etwas wie eine Erklärung der Arbeitsweise des Gehirns gab.

Er war seit Jahren fasziniert von den Fähigkeiten des Gehirns, unbewußte Schlüsse zu ziehen, was schon auf sein erstes Jahr auf der High-School zurückging, wo er zu seinem Entzücken festgestellt hatte, daß er einfache algebraische Gleichungen im Kopf lösen konnte. Er hatte oftmals keine Ahnung gehabt, warum er Antworten auf gewisse Fragen bei schriftlichen Prüfungen geschrieben hatte, er hatte nur gewußt, daß sie richtig waren. Im ersten Jahr hatte er eine Eins in Algebra bekommen. Im zweiten Jahr hatte er Schwierigkeiten, weil er sich nicht die Zeit genommen hatte, sich den Lehrstoff des ersten Jahrs einzuprägen, aber er vergaß nie die Freude, die er im Vorjahr gehabt hatte, als sein Gehirn ohne jede Mühe die Antworten auf Fragen gegeben hatte, die er gar nicht richtig verstanden hatte.

Zuerst nahm er an, daß das Gehirn so etwas wie ein Muskel war: Je mehr man es anspannte, desto besser arbeitete es. Das kam ihm logisch vor, und er hielt lange daran fest, auch noch, als er Polizist geworden war. Er war entschlossen, Kriminalbeamter zu werden, und er lernte intensiv für die Prüfung. Bei der Prüfung erinnerte er sich an Dinge und war überrascht, daß er sie jemals gelernt hatte. Das neigte dazu, seine Theorie ›Das Gehirn ist ein Muskel‹ zu stützen.

Er sah Rechenmaschinen auf den Schreibtischen in verschiedenen Büros, beobachtete sie in Betrieb und sagte sich, daß das Gehirn vielleicht eine Art Superrechner war, aber die Apparate (und deren Vorgänger, der Abakus) schienen zu primitiv und zu langsam für einen guten Vergleich zu sein.

Dann kam der Computer. Er vergaß nicht nur niemals etwas, das ihm eingegeben wurde, sondern er konnte auch alle Daten sortieren, mit denen er gefüttert worden war, und das mit Lichtgeschwindigkeit. Der Computer war ein Gehirn. Genauer gesagt, das Gehirn war ein Computer, ein Supercomputer, der große Mengen von Daten sortieren und die Antworten liefern konnte, die man suchte.

Einiges von den Fähigkeiten des Computers angesichts der Polizeiarbeit war sofort ersichtlich. Wenn man den Computer mit jeder Kfz-Nummer und den anderen Daten eines Wagens fütterte und ihn befragte, lieferte er gehorsam eine absolut richtige Liste von Adressen, Namen, Marken und allem sonst, was man wissen wollte.

Jason Washington hatte einen einfachen Computer gekauft und statt fernzusehen gelernt, ihn mit BASIC zu programmieren. Er hatte ein Programm geschrieben, das ihm erlaubte, seinen Kontostand auszurechnen. Es war eine Differenz von ein paar Pennys zwischen dem, was sein Computer sagte und was der Bankcomputer behauptete. Er überprüfte sein Programm und stellte dann die Bank zur Rede, nicht wegen der paar Pennys, sondern aus Neugier, warum die beiden Computer nicht übereinstimmten. Er erreichte nichts bei der Bank, doch ein langhaariger Junge im Elektronikladen, ebenfalls ein Kunde, belehrte ihn über Anomalien.

Wie der Junge erklärte, gab es verrückte Dinge, waren zwei und zwei auf einmal vier Komma eins, weil entweder etwas bei den Daten oder der Einstellung nicht ganz richtig war.

Aber da war Jason Washington lange Zeit Kriminalbeamter gewesen, arbeitete bereits bei der Mordkommission und hatte die Erfahrung gemacht, daß man bei einem harten Job manchmal etwas suchte, das einfach nicht aufging. Eine Anomalie. Etwas ›stank‹, wie er es beruflich bezeichnete.

Und er hatte noch etwas gelernt: daß das Gehirn niemals aufhört zu arbeiten. Wenn man es zuließ, ging es stets die Datenbank durch und suchte und suchte, überprüfte die Daten nach Anomalien. Und er hatte gelernt, daß er manchmal sozusagen den Computer anschalten konnte. Wenn er mit dem Gedanken an ein Problem schlafen ging, würde manchmal das Gehirn die Datenbank durchsuchen, während er schlief. Wenn er dann aufwachte, war selten die Lösung des Problems da. Weitaus öfter gab es eine andere Frage. Das Gehirn schien anzukündigen, daß es keine Antwort gab, weil etwas fehlte oder falsch war. Dann mußte man, wenn man hellwach war, darüber nachdenken und versuchen, herauszufinden, was fehlte und/oder falsch war.

Jason Washington hatte sich die NBC-Abendnachrichten im Fernsehen angesehen. Während er in Gedanken den Ablauf der Ereignisse Revue passieren ließ, die durch eine unbekannte Person oder unbekannte Personen zum Tod von Anthony J. DeZego führten. Darüber war Washington eingeschlafen.

Mr. DeZego hatte den Tag bei der Arbeit bei der Gulf Seafood Transport in der Delaware Avenue 2184 verbracht, was nicht nur von seinem Schwager, Mr. Salvatore B. Marionaus, ebenfalls ein italo-amerikanischer Gangster, bestätigt worden war, sondern auch von vier Kollegen, die nach Jason Washingtons Überzeugung die Wahrheit gesagt hatten.

Mr. DeZego war dann mit seinem fast neuen Cadillac zum Warwick Hotel in der Innenstadt gefahren. Diese Tatsache wurde vom Portier untermauert, dem Washington glaubte und der gesagt hatte, Mr. DeZego habe ihm einen Zehner gegeben und ihn gebeten, sich um den Wagen zu kümmern. Der Cadillac war in Penn-Services-Parkhaus auf der vierten Parkebene geparkt worden, und zwar von Lewis T. Oppen junior, einem Hotelpagen. Der Page hatte den Parkschein wie angewiesen auf dem Armaturenbrett liegengelassen und dann die Autoschlüssel bei Mr. DeZego in der Cocktailbar des Hotels abgegeben.

Später war Mr. DeZego ins Penn-Services-Parkhaus und auf dessen Dach gegangen, wo ihm jemand den halben Kopf weggeblasen hatte, bevor oder nachdem er Miss Penelope Detweiler niedergeschossen hatte, die höchstwahrscheinlich dorthin gegangen war, um sich mit Mr. DeZego zu treffen.

Es gab eine zusätzliche Bestätigung dieses Ablaufs der Ereignisse durch Sergeant Dolan und Officer Sowieso vom Rauschgiftdezernat, die das Warwick Hotel überwacht hatten. Sie hatten sogar Fotos von Mr. DeZegos Ankunft beim Warwick, wie er in der Bar war und zum Parkhaus und hineinging.

Mr. DeZegos Wagen war von jemand zum Flughafen gefahren worden. Vielleicht vom Täter. Warum?

»Wach auf, Jason, verdammt!« unterbrach Mrs. Martha Washington das Datensortieren seines Hirns im Unterbewußtsein. »Du wälzt dich die ganze Nacht herum, wenn ich dich in diesem Sessel einschlafen lasse!«

»Du tust, als hätte ich was Böses getan«, sagte Jason empört. Sein Gehirn sagte: *Da ist eine Anomalie in dem, was Dolan mir sagte.*

»Geh auf und ab oder tu sonstwas«, sagte Martha Washington. »Lieg nicht da im Sessel wie ein gestrandeter Wal. Wenn du schnarchst, klingst du wie – ich weiß nicht was.«

Jason ging in die Küche.

Ich werde einfach am Morgen Sergeant Dolan besuchen, dachte er. *Aber ich kann den Jungen nicht mitnehmen. Dolan denkt, Matt dealt mit Koks.*

Er schenkte sich einen Kaffee ein, wählte Matts Telefonnummer und sprach auf das Band des Anrufbeantworters, daß Matt sich nicht im Präsidium mit ihm treffen, sondern zur Bustleton und Bowler fahren sollte.

Um 21 Uhr 15 ging Jason Washington zu Bett, auf den etwas spitzen Vorschlag seiner Frau hin.

Vor dem Schlafen fütterte er den Computer mit Fragen.

Wo ist die Anomalie? Ich weiß, *daß sie da ist.*

Officer Jesus Martinez und Officer Charles McFadden, in Uniform, erhoben sich, als Captain David Pekach das Hauptquartier an der Bustleton und Bowler betrat.

»Guten Morgen«, sagte Pekach.

»Sir, können wir mit Ihnen sprechen?« fragte McFadden.

Ich wette, ich weiß, worum es geht, dachte Pekach. *Die beiden waren alles andere als begeistert von ihrer zwölfstündigen Schicht, bei der sie auf dem Schuylkill Expressway hin und her fuhren. Sie wollen etwas Wichtiges tun, richtige Cops sein, anstatt Temposündern Strafzettel zu verpassen.*

Dann hatte er einen furchtbaren Gedanken: *Meinen sie, sie können mich unter Druck setzen, weil sie mich bei zu schnellem Fahren ertappt haben?*

»Ist das wichtig?« fragte er kühl.

»Ich weiß es nicht«, sagte McFadden. »Vielleicht nicht.«

»Haben Sie mit Ihrem Sergeant darüber gesprochen?«

»Wir möchten wirklich gern mit *Ihnen* reden, Sir«, sagte Jesus Martinez.

Pekach überlegte, ob er sie an den Sergeant verweisen sollte. Nein. Sie waren gute Cops. Sie hatten beim Rauschgiftdezernat gut für ihn gearbeitet. Er war es ihnen schuldig, sie anzuhören.

»Ich muß zum Inspector«, sagte er. »Warten Sie hier, wenn Sie möchten. Wenn ich Zeit habe, werden wir miteinander reden.«

»Jawohl, Sir«, sagte Martinez.

»Danke«, fügte McFadden hinzu.

Pekach ging zu Peter Wohls Büro. Die Tür stand offen, und Wohl sah ihn und winkte ihn herbei.

»Guten Morgen, Inspector«, sagte Pekach.

»Das ist noch die Frage«, erwiderte Wohl. »Habe ich Ihnen jemals die Quintessenz meiner polizeilichen Erfahrung erzählt, Dave? Trinke nie mit Cops.«

»Sie haben mit Cops getrunken?«

»Mit zweien. Mit meinem Vater und Payne.«

Pekach lachte. »Das ist ein sonderbares Paar.«

»Ich wollte mich bei meinem Vater ausweinen, und das führte zuerst zu Groverman's Bar und dann zu mir nach Hause, und dann tauchte Payne auf, um sich bei mir auszuweinen. Ich schickte meinen Vater mit Sergeant Henderson heim und ließ Payne auf meiner Couch schlafen.«

»Was war Paynes Problem?«

»Er verplapperte sich, erzählte dem jungen Nesbitt, dem, der heiratete, dem Marineinfanteristen ...«

Pekach nickte.

»... daß wir von dem Kokainkonsum des Detweiler-Mädchens wissen. Und der Junge erzählte es der Braut, und die sagte es ihrer Mutter, und ihre Mutter berichtete es H. Richard Detweiler, der äußerst sauer ist, weil wir seine Tochter verdächtigen, Koks zu nehmen, und als Payne ihn zum letzten Mal sah, suchte Detweiler den Bürgermeister, um ihm zu sagen, wie empört und wütend er ist.«

»Wird Payne Schwierigkeiten bekommen?«

»Vermutlich«, sagte Wohl. »Aber Payne war so geknickt, daß ich es nicht übers Herz brachte, ihn zur Schnecke zu machen. Sie werden es kaum glauben, Dave, aber als ich jung war, ging auch schon mal das Mundwerk mit mir durch.«

»Das kann doch nicht wahr sein!« sagte Pekach in gespielter Überraschung.

»Doch.« Wohl lachte. »Wie war Ihr Abend? Wie war das Ristorante Alfredo? Sie waren dort?«

»Ja. Ich wollte mit Ihnen darüber sprechen.« Pekach überreichte Wohl das Streichholzbriefchen, das er im Restaurant erhalten hatte.

»Darin steht ein Name, Marvin P. Lanier. Sollte mir das etwas sagen?«

»Ich erhielt das von Vincenco Savarese«, sagte Pekach.

Wohl schaute ihn interessiert an.

»Nicht von Savarese persönlich«, fuhr Pekach vorsichtig fort, »sondern von dem Italiener Baltazari. Aber er ließ durchblicken, daß es von Savarese stammte.«

»Ricco Baltazari gab Ihnen das?« fragte Wohl.

Jemand klopfte an den Türrahmen.

»Beschäftigt?« fragte Captain Mike Sabara, als er Wohls Aufmerksamkeit hatte.

»Kommen Sie rein, Mike, ich möchte, daß Sie das mithören.«

Als Sabara das Büro betrat, warf ihm Wohl das Streichholzbriefchen zu. »Dave erhielt das von Vincenzo Savarese im Ristorante Alfredo.« Als Sabara sich das Streichholzbriefchen angeschaut hatte und ihn neugierig anblickte, wies Wohl auf Pekach.

»Okay«, sagte Pekach. »Von Anfang an. Als wir im Restaurant saßen, kam der Oberkellner an den Tisch und sagte, Baltazari möchte mit mir sprechen. Er saß an einem Tisch mit Savarese zusammen.«

»Die wußten, daß Sie dort hinkommen, nicht wahr?« sagte Wohl nachdenklich. »Sie haben reservieren lassen, richtig?«

»Ja«, sagte Pekach. »So ging ich zu den beiden an den Tisch, und Baltazari ließ mich mit Savarese allein. Saverese sagte, er wolle mir für etwas danken, das ich für seine Enkelin tat.«

»Was denn?« fragte Sabara.

»Vor ein paar Monaten, als ich noch beim Rauschgiftdezernat war und spät in der Nacht heimfuhr, stoppte ich bei einer Unfallstelle. Vier junge Leute waren erwischt worden, als sie Marihuana gekauft hatten. Aber sie flüchteten, wurden verfolgt, und einer der Jungen fuhr den Wagen seines Vaters zu Schrott. Die vier sollten zum Zentralgefängnis transportiert werden. Die beiden Mädchen taten mir leid. Ich wollte ihnen die Prozedur im Knast ersparen, und so schickte ich sie mit einem Taxi heim.«

»Und eines der Mädchen war *Savareses* Enkelin?« fragte Sabara. »Haben wir irgendwelche ungelösten Fälle, in denen Leuten Arme, Beine oder Genick gebrochen wurden? Die könnten wir vermutlich Savarese anhängen. Man gibt seiner Enkelin kein Gras, es sei denn, man ist lebensmüde.«

Wohl lachte. »Er käme billig davon. Tat im Affekt.«

»Ich wußte nicht, wer das Mädchen war, und hatte die Sache vergessen, bis Savarese sie zur Sprache brachte. Er laberte von meiner Freundlichkeit und meinem Verständnis . . .«

»*Ich* habe Sie immer für freundlich und verständnisvoll gehalten, Dave«, warf Wohl ein.

». . . und sagte, er würde das nie vergessen und so weiter, und wenn er jemals etwas für mich tun könne . . .«

»Und das meinte er vermutlich ernst«, sagte Sabara. »Wollen Sie jemand umgelegt haben, Dave? Lassen Ihre Nachbarn spät in der Nacht den Fernseher zu laut laufen oder so?«

»Quatsch, Mike!«

»Entschuldigung«, sagte Sabara, doch es klang nicht sehr reumütig.

»Ich sagte mir, er wollte mir mit seinem Gerede klarmachen,

daß er das Essen bezahlt. Aber auf dem Weg zurück zu meinem Tisch überreichte mir Baltazari dieses Streichholzbriefchen und behauptete, ich hätte es fallen gelassen. Ich widersprach, aber er sagte, er sei sich dessen völlig sicher, und so steckte ich es ein.«

»Sie sahen den Namen, der darin steht?«

»Ja. Der sagte mir nichts. Baltazari laberte den gleichen Blödsinn wie Savarese, ungefähr so: ›Savareses Freunde sind immer dankbar, wenn jemand ihm einen Gefallen tut‹. Ich glaube, er sagte ›ihm oder seiner Familie einen Gefallen tut‹. Aber da begann ich zu wünschen, ich hätte seine Enkelin in den Knast gebracht.«

»Nein, das glaube ich nicht.« Wohl lachte. »Sie sind wirklich freundlich und verständnisvoll, Dave.«

Pekach starrte ihn finster an.

Dann sagte er: »Jedenfalls, als ich zu Hause war, rief ich die Jungs vom Strafregister an und informierte mich über diesen Lanier. Ein Schwarzer. Vermutlich Spieler, aber mit Sicherheit ein Pimp. Er betreibt eine sogenannte Begleitagentur.«

»Marvin P. Lanier«, las Sabara den Namen von der Innenseite des Streichholzbriefchens ab. »Nie gehört.«

»*Misterioso*«, sagte Wohl.

»Ich dachte, das sollten Sie wissen«, sagte Pekach.

»Ja.« Wohl nickte nachdenklich. »Keiner von beiden deutete an, *warum* sie Ihnen den Namen dieses Typen gaben?«

»Nein«, sagte Pekach.

Eines der Telefone auf Wohls Schreibtisch klingelte. Wohl saß in seiner typischen Haltung auf der Couch, mit den Füßen auf dem Couchtisch. Pekach, der an Wohls Schreibtisch lehnte, schaute Wohl fragend an. Wohl nickte. Pekach nahm den Hörer ab.

»Captain Pekach.« Er hörte zu und hielt dann die Sprechmuschel zu. »Draußen ist ein Detective der Mordkommission. Er möchte Sie, mich oder Dave sprechen. Soll ich das übernehmen?«

Bringen Sie ihn rein«, sagte Wohl.

»Schicken Sie ihn rein«, sprach Pekach ins Telefon und legte den Hörer auf. Er ging zur Tür und öffnete sie.

Detective Joseph D'Amata trat ein.

»He, D'Amata«, rief Wohl. »Wie geht es Ihnen?«

»Guten Morgen, Inspector«, sagte D'Amata. »Störe ich bei etwas?«

»Captain Pekach erzählte soeben Captain Sabara und mir über sein gestriges Abendessen«, sagte Wohl. »Was können wir für die Mordkommission tun?«

»Haben Sie das mit dem Pimp gehört, der gestern nacht erschossen wurde?«

»Ich habe die Berichte über die Nacht noch nicht gelesen«, sagte Wohl.

»Ein Schwarzer«, sagte D'Amata. »Wohnte in der Achtundvierzigsten in der Nähe der Haverford.«

»Sein Name ist nicht zufällig Marvin P. Lanier, oder?« fragte Wohl.

»Jawohl, Sir, das ist er.« D'Amata war sichtlich erfreut. »Ich hatte gehofft, daß Sie was für mich haben.«

»Da kann ich nicht folgen«, sagte Wohl.

»Ich sagte mir, Inspector, daß Sie – das heißt die Highway Patrol – etwas über diesen Lanier wissen.«

»Wie kommen Sie darauf?«

»Sie kannten den Namen«, sagte D'Amata.

»Das ist alles?«

»Sir, eine Stunde vor Laniers Ermordung war ein Streifenwagen der Highway Patrol vor seinem Haus. Mit ihm. In der Nähe des Tatorts, meine ich.«

»Sind Sie sich dessen sicher?«

»Jawohl, Sir. Fünf oder sechs Nachbarn sahen ihn.«

»Dave?« Wohl sah Pekach fragend an.

Pekach hob die Hände in einer Geste der Hilflosigkeit, womit er klarmachte, daß er keine Ahnung hatte, wie die Highway Patrol darin verwickelt sein konnte.

»Faszinierend«, sagte Wohl. »Ebenfalls *misterioso.*«

»Sir?« fragte D'Amata verwirrt.

»Detective D'Amata«, sagte Wohl, »wie wäre es, wenn Sie eine Tasse Kaffee trinken, während Captain Pekach feststellt, was die Highway Patrol gestern nacht mit Mr. Lanier zu tun hatte?«

»Inspector, das ist das erste, was ich darüber höre«, sagte Pekach.

»Das dachte ich mir«, bemerkte Wohl sarkastisch.

Pekach verließ das Büro.

»Wie ereilte Mr. Lanier der vorzeitige Tod, Mr. D'Amata?«

»Jemand traf ihn fünfmal mit einem Achtunddreißiger«, sagte D'Amata. »In seinem Bett.«

»Daraus kann man schließen, daß jemand ihn nicht sonderlich mochte«, sagte Wohl. »Irgendeine Ahnung, wer das sein könnte?«

D'Amata schüttelte den Kopf.

»Haben Sie irgend etwas erfahren, das vielleicht auf eine Verbindung Mr. Laniers mit dem Mob schließen läßt?«

»Er war ein *Pimp,* Inspector«, sagte D'Amata.

»Dann frage ich mal so: Halten Sie es für möglich, daß Mr. Lanier einem Verbrechen aus Leidenschaft zum Opfer fiel, daß er von einem seiner Pferdchen erschossen oder von jemand kaltblütig ermordet wurde?«

D'Amata überlegte kurz. »Er hatte zwei Kugellöcher im Kopf und drei in der Brust.«

»Was schließen Sie daraus?«

»Ich weiß es nicht. Einige dieser Huren sind hart genug. Eine Nutte hätte es tun können.«

»Haben Sie eine bestimmte Lady im Sinn?«

»Ich bat das Sittendezernat, sich mit den üblichen Verdächtigen zu beschäftigen.« Dann fiel ihm die zweideutige Formulierung auf, und er lachte. »Ich bat um eine Liste der Mädchen, die für ihn arbeiteten.«

»Wem gehört die Tatwaffe?«

»Das wissen wir noch nicht«, sagte D'Amata. »Sie stellen interessante Fragen, Inspector.«

»Ich lasse nur meine Gedanken wandern«, sagte Wohl. »Versuchen wir es mal mit diesem: Können Sie sich vorstellen, daß Mr. Laniers Name Mr. Vincenzo Savarese bekannt ist?«

»Donnerwetter!« sagte D'Amata. »War er das?«

»Lassen Sie *Ihre* Gedanken wandern«, sagte Wohl.

»Vielleicht schuldete er dem Mob Geld«, sagte D'Amata. »Er gab sich gern als Profispieler aus. Der Mob kassiert gern mit.«

»Das hätte ihm ein gebrochenes Bein eingebracht, keine fünf Kugeln, und zwar von jemand, der kein enger Bekannter von Mr. Savarese ist«, sagte Wohl.

»Ja.« D'Amata nickte nachdenklich.

»Was käme sonst in Frage? Drogen?« fragte Wohl.

D'Amata blieb keine Zeit zum Überlegen, geschweige denn zum Antworten. Pekach kehrte ins Büro zurück.

»Es steht nichts davon in den Berichten, daß ein Streifenwagen der Highway Patrol gestern nacht irgendwo in der Nähe der Achtundvierzigsten und Haverford war«, sagte er.

»Sind Sie sicher?« fragte D'Amata überrascht.

»Ja, ich bin mir dessen sicher«, sagte Pekach scharf. »Und Sie?«

»Captain«, sagte D'Amata, »fünf oder sechs verschiedene Leute machten unabhängig voneinander die gleiche Aussage. Es war ein Wagen der Highway Patrol dort.«

Es klopfte an der Tür.

»Nicht jetzt!« rief Wohl.

Es klopfte wieder.

»Machen Sie auf, Dave«, sagte Wohl ärgerlich.

Pekach öffnete die Tür.

Jesus Martinez und Charles McFadden standen da und fühlten sich sichtlich unbehaglich.

»Haben Sie nicht gehört, daß ich ›nicht jetzt‹ sagte?« fragte Wohl. »Wie oft habe ich schon . . .«

»Inspector«, platzte Charley McFadden heraus, »wir hörten, daß Captain Pekach sagte . . .«

»Verdammt, wir sind beschäftigt!« fuhr Pekach ihn an. »Der Inspector sagte, nicht jetzt. Und was immer Sie wollen, wenden Sie sich an Ihren Sergeant!«

»Wir waren das«, sagte Charley. »Bei der Achtundvierzigsten und Haverford. Mit Marvin Lanier.« Er schaute Pekach an. »Deshalb wünschten wir ein Gespräch mit Ihnen, Captain.«

»Officer McFadden«, sagte Wohl. »Kommen Sie bitte herein, und bringen Sie Officer Martinez mit.«

Sie betraten das Büro.

»Ich nehme an, Sie haben gehört, daß Mr. Lanier gestern

nacht erschossen wurde?« Wohl schaute McFadden und Martinez fragend an.

»Erst jetzt, Sir«, sagte Che-sus.

»Bevor wir anfangen, dies ist Detective D'Amata von der Mordkommission«, sagte Wohl. »Joe, diese beiden sind Jesus Martinez und Charley McFadden, die vor ihrer Probezeit bei der Highway Patrol für Captain Pekach arbeiteten, als alle drei noch beim Rauschgiftdezernat waren.«

»Ich weiß, wer sie sind«, sagte D'Amata.

»Welche Verbindung gab es zwischen Ihnen und Mr. Lanier?« fragte Wohl.

Charley McFadden schaute zu Che-sus, dann zu Wohl, dann zu Pekach.

»Wir wollten Captain Pekach melden, daß Marvin uns erzählte, daß ein anderer Itaker Tony das Z erschoß«, sagte Charley.

»Faszinierend«, bemerkte Wohl.

Captain Pekach sagte: »Ich möchte wissen, was Sie mit Lanier zu tun hatten, wenn Sie Streifendienst auf dem Schuylkill Expressway hatten.«

»Ist das nicht ziemlich offenkundig, Dave?« sagte Wohl sarkastisch. »McFadden und Martinez sagten sich, da keiner eine Ahnung hatte, wer Mr. DeZego tötete und auf Miss Detweiler schoß, ist es ihre Pflicht, diese Verbrechen selbst aufzuklären, selbst wenn das bedeutet, daß sie das Gebiet verlassen, das wir Dummköpfe Ihnen in Verkennung ihrer Fähigkeiten als Supercops zugeteilt haben.«

Das habe ich gesagt, dachte er, *weil ich wegen ihres Handelns sauer bin und sie das wissen lassen und sie demütigen will. Jetzt wird mir klar, daß ich wahrscheinlich selbst gedemütigt werde. Denn ich habe das komische Gefühl, daß diese beiden wenigstens einen Teil zur Lösung des Falles beitragen können.*

»Ich war mal bei der Mordkommission«, sagte Wohl. »Mal sehen, ob ich mich noch erinnere, wie man Leute verhört. McFadden, zuerst möchte ich wissen, wie Ihre Beziehung zu Marvin Lanier war.«

»Er war einer unserer Spitzel, als wir beim Rauschgiftdezernat waren.«

»Dann fangen wir mit diesem Punkt an«, sagte Wohl. »Lassen Sie mich damit beginnen, daß ich die Wahrheit, die ganze Wahrheit und nichts als die Wahrheit hören will. Lassen Sie nichts aus. Sie sitzen bereits so tief in der Tinte, daß nichts, was Sie zugeben, Sie noch tiefer reinreißen kann. Haben Sie das verstanden?«

»Jawohl, Sir«, murmelten die beiden.

»Okay. Martinez erzählen Sie, wie Sie Marvin Lanier zum Spitzel machten.«

Wohl war überzeugt, daß die Geschichte wahrheitsgemäß und vollständig erzählt wurde. Es gefiel ihm nicht besonders, zu hören, daß sie Lanier mit einen Kilo Kokain laufengelassen hatten – und er sah Dave Pekach, der ihr Vorgesetzter gewesen war, am Gesicht an, wie sehr es ihm mißfiel und wie verlegen er war –, aber es überzeugte ihn, daß McFadden und Martinez die reine Wahrheit gesagt hatten. Sie hatten Lanier zu einem guten Spitzel gemacht, gut in dem Sinne, daß er mehr Angst vor den Cops hatte, die ihn benutzten, als vor den Leuten, die er verpfiff.

Wohl registrierte auch, daß weder Sabara noch Pekach oder D'Amata zusätzliche Fragen zu seinen gestellt hatten. Bei D'Amata konnte es die Ehrerbietung eines Detectives gegenüber einem Staff Inspector ein – was Wohl aber bezweifelte –, doch bei Sabara und Pekach, die keine Ehrfurcht vor seinem Rang hatten, war es sehr gut möglich, daß ihnen keine Frage einfiel, die er nicht gestellt hatte.

Vielleicht hätte ich einfach bei der Mordkommission bleiben sollen, dachte Peter Wohl. *Ich bin überhaupt nicht schlecht als Kriminalist. Und inzwischen wäre ich vermutlich ein ziemlich guter Kriminalbeamter der Mordkommission. Dann brauchte ich nur Verbrecher zur Strecke zu bringen und müßte mir keine Sorgen machen, wie sauer der Bürgermeister ist, weil einer meiner Leute zuviel geplaudert hat.*

»Als Marvin seinen Wagenheber auf den Rücksitz statt in den Kofferraum legen wollte«, sagte Che-sus, »wußten wir, daß er etwas im Kofferraum hatte, was er uns nicht sehen lassen wollte. Und so war es. Eine Schrotflinte.«

»Eine Schrotflinte?« fragte Joe D'Amata. »Eine Remington Modell 1100 Kaliber zwölf?«

»Ein Modell 870«, sagte Martinez. »Nicht das 1100. Eine Pump Gun.«

»Ist ein Modell 1100 im Spiel?« fragte Wohl.

»Es lag ein Modell 1100 unter seinem Bett«, sagte D'Amata. »Ich habe die Waffe draußen in meinem Wagen.«

»Und Sie sagen, er hatte ein Modell 870 in seinem Kofferraum?« wandte sich Wohl an Martinez.

»Jawohl, Sir.«

»Wo ist die Waffe?«

»Draußen in meinem Wagen.«

»Sie nahmen sie ihm weg? Warum?«

»Mit welcher Befugnis?« fragte Pekach aufgebracht. Wohl machte eine besänftigende Geste.

»Er hatte keine Ahnung, daß wir ihm nichts anhaben konnten«, sagte McFadden.

»So entschlossen Sie sich, ihm die Schrotflinte abzunehmen? Das war ungesetzlich«, sagte Wohl.

»Wir wollten etwas gegen ihn in der Hand haben«, wandte McFadden ein. »Wir wollten die Waffe abliefern.«

»Daraufhin erzählte er uns, daß ein anderer Itaker Tony DeZego erschoß«, sagte Martinez. »Ich weiß nicht, ob es stimmt oder nicht, aber Marvin glaubte es.«

»Nannte er einen Namen?« fragte Wohl.

»Wir rieten ihm, bis heute nachmittag Uhr mit einem Namen herauszurücken«, sagte McFadden.

»Und Sie meinen, er hätte das getan?«

»Wenn er etwas herausgefunden hätte, dann hätte er uns informiert. Ja, Sir.«

Wohl schaute Mike Sabara an.

»Wissen Sie, wo Jason Washington ist?«

»Nein, Sir. Aber Payne war draußen. Die beiden arbeiten doch zusammen, oder?«

»Sehen Sie, ob einer von beiden noch da ist«, sagte Wohl.

Pekach verließ das Büro und kehrte einen Augenblick später mit Matt Payne zurück.

»Wissen Sie, wo Jason Washington ist?« fragte Wohl.

»Nein, Sir. Er sagte mir, er würde mich entweder hier treffen oder anrufen.«

»Versuchen Sie ihn aufzutreiben«, sagte Wohl. »Sagen Sie ihm, daß ich ihn so bald wie möglich sehen will.«

»Jawohl, Sir.« Matt eilte aus dem Büro.

Wohl blickte Joe D'Amata an.

»Sie wissen, wohin uns dies führt, nicht wahr?«

»Sir, Sie denken, es gibt einen Zusammenhang mit der Ermordung DeZegos?«

»Richtig. Und da Special Operations diesen Fall hat, muß ich Chief Lowenstein anrufen und ihm sagen, daß der Fall Lanier – und das bedeutet natürlich auch Sie, Joe, ein Teil davon ist und Special Operations übertragen wird.«

»Das wird ihm nicht gefallen«, sagte Sabara.

»Wenn Sie sich dessen sicher sich, Mike, dann rufen Sie ihn an«, sagte Wohl und ließ Sabara zehn Sekunden lang warten, bevor er selbst zum Telefonhörer griff.

Zu Peter Wohls Überraschung stimmte Chief Lowenstein ohne den geringsten Einwand zu, daß D'Amata den Fall Lanier unter der Aufsicht der Special Operations Division bearbeitete.

»Kaum zu glauben«, sagte er, als er den Hörer auflegte. »Er sagte nur, daß Sie ein guter Mann sind, D'Amata, und wenn ich irgend etwas brauche, soll ich nur danach fragen.«

»Wie soll ich den Fall anpacken?« fragte D'Amata.

»Ganz einfach. Fragen Sie Jason Washington, wie er ihn angepackt haben will. Abgesehen von einer verrückten Idee fällt mir nichts ein.«

»Verrückte Idee?«

»Ich möchte die beiden Schrotflinten ins Labor schicken. Ich habe die verrückte Idee, daß eine davon die Mordwaffe im Fall DeZego ist.«

»Ja«, sagte D'Amata nachdenklich, »das könnte sein.«

Wohl blickte McFadden und Martinez an.

»Meint ihr beiden Clowns, ihr könnt die Schrotflinte zum Labor bringen und den Leuten dort sagen, daß ich so schnell wie möglich wissen muß, ob die Patronenhülsen, die wir haben, aus einer davon ausgeworfen wurden? Könnt ihr das erledigen, ohne in weitere Schwierigkeiten zu geraten?«

»Jawohl, Sir«, sagten Martinez und McFadden wie aus einem Mund. Und dann fragte McFadden: »Wollen Sie, daß wir hierher zurückkommen, Sir?«

»Nein«, sagte Wohl. »Sie hatten die Schicht von sechzehn bis zwölf Uhr, richtig?«

»Jawohl, Sir. Von zwölf bis zwölf mit den Überstunden.«

»Ich weiß noch nicht, was ich mit Ihnen machen soll«, sagte Wohl. »Sagen Sie Ihrem Sergeant, wo Sie zu erreichen sind, falls Washington oder sonstwer mit Ihnen reden will, und dann melden Sie sich um sechzehn Uhr zum Dienst. Vielleicht findet Captain Pekach jemand, der bei Ihnen beiden Babysitter spielt. Getrennt, meine ich. Zusammen sind Sie gefährlich.«

»Jawohl, Sir«, sagten sie unisono.

Wohl wandte sich an Pekach. »Dave, während D'Amata die Schrotflinte für Sherlock Holmes und seinen Partner holt, erzählen Sie ihm, was im Ristorante Alfredo los war.«

»Jawohl, Sir.«

Die Tür wurde geöffnet. Matt Payne steckte den Kopf herein.

»Ich kann Washington nicht finden, Sir. Er meldet sich nicht über Funk, und er ist nicht zu Hause.«

»Ich sagte Ihnen, Sie sollen ihn auftreiben, Payne. Nicht melden, daß Sie ihn nicht finden können. Steigen Sie in einen Wagen, und suchen Sie nach ihm. Wenn ich das nächste Mal etwas von Ihnen höre, dann die Meldung, daß Detective Washington auf dem Weg hierher ist.«

»Jawohl, Sir«, sagte Matt und schloß schnell die Tür.

Das Telefon klingelte. Wohl nahm den Hörer ab.

»Inspector Wohl.«

»Dennis Coughlin, Peter.«

»Guten Morgen, Chief.«

»Wir werden um Viertel nach zehn im Büro des Bürgermeisters erwartet, Sie, Matt Lowenstein und ich.«

»Jawohl, Sir.«

Es klickte, und die Leitung war tot.

Nun, das erklärt Chief Lowensteins unverständlich begei-

sterte Kooperation, dachte Wohl. *Er wußte, daß wir einen kleinen Plausch mit dem Bürgermeister haben werden. Jetzt kann er der Wahrheit entsprechend sagen, daß er mir heute morgen auf meine Bitte hin einen weiteren seiner besten Männer überließ und mich fragte, ob er noch sonst etwas für mich tun kann.*

17

Detective Jason Washington mochte Sergeant Patrick J. Dolan nicht, und er war überzeugt, daß das auf Gegenseitigkeit beruhte.

Als Washington seinen frisch gewachsten und polierten neuen neutralen Wagen auf den Parkplatz des ehemaligen Distriktgebäudes an der 4th und Girard Street fuhr, das jetzt als Hauptquartier des Rauschgiftdezernats und der Abteilung für Überwachung diente, und neben einem der Dutzend alten, verschrammten und dreckigen neutralen Wagen des Rauschgiftdezernats parkte, dachte er: *Ich muß daran denken, daß Dolan in mir einen raffinierten Nigger sieht. Es wäre besser für mich, wenn er mich für einen alten, geistig zurückgebliebenen Nigger halten würde, aber er ist einfach zu schlau, um das anzunehmen. Er weiß, daß die Aktion gegen die Diskriminierung von Minderheitsgruppen nicht so weit geht, dafür zu sorgen, daß geistig zurückgebliebene Nigger zur Mordkommission kommen.*

Ich muß auch daran denken, daß Dolan auf seine Weise ein ziemlich guter Cop ist, daß tatsächlich ein gewisses Maß an Intelligenz hinter diesem großmäuligen Gehabe des Iren steckt. Er ist nicht so blöde, wie ich es denken möchte, trotz seines blöden Handelns, als er Matt Payne hierherbrachte, weil er ihn des Drogenhandels verdächtigte.

Und das Wichtigste: Ich muß daran denken, daß Dolan mir etwas nicht gesagt hat – und irgend etwas hat *er mir verschwiegen –, und zwar weil er nicht einmal wußte, daß er es sah. Der blöde Ire hat Scheuklappen. Er suchte einen Drogenhändler und sah zwei reiche junge Leute, ein Mädchen mit einem Mercedes und einen Jungen mit einem Porsche, und er war scharf darauf, sie einzulochen. Deshalb übersah er einfach, daß ein Mörder das Parkhaus verließ.*

Jason Washington fand Sergeant Patrick J. Dolan im Büro von Lieutenant Mick Mikkles.

»Guten Morgen, Sir«, sagte Jason Washington höflich. »Und danke, Sergeant, daß Sie mir zur Verfügung stehen.«

»Ich muß in einer Stunde ins Gericht«, sagte Sergeant Dolan. »Worum geht es, Washington?«

»Ich brauche ein wenig Hilfe, Sergeant«, sagte Washington. »Ich komme im Fall DeZego nicht weiter.«

»Das kann ich mir denken«, sagte Dolan. »Möchten Sie wissen, was ich annehme?«

»Ja, das möchte ich wissen.«

»Der Mob hat ihn abgeschossen. Ganz einfach. DeZego verstieß gegen die Regeln, und man nahm ihn aus dem Spiel. Sie sind doch bei der Mordkommission. Dann wissen Sie doch, wie viele Abschüsse vom Mob jemals vor Gericht kommen.«

»Sehr, sehr wenige.«

»Da haben Sie verdammt recht! Wenn Sie mich fragen, Washington, können Sie den Fall vergessen.«

»Sergeant, ich denke, Sie haben völlig recht«, sagte Washington. »Aber wegen des Detweiler-Mädchens . . .«

»Sie ist ein Junkie. Das sagte ich Ihnen.«

»Sie ist auch H. Richard Detweilers Tochter«, sagte Washington, »und so will der Bürgermeister wissen, wer die Schüsse abgab. Wenn sie nicht darin verwickelt wäre . . .«

»Hab' schon kapiert«, unterbrach Dolan. »Deshalb ermitteln Sie weiter, richtig?«

»Genau.«

»Deshalb kamen Sie her und befragten mich. Und ich sagte Ihnen genau das gleiche wie beim ersten Mal, richtig? Dann sind wir jetzt fertig, richtig?«

»Ich möchte wirklich noch einmal alles durchgehen«, sagte Washington.

»Menschenskind, Washington«, sagte Dolan. Er schaute auf seine Armbanduhr. »Ich sagte Ihnen, ich muß in jetzt fünfundfünfzig Minuten ins Gericht. Ich muß mir meine Notizen vorher ansehen.«

Er will mich loswerden, dachte Washington. *Und ich bezweifle, daß es etwas mit dem Gerichtstermin zu tun hat.*

»Der Bürgermeister sitzt Inspector Wohl im Nacken, also auch mir. Ich möchte wirklich . . .«

»Zum Teufel mit Inspector Wohl. Der ist *Ihr* Problem.«

»He, Pat«, sagte Lieutenant Mikkles, »immer mit der Ruhe!«

»Sie meinen, wenn Wohl nicht hergekommen wäre und seinen Fahrer herausgepaukt hätte, wären Sie auf etwas gestoßen, nicht wahr?«

»Ja, genau das meine ich.«

»Nun, dann kennen Sie mein Problem mit Wohl«, sagte Washington.

»Nein, ich kenne nicht Ihr Problem mit Wohl«, erwiderte Dolan.

»Sie glauben doch nicht, ich habe die Mordkommission freiwillig verlassen, um für ihn zu arbeiten, oder?«

Dolan dachte einen Moment darüber nach.

»Ja, ich habe von der Sache gehört. Er hat sich Sie und Tony Harris einfach gekrallt, richtig?«

»Richtig. Wohl hat 'ne Menge Einfluß, Sergeant. Im allgemeinen bekommt er, was er will.«

Diese letzte Bemerkung war für dich bestimmt, Lieutenant Mikkles, um deine verständliche Sorge zu schüren, daß du mit dran bist, wenn es hier nicht gut verläuft.

»Vielleicht von Ihnen«, sagte Dolan.

»Pat«, schaltete sich Lieutenant Mikkles ein, »geben Sie ihm eine Viertelstunde. Gehen Sie noch mal alles durch.«

Dolan schaute Mikkles an, und seine Miene spiegelte wider, daß er sich verraten fühlte. Mikkles nickte ihm zu.

»Eine Viertelstunde«, sagte er. »Dann bleibt Ihnen immer noch genug Zeit bis zum Gerichtstermin.«

»Okay«, sagte Sergeant Dolan. »Eine Viertelstunde. Fangen Sie an.«

»Sind die Fotos, die Sie machten, zur Hand?«

»Wofür, zur Hölle, brauchen Sie die? Ich habe sie Ihnen doch schon gezeigt.«

Warum will er mir die Fotos nicht noch einmal zeigen?

»Wer weiß? Vielleicht sehen wir etwas, das uns entgangen ist, wenn wir sie uns noch mal anschauen.«

»Zum Beispiel?«

»Ich weiß es nicht.«

»Und ich weiß nicht, wo sie sind.«

Ich bin da an etwas dran!

»Vielleicht hat Ihr Partner sie?« fragte Washington.

»Nein, sie sind vermutlich in der verdammten Akte. Ich werde nachsehen«, sagte Dolan und verließ das Büro.

»Washington, Dolan ist ein guter Mann«, sagte Lieutenant Mikkles.

»Jawohl, Sir, ich weiß.«

»Aber er hat ein irisches Temperament. Ich wäre Ihnen dankbar, wenn Sie seine Bemerkung ›Zum Teufel mit Inspector Wohl‹ vergessen könnten.«

»Ich habe so etwas nicht gehört, Lieutenant.«

»Danke«, sagte Lieutenant Mikkles.

»Vergessen Sie's.«

Sergeant Dolan kehrte mit einem Stapel Fotos ins Büro zurück.

»Hier sind die verdammten Fotos.« Er gab sie Washington. »Was wollen Sie wissen?«

Washington blätterte die Fotos durch und sortierte sie dann, daß sie aufeinanderfolgend waren.

Die Aufnahmen zeigten Anthony J. DeZego, wie er vor dem Warwick Hotel aus seinem Wagen stieg; wie er dem Portier Geld gab; wie er am Hotel vorbei zur Cocktailbar ging; in der Cocktailbar vier Fotos, einschließlich einer Aufnahme, auf der ihm einer der Hotelpagen die Wagenschlüssel gab; wie er die Cocktailbar verließ; auf dem Weg zum Parkhaus; und DeZego beim Betreten des Parkhauses.

»Ist das die richtige Reihenfolge? Sind das alle?« fragte Washington und gab Dolan die Fotos zurück.

»Was meinen Sie mit ›sind das alle‹?« brauste Dolan auf. »Ja, das sind alle.« Er blätterte sie schnell durch und sagte: »Ja, in dieser Reihenfolge machte ich sie.«

Anomalie! Anomalie! Anomalie!

»Sergeant, ich möchte Abzüge dieser Fotos für meinen Bericht haben«, sagte Washington. »Ich nehme an, die Negative sind im Labor?«

»Im Labor ist ein Freund von mir«, sagte Dolan. »Ich werde ihn anrufen und Abzüge machen lassen.«

»Danke«, sagte Washington. »Ist Ihnen beim nochmaligen Anschauen irgend etwas Neues aufgefallen?«

»Nicht das geringste«, sagte Dolan entschieden.

»Nun, wir haben es versucht«, sagte Washington.

»Ist das alles?«

»Es sei denn, es fällt Ihnen noch etwas ein.«

»Nicht das geringste. Wenn mir etwas einfallen sollte, rufe ich Sie an.«

»Das wüßte ich wirklich zu schätzen«, sagte Washington.

»Und wie ich schon sagte, ich rufe meinen Freund im Labor an und lasse Abzüge für Sie machen.«

»Vielen Dank«, sagte Washington.

Jason Washington parkte seinen neutralen Wagen auf dem Parkplatz hinter dem Polizeipräsidium und betrat zielbewußt das Gebäude.

Es gibt vier Anomalien bezüglich Sergeant Dolans und seiner Fotos.

Erstens – Dolan hat mir gesagt, er und sein Partner hätten Penelope Detweiler beschattet und seien ihr zum Parkhaus gefolgt. Es gab keine Fotos von Penelope Detweiler. Alle Aufnahmen zeigen Anthony J. DeZego. Warum?

Zweitens – es gibt keine Fotos von Matt Payne und dessen Freundin im Porsche. Wenn Dolan den Verdacht hatte, daß Matt mit Drogen handelte, dann hätte es Fotos von ihm geben müssen.

Drittens – es waren nur dreizehn Fotos, die Dolan mir zeigte. Fünfunddreißig-Millimeter-Filme haben Filmrollen mit vierundzwanzig oder sechsunddreißig Bildern. Normalerweise wird jedes Einzelbild einer Filmrolle belichtet, und von jedem belichteten Bild wird ein Abzug gemacht. Und da es besser ist, zu viele Fotos zu haben als zu wenige, hat Dolan wahrscheinlich mehr als dreizehn Fotos während der Beobachtung von DeZego geschossen. Vermutlich einen Film beim Hotel und dann einen neuen von dem Moment an, in dem DeZego das Hotel verließ. Vermutlich ein sechsunddreißiger Film, damit er nicht zum falschen Zeitpunkt den Film verknipst hatte. So hätte ich das jedenfalls gemacht.

Viertens – er zeigte sich am Ende entgegenkommend. Er würde einen Freund im Fotolabor anrufen, Abzüge machen lassen und sie mir schicken. Ist er plötzlich zum hilfsbereiten Menschenfreund geworden, der dem schwarzen Kollegen einer anderen Abteilung bereitwillig einen Gefallen erweist? Oder will er die Kontrolle darüber haben, welche Fotos das Labor mir für meinen Bericht schickt?

Drei Männer hatten Dienst im Fotolabor. Einer davon war nicht gerade begeistert, Detective Jason Washington zu sehen. Folglich ging Washington schnurstracks zu ihm.

»Guten Morgen!« sagte er heiter.

»Ich erhielt gerade den Anruf«, sagte der Labormensch, ein Corporal. »Von Dolan, meine ich.«

»Gut«, sagte Washington. »Dann wissen Sie ja, warum ich hier bin.«

»Ich mache mich an die Arbeit, so bald ich das kann«, sagte der Corporal. »Wollen Sie gegen vierzehn Uhr zurückkommen oder soll ich Ihnen die Abzüge zuschicken?«

»Ich will sie jetzt haben«, hörte sich Washington sagen. »Hat Sergeant Dolan das nicht gesagt?«

»Was meinen Sie mit ›jetzt‹?«

»Ich werde darauf warten«, sagte Washington.

»Das geht so nicht, Washington, das wissen Sie. Andere Leute sind vor Ihnen dran.«

»Nein«, sagte Washington. »Ich bin als erster dran.«

»Den Teufel sind Sie!«

»Nun, Sie können mich entweder beim Wort nehmen, oder wir können Inspector Wohl anrufen, und der wird Ihnen sagen, daß ich als erster dran bin.«

»Wohl ist nicht der Chef des Fotolabors«, sagte der Corporal.

Dieser irische Bastard schwitzt auch. Worauf bin ich da gestoßen?

»Nun, sagen Sie ihm das.«

»Ich gehe zu meinem Lieutenant und sage ihm, daß Sie sich hier aufspielen wie Gott der Allmächtige. Für wen halten Sie sich?«

»Gehen wir zusammen zu ihm«, sagte Washington.

»*Ich* gehe zu ihm«, sagte der Corporal. »*Sie* lesen, was auf dem Schild steht.« Er wies auf das Schild, das darauf hinwies, daß Unbefugten das Betreten des Labors verboten war.

»Es überrascht mich, daß ein erfahrener, gutausgebildeter Polizeibeamter wie Sie noch nicht gehört hat, daß es eine Ausnahme von jeder Regel gibt«, sagte Jason Washington und drängte sich hinter ihm durch die Tür.

»Haben Sie den Verstand verloren, Washington?«

Das ist durchaus möglich, dachte Washington. *Aber meine berufliche Erfahrung sagt mir, daß man sich bisweilen auf sein Gefühl verlassen muß. Und ich habe das Gefühl, daß du die Filmrolle oder vielleicht zwei Filmrollen verschwinden läßt, wenn ich dich nicht im Auge behalte.*

Was, zum Teufel, haben die beiden angestellt?

Der Corporal erwies sich als überraschend gefügig, als sie vor dem Schreibtisch des Lieutenants standen. Seine Empörung war auf einmal verschwunden.

»Sir«, sagte er. »Detective Washington hat eine ungewöhnliche Bitte, und ich denke, Sie sollten darüber entscheiden.«

»Hallo, Jason«, sagte der Lieutenant. »Lange nicht gesehen. Wie sind die Dinge draußen auf dem Land? Vermissen Sie die große Stadt?«

»Sie machen sich doch nicht lustig über unser glückliches Heim an der Bustleton und Bowler, wo sich Hirsche und Antilopen tummeln?« erwiderte Washington.

»Wer – ich?« Der Lieutenant lachte. »Was können wir für Sie tun?«

»Ich arbeite am Fall DeZego«, sagte Washington.

»Das hörte ich.«

»Sergeant Dolan vom Rauschgiftdezernat machte Fotos. Ich brauche Abzüge, und zwar möglichst bis gestern.«

»Haben Sie die Negative?« fragte der Lieutenant den Corporal, der daraufhin nickte. »Bekommen Sie, Jason. Sonst noch etwas?«

»Ich möchte die Negative mitnehmen.«

Nach nur kurzem Zögern sagte der Lieutenant: »Unterschreiben Sie eine Empfangsbestätigung, und sie gehören Ihnen.«

»Und ich möchte einige Aufnahmen besonders vergrößert haben«, sagte Washington. »Kann ich mit ihm in die Dunkelkammer gehen?«

»Klar. Das ist alles?«

Da dein Gesicht ein gewisses Unbehagen widerspiegelte, Corporal, als du hörtest, daß ich mit dir in die Dunkelkammer gehen und dann die Negative mitnehmen will, werde ich genau das tun. Was, zum Teufel, ist mit diesen Fotos los?

»Jawohl, Sir. Vielen Dank.«

»Keine Ursache, Jason. Dafür sind wir hier.«

Als sie die Dunkelkammer betraten, zeigte sich der Corporal so kooperativ, daß er Washington sogar eine Gummischürze anbot.

Wenn ich mißtrauisch oder zynisch wäre, könnte ich denken, daß er sich sagt, der Wind hat sich gedreht, und wenn etwas auffliegt, kann man ihm keine Schuld geben. Er ist entschlossen, Dolan hängenzulassen.

Es gab nur einen Rollfilm.

»Halten Sie ihn gegen das Licht«, sagte der Corporal. »Oder ich kann Ihnen einen Kontaktabzug machen, wenn Sie wollen. Dauert nur eine Minute.«

»Einen was?«

»Einen Abzug von jedem Negativ in Negativgröße.«

»Warum füttern Sie nicht einfach das Vergrößerungsgerät mit dem Film?«

Jason Washington waren die Geheimnisse einer Dunkelkammer nicht fremd. Vor Jahren hatte er seine Schwarzweißfilme sogar selbst entwickelt. Das hatte aufgehört, als Martha klagte, daß durch die Chemikalien die Wohnung wie eine Kläranlage stank, und sie verschwinden mußten. Er hatte keine Mühe, ein Negativ durch ein Vergrößerungsgerät zu ›lesen‹, obwohl das Schwarze weiß und das Weiße schwarz war.

Das erste Negativ zeigte durch das Vergrößerungsgerät Anthony J. DeZego, der vor dem Warwick Hotel aus seinem Cadillac stieg. Auf dem zweiten gab er dem Portier Geld. Das dritte zeigte ihn auf dem Weg zur Tür der Cocktailbar des Hotels. Auf dem vierten Negativ war er in der Cocktailbar; die Sicht auf ihn wurde zum Teil durch einen Fußgänger blockiert, durch einen adrett gekleideten Mann mit einem Aktenkoffer. Der Mann schaute durch das Fenster in die Cocktailbar. Dieses Foto war nicht bei dem Stapel der Aufnahmen gewesen, die Sergeant Dolan ihm gezeigt hatte.

Als nächstes kam das Bild von DeZego in der Bar, und der Fußgänger war weitergegangen. Dann gab es zwei Fotos von DeZegos Wagen, als der Hotelpage darauf zuging und einstieg. Der Fußgänger war auf einer der beiden Aufnahmen zu sehen. Er blickte flüchtig zu dem Wagen. Auf dem zweiten Foto war er nicht zu sehen. Dolan hatte ein Foto von dem Portier und dem Wagen gezeigt, keines mit dem Fußgänger.

Was für eine Rolle spielt der Fußgänger?

Das nächste Bild zeigte DeZegos Cadillac, der nach links abbog. Und auf dem übernächsten überquerte der Fußgänger die Straße in derselben Richtung. Bei Dolans Fotos war auch das nicht zu sehen gewesen.

Folgt dieser Typ DeZegos Wagen? Wer mag der Mann sein?

Auf dem nächsten Negativ war der Hotelpage auf dem Rückweg zum Hotel zu sehen, offenbar nach dem Parken von DeZegos Cadillac. Zwei Bilder weiter tauchte der Fußgänger mit dem Aktenkoffer wieder auf. Dann kam die Aufnahme, auf der zu sehen war, wie der Hotelpage DeZego die Wagenschlüssel überreichte, und dann – nicht mehr überraschend – war wieder der Fußgänger zu sehen, der über den Bürgersteig ging.

»Gehen Sie bitte zum Anfang zurück«, sagte Jason Washington. »Das dritte oder vierte Bild, denke ich.«

»Selbstverständlich«, sagte der Corporal hilfsbereit.

Das Bild, das den gutgekleideten Fußgänger mit dem Aktenkoffer zeigte, war wieder zu sehen. Der Fußgänger schaute in die Cocktailbar des Warwick Hotel.

»Machen Sie mir bitte einen Abzug davon«, sagte Washington.

»Fünf mal sieben?«

»Ja«, erwiderte Washington und dann entschied er sich sofort anders. »Nein, acht mal zehn. Und *drei* Abzüge.«

»Drei acht mal zehn«, sagte der Corporal. »Kein Problem.«

Sergeant Patrick J. Dolan ist ein erfahrener Ermittler. Wenn ihm der Mann mit dem Aktenkoffer nicht aufgefallen ist, heiße ich Jerry Carlucci. Wer, zum Teufel, ist der Mann, und warum wollte Dolan verhindern, daß ich sein Bild sehe?

Selbst in einem gut ausgestatteten Fotolabor dauert es einige Zeit, sechsunddreißig Vergrößerungen zu machen. Es war zehn Minuten nach zehn, als Jason Washington das Präsidium mit drei Umschlägen verließ, in denen jeweils die Dutzend Fotos waren, die Sergeant Dolan geknipst hatte, jedoch weder in seinem Bericht erwähnt noch Jason Washington gezeigt hatte.

Er stieg in den Wagen und fuhr zur City Hall. Dort parkte er im Innenhof mit der Schnauze vor einem Schild RESERVED FOR INSPECTORS.

Als er ausstieg, sah er, daß er neben einem vertrauten Wagen geparkt hatte, dem von Staff Inspector Wohl. Er schaute sich das Nummernschild an, um ganz sicherzugehen. Ja, Wohl war offenbar irgendwo in der City Hall.

Peter Wohl wird dies wissen wollen, dachte Washington. *Aber selbst wenn ich ihn dort drinnen finde, was könnte ich ihm sagen? Vielleicht ist es ganz gut, wenn wir uns nicht begegnen.*

Er betrat die City Hall und suchte die vielen Flure vor den Gerichtssälen nach Sergeant Patrick J. Dolan ab.

»Sie haben Ihren besonderen Assistenten dabei, Inspector?« fragte Bürgermeister Jerry Carlucci anstatt eines Grußes.

»Nein, Sir«, antwortete Peter Wohl.

»Wo ist er?«

»Er arbeitet mit Detective Washington zusammen, Sir.«

»Das ist ein Jammer«, sagte der Bürgermeister. »Ich hatte gehofft, ihn zu sehen.«

»Das wußte ich nicht, Sir.«

»So, das wußten Sie nicht? Oder sagten Sie sich vielleicht, er ist ein netter Junge, und Sie wollten ihn aus der Schußlinie halten?«

»Ich wußte nicht, daß Sie ihn sehen wollten, Sir«, erwiderte Peter Wohl.

»Aber jetzt wissen Sie es. Haben Sie irgendeine Ahnung, was ich ihm gern gesagt hätte, wenn ich die Gelegenheit dazu gehabt hätte?«

»Ich glaube, Sir, das hat er gestern nacht bereits von mir gehört, Sir.«

»Sie wissen also, daß er Dünnschiß aus dem Mund hatte?«

»Ich benutzte ähnliche Worte, Sir, als ich ihn gestern nacht *beriet.*«

Carlucci starrte Wohl einen Augenblick lang finster an, und dann lachte er. »Sie *berieten* ihn, Peter?«

»Jawohl, Sir.«

»Ich weiß nicht, warum ich lache«, sagte der Bürgermeister.

»Das war verdammt peinlich bei den Brownes. Dick Detweiler war nahe daran, hysterisch zu werden. Er *war* sogar hysterisch.«

»Sir«, sagte Chief Inspector Dennis V. Coughlin, »ich denke, jeder Vater wäre natürlich aufgeregt, wenn er erfährt, daß seine Tochter Rauschgift nimmt.«

»Besonders wenn er es aus dritter Hand erfährt wie Detweiler«, erwiderte der Bürgermeister eisig, »anstatt zum Beispiel direkt von einem ranghohen Polizeibeamten.«

»Jawohl, Sir«, sagte Coughlin.

Der Ehrenwerte Bürgermeister war noch nicht fertig.

»Vielleicht von einem *irischen* Polizeibeamten«, sagte Carlucci. »Die Iren sollen gute Politiker sein. Ein Ire hätte Detweiler das mit seiner Tochter mit ein wenig irischem Schmus beibringen sollen – oder wie nennen Sie Ihren Blödsinn, Denny, den Sie gerade bei mir versuchten?«

»Sir«, sagte Wohl, »es hätte schlimmer sein können.«

»Wieso, zum Teufel, hätte es schlimmer sein können?« blaffte der Bürgermeister. »Haben Sie eine Vorstellung, wieviel Detweiler zu meinem letzten Wahlkampf beitrug? Oder anders formuliert, wie *wenig* er zu meinem nächsten Wahlkampf beitragen wird, wenn wir nicht denjenigen, der seine Tochter niederschoß, für lange Zeit hinter Gitter bringen, und zwar bald?«

»Wir haben Informationen, daß Miss Detweiler ein Verhältnis mit DeZego hatte«, sagte Wohl. »Er weiß das vielleicht nicht. Payne sagte es ihm nicht.«

Der Bürgermeister schaute ihn an und hob ungläubig die Augenbrauen.

»O verdammt!« sagte er. »Wie verläßlich ist Ihre Information?«

»Meine Quelle ist Payne. Er erfuhr es von Chad Nesbitt, der es von dem Browne-Mädchen hörte«, sagte Wohl.

»Dann ist es nur eine Frage der Zeit, bis Detweiler das ebenfalls erfährt«, sagte der Bürgermeister.

»Selbst wenn das stimmt, Sir«, sagte Dennis Coughlin, »verstehe ich nicht, wie er *Ihnen* das vorwerfen kann.«

Der Bürgermeister starrte Coughlin einen Moment lang finster an. »Ich hoffe, das ist eine weitere verdammte Schmeichelei von Ihnen, Denny. Ich möchte keinen Chief Inspector haben, der so verdammt blöde ist, daß er glaubt, was er soeben sagte.«

»Jerry, um Himmels willen«, ergriff Chief Inspector Matt Lowenstein zum ersten Mal bei diesem Gespräch das Wort. »Denny ist auf Ihrer Seite. Wir alle sind das.«

Carlucci starrte ihn an und setzte zu einer Erwiderung an, schwieg jedoch.

»Ich kann wirklich nicht verstehen, wie Detweiler Ihnen die Probleme seiner Tochter vorwerfen kann«, sagte Coughlin sachlich.

»Okay«, erwiderte Carlucci ebenso nüchtern. »Ich werde Ihnen das erklären. Wir haben es mit einem Mann zu tun, der soeben erfahren hat, daß seine Tochter harte Drogen nimmt. Und der laut Peter erfahren wird, daß sie ein Verhältnis mit einem italienischen Gangster hatte. Wie lautet Ihre Information, Peter? Was heißt ›Verhältnis‹? Daß sie mit ihm schlief?«

»Ja, Sir. Payne war sich ziemlich sicher, daß es mehr als eine flüchtige Bekanntschaft war.«

»Okay. Wir haben hier also einen Mann, der eine Säule der Gesellschaft ist. Seine *Frau* ist eine Säule der Gesellschaft. Sie haben alles für ihr kostbares Töchterchen getan, was sie tun konnten. Sie haben sie auf die richtigen Schulen und in die richtigen Kirchen geschickt und dafür gesorgt, daß sie anständige Bekannte hatte – wie der junge Payne zum Beispiel. Und plötzlich wird sie mit einer Schrotflinte niedergeschossen, und dann kommt heraus, daß sie ein Junkie ist und mit einem italienischen Gangster herumfickt. Wie kann das sein? Es ist bestimmt nicht die Schuld des lieben Mädchens und bestimmt nicht *ihre* Schuld. Also ist die Gesellschaft schuld. Und wer ist verantwortlich für die Gesellschaft? Wer hat dafür zu sorgen, daß Gangster und Drogenhändler ins Gefängnis kommen? Die *Polizei*. Deshalb haben wir die Schuld. Wenn die *Polizei* ihre Arbeit getan hätte, dann würde es keine Drogen auf den Straßen geben und dieser Gangster wäre ins Gefängnis gesteckt worden und hätte nicht der kostbaren Penny ans Höschen gehen können. So nannte Detweiler gestern abend übrigens seine Tochter: ›kostbare Penny‹. Haben Sie etwas von alldem verstanden, Denny?«

»Ja, sicher«, sagte Coughlin resigniert. »Es ist nicht fair, aber so ist es nun mal.«

»Nichts Persönliches, Denny, aber das ist das erste Intelligente, was Sie bis jetzt an diesem Morgen gesagt haben.« Der Bürgermeister ließ das einen Augenblick lang einwirken und wandte sich dann an Peter Wohl. »Ich sagte Detweiler gestern abend – natürlich ohne zu wissen, daß seine kostbare Penny es mit DeZego trieb –, daß wir nahe daran sind, den Mann zu finden, der auf sie schoß. Wieviel mehr mache ich mich dadurch zu einem Armleuchter, Peter?«

»Wir sind vielleicht an etwas dran«, sagte Wohl vorsichtig.

»Menschenskind, das hoffe ich. Was haben Sie herausgefunden?«

»Dave Pekach aß zu Abend mit seiner Freundin . . .«

»Die Peebles? Meinen Sie die?«

»Ja, Sir.«

»Ich schweife mal kurz vom Thema ab«, sagte der Bürgermeister. »Was ist mit dieser Affäre? Wird das peinlich für die Polizei sein?«

»Nein, das bezweifle ich«, antwortete Wohl. »Es sei denn, es ist peinlich, daß ein Captain der Polizei sich wie ein Teenager benimmt, der sich zum erstenmal verknallt hat.«

Der Bürgermeister fand das nicht lustig. »Sie hat Freunde an sehr hohen Stellen«, sagte er kalt. »Meinen Sie, daß Sie ihm einen Wink geben sollten, sie besser richtig zu behandeln?«

»Ich halte das für unnötig, Sir«, sagte Wohl. »Dave Pekach ist durch und durch anständig. Und sie lieben sich wirklich.«

Der Bürgermeister dachte einen Moment zweifelnd darüber nach. Schließlich sagte er. »Wenn Sie das sagen, Peter, okay. Aber wir können uns nicht erlauben, daß weiter reiche Leute sauer auf die Polizei sind. Arthur J. Nelson und Dick Detweiler reichen bereits. Er ging also mit ihr zum Abendessen aus . . .«

»Ins Ristorante Alfredo«, fuhr Wohl fort. »Er hatte sich einen Tisch reservieren lassen. Als er dort eintraf, war Vincenzo

Savarese anwesend. Savarese dankte ihm – ich kürze hier ein wenig ab.«

»Das machen Sie prima«, sagte der Bürgermeister.

»Er dankte ihm für einen Gefallen, den Dave ihm erwiesen hatte – nichts Krummes, sondern Dave war nur nett zu einem Mädchen, das Savareses Enkelin ist, was Dave aber nicht wußte. Wollen Sie etwas darüber hören?«

»Nur wenn es wichtig ist.«

»Savarese bedankte sich für den Gefallen, und dann gab Ricco Baltazari Dave ein Streichholzbriefchen und behauptete, Dave hätte es fallen gelassen. In dem Streichholzbriefchen stand ein Name. Ein Schwarzer namens Marvin P. Lanier. Kleines Licht. Gab sich als Spieler aus. In Wirklichkeit war er Zuhälter. Und laut zweien von Daves verdeckten Ermittlern – Martinez und McFadden, die beiden, die den Komplizen von Dutch Moffitts Mörderin zur Strecke brachten – transportierte Lanier manchmal Kokain von New York nach Philly.«

»Ich komme da nicht mehr mit«, sagte der Bürgermeister. »Was hat ein schwarzer Zuhälter mit der kostbaren Penny Detweiler zu tun?«

»Gestern nacht sahen Martinez und McFadden diesen Lanier. Sie hatten ihn als Informanten genutzt. Lanier sagte ihnen, Zitat Anfang ›ein Itaker erschoß Tony das Z‹, Zitat Ende.«

»Nannte er einen Namen?«

»Er wollte heute nachmittag um 16 Uhr einen nennen«, sagte Wohl.

»Meinen Sie, das wird er tun?«

»Lanier wurde gestern nacht erschossen. Mit fünf Kugeln aus einem Achtunddreißiger«, sagte Wohl. »Kennen Sie Joe D'Amata von der Mordkommission?«

»Ja.«

»Er hat den Fall. Weil ein Streifenwagen der Highway Patrol am Tatort gesehen wurde, kam er heute früh zur Bustleton und Bowler, um sich zu erkundigen, was wir über Lanier hatten.«

»Und das war?«

»Nichts. Martinez und McFadden waren in dem Streifenwagen. Sie arbeiteten auf eigene Faust.«

»Ich habe ein wenig Mühe, all dies zu kapieren, Peter«, sagte der Bürgermeister fast entschuldigend.

»Als McFadden und Martinez Lanier sahen, nahmen sie ihm eine Schrotflinte ab. Joe D'Amata sagte, Lanier hatte eine zweite Schrotflinte unter seinem Bett. So dachte ich, daß es vielleicht einen Zusammenhang gibt ...«

»Welchen?«

»Savarese gab uns einen Hinweis auf diesen Lanier. DeZego wurde mit einer Schrotflinte erschossen. Lanier hatte zwei Schrotflinten. Und er wurde ermordet.«

»Was ist mit der Schrotflinte? Den Schrotflinten?«

»Ich schickte sie ins Labor.«

»Und?«

»Ich kann anrufen. Vielleicht sind die Untersuchungen abgeschlossen.«

»Rufen Sie an.«

Eine knappe Minute später legte Wohl den Hörer von einem der drei Telefone das Bürgermeisters auf.

»Das Labor sagt, daß die Schrotpatronenhülsen, die auf dem Dach des Parkhauses gefunden wurden, mit an Sicherheit grenzender Wahrscheinlichkeit aus dem Remington-Schrotgewehr Modell 1100 abgeschossen wurden, das D'Amata unter Laniers Bett fand.«

»Volltreffer«, bemerkte Dennis V. Coughlin.

»Wollen Sie damit sagen, dieser Zuhälter erschoß DeZego?« fragte der Bürgermeister.

»Ich nehme an, Savarese will, daß *wir* denken, Lanier erschoß DeZego«, sagte Chief Inspector Matt Lowenstein.

»Warum?« fragte der Bürgermeister.

»Wer, zum Teufel, weiß das?« erwiderte Lowenstein.

»Überprüfen Sie das mit der Abteilung Organisiertes Verbrechen«, sagte der Bürgermeister. »Versuchen Sie, ob Sie einen Grund finden können, warum der Mob DeZegos Tod wünschte.«

»Die Jungs arbeiten daran«, sagte Lowenstein. »Ich bat sie am Tag nach DeZegos Ermordung darum. Sie sagen, sie wurden bereits von Jason Washington um diese Überprüfung gebeten.«

Wenn ein Tadel in Lowensteins Antwort war, schien der Bürgermeister ihn nicht zu bemerken. »Washington arbeitet an dem Fall mit diesem toten Zuhälter?« fragte Carlucci.

»Nein, Sir«, entgegnete Wohl. »Chief Lowenstein lieh mir D'Amata aus. Ich wollte ihn mit Jason Washington zusammenarbeiten lassen. Aber als ich Washington nicht finden konnte, setzte ich Tony Harris darauf an.«

»Warum konnten Sie Washington nicht finden?«

»Ich weiß nicht, wo er ist«, sagte Wohl, und als ihm klarwurde, wie das klang, fügte er hinzu: »Ich meinte es nicht so, wie es vielleicht klang, Sir. Er arbeitet irgendwo auf den Straßen, und als ihn über Funk zu erreichen versuchte, meldete er sich nicht. Ich lasse ihn von Payne suchen. Vermutlich hat er ihn bereits gefunden.«

»Tony Harris arbeitet an dem Fall Magnella, nicht wahr?« fragte der Bürgermeister. »Und Sie zogen ihn davon ab, um ihn auf die andere Sache anzusetzen?«

»Im Fall Magnella kommen wir nicht weiter, Sir«, sagte Peter Wohl. »Diese Sache braucht ihre Zeit. Ich wollte einen guten Mann der Mordkommission am Tatort von Laniers Ermordung haben, solange diese Sache noch heiß ist.«

»Heißt das, Sie halten Joe D'Amata für keinen guten Mann der Mordkommission?« blaffte Lowenstein.

»Wenn ich Joe für keinen guten Mann hielte, hätte ich nicht um ihn gebeten, Chief«, erwiderte Wohl. »Vielleicht habe ich mich schlecht ausgedrückt. Ich wollte, daß Harris und D'Amata sich so schnell wie möglich noch einmal an dem Tatort umsehen, nachdem wir wissen, daß wir mehr suchen als den Mörder eines Zuhälters.«

»Das gefällt mir nicht«, sagte der Bürgermeister nachdenklich.

»Sir?« fragte Peter Wohl.

»Ich meinte es nicht so, wie es klang. Ich würde Ihnen nicht vorschreiben, wie Sie Ihren Job zu machen haben, Peter. Ich meinte, mir gefällt nicht, was Sie über den Fall Magnella sagten, daß er seine Zeit braucht. Das können wir uns nicht erlauben. Wir müssen den oder die Täter schnell fassen.«

»Ja, Sir, ich weiß. Aber Harris sagte mir, er muß alles noch einmal von Anfang an durchgehen. Es gibt nichts Neues, an das er anknüpfen könnte.«

»Hat Lowenstein Ihnen alle Unterstützung gewährt, die Sie brauchen?«

»Chief Lowenstein war sehr hilfreich, Sir. Ich hätte ihn nicht um mehr bitten können«, sagte Wohl.

»Denny, haben Sie aufgepaßt?« fragte der Bürgermeister und schaute Coughlin an.

»Sir?«

»Peter weiß, was er sagen muß, um sich Freunde zu machen und einflußreiche Leute auf seine Seite zu ziehen. Sie sollten ihn im Auge behalten und davon lernen.«

»Sie können mich mal, Jerry«, sagte Coughlin gereizt, und dann wurde ihm klar, daß Carluccis Pfeil des Spottes in Wirklichkeit auf Wohl gezielt war, und er Coughlin, aufgezogen worden war.

»Ändern Sie das in ›Sie können mich mal, Bürgermeister, *Sir*‹«, sagte Carlucci und lachte. Dann wurde er wieder ernst. »Okay. Danke für Ihr Kommen. Wenn Peter nicht das über den Fall Magnella gesagt hätte, würde ich mich viel besser als zuvor fühlen. Menschenskind, ich würde so gern die Ermordung DeZegos Savarese anhängen oder zumindest einem von seinen Handlangern.«

Coughlin erhob sich, und als der Bürgermeister ihm die Hand reichte, schüttelte er sie. Lowenstein folgte ihm am Schreibtisch des Bürgermeisters und dann an Wohl vorbei.

Der Bürgermeister hielt Wohls Hand fest und gab damit zu verstehen, daß Wohl zurückbleiben sollte.

»Ja, Sir?«

»Ich sprach gestern nacht mit Ihrem Vater«, sagte der Bürgermeister.

»Gestern nacht?« Peter Wohl war überrascht.

»Genauer gesagt, heute morgen. Sehr früh heute morgen. Er sagte mir am Telefon, daß er mit Ihnen sprach und Sie durchblicken ließen, daß bei alldem Ihre Salami auf dem Hackbrett liegt und Sie das unfair finden.«

»Ich – wir tranken etwas in der Groverman's Bar.«
»Das sagte er.«
»Es tut mir leid, daß er Sie anrief, Sir.«
»Wie hätten Sie ihn daran hindern können? Ich erklärte ihm, Peter, daß Sie völlig recht haben. Ihre Salami liegt auf dem Hackbrett, und es ist unfair. Ich sagte ihm ebenfalls, wenn Sie aus all diesem duftend wie eine Rose hervorsteigen, haben Sie eine gute Chance, der jüngste Voll-Inspector der Polizei von Philadelphia zu werden.«
»Allmächtiger«, sagte Wohl.
»Meine Salami ist ebenfalls in Gefahr, Peter, nicht nur Ihre. Ich werde wie ein verdammter Idiot dastehen, wenn die Special Operations Division keinen Erfolg hat. Und wenn ich nicht wie ein verdammter Idiot dastehe, ist das sehr gut für Sie und Ihre Karriere. Sie verstehen, was ich meine?«
»Jawohl, Sir.«
»Grüßen Sie Ihre Mutter von mir, Peter«, sagte Bürgermeister Carlucci, und dann führte er Peter zur Tür.

Charley McFadden war fast zu Hause, als ihm klar wurde, daß es einen Silberstreifen in der dunklen Wolke gab, die das Zeichen dafür war, daß er auf Staff Inspector Wohls schwarzer Liste stand. Und das war wirklich eine sehr dunkle Wolke. Wenn Wohl sauer auf ihn und Che-sus war, bedeutete das, daß auch die Captains Sabara und Pekach sauer auf sie waren, und das wiederum bedeutete, daß Sergeant Big Bill Henderson die Jagdsaison auf sie beide eröffnen konnte. Nur der Himmel wußte, was dieser Hurensohn ihnen jetzt antun würde.
Es war gut möglich, daß er und Che-sus in irgendeinem Distrikt landen würden, vielleicht sogar in einem verdammten Emergency Patrol Wagon, statt in einem Radio Patrol Car. McFadden wollte eigentlich kein Highway Patrolman sein, aber er wollte noch weniger ein gewöhnlicher Cop sein, der Hydranten abschaltete und Fußgängerwege vor Schulen bewachte.
Und wenn Wohl sie zu einem Distrikt schickte, würde vermutlich in ihren Personalakten stehen, daß sie Highway Patrol-

men auf Probe gewesen und durchgerasselt waren, oder wie immer man es nennen würde. Die Probezeit nicht bestanden. *Verdammt!*

Der Silberstreif in der dunklen Wolke tauchte auf, als er in die Straße abbog, in der er wohnte, und nach einem Parkplatz für den Volkswagen suchte. Sein Blick fiel auf das Haus von Mr. Robert McCarthy, und vor seinem geistigen Auge sah er das rote Haar, die blauen Augen und den knackigen Po von Mr. McCarthys Nichte Margaret McCarthy, staatlich geprüfte Krankenschwester.

Und er hatte den ganzen Tag frei, genauer gesagt bis 15 Uhr, dann blieb ihm noch eine Stunde, um wieder die Uniform anzuziehen und zur Bustleton und Bowler zum Dienst zu fahren.

Er fand einen Parkplatz – ausnahmsweise – fast direkt vor dem Elternhaus. Er stieg aus und eilte ins Haus.

»Was machst du daheim?« fragte seine Mutter.

»Muß etwas erledigen, Ma«, rief er, während er die Treppe hinauflief.

Er zog seine Uniform aus und hängte sie in den Kleiderschrank. Dann zog er sich sorgfältig an: ein neues weißes Hemd, dunkelbraunes Sakko, hellbraune Freizeithose, schwarze Schuhe mit Schnalle und mit Quasten geschmückt, wie er es bei Matt Payne gesehen hatte, und eine gestreifte Krawatte, wie Inspector Wohl und Payne eine trugen. Er war so mit seinem Äußeren beschäftigt, daß er seine Waffe vergaß und das Sakko wieder ausziehen mußte, um das Schulterholster umzuschnallen.

Dann kam ihm in den Sinn, daß er sich zwar rasiert hatte, bevor er zur Bestleton und Bowler gefahren war, aber das war ein paar Stunden her, und etwas mehr After-shave konnte gewiß nicht schaden. Mädchen mochten angeblich den Duft, und so klatschte er sich großzügig *Brut* auf Gesicht und Hals, bevor er sein Zimmer verließ.

»Oh, du hast dich aber fein gemacht«, sagte seine Mutter. »Wohin willst du?« Und dann schnüffelte sie argwöhnisch. »Was ist das für ein Gestank? Parfüm?«

»Es ist Rasierwasser, Ma.«

»Ich möchte dir nicht sagen, wie das stinkt«, rief sie ihm nach.

Und dann war er zur Tür hinaus.

Er ging zielstrebig auf die Broad Street zu, bis er überzeugt war, daß seine Mutter, die bestimmt hinter der Gardine stand und ihm nachschaute, ihn nicht mehr sehen konnte. Dann überquerte er die Straße und ging zurück zum McCarthy-Haus, wo er schnell die Stufen zur Haustür hinaufstieg und klingelte, in der Hoffnung, daß geöffnet wurde, bevor seine Mutter ihre regelmäßige, alle fünf Minuten stattfindende Überprüfung der Nachbarschaft fortsetzte.

Mr. McCarthy, in einem schwarzen Anzug, öffnete die Tür.

»Guten Tag, Charley, was kann ich für Sie tun?«

»Ist Margaret da?«

»Wir wollen bei den Magnellas kondolieren«, sagte Mr. McCarthy. »Haben Sie sich aber schick angezogen.«

»Ja«, sagte Charley.

»Verdammte Schande, das mit Magnella«, sagte Mr. McCarthy.

»Hallo, Charley«, sagte Margaret McCarthy. »Kommen Sie mit zu den Magnellas?«

Sie trug ein Kostüm mit weißer Bluse und ein rundes Hütchen.

O Mann, sieht sie gut aus!

»Ich wollte meine Aufwartung machen«, sagte Charley.

»Sie können mit uns fahren«, sagte Mr. McCarthy.

Die Fahrt zum Beerdigungsinstitut Stanley Rocco & Sons war angenehm, bis sie dort eintrafen. Das heißt, Charley saß auf dem Rücksitz mit Margaret und nahm ihren Duft trotz seines After-shave wahr – ein absoluter Spitzenduft. Er konnte sogar einen Blick auf weiße Spitze ihres BH erhaschen, was seine Phantasie beflügelte.

Doch dann, als Mr. McCarthy den Ford geparkt hatte, Margaret ausgestiegen war und er wie ein echter Gentleman den Blick von dem unabsichtlich gezeigten Hinterteil abwandte und ausstieg, sah er, daß es von Cops in Uniform und Zivil wimmelte.

»O Gott, warten Sie einen Moment«, sagte er zu Margaret. Er zog seine Brieftasche und seufzte erleichtert auf, als er einen schmalen Streifen von schwarzem Stoff fand. Er hatte ihn nach der Beisetzung von Captain Dutch Moffitt in die Brieftasche gesteckt und ihn später zu Hause in eine Schublade legen wollen.

Gott sei Dank habe ich das vergessen!

»Was ist das?« fragte Margaret.

»Ein Trauerflor«, erklärte Charley. »Man schneidet ein Stück vom Band einer Uniformmütze ab.«

»Oh«, sagte sie, offensichtlich verständnislos.

»Wenn ein Cop stirbt, trägt man den Trauerflor am Abzeichen«, erklärte er, während er das Band befestigte. »Ich hätte das beinahe vergessen.«

Er heftete die Dienstmarke an sein Revers.

»Sie haben es schief angeheftet«, sagte Margaret. »Lassen Sie mich das machen.«

Er sah ihre Kopfhaut am Scheitel ihres Haars, als sie die Dienstmarke richtig anheftete.

Sie schaute zu ihm auf, ihre Blicke trafen sich, und sie lächelte. Sein Herz schlug schneller.

»So ist es richtig«, sagte sie.

»Danke«, erwiderte er.

Sie holten Mr. und Mrs. McCarthy ein und gingen in die Leichenhalle.

Es gab ein Buch auf einem Pult gleich neben der Tür, in das die Leute ihre Namen schrieben. Das Kondolenzbuch war fast voll.

Charley schrieb: ›Officer Charles McFadden, Dienstmarke 8774, Special Operations‹ unter den Namen eines Captains, den er nicht kannte.

Officer Joseph Magnella lag in einem offenen Sarg, umgeben von Blumen. Charley sah, daß Magnella in Uniform beigesetzt werden würde. Zwei Polizisten von Magnellas Distrikt standen mit weißen Handschuhen an jedem Ende des Sargs, und hinter jedem der beiden hing ein Sternenbanner an einem Mast.

Charley schloß sich Mr. und Mrs. McCarthy und Margaret

zum Gebetspult an und kniete sich hin, als er an der Reihe war. Er bekreuzigte sich und betete automatisch, doch seine Gedanken waren woanders.

Mein Gott, sie haben sein Gesicht gepudert und die Lippen geschminkt.

Ob man ihm die Dienstmarke abnimmt, bevor der Sarg geschlossen wird, oder ob sie mit ihm begraben wird?

Als ich ihn zum letzten Mal sah, lag er noch in der Gosse, und jemand hatte sein Gesicht und die Schultern mit einer Jacke bedeckt.

Heilige Maria Mutter Gottes, laß mir das nicht widerfahren!

Und es heißt, daß es nicht mal eine Spur gibt, wie der Abschaum gefunden werden kann, der ihm das antat!

Ich möchte diese Bastarde finden! Die würden nicht so gut in ihren Särgen aussehen wie dieser arme Kerl!

Als er sich dem Sarg genähert hatte, war sein Blick auf die Familie Magnella gefallen, die mit Joseph Magnellas Freundin in der ersten Stuhlreihe saß. Jetzt erhob er sich, und alle standen auf. Mr. Magnella schloß Mr. McCarthy in die Arme, und Mrs. McCarthy umarmte Mrs. Magnella und streichelte tröstend über ihren Rücken. Die Freundin sah aus, als hätte ihr jemand einen Magenhaken verpaßt; Margaret lächelte sie verlegen an.

»Al«, sagte Mr. McCarthy, als sich Charley näherte, »dies ist Charley McFadden, ein Nachbar.«

»Es tut mir wirklich leid, daß dies passierte«, sagte Charley, als Mr. Magnella ihm die Hand reichte.

»Sie kannten meinen Joe?«

»Nein. Aber ich habe ihn gelegentlich gesehen.«

»Es war nett von Ihnen, herzukommen.«

»Ich wollte mein Beileid aussprechen.«

»Dies ist Joes Mutter.«

»Mrs. Magnella, mein herzliches Beileid.«

»Danke für Ihr Kommen.«

»Ich war Joes Verlobte«, sagte die Freundin.

»Es tut mir wirklich leid.«

»Wir wollten in zwei Monaten heiraten.«

»Es tut mir sehr leid.«

»Danke für Ihr Kommen.«

»Ich bin Joes Bruder.«

»Es tut mir sehr leid, daß dies passierte. Mein Beileid.«

»Danke für Ihr Kommen.«

»Bob«, sagte Mr. Magnella zur Mr. McCarthy, »geh in den Raum auf der anderen Seite und schenk dir und Officer McFadden etwas zu trinken ein.«

»Danke, Al«, sagte Mr. McCarthy. »Das werde ich machen.«

Margaret legte die Hand auf Charleys Arm, und sie folgten dem Ehepaar McCarthy in einen kleineren Raum nebenan, in dem sich eine Traube von Leuten befand, die sich um einen Tisch versammelt hatten, auf dem ein Sortiment Flaschen mit Whisky und anderen alkoholischen Getränken stand.

Margaret öffnete ihre Handtasche, nahm ein Taschentuch hervor und wischte sich über die Augen.

»Ist Seagram's das Richtige für Sie, Charley? fragte Mr. McCarthy.

»Prima«, sagte Charley.

Als er das gefüllte Glas an den Mund hob, verstummte das leise Stimmengewirr. Neugierig wandte er den Kopf, um zu sehen, was los war.

Mrs. Magnella betrat den Raum. Es sah aus, als hielte sie geradewegs auf ihn zu.

Und so war es. Ihr Sohn und ihr Ehemann folgten ihr, und sie wirkten beunruhigt.

»Ich weiß, wer Sie sind«, sagte Mrs. Magnella zu Charley McFadden. »Ich habe Ihr Foto in den Zeitungen gesehen. Sie sind der Cop, der den Junkie schnappte und unter die U-Bahn stieß, nicht wahr?«

Das stimmt nicht. Ich jagte den Hurensohn, und er fiel vor die U-Bahn!

Aber er nickte höflich und widersprach nicht.

»Ich will, daß Sie die Verbrecher finden, die meinem Joseph das antaten, und sie unter die U-Bahn werfen!«

»Mama«, sagte Officer Magnellas Bruder, »hör auf damit!«

»Ich will, daß sie verrecken! Ich will ihren Tod!«

»Beruhige dich, Mama! Pa, wo ist der Pfarrer Loretto?«

»Ich bin hier«, sagte ein grauhaariger Priester. »Elena, was ist los?«

»Ich will, daß sie verrecken! Ich will, daß sie verrecken!«

»Es wird alles in Ordnung kommen, Elena«, sagte der Priester. »Kommen Sie mit mir, wir werden miteinander reden.«

»Ich bedaure dies«, sagte Officer Magnellas Bruder zu McFadden, als der Priester Mrs. Magnella fortführte.

»Es ist alles in Ordnung, machen Sie sich keine Sorgen«, sagte Charley.

Margaret McCarthy schaute Charley McFadden an und sah, daß nicht alles in Ordnung war. Impulsiv streichelte sie über seine Wange, und als er sie anschaute, stellte sie sich auf die Fußspitzen und gab ihm einen Kuß.

18

Officer Matthew Payne hatte ein wenig Selbstmitleid. Er hatte einen Auftrag erhalten, der nicht zu erfüllen war – wie zum Teufel sollte er einen Mann in einer so großen Stadt finden? –, und Peter Wohl hatte ihm klargemacht, daß er ihn erfüllen *mußte.* »Keine Ausreden, bitte. Tun Sie es!«

Nachdem er Jason Washington an allen Orten gesucht hatte, die ihm einfielen, in Washingtons Haus, im Polizeipräsidium, im Penn-Services-Parkhaus und sogar im Hahneman-Hospital, kehrte er zum Präsidium zurück, weil Washington ihm gesagt hatte, er solle sich mit ihm statt in der Mordkommission im Präsidium treffen, bevor er per Anrufbeantworter die Nachricht hinterlassen hatte, er solle ihn nicht dort treffen.

Washington war nicht in der Mordkommission und war auch nicht dort gewesen.

Matt sagte sich, daß Washington wahrscheinlich erledigt hatte, was er hatte tun wollen, und dann wie vorhergesagt zur Bustleton und Bowler zurückgekehrt war. Wenn Washington dort war, wo er laut seiner Ankündigung hatte sein wollen, und er, Payne, hatte ihn in der Innenstadt im Präsidium gesucht, dann würde Officer Payne als verdammter Blödmann dastehen.

Was vermutlich im Grunde eine genau zutreffende Bezeichnung ist, dachte Payne.

Er rief im Hauptquartier an der Bustleton und Bowler Street an.

»Special Operations, Sergeant Anderson.«

»Hier ist Payne, Sergeant. Ist Detective Washington irgendwo dort?«

»Nein. Er rief an und wollte mit Ihnen sprechen. Er sagte, er wies Sie an, hier auf ihn zu warten.«

»Sagte er, wo er war?«

»Nein. Er sagte nur, wenn ich Sie sehe, soll ich bei Ihnen Babysitter spielen.«

»Okay.«

»Warten Sie mal. Er sagte, er würde in der City Hall sein.«

»Vielen Dank«, sagte Matt.

Er hängte den Hörer ein, fuhr von der Mordkommission aus mit dem Lift hinunter und rannte aus dem Gebäude auf den Parkplatz. Dort klemmte ein Verkehrspolizist soeben einen Strafzettel wegen Falschparkens unter einen Scheibenwischer des Porsche.

»Könnte ich Sie umstimmen, wenn ich Ihnen sage, daß ich im Dienst war und bin?« fragte Matt.

Der Verkehrspolizist mit weißer Uniformmütze, der alt genug war, um Matts Vater sein zu können, schaute ihn zweifelnd an.

»Sie sind ein drei-sechs-neun?«

Matt nickte.

»Wo?«

»Special Operations«, sagte Matt.

Der Verkehrspolizist entfernte kopfschüttelnd den Strafzettel.

»Was habt ihr Jungs gemacht? fragte er und nickte zu dem Porsche hin. »Habt ihr den Schlitten von einem Drogenhändler konfisziert?«

»Ja«, antwortete Matt. »Schöne Karre, nicht wahr?«

Der Verkehrspolizist schüttelte wieder den Kopf und ging ohne ein weiteres Wort davon.

Matt fuhr zur City Hall und parkte den Porsche auf einer Parkfläche, die für Polizeifahrzeuge reserviert war.

Wie die Dinge heute laufen, würde es mich überhaupt nicht überraschen, wenn ein Cop, vielleicht sogar derselbe, mir einen Strafzettel verpaßt hat, wenn ich zurückkehre.

Er betrat das Gebäude und eilte die Treppe zum zweiten Stock hinauf. Eine halbe Minute später entdeckte er Detective Washington, der auf ihn zukam. Matt sah Washington an, daß er nicht gerade von Freude überwältigt war, ihn zu sehen.

»Was machen Sie denn hier?« fragte Washington statt einer Begrüßung.

»Inspector Wohl schickte mich auf die Suche nach Ihnen«, sagte Matt. »Er will Sie so schnell wie möglich sehen.«

»Suchen Sie weiter«, sagte Washington. »Sie haben mich noch nicht gefunden.«

»Okay«, sagte Matt nach nur kurzem Zögern. »Ich habe Sie nicht gefunden.«

»In ungefähr zehn Minuten werden Sie mich im Treppenhaus im Erdgeschoß finden, in der südöstlichen Ecke des Gebäudes.«

»Jawohl, Sir«, sagte Matt.

»Es ist wichtig, Matt«, sagte Washington. »Vertrauen Sie mir.«

»Selbstverständlich.«

Moment mal! dachte Washington. *Wenn ich Dolan aus dem Gleichgewicht bringen will, kann der Junge helfen. Dolan mag ihn nicht.*

»Ich habe keine Zeit für eine Erklärung, selbst wenn ich mir meiner Sache sicher wäre«, sagte Washington. »Aber ich habe mich soeben anders entschieden. Ich möchte, daß Sie mich begleiten. Ich suche Ihren Freund, Sergeant Dolan.«

Matts Miene spiegelte Überraschung wider.

»Ich will, daß Sie den Mund halten, verstanden?«

»Jawohl, Sir.«

»Können Sie schauspielern?«

»Ich weiß es nicht.«

»Nehmen wir mal an, ich habe unseren Freund Dolan bei etwas erwischt, das er nicht hätte tun sollen«, sagte Washington, »und ich hätte es Ihnen gesagt. Können Sie eine hämische, selbstzufriedene Miene aufsetzen, damit Dolan denkt, Sie wissen, daß er in Schwierigkeiten ist, und freuen sich sehr darüber?«

»Wenn dieser Hurensohn in Schwierigkeiten ist, werde ich nicht viel schauspielern müssen«, sagte Matt.

»Halten Sie aber die Klappe«, sagte Washington. »Das ist mir toternst. Wenn ich diese Sache vermassele, dann haben wir beide Probleme.«

»Okay«, sagte Matt.

»Wenn man vom Teufel spricht ...«, sagte Washington leise.

Matt blickte über die Schulter. Sergeant Dolan kam über den Flur, auf dem Betrieb herrschte. Dolan entdeckte ihn im selben Augenblick, in dem Matt ihn sah. Er wirkte nicht sonderlich glücklich über das Wiedersehen.

»Sergeant Dolan!« rief Washington. »Darf ich Sie bitte einen Moment sprechen?«

Er ging zu Dolan, gefolgt von Matt.

»Was wollen Sie, Washington?« fragte Sergeant Dolan.

Washington wandte sich Matt zu und überreichte ihm zwei der drei großen Kuverts.

»Geben Sie einen Chief Lowenstein und den anderen Chief Coughlin«, sagte er.

»Jawohl, Sir.«

»Aber ich möchte, daß Sie hierbleiben, bis wir von Sergeant Dolan eine Erklärung haben.«

»Jawohl, Sir.«

»Sie kennen Officer Payne, nicht wahr, Sergeant? Er ist Inspector Wohls besonderer Assistent.«

»Ja, ich kenne ihn.«

Matt nickte Sergeant Dolan zu.

»Tut mir leid, daß ich Sie wieder behelligen muß, Sergeant«, sagte Washington, »aber ich habe noch ein paar Fotos aufgetrieben. Ich möchte sie Ihnen zeigen.«

Er gab Dolan den dritten Umschlag. Dolan öffnete ihn. Seine Miene verriet, daß das eingetreten war, was er für das schlimmstmögliche Szenario hielt.

»Und?« fragte er übertrieben forsch.

»Ich hoffte, Sie können mir sagen, wer diese beiden Gentlemen sind«, sagte Washington.

»Habe nicht die geringste Ahnung. Die waren einfach auf der Straße.«

»Ich fragte mich, warum diese Fotos weder bei Ihrem Bericht noch bei den Aufnahmen waren, die Sie mir zeigten.«

»Sie waren unwichtig.«

»Sie wollen nicht mal *raten*, wer diese beiden Gentlemen sind?«

»Stimmt, das will ich nicht«, erwiderte Dolan.

»Hören wir mit dem Scheiß auf, Dolan«, sagte Washington. »Diesmal sind Sie zu weit gegangen!«

»Lecken Sie mich am Arsch, Washington«, sagte Dolan, doch er konnte mit seinem frechen Auftreten sein Unbehagen und seine Nervosität nicht verbergen.

»Payne, gehen Sie zum Telefon und sagen Sie Inspector Wohl, daß Sergeant Dolan nicht zu einer Zusammenarbeit bereit ist«, sagte Washington. »Und bitten Sie ihn, mich wissen zu lassen, ob er mich sofort sehen will oder ob ich dies direkt Chief Lowenstein vortragen soll. Ich werde hier mit Sergeant Dolan warten.«

»Jawohl, Sir«, sagte Matt.

»Washington, kann ich Sie unter vier Augen sprechen?« fragte Dolan. »Es ist nicht das, was Sie denken.«

»Woher wissen Sie, was ich denke?«

»Es ist blöde, aber nichts Illegales«, sagte Dolan. »Das meine ich.«

Detective Washingtons Miene spiegelte Mißtrauen und Abscheu wider.

»Hören Sie, Washington, ich bin so lange im Job wie Sie. Ich sagte Ihnen, daß es nichts Illegales ist.«

»Aber Sie wollen nicht, daß Payne es hört, wie?« entgegnete Washington. »Damit später Ihr Wort gegen meines steht?«

»So ist es überhaupt nicht«, widersprach Dolan.

»Was ist es dann?«

»Also gut. Aber nicht hier auf dem Flur.«

Washington ließ ihn fünfzehn Sekunden lang schwitzen, die viel länger wirkten, und dann sagte er: »Okay, Dolan. Ich weiß, daß Sie ein guter Cop sind. Wir beide werden irgendwo miteinander reden. Allein. Und Payne wird hier warten, bis wir fertig sind.«

Dolan nickte. Er schaute Matt Payne an. »Es ist nichts Persönliches gegen Sie, Payne.«

Matt nickte.

Washington führte Dolan über den breiten Gang mit der hohen Decke. Er öffnete eine Tür, schaute hinein und hielt die Tür dann auf, damit Dolan vor ihm den Raum betreten konnte.

Matt wartete drei oder vier Minuten, wo er warten sollte. Dann überwältigte ihn die Neugier, und er ging den Korridor hinab. Durch eine ziemlich schmutzige Scheibe sah er Washington und Dolan in einem leeren Gerichtssaal. Sie standen neben einem großen Tisch, der sonst dem Verteidiger zur Verfügung stand.

Matt ging über den Korridor zurück und wartete, wo er hatte warten sollen.

Eine Minute später kamen Washington und Dolan aus dem Gerichtssaal. Dolan ging auf Matt zu. Washington forderte Matt mit einem Wink auf, ihm zu folgen, und ging dann schnell in die andere Richtung zum Treppenhaus. Dolan wich Matts Blick aus, als er ihn passierte. Matt fand, daß Dolan krank aussah.

Washington wartete nicht darauf, daß Matt ihn einholte. Auf dem Treppenabsatz schaute Matt hinab und sah, daß Washington immer zwei Stufen auf einmal hinunter nahm. Er eilte hinter ihm her und holte ihn auf dem Hof ein. Washington stieg bereits in seinen Wagen und nahm das Mikrofon aus dem Handschuhfach.

»W-William eins, W-William drei«, sagte Washington.

»W-William eins.«

»Inspector, ich bin bei der City Hall. Kann ich mich irgendwo mit Ihnen treffen?«

»Ich bin auf dem Weg zur Bustleton und Bowler. Hat Payne Sie gefunden?«

»Ja. Aber ich möchte lieber mit Ihnen sprechen, bevor Sie im Büro sind.«

»Okay. Ich bin im Oak Lane Diner an der Broad Street. Dort werde ich auf Sie warten.«

»Ich fahre sofort los. Danke«, sagte Washington und legte das Mikrofon ins Handschuhfach. Er schaute Payne an. »Haben Sie das Buch *Durch den Spiegel betrachtet* gelesen?

Matt nickte.

»Tiefschürfendes Buch, obwohl ich hörte, daß er es schrieb, während er high von Kokain war. Die Dinge sind wirklich kurioser, als man glaubt. Wenn ich Sie im Verkehr verliere, finden Sie mich im Oak Lane Diner, Broad Street. Wohl wartet dort auf mich.«

Er schloß die Tür und ließ den Motor an.

Matt lief über den Hof zum Porsche. Ein Strafzettel klemmte hinter einem der Scheibenwischer.

Er verlor Washington im Verkehr aus den Augen, aber als er beim Oak Lane Diner eintraf, stand Washingtons Wagen auf dem Parkplatz neben Wohls Auto. Matt betrat das Restaurant.

Eine Kellnerin servierte gerade an einem Tisch in einer Nische drei Kaffee, und Washington breitete auf dem Tisch die Fotos aus, die er Sergeant Dolan gezeigt hatte.

Wohl blickte auf.

»Mr. Payne, berühmter Aufspürer von verlorengegangenen Detectives«, sagte er. »Setzen Sie sich.« Er rückte zur Seite, um Platz zu machen.

Washington lächelte.

»Okay, ich gebe auf«, sagte Wohl. »Was sehe ich da?«

Matt schaute auf die Fotos. Ein adrett gekleideter Mann mit einem Aktenkoffer schaute durch das Fenster der Cocktailbar des Warwick Hotels. Ein kahlköpfiger Mann fuhr einen Pontiac. Der erste Mann stieg in den Pontiac. Es gab ein Dutzend Variationen.

»Unser FBI bei der Arbeit«, sagte Washington.

»Was?«

»Sie überwachten anscheinend Mr. DeZego.«

»Woher haben Sie diese Fotos?«

»Von Sergeant Dolan.«

»Warum haben wir sie nicht eher gesehen?«

»Sie werden es nicht glauben«, sagte Washington.

»Stellen Sie mich auf die Probe.«

»Sergeant Dolan kann das FBI nicht leiden.«

»Na und? Ich liebe es auch nicht gerade«, sagte Wohl.

»Er wollte den FBI-Jungs eins auswischen«, sagte Washington.

»Was heißt das?«

»Er wollte sie beschämen, sie wissen lassen, daß ihre Überwachung nicht so diskret war, wie sie meinten.«

»Da komme ich nicht mit.«

»Er schickte dem FBI Fotos von seinen Agenten bei der Arbeit«, sagte Washington. »In einem einfachen braunen Umschlag.«

»Mein Gott, das ist kindisch«, sagte Wohl angewidert.

»Ich neige dazu, Ihnen zuzustimmen.«

»Wußte er denn nicht, daß die Mordkommission mit diesen Leuten sprechen möchte?« fragte Wohl, und dann kam ihm ein anderer Gedanke: »Und das verdammte FBI! Sie müssen gewußt haben, was uns entging. Warum meldeten sie sich nicht?«

»Es liegt mir fern, unsere Bundeskollegen mit Schmutz zu bewerfen«, sagte Washington trocken, »aber es wird manchmal behauptet, daß das FBI nicht gern seine Zeit verschwendet, indem es mit den lokalen Behörden zusammenarbeitet – es sei denn natürlich, die Jungs vom FBI können die Festnahme durchführen und die Lorbeeren einheimsen.«

»Das ist die Höhe!« sagte Wohl wütend.

»Darf ich Ihnen etwas als Freund sagen, Inspector?« fragte Washington.

»Klar«, erwiderte Wohl. »Ich kann diesen Scheiß einfach nicht *glauben!* Zum Teufel mit diesen arroganten Bastarden! DeZego wurde *ermordet!* Und das verdammte FBI gibt sich damit nicht ab!«

»Peter, halten Sie sich an die Vorschriften«, sagte Washington.

»Was heißt das?«

»Es gibt die Vorschrift, daß jeder Kontakt mit Bundesbehörden durch das Büro für externe Angelegenheiten abgewickelt wird. Da ist ein Captain im Rundhaus . . .«

»Duffy«, sagte Wohl. »Jack Duffy.«

»Richtig. Wenden Sie sich an Duffy.«

Wohl schaute Washington lange an, und seine Kiefern mahlten. »Wenn Sie wütend sind, Peter, geben Sie dem Wort eine neue Bedeutung«, sagte Washington. »Sie sind wirklich *wütend.* Und Sie *bleiben* das.«

Ein schwaches Lächeln spielte um Wohls Lippen.

»Sie merken das, Jason, wie?«

»Ich bin einer der wenigen, die wissen, daß auch Sie mal die Beherrschung verlieren«, sagte Washington.

»Jetzt weiß unser Sherlock Holmes das ebenfalls«, sagte Wohl und nickte zu Matt Payne hin. »Hat er Ihnen von dem Pimp erzählt?«

»Nein.«

»Von welchem Pimp?« fragte Matt.

»Stimmt ja«, sagte Wohl. »Sie wissen das auch noch nicht.«

Wohl berichtete von der Kette der Ereignisse, die zum Tod von Marvin Lanier führten.

»Sie sollten folgendes tun, Jason«, sagte Wohl dann. »Sie sollten über Funk Kontakt mit Tony Harris aufnehmen und feststellen, was sie – er und D'Amata – bis jetzt herausgefunden haben. Und sagen Sie Tony, daß ich heute morgen den Bürgermeister sah und er will, daß der Mordfall Magnella aufgeklärt wird, und zwar schnell.«

»Sie haben mit dem Bürgermeister gesprochen? Ich sah Ihren Wagen bei der City Hall.«

»Es war nur ein kleiner freundlicher Plausch, bei dem er mir sein völliges Vertrauen aussprach«, sagte Wohl trocken.

»Jawohl, Sir«, sagte Washington. »Soll ich Payne mitnehmen? Oder haben Sie etwas anderes für ihn?«

Wohl sammelte die Fotos ein und verstaute den Stapel in dem Umschlag. »Payne, – Sie fahren zur Bustleton und Bowler, und zwar langsam und vorsichtig und unter Beachtung aller Geschwindigkeitsbegrenzungen. Wenn Sie dort sind, rufen Sie Captain John J. Duffy im Rundhaus an und sagen ihm, daß ich dankbar für einen Termin sein würde, so schnell wie es ihm paßt.«

»Jawohl, Sir.«

»Und dann nehmen Sie Kontakt mit mir auf und sagen mir, wann Captain Duffy mich empfangen wird.«

»Wo werden Sie sein, Inspector?«

»Unterwegs«, sagte Wohl. »Unterwegs.«

»Na, na, Peter«, sagte Washington.

»Sie haben Ihren Punkt gemacht, Jason. Belassen Sie es dabei.« Wohl stieß Matt mit der Hüfte an und machte damit klar, daß er aufstehen wollte. Dann nahm er den Umschlag mit den Fotos. Als Matt ihm Platz gemacht und Wohl die Nische verlassen hatte, legte Wohl Geld auf den Tisch und wandte sich zum Gehen. Dann drehte er sich noch einmal um. »Guter Job, Jason. Prima, daß Sie die Fotos aufgetrieben haben. Danke.«

»Tun Sie nur nichts, was Sie bereuen werden«, mahnte Washington.

»Ich sagte, Sie sollen es dabei belassen, Jason!« erwiderte Wohl eisig und wütend. Dann verließ er das Oak Lane Diner und stieg in seinen Wagen. Weder Jason noch Matt Payne waren überrascht, als sie ihn in Richtung Innenstadt fahren sahen, anstatt zur Bustleton und Bowler Street. Das Philadelphiaer Büro des Federal Bureau of Investigation war in der Innenstadt.

»Bis vor einer Weile hatte diese Sache noch etwas Komisches«, sagte Washington. »Jetzt ist sie überhaupt nicht mehr lustig.«

»Er sagt den Leuten vom FBI, was er von ihnen hält. Na und?«

Washington schaute Matt an, als überrasche es ihn, daß er solch eine dumme Frage stellen konnte.

»Ich verstehe wirklich nicht«, sagte Matt.

»Das FBI mag keine Kritik«, erklärte Washington. »Besonders nicht in einem solchen Fall, bei dem sie berechtigt ist. Anstatt zuzugeben, daß sie sich wie Armleuchter verhalten haben, werden sie mit einem guten Grund aufwarten, warum sie uns zufällig nicht informierten, daß sie Männer auf DeZego angesetzt hatten. ›Eine fortdauernde Ermittlung‹ ist eine der Formulierungen, die sie benutzen. ›Für geheim erklärte Dinge im Interesse der nationalen Sicherheit‹ ist eine andere Formulierung. Und sie wenden sich an Commissioner Czernick und sagen: ›Wir dachten, wir haben eine Vereinbarung, wenn Ihre Leute etwas von uns wollen, dann wickeln Sie das mit Captain Duffys Büro ab. Ihr Staff Inspector Wohl war soeben hier und hat alle möglichen wilden Anschuldigungen von sich gegeben und sich äußerst dilettantisch verhalten.‹«

»Aber *sie* haben doch den Fehler gemacht«, wandte Matt ein.

»Wir geben es nicht gern zu, aber wir brauchen das FBI und greifen oft darauf zurück. Das National Crime Information Center wird vom FBI betrieben. Sie haben die besten forensischen Labors der Welt. Sie geben uns oft Hinweise. Sie vergeben freie Plätze auf der FBI-Akademie. Wenn wir einen FBI-Experten für eine Aussage vor Gericht bekommen, glaubt ihm die Jury sogar, wenn er behauptet, der Mond besteht aus grünem Käse. Damit will ich sagen, daß wir das FBI so sehr, vielleicht mehr brauchen als es uns. Ein weiteres Beispiel: Das FBI wurde ›konsultiert‹, bevor wir die Gelder für den Aufbau der Special Operations Division erhielten. Wenn das FBI gesagt – oder auch nur angedeutet – hätte, daß wir das Geld nicht vernünftig verwenden, hätten wir es nicht erhalten. So versuchen wir eine bestmögliche Beziehung mit dem FBI zu behalten.«

»Und Wohl weiß das nicht?«

»Wohl ist zornig. Dazu hat er auch allen Grund. Er läßt sich nicht oft zu etwas Unbesonnenem hinreißen, aber wenn er in Zorn gerät . . .«

»O verdammt«, sagte Matt.

»Hoffen wir, daß er sich etwas abkühlt, bevor er ins Büro des

FBI stürmt und dem SAC sagt, was er vom SAC und den anderen Arschlöchern hält.«

»Ins Büro von wem?«

»SAC, Special Agents in Charge«, erklärte Washington. »Es gibt auch drei AACs, das ist die Abkürzung für Assistant Agent in Charge. Aber so sauer wie Peter ist, wird er mit dem Chef sprechen, nicht mit einem der Stellvertreter.«

Er rutschte aus der Nische und erhob sich.

»Wenn Sie etwas hören, lassen Sie es mich wissen und umgekehrt«, sagte Washington.

»Wenn dieser verdammte Dolan nicht so blöde gewesen wäre . . .«

»Seien Sie nicht zu hart zu ihm«, sagte Washington. »Ich nehme an, Peter Wohl ist so wütend, weil er weiß, daß er ebenfalls die Fotos zum FBI geschickt hätte, wenn er diese beiden FBI-Clowns bei einer Überwachung geknipst hätte. Ich habe das FBI schon ein paarmal auf den Arm genommen. Es ist etwas an ihrem Wir-sind-die-Allmächtigen-Gehabe, das die meisten Cops reizt.«

Er lächelte Matt an und verließ das Restaurant. Matt folgte ihm hinaus, stieg in den Porsche und bog vom Parkplatz auf die North Broad Street ab. Einen Augenblick später blickte er auf den Beifahrersitz und sah, daß er noch die beiden Kuverts mit den Abzügen der Fotos hatte, die Washington ihm in der City Hall gegeben hatte.

Er war überzeugt, daß die Anweisung ›geben Sie einen Umschlag Chief Lowenstein und den anderen Chief Coughlin‹ nur dazu gedient hatte, Sergeant Dolan zu zermürben.

Da die Aufnahmen zwei verdammte FBI-Agenten zeigen, haben sie wirklich überhaupt keinen Wert.

Und einen Augenblick später kam ihm ein zweiter Gedanke: *Oder doch?*

Zwei Blocks weiter auf der North Broad Street verstieß Officer Matthew Payne gegen die Verkehrsvorschriften, schaltete den Porsche in den zweiten Gang hinunter, trat aufs Gaspedal und wendete, wobei er nur knapp einer Kollision mit einem Lieferwagen entging, dessen Fahrer drohend die Faust schüttelte und eine obszöne Verwünschung schrie.

»Kann ich Ihnen helfen, Sir?« fragte die Empfangsdame im FBI-Büro.

»Ich möchte bitte Mr. Davis sprechen«, sagte Peter Wohl.

»Darf ich fragen, in welchem Zusammenhang, Sir?«

»Das möchte ich lieber Mr. Davis sagen«, erwiderte Wohl. »Ich bin Inspector Wohl von der Polizei Philadelphia.«

»Einen Moment, Sir. Ich werde feststellen, ob Special Agent Davis zu sprechen ist.«

Sie drückte auf einen Knopf ihrer Telefonanlage, sprach leise etwas und erklärte dann: »Ich bedaure, Sir, aber Special Agent Davis ist in einer Konferenz. Kann Ihnen sonst jemand helfen? Vielleicht einer der Assistant Agent in Charge?«

»Nein. Haben Sie mit Mr. Davis oder seinem Sekretariat gesprochen?«

Sie entschied sich, nicht verbal auf diese anmaßende Frage zu reagieren. Sie lächelte nur milde.

»Bitte, holen Sie Mr. Davis an die Strippe, und sagen Sie ihm, daß Inspector Wohl hier ist und ihn sofort sprechen muß.«

Sie drückte auf einen anderen Knopf.

»Ich bedaure, Sie stören zu müssen, Sir, aber hier ist ein Polizist, ein Gentleman namens Wohl, der darauf besteht, Sie zu sprechen.« Sie hörte einen Moment zu und sagte dann. »Ja, Sir.«

Dann lächelte sie Peter Wohl an.

»Jemand wird Sie gleich abholen. Möchten Sie nicht Platz nehmen? Darf ich Ihnen eine Tasse Kaffee anbieten?«

»Danke«, sagte Peter Wohl. »Keinen Kaffee, trotzdem danke.«

Er setzte sich auf eine Couch vor einem Couchtisch, auf dem eine auf Hochglanzpapier gedruckte Broschüre mit dem vierfarbigen Emblem des Federal Bureau of Investigation und der Aufschrift: IHR FBI in silbernen Lettern lag. Er blätterte nicht in der Broschüre, weil er sich sagt, daß er alles über das FBI wußte, was er wissen wollte.

Zehn Minuten später wurde eine Tür geöffnet, und ein schick gekleideter junger Mann, der eine gewisse Ähnlichkeit mit Officer Matt Payne hatte, trat heraus, ging lächelnd zu ihm und reichte ihm die Hand.

»Ich bin Special Agent Foster, Inspector. Special Agent in Charge Davis wird Sie jetzt empfangen. Folgen Sie mir bitte?«

Wohl ging mit ihm einen Gang hinunter, der mit Milchglaswänden gesäumt war, zur Ecke des Gebäudes. Dort wartete in einem Vorzimmer eine junge Frau, offenbar Davis' Sekretärin.

»Oh, ich bedaure, Inspector«, sagte sie. »Washington ist in der Leitung. Ich befürchte, es wird noch ein, zwei Minuten dauern. Darf ich Ihnen einen Kaffee anbieten?«

»Nein, danke«, sagte Peter Wohl.

Da waren wieder eine Couch mit Couchtisch. Auf dem Tisch lag eine vierfarbige Broschüre mit einem Foto des Gebäudes auf der Titelseite und der Aufschrift THE J. EDGAR HOOVER FBI BUILDING. Wohl ignorierte auch diese Broschüre.

Fünf Minuten später sah Wohl, daß Davis' Sekretärin einen der Hörer der Telefone abhob, kurz zuhörte und dann den Hörer auflegte.

»Special Agent Davis empfängt Sie jetzt, Inspector.« Sie ging zur Tür von Davis' Büro, öffnete sie und hielt sie für ihn auf.

Das FBI versorgte Special Agent in Charge Walter Davis, den Chef des FBI-Büros in Philadelphia, mit aller Ausstattung eines ranghohen Bundesbürokraten. Da waren ein großer glänzender Schreibtisch mit dazu passendem Beistelltisch und ein hochlehniger Polstersessel mit dunkelrotem Lederbezug; eine Couch mit Tisch auf dickem Teppich; Fotos und Gedenktafeln an einer Wand; und ein großes FBI-Emblem. Wohl sah zwei Flaggen zu beiden Seiten eines Fensters. Es war ein Eckbüro mit einer schönen Aussicht.

Walter Davis war ein großer, gutgebauter Mittvierziger. Sein Haar war kurzgeschnitten, und er trug einen hellgrauen Anzug, ein weißes Hemd mit rotgestreifter Krawatte und auf Hochglanz polierte schwarze Halbschuhe.

Als Peter Wohl das Büro betrat, erhob er sich hinter dem Schreibtisch und ging ihm herzlich lächelnd entgegen.

»Guten Tag, Peter«, sagte er. »Es tut mir wirklich leid, daß Sie warten mußten. Aber Sie wissen ja, wie das ist.«

»Guten Tag, Walter«, sagte Wohl.

»Janet, bringen Sie dem Inspector und mir bitte Kaffee?« Er schaute Wohl an. »Schwarz, nicht wahr?«

»Ja, schwarz.«

»Wie ist es Ihnen ergangen, Peter? Wir haben uns lange nicht mehr gesehen. Wie läuft es mit dieser Special Operations Division?«

»Sie kommt in Gang«, erwiderte Peter. »Wir organisieren uns gerade erst richtig.«

»Nun, Sie hatten einige sehr günstige Publicity.«

»Wieso?«

»Nun, als Ihr Mann – wie soll ich formulieren – die Laufbahn der Sexbestie von Nordwest-Philadelphia *abrupt beendete,* wurde das in der Öffentlichkeit gebührend gewürdigt.«

Wohl nickte.

»Sieht auch gut aus, der Junge«, sagte Davis. »Ich liebäugelte mit dem Gedanken, zu versuchen, ihn Ihnen wegzunehmen.«

Das würdest du glatt tun, du gerissener Hurensohn!

»Machen Sie ihm ein Angebot«, sagte Peter Wohl.

»War nur ein Spaß, Peter, nur ein Spaß.« Special Agent in Charge Walter Davis lachte.

»Das weiß man bei Ihnen nie«, sagte Wohl.

Davis' Sekretärin brachte auf einem Tablett zwei Tassen Kaffee und eine Schale mit Schokoladenplätzchen.

»Probieren Sie die Plätzchen, Peter«, sagte Davis. »Das ist meine Methode, der Jugend den Wert eines Dollars klarzumachen.«

»Wie bitte?«

»Meine Tochter backt sie. Keine Schokoladenplätzchen, kein Taschengeld.«

»Sehr clever«, sagte Wohl und nahm ein Schokoladenplätzchen.

»Was kann das FBI für Sie tun, Peter?«

»Der gutaussehende Junge, von dem wir sprachen, macht zur Zeit einen Termin für mich mit Jack Duffy aus. Wenn Duffy Zeit für mich hat, werde ich ihn bitten, einen Termin für mich mit Ihnen zu arrangieren. Also bin ich hier jetzt inoffiziell, okay?«

»Offiziell oder inoffiziell, Sie sind hier immer willkommen, Peter, das wissen Sie«, sagte Davis lächelnd, aber Wohl glaubte, eine Spur von Vorsicht in Davis' Augen zu sehen.

»Danke«, sagte Wohl. »Sie haben vermutlich gehört, daß Anthony J. DeZego erschossen wurde?«

»Ich weiß nur das, was ich in den Zeitungen gelesen habe und was Tom Tyler, einer meiner Stellvertreter, *en passant* erwähnte. Demnach wurde Mr. DeZego mit einer Schrotflinte erschossen. Das ist doch die Sache, die Sie meinen?«

Als ob du das nicht wüßtest, du Hurensohn!

»Auf dem Dach vom Penn-Services-Parkhaus hinter dem Bellevue-Stratford. DeZego wurde von einer Schrotladung fast der halbe Kopf weggerissen ...«

»Warum kann ich keine Tränen des Bedauerns vergießen?« sagte Davis.

»Und eine junge Frau, eine Prominente namens Penelope Detweiler, wurde verletzt.«

»Die Erbin des Nesfood-Geldes, stand in der Zeitung.«

»Richtig. Wir suchen nach Zeugen.«

»Und Sie meinen, das FBI kann helfen?«

»Das können Sie mir sagen.« Peter erhob sich, ging zum Schreibtisch und legte den Umschlag mit den Fotos vor Davis hin.

»Was ist das?« fragte Davis.

»Ich hoffe, Sie können mir das sagen, Walter«, erwiderte Wohl.

Davis öffnete das Kuvert, nahm die Fotos heraus und betrachtete eines nach dem anderen.

»Die wurden hier in Philly gemacht, nicht wahr? Das ist das Warwick-Hotel?«

»Ja. Und das Penn-Services-Parkhaus«, sagte Wohl.

»Ich habe keine Ahnung, was das zu bedeuten hat, Peter.« Davis blickte zu Wohl auf und lächelte. »Aber ich habe diese Aufnahmen schon gesehen. Heute morgen, genauer gesagt. Haben Sie oder einer Ihrer Leute uns Abzüge geschickt?«

»Keiner meiner Leute hat das getan«, sagte Wohl.

»Nun, aber jemand hat sie geschickt. Natürlich ohne erklärenden Brief. Wir wußten nicht, was es mit diesen Fotos auf sich hat.«

»Sie wissen nicht, wer diese Männer sind?« fragte Wohl.

»Ich habe keine Ahnung.«

Das kann doch nicht möglich sein! Er sagt die Wahrheit!

»Woher haben Sie die Fotos, Peter? Wenn Ihnen die Frage nichts ausmacht.«

»Wir hatten zivile Beamte vom Rauschgiftdezernat auf DeZego angesetzt«, sagte Wohl. »Einer davon hatte eine Kamera.«

»Aber diese Männer sahen die Schießerei selbst nicht?«

Wohl bestätigte das.

»So was passiert manchmal, nehme ich an«, sagte Davis. »Gott, ich wünschte, ich hätte gewußt, woher diese Fotos stammen, Peter. Ich meine, als die anderen Abzüge hier eintrafen.«

»Warum?«

»Nun, ich entschied schließlich – zusammen mit meinem Stellvertreter Tom Tyler –, daß wir die Sache überprüfen mußten, weil uns anscheinend jemand mit diesen Fotos etwas sagen wollte. So leierten wir die übliche Prozedur an. Schickten Kopien nach Washington und an jedes FBI-Büro. Das nervte wirklich. Es ist natürlich nicht wie in den alten Tagen, als wir ein Negativ und all diese Abdrücke machen und per Post verschicken mußten. Jetzt können wir Funkbilder übermitteln. Sie sind nicht so scharf wie ein Glanzabzug, aber brauchbar. Das Dumme ist, daß dadurch die Leitungen blockiert werden. Viele kleinere Büros haben keine gesonderten Leitungen, wissen Sie, was bedeutet, daß die Zentrale all diese Fernanfragen abwickeln muß.«

»Nun, Walter, Sie haben mein Wort«, sagte Wohl. »Ich werde feststellen, wer Ihnen diese Fotos ohne Erklärung schickte, und dafür sorgen, daß so etwas nicht wieder passiert.«

»Das wüßte ich zu schätzen, Peter«, erwiderte Davis. »Wir versuchen, so kooperativ wie möglich zu sein, und Sie wissen das. Aber wir brauchen ein wenig Hilfe.«

»Es tut mir leid, daß ich mit dieser Sache Ihre Zeit verschwendet habe«, sagte Wohl.

»Nicht der Rede wert, Peter.« Davis erhob sich und reichte Wohl die Hand. »Ich weiß, unter welchem Leistungsdruck Sie stehen. Betrachten Sie sich nicht als Fremder. Lassen Sie uns mal zusammen zu Mittag essen.«

»Das würde ich gern«, sagte Wohl. »Noch eines, Walter. Sie sagten, diese Fotos sind bereits verbreitet worden. Gibt es schon eine Reaktion darauf?«

»Wer weiß. Wenn ja, rufe ich Jack Duffy sofort an.«

»Danke. Es war nett, daß Sie sich die Zeit für mich genommen haben. Ich weiß, daß Sie ein vielbeschäftigter Mann sind.«

»Das muß an diesem Distrikt liegen«, sagte Special Agent in Charge Walter Davis.

»Bedaure, Sir«, sagte der Wachmann vor Penelope Detweilers Krankenzimmer im Hahneman-Hospital, während er sich vom Stuhl erhob und Matt Payne den Weg blockierte. »Sie können da nicht rein.«

»Warum nicht?« fragte Matt.

»Weil ich das sage«, erwiderte der Wachmann.

»Ich bin Polizist«, sagte Matt.

Er fühlte sich ein bißchen unbehaglich bei diesen Worten. Der Sicherheitsmann einer Agentur war höchstwahrscheinlich ein ehemaliger Polizist. Matt erinnerte sich, von Jason Washington gehört zu haben, daß einer der Wachleute der Agentur, die von Detweiler beauftragt worden war, ein ehemaliger Sergeant der Kripo Nordwest war. Er hielt es für möglich, daß er diesem Mann gegenüberstand.

»Und ich bin von der Familie Detweiler beauftragt, Leute von Miss Detweiler fernzuhalten, die nicht auf ausdrücklichen Wunsch von Mr. oder Mrs. Detweiler zu ihr gelassen werden sollen.«

»Sie haben zwei Möglichkeiten«, sagte Matt und hoffte, daß seine Stimme selbstsicherer klang, als er sich fühlte. »Entweder geben Sie den Weg frei, oder ich telefoniere, und vier Jungs von der Highway Patrol tragen Sie aus dem Weg.«

»Das Mädchen ist sehr krank«, sagte der Wachmann.

»Das weiß ich. Also, was ist nun?«

»Ich könnte meinen Job verlieren, wenn ich Sie zu ihr lasse.«

»Sie haben keine Wahl«, sagte Matt. »Wenn ich Unterstützung rufen muß, werde ich Sie wegen Behinderung einer polizeilichen Ermittlung anklagen, und *das* wird Sie Ihren Job kosten.«

Der Wachmann trat zur Seite und gab den Weg frei. Er schaute Matt nach, der das Krankenzimmer betrat, und dann ging er schnell über den Flur zum Schwesternzimmer, wo er, ohne um Erlaubnis zu fragen, den Hörer eines Telefons abnahm und eine Nummer wählte.

»Bereit für eine Partie Wasserpolo?« sagte Matt zu Penelope Detweiler.

Mein Gott, sie sieht noch schlimmer aus als bei meinem letzten Besuch.

»Hallo, Matt«, sagte Penelope und schaffte ein Lächeln.

»Fühlst du dich so schlimm, wie du aussiehst?« fragte Matt.

»Ich fühle mich wirklich mies«, sagte sie. »Matt, wenn ich dich um einen *echten* Gefallen bitte, würdest du . . .«

»Vermutlich nicht«, sagte er.

»Das kam sehr schnell.« Sie war gekränkt. »Ich meine es ernst, Matt. Ich brauche wirklich was.«

»Ich wüßte wirklich nicht, wo ich etwas bekommen könnte, Penny. Dein Lieferant ist tot, wie du weißt.«

»Was soll das heißen?« fuhr sie ihn an.

Er gab ihr einen der Umschläge mit den Fotos.

»Was ist das?«

»Mach auf. Sieh es dir an. Wie es so schön heißt, das Versteckspiel ist aus.«

»Ich dachte, du wärst mein Freund, und ich könnte auf dich zählen.«

»Das kannst du, Penny.«

»Dann tu mir einen Gefallen. Ich gebe dir die Telefonnummer. Und du brauchst dich mit dem Mann nur irgendwo zu treffen.«

»Du hast nicht zugehört«, sagte Matt. »Mit diesem Scheiß ist es vorbei, Penny. Sieh dir die Fotos an.«

»Du bist ein Hurensohn, du warst immer einer. Ein Hurensohn und ein Dreckskerl. Ich hasse dich.«

»Ich mag dich auch«, sagte Matt. »Schau dir die verdammten Fotos an!«

»Ich will mir keine verdammten Fotos anschauen. Was sind das überhaupt für welche?«

Sie zog den Stapel Fotos aus dem Umschlag.

»O Gott«, sagte sie, und ihre Stimme bebte.

»Habe ich jetzt deine Aufmerksamkeit?«

»Habt ihr ihn eingesperrt?«

›Eingesperrt?‹ Was, zum Teufel, meint sie? Warum sollen wir die Jungs vom FBI einsperren?

»Kommt dir bekannt vor, wie?«

»Das ist der Mann, der auf mich schoß und Tony tötete«, sagte Penelope Detweiler. »Ich werde ihn nie, nie vergessen – dieses Gesicht – solange ich lebe.«

Das kann doch nicht wahr sein! Wovon, zum Teufel, redet sie?

»Wir wissen alles über dich und Tony, Penny«, sagte Matt. »Wie ich schon sagte, du kannst mit dem Versteckspiel aufhören.«

»Wer ist dieser Mann? Warum erschoß er Tony?«

»Wer weiß«

»Er hat es nicht gesagt?«

»Er ist ein bißchen schwierig«, sagte Matt. »Er glaubt uns wohl nicht, daß du am Leben bist. Wenn er dich umgebracht hätte, gäbe es keine Zeugen.«

Ich weiß nicht, was mit mir los ist. Ich sage einfach das erste, was mir in den Sinn kommt. Menschenskind, warum tat ich das? Ich werde die ganze Sache vermasseln!

»Ich werde aussagen. Ich sah ihn. Ich sah, wie er Tony erschoß. Und dann schoß er auf mich.«

»Warum hast du uns das nicht schon eher gesagt?«

»Ich konnte meinen Vater nicht so kränken«, sagte Penelope und machte mit einer Geste klar, daß sie die Antwort für offenkundig hielt. »Mein Gott, Matt, mein Daddy denkt, ich bin immer noch sein kleines Mädchen.«

»Und die ganze Zeit hast du mit Tony DeZego gevögelt, richtig?«

»Rede nicht so ordinär. Wir haben uns geliebt. Das ist typisch für dich, Matt. Stets denkst du das Häßlichste und sagst es auf die häßlichste Weise.«

»Tony das Z hatte eine Frau und zwei Kinder«, sagte Matt. »Kleine Jungs.«

Er konnte am Ausdruck ihrer Augen nicht deuten, ob ihr das bekannt oder neu war.

»Das glaube ich nicht«, sagte sie schließlich.

»Ich sagte schon, kostbare Penny, die Verarscherei ist vorbei. Du bist mit einem drittklassigen Itaker-Gangster herumgelaufen, mit einem *verheirateten* Gangster, der zwei Kinder hatte. Und der dich mit Kokain versorgte.«

»Er war wirklich verheiratet?«

Matt nickte.

»Das wußte ich nicht«, sagte Penny. »Aber es hätte nichts ausgemacht. Wir liebten uns.«

»Dann tust du mir leid«, sagte Matt. »Wirklich leid.«

»Weiß mein Daddy das mit Tony?«

»Noch nicht. Er weiß das mit dem Koks. Aber er wird das mit DeZego auch erfahren.«

»Ja, das nehme ich an«, sagte Penny ruhig. »Wenn ich gegen diesen Mann aussage, und das will ich, wird es zwangsläufig herauskommen, und meine Eltern werden sich damit abfinden müssen.«

Sie schaute Matt an und lächelte.

Mein Gott, dachte er, *sie ist high.*

Er sah, daß ihre Pupillen erweitert waren.

Hat sie hier Stoff bekommen? In einem Krankenhaus?

Sie ist auf Wolke neun. Ich denke, das bezeichnet man als ›euphorisch‹. Sie reagierte nicht mal, als ich DeZego als Itaker-Gangster bezeichnete oder als ich ihr sagte, daß er verheiratet war und zwei Kinder hatte. Das erste hätte sie erzürnen sollen, und das zweite – hätte eine stärkere Reaktion hervorrufen müssen, als es der Fall war. Sie leugnete nicht, als ich sagte, DeZego versorgte sie mit Kokain, und sie wirkte überhaupt nicht aufgeregt, als ich sagte, daß ihr Vater über das Kokain Bescheid weiß und zwangsläufig von ihrem Verhältnis mit DeZego erfahren wird.

Ergo sum, Sherlock Holmes, wichtige Dinge jucken sie nicht, und deshalb *muß sie high sein.*

Es könnte übrigens sein, daß sie von etwas gesetzlich Erlaubtem high ist, von irgendwelchen Mitteln gegen die Schmerzen. Oder vielleicht gab Dr. Dotson ihr eine Dosis gegen den Entzug, weil er sich sagt, daß dies nicht der Zeitpunkt und der Ort für eine Entgiftung ist, entweder wegen ihrer Verfassung oder weil er es lieber an einem Ort tut, an dem keine Fragen gestellt werden.

Wohin führt das mich Meisterdetektiv? Was mache ich jetzt?

»Penny, bist du absolut sicher, daß der Mann auf diesen Fotos derjenige ist, der auf dich schoß?«

»Das sagte ich dir schon.«

»Und du bist bereit, das vor Gericht auszusagen?«

»Ja, natürlich«, sagte sie.

»Dann machen wir folgendes«, sagte Matt und überlegte fieberhaft, was er tun sollte. Dann hatte er eine Idee. »Ich bitte dich, eine Aussage auf die Rückseite von einem der Fotos zu schreiben.«

»Was?«

»Du schreibst: ›Ich erkläre eidesstattlich, daß die Person auf diesem Foto identisch mit der Person ist, die auf dem Dach vom Penn-Services-Parkhaus Mr. Anthony J. DeZego mit einer Schrotflinte tötete und mich niederschoß.‹ Und dann unterzeichnen wir beide. Und bald wird Detective Washington herkommen und eine volle Aussage aufnehmen.«

»›Ermordet‹«, sagte Penelope Detweiler. »Nicht nur ›tötete‹. Er hat ihn kaltblütig ermordet.«

»Richtig.«

»Du schreibst es auf, und ich unterschreibe«, sagte Penny.

»Es muß deine Handschrift sein.« Matt zog das Tablett des Nachttisches zu Penny, wählte eines der Fotos aus und zeigte es ihr. »Ist er das?«

»Ja, das ist der Mann.«

Er entdeckte eine Bibel im unteren Fach des Nachttisches, nahm sie und hielt sie Penny hin. Sie legte die Hand darauf.

»Schwörst du, die reine Wahrheit zu sagen?«

»Ich schwöre es«, sagte Penny feierlich.

Er gab ihr einen Kugelschreiber. »Schreib.«

»Sag den Text noch einmal«, bat Penny.

Er diktierte ihr, was er zuvor gesagt hatte, und sie schrieb es auf die Rückseite des Fotos.

»Unterzeichne«, sagte er.

Sie unterschrieb und schaute ihn an wie ein kleines Mädchen, das von ihrem Lehrer ein Fleißkärtchen erwartete, das sie zu Hause ihrer Mama zeigen konnte.

Er zog das Tablett des Nachttischs vom Bett fort, las, was Penny geschrieben hatte, und schrieb darunter: ›Als Zeuge unterschrieben von Officer Matthew Payne, Special Operations Division‹, und dann fügte er Uhrzeit und Datum hinzu.

Und was nun?

»Penny, wie ich schon sagte, jemand wird kommen, vermutlich Detective Washington und ein Stenograf, und sie werden eine volle Aussage aufnehmen.«

»In Ordnung«, sagte Penny.

»Und ich muß jetzt gehen um die Dinge ins Rollen zu bringen.«

»In Ordnung. Besuch mich mal wieder, Matt.«

Er lächelte sie an und verließ das Krankenzimmer.

Dr. Dotson, der Wachmann und zwei Sicherheitsleute des Krankenhauses in polizeiähnlichen Uniformen eilten über den Flur.

»Ich weiß nicht, für wen Sie sich halten, Matt«, sagte Dr. Dotson zornig, »aber Sie haben kein Recht, Pennys Zimmer ohne meine Erlaubnis oder die der Detweilers zu betreten.«

»Ich bin hier fertig, Dr. Dotson«, sagte Matt.

»Sorgen Sie dafür, daß er das Haus verläßt«, sagte Dr. Dotson zu den Sicherheitsleuten. »Und er wird nicht mehr hereingelassen.« Er starrte Matt wütend an. »Und denken Sie nicht, daß die Sache damit erledigt ist!«

19

»Inspector Wohls Büro, Captain Sabara«, meldete sich Mike Sabara an einem der Telefone, die auf Wohls Schreibtisch standen.

»Hier ist Commissioner Czernick, Sabara. Lassen Sie mich mit Wohl sprechen.«

»Commissioner, ich bedaure, der Inspector ist im Augenblick nicht hier. Darf ich ihm etwas ausrichten? Oder soll er zurückrufen?«

»Wo ist er?«

»Sir, das weiß ich leider nicht. Wir erwarten ihn jeden Augenblick zurück.«

»Nun, er meldet sich nicht über Funk, und Sie wissen nicht, wo er ist, richtig?«

»So ist es, Sir. Ich weiß nicht, wo er im Augenblick ist.«

»Wenn Sie ihn sehen, sagen Sie ihm, er soll mich sofort anrufen«, sagte Commissioner Czernick und legte auf.

»Ich frage mich, was das alles zu bedeuten hat«, sagte Sabara zu Captain David Pekach, als er den Hörer auflegte. »Das war Czernick, und er ist offenbar sauer. Sie wissen nicht, wo der Boß ist?«

»Ich hörte als letztes, daß er auf dem Weg zum Bürgermeister ist.«

»Ich fühlte mich wie ein Dummkopf, als ich Czernick sagen mußte, daß ich nicht weiß, wo Wohl ist.«

»Weswegen war Czernick sauer?«

»Das weiß ich nicht, aber er ist wirklich sauer. Stocksauer.«

Pekach erhob sich und ging zur Funkabteilung.

»Haben Sie eine Ahnung, wo Inspector Wohl sein könnte?« fragte er den Sergeant.

»Er ist auf dem Weg zum Commissioner«, sagte der Sergeant.

»Woher wissen Sie das?«

»Es kam über Funk. Da war ein Funkruf für W-William eins, und Inspector Wohl meldete sich, und man sagte ihm, er soll sich sofort beim Commissioner melden, und er bestätigte, daß er hinfährt.«

»Danke«, sagte Pekach. Er kehrte ins Büro zurück und erzählte Sabara, was er erfahren hatte.

Eine Stunde und fünf Minuten später traf Staff Inspector Peter Wohl bei der Special Operations Division ein. Officer Matthew Payne wartet auf ihn auf dem Gang vor seinem Büro.

»Ich möchte Sie sprechen, Sir«, sagte Matt.

»Haben Sie Captain Duffy angerufen?«

»Nein, Sir. Es hat sich etwas ergeben.« Matt hob den Umschlag mit den Fotos an.

»Wie ich hörte«, sagte Wohl. »Kommen Sie in mein Büro.«

Sabara und Pekach erhoben sich, als Wohl sein Büro betrat.

»Wir haben versucht, Sie zu erreichen, Inspec . . .«, begann Sabara.

»Ich hatte mein Funkgerät abgeschaltet«, unterbrach Wohl.

»Der Commissioner will, daß Sie ihn sofort anrufen.«

»Wann sagte er das?«

»Vor ungefähr einer Stunde, Sir«, sagte Pekach. Er schaute auf seine Armbanduhr. »Vor einer Stunde und fünf Minuten.«

»Ich habe ihn inzwischen besucht«, sagte Wohl. »Ich komme soeben vom Rundhaus.« Er wandte sich Payne zu. »Wir sprachen über Sie, Officer Payne, der Commissioner sprach über Sie, und ich saß nur dabei und sah wie ein verdammter Idiot aus.«

Pekach und Sabara gingen zur Tür.

»Bleiben Sie. Das können Sie sich anhören«, sagte Wohl. »Sie waren im Hahneman-Hospital, Officer Payne. Stimmt das?«

»Jawohl, Sir«, sagte Matt.

»Ich erinnere mich, daß ich Sie anwies, hierherzufahren und Captain Duffy für mich anzurufen.«

»Jawohl, Sir, das sagten Sie.«

»Hat sonst jemand Ihnen den Auftrag gegeben, zum Hahneman-Hospital zu fahren?«

»Inspector«, sagte Matt und überreichte ihm das Foto, auf dessen Rückseite Penelope Detweiler ihre Aussage geschrieben hatte. »Würden Sie sich das bitte ansehen?«

»Hat Ihnen jemand den Auftrag gegeben, zum Hahneman-Hospital zu fahren?« wiederholte Wohl eisig.

»Diese beiden Männer waren nicht vom FBI«, sagte Matt.

»Beantworten Sie meine Frage.«

»Nein, Sir, niemand hat mir den Auftrag gegeben.«

»Und warum, *verdammt noch mal,* fuhren Sie dann hin?«

»Sir, würden Sie sich bitte die Rückseite des Fotos ansehen?« Wohl drehte das Foto um und las.

»Sie sind ein richtiger kleiner Meisterdetektiv, nicht wahr?« Wohl gab das Foto Sabara, der den Text auf der Rückseite las, wobei Pekach ihm über die Schulter schaute.

»Sie identifiziert diesen Mann eindeutig als die Person, die auf sie und DeZego schoß.«

»Und jetzt brauchen wir nur noch diesen Mann zu finden, ihn vor eine Jury zu bringen, die ihn verurteilt, ihn auf den

Elektrischen Stuhl zu schicken, und Special Operations im allgemeinen und Officer Matthew Payne im besonderen werden unter dem Beifall der Bevölkerung als Supercops gefeiert glücklich in den Sonnenuntergang entschwinden. Ist es das, was Ihnen vorschwebt?«

»Sir«, beharrte Matt, »sie hat diesen Mann eindeutig als denjenigen identifiziert, der auf sie schoß.«

»Sie haben Uniformen gekauft, bevor Sie zur Special Operations versetzt wurden, hoffe ich?«

»Jawohl, Sir. Ich habe Uniformen.«

»Gut. Sie werden sie brauchen. Auf mündliche Anweisung des Polizeichefs, schriftliche Bestätigung folgt, sind Sie, Officer Payne, mit sofortiger Wirkung wieder dem Zwölften Distrikt zugeteilt. Ich bezweifele sehr, daß Sie zum Dienst in Zivil eingeteilt werden. Ich gebe Ihnen ebenso offiziell bekannt, daß wegen Ihres heutigen Besuchs bei Miss Detweiler im Hahneman-Hospital juristische Schritte gegen Sie von einem Dr. Dotson und der Leitung des Hahneman-Hospitals angekündigt wurden. Die Sache ist der Abteilung Interne Angelegenheiten zur Ermittlung übertragen worden. Sie werden zweifellos in Kürze von ihr hören.«

»Peter, um Himmels willen, Sie hören mir nicht zu!« sagte Matt. »Sie hat eindeutig den Schützen identifiziert!«

»Inspector Wohl für Sie, Officer Payne«, sagte Wohl.

»Entschuldigung«, sagte Matt.

»Matt, verdammt noch mal!« sagte Wohl wütend. »Ich will Ihnen das erklären. Die Chancen, diese beiden oder einen von ihnen zu schnappen, reichen von gering bis null. Auf dem Weg hierher schaute ich bei den Abteilungen Organisiertes Verbrechen und Überwachung vorbei. Keiner der beiden Typen ist dort jemandem vom Sehen her bekannt . . .«

»Sie wußten, daß es keine FBI-Agenten sind?« platzte Matt überrascht heraus.

»Ich habe in diesem Punkt das Wort des Special Agent in Charge«, sagte Wohl. »Es sind *keine* FBI-Agenten. Ich habe das üble Gefühl, daß sie Hitmen des Mob sind. Spezialisten ihres Gewerbes. Importierte, Gott weiß warum, um DeZego wegzublasen. Profis. Wir wissen nicht, woher sie stammen. Wir können sie nicht auf Grund von ein paar Fotos, die sie auf einer Straße zeigen, des Mordes oder sonstwas anklagen.«

»Penelope Detweiler schwor, daß einer von den beiden auf sie und DeZego schoß.«

»Reden wir über Miss Detweiler«, sagte Wohl. »Sie ist als Konsumentin von Rauschgift bekannt. Und sie ist die prominente Miss Penelope Detweiler, und die Anwälte ihres Vaters – zum Beispiel Ihr Vater, Payne – werden sie juristisch beraten. Sie werden ihr klarmachen, welche Probleme ihr entstehen, wenn sie diese beiden Verbrecher anklagt. Wenn ich ihr Anwalt wäre, würde ich ihr raten, der Anklagejury zu sagen, daß sie verwirrt ist und sich nicht erinnern kann, was wirklich an diesem Tag geschah.«

»Warum würde ihr ein Anwalt das raten?« fragte Matt leise.

»Mal angenommen, wir können diese beiden finden, was ich bezweifle, und angenommen, wir können sie vor eine Anklagejury bringen – es stimmt nicht, daß sich jeder Distrikt Attorney, der seinen Namen buchstabieren kann, jederzeit einen Anklagebeschluß besorgen kann, wenn er das will –, und angenommen, die beiden kommen vor eine Jury, dann wäre Ihre Freundin Miss Detweiler einem Kreuzverhör ausgesetzt. Es würde bekannt werden, daß sie Konsumentin gewisser Drogen ist, und das würde ihre Aussage zweifelhaft erscheinen lassen. Und es würde herauskommen, daß sie – taktvoll formuliert – eine romantische Beziehung mit Mr. DeZego hatte. Die Medien würden ein großes Interesse an diesem Prozeß haben. Wenn ich ihr Anwalt wäre, würde ich ihr vor Augen führen, daß eine Aussage von ihr eine große Last für sie und ihre Familie sein würde.«

»Oh, verdammt«, sagte Matt. »Das habe ich wirklich vermasselt, nicht wahr?«

»Ja, und gute Absichten zählen nicht« sagte Wohl. »Was zählt, befürchte ich, ist Commissioner Czernicks Annahme, die höchstwahrscheinlich stimmt, daß H. Richard Detweiler zornig sein wird, wenn er von Ihrer kleinen Eskapade erfährt und seine Wut dem Bürgermeister mitteilt. Wenn dann der Bürgermeister anruft, kann der Commissioner sagen, daß er sich bereits um die Sache gekümmert hat. Sie sind hier abgelöst und werden entsprechend Ihrer Erfahrung verwendet. Mit anderen Worten, in einem Distrikt, in Uniform und höchstwahrscheinlich in einem Emergency Patrol Wagon.«

»O Gott, es tut mir so leid.«

»Mir auch, Matt«, sagte Wohl freundlich. »Aber Sie handelten blöde. Sie hätten vermutlich zu einem Distrikt gehen sollen wie jeder sonst, der frisch von der Polizeischule kommt.«

»Ich werde einfach kündigen«, sagte Matt.

»Halten Sie sich für zu gut, um in einem Emergency Patrol Wagon herumzufahren?« fragte Wohl.

»Nein«, erwiderte Matt. »Überhaupt nicht. Das hatte ich erwartet, als ich von der Akademie kam. Denny Coughlin machte mir klar, was ich zu erwarten habe. Ich meine, unter diesen Umständen ist es besser, wenn ich bei der Polizei aufhöre. Ich habe allerhand Mist gebaut, und beim Zwölften Distrikt wird man das wissen. Es ist wohl das beste, wenn ich mich einfach leise davonstehle.«

»Heute ist Donnerstag«, sagte Wohl. »Ich werde den Captain vom Zwölften Distrikt anrufen und ihm sagen, daß Sie sich entweder am Montag zum Dienst melden oder kündigen. Überdenken Sie das am Wochenende.«

»Sie meinen, ich sollte nicht kündigen?«

»Ich meine, Sie sollten nicht *heute* kündigen«, sagte Wohl. »Ich denke, Sie wären ein ziemlich guter Cop geworden, aber Sie hatten zuviel Gelegenheit, etwas zu vermasseln. Und Sie haben nun mal etwas vermasselt, und Sie werden sich entscheiden müssen, ob Sie das Handtuch werfen oder nicht.«

Matt schaute ihn an.

»Das ist alles, Officer Payne«, sagte Wohl. »Sie können gehen.«

Als Payne die Tür hinter sich geschlossen hatte, ging Wohl zur Kaffeemaschine und schenkte sich Kaffee ein.

»Scheiße!« sagte er plötzlich ärgerlich. Er öffnete einen Aktenschrank, nahm eine Flasche Bourbon heraus und gab einen großen Schuß Bourbon in den Kaffee.

»Wenn jemand etwas Bourbon will, bedienen Sie sich«, sagte er.

»Inspector«, sagte Captain Sabara. »Ich will ja nicht den Mund aufreißen, aber vieles von dem, was soeben ablief, ist zu hoch für mich.«

Wohl schaute ihn verwirrt an.

»Äh, stimmt ja«, sagte er. »Ihr wißt nicht über die FBI-Agenten Bescheid, oder?«

Beide schüttelten den Kopf.

Er erzählte ihnen davon.

»Payne spielte in Wirklichkeit im Hahneman-Hospital weniger den Detektiv, sondern er versuchte, für mich die Kastanien aus dem Feuer zu holen«, schloß er. »Der arme Kerl wartete dort draußen auf mich und dachte in seiner Unschuld, nachdem er das mit der Schießerei aufgeklärt hatte, könnte er mir ersparen, mich beim FBI zum Narren zu machen.«

Pekach fluchte leise.

»An seiner Stelle würde ich kündigen«, sagte Wohl. »Aber wenn er das nicht tut, werde ich versuchen – ich weiß noch nicht wie –, im Zwölften Distrikt zu verbreiten, daß er wirklich ein guter Junge ist.«

»Ich kenne dort Harry Feldman«, sagte Sabara.

»Ist das der Captain?«

»Ja. Ich werde mit ihm sprechen«, sagte Sabara.

»Danke. Es überrascht mich überhaupt nicht, aber es hat den Anschein, daß Paynes neuer Chef mich nicht ausstehen kann. Meinen Sie, Czernick weiß das?«

»Ich kenne ein paar Jungs vom Zwölften«, sagte Pekach. »Ich werde mit ihnen reden.«

»Wie wird es jetzt mit dem FBI weitergehen?« fragte Sabara.

»Wenn Duffy noch nichts von den Fotos weiß oder noch keine Ahnung hat, daß ich mich nicht an den Dienstweg hielt, wird er es in Kürze erfahren«, sagte Wohl. »Und dann wird es nicht lange dauern, bis er den Gang hinunter zu Czernicks Büro geht.«

»Informieren Sie Czernick über Dolan«, sagte Sabara. »Es war nicht Ihre Schuld.«

»Ich hätte vielleicht das gleiche wie Dolan gemacht«, sagte Wohl. »Diese beiden Typen sahen wie typische, gutgekleidete ›Sieh-mal,-Mama,-ich-bin-G-man‹ FBI-Agenten aus. Ich werde Dolan nicht bei Czernick verpfeifen. Was der Sergeant getan hat, war dumm, aber nicht dumm genug, um deswegen die Pension zu verlieren. Und das könnte Czernick veranlassen. Er ist nur darauf bedacht, sich vor dem Bürgermeister abzusichern. Ich stehe jetzt auf seiner schwarzen Liste, und so kann er die Fotos zu allen meinen anderen Fehlern oder dem Mangel an Urteilsvermögen hinzufügen.«

»Dolan wird so etwas nie wieder tun, Peter«, sagte Pekach.

»Sie wollen den Bastard doch nicht verteidigen, Dave, oder?«

»Ich hätte hinzufügen sollen ›wenn ich mit ihm fertig bin‹«, sagte Pekach.

»Nun, was geschehen ist, läßt sich nicht rückgängig machen«, sagte Sabara. »Gehen wir zu Mittag essen.«

»Ich bin mit jemand zum Mittagessen verabredet«, sagte Pekach.

»Ein Nümmerchen zur Mittagszeit, Dave?« fragte Wohl grinsend. Dann sah er Pekachs Miene. »Entschuldigung. Ich hätte das nicht sagen sollen.« Pekachs Miene zeigte, daß die Entschuldigung nicht ausreichte.

»Dave, das Ganze ist eine Kombination aus einem schlechten Tag und einem Fall von Eifersucht«, sagte Wohl. »Aber es war ungehörig von mir, und es tut mir leid.«

»Ich habe es bereits vergessen«, sagte Pekach. Aber sein Gesicht und sein Tonfall ließen darauf schließen, daß es weit von der Wahrheit entfernt war.

»Ich spendiere das Mittagessen«, sagte Captain Mike Sabara. »Vorausgesetzt, daß es nicht über fünfundneunzig Dollar hinausgeht.«

Wohl lachte. »Danke Mike, das lasse ich mir wirklich ungern entgehen, aber ich habe ebenfalls Pläne. Vielleicht wäre es eine gute Idee, wenn Sie hier die Stellung halten, bis entweder Dave oder ich zurück sind.«

»In Ordnung«, sagte Sabara. »Ich werde mir etwas zu essen bringen lassen. Wollen Sie mir verraten, wohin Sie fahren?«

»Wenn Sie mich brauchen, geben Sie es über Funk durch«, sagte Wohl. Er schaute Dave Pekach an. »Wenn Sie noch immer sauer sind, Dave, tut es mir immer noch leid.«

»Ich mag einfach nicht, wenn Leute so über sie reden«, platzte Pekach heraus. »Es ist nicht das, was jeder denkt.«

»Jeder denkt, Dave, daß Sie eine nette Freundin haben«, sagte Wohl. »Wenn jemand etwas anderes dächte, würde man Sie nicht aufziehen.«

»Das stimmt, Dave«, pflichtete Sabara Wohl ernst bei.

Pekach schaute beide forschend an. Dann lächelte er, zuckte mit den Schultern und verließ das Büro.

Als er außer Hörweite war, sagte Sabara: »Aber Sie hatten recht mit dem Nümmerchen zur Mittagszeit.«

»Captain Sabara, für einen Sonntagsschullehrer sind Sie ein schmutziger alter Mann«, entgegnete Wohl. »Ich sollte in einer Stunde zurück sein. Wenn sich etwas Wichtiges ergibt, rufen Sie mich über Funk.«

»Jawohl, Sir«, sagte Sabara.

Als Dave Pekach auf den Zufahrtsweg bog, sah er Martha Peebles auf dem Rasen bei der Hecke. Sie hielt die größte Heckenschere, die Pekach jemals gesehen hatte, ein Ding, das wie zwei miteinanderverbundene Schwerter von König Arthur aussah. Martha winkte ihm zu, als sie ihn sah.

Er parkte den Wagen in der Garage, wo er nicht so sehr auffallen würde, und ging zum Haus. Sie trafen sich unter dem Säuleneingang.

»Hallo, Schatz«, sagte Martha. »Was ist los?«

»Nichts«, sagte er. »Was machst du mit diesem Ding?«

Sie wies mit der Heckenschere in Richtung seiner edlen Teile und schnippte die Schere auf und zu. Er hielt schützend beide Hände vor das gefährdete Gebiet.

»Tu nicht so«, sagte sie. »Du weiß, daß ich da nichts beschädigen würde.«

»Ich *weiß* es nicht«, erwiderte er. »Aber ich *hoffe* es.«

»Irgendeine Laus ist dir über die Leber gelaufen«, sagte Martha. »Das spüre ich. Ist etwas an der Bustleton und Bowler passiert?«

»Nichts, was jemand ändern könnte«, sagte Pekach.

Martha hängte sich bei ihm ein. »Du kannst mir alles beim Mittagessen erzählen. Es gibt französische Zwiebelsuppe. Selbst gekocht. Nicht aus der Dose oder Tüte. Und Salat. Mit Roquefortdressing.«

»Klingt gut«, sagte er.

»Und es ist *niemand* sonst im Haus«, sagte sie. »Was ich nur so nebenbei erwähnte – nicht, um dich auf irgendwelche Ideen zu bringen.«

»Wenn ich dieses Zeug esse, frage ich mich immer, ob sie das wirklich in Peking essen, oder ob es vor irgendeinem Chinesen erfunden wurde, der meint, Amerikaner fressen alles«, sagte Jason Washington, nahm geschickt mit Stäbchen ein Stück Peking Beef und tunkte es in eine Mischung aus Senf und Pflaumenmus.

»Es schmeckt gut«, sagte Peter Wohl.

»Die peppen den Geschmack mit Glutamat auf«, sagte Washington. »Mir macht das nichts aus, aber meiner Frau bekommt das nicht. Sie glaubte, einen Herzanfall zu bekommen.«

»Tatsächlich?«

»Schmerzen in der Brust«, erklärte Washington und tippte auf seine Brust. »Sie ging zum Arzt und sagte ihm, immer wenn sie chinesisch gegessen hat, verspürt sie Angina-pectoris-Symptome. Er sagte, in diesem Fall soll sie nichts Chinesisches essen. Und als sie sich dann beruhigt hatte, erzählte er ihr von dem Glutamat.«

»Das wußte ich nicht«, sagte Wohl. »Das mit dem Glutamat, meine ich.«

Jason wird schon noch damit herausrücken, was er auf dem Herzen hat, dachte Wohl. *Er hat mich nicht zum Mittagessen eingeladen, weil er Gesellschaft haben und mit mir über Glutamat reden will.*

»Ich fühle mich wirklich schlecht bei der Sache mit Matt Payne«, sagte Washington. »Wenn ich geahnt hätte, daß er Miss Detweiler besucht, hätte ich ihn gestoppt.«

Darum geht es also!

»Ich weiß das«, sagte Wohl. »Er fuhr zum Krankenhaus, um mir zu helfen.«

»Er hält Sie wirklich für etwas ganz Besonderes«, sagte Washington.

»Er meint, Ihnen gegenüber ist Sherlock Holmes geistig zurückgeblieben«, entgegnete Wohl.

»Wenn ich Matt Payne wäre und man steckte mich wieder in eine Uniform und ließ mich in einem Emergency Patrol Wagon im Zwölften Distrikt herumfahren oder Hydranten abstellen, würde ich kündigen.«

»Ich nehme an, das wird er.«

»Wir brauchen solche jungen Cops, Peter«, sagte Washington.

»Und?«

»Sie schulden mir ein paar Gefallen, Peter«, sagte Washington. »Wie böse würden Sie sein, wenn ich sie einfordern würde?«

»Sie würden sie vergeuden«, sagte Wohl. »Czernick hat sich gesagt, daß er sich am besten absichern kann, indem er über den Jungen herfällt, bevor ihm der Bürgermeister das sagt. Er wußte, daß er damit eine Reihe von Leuten verärgert. Denny Coughlin zum Beispiel. Wenn Coughlin zum Bürgermeister geht, und ich hoffe, das tut er nicht, wird der Bürgermeister vor der Wahl zwischen ihm und Czernick stehen. Ich bin mir nicht sicher, für wen er sich entscheiden würde. Ich möchte nicht, daß Matt kündigt, aber ich möchte schon gar nicht, daß Denny Coughlin in den Ruhestand versetzt wird. Ich möchte Coughlin als Commissioner sehen.«

»Sie wollen also den Jungen einfach gehenlassen? Zum ›Besten der Polizei‹?«

»Pekach und Sabara sagten, daß sie Leute im Zwölften Distrikt kennen. Sie werden ein gutes Wort für ihn einlegen.«

»Sie nicht?«

»Der Captain heißt Feldman. Als ich als Staff Inspector arbeitete, brachte ich seinen Schwager in den Knast. Deshalb haßt mich Feldman.«

»Mein Gott, das hatte ich vergessen. Der Lieutenant bei der Verkehrspolizei? Erpressung? Er bekam fünf bis fünfzehn Jahre?«

Wohl nickte. »Ich bezweifle sehr, daß Captain Feldman empfänglich für etwas Nettes sein wird, das ich über Matt Payne sage.«

»Interessant, daß Czernick Payne zum Zwölften Distrikt schickt, nicht wahr?«

Wohl stieß einen Grunzlaut aus.

»Meinen Sie, ich sollte mit Payne reden und ihn zum Weitermachen ermuntern?« fragte Washington.

»Ich wünschte, das würden Sie tun. Sie könnten den Ausschlag geben.«

»Okay.« Jason Washington nickte. Und dann wechselte er das Thema. »Was ist also die wahre Geschichte über DeZego und den Zuhälter, der erschossen wurde?«

»Es ist Ihr Fall, erzählen Sie mir die Story.«

»Haben Sie noch nicht darüber nachgedacht? Daß etwas stinkt, wenn Savarese Pekach persönlich auf den Zuhälter hinweist?«

»Ja, ich habe mir gedacht, daß das stinkt«, erwiderte Wohl.

»Die Überwachung hat einen Jungen in der Familie Savarese, ich glaube, Sie wissen das.«

Wohl nickte.

»Ich sprach mit ihm vor einer Stunde«, sagte Jason Washington.

»Weiß die Abteilung Überwachung davon?«

»Sie hat nicht mal eine Ahnung, daß ich weiß, wer der Junge ist«, sagte Washington. »Er sagte mir, es heißt in der Familie, daß Tony das Z den Zuhälter ausnahm, der Zuhälter ihn umlegte und Savarese befahl, den Zuhälter umzulegen. Ich habe sogar den Namen des Täters, aber das nutzt uns ja nichts.«

»Einer von Savareses Gangstern?«

»Einer von seinen Leibwächtern. Gian-Carlo Rosselli, auch bekannt als Charley Russell.«

»Und er hat acht Leute, die unter Eid aussagen, daß er in Atlantic City ein Sonnenbad mit seiner Frau und den Kindern nahm?«

Washington nickte.

»Tony das Z nahm den Pimp aus?« fragte Wohl. »Wie?«

»Drogen, was sonst«, antwortete Washington.

»Sie klingen nicht, als ob Sie das glauben«, sagte Wohl.

»Ich denke, Savarese will, daß die Familie das denkt«, sagte Washington.

»Warum?«

»Ich denke, Savarese ließ DeZego umlegen, und er will nicht, daß die Familie davon erfährt.«

»Warum?«

»Warum er ihn umlegen ließ? Da gibt es ein paar Möglichkeiten. Vielleicht machte Tony ein Geschäft in die eigene Tasche, indem er Stoff von der Golfküste transportierte. Das würde schon reichen. Tony das Z war ehrgeizig, aber nicht sehr schlau. Er wird sich vielleicht gesagt haben, keiner wird je erfahren, wenn er ein Kilo Kokain abzweigt und in seinem Koffer für den Verkauf auf eigene Faust herbringt.«

»Interessant«, bemerkte Wohl.

»Tony das Z war auch ein heißer Feger«, fuhr Washington fort, »der vielleicht seine Salami bei einer Frau der Familie versteckt hat. Sie nehmen die Ehre ihrer Frauen sehr ernst; Ehebruch ist eine Todsünde.«

»Wenn das der Fall war, hat Savarese ein Exempel statuiert?«

»Nicht unbedingt«, sagte Washington. »Vielleicht war die Dame wichtig für ihn. Ihr Ruf. Ihre Ehre. Dann hätte er Tony das Z umbringen lassen, um die Versuchung aus dem Weg zu räumen. Es muß auch nicht eine Frau im Spiel gewesen sein. Es kann eine Tochter gewesen sein – eine unverheiratete Tochter, meine ich. Wenn herauskäme, daß Tony die Tochter von jemand *entehrt* hatte, dann würde die Familie es höllisch schwer haben, einen geachteten Ehemann für sie zu finden. Diese Leute haben ein starkes Ehrgefühl, Peter.«

Wohl lachte.

»Haben Sie nie von Ganovenehre gehört, Peter?« fragte Washington unschuldig.

Dann lachten beide.

»Warum lachen wir?« fragte Wohl schließlich.

»Jeder lacht über merkwürdig verdrehte Sitten«, sagte Washington. »Oder beide der genannten Möglichkeiten kommen in Frage. Fazit: Aus einem oder mehreren Gründen, die wir vermutlich nie herausfinden werden, entschied Savarese, daß Tony das Z sterben mußte. Seine Familie sollte nicht erfahren, daß er den Mord befohlen hatte, ebenfalls aus Gründen, die wir vermutlich nie herausfinden werden. Er ließ diese beiden Typen kommen, die von Dolan fotografiert wurden, damit sie Tony das Z umlegten, und dann ließ er von Gian-Carlo Rosselli, alias Charley Russell, Lanier umbringen und ihm die Schrotflinte unterjubeln, mit der die importierten Killer Tony das Z erschossen. Und schließlich wies er uns auf den Zuhälter hin. Dann würden wir natürlich annehmen, daß Lanier umgelegt wurde, weil er Tony DeZego erschossen hatte, und das Mickey O'Hara und den anderen Polizeireportern erzählen, was glaubwürdig machen würde, daß Savarese unschuldig ist. Damit wäre er fast durchgekommen. Und zwar, wenn Dolan nicht die Schnappschüsse gemacht und die beiden Cops der Highway Patrol dem Zuhälter keine andere Schrotflinte abgenommen hätten.«

Wohl atmete tief durch.

»Ein schwacher Punkt ist in Ihrer Analyse«, sagte er schließlich. Washington blickte ihn fragend an. »Sie sagten ›er kam fast damit durch‹«, fuhr Wohl fort. »Er *kam* damit durch. Was haben wir denn in der Hand, Jason? Wir wissen nicht, wer die Profikiller waren, und wir werden es höchstwahrscheinlich nicht herausfinden. Und wenn wir sie finden, können wir ihnen nichts nachweisen. Die einzige Zeugin, die wir haben ist eine prominente Konsumentin von Kokain, deren Aussage nutzlos sein würde, selbst wenn wir sie in den Zeugenstand bringen würden. Und wir können den Lanier-Mord nicht Rosselli oder Russell anhängen oder wie immer er sich nennt. So kommt der

Bastard Savarese ungeschoren davon. Verdammt, das macht mich wahnsinnig!«

»Mal gewinnt man, und mal verliert man«, sagte Washington, »das ist meine tiefschürfende philosophische Erkenntnis dieses Tages.«

»Und obendrein sehen wir in der Presse wie die Hampelmänner aus, die es geschafft haben, H. Richard Detweiler zu verärgern. *Verdammt!*«

»Ich möchte vorschlagen, Peter«, sagte Washington, »daß ich ein Gespräch mit Mickey O'Hara führe, vorausgesetzt, Sie stimmen meiner Idee zu.«

»Ein Gespräch? Worüber?«

»Mickey mag diese Mafiosi genausowenig wie ich. Er könnte einen dieser Artikel schreiben ›ein hoher Polizeibeamter, der nicht namentlich genannt werden will, sagte folgendes . . .‹«

»Was sagte er?«

»Die Wahrheit. Daß Tony das Z aus Gründen umgelegt wurde, die nur dem Mob bekannt sind, und daß Lanier den Mord nicht begangen hat. Das würde Savarese zumindest in Verlegenheit bringen.«

Wohl saß einen Augenblick lang nachdenklich da.

»Nein«, sagte er schließlich. »Es gibt andere Möglichkeiten, Savarese in Verlegenheit zu bringen.«

»Welche?«

»Wollen Sie die wirklich wissen?«

Washington überlegte einen Moment.

»Ja, ich möchte sie wissen«, sagte er dann. »Vielleicht kann ich helfen.«

»Du meinst also, Inspector Wohl hat keine Schuld, aber es sieht sehr schlecht für ihn aus?« sagte Martha zu Dave und zog sittsam ein Laken über ihren nackten Körper.

»Eine verdammte Schande«, sagte Pekach. »Er ist ein hervorragender Cop. Ich bewundere ihn.«

»Und diese Gangster kommen einfach ungeschoren davon, obwohl sie den anderen Gangster erschossen haben?«

»Das passiert immer wieder«, sagte Pekach. »Es ist nicht wie in den Filmen.« Er schob sein Hemd in die Hose und zog den Reißverschluß zu. »Selbst wenn wir diese beiden irgendwie finden, haben sie Alibis. Sie würden nie vor Gericht kommen, meine ich. Und Wohl sieht schlecht aus wegen des erschossenen Cops. Wir haben nicht das geringste in diesem Fall. Und das ist schlimm. Dadurch sehen wir unfähig und blöde aus. Die Polizei kann keine Leute schnappen, die kaltblütig Cops ermorden! Und Peter Wohl sieht schlecht aus, weil der Bürgermeister ihm den Fall übertragen hat.«

»Ich verstehe«, sagte sie. »Und es kann nichts getan werden?«

»Was wir tun können, ist bereits getan worden. Wenn wir keinen finden, der etwas sah . . .«

»Wie wäre es, wenn ihr eine Belohnung aussetzt? Macht ihr so etwas nicht?«

»Belohnungen werden von Leuten ausgesetzt, die verletzt oder geschädigt sind«, erklärte Dave. »Ich meine, wenn jemand den Manager eines Supermarkts bei einem Überfall verletzt, bietet der Supermarkt für Hinweise auf den Täter eine Belohnung an. Die Polizei hat kein Geld für so was, und selbst wenn wir eine Belohnung aussetzen könnten, würden wir albern dastehen. Es käme einem Eingeständnis gleich, daß wir unseren Job nicht können, für den uns die Steuerzahler bezahlen.«

»*Ich* sehe das anders«, sagte Martha.

Er zog sich zu Ende an und betrachtete sich im Spiegel.

Seine Hose ist am Gesäß ausgebeult, dachte Martha. *Und das Hemd sitzt auch nicht richtig. Ob dieser italienische Schneider, den Evans in der Chestnut Street gefunden hat, das etwas verbessern könnte? Dave hat einen wunderbaren Körper, aber der kommt in dieser Kleidung einfach nicht richtig zur Geltung. Daddy sagte immer, Kleider machen Leute. Ich wußte früher nie genau, wie er das meinte.*

Pekach ging zum Bett, neigte sich hinab und küßte Martha zärtlich auf die Lippen.

»Ich muß gehen, Baby«, sagte er.

»Möchtest du nach New Hope rausfahren und am Kanal zu Abend essen?« fragte Martha. »Das gefällt dir doch immer. Es würde dich aufheitern. Oder soll ich von Evans Steaks besorgen lassen?«

»Baby«, sagte Pekach. »Mike Sabara und ich dachten, wir versuchen nach der Arbeit Wohl zu ein paar Drinks einzuladen.«

»Ich dachte, Captain Sabara trinkt nichts Alkoholisches«, sagte Martha. Dann fügte sie hinzu: »Oh, ich verstehe. Natürlich. Kannst du später herkommen?«

»Ich denke, das kann ich noch in meinen vollen Terminplan einbauen«, sagte Pekach und küßte sie wieder.

Als er das Schlafzimmer verließ, stand Martha vom Bett auf, ging zum Fenster und beobachtete den Zufahrtsweg, bis sie Pekachs Wagen den Weg hinab und durchs Tor fahren sah.

Sie lehnte sich nachdenklich gegen den Fensterrahmen und dann sah sie ihr Spiegelbild im Spiegel ihres Toilettentischs.

»Du bist ein nacktes Flittchen, Martha Peebles«, sagte sie laut und nicht ganz mißbilligend.

Dann kehrte sie zum Bett zurück, setzte sich darauf, nahm ein in Leder gebundenes Telefonbuch und suchte eine Nummer heraus.

Brewster Cortland Payne, Esquire, sah eines der Lämpchen auf einem der beiden Telefone auf seinem Schreibtisch leuchten. Er war tief konzentriert gewesen, und das bedeutete, daß die Benjamin Franklin Bridge, die er durch das Fenster seines Büros sehen konnte, in den Delaware River hätte fallen können, ohne daß er es bemerkt hätte.

Irene meint vielleicht, sie hat etwas, das ich hören sollte, wenn ich Zeit habe, dachte er. *Denn sonst hätte sie das Telefon klingeln lassen. Nun, ich habe keine Zeit, aber ich bin neugierig.*

Als er nach dem Telefonhörer griff, klingelte das. Er nahm den Hörer ab.

»Ja, Ma'am?« fragte er fröhlich.

»Mr. und Mrs. Detweiler sind hier, Mr. Payne«, sagte Mrs. Irene Craig, seit über zwanzig Jahren seine Sekretärin.

Guter Gott, beide?

»Bitten Sie sie herein«, sagte Payne sofort. Er schloß schnell den Aktenhefter auf seinem Schreibtisch und legte ihn in eine Schublade. Er hatte keine Ahnung, was die Detweilers wollten, aber sie schauten bestimmt nicht zufällig vorbei, weil sie gerade in der Gegend waren.

Die Tür wurde geöffnet.

»Mr. und Mrs. Detweiler, Mr. Payne«, sagte Irene.

Detweilers Gesicht war starr. Sein Lächeln war gezwungen.

»Welch unerwartete Freude, Grace«, sagte Payne und küßte Mrs. Detweilers Wange. Dann reichte er Mr. Detweiler die Hand.

»Möchten Sie Kaffee?« fragte Irene.

»Ich hätte lieber etwas Alkoholisches, wenn das möglich ist«, sagte Detweiler.

»Du solltest nicht schon wieder trinken«, sagte Grace Detweiler.

»Ich könnte ebenfalls ein Schlückchen brauchen«, log Payne glatt. »Ich sorge dafür, Irene. Grace, möchtest du auch etwas?«

»Nein, danke.

»Wir kommen soeben vom Krankenhaus«, sagte Detweiler.

»Nimm Platz, Dick«, sagte Payne. »Du bist offenbar aufgeregt.«

»Und ob ich aufgeregt bin!« Detweiler ging zum Fenster und schaute auf den Delaware River hinab.

Payne schenkte ihm schnell Whisky ein, ging zu ihm und gab ihm das Glas.

»Danke«, sagte Detweiler und trank einen Schluck. Dann schaute er Payne in die Augen. »Ich bin mir nicht sicher, ob ich hier bin, weil du mein Freund oder weil du mein Anwalt bist.«

»Das schließt sich nicht gegenseitig aus«, sagte Payne. »Was ist das Problem?«

»Wenn mich vor fünf Tagen jemand gefragt hätte, ob ich mir etwas Schlimmeres vorstellen kann, als eine drogensüchtige Tochter zu haben, hätte ich mir nichts Schlimmeres vorstellen können«, sagte Grace Detweiler.

»Penny ist nicht drogensüchtig«, sagte H. Richard Detweiler.

»Wenn du auf diesem Selbstbetrug beharrst«, sagte Grace ärgerlich, »verdrängst du das Problem, anstatt zu versuchen, es zu lösen.«

»Sie hat ein Drogen*problem*«, sagte Detweiler, »das ist alles.«

»Und der Name dieses Problems ist Rauschgiftsucht«, sagte Grace Detweiler heftig. »Durch Verleugnen verschwindet es nicht!«

H. Richard Detweiler schaute seine Frau an, bis er ihrem zornigen Blick nicht mehr standhalten konnte.

»Also gut«, sagte er leise. »Penny ist drogensüchtig.«

Grace nickte und wandte sich an Brewster C. Payne. »Bist du nicht ein wenig neugierig, Brewster, was schlimmer als Pennys Kokainsucht ist?«

»Ich nehme an, du sagst es mir«, erwiderte Payne.

»Wie wäre es mit dem Verkehr mit Gangstern? Hältst du das für schlimmer?«

»Ich weiß nicht, wovon du redest«, sagte Payne.

»Der Polizeibeamte Matthew Payne marschierte vor kurzem in Pennys Krankenzimmer – vorbei an dem Privatdetektiv, den Dick anheuerte, um Leute von ihr fernzuhalten – und zeigte Penny einige Fotos. Penny, die milde gesagt nicht im Vollbesitz ihrer geistigen Kräfte ist, identifizierte den Mann auf den Fotos als denjenigen, der auf sie und den italienischen Gangster schoß. Und dann gestand sie Matthew Payne, daß sie ein Verhältnis mit ihm hatte. Mit dem Gangster, meine ich. Ein Liebesverhältnis.«

»O Gott!« sagte Payne.

»Und er brachte sie dazu, eine Aussage zu unterschreiben«, sagte H. Richard Detweiler. »Penny ist jetzt entschlossen, vor Gericht zu gehen und mit dem Finger auf den Mann zu zeigen, damit er auf den Elektrischen Stuhl geschickt wird. Sie meint, es wird wie bei Perry Mason im Fernsehen sein. Wobei Onkel Brewster Raymond Burr sein wird.«

»Was für eine Aussage hat sie unterschrieben?«

»Das wissen wir nicht«, sagte Grace. »Matt gab ihr keine Kopie. Penny sagte eine *Aussage.*«

»Die muß ich sehen«, murmelte Payne im Selbstgespräch.

»Ich denke, ich sollte dir sagen, daß Dr. Dotson eine Anzeige gegen Matt bei der Polizei eingereicht hat«, sagte H. Richard Detweiler.

»Weshalb?«

»Wer weiß. Was Matt tat, war falsch«, sagte Detweiler. »Ich glaube, Dotson sprach von widerrechtlichem Eindringen und Verletzung von Pennys Bürgerrechten. Ändert das etwas zwischen uns, Brewster?«

»Wenn *du* eine Anzeige gemacht hättest, würde das etwas ändern«, sagte Payne. »Hast du das?«

»Das klingt wie ein Ultimatum«, sagte Detweiler. »Wenn ich Anklage erhebe, sollte ich mir einen anderen Anwalt suchen.«

»Für mich klang es wie eine Frage«, sagte Grace Detweiler. »Und die Antwort lautet *nein*, wir haben das nicht getan, natürlich nicht. Ich möchte Dr. Dotson anzeigen. Er wußte, daß Penny Drogen nimmt. Er hätte uns informieren müssen.«

»Wir wissen nicht, ob er es wußte«, sagte Detweiler.

»Mensch, bist du blöde!« sagte Grace. »Selbstverständlich wußte er es.« Sie wandte sich an Brewster Payne. »Meinst du nicht auch?«

»Penny ist über einundzwanzig. Erwachsen und mündig. Vom Gesetz her gehen euch ihre ärztlichen Probleme nichts an«, sagte Payne. »Aber ja, Grace, ich nehme auch an, daß er Bescheid wußte.«

»Natürlich wußte er das. Der Bastard!«

»Wenn es eine Anklage gegen Matt gibt – eine Anzeige führt nicht immer zu einer Klage –, aber wenn es eine gibt, und er kommt zu mir, werde ich ihn verteidigen«, sagte Payne. »Und wenn er nicht zu mir kommt, gehe ich zu ihm. Man hilft seinen Kindern, wenn sie in Schwierigkeiten sind. Ich kann nicht glauben, daß er Penny schaden wollte.«

»Das glaube ich auch nicht«, sagte Grace. »Ich wünschte, ich könnte dasselbe von Pennys Vater sagen.«

»Ich werde mit Dotson sprechen«, sagte Detweiler. »Damit er die Anzeige zurückzieht. Ich gebe Matt keine Schuld. Der Schuldige ist für mich dieser schwarze Kriminalbeamte; der hat Matt dazu angestiftet.«

»Was Matt tat, war nicht falsch, Dick«, sagte Grace. »Will das denn nicht in deinen Kopf? Er versuchte den Mann zu schnappen, der Penny niederschoß.«

»Dick, ich denke, Matt wird die Verantwortung für sein Handeln übernehmen wollen. Er ist ebenfalls kein Kind mehr«, sagte Payne.

»Ich werde mit Dotson sprechen«, sagte Detweiler. »Über die Anzeige, meine ich.«

»So schlimm es auch klingt«, sagte Grace Detweiler, »ich denke, Penny gefällt die Vorstellung, vor der Öffentlichkeit zu erklären, daß sie die wahre Liebe im Leben dieses Gangsters war. Der Gedanke, daß man sie schon einmal töten wollte, damit es keinen Zeugen gibt, und es wieder versuchen könnte, kam ihr nie in den Sinn.«

»Mal so dahergesagt, ich bezweifle, daß eine Aussage unter den beschriebenen Umständen . . .«

»Was meinst du mit ›mal so dahergesagt‹?« fragte H. Richard Detweiler kalt.

»Dick, ich bin kein Strafrechtler«, sagte Brewster C. Payne.

»Großartig! Wir kommen zu dir, um Rat zu suchen, wie wir verhindern können, daß der Mob unsere Tochter erschießt, und du sagst: ›Bedaure, das ist nicht mein Spezialgebiet.‹ Mein Gott, Brewster!«

»Reg dich ab, Dick«, sagte Payne. »Du bist hier an der richtigen Adresse.«

Er ging zur Tür.

»Irene, würden Sie Colonel Mawson bitten, alles stehen- und liegenzulassen und herzukommen?«

»Mawson?« sagte Detweiler. »Den Hurensohn konnte ich noch nie leiden. Ich habe nie verstanden, warum ihr beide Partner seid.«

»Dunlop Mawson hat den Ruf, der beste Anwalt für Strafrecht in Philadelphia zu sein – und nach meiner Einschätzung *ist* er das. Aber wenn du ihn für einen Hurensohn hältst, Dick . . .«

»Laß uns um Himmels willen hören, was er zu sagen hat«, sagte Grace scharf.

Colonel J. Dunlop Mawson (er war während des Koreakriegs Lieutenant Colonel der US-Army-Reserve, deshalb der militärische Rang) betrat eine Minute später Paynes Büro.

»Ich glaube, Sie kennen die Detweilers, nicht wahr, Dunlop?« fragte Payne.

»Ja, natürlich«, sagte Mawson. »Ich habe das mit Ihrer Tochter natürlich gehört. Darf ich sagen, wie sehr ich das bedaure, und fragen, wie es ihr geht?«

»Penny ist kokainsüchtig«, sagte Grace Detweiler. »Was halten Sie davon?«

»Ich bedaure, das zu hören«, sagte Colonel Mawson.

»Es gibt eine Entziehungsheilanstalt in Hartford«, sagte Grace. »Es soll die beste im ganzen Land sein. Das ›Institute for Living‹ oder so ...«

»Institute *of* Living«, korrigierte Payne. »Ich habe davon gehört. Es hat einen hervorragenden Ruf.«

»Jedenfalls geht sie dorthin«, sagte Grace Detweiler.

»Ich hatte es höllisch schwer, dort einen Platz für sie zu bekommen«, sagte H. Richard Detweiler.

»*Du?*« sagte Detweiler in eisigem Sarkasmus.

»Tatsächlich?« fragte Payne schnell. Er hatte Grace Detweiler schon öfter in einer solchen explosiven Stimmung erlebt.

»Es gibt eine Warteliste, ist das zu glauben? Sie sagten Dotson am Telefon, daß es mindestens drei Wochen, möglicherweise länger dauert, bis sie Penny aufnehmen können.«

»Nun, das ist unglücklich, aber ...«, sagte Colonel Mawson.

»*Wir* brachten sie unter«, sagte Detweiler. »*Wir* mußten Arthur Nelson anrufen ...«

»Arthur Nelson?« unterbrach Payne. »Warum ihn?«

Arthur J. Nelson, der Medienzar, dem unter anderem die Zeitung *Philadelphia Ledger* gehörte, zählte nicht zu Brewster C. Paynes liebsten Leuten.

»Nun, er hatte seine Frau dort, weißt du«, antwortete Grace Detweiler für ihren Mann. »Sie hatte einen Nervenzusammenbruch, als bei dem abscheulichen Mordfall herauskam, daß ihr Sohn homosexuell war und es mit einem Schwarzen trieb. Arthur schickte seine Frau dorthin.«

»Ja, jetzt erinnere ich mich«, sagte Payne. »War Nelson hilfreich?«

»Sehr hilfreich«, sagte H. Richard Detweiler.

»Dick, du bist so ein Armleuchter«, sagte Grace. »Er war es nicht!«

»Er sagte, er würde alles in seiner Macht Stehende tun, um schlechte Publicity auf ein Minimum zu reduzieren«, sagte H. Richard Detweiler. »Und er gab uns den Namen Charley Gilmer.«

»Charley Gilmer?« fragte Payne.

»Direktor der Connecticut-General-Commercial-Versicherung«, erklärte Detweiler.

»Wenn du klar gedacht hättest, dann hättest du selbst auf den Namen kommen müssen«, sagte Grace Detweiler. »Wir kennen die Gilmers seit Jahren.«

H. Richard Detweiler ignorierte die bissige Bemerkung seiner Frau.

»Es war alles andere als angenehm, einen Mann anrufen zu müssen, den ich seit Jahren kenne, und ihm sagen zu müssen, daß meine Tochter ein Drogenproblem hat und ich seine Hilfe brauche, um sie in einer Entziehungsanstalt unterzubringen.«

»Ist das deine ganze Sorge, dein kostbarer Ruf?« fuhr Grace Detweiler ihren Mann an. »Dick, du machst mich krank!«

»Mein Ruf ist mir scheißegal – oder deiner, was das anbetrifft. Ich mache mir Sorgen um meine Tochter, verdammt noch mal!«

»Wenn du dir wirklich Sorgen machst, dann würdest du das Saufen sein lassen!«

»Haltet die Klappe, ihr beiden!« sagte Brewster C. Payne scharf. Die Detweilers waren es nicht gewohnt, so angeschnauzt zu werden, und sie starrten ihn überrascht an.

»*Penny* ist das Problem, um das es geht. Beschäftigen wir uns *damit*«, sagte Payne. »Es sei denn, ihr seid hergekommen, um aufeinander loszugehen, anstatt meinen Rat zu hören.«

»Ich bin aufgeregt«, sagte H. Richard Detweiler.

»Ich etwa nicht?« fuhr Grace ihn an.

»Grace, halte den Mund«, sagte Payne. »Ihr beide haltet den Mund.«

Sie starrten ihn einen Moment lang finster an. Dann ging Grace Detweiler zur Bar und schenkte sich einen doppelstöckigen Scotch ein.

Sie wandte sich von der Bar ab, lehnte sich gegen das Bücherregal, trank einen Schluck Scotch und schaute die Männer an.

»Okay, befassen wir uns mit dem Problem«, sagte sie.

»Wir schicken Penny morgen dorthin, Colonel Mawson«, sagte Detweiler. »Zum Institute of Living. In einem Ambulanzwagen. Es ist ein sechswöchiges Programm, beginnend mit Entgiftung und anschließender Therapie und Beratung.«

»Die wissen, wie das Problem angepackt werden muß«, sagte Mawson. »Es ist eine Krankheit. Sie kann geheilt werden.«

»Das ist *nicht* das verdammte Problem!« brauste Grace auf. »Wir reden über Penny und die gottverdammten *Gangster!*

»Wie bitte?« fragte Colonel H. Dunlop Mawson.

Payne setzte ihn ins Bild. Er berichtete von Pennys schriftlicher Aussage und ihrer Entschlossenheit, gegen den Mann vor Gericht auszusagen, der Anthony DeZego erschossen hatte.

Colonel Mawson zerstreute sofort die Sorgen der Detweilers. Er sagte ihnen, kein Ankläger, der halbwegs bei Sinnen war, würde mit einer Zeugin vor Gericht gehen, die nachweislich Drogen genommen habe.

Die Aussage, die Matt Payne entgegengenommen hatte, war wertlos, weil sie von einer Zeugin stammte, die nicht im vollen Besitz ihrer geistigen Fähigkeiten gewesen war, und Payne sich nicht an die Buchstaben des Gesetzes gehalten hatte, als er die Aussage aufgenommen hatte.

»Und ich denke, Mr. Detweiler«, schloß Colonel Mawson, »daß eine sehr gute Chance besteht, die von Ihrer Tochter unterzeichnete Aussage von der Polizei zurückzubekommen. Dann ist das, als hätte sie nie unterschrieben, als hätte die Aussage nie existiert.«

»Wie wollen Sie die zurückbekommen?«

»Commissioner Czernick ist ein vernünftiger Mann«, sagte Colonel Mawson. »Er ist ein Freund von mir. Und zum Glück schuldet er mir was.«

»Was schuldet er Ihnen?« fragte Grace Detweiler.

Brewster C. Payne war froh über diese Frage. Es gefiel ihm nicht, was Mawson soeben gesagt hatte, und er hätte die gleiche Frage gestellt.

»Einen Gefallen«, sagte Mawson mit einer Spur Selbstgefälligkeit. »Eine Hand wäscht sozusagen die andere.«

»Wie meinen Sie das, Dunlop?« fragte Payne kalt.

»Nur Minuten bevor ich herkam, telefonierte ich mit Commissioner Czernick«, erklärte Mawson. »Ich sprach mit ihm im Auftrag einer Mandantin, einer Bürgerin mit Gemeinsinn, die wünscht, anonym zu bleiben.«

»Kommen Sie zur Sache«, sagte Payne, und jetzt klang seine Stimme eisig.

»Die Lady findet, daß das Wohl unserer gesamten Gesellschaft durch den ungelösten Polizistenmord bedroht ist. So setzt sie durch mich anonym eine Belohnung von zehntausend Dollar für Informationen aus, die zur Festnahme und Verurteilung des Täters oder der Täter führen. Commissioner Czernick war überwältigt von ihrem Gemeinsinn und ihrer Großzügigkeit. Ich denke, ich bin wirklich in der Lage, ihn um einen kleinen Gefallen als Gegenleistung zu bitten.«

»Nun, das ist großartig«, sagte H. Richard Detweiler. »Das würde mir eine enorme Last von den Schultern nehmen.«

»Was unternehmen wir hinsichtlich der Zeitungen?« fragte Grace Detweiler. »Haben Sie dort Einfluß, Colonel?«

»Sehr wenig, befürchte ich.«

»Arthur Nelson wird tun, was er kann, davon bin ich überzeugt, und damit sollte das Problem gelöst sein«, meinte H. Richard Detweiler.

»Ich traue Arthur Nelson nicht«, sagte Grace.

»Sei nicht albern, Grace«, sagte H. Richard Detweiler. »Ich hatte den Eindruck, daß er das Problem versteht und Mitgefühl hat.«

»Brewster, sagst du bitte diesem Armleuchter, den ich geheiratet habe, daß es noch drei andere Zeitungen in Philadelphia gibt, die sich auf die Sache stürzen können, selbst wenn Nelson den Namen Detweiler nie wieder im *Ledger* druckt?«

»Er deutete an, daß er mit den anderen redet«, sagte

H. Richard Detweiler. »Wir schalten viel Werbung in diesen Zeitungen. Wir haben ein Recht auf Rücksichtnahme.«

»Oh, Richard«, sagte Grace angewidert, »du kannst so ein Blödmann sein. Wenn Nelson Einfluß bei den anderen Zeitungen hat, warum hat er dann nicht verhindern können, daß sie jede schmutzige Einzelheit über das homosexuelle Liebesleben seines Sohnes druckten?«

Detweiler schaute Payne an.

»Ich befürchte, Grace hat recht«, sagte Payne.

»Kann man nicht mit ihnen reden? Erwähnen, wieviel Geld sie jedes Jahr mit Anzeigen von Nesfoods verdienen?«

»Ich würde vermutlich meinen Atem verschwenden«, sagte Payne. »Man kommt mit der Presse am besten zurecht, wenn man Distanz zu ihr hält.«

»Sehr hilfreich«, sagte Detweiler sarkastisch. »Ich kann einfach nicht glauben, daß nichts unternommen werden kann.«

»Leider kann nichts unternommen werden. Abgesehen davon natürlich, Distanz von der Presse zu halten. Nichts zu sagen.«

»Moment mal, Brewster«, sagte Colonel Mawson. »Darf ich etwas sagen?«

»Nur zu«, sagte Grace.

»Schlechter Publicity wirkt man am besten mit guter entgegen«, sagte Mawson. »Meinen Sie nicht auch?«

»Kommen Sie zur Sache«, sagte Grace Detweiler.

Das tat er dann.

20

Matt Payne saß vor dem Fernseher. PBS brachte einen britischen Dokumentarfilm über die mißliche Lage der australischen Aborigines in der modernen Gesellschaft, ein Thema das ihn wenig bis überhaupt nicht interessierte. Aber er war entschlossen, es über sich ergehen zu lassen. Wenn er nicht fernsah, würde er sich betrinken, eine Aussicht, die im Augenblick nicht so verlockend war wie sonst und vermutlich unter den gegebenen Umständen genau das Falsche war.

Er hatte sein Telefon abgestellt. Er wollte weder mit seinem Vater noch mit Officer Charles McFadden noch mit Amanda Spencer oder Captain Michael J. Sabara oder Chief Inspector Dennis V. Coughlin sprechen, die alle angerufen und auf Band angekündigt hatten, daß sie es später noch einmal versuchen würden.

Er wollte nur dort sitzen und sehen, wie die Ureinwohner mit Lendenschurzen um Lagerfeuer herumhüpften und jammerten, wie schlecht sie behandelt wurden.

Seine Uniform hing auf einem Kleiderbügel vom Kaminsims. Matt hatte sie aus der Plastikhülle genommen und dorthin gehängt, um sie sich anzuschauen. Er hatte mit dem Gedanken gespielt, die Uniform anzuziehen und sich im Spiegel zu betrachten, sich dann jedoch gesagt, daß es unnötig war. Er konnte sich vorstellen, wie er darin als Officer Matt Payne vom 12. Distrikt aussehen würde.

Eines konnte man über die Uniform von Officers der Polizei von Philadelphia sagen: Sie hatten nicht ganz die Klasse oder den Schick der Uniform eines Second Lieutenants des U.S. Marine Corps.

Vor ein paar Minuten hatte er gesagt ›verflucht seien meine Augen‹, und es hatte geklungen wie eine Zeile aus einem Charles-Laughton-Film. Wenn bei der ärztlichen Untersuchung nicht festgestellt worden wäre, daß er einen geringen Augenfehler hatte, dann wäre er jetzt als Marineinfanterist auf dem Weg nach Okinawa und hätte keine Probleme bei der Polizei.

Er wäre zu Chad und Daffys Hochzeit als Offizier des Marine-Corps gegangen und hätte Amanda kennengelernt, und sie hätten auf gleiche Weise ihre Schiffsromanze gehabt, wie sie es nannte. Und die Dinge hätten sich vermutlich genauso entwickelt, abgesehen davon, daß es nicht in seinem Apartment, sondern in einem Hotelzimmer oder sonstwo geschehen wäre, denn wenn er zu den Marines gegangen wäre, hätte er das Apartment nicht gehabt.

Aber er war nicht zur den Marines gegangen. Er war zu den Cops gegangen und hatte bewiesen, daß er zweifellos ein Arschloch von Weltklasse war, das unvorstellbar naiv war und das unglaubliche Talent hatte, andere Leute in Schwierigkeiten zu bringen – verdammt *gute* Leute wie Washington und Wohl. Ganz zu schweigen von ›Onkel‹ Denny Coughlin.

Und jetzt, nachdem er gesündigt hatte, erwartete man von

ihm Buße. Er hatte Wohl nicht die reine Wahrheit gesagt, ob er sich für zu gut halte, um in einem Emergency Patrol Wagon dicke Ladys ins Krankenhaus zu bringen. Er wollte das nicht tun. War das das gleiche, als würde er sich zu gut dafür halten?

Mal angenommen, er würde seinen Stolz hinunterschlucken und sich am Montag beim 12. Distrikt zum Dienst melden, mit dem Ruf, der klugscheißerische College-Junge zu sein, der in Schande dorthin geschickt wurde. Was würde ihn erwarten?

Zwei Jahre lang die erwähnte fette Lady die Treppe hinunter in den Wagen schleppen und zum Krankenhaus bringen. Wenn man dann feststellt, daß man mir aufregenderen Dienst anvertrauen kann wie zum Beispiel Fußgängerüberwege vor Schulen zu bewachen, vielleicht sogar – darf ich zu hoffen wagen? – Dienst mit einem Streifenwagen als Urlaubsvertretung.

Nach diesen zwei Jahren werde ich dann zur Prüfung zum Detective oder Corporal zugelassen. Ich werde natürlich die zum Detective machen. Ich will kein Corporal sein. Und ich werde die Prüfung bestehen. Ich werde sogar büffeln und sie gut bestehen. Und dann?

Will ich zwei Jahre lang in einem Radio Patrol Wagon fahren, um Detective zu werden?

Amanda würde zu Recht sagen, daß ich bescheuert bin, mich für zwei Jahre Dienst in einem Emergency Patrol Wagon zu entscheiden. Amanda will nicht mit einem Typen verheiratet sein, der so einen beschissenen Job hat. Kann ich ihr das verübeln? Nein, das kann ich nicht.

Etwas raschelte, und dann hörte Matt ein lauteres, fast metallisch klingendes Geräusch.

Das Gebäude ist leer. Ich habe die Tür zu meiner Treppe sorgfältig abgeschlossen, deshalb kann nichts Menschliches bei meiner Tür rascheln. Vielleicht ist es der Rabe, von dem Mr. Poe sprach, der aus ›Nimmermehr‹ zitieren will wie in ›Nimmermehr, Matthew Payne, wirst du der meisterhaft blöde Assistent von Inspector Wohl sein.‹

Es ist eine Ratte. Das hat mir gerade noch gefehlt, eine verdammte Ratte!

»Sie sollten sich wirklich Sicherheitsschlösser für die Türen zulegen«, sagte eine vage vertraute Stimme.

Matt zuckte zusammen und sprang auf.

Chief Inspector im Ruhestand August Wohl stand auf der Türschwelle und steckte etwas in seine Brieftasche.

»Wie sind Sie hereingekommen?« fragte Matt verwundert.

»Ich zeige Ihnen irgendwann mal den Trick mit den Türen. Wie ich schon sagte, Sie sollten sich Sicherheitsschlösser zulegen.«

»Was kann ich für Sie tun, Mr. Wohl?«

»Sie könnten mir einen guten Schluck anbieten«, sagte Chief Wohl. »Den würde ich nicht verschmähen. Es ist ein mühsamer Weg hier rauf. Und nennen Sie mich Chief, wenn es Ihnen nichts ausmacht. Das klingt so schön.«

Matt ging in die Küche und holte die Flasche Scotch, die ihm sein Vater geschenkt hatte. »Nun, es freut mich, daß noch etwas übrig ist«, sagte Chief Wohl.

»Sir?«

»Ich rechnete damit, Sie stockbetrunken und ohnmächtig auf dem Boden liegen zu sehen«, sagte Chief Wohl. »Deshalb ließ ich mich selbst herein. Leute, die allein trinken, können in Schwierigkeiten kommen.«

»Ich bin bereits in Schwierigkeiten«, sagte Matt.

»Das hörte ich.«

»Wasser?«

»Nur ganz wenig. Das ist ein sehr guter Whisky.«

»Woher wußten Sie, daß ich hier bin?«

»Ihr Wagen steht unten. Es brennt Licht. Ich konnte Bewegung – Schatten – von der Straße aus sehen. Das mußten Sie oder ein Einbrecher sein. Freut mich, daß Sie es sind. Ich bin zu alt, um Einbrecher zu jagen.«

Matt lachte.

»Warum sind Sie gekommen?« fragte er.

»Ich wollte mit Ihnen reden, aber ich will verdammt sein, wenn ich allein trinke.«

»Ich bin mir nicht sicher, ob trinken das ist, was ich jetzt brauche.«

»Der Schmerz des Selbstmitleids ist stärker, wenn Sie stocknüchtern sind, nicht wahr? Und das gefällt Ihnen?«

Was soll's, dachte Matt und schenkte sich Scotch ein.

»Ich sehe, Sie haben Ihre Uniform aus dem Schrank geholt«, sagte Chief Wohl. »Heißt das, daß Sie sich am Montag beim Zwölften Distrikt melden?«

»Es heißt, daß ich darüber nachdenke«, sagte Matt.

»Und welche Seite gewinnt?«

»Die Seite, die sich fragt, ob jemand an dem Kauf einer fast neuen Uniform meiner Größe interessiert ist.«

»Bieten Sie mir einen Platz an, wenn ich sitzen möchte?« fragte Chief Wohl.

»Oh! Verzeihung. Bitte nehmen Sie Platz.«

»Danke.« Chief Wohl setzte sich in Matts Sessel und legte die Füße auf die Fußbank. Matt setzte sich auf das Fensterbrett.

»Ich sagte Peter, daß er sich meiner Meinung nach irrt, wenn er Sie beim Zwölften Distrikt Erfahrung sammeln läßt – sofern Sie sich entscheiden, am Montag dorthin zu gehen«, sagte Chief Wohl. »Zufällig fühlt Peter sich lausig wegen der Art und Weise, wie Ihre Versetzung stattfand. Ich möchte, daß Sie das verstehen. Er hatte es nicht in der Hand. Die Entscheidung wurde ihm aufgezwungen. Das ist einer der Gründe, weshalb ich hier bin, dafür sorgen, daß Sie das verstehen.«

»Ich dachte mir schon, daß es vielleicht nicht Mr. Wohls Entscheidung, sondern die des Commissioners war.«

»Reaktion, nicht Entscheidung«, sagte Chief Wohl. »Das ist ein Unterschied. Wenn man etwas entscheidet, wägt man die Fakten ab und trifft eine Wahl. Wenn man reagiert, ist das etwas anderes. Reaktionen sind emotional.«

»Ich bin mir nicht sicher, ob ich Ihnen folgen kann.«

»Richtig oder falsch stand nicht auf Czernicks Tagesordnung. Ihm war klar, daß Bürgermeister Carlucci wegen Ihrer kleinen Eskapade mit dem Detweiler-Mädchen auf Peter sauer sein würde. Er wollte sich selbst aus der Schußlinie bringen. Er *reagierte,* indem er über Sie herfiel, bevor Carlucci etwas sagte. So glaubte er, Carlucci zu beweisen, daß er einer der guten Jungs ist.«

Matt trank einen Schluck Scotch.

»Sie werden nichts lernen, wenn Sie sich entscheiden, Montag zum Zwölften Distrikt zu gehen und dicke Frauen mit gebrochenen Beinen Treppen hinunterzutransportieren . . .«

Matt lachte.

»Habe ich etwas Lustiges gesagt?« fuhr Chief Wohl ihn an.

»Verzeihung«, sagte Matt. »Aber ich dachte in genau diesen Bahnen – fette Ladys transportieren –, als ich überlegte, was ich im Zwölften Distrikt tun werde.«

»Wie ich schon sagte, Sie werden nichts lernen, wenn Sie dicke Frauen transportieren – außer dem Transport von dicken Frauen. Man gibt Anfängern solche Jobs, damit sie Erfahrung sammeln können. Sie haben bereits Erfahrungen gesammelt.«

»Weil ich die Sexbestie von Nordwest-Philly erschoß?« fragte Matt.

»Nein. Daran habe ich nicht mal gedacht«, sagte Chief Wohl. »Nein, das war etwas anderes. Ich meinte den Preis, den Sie zahlen, wenn Sie wütend weggehen, bevor Sie durchdenken, was aus Ihnen wird, wenn Sie tun, was Sie für eine so großartige Idee halten. Den Preis für Dummheit, meine ich.«

»Der ist offenbar hoch«, sagte Matt. »Ich verliere meinen Job. Ich bringe meinen Boß in Schwierigkeiten. Ich muß fette Ladys transportieren. Und weil ich dumm war, entkommt der Abschaum, der den anderen Abschaum abknallte und Penny Detweiler niederschoß. Das macht mich wirklich wütend. Nein, nicht wütend. Ich schäme mich deswegen.«

Es wurde ihm bewußt, daß Chief Wohl ihn mit völlig veränderter Miene anschaute.

»Chief, habe ich etwas Falsches gesagt?«

»Nein«, sagte Chief Wohl. »Nein, überhaupt nicht. Kann ich noch einen Scotch haben?«

»Selbstverständlich.«

Als Matt in die Küche ging, erhob sich Chief Wohl und folgte ihm.

»Diese Verbrecher werden vielleicht nicht ungeschoren davonkommen«, sagte er. »Ich habe mir soeben gesagt, daß Sie es nicht weitersagen, wenn ich Ihnen etwas erzähle. Habe ich recht?«

»Meinen Sie, ich kann meine Zuverlässigkeit einschätzen, nach allem, was ich eingebrockt habe?«

»Ich denke, Sie können einschätzen, ob Sie den Mund halten können oder nicht, *besonders* weil Sie soeben erlebt haben, wie Sie andere Leute in Schwierigkeiten bringen können.«

»Jawohl, Sir«, sagte Matt nach einer Weile. »Ich kann den Mund halten.«

Chief Wohl sah ihm in die Augen und nickte dann.

»Es gibt einige Regeln zwischen dem organisierten Verbrechen und der Polizei. Niemand spricht über diese Regeln, aber es gibt sie. Ich sage Ihnen nicht, woher ich es weiß, aber Vincenzo Savarese informierte Jerry Carlucci, daß der Mob – Mobs, es gibt ein paar davon – nichts mit der Ermordung des italienischen Cops zu tun hat – wie war noch sein Name?«

»Magnella, Joseph Magnella«, sagte Matt.

»Wir glauben Savarese. Er teilte uns das nicht mit, weil er sich etwas aus einem toten Cop macht, sondern weil er nicht will, daß wir den oder die Täter beim Mob suchen. Wir könnten dabei auf etwas anderes stoßen, das wir nicht wissen sollen. Da wir ihn beim Wort nehmen können, sind wir in der Lage, mit aller Kraft woanders nach dem Täter oder den Tätern zu suchen. Können Sie mir folgen?«

»Jawohl, Sir.«

»Okay. Der Fall DeZego ist etwas anderes. Normalerweise verschwenden wir wenig Zeit mit einem Fall, bei dem ein Gangster einen anderen umbringt. Wenn wir den Täter finden können, prima. Aber wir wissen, daß wir den oder die Täter selten finden, und so ermitteln wir mechanisch oder pro forma und geben dann auf. Im Fall DeZego ist das anders.«

»Wegen Penny Detweiler?«

»Nein. Das heißt, vielleicht ein bißchen ihretwegen. Aber das ist nicht der springende Punkt. Der Mob zeigt nicht mit dem Finger auf einen aus den eigenen Reihen und sagt nicht, das ist der Täter, sperrt ihn ein. Es verstößt gegen den sizilianischen Ehrenkodex, der Polizei etwas über irgendeinen anderen Mafioso zu sagen. Wenn ein Mafioso umgelegt wird, dann gibt es zwei Möglichkeiten. Es war nach ihrem Standard ein berechtigter Mord, und damit hat sich's. Oder es war kein berechtigter Mord, und sie lassen den Täter umlegen. Dieser Fall war anders. Sie wiesen uns durch das Streichholzbriefchen, das Savarese Dave Pekach zukommen ließ, auf den Zuhälter hin.«

»Er war ein Schwarzer.«

»Noch wichtiger«, sagte Chief Wohl mit einer Spur von Ungeduld, »Er war nicht der Täter.«

»Ja«, sagte Matt ärgerlich. »Vielleicht wollten sie ihn, den Zuhälter meine ich, aus irgendeinem anderen Grund abservieren.«

»Das kann sein, ist aber nicht das Wesentliche. Der springende Punkt ist, daß Savarese mit uns zu spielen versuchte. Und das führt zu zweierlei. Erstens fragen wir uns, warum. Zweitens – noch wichtiger – verstößt das gegen die Regeln. Er belog uns. Das können wir nicht hinnehmen.«

»Und was geschieht?«

»Als erstes denken wir, wenn er uns in punkto Zuhälter angelogen hat, belügt er uns vielleicht auch mit der Behauptung, nicht zu wissen, wer den Cop erschossen hat. Und das bedeutet, daß wir ihm nicht trauen können.«

»Und so suchen Sie beim Mob nach dem Mörder DeZegos und Magnellas?«

»Ja«, sagte Chief Wohl. »Aber bevor wir das tun, lassen wir ihn wissen, daß nicht wir gegen unseren Teil der stillschweigenden Vereinbarung verstoßen haben, sondern daß er sich als erster nicht an die Regeln gehalten hat.«

»Wie lassen Sie ihn das wissen?«

Chief Wohl sagte es ihm. Und während er erklärte, was geschehen würde – genauer gesagt, was bereits vor einer halben Stunde geschehen war, kurz bevor Chief Wohl in Matts Apartment aufgetaucht war –, stieg in Matt eine Frage auf, und er wußte, daß er sie niemals stellen konnte: ob der Chief ein Zuschauer oder Teilnehmer gewesen war.

Als Mr. Vincenzo Savareses Fahrer mit dem Lincoln vor dem Ristorante Alfredo vorfuhr, um Mr. Savarese nach dem Abendessen abzuholen und nach Hause zu fahren, kam sofort ein Polizist um die Ecke, ging zu dem Wagen und klopfte gegen die Fensterscheibe.

Der Fahrer kurbelte die Fensterscheibe herunter. Officer Foster H. Lewis junior sagte höflich: »Verzeihen Sie, Sir, hier ist Halteverbot. Sie müssen weiterfahren.«

»Wir holen nur jemand ab«, erwiderte Pietro Cassandro, der Fahrer des Lincoln.

»Bedaure, Sir, hier ist Halteverbot«, sagte Officer Lewis.

»Mann, es dauert nur zwei Minuten«, sagte Mr. Cian-Carlo Rosselli auf dem Beifahrersitz.

Officer Lewis nahm seinen Strafzettelblock aus der Gesäßtasche.

»Darf ich bitte Ihren Führerschein und die Zulassung sehen, Sir? Ich befürchte, ich muß einen Strafzettel schreiben.«

»Wir fahren schon, wir fahren schon«, sagte Mr. Cassandro, kurbelte die Scheibe hoch und legte den ersten Gang ein.

»Fahr einfach um den Block«, sagte Mr. Rosselli.

»Dieser arrogante Nigger – steck sie in eine Uniform, und sie halten sich für wer weiß was.«

»Das war ein riesiger Nigger. Hast du gesehen, was für ein Koloß das war?«

»Ich möchte nicht, daß Mr. S aus dem Restaurant kommt, und dieser Jumbo steht dort rum. Wenn es etwas gibt, was er noch mehr haßt als einen Nigger, dann ist das ein Cop-Nigger.«

Es gab noch mehr Ärger mit den verdammten Cops bei der Fahrt um den Block. Irgend etwas mit der Kanalisation oder sonstwas war nicht in Ordnung, und ein Cop stand mit erhobener Hand mitten auf der Straße. Und sie konnten nicht zurücksetzen und um den Polizisten herumfahren, weil ein anderer Wagen, ein alter Jaguar, hinter ihnen war. Sie brauchten mindestens fünf Minuten, und als sie endlich den Block umrundet hatten, stand Mr. S auf dem Bürgersteig am Straßenrand und hielt nervös Ausschau nach ihnen. Er wartete nicht gern auf Bürgersteigen.

»Entschuldigung, Mr. S«, sagte Mr. Cassandro. »Wir hatten Ärger mit einem Bullen.«

»Welchen Ärger mit einem Bullen?«

»Mit 'nem jungen Nigger-Cop, der beweisen wollte, daß er der Größte ist«, sagte Mr. Cassandro.

»Ich mag keinen Ärger mit Polizisten«, sagte Mr. Savarese.

»Es war nicht seine Schuld, Mr. S«, verteidigte Mr. Rosselli den Fahrer.

»Ich will nichts davon hören. Ich mag keinen Ärger mit Cops.«

Mr. Savareses Lincoln bog nach Süden in die South Broad Street ein.

Mr. Cassandro bemerkte, daß der Fahrer des Wagens hinter ihm, dieser blöde Bastard, das Fernlicht eingeschaltet hatte. Er betätigte den kleinen Hebel unter dem Innenspiegel, damit er nicht geblendet wurde, und dann sah er den Wagen hinter sich.

»Da ist ein verdammter Cop hinter uns«, sagte Mr. Cassandro.

»Ich mag keinen Ärger mit Cops«, wiederholte Mr. Savarese. »Liefer ihm keinen Vorwand für irgendwas.«

»Vielleicht ist er rein zufällig hinter uns«, sagte Mr. Rosselli.

»Ja, vielleicht«, murmelte Mr. Cassandro.

Sechs Blocks weiter auf der South Broad Street war der Polizeiwagen immer noch hinter dem Lincoln, der jetzt mit zweiunddreißig Stundenmeilen fuhr, obwohl fünfunddreißig Stundenmeilen erlaubt waren.

»Ist der Cop immer noch hinter uns?« fragte Mr. Savarese.

»Ja, das ist er, Mr. S«, antwortete Mr. Cassandro.

»Ich mag keinen Ärger mit Cops«, sagte Mr. Savarese. »Haben wir ein beschädigtes Rücklicht oder was?«

»Das kann ich mir nicht vorstellen, Mr. S«, sagte Mr. Cassandro.

Drei Blocks weiter südlich begann das Rotlicht auf dem Dach des Polizeiwagens zu rotieren, und dann jaulte die Sirene.

»Scheiße«, sagte Mr. Cassandro.

»Du mußt etwas falsch gemacht haben«, sagte Mr. Savarese.

»Ich fahre nur zweiunddreißig«, verteidigte sich Mr. Cassandro.

»Bist du sicher, daß es ein Cop ist?« fragte Mr. Savarese, als sein Fahrer rechts heran fuhr und anhielt.

»Es ist dieser riesige Nigger, der uns schon vorhin Ärger machte«, sagte Mr. Rosselli.

»Verdammt«, sagte Mr. Savarese.

Officer Lewis ging zu dem Lincoln und richtete den Lichtstrahl seiner Taschenlampe auf Mr. Cassandro, Mr. Rosselli und Mr. Savarese.

»Etwas nicht in Ordnung, Officer?« fragte Mr. Cassandro.

»Darf ich bitte Führerschein und Zulassung sehen?« fragte Lewis der Kleine.

»Ja, klar. Sagen Sie mir, was ich falsch gemacht habe?«

»Sie fuhren in Schlangenlinie«, sagte Officer Lewis.

»Das stimmt nicht!« protestierte Mr. Cassandro.

»Haben Sie getrunken, Sir?«

»Keinen verdammten Tropfen«, sagte Mr. Cassandro. »Was soll dieser Scheiß?«

»Halt die Klappe«, sagte Mr. Savarese scharf zu seinem Fahrer.

Officer Lewis beleuchtete Mr. Savarese mit der Taschenlampe.

»Oh, Sie sind Mr. Savarese, nicht wahr?«

Nach einigem Zögern sagte Mr. Savarese: »Ja, mein Name ist Savarese.«

»Sie haben etwas in dem Restaurant vergessen, Mr. Savarese«, sagte Officer Lewis.

»So? Ich erinnere mich nicht . . .«

»Hier ist es, Sir« sagte Lewis der Kleine und überreichte Mr. Savarese einen großen Umschlag.

»Bitte versuchen Sie, gerade zu fahren«, sagte Lewis der Kleine. »Gute Nacht.«

Er ging zu seinem Wagen und schaltete das Rotlicht aus.

»Was hat er Ihnen gegeben?« fragte Mr. Rosselli.

»Fühlt sich wie Fotos an«, sagte Mr. Savarese.

»Von wem?«

»Da sind zwei, Mr. S«, sagte Mr. Rosselli. »Ich hab' den Rückspiegel eingestellt. Ich kann sie gut sehen.«

»Was – zwei?«

»Zwei Streifenwagen. In dem anderen sitzt ein Lieutenant oder so was. Und noch ein Nigger.«

»Bring mich von hier weg«, sagte Mr. Savarese.

»Selbstverständlich, Mr. S«, sagte Mr. Cassandro.

Officer Lewis der Kleine schaute dem Lincoln nach, bis er außer Sicht war. Dann fuhr er zu einem Restaurant an der South 16th Street. Lieutenant Foster H. Lewis senior fuhr kurz hinter ihm auf den Parkplatz.

Ein sehr großer Polizeibeamter, offenbar irischer Abstammung und um die Vierzig, kam aus dem Restaurant.

»Danke«, sagte Lieutenant Lewis zu ihm.

»Reden Sie nicht mit mir, ich habe Sie in dieser Schicht nicht gesehen«, sagte der Polizeibeamte, stieg in den Wagen, den Officer Lewis gefahren hatte, und fuhr davon.

Officer Lewis stieg zu seinem Vater in den Wagen.

»Sagst du mir, was das alles zu bedeuten hatte?«

»Was hatte *was* zu bedeuten?«

»Vielen Dank, Pa.«

»Du hast das für einen Anfänger, der noch keine Minute auf der Straße Dienst hatte, ziemlich gut gemacht«, sagte Lieutenant Lewis.

»Das liegt in der Familie.«

»Vielleicht.«

»Du sagst mir wirklich nicht, was das alles zu bedeuten hatte?«

»Was hatte *was* zu bedeuten?«

Am nächsten Tag, Freitag, wurde Officer Matthew W. Payne zweimal von Polizisten gestoppt.

Beim ersten Mal auf dem Hutchinson River Parkway, ungefähr zwölf Meilen südlich von Scarsdale.

Ein hünenhafter New York State Trooper saß in seinem Wagen und wartete, bis er die Bestätigung auf seinen Funkruf erhalten hatte, daß er einen 1973er Porsche 911, Kennzeichen Pennsylvania GHC-4048, gestoppt hatte, weil er die Geschwindigkeitsbeschränkung von fünfzig Stundenmeilen um zwanzig Stundenmeilen überschritten hatte. Dann stieg er aus dem Wagen und näherte sich vorsichtig der Fahrerseite.

Gutaussehender Junge, dachte er. Aber zwanzig zu schnell ist einfach zuviel.

Und dann sah er etwas auf dem Wagenboden. Sein ganzes Verhalten veränderte sich. Er löste die Klappe des Holsters und legte die Hand auf den Revolvergriff.

»Halten Sie beide Hände aus dem Fenster, damit ich sie sehen kann!« befahl er mit scharfer Stimme.

»Was?«

»Tun Sie, was ich sage, Junge!«

Matt hielt beide Hände aus dem Fenster.

»Da liegt ein Revolver auf dem Wagenboden. Haben Sie einen Waffenschein?«

»Ich bin Cop«, sagte Matt. »Ich fragte mich schon, worauf Sie hinauswollen. Sie haben mir einen höllischen Schrecken eingejagt.«

»Haben Sie eine Dienstmarke?«

»Ich habe einen Ausweis mit Foto in der Jackettasche.«

»Holen Sie ihn hervor. Ganz langsam. Sie kennen die Prozedur.«

Matt zog seinen Ausweis hervor.

»Fahren Sie normalerweise mit Ihrem Revolver auf dem Wagenboden herum?«

»Er steckt sonst in einem Wadenholster. Er reibt am Bein, wenn man ihn lange trägt.«

»Hab' nie ein Wadenholster ausprobiert«, sagte der Staatspolizist. »Ich dachte immer, ich würde mir das Bein stoßen oder so was, und die Waffe würde durch die Gegend fliegen.«

»Nein. Die Wadenholster funktionieren. Sie reiben nur am Bein, das ist alles.«

»Sind Sie im Dienst?«

»Ich kann nicht lügen, ich bin auf dem Weg zu meinem Mädchen.«

»Der gehört Ihnen?« fragte der Staatspolizist ungläubig und wies auf den Porsche.

»Wir nahmen ihn Drogenhändlern weg«, sagte Matt.

»Sie arbeiten beim Rauschgiftdezernat?«

»Bis Montag arbeite ich bei einer Abteilung namens Special Operations.«

»Guter Job.«

»Ja. Das war er. Montag ziehe ich wieder die Uniform an.«

»Auf jedes Leben muß etwas Regen fallen«, sagte der Staatspolizist. »Immer mit der Ruhe.«

»Ich werde es versuchen.«

»Das ist mir ernst. Immer mit der Ruhe. Sie fuhren über siebzig.«

»Tut mir leid«, sagte Matt. »Ich war in Gedanken. Ich werde langsamer fahren.«

»Mein Sergeant ist ein scharfer Hund. Der würde Mutter Teresa einen Strafzettel verpassen.«

»Ich habe einen Lieutenant, der so ist«, sagte Matt.

Der Staatspolizist stieg in seinen Wagen, hupte und setzte seine Streifenfahrt fort.

Ich war wirklich in Gedanken. Und ich dachte, je näher ich Scarsdale und Amanda komme, desto blöder finde ich die Idee. Dies ist nicht der Zeitpunkt, um sie zu besuchen. Sie würde nichts von dem verstehen, was ich ihr zu sagen haben. Und zwar, weil ich ihr nur etwas zu sagen habe, das selbst für mich keinen Sinn ergibt.

Verdammt!

Er fädelte sich in den Verkehr ein, und bei der nächsten Kreuzung bog er ab und fuhr in Richtung Philadelphia zurück.

Matt Payne zog zum zweiten Mal die Aufmerksamkeit von Polizeibeamten ein paar Stunden später auf sich, auf dem Interstate 95, gerade innerhalb der Stadtgrenze von Philadelphia.

»Mein Gott, dies ist wirklich nicht mein Tag«, sagte er laut, als er am Straßenrand stoppte.

Er blickte auf den Wagenboden. Sein Revolver und das Holster waren nicht zu sehen.

Zwei Beamte der Highway Patrol näherten sich dem Porsche.

»Sie sind Cop?« fragte einer der beiden.

»Sie sind Payne, richtig?« fragte der andere.

»Schuldig«, sagte Matt.

»Sie sollten mit uns zum Wagen kommen«, sagte der erste Cop. »Sie werden gesucht.«

»Tatsächlich?«

Man hat die Meinung über dich geändert, Matt Payne. Du bist wirklich ein ganz prima Kerl, und man hat entschieden, dich nicht zum 12. Distrikt zu schicken, sondern dich zum Chief Inspector zu machen.

Was, zum Teufel, kann es sein?

Wenn sie mich wirklich suchen, dann ist es etwas Ernstes. Ist etwas passiert? Mutter? Vater? Eines der Kinder?

Er neigte sich zum Streifenwagen der Highway Patrol, damit er den Funk hören konnte.

»Highway neunzehn. Wir haben Officer Payne entdeckt. Wir sind auf I-95, nahe der Ausfahrt Cottman Avenue.«

»Bleiben Sie dran, Highway neunzehn«, ertönte eine Stimme über Funk.

»Ihr Wagen gefällt mir, Payne«, sagte einer der Jungs von der Highway Patrol.

»Danke«, sagte Matt.

»Highway neunzehn, eskortieren Sie Officer Payne zur City Hall. Er wird im Büro des Bürgermeisters erwartet.«

»Neunzehn, verstanden«, sagte der Beamte von der Highway Patrol. Dann wandte er sich an Matt. »Was, zum Teufel, hat das zu bedeuten?«

»Ich wünschte, ich wüßte es.«

»O Mann, wenn wir Rotlicht und Sirene auf diesem Schlitten hätten«, sagte der andere und wies auf Matts Porsche, »könnten wir zwischen hier und der City Hall einen neuen Rekord aufstellen.«

»Wir fahren voraus«, sagte der andere und lachte. »Sie können uns einholen, Payne?«

»Ich werde es versuchen«, sagte Matt.

Der Streifenwagen der Highway Patrol fuhr mit Rotlicht und Sirene schon los, als Matt sich erst hinter das Steuer des Porsche setzte, aber er holte ihn mühelos ein.

Peter Wohl erwartete ihn auf dem Hof der City Hall.

»Nun, Sie sehen nicht verkatert aus. Rücken Sie Ihre Krawatte zurecht.«

»Was ist los?«

»Haben Sie jemals gehört, daß Gott Narren und Säufer beschützt? Lächeln Sie einfach, und halten Sie ausnahmsweise die Klappe.«

»Bevor wir mit dieser Pressekonferenz anfangen«, sagte der Ehrenwerte Jerry Carlucci, der Bürgermeister von Philadelphia, »sollten wir sicherstellen, daß jeder weiß, wer jeder ist. Sie alle kennen Chief Lowenstein und Chief Coughlin, wie ich weiß. Chief Coughlin ist für Commissioner Czernick eingesprungen, der verhindert ist und nicht bei uns sein kann, obwohl er gern hiergewesen wäre. Die meisten von Ihnen werden sicherlich die beiden kennen, die soeben hereingekommen sind: Inspector Wohl, Leiter der Special Operations, und Officer Matt Payne, sein besonderer Assistent, der hervorragende junge Polizist, der Philadelphia von der Bedrohung der Sexbestie befreite, wie sich die meisten erinnern werden. Und neben mir steht ein Gentleman, den die meisten von Ihnen bestimmt kennen und dessentwegen ich Sie heute nachmittag hierhergebeten habe. Es würde mich sehr überraschen, wenn jemand hier nicht Mr. H. Richard Detweiler kennt, den Präsidenten von Nesfoods International, aber für den Fall der Fälle – Ladies and Gentlemen, Mr. H. Richard Detweiler.«

Detweiler und Carlucci schüttelten sich die Hände, was Mr. Detweiler anscheinend überraschte, der dann zu einem Rednerpult ging.

»Danke, Ladies and Gentlemen, für Ihr Erscheinen an diesem Nachmittag«, las er von einem Manuskript ab. »Ich bin überzeugt, die meisten von Ihnen wissen von der Tragödie, die meiner Familie vor kurzem widerfuhr, als meine Tochter keine sechs Blocks von hier entfernt fast ums Leben gekommen wäre.

Ich bin nicht hier, um über meine Tochter zu reden, sondern über die Polizei. Es beschämt mich etwas, zuzugeben, daß ich vor dem Zwischenfall, bei dem meine Tochter niedergeschossen und fast getötet worden wäre, der Polizei niemals besondere Aufmerksamkeit widmete. Sie war einfach da. Aber der Zwischenfall mit meiner Tochter, einer unschuldigen Zuschauerin bei einer Schießerei zwischen Gangstern, hat mich gelehrt, wie wichtig die Polizei für unsere Sicherheit und unser aller Wohlergehen ist.

Etwas noch Schockierenderes als die sinnlosen Schüsse auf meine Tochter ist in unserer Stadt passiert. Ich beziehe mich auf die kaltblütige Ermordung von Officer Joseph Magnella. Diese brutale, gemeine Tat, der Mord an einem Polizeibeamten, stellt eine echte und völlig unerträgliche Gefahr für unsere ganze Gesellschaft dar, eine Bedrohung, die wir einfach nicht hinnehmen können.

Es kam mir zu Ohren, daß eine Bürgerin, die anonym bleiben möchte, die gleichen Gedanken hatte. Noch wichtiger, sie war bereit, etwas zu unternehmen. Sie war bereit, eine Belohnung für Informationen auszusetzen, die zur Festnahme und Verurteilung des Täters oder der Täter führen. Diese Bürgerin setzte eine Belohnung von zehntausend Dollar aus. Meine Frau und ich haben beschlossen, dieselbe Summe für denselben Zweck auszusetzen. Ich habe den Scheck bei mir. Ich rufe . . .«

Er griff in die Tasche und zog einen Scheck hervor, den er Bürgermeister Carlucci überreichte, der ihm die Hand schüttelte, während ein Blitzlichtgewitter sie in gleißendes Licht tauchte.

Nachdem diese vergessene Kleinigkeit der Scheckübergabe erledigt war, fuhr Detweiler fort. »Ich rufe meine Mitbürger auf, bei der Ermittlung im Mordfall Officer Magnella die Polizei zu unterstützen. Die Polizei hätte gern Informationen, aber wenn Sie keine haben, dann können Sie es sich gewiß erlauben, einen Dollar oder zwei oder welche Summe auch immer zu der Summe der Belohnung hinzuzufügen,um der Polizei zu zeigen, daß Sie hinter ihr stehen. Vielen Dank.«

Matt spürte, daß jemand an seinem Ärmel zupfte. Wohl zog ihn aus dem Konferenzraum.

»Man hat Ihnen teilweise verziehen«, sagte er. »Dieses ganze Drum und Dran wäre ruiniert, wenn Detweiler versuchte, Sie zu erwürgen. Ich weiß, daß er das liebend gern tun würde.«

»Was heißt ›teilweise‹?«

»Was meinen Sie denn?«

»Ich habe keine Ahnung.«

»Hängen Sie Ihre Uniform wieder in den Schrank«, sagte Wohl, »und vergessen Sie den Zwölften Distrikt.«

»Danke.«

»Danken Sie nicht mir. Das kam vom Bürgermeister.«

»Mit anderen Worten, Sie hätten mich lieber nicht.«

»Das habe ich nicht gesagt«, entgegnete Wohl. »Drehen Sie mir nicht das Wort im Mund herum.«

Matt schaute ihn an.

»Mein Vater meint, Sie werden ein ziemlich guter Cop«, sagte Wohl. »Okay? Wer bin ich denn, um seine Einschätzung in Frage zu stellen?«

»Danke«, sagte Matt.

Zwei Wochen und zwei Tage später erhielt Staff Inspector Peter Wohl einen Anruf von Walter J. Davis, Special Agent in Charge des Büros des FBI in Philadelphia.

Mr. Davis informierte ihn, daß er eine Nachricht vom stellvertretenden Special Agent in Charge vom Büro des FBI in Chicago, Illinois, erhalten hatte, daß ein gewisser Charles Francis Gregory, der mit an Sicherheit grenzender Wahrscheinlichkeit der Mann auf den Fotos war, die Wohl ihm gezeigt hatte, im Kofferraum seines Wagens in Cicero, Illinois, gefunden worden war, mit sieben Kugelwunden in Kopf und Brust, vermutlich aus einem Colt Goverment Modell .45 ACP.

Special Agent in Charge Davis sagte – inoffiziell –, das FBI Chicago glaube, daß Mr. Gregory ein Killer war, und erschossen worden war, weil er bei einem Mordauftrag gepfuscht hatte.

»Wir sollten mal zusammen zu Mittag essen, Peter«, sagte Special Agent in Charge Walter Davis.

»Das sollten wir wirklich«, erwiderte Staff Inspector Peter Wohl. »Rufen Sie mich an.«

ENDE